Jeremy Clarkson
Wściekły od urodzenia

insignis media

Wściekły od urodzenia

Pisma zebrane

Jeremy'ego Clarksona

przełożyli
Tomasz i Maria Brzozowscy

insignis
media

Tytuł oryginału
Born to be Riled
The Collected Writings of Jeremy Clarkson

Published by the Penguin Group
Penguin Books Ltd, 80 Strand, London WC2R ORL, England

First published by BBC Worldwide Limited 1999
Published in Penguin Books 2006
www.penguin.com
Copyright © Jeremy Clarkson, 1999.
All rights reserved.

Redakcja i korekta
Piotr Mocniak

Skład
Tomasz M. Brzozowski

Copyright © for the translation
by Tomasz M. Brzozowski and Maria Brzozowska
Copyright © for this edition
Insignis Media, Kraków 2008
Wszelkie prawa zastrzeżone
ISBN-13: 978-83-61428-01-5

Insignis Media
ul. Bronowicka 42
30-091 Kraków
telefon / fax +48 (12) 6333746
biuro@insignis.pl
www.insignis.pl

Druk i oprawa:
OPOLgrafSA www.opolgraf.com.pl

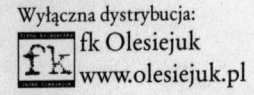

Wyłączna dystrybucja:
fk Olesiejuk
www.olesiejuk.pl

Książkę tę dedykuję…
wszystkim tym, którzy ją kupili.

■ Spis treści

Przedmowa 15

Norfolk – hrabstwo partnerskie Norfolk 19
Płaski korkociąg GT90 21
Smakołyk z Blackpool 24
Gordon Gekko znów za kierownicą 28
Proszę wsiadać, drzwi zamykać! 30
Szybki Szwed 33
Zwolennicy bezalkoholowej jazdy przekraczają
    wszelkie normy 36
Samochód stulecia 39
Zachód Nissana Sunny 42
Kto teraz dorwie się do koryta? 45
Pustynna burza w wykonaniu Ferrari 48
Przeciwnicy uciech znów w akcji 51
Zniszczony Cosworth i kara chłosty 54
Zemsta pogody 57
Nie natnij się na ostrych wozach 60
Pęd do paktu z diabłem 63
Napady drogowej wściekłości – wiecie, że to ma sens 65
911 staje w szranki z Segą Rally 69
Kupa śmiechu ze Schumacherem w Mustangu 72
Girlpower 74
Nissan z napędem na tylną oś na prowadzeniu 78

Kablówka i koparki 81
Beznadziejne przepowiednie mistycznego Clarksona 84
Reklamowe bujdy 87
Trafiony srebrną kulą w Detroit 90
Tu nie wolno parkować, tam też nie 93
Kazanie do niedzielnych kierowców 97
Przynitujecie się do książki o kociej jakości 100
Aston Martin V8 – nosorożec o napędzie rakietowym 102
Przyczepy kempingowe – kilka luźnych refleksji 105
Wiódł ślepy kulawego Clarksona, czyli gorączka
    w Madrasie 109
Najlepszy wóz z Norfolk nie wyciąga wysokich
    dźwięków 111
Trzeba koniecznie zrobić coś z wnętrzami samochodów 115
Nowy MG to mistrzostwo 118
Darth Blair kontra Rebelianci 121
Hołota na riwierze 125
Obiektywizm to dobra rzecz, chyba że obiektywny
    chce być pierwszy 128
Dzieci w samochodzie 131
Kuchnia z Birmingham nie powala na kolana 135
Ostatni autobus do Clarksonville 138
Ziemia ludzi odważnych, ojczyzna tępaków 141
Tylko tyrani robią dobre wozy 145
Księstwo toalet 148
Męska prostytutka Clarkson w końcu kupuje Ferrari 151
Obraźliwe listy i dilerzy oszuści 154
W GT40 brak miejsca dla marzycieli 158
Moss porywa Clarksona 161
Nie możesz zasnąć? Spójrz na Camry! 164

Wielka Stopa zgasł po 40-litrowym beknięciu 168
Pościgi wyssane z palca 170
Odmrożenia i parówki w nosie 174
Drugi dzień Świąt i pękające pęcherze 177
Kłamstwa, wierutne kłamstwa i statystyki 180
Radio Ga Ga 183
Przerażające widmo z Polski 186
Box(st)er pada na liny 189
Koncepcja czy rzeczywistość? 193
Top Gear w przestworzach – latający Clarkson 196
Szybki wóz to jedyne słuszne ubezpieczenie na życie 199
Rav4: pasta Kiwi czy ptak kiwi? 202
Przytul kota, odpędź Szkopa 206
Tajemnice testów zderzeniowych wychodzą na jaw 208
Dieselman na kozetce 212
Utknąłem na obwodnicy okalającej charyzmę 215
Rady dla podróżujących Jezzy Halika 217
Kapryśna Capri 221
Elektroniczna gorączka w Le Mans 224
Skyline szczytem marzeń gameboyów na sterydach 228
Henry Ford w pończochach i podwiązkach 230
NSX – niewidzialny supersamochód 233
Corvette to nie S-kadra 237
Piłkarze proszeni do pokoju numer 101 240
Zabawa w stylu *Top Gun* 243
Kontrola trakcji traci przyczepność do rzeczywistości 246
Jazda na krawędzi normy 249
Uwaga na skośnookich! 253
Walcz o prawo do dobrej zabawy 256
Recepta na życie w luksusie 259

Dziwny świat Saabowca 262
Wolnomularzy trzeba odgrodzić od nas pachołkami 265
Klątwa szwedzkiego stołu 268
Prztyczek w nos walijskiego gaduły 272
Szczyt G6: ostateczne starcie 275
Literuję zagrożenie z Brukseli 278
Jarmarczny szyk rodem z Korei 281
Nowa Partia Pracy, Nowy Jezza 285
Przygnębiające Surrey 287
Przerażające „odkrycie" 291
Jeszcze nie pora na Vectora 294
F1 manipuluje widzami 297
Trzeba dużego kota połaskotać po brzuchu 300
Test łosia zrobił z nas idiotów 303
W samym sercu Cuore 306
Chłodzona powietrzem porażka 309
Złudna ekonomia skali 312
Ostrzegawczy gwizdek dla Forda i Vauxhalla 315
Piekło pod pokładem – Clarkson chce na okręt
podwodny 318
Życie na wsi 321
Garbusomania 327
Piłka nożna to narkotyk klasy A 329
Jankeski czołg zrównuje z ziemią Prestbury 333
Samobójstwo supersamochodu 336
Bajki na dobranoc Hansa Christiana Prescotta 339
Clarkson splamił swoje dżinsy 342
Palenie gumy z Tarą Palmer-Tomkinson 347
W czym Jaguar zatopił zęby 349
Szkopska masakra w Arnage'u 353

Zamortyzuj wyboje Unii Europejskiej 356
Taksówki: naga prawda 359
Supersamochodowy krach giełdowy 362
Odwożenie dzieci do szkoły 365
Wojaż na samo dno złomu 368
Vanman 372
To znaczy chciałem przez to powiedzieć, że… 375
Pani Clarkson ucieka z Niemcem 377
Nie-fajna Britannia 381
Zjeżdżaj z drogi, Maureen 384
Toyota ma to, co jej się słusznie należy 387
Kristin Scott Thomas w łóżku z kodeksem drogowym 390
Czas zmienić bieg – kończę z *Top Gear* 394
Nawet implanty z soi nie popsują tego świetnego wozu 396
Pozamykajcie swoje Jaguary, nadciągają Niemcy! 400
Pokiereszowany przez przedszkolne coupé 403
Owoc jadalny czy trujący? 406
Zaniemówiłem w samochodzie, który mnie przytulił 409
Pewien samochód, o którym bóg projektantów
    chce zapomnieć 412
Czy van może być jak prawdziwy samochód?
    Chyba żartujecie… 415
Jazda po zewnętrznym pasie w jednolitrowym
    samochodzie to istne piekło 418
Czterdzieści silniczków i wentylatory pośladków 421
Najlepsze Audi i nie może się zdecydować 424
Zostaw samochód w garażu, paraduj z ceną na czole 427
Prawdziwie jadowity wóz ponad kłębowiskiem żmij 430
Szwajcarski scyzoryk ze stępionymi ostrzami 433
Perfekcja nie zagraża warsztatowi Briana 436

Wojna z księgą zasad motoryzacji 440

Evo to prostacka dziewucha, ale kocham
jej siostrzyczkę 443

Nareszcie samochód, w którym nawet ja nie mogę
wylądować w rowie 446

Modne samochody? To mnie nie bawi 449

Dlaczego życie w drodze to śmierdząca sprawa 452

Wioski Cotswold i małe foczki 455

Chcesz kupić samochód? Zapytaj o zdanie Roda
Stewarta 458

Makabryczna zemsta bestii, którą usiłowałem zabić 461

Masakra na politycznej autostradzie 464

Podstarzała seksbomba wciąż górą nad otyłym chłoptasiem 467

Co się u licha stało z beznadziejnymi samochodami? 470

Motocykliści biorą zakręt – wszyscy zwalniamy 474

Wolność to prawo, by żyć szybko i umrzeć młodo 477

Spadająca gwiazda zabierze cię do nieba 480

Gratulacje dla Cliffa Richarda wśród samochodów 483

David Beckham? Chyba raczej David z Peckham 486

Brykający koń z podwójnym podbródkiem 489

54 000 funtów za jakąś Hondę? Przecież to cena
nie z tej ziemi! 493

To Mika Häkkinen w garniturze od Marksa & Spencera 496

Zupełnie jak klasyka literatury – powolny i nudny 499

Groteskowa fiksacja Prescotta na punkcie autobusów 502

Brudne łapska precz od tej Alfy 506

Tak, możesz czuć się zażenowany podróżując wygodnie
w Roverze 75 509

Czy nie wkurza was, gdy wszystko działa? 512

Ciśnienie, bez którego mogę się obejść 515

Spis treści

Trzy punkty karne i pora największej oglądalności 517
Każdy mały chłopiec marzy o wyjątkowym
samochodzie 521
Nie masz stóp ani zahamowań? Kup Fiata Punto 524
Teraz już umiem wyprowadzać swoją karierę z poślizgu 527
Najpiękniej zmarnowane 100 000 funtów 530
Wzornictwo: Morphy Richards 533
Jazda dinozaurem to przerażający dreszcz emocji 536
Idealny kamuflaż w Birmingham nocą 539
Kolejny dobry powód, by trzymać się z dala
od Londynu 542
Moje ulubione samochody 546
Chcesz odpocząć od zimowego słońca? Kup Borę! 549
Dni szybkiej jazdy są policzone 552
Ujrzałem przyszłość – wygląda dziwacznie 555
Niezły silnik – szkoda, że nie potrafi brać zakrętów 558
Stop! Cały ten hałas rozsadza mi głowę 561
Wygląd nie ma znaczenia – liczy się tylko zwycięstwo 564
Wybór jest prosty: albo życie, albo diesel 568
Niezabezpieczony serwer? 571
Ahoj, na horyzoncie widzę tani samochód! 574
Tak nowoczesne, że już zostało w tyle 577
Coś, o czym chce się krzyczeć 580

Dodatek 584

■ Przedmowa

Gdy jesteś dziennikarzem motoryzacyjnym, dzięki nieprzebranej gościnności korporacji motoryzacyjnych większość życia spędzasz na egzotycznych przyjęciach z okazji premiery nowego samochodu. Później wracasz do domu i płodzisz historyjkę idealnie odpowiadającą potrzebom działu *public relations*, który cię sponsoruje. Może i nie podoba ci się nowy samochód *xyz*, ale co za różnica. Napisz, że jest fantastyczny, a na pewno zostaniesz zaproszony na kolejną egzotyczną premierę dla dziennikarzy. A co, jeśli jakiś biedny frajer przeczyta to, co napisałeś, i kupi zachwalany przez ciebie złom? I tak nigdy go nie spotkasz, bo będziesz już wtedy na kolejnym przyjęciu dla prasy, być może w Afryce, i tym razem będziesz testował wóz *zxy*.

Dawniej żyłem właśnie tak, i było mi świetnie. Niestety, kiedy udało mi się wkręcić do programu *Top Gear*, musiałem zrezygnować z takich atrakcji. To dlatego, że nagle zacząłem być rozpoznawany przez ludzi na parkingach stacji benzynowych i w kolejkach do kas w supermarketach. Ci ludzie kupili jakiś samochód, bo zapewniałem, że im się spodoba. Nie spodobał się, bo ciągle się psuł. Dlatego teraz chcieli mi wlać do spodni etylinę 98 i podpalić.

Dzięki temu szybko pojąłem, że najważniejsze w dziennikarstwie motoryzacyjnym – zresztą, jeśli już o tym mówimy, w dziennikarstwie każdego rodzaju – jest wyrażanie swojej własnej opinii. Nie można być jak lalka brzuchomówcy nadziana na rękę gościa od *public relations*. Wiem, że faceci od *PR* od lat czytając moje felietony w „Sunday Timesie" i w magazynie

„Top Gear" krztuszą się swoją stołówkową kawą i cieszy mnie to. Zakazano mi jazdy Toyotą, grożono mi śmiercią, a pewnego razu listonosz musiał doręczyć mi listy chyba od całej populacji Luton. Ale przynajmniej mogę teraz wygodnie się rozsiąść, bo wiem, że każda opinia zawarta na tych stronach jest naprawdę moja. Po prostu wypożyczałem samochód, a później mówiłem wam, co o nim myślę. Bez żadnego sosu. Bez przybrania *PR*.

Nigdy nie twierdziłem, że musicie być tego samego zdania co ja, ale mogę z ręką na sercu powiedzieć, że przez ostatnie 10 lat byłem może na pięciu premierach dla prasy i na wszystkich pięciu przez cały czas siedziałem z palcami w uszach, wyśpiewując na cały głos piosenki The Who.

Oczywiście żałuję, że kiedykolwiek napisałem niektóre rzeczy. Szkoda, że nie umiałem powstrzymać się od przepowiadania wyników wyścigów Grand Prix i że wypowiadałem się źle o koniach. Ale najbardziej żałuję tego, że tak szybko dorosłem. Jeszcze siedem lat temu miałem Escorta Coswortha i chciałem, by na autostradach obowiązywała prędkość minimalna 210 km/h. Uważałem, że niemowlęta są dobre tylko wtedy, gdy podaje się je z pieczonymi ziemniakami i sosem chrzanowym. A oto teraz mam Jaguara z automatyczną skrzynią biegów, trójkę dzieci i jestem zwolennikiem ograniczenia prędkości w centrach miast do 30 km/h.

Dlatego w miarę czytania tej książki możecie uznać, że jest pełna sprzeczności, a być może nawet dowodów na to, że jednego dnia pisałem prawdę, a innego – jakieś brednie.

Tak jednak nie jest – po prostu stawałem się coraz starszy.

Spodziewam się, że wkrótce będę gustował w samochodach z łatwymi do czyszczenia fotelami, schowkami na sztuczne szczęki w desce rozdzielczej i dwuogniskową szybą przednią. Ale nie martwcie się. Nawet gdy mój nos eksploduje, a wszystkie palce będę miał powykręcane ze starości, wciąż będę przeciwnikiem silników Diesla, minivanów i Nissanów i z radością będę prezentował dowody na to, że Amerykanie są narodem dziwaków. 250 milionów palantów mówiących językiem, w którym nie ma nawet słowa „palant".

I możecie być pewni, że gdy umrę, u mojego notariusza znajdą notatkę, że chcę zostać zawieziony do grobu z prędkością 160 km/h w jakimś wozie z silnikiem V8.

Jeremy Clarkson, 1999

■ Norfolk – hrabstwo partnerskie Norfolk

W moim poprzednim życiu spędziłem parę lat sprzedając Misie Paddingtony sklepom z zabawkami i upominkami w całej Wielkiej Brytanii. Podróże handlowe mi nie leżały, bo musiałem nosić garnitur, ale dzięki nim szczegółowo poznałem brytyjskie drogi i bezdroża. Wiem jak dojechać z Cropedy do Burghwallis i z London Apprentice do Marchington Woodlands. Wiem, gdzie można zaparkować w Basingstoke i że w Oksfordzie zaparkować się nie da. Mimo to nie mam najbledszego nawet wspomnienia o Norfolk. Na pewno tam byłem, bo dokładnie przypominam sobie sklepy, które odwiedzałem w, hm… pewnym mieście tego płaskiego i bezbarwnego hrabstwa.

Jest jeszcze jedno. Otóż nie mogę sobie przypomnieć nazwy żadnego z tamtejszych miast. Parę dni temu byłem zaproszony na ślub do jakiegoś małego miasteczka w Norfolk. Nie leży ono blisko niczego, o czym słyszeliście, w jego okolicach nie przebiega żadna autostrada i niech Bóg ma was w swojej opiece, jeśli skończy się wam tam paliwo.

Przez 50 kilometrów mój Cosworth jechał na oparach, aż natknąłem się na coś, co 40 lat temu uchodziłoby za stację benzynową. Właściciel określił benzynę bezołowiową jako „ten nowomodny wynalazek", a kiedy podałem mu moją kartę kredytową, wyglądał tak, jakbym mu wręczył kawałek mirry. Mimo to poczłapał do swojej szopy i włożył ją do szuflady kasy, tym samym dowodząc, że do Norfolk nie dotarł jeszcze żaden dwudziestowieczny wynalazek.

Nie jest to zaskoczeniem, ponieważ dostać się tam graniczy z cudem. Aby jadąc z Londynu wjechać na autostradę M11, trzeba przedostać się przez takie miejsca jak Hornsey i Tottenham. Autostrada początkowo prowadzi w dobrym kierunku, ale później, być może zresztą słusznie, zakręca w stronę Cambridge. A jeśli jedziecie do Norfolk z jakiegoś innego miejsca, musicie mieć Land Rovera przygotowanego na rajd Camel Trophy.

Kiedy wreszcie uda się wam tam dotrzeć i w hotelowym holu będziecie czekać, aż tamtejszy pracownik przestanie być czyścicielem okien, ginekologiem i miejskim heroldem, i na chwilę zostanie recepcjonistą, sięgniecie po ostatni numer „Życia Norfolk". To najcieńszy magazyn na świecie.

Gdy wieczorem powiedzieliśmy w barze, że byliśmy na weselu w Thorndon, wszyscy zamilkli. W sufit uderzyła lotka do gry w darta, a facet za ladą upuścił kieliszek.

– Nikt – powiedział – nikt nie był w Thorndon od czterdziestu lat, kiedy spłonęło.

I odszedł, mamrocząc coś o jakiejś wdowie.

A jednak przemieszczanie się po Norfolk może być zabawne. Jestem przyzwyczajony, że kiedy przejeżdżam, ludzie wytykają mnie palcami. Większość z nich woła: „Popatrz, Cosworth!", ale w Norfolk wołają: „Popatrz, samochód!". Wszędzie indziej chcą wiedzieć, jak szybko można nim jechać, ale w Norfolk zapytali mnie, jak dobrze się nim orze. Zafascynował ich spojler, bo myśleli, że to jakieś urządzenie do oprysków.

Jestem pewien, że za taki stan rzeczy odpowiadają czary. Rząd powinien przestać promować system wodny Norfolk Broads jako atrakcję turystyczną, a zamiast tego informować przyjezdnych, że „tam są czarownice". Wydaje miliony na kampanie antynikotynowe, ale ani pensa na to, by przestrzec nas przed wyprawą do Norfolk – chyba że lubimy orgie i rytualne zabijanie wiejskich zwierząt.

Następnym razem, kiedy ktoś z moich znajomych będzie brał ślub w Norfolk, wyślę młodej parze telegram. Chociaż i tak do nich nie dotrze, ponieważ nie słyszano tam jeszcze o telefonie. Ani o papierze. Ani o atramencie.

■ Płaski korkociąg GT90

W bieżącym tygodniu hala Earls Court stanie się stolicą zachodniej mody – Londyńska Wystawa Anoraków otworzy bowiem swoje podwoje dla zwiedzających.

Impreza ta, znana lepiej pod nazwą Targów Motoryzacyjnych, sprawi, że całe rodziny przywdzieją na siebie swoje najlepsze ubrania z włókien syntetycznych i wyruszą linią metra Piccadilly, by móc gapić się na wszystko co nowe i lśniące.

Aby jednak zobaczyć wszystko co nowe i lśniące, trzeba zostać w pociągu linii Piccadilly aż do stacji Terminal Four. A potem złapać samolot do Japonii.

Problem w tym, że Londyńskie Targi Motoryzacyjne kolidują z Targami Motoryzacyjnymi w Tokio, a to, którą z obu imprez wystawcy o wiele bardziej cenią, wcale nie zaskakuje.

No właśnie – jeśli producent samochodów poświęcił cały rok na stworzenie prototypu, którym chce zachwycić zwiedzających, jedzie z nim do Japonii, pozostawiając w Londynie ekspozycję modeli z głównego nurtu swojej produkcji, samochodów, które już od dawna parkują przy twojej ulicy.

Mimo to targi będą dla was okazją, by po raz pierwszy zobaczyć Ferrari F50 (ten jeden samochód sprawia, że cała impreza jest warta zachodu) i TVR-a Cerberę, ale ponieważ jego zdumiewający silnik będzie wyłączony, zwiedzający zostaną pozbawieni możliwości poznania unikatowej cechy tego wozu.

Spośród innych godnych uwagi debiutów należy wymienić MG F, Renault Megane, całkiem udanego Fiata Bravo, no i oczywiście fascynującego i frapującego Vauxhalla Vectrę, który – gdybyście mieli problem z odnalezieniem go – wygląda tak samo jak Vauxhall Cavalier.

Tak czy owak, praktycznie wszystkie modele koncepcyjne będą wystawiane w Tokio. Gdybyście przypadkiem zastanawiali się, dlaczego w takim razie nie przesunęliśmy terminu naszej imprezy, spieszę wam przypomnieć, że już kiedyś to zrobiliśmy. Ponieważ jednak czas trwania targów rozciągał się na ferie, nikt nie przyszedł. Poza tym nowy termin oznaczałby, że konkurujemy z Paryżem.

A wszyscy producenci samochodów i tak uważają, że Francja jest ważniejsza od Londynu. Moglibyśmy, rzecz jasna, przenieść nasze targi na czerwiec, ale właśnie sprawdziłem, że wtedy wypada podobna impreza w Punie, małym mieście położonym 150 kilometrów na wschód od Bombaju. I jestem absolutnie pewny, że to właśnie tam producenci samochodów skoncentrują swoje zasoby.

Przez to wszystko nie będziecie mogli zobaczyć Forda GT90, a to wielka szkoda, bo ten wóz to pierwsza amerykańska próba skonstruowania supersamochodu.

W tym miejscu, jestem tego pewny, Wilbur i Myrtle zaczną biegać wymachując rękami i wskazywać na Corvette ZR-1 i Dodge'a Vipera, twierdząc, że to właśnie są supersamochody. Ale to nieprawda.

Nie jest też supersamochodem absurdalny Vector, który w agonalnej wręcz liczbie produkowany jest w Kalifornii. Nie był też nim Pontiac Fiero.

Supersamochody produkują Europejczycy. Jesteśmy jedynymi, którzy wiedzą, jak sprawić, by samochód jeździł szybko... na zakrętach.

Ludzie z Forda w Detroit mówią, że stary GT40 był supersamochodem, i że to oni go zrobili, ale znów – mylą się. Może i GT40 miał amerykański silnik, ale cała reszta, wszystkie istotne elementy były tak amerykańskie, jak Edward Elgar.

GT90 jest ich pierwszą próbą, która najwyraźniej całkiem się powiodła – wóz osiąga 380 km/h, co czyni z niego najszybszy dopuszczony do ruchu samochód świata. Od zera do setki rozpędza się w 3,1 sekundy, a więc i pod tym względem zachowuje się dziarsko. A ponieważ ten samochód ma umieszczony centralnie silnik, jest lekki i „siedzi" na zmodyfikowanym podwoziu Jaguara XJ220, powinien wykazać się zwinnością również i na zakrętach.

Pod klapą silnika znajdziecie 6-litrową, dwunastocylindrową jednostkę z czterema turbinami. Całkowita generowana przez nią moc to 720 koni, co z GT90 czyni wóz nie tylko mocniejszy od McLarena F1, ale – co ważniejsze – mocniejszy od McLarena F1, którym jeździ Mika Häkkinen.

Przystojniak z niego. Mówią, że w stylistyce GT90 można dopatrzyć się nawiązań do GT40, ale ja nic takiego nie znalazłem. Zacznijmy od tego, że karoseria nie zawiera żadnych krzywizn – wszystkie linie są proste. Oprócz dachu – jest szklaną kopułą.

I to właśnie z tego powodu, gdy jeździłem tym monstrum, zawory upustowe od turbosprężarek były otwarte na wylot, co ograniczało moc do zaledwie 440 koni. Powiedzieli mi, że gdyby silnik pracował z pełną mocą, a podwozie miało to wytrzymać, szkło kopuły rozprysłoby się na drobny mak.

Ludzie z Forda byli bardzo, ale to bardzo zatroskani o los tego wartego 4 miliony dolarów prototypu, gdy wyruszyłem nim, by zrobić kilka okrążeń po torze w Le Mans. To dlatego, że następnego dnia wóz miał być wystawiany w Tokio.

I to właśnie z tego powodu pojechałem tak szybko. Chcąc ukarać Forda za podlizywanie się Japończykom i ignorowanie rynku, który chyba jako jedyny przepada za zwykłymi samochodami tej firmy, zrobiłem sobie z jazdy GT90 prawdziwy ubaw.

Aż do chwili, gdy urwało się jedno z kół. Gdy z przyjemnością wsłuchiwałem się w pomruk silnika V12 i eksperymentowałem z czujnikami radarowymi, które sprawiają, że kiedy ktoś was wyprzedza, w lusterku bocznym zapala się czerwona lampka, sprawy przybrały nagle bardzo zły obrót. Tył samochodu zaczął doganiać przód i nawet siła dociskająca pochodząca od ogromnego spojlera nie była w stanie zapobiec obróceniu się wozu wokół jego własnej osi.

Niestety, obeszło się bez uszkodzeń, w dodatku w nic nie wjechałem, a to oznacza, że najszybszy samochód na świecie jest teraz oświetlany promieniami wschodzącego słońca.

Jeśli zaś chodzi o Londyńskie Targi Motoryzacyjne, Ford wyszedł z założenia, że by przyciągnąć tłumy, wystarczy pokazać im nową Fiestę. I mimo że jest to sympatyczny, mały samochodzik, decyzja ludzi z Forda jest równie niezrozumiała jak to, co napisał kiedyś świetny skądinąd zespół R.E.M.: „Zapomniałem koszuli znad skraju wody. Księżyc jest nisko tej nocy".

■ Smakołyk z Blackpool

Alfa Romeo GTV6 wyposażona jest w najgorszą skrzynię biegów, jaką kiedykolwiek widziałem, zapewnia najbardziej niewygodną pozycję za kierownicą i ma najsłabsze wyniki w testach niezawodności. Mimo to kupiłem ją.

Wiedziałem, że to beznadziejny szmelc, ale powalił mnie odgłos jej silnika: głęboki pomruk na niskich obrotach i niemal upiorne wycie, gdy wskazówka obrotomierza zbliża się do czerwonej kreski.

Byłem w stanie znieść jej częste napady narowistości, niewyobrażalną niewygodę i absurdalnie ciężko obracającą się kierownicę, bo żaden samochód ani wcześniej, ani później – po prostu nigdy – nie wydawał z siebie tak wspaniałego dźwięku. Była to muzyka dla uszu entuzjasty, coś *à la* skrzyżowanie *Ody do radości* z *Nessun dorma*.

Jednak tytuł najlepiej brzmiącego samochodu, jaki dzierży GTV6, jest obecnie zagrożony przez samochodowy odpowiednik zespołu Aerosmith. Gdyby nie to, że nowy TVR Cerbera jest zrobiony z plastiku, można by z powodzeniem nazywać go heavymetalowym.

Najlepszy sposób na pierwszy kontakt z tym wozem, to znaleźć się w odległości około 10 kilometrów od niego. Gdy zbliża się do ciebie, czujesz się jak w horrorze. Monstrum jest coraz bliżej. Zbliża się Coś. Plazma z kosmosu. Przerażenie, które nie ma kształtu. Ale mój Boże, jak ono brzmi!

Wzmocnij tysiąc razy dźwięk, jaki wydaje rozdzierana bawełna, a usłyszysz coś w miarę zbliżonego, tyle że pozbawionego odgłosów zmiany biegów, której towarzyszą nerwowe trzaski i prychanie, gdy nie spalone do końca resztki paliwa wybuchają w dwóch Grubych Bertach, nazywanych przez TVR rurami wydechowymi.

Gdy samochód ze swoją maksymalną prędkością 260 km/h śmignie ci przed nosem jak nawałnica, eksplodują ci bębenki w uszach. W tym dźwięku nie ma muzyki, tylko samo natężenie. Właśnie przejechał obok ciebie cały festiwal w Woodstock. I nawet był różowy!

Przez około 15 lat firma TVR z siedzibą w Blackpool montowała w swoich samochodach silniki V8 produkowane przez Land Rovera. Brzmiały dobrze, na swój muskularny, brutalny sposób. A jednak Cerbera to zupełnie inny poziom. O co więc tu chodzi?

Otóż podobno charyzmatyczny szef TVR-a, Peter Wheeler, nie był zbytnio zadowolony, gdy Rover został kupiony przez BMW. Miał wtedy powiedzieć: „Nie chcę żadnego niemieckiego cholerstwa w moich wozach!".

Postanowił więc skonstruować własny silnik V8. Został on zaprojektowany dokładnie tak, jak jednostki, które można znaleźć w bolidach Formuły 1, z tym, że ma zaledwie dwa zawory na cylinder i pojemność 4,2 litra zamiast 3,5.

Silnik ma moc zaledwie 360 koni, ale – wierzcie mi – w samochodzie, który waży około tonę, to w zupełności wystarcza. Wystarcza, tak na dobry początek, by przyspieszyć od zera do setki w cztery sekundy, i by po kolejnych sześciu sekundach, z krwią tryskającą z uszu, przekroczyć 160 km/h.

Jeśli chodzi o standardowe samochody, ci bardziej rozważni kierowcy potrafią jeździć spokojnie, bo wiedzą, że mają do dyspozycji moc, z której w razie potrzeby mogą skorzystać. Coś podobnego w Cerberze jest nie do pomyślenia.

Gdyby ten samochód porównać do narkotyku, byłby czystą kokainą. Jego moc jest wyjątkowo uzależniająca. Będziesz przyłapywał się na wciskaniu gazu do dechy tylko po to, by przekonać się, jak brzmi silnik powyżej 6000 obrotów. Będziesz za każdym razem rozpędzał samochód aż po sam elektroniczny ogranicznik prędkości i nie będziesz się przejmował tym, że zbliżasz się właśnie do zakrętu i że zamiast na pedał gazu powinieneś – naprawdę powinieneś – wdepnąć ostro na hamulec.

Mnóstwo ludzi straci przez Cerberę prawo jazdy – to jest pewne. Wszystko inne jest już dla mnie mniej oczywiste, bo prowadziłem prototyp wozu z nie za dobrze działającymi hamulcami i z zawieszeniem, które jeszcze nie zostało ostatecznie zestrojone.

Nie wiem zatem, jak będzie się prowadził w pełni ukończony samochód, ale jeśli ma być pod tym względem jak inne TVR-y, to myślę, że przeciętnie. Ale nawet jeśli nie będzie szybki na zakrętach, pomiędzy nimi będzie przelatywał jak błyskawica.

Będzie też wygodny. Dzięki dużemu rozstawowi osi jeździ się nim zwinnie i miękko, a akurat tego wcale się nie spodziewałem.

A w dodatku Cerbera ma wygląd gwiazdy filmowej. Mimo że w gruncie rzeczy jest wydłużoną i wyposażoną w sztywny dach wersją dwumiejscowego kabrio – Chimaery, projektantom udało się nadać jej zupełnie inny styl: w wielu aspektach przypomina obniżonego Mercury'ego z lat 1950.

Wewnątrz Cerbera jest jeszcze dziksza. Żeby do niej wejść, naciskamy przycisk na pilocie, by otworzyć zamki, a potem jeszcze raz, by otworzyć drzwi. Nie mają klamek.

Gdy już będziemy w środku, znajdziemy tam bagażnik i dwa fotele z tyłu, odpowiednie dla każdego o wzroście poniżej 165 cm. Nie zaprzątnie to jednak naszej uwagi, bo deska rozdzielcza Cerbery jest jako żywo wyjęta z kart powieści Isaaca Asimova. Kremowe tarcze zegarów zgrupowane są zarówno nad, jak i pod kierownicą, która z kolei przystrojona jest wieloma przyciskami.

Zwracając należytą uwagę na ergonomiczne rozmieszczenie wszelkich przełączników, pozwolono projektantowi na to, by puścił wodze wyobraźni. W dodatku tym, co czyni wnętrze tak pociągającym jest fakt, że w przeciwieństwie do Astona Martina i Lotusa, TVR nie wykorzystuje elementów z Vauxhalli i Fordów Sierra. Produkuje wszystko samodzielnie.

A mimo to Cerbera będzie kosztowała mniej niż 40 000 funtów. Czy w takim razie oznacza to, że TVR prowadzi działalność charytatywną i zaopatruje ludzi w samochody, samemu ponosząc straty?

Nikomu, kto zna szefa firmy, nie wydaje się to zbyt prawdopodobne. Kilka lat temu, gdy Partia Pracy organizowała swoją konferencję w Blackpool, polityk z jej ramienia, Paul Boateng, zadzwonił do siedziby TVR z zapytaniem, czy mógłby pożyczyć któryś z ich wozów, skoro jest już w mieście. Dało się słyszeć, jak Peter Wheeler zamruczał pod nosem:

– Jeśli wygra wybory, oddam mu cały ten cholerny interes.

Wygląda na to, że TVR może sobie pozwolić na tanią sprzedaż samochodów, bo produkuje je w niewielkich ilościach. Zamiast inwestować w roboty, które wytwarzałyby tysiące części rocznie, projektanci mogą wejść do fabryki i najzwyczajniej poprosić ludzi pracujących przy taśmie, żeby „od tej chwili robili to tak i tak".

A to oznacza, że za połowę ceny Ferrari możemy kupić ręcznie zrobiony, całkowicie brytyjski supersamochód.

Już samo to wystarcza, by polecić ten wóz większości zainteresowanych, ale tym, co sprawia, że TVR Cerbera tak mnie pociąga nie jest ani jej moc, ani prędkość, jaką rozwija, ani nawet jej wspaniała deska rozdzielcza. Jasne, uwielbiam ją za jej wygląd, ale nawet to nie jest tu najważniejsze.

Kupiłbym ten wóz, bo jest żywym ucieleśnieniem kontrkultury rock and rolla. Dziś, gdy większość samochodów wykreowanych jest na podobieństwo Michaela Boltona, albo czerpie z minionej chwały jak Stonesi, nowy TVR wraca do źródeł. Nie chciałbyś, by taki ktoś ożenił się z twoja córką.

A w dodatku, ujmując to słowami, jakimi z pewnością użyłby ten wóz, „sukinsyn jest cholernie głośny!".

■ Gordon Gekko znów za kierownicą

Pod koniec lat 1980. Brytania tkwiła w szponach recesji, w wyniku której liczba sprzedawanych samochodów spadła z 2,2 do 1,5 miliona rocznie. Setki tysięcy ludzi straciło pracę. Zamykano fabryki. Ceny domów były coraz niższe, a spódnice coraz dłuższe. To wszystko było potworne. W tych ciemnych i ponurych dniach guru mówili nam, że wspaniałe czasy łatwych kredytów, zachłanności i skąpstwa minęły, i że w latach 1990. wszyscy będziemy zajęci zbieraniem drewna na opał dla emerytów i pracą na rzecz lokalnych społeczności. Samochody będą wyposażone w katalizatory i poduszki powietrzne. Filmy, w których trup ściele się gęsto, zostaną wyparte przez filmy, w których kobiety spacerują po polach w kapeluszach pszczelarza, wyplatają wianki ze stokrotek i zakochują się w pełnych galanterii, łagodnych mężczyznach na białych, przyjaznych dla środowiska koniach. Brzmiało to jak najgorszy koszmar senny, jaki mogłem sobie wyobrazić, i przez chwilę wydawało się, że rzeczywiście tak będzie: w *Terminatorze 2* Arnie nie chciał nikogo zabić.

Na szczęście recesja w Wielkiej Brytanii się skończyła i powróciły dawne wartości. Dziewczęta, które zmuszano do noszenia długich i nudnych spódnic, obecnie noszą głębokie rozcięcia sięgające aż do ich części intymnych, pośrednicy w handlu nieruchomościami sprzedają domy w Chelsea za 25 milionów funtów, a rynek papierów wartościowych sięga powyżej jonosfery. Chciwość jest dobra. Chciwość wróciła. Uff...

To zjawisko najlepiej widać w domenie motoryzacji. Na Targach Motoryzacyjnych rozmawiałem z tysiącami zwiedzających i żaden z nich nie pytał o bezpieczeństwo, oszczędność ani o to, czy towar jest wart swej ceny. Wszyscy chcieli rozmawiać o mocy.

Przez dziesięć dni nikt nie zasugerował, że nowy Golf kombi jest dobrym samochodem, bo ma z tyłu wystarczająco dużo miejsca na posiłki rozwożone samotnym staruszkom. Nikt nie rozmawiał o tym, w jaki sposób program recyklingu BMW mógłby pomóc zachować bogactwa naturalne Ziemi.

Nikt nie zauważył, że w Earls Court nie pokazywano ani jednego samochodu z napędem elektrycznym, ale sale pękały w szwach od ludzi, którzy dostawali napadów wściekłości, bo nie było na targach McLarena F1. Przyszli po to, by rozmawiać o Astonie Martinie Vantage'u, 7-litrowym Lister Stormie z podwójnym superdoładowaniem i o Lamborghini Diablo VT. Gdybyś zaproponował, by pozbyć się wszystkich katalizatorów, wstawić sześć opadowych gaźników Webera i zalać to wszystko pięciogwiazdkowym paliwem, zwiedzający posikaliby się ze szczęścia. Tak było ze mną.

Na zewnątrz panie w ciuchciach i sztruksowych spodniach rozdawały ulotki promujące zakaz wjazdu samochodów do centrów miast. Gdyby dostawały funta za każdym razem, gdy ktoś kazał im spadać z powrotem do Greenham, mogłyby pozwolić sobie na ładniejsze ulotki i prywatny odrzutowiec, który by je zrzucał. Wewnątrz ciężko było dopchać się do stoiska TVR. Wszyscy inni producenci, ze swoimi poduszkami powietrznymi, filmami wideo o bezpieczeństwie i hostessami w spódnicach do kostek jęczeli z nudów, podczas gdy chłopcy z Blackpool musieli rozpędzać tłumy za pomocą rózg. Bez wątpienia ich Cerbera działa zgodnie z przepisami o ochronie środowiska, ale jeśli chodzi o sferę ducha, jest ona 8-cylindrowym żartem, 5-litrowym pozdrowieniem dla wszystkich wielorybów na świecie i ich miłośników.

Lobby dbających o bezpieczeństwo, z ich bezmięsnymi potrawami i zielonkawymi specjałami miało swoje 15 minut sławy w 1991 roku. Teraz jednak muszą sobie zdać sprawę, że Gordon Gekko znów siedzi za kierownicą dociskając gaz do dechy i piszcząc oponami jak w roku 1986. I mimo że towarzystwa ubezpieczeniowe robią, co mogą, by nie było nas stać na samochody, którymi można palić gumę, my, jak wszyscy sprytni kapitaliści, mamy jednak rozwiązanie.

Kupujemy coraz więcej wozów terenowych, dlatego możemy przejeżdżać przez wsie i okolice. Całkiem dosłownie.

■ Proszę wsiadać, drzwi zamykać!

Jest niepodważalnym faktem, że większość pracowników dużych instytucji finansowych jeździ do pracy pociągiem, dlatego żywią oni głęboko zakorzenioną nienawiść do kolei British Rail.

Można ich zobaczyć, jak tłumnie wysiadają z pociągu o 11 przed południem, sześć godzin po tym, jak opuścili Kent. Ściskają w dłoniach karty praw klienta i mamroczą między sobą, że poprzednim razem na drzewach były liście. A jeszcze wcześniej leżał tu rozmoknięty śnieg.

Dla British Rail, która zmierza w kierunku prywatyzacji, jest to duży problem. Bez wsparcia chłopców z City – a mało prawdopodobne, że dostaną je po tym, jak przez tak długi czas rujnowali im życie – wejście na giełdę może skończyć się katastrofą.

Dlatego koleje opracowały chytry plan, który ma pokazać ich klientom, że alternatywa jest jeszcze gorsza.

Kiedyś policja wyrzuciła mnie z pociągu za to, że pokłóciłem się z kierownikiem pociągu, którego zresztą powinno się utopić zaraz po urodzeniu. Od tego czasu postanowiłem unikać politowania godnych, beznadziejnych, zbyt drogich, źle utrzymanych, powolnych i irytujących pociągów British Rail.

Jednak w ostatni weekend musiałem wybrać się do Harwich i w związku z całym szeregiem przeróżnych komplikacji nie mogłem pojechać tam samochodem. Dlatego z wielką niechęcią wyruszyłem na dworzec przy Liverpool Street w Londynie, gdzie mężczyzna w kasie powiedział, nawet na mnie nie patrząc, że Aborygeni piorą ryby w pralce.

Poważnie, ten gość nie opanował sztuki mówienia i nawet jeśli wziął udział w jednym z tych szkoleń dotyczących obsługi klienta, o których British Rail tyle trąbi, to domyślam się, że w tym tygodniu wykładowca był akurat na urlopie. Albo był nim sam Goebbels.

Wyjaśniłem mu, że nie zrozumiałem ani słowa z tego, co powiedział i że może byłoby lepiej, gdyby na mnie popatrzył, bo wtedy mógłbym czytać mu z ust. To rzeczywiście bardzo pomogło i byłem w stanie domyślić się, że pociąg do Harwich został odwołany. Żadnych przeprosin. Zupełnie nic. Po prostu głowa tego kolesia opadła z powrotem, jakby ktoś nagle złamał mu kark.

Byłoby tak rzeczywiście, gdyby nie dzieliła nas szyba. Swoją drogą, po co w ogóle mają tam te szyby? Któż chciałby okraść tych cymbałów?

Zamiast pociągiem, mieliśmy jechać autokarem, co przyprawiło mnie o ciarki w rdzeniu kręgowym. Autokar! Wolałbym już iść do dentysty. Nie jeżdżę autokarami. Autokary stworzone są dla starszych ludzi na wycieczce po północnej Walii i dla studentów, którzy chcą przejechać z Northampton do Sheffield za 10 pensów. Autokary nie mają pasów bezpieczeństwa i staczają się do rzek, w wyniku czego giną wszyscy pasażerowie.

Żeby być pewnym, że wszyscy wsiedli, jakieś niskie Chinki dyrygowały tłumem, wrzeszcząc na maruderów. Wyglądało to jak scena z *Listy Schindlera*. Ciekawe, gdzie dokładnie skierowano wylot rury wydechowej?

British Airways udowodniły, że można zmieścić istotę ludzką w przestrzeni o 30 procent mniejszej, niż objętość jej ciała, ale przewoźnicy autokarowi poszli o wiele dalej.

Otóż w autokarze trzeba ustawić się w pobliżu swojego siedzenia, a wtedy nadchodzi Chinka z młotkiem i za jego pomocą wpasowuje cię w miejsce. Następnie jacyś Skandynawowie piętrzą plecaki na twojej głowie.

Zacząłem się zastanawiać, po co komu pasy bezpieczeństwa w autokarze. Nawet gdyby kierowca wjechał w ścianę z prędkością 160 km/h, przez ten ścisk nic bym nie poczuł.

W autokarze nie wolno palić, ale nie robi to różnicy, bo nawet Harry Houdini nie byłby w stanie wyciągnąć niczego z moich kieszeni. A zresztą moja paczka papierosów przyjęła na siebie bezpośrednie uderzenie młotka, więc wszystkie marlboro się połamały.

Niedawno wróciłem z Kuby, gdzie z otwartymi ze zdziwienia ustami przyglądałem się, jak olbrzymie, 300-miejscowe autobusy toczyły się z 500 posępnymi twarzami przyciśniętymi do szyb. Nie zdawałem sobie wtedy sprawy, że znajduję się w obliczu prawdziwego luksusu.

Podróże autokarowe w Wielkiej Brytanii wyglądają o wiele gorzej, a cierpienie odczuwa się tu ze zdwojoną siłą – mamy świadomość, czego nam brakuje.

Wiemy, że jest w zasięgu możliwości człowieka umieszczenie w autobusie bufetu czy toalety, a nawet ustawienie siedzeń w takiej odległości, żeby dało się normalnie oddychać. W autokarze nie było nawet kobiet przechadzających się wzdłuż przejścia i proponujących wylanie na kolana kawy za jedyne 1,20 funta.

Przysięgam, że gdy przejeżdżaliśmy obok pewnego pola w hrabstwie Essex, stado cieląt wytykało nas racicami i wymachiwało transparentami.

Z autokarem jest tak: płacisz za bilet i, o ile po drodze nie ma wypadku, przywozi cię na miejsce. To wszystko. To podróż bez żadnych dodatków, a po jej zakończeniu pojawiają się ludzie ze szpatułkami, którzy wyłuskują cię z fotela.

Z całą pewnością spędziłem w tym autokarze dwie najgorsze godziny w całym moim życiu, a kiedy wysiedliśmy na nabrzeżu w Harwich przyłapałem się na tym, że tęsknie przyglądam się stojącym tam pociągom. Wydawały się tak niezwykle przestronne i szybkie, a wszyscy ludzie z obsługi wyglądali jak aniołowie – no, może byli trochę grubsi, ale ze swoimi kanapkami i herbatą na pewno byli dziećmi Boga.

W dodatku z całą pewnością mają błyskotliwych szefów. Pomysł, by od czasu do czasu przewieźć autokarem zdegustowanych pasażerów pociągów, żeby przywołać ich do porządku, jest zaiste natchniony.

Każdy, kto potrafi myśleć w ten sposób, ma moje poparcie. Zaraz jak tylko British Rail wejdzie na giełdę, poproszę o 200 akcji.

■ Szybki Szwed

Nie zdziwię się, jeśli producentom Blue Nun uda się w ciągu dwóch lat przekonać cały naród, że ich mdła interpretacja wina jest lepsza od Chablis.

Gdy dysponuje się odpowiednią kwotą pieniędzy, można czegoś takiego dokonać. Wiem, bo zaledwie w 18 miesięcy firma Volvo przeistoczyła się z bohatera niewybrednych dowcipów w poważnego i godnego zaufania konkurenta BMW.

Wszystko zaczęło się łagodnie. Volvo wprowadziło na rynek model 850, zaskakująco przyjemny w prowadzeniu wóz, ale ze względu na linie nadwozia rodem z tabliczek do rysowania dla dzieci, jak również przez logo firmy, mało kto chciał się o tym przekonać.

Nieważne, że Volvo 850 wyposażone było w świetny 2,5-litrowy, 5-cylindrowy, 20-zaworowy silnik i naprawdę wyrafinowane tylne zawieszenie. I tak nadal kupowali je starsi ludzie z tendencją do częstego sygnalizowania skrętu w lewo i włączania mocnych, tylnych świateł przeciwmgielnych już w czerwcu, w ramach przygotowań do nadchodzącej jesieni.

Pozostali użytkownicy dróg mogli nadal cieszyć się bezpieczeństwem. Wszyscy byli w stanie zauważyć nadjeżdżające z naprzeciwka Volvo i zdążyć zjechać mu z drogi. Motocykliści wciąż mogli wypatrzyć Volvo zbliżające się do głównej drogi i ze stuprocentową pewnością założyć, że nie zatrzyma się przed wjazdem.

Później jednak Volvo dało nam model T5. I zanim wszyscy nagle spostrzegli, że jest to bardzo przyjemny w prowadzeniu samochód, okazało się, że jest również bardzo szybki. Volvo wkroczyło do świata wyścigów najbardziej wypasionych wersji rodzinnych sedanów. Tyle że zrobiło to swoim kombi.

W świecie motoryzacyjnym zawrzało.

– Nie, nie – poinformowaliśmy uprzejmie Volvo. – To nie są Brytyjskie Mistrzostwa Samochodów Holowniczych. Wycofajcie się. Inaczej napytacie sobie wstydu.

No i napytali. W pierwszym roku Volvo spektakularnie przegrało. Gdy fala szwedzkiego potopu widoczna była gdzieś pośrodku stawki, tłum wytykał ją palcami i wydawał z siebie deprymujące buczenie.

Problem w tym, że podczas takich imprez na parkingach, pomiędzy Sierrami Cosworthami i BMW, dawało się zauważyć coraz większą liczbę wyżej wspomnianych Volvo T5, polakierowanych na czarno, z obniżonym zawieszeniem i 17-calowymi, stalowoszarymi obręczami kół.

Te wozy prezentowały się bardzo dobrze, a koneserzy byli pod ich wielkim wrażeniem, zadając sobie pytanie, o co w tym wszystkim chodzi.

A potem rozpętało się piekło. Volvo rozpoczęło swój drugi rok w Mistrzostwach Samochodów Turystycznych, wystawiając w nich dwa sedany, którym faktycznie udało się wygrać kilka wyścigów. Firma wykupiła również czas we wszystkich blokach reklamowych telewizji ITV, dzięki czemu mogliśmy zobaczyć kaskaderów, fotografów i meteorologów śmigających w swoich Volvo.

Jako osoba, która nigdy nie zawaha się wykorzystać koniunktury, zdobyłem dla swojej żony T5 i wkrótce potem wszyscy, którzy kiedykolwiek mieli Volvo, zaczęli mi mówić, że od samego początku mieli rację i że wiedzieli, iż nadejdzie czas, kiedy w końcu przekonam się do ich sposobu myślenia.

A teraz wszystko wymknęło się spod kontroli, bo Volvo, by prześcignąć T5, wypuściło na rynek jeszcze lepsze T5R. A obecnie dostępne jest również 850R. Lub, jak mówi na niego moja żona, R2D2. Albo, jak mówię na niego ja, Terminator 2.

Trzeba wymyślić własną nazwę dla tego samochodu, bo z tyłu znajduje się tylko napis Volvo. A jednak nikt już się nie nabierze, że to zwykłe Volvo – to przez tylny spojler, jaskrawy, czerwony lakier, sześcioramienne, stalowoszare felgi z lekkich stopów i przedni spojler, którym niemalże przylega do drogi.

W środku mamy zamszowe, elektrycznie sterowane i podgrzewane fotele, i wszystko, czego tylko dusza zapragnie. Jest tam także deska rozdzielcza wykończona drewnem, jakiego nigdy wcześniej nie widziałem. Wygląda jak polerowana sosna, a to przecież absurd.

Mimo to ten detal może się przydać, bo dzięki niemu po wejściu do samochodu nie ulegniemy złudzeniu, że siedzimy w zwykłym wozie. No dobrze, odpala się go kluczykiem, a pedał sprzęgła jest po lewej stronie, ale gdy odrobinę popuścisz mu cugle, dojdziesz do wniosku, że kierujesz bombą neutronową.

Olbrzymia turbosprężarka sprawia, że 2,3-litrowy silnik rozwija teraz moc 250 koni, co – w tłumaczeniu na suche liczby – odpowiada przyspieszeniu od zera do setki w sześć sekund z hakiem i prędkości maksymalnej 260 km/h. A wszystko to w Volvo.

Wóz będzie kosztował około 32 000 funtów, niezależnie od tego, czy będzie to sedan, czy kombi, z manualną, czy z automatyczną skrzynią biegów. Muszę przyznać, że to sporo, ale za te pieniądze dostajecie kawał naprawdę dobrego samochodu.

To, co mnie w nim zdumiewa, to jego wyrafinowanie. Zamiast być ordynarnym i głośnym wozem, ten samochód jest stuprocentowo powściągliwy. Jest nawet wyposażony w kontrolę trakcji, która stara się jak najlepiej przekazywać napęd, gdy eksplozja mocy toczy walkę z napędzaną przednią osią.

Saab stwierdził kiedyś, że nie można na przednie koła przekazać większej mocy niż 170 koni. Ale Volvo to właśnie zrobiło i wyszedł mu z tego samochód, którym jeździ się tak, jakby paliły ci się spodnie.

Na moim podjeździe stoi właśnie Terminator 2, jest trzecia nad ranem, a ja odczuwam silną pokusę, by wybrać się nim na przejażdżkę. Uwielbiam przyglądać się mimice ciała tych, którzy jadą przede mną i usiłują zobaczyć we wstecznym lusterku, co u licha się do nich zbliża. To Volvo, synku, ale nie takie, jakie wszyscy znamy.

Rzeczywiście. Płynnie pokonuje zakręty, a choć jazda na niskoprofilowanych oponach jest twarda, nigdy nie staje się dokuczliwa. To Volvo jest jak BMW, tyle że szybsze.

No i proszę: napisałem cały tekst o Volvo i ani razu nie pojawiło się w nim słowo „bezpieczeństwo". Zasłużyłem na butelkę Niersteinera!

■ Zwolennicy bezalkoholowej jazdy przekraczają wszelkie normy

Jakże pokrzepiający jest fakt, że rząd zamierza zintensyfikować walkę z plagą dżumy. Co prawda przyznaje, że została ona zmieciona z powierzchni ziemi przez wielki pożar Londynu w 1666 roku, jednak jest zdania, że aby ostatecznie wytrzebić tę straszną chorobę potrzeba więcej funduszy i więcej szpitali. Dobrze jest też wiedzieć, że rządzący zamierzają wreszcie skończyć z przymusowym wcielaniem do Królewskiej Marynarki Wojennej.

– Marynarka ma biura przy głównych ulicach większości miast, więc nie wiem, dlaczego z nich nie korzysta – powiedział w zeszłym tygodniu jakiś rzecznik.

Inne doniesienia z Whitehall też są niezwykle na czasie. Królowie nie będą już mogli pozbawiać głów ludzi, których niezbyt lubią, średniowieczne Wessex będzie miało swoje własne ustawodawstwo, a kampania przeciwko prowadzeniu pojazdów w stanie nietrzeźwości przybierze na sile. Co takiego?!

Mój telewizor oberwał kotletem, ponieważ właśnie jadłem kolację, kiedy minister transportu Robert Key – wygląda jakby swego czasu miał do czynienia ze zbyt wieloma kotletami – pojawił się w wiadomościach, by opowiedzieć o wojnie, jaką wypowiedział ludziom, którzy prowadzą samochód po alkoholu. Wszystkim siedmiu.

W 1982 roku 43 341 osób zostało poddanych badaniu alkomatem i 31,1 procent miało przekroczoną normę. Trzeba było coś z tym zrobić i tak się też stało. W 1992 roku zbadano 108 856 osób i tylko niecałe 8 procent było powyżej kreski. Innymi słowy, rząd wygrał bitwę.

Ale pan Key twierdzi, że w zeszłym roku w wypadkach związanych z alkoholem zginęło 610 ludzi, i że walka wciąż trwa. Otóż, mój drogi, większość ofiar stanowili zataczający się piesi, którzy przewrócili się prosto pod koła samochodów trzeźwych kierowców. Dlatego podejście do kwestii alkoholu w stylu muzułmańskim niewiele tu pomoże, prawda?

A jednak. W Ameryce gospodarze przyjęć są pozywani przez swoich przyjaciół, jeśli nie zapewnią napojów bezalkoholowych i mimo że jest mało prawdopodobne, by taki obyczaj miał się przyjąć w Wielkiej Brytanii, pan Key prosi, by goszcząc ludzi wspierać trzeźwość. No nie. Ostatnio większość czasu spędzam siedząc przy stole na różnych przyjęciach, gdzie nie mogę palić ani jeść mięsa – a teraz Key mówi, że nie wolno mi też wypić lampki wina?! Założę się natomiast, że przynajmniej nigdy nie zabroni mi jedzenia.

Jego kolejny argument jest taki, że młodym często trudno jest odmówić proponowanego drinka z powodu presji towarzyskiej. Ostatnim, który aż tak się mylił, był Neville Chamberlain, gdy trzymał w ręce kawałek papieru oddający Hitlerowi Sudetenland.

W rzeczywistości to starsi ludzie najczęściej jeżdżą po alkoholu. A uchodzi im to na sucho dlatego, że w nocy policja chętniej zatrzymuje młodych w szybkich hatchbackach niż rolników o różowych policzkach jadących Jaguarami.

Key pokazał, że żyje w oderwaniu od rzeczywistości i że powinien zostać rzucony na pożarcie lwom. Ale ma jeszcze więcej do powiedzenia. Wygląda na to, że chce zmniejszyć dopuszczalną ilość alkoholu we krwi, argumentując, że jedno piwo wpływa na zdolność prowadzenia pojazdu. Z pewnością, tłuściochu, ale to samo dotyczy starości. Siedemnastolatek z jednym piwem wlanym w trójkątny tors ma większą szybkość reakcji niż trzeźwy emeryt, dlaczego więc nie zakazać prowadzenia samochodu staruszkom? Albo ludziom przeziębionym? Albo tym, którzy muszą udać się do ubikacji, bo z całą pewnością z pełnym pęcherzem nie są w stanie skoncentrować się na jeździe, a rząd nie zapewnił żadnych stacji benzynowych? A zresztą, ile ma wynosić maksymalna dopuszczalna prędkość? Zero? I kiedy nie ma się we krwi alkoholu? Pięć godzin po wypiciu piwa? A może pięć dni po? Teraz już nikt nigdy nie odważy się usiąść za kółkiem.

Mieliśmy już wielu idiotów w ministerstwie transportu, ale ten jest najcięższym przypadkiem. Dosłownie i w przenośni.

■ Samochód stulecia

Jako że zbliżają się setne urodziny motoryzacji w Wielkiej Brytanii, wydaje się, że to dobry czas, by zadać sobie pytanie: który samochód jest najlepszym wozem wszech czasów?

Magazyn „Top Gear" przeprowadził ostatnio sondaż wśród zorientowanych w temacie i odkrył, że opinie są dość różnorodne.

W odpowiedziach najczęściej pojawiało się Mini, Ford Model T i różne wiekowe Mercedesy. Gareth Hunt zasugerował nawet, że zwycięzcą powinien zostać Humber. Damon Hill wytypował Renault Lagunę.

Ale tak naprawdę to właśnie chyba on jest najbliższy prawdy, bo nowe samochody są z pewnością lepsze od starych. Renault Laguna, mimo że nijaka i nieciekawa, jest szybsza, bardziej bezpieczna, bardziej przyjazna dla środowiska i pokonuje zakręty lepiej niż Bugatti Royale.

Bernd Pischetsrieder, szycha rządząca koncernem BMW, stwierdził, że najlepszym samochodem, jaki kiedykolwiek powstał, był stary BMW 507 Roadster. Hola, hola, kolego! Jeśli ten wóz był tak dobry, dlaczego nie wznowiliście jego produkcji?

Oto wyjaśnienie: co miesiąc taka czy inna firma samochodowa wpada na nowy sposób wykorzystania jakiejś nowinki technicznej w jednym ze swoich produktów. I zazwyczaj prowadzi to do ulepszenia samochodu.

Jasne, istnieją również i głupie pomysły, takie jak skierowane do tyłu kamery wideo zamiast lusterek. No dobrze, a co będzie, gdy zabrudzą się im obiektywy? I wciąż nie wiem, po co Nissan Bluebird miał dwa automatyczne bezpieczniki, mimo że poruszeni tą sprawą ludzie w rozpinanych swetrach wysłali do producenta sporo listów.

Spójrzcie, dajmy na to, na aerodynamikę. Zaledwie 12 lat temu Audi zaprezentowało model 100, który miał współczynnik oporu wynoszący zaledwie 0,3. Audi 100 miało szyby podążające za linią karoserii, która była zaokrąglona jak budyń rozlany na talerzu. Dziś mamy Mercedesa Klasy E, który jeszcze łagodniej przecina powietrze i to mimo swojego pofałdowanego i dość dziwacznego przodu.

To z kolei oznacza, że nawet wyposażone w mocniejsze silniki wersje sączą paliwo ze swoich wtrysków z szybkością 7 litrów na 100 kilometrów. To byłoby niemożliwe nawet 10 lat temu.

No i moc. Były czasy, gdy ludzie wydając okrzyki zachwytu gromadzili się przy samochodach Ferrari, które osiągały 200 koni mechanicznych mocy. A dziś tyle samo potrafi wycisnąć dwulitrowa jednostka Forda Escorta. Praktycznie niemożliwe jest nabycie samochodu, który ma mniej niż 100 koni. (Jeśli naprawdę potrzebujecie takiego wozu, istnieją rozmaite modele Mercedesa z silnikiem Diesla, całkiem nieźle spełniające to kryterium).

Dalej – środowisko. Volkswagen Garbus przejeżdżając pół kilometra potrafił zatruć cały las równikowy. Tymczasem dziś przejeżdżającemu Golfowi z rury wydechowej wylatują tulipany. Spaliny wydobywające się z wydechu Saaba są czystsze niż powietrze, które weszło do silnika. Tak jest, naprawdę!

Nie można też zapomnieć o bezpieczeństwie. Gdyby Marc Bolan wjechał w to swoje drzewo współczesnym samochodem, zespół T-Rex byłby dziś na czołowych miejscach list przebojów z piosenką *Fax Sam*. Gdyby James Dean prowadził Porsche 928, dzisiejszego wieczoru wszyscy wybralibyśmy się do kina obejrzeć *Buntownika na emeryturze*.

Przypominam sobie, jak będąc jeszcze małym chłopcem zwiedzałem wystawy samochodowe i z podniecenia trzymałem się za krocze, bo mój ojciec rozważał właśnie zakup Peugeota 604, który miał elektrycznie opuszczane szyby.

Dziś za 10 000 funtów można kupić Forda Fiestę, który ma klimatyzację, radio z CD, podgrzewaną przednią szybę i ABS. Spowszedniała kontrola trakcji, a BMW instaluje w swoich samochodach nawet telewizję. Mercedes – ta marka wciąż się pojawia w tym tekście – sprzeda wam wycieraczki przedniej szyby, które włączają się automatycznie, gdy pada deszcz.

Współczesne samochody są też cichsze i bardziej komfortowe, ale co ważniejsze, są też tańsze. W latach 1960. jedynie ci, którzy należeli do ścisłej śmietanki klasy średniej mogli pozwolić sobie na średniej wielkości Vauxhalla, podczas gdy obecnie Astrę można mieć za połowę tego, co pracownik stacji benzynowej zarabia w ciągu godziny.

Dlatego właśnie szydzę i drwię z każdego, kto twierdzi, że najlepszym samochodem wszech czasów jest jakiś beznadziejny, wiekowy klasyk wyposażony w hamulce bębnowe.

Samochodem wszech czasów musi być jakiś zeszłoroczny model, bo tylko taki będzie wyposażony w ostatnie innowacje.

A to oznacza, że stoi teraz w którymś z salonów sprzedaży. No dobrze, ale jaki to samochód?

Kusiło mnie, by powiedzieć, że to Ford Fiesta – samochód, który zapewnia wszystko to, czego może się po nim spodziewać rozsądny kierowca i o wiele więcej, niż można było wymagać od niego w roku 1972.

Myślę jednak, że na ten tytuł bardziej zasługuje Mercedes. Te samochody konstruowane są jak żadne inne, i to z precyzją, która wprawiłaby w zdumienie nawet ludzi pracujących w elektrowni jądrowej w Sellafield. Wydaje mi się, że można kupić Mercedesa Klasy E dziś i nigdy nie mieć go dosyć. W tym samochodzie można znaleźć wszystko to, co praktyczne. Ten wóz po prostu wyjeżdża na drogę i robi, co do niego należy, i to w nienaganny sposób.

I w tym cały problem. Najwspanialszy samochód wszech czasów powinien wyjeżdżać na drogę i robić, co do niego należy, ale powinien robić coś jeszcze, i właśnie dlatego muszę stwierdzić, że rzeczony tytuł należy jednak do Ferrari 355.

Ten wóz to zarówno wybitna rzeźba, jak i kawał solidnej, inżynierskiej roboty. Można czerpać taką samą przyjemność wstawiając go do salonu w miejsce fortepianu i przyglądając mu się, co odbywając przejażdżkę za jego kierownicą. A jeśli już wyjedziesz nim na drogę, do dyspozycji będziesz miał silnik V8 z pięcioma zaworami na cylinder. Pomiędzy wrzucaniem kolejnych biegów będziesz go mógł rozkręcać do 9000 obrotów. W dodatku przez cały czas będziesz miał świadomość, że towarzyszą ci poduszki powietrzne, katalizatory, ABS i wszystko, co najlepszy samochód powinien, a wręcz musi mieć.

I jeszcze jedno. Żaden samochód nie może być prawdziwie wspaniały, chyba że jest nim Ferrari.

■ Zachód Nissana Sunny

Najczęściej zadawane mi pytanie brzmi: Jaki jest najgorszy samochód, który kiedykolwiek prowadziłeś?

FSO Polonez, produkowany w Polsce odpad Fiata ze stylistyką nadwozia autorstwa uczniów klasy 4 „b" szkoły podstawowej w High Wycombe, jest tutaj oczywistym faworytem.

Jest jednak jeszcze Jeep Mahindra, pojazd z napędem na cztery koła produkcji indyjskiej, no i Vauxhall Nova. O Boże, prawie zapomniałem o Ładzie Samarze. I o Volvo 343, które jest bezpieczne tylko dlatego, że nie jest w stanie rozwinąć prędkości, która w razie wypadku może spowodować obrażenia. Mamy jeszcze Morrisa Marinę, który robił jedną przyzwoitą rzecz: rozsypywał się jeszcze przed wyjazdem z salonu sprzedaży.

Ale chwileczkę... Najgorszym samochodem, który kiedykolwiek prowadziłem, jest Nissan Sunny. Możecie wybrać dowolny z niezliczonych modeli produkowanych w siedmiu generacjach przez ostatnie 29 lat, a będzie to najgorszy samochód ze wszystkich, którymi do tej pory jeździliście.

Mój kolega z *Top Gear*, Quentin Willson – diler używanych samochodów – kupił kiedyś Nissana Sunny 120Y za paczkę papierosów Benson & Hedges i wciąż utrzymuje, że stał się ofiarą zdzierstwa.

O co tu chodzi? Otóż w latach 1970. w środkowej Anglii sprawował rządy przywódca związków zawodowych Derek Robinson, znany jako Red Robbo. Gdy zdarzył się już taki dzień, że jakikolwiek robotnik przyszedł do pracy, z bramy fabryki wyjeżdżały samochody, które były niesamowicie zawodne.

Znienacka na rynek wkroczył Datsun z modelem Sunny 120Y, i to właśnie rozwiązało problemy. Może i był tak wstrętny, że przechodziło to pojęcie zwykłego śmiertelnika, może i jeździło się nim jak na jelonku Bambi, ale po prostu się nie psuł.

A to dla przegrzanego i unieruchomionego brytyjskiego kierowcy, było jak znieczulenie zewnątrzoponowe dla ciężarnej kobiety. Wiesz, że wiąże się z nim odrobina ryzyka. Wiesz, że nie jest zbyt dobre dla zdrowia. Ale kiedy leżysz zlana potem i wrzeszczysz wniebogłosy, masz to wszystko gdzieś. Zaprzedałabyś duszę diabłu, żeby tylko zechciał wbić igłę w twój kręgosłup.

Istnieje powszechne przekonanie, że Japonia nie jest krajem innowacji i że kopiuje wszystko ze Stanów i z Europy, ale to nie tak. Japonia pokazała światu, że można wyprodukować niezawodny samochód.

Wkrótce wszyscy pozostali zaczęli robić niezawodne samochody, co rzuciło na Nissana Sunny niezbyt korzystne światło.

Mimo to ludzie wciąż go kupowali. Ford i Rover wdrapali się na szczyt Ben Nevis, skąd ogłaszali światu, że ich samochody są teraz wyrafinowane, praktyczne, bogato wyposażone, ładne… i niezawodne, ale nikt nie chciał ich słuchać.

Pan Sunnowski w 1974 roku spóźnił się na ważne spotkanie, bo zepsuł się jego Austin Allegro, i nie było mowy, by kiedykolwiek zechciał ponownie kupić jakiś europejski samochód.

Nissan – bo tak obecnie nazywa się Datsun – robił wszystko, co w jego mocy, by Sunnowski zmienił zdanie i wypuszczał jedną za drugą coraz to gorsze generacje Sunny'ego. Gdy zacząłem zajmować się testowaniem samochodów, a było to w 1984 roku, po prostu nie mogłem uwierzyć, jak okropny jest Sunny. Gdy wjechałem nim na rondo na trasie A3 w Surrey, bez żadnego wyraźnego powodu zniosło go na krawężnik. Pamiętam jak dziś, że kiedy wysiadłem, by ocenić rozmiar uszkodzeń, na widok brzydoty tego samochodu ogarnęło mnie wielkie osłupienie.

Nissana nic i nikt nie był w stanie powstrzymać. Skumał się z Alfą Romeo, która w tych czasach swoje samochody składała do kupy używając śliny i chusteczek higienicznych, i stworzyli wspólnie wóz o nazwie Arna, czyli Nissana Sunny montowanego we Włoszech. Ten wóz był kombinacją najgorszych cech obydwu światów, z których się wywodził.

Potem nadszedł ZX Coupé. Czyżbyśmy w końcu dostali wóz, w którym być może pobrzmiewały echa starego 240Z? Tego stylowego, dwudrzwiowego fastbacka, którym można było zaimponować podjeżdżając pod trzeciorzędną dyskotekę w piątkowy wieczór?

Nic z tych rzeczy. Było to najbardziej kanciasty projekt samochodu od czasów, gdy dzieciom znudziły się tabliczki do rysowania. Wyposażony był w słabowity silnik, i by do końca utwierdzić was w przekonaniu, że będzie wolnym, cholernie źle prowadzącym się złomem, nosił na sobie napis „Sunny".

Nissan w swojej wieloletniej historii wymyślił wiele spektakularnych nazw – Cedric jest tego czołowym przykładem – ale nie można nazwać dwudrzwiowego coupé „Sunny". Można nazwać go Nawałnicą, Błyskawicą, a nawet Tęczą, jeśli kręcą was terminy meteorologiczne, ale Sunny, czyli Słoneczny, oznacza, że samochód nie ma jaj. Równie dobrze można było go nazwać Mżawką. Tak naprawdę, to nawet należałoby – byłoby to o wiele bardziej uczciwe.

Od tego czasu przestałem testować Nissany Sunny, na wypadek, gdyby jakimś chuliganom z południowych dzielnic

Londynu przyszło do głowy wziąć mnie za kierowcę taksówki. A jednak po raz ostatni pchnięto mnie nożem jakiś rok temu.

Dałem się nabrać, że 100NX nie ma nic wspólnego z Nissanem Sunny, tylko że jest nowym, małym, sportowym coupé, zdolnym do rywalizacji z Hondą CRX i Toyotą MR2. Ale skąd.

100NX prezentował się do dupy, jednak rzeczą najgorszą ze wszystkich był jego silnik – żałosna, mikroskopijna jednostka o pojemności 1,6 litra, rozwijająca jedynie 101 koni mechanicznych mocy. Prędkość maksymalna 195 km/h nie była jeszcze taka zła, ale wóz rozpędzał się od zera do setki w całe 11,2 sekundy.

Zdarzało mi się już siedzieć w szybszych kosiarkach do trawy. Ten wóz był dla świata motoryzacji tym, czym dla świata bielizny jest marka Sloggi. Już nawet moja córka lepiej pokonuje zakręty, a ma zaledwie 14 miesięcy.

Sunny był najgorszym samochodem, jakim kiedykolwiek jeździłem, nie uronię więc łzy na wieść, że zakończono jego produkcję. Sunny nie żyje. Nissan zachował się przyzwoicie i wyciągnął wtyczkę z kontaktu. Proszę nie składać wieńców.

Z OSTATNIEJ CHWILI: Właśnie zobaczyłem nową Almerę. Czy moglibyśmy jednak wrócić do Nissana Sunny? Proszę...

■ Kto teraz dorwie się do koryta?

Ostatnio trwa debata o tym, czy to filmy oddają rzeczywistość, czy też rzeczywistość wzoruje się na filmach. Dla przeważającej większości widzów kinowych, wszystkie filmy to czysty eskapizm. Są jak narkotyk – dobrze, jeśli tam jesteś, ale prędzej czy później miesiąc miodowy dobiega końca i musisz powrócić do rzeczywistości.

Otóż jednostki o silnej woli potrafią sobie z tym poradzić. Umieją oddzielić fakty od fantazji. Jednak Michael Howard najwyraźniej tego nie umie. Nie byłoby to takie złe, gdyby był zwykłym facetem, ale niestety jest ministrem spraw wewnętrznych.

Najwyraźniej obejrzał kiedyś *Robocopa* – film, którego akcja rozgrywa się w bliżej nieokreślonej przyszłości, gdzie sektor prywatny kieruje wszystkimi dziedzinami życia i stosuje pewne moralnie wątpliwe metody, by pilnować porządku w miastach. Po obejrzeniu tego filmu wyszedłem z kina zachwycony wizją reżysera i przez całą drogę do domu w podnieceniu rozmawiałem o tym kawałku, gdy Robocop postrzelił gwałciciela w jądra.

Niestety, pan Howard przyjął odmienne podejście. Podczas gdy reszta publiczności zachęcała Robocopa do walki ze zdziercami z roku 1999, Michael obmyślał plan. Przez lata jego rząd sprywatyzował prawie wszystko, na czym tylko mógł położyć łapy, dlaczego więc nie pójść jeszcze dalej? Oto film o sprywatyzowanej policji – może coś takiego sprawdziłoby się i u nas? Dlatego w zeszłym miesiącu pan Howard ogłosił, że chciałby, by policja została zwolniona z wypełniania zbędnych zadań.

Naturalnie, Federacja Policyjna i wszystkie organizacje motoryzacyjne, począwszy od dziecięcego Tufty Club, są wściekłe, ponieważ zdają sobie sprawę, co się święci. Każdy wie, co będzie motywowało policję drogową, gdy zostanie sprywatyzowana. Współudziałowcy. Ludzie w garniturach. Bezimienna mniejszość, która tak naprawdę była zadowolona, gdy Rover stał się niemiecki.

Obecnie w piękny słoneczny dzień policjanci z brytyjskiej drogówki mogą po prostu siedzieć sobie w bazie i grać w karty. Ale kiedy do tego równania dodamy współudziałowców, ci będą musieli zarabiać.

Ktoś będzie musiał wyłożyć na to pieniądze, a będą to ludzie jadący z prędkością 111 km/h po autostradzie M4. Widzieliśmy już, jak działają sprywatyzowane agencje egzekwujące zakazy parkowania. Czy możecie sobie więc wyobrazić, jak będzie wyglądała sprywatyzowana drogówka?

Za każdym drzewem będzie stał mężczyzna z wąsami i suszarką. I będzie można zapomnieć o pouczeniach zamiast mandatów, bo ktoś będzie musiał zapłacić za paliwo jakie zużył, by cię dogonić i za czas, jaki spędziliście na pogaduszkach.

Jedyny dobry aspekt tej sytuacji jest taki, że aby utrzymać koszty na niskim poziomie, faceci w garniturach będą zmuszeni kupić swoim oficerom tanie, powolne samochody. Gdy będziesz śmigał z prędkością 190 km/h, nie ma takiej możliwości, by Robosnuj w swoim Protonie mógł się choć trochę do ciebie zbliżyć. Przynajmniej aż do kolejnych bramek pobierających opłaty.

Owszem, przekraczanie prędkości jest drobnym wykroczeniem i Howard ma rację nazywając ściganie tego „zbędnym zadaniem". Ale co z jazdą po alkoholu? Czy to także drobne wykroczenie, którym policja nie powinna się kłopotać? A jeśli tak jest, to dlaczego w każde święta Bożego Narodzenia wydaje się tyle kasy na spoty, mające nam przypomnieć, że jednak jest inaczej? I czy oni naprawdę myślą, że policja kierująca się chęcią zysku będzie chciała skłaniać ludzi do tego, by przestali robić coś, dzięki czemu wypełniają się jej szkatuły?

Nie – będzie chciała, byśmy przekraczali prędkość i przejeżdżali na czerwonym świetle kiedy się urżniemy, gdyż w przeciwnym wypadku nie zadowoli swoich cholernych współudziałowców.

Kiedy Brytyjska Telekomunikacja, Brytyjskie Gazownictwo i cała reszta państwowych przedsiębiorstw wchodziła na giełdę, stałem w kolejce po akcje. Jeśli jednak zaoferują nam nabycie udziałów policji, zostanę w domu przed telewizorem. I zachęcam was, byście zrobili to samo.

To sprawi, że ceny akcji będą niskie. Następnie przez jakiś miesiąc powinniśmy wszyscy starannie przestrzegać wszystkich przepisów ruchu drogowego. Nie wolno nam popełnić najmniejszego nawet wykroczenia. Dzięki temu bez problemu zagłodzimy współudziałowców.

Pomyślcie o tym i uśmiechnijcie się.

■ Pustynna burza w wykonaniu Ferrari

W Wielkiej Brytanii nie mamy dróg takich jak ta. Z ronda wyjeżdżamy na szosę, która prosto jak strzała daje nura w samo serce arabskiej pustyni i ciągnie się mila za milą.

Nie prowadzi do jakiegoś szczególnego miejsca, nie ma więc na niej dużego ruchu. A mimo to bogate w ropę naftową władze lokalne zadbały o to, by była idealnie gładka i by w obydwie strony prowadziły po dwa pasy.

Natura pomogła rozwiązać kwestie bezpieczeństwa. Po obydwu stronach drogi leży miękki piasek, który stanowczo i pewnie zatrzyma każdy zbłąkany samochód.

To tyle, jeśli chodzi o hardware. Software wywiera jeszcze większe wrażenie. Przede mną jedzie przerobione przez właściciela Ferrari F40, którego turbodoładowany silnik rozwija kolosalną moc 600 koni mechanicznych.

Gdy jak rakieta wystrzela z ronda, każdej zmianie biegów towarzyszy ognisty obłok wydobywający się z rury wydechowej. Fabrycznie zestrojone Ferrari F40 jest potwornie szybkie, ale ten egzemplarz, mknący w wieczornym półmroku, jest czymś naprawdę niesamowicie wyjątkowym. Szybkie – to słowo jest za mało wyraziste. Niewiarygodniesłychaniefanpojęcietastycznie – to jest już bliższe prawdy.

A mimo to wciąż za nim jadę. Gdy jego kierowca zmienia bieg z trójki na czwórkę, zauważam, jak spogląda we wsteczne lusterko, gdzie widzi monstrum, którego nie może zgubić. Wrzuca więc piątkę, a ja nadal jestem za nim, teraz nawet jeszcze bliżej. Mrugam światłami, sygnalizując, że zaraz go wyprzedzę.

To była moja pierwsza przejażdżka Jaguarem XJ200. Nie mogłem wprost uwierzyć w zasób jego mocy. Wiedziałem, że ten wóz powstawał z zamysłem skonstruowania najszybszego samochodu na świecie – w końcu udało mu się, choć na krótko, utrzymać ten rekord – ale jakoś nigdy wcześniej mnie nie podniecał.

Był cholernie duży, i mimo że ceniłem Jaguara za to, że nadał XJ200 osobliwy i niezwykły wygląd, zawsze byłem zdania, że ma zbyt wielkie wloty powietrza, tak jakby wiatr wyżłobił dziury w najważniejszych miejscach nadwozia.

Dodatkowo, żałosny sześciocylindrowy silnik – mówiono, że to ta sama jednostka, która była stosowana w rajdowej odmianie Metro – po prostu nie wysyłał w eter właściwego brzmienia.

Wciąż myślałem o tym wszystkim, ale nie dało się uciec od stwierdzenia, że wóz ten jest niesamowicie szybki. Jednym susem wziął F40 i pomknął dalej z prędkością 313 km/h – największą, z jaką do tej pory jechałem.

Mój poprzedni rekord – 299 km/h – ustanowiłem prowadząc Lamborghini Countach i poprzysiągłem sobie, że już nigdy nie pojadę tak szybko. To było przerażające doznanie: samochód szarpał, rzucał, trząsł się i grzechotał. Było więcej niż oczywiste, że podczas gdy silnik był zdolny do takich szaleństw, to stary, poczciwy wóz – już nie.

Natomiast w Jaguarze panował spokój. Jasne, szum wiatru osiągnął natężenie dwukrotnie większe niż huragan, ale wszystkie łączenia pozostały niewzruszone, układ kierowniczy – spokojny, a zawieszenie nigdy nie dało odczuć, że jakiś mały kamyczek mógłby wysłać mnie na pustynię, do góry nogami i w płomieniach.

Zwolniłem tak naprawdę tylko dlatego, że zacząłem się nudzić, i że chciałem przejechać się pozostałymi samochodami – wspomnianym wyżej F40, Porsche 959 i nowym Ferrari F50.

Wszystkie te wozy należą do jednego i tego samego człowieka, który dość rzadko z nich korzysta i jeszcze mniejszą wagę przywiązuje do ich ubezpieczenia. Jaguar nie był nawet zarejestrowany, a książka serwisowa 959 błędnie sugerowała, że samochód wciąż należy do sułtana Omanu.

Tak czy owak, jak na coś, co stało w zatoce przy szosie, była to bardzo apetyczna mieszanka samochodów, w szczególności, że mogłem wybierać, który poprowadzę jako następny.

Przejechałem się każdym z nich i byłem zdumiony, jak narodowe cechy charakteru przebijają z tych wozów, nawet jeśli chodzi o dążenie do osiągania jak największych prędkości. Włoski duet był dziarski i rozśpiewany. Gdyby tylko te samochody miały ręce, wymachiwałyby nimi sunąc po drodze.

Brytyjczyk – to była waga ciężka; wykończony skórą i raczej spokojny. W mieście byłby tak niewzruszony, jak goście na kolacji w ambasadzie. To samochód, który odróżniłby widelec do ryby od wina podanego na deser.

No i 959 – Niemiec, który próbował zdobyć dominację nad światem wykorzystując imponujący wachlarz skomputeryzowanych gadżetów. Zazwyczaj nie mam problemów z rozpracowaniem nawet najbardziej dziwacznych desek rozdzielczych, ale w 959 niektóre zegary i przełączniki nie mają sensu.

Jedna z kontrolek migając informowała mnie o odrobinę za niskim ciśnieniu w tylnej oponie od strony pasażera. Było to bardzo przejmujące, ale równie przejmujący jest widok wiertła u dentysty.

W tym cały problem. Miałem czas i ochotę myśleć o tym wszystkim, mimo że prułem przez pustynię w czterech najbardziej ekscytujących samochodach świata.

Sęk w tym, że nie było tam ani przechodniów, którzy mogliby podziwiać widok samochodów, ani atmosfery wielkiego wydarzenia. Gdyby tak było, oznaczałoby to, że jadę w obszarze zabudowanym z prędkością 50 km/h.

Stąd zaś wynika kolejny dylemat. Prędkość sama w sobie wcale nie jest podniecająca. Gdy siedzisz w Boeingu, czy podnieca cię to, że przecinasz niebo z makabryczną prędkością 800 km/h? Nie. I podobnie jest z jazdą samochodem na wprost po drodze bez zakrętów. 320 km/h. Wielkie rzeczy.

To, co naprawdę ma znaczenie, to przyspieszenie i charakterystyka prowadzenia, umiejętność pokonywania zakrętów tak, jakby ich wcale nie było. I właśnie dlatego Ferrari F50 zostało tak entuzjastycznie przyjęte przez tych, którzy znają się na rzeczy. Jest lekkie i nieskomplikowane, jak ciasto ptysiowe w świecie pełnym puddingu z dodatkiem łoju.

Mali chłopcy mogą dowodzić, że jego prędkość maksymalna wynosząca 331 km/h oznacza, iż jest wolniejsze i dlatego po pewnym względem gorsze niż rozwijający 381 km/h McLaren F1. Ale to nonsens.

Ferrari skonstruowano do jazdy po zakrętach, a McLaren wykorzystuje swój pochodzący z Formuły 1 silnik V12 na prostych, nużących odcinkach dróg.

Wydaje się więc, że po raz kolejny Ferrari odwaliło kawał dobrej roboty.

■ Przeciwnicy uciech znów w akcji

W 1995 roku pojawił się nowy trend, który zaczął się jak nowotwór: nie wykryto go i nie zwrócono na niego uwagi.

Nissan ogłosił, że jego całkiem przyzwoity 300ZX nie będzie już importowany, ponieważ koszt dostosowania go do nowych norm i regulacji związanych z zanieczyszczeniem i hałasem sprawi, że nie będzie to już opłacalne.

No i co z tego? To sympatyczny samochód, ale to tak, jak utrata dalekiego znajomego, faceta, którego widywałeś w pubie od czasu do czasu. Jest tam jeszcze mnóstwo innych facetów.

Później z Włoch zaczęły docierać pogłoski, że Bugatti ma problemy finansowe i że została przerwana produkcja modelu EB110. To już było coś poważniejszego.

Chciałbym jednak zapewnić wszystkich fanów motoryzacji na całym świecie, że będzie jeszcze o wiele, wiele gorzej.

Jak dotąd, najbardziej znamienną ofiarą tego wszystkiego jest Ford Escort Cosworth. Pojawił się na rynku w 1992 roku pośród doniesień, że w Wielkiej Brytanii jest obecnie więcej złodziei samochodów niż kierowców, i legł pod ciężarem gigantycznych dopłat do ubezpieczenia. Ford nie pomógł sprawie, bo cenę Coswortha ustalił na dość wysokim poziomie.

Do tej pory Ford sprzedał 7000 egzemplarzy tego modelu, co według niego jest liczbą niewystarczającą. To ciekawe, ale jeśli w siedzibie głównej Forda weźmiesz do ręki słownik, stwierdzisz, że wykreślono z niego słówko „sentymenty".

Naprawdę. Obecnie Ford jest właścicielem 25 procent Mazdy, a ta rozpoczęła 1996 rok od ogłoszenia, że jej zdecydowanie najlepszy samochód trafi na śmietnik Pana Boga.

Mazda RX7 była japońskim samochodem, który wcale nie wyglądał na japoński. Tak prezentowałby się dziś Jaguar E-Type, a z jej turbodoładowanym silnikiem Wankla śmigałby jak rakieta.

Co prawda w środku nie było miejsca dla nikogo o wzroście przekraczającym 76 cm, ale to zupełnie się nie liczyło. Zawsze cieszy mnie rzadki widok tego orientalnego Batmobila – w Wielkiej Brytanii sprzedano ich zaledwie 150 sztuk i na tym sprzedaż zakończono.

To samo tyczy się Volkswagena Corrado. Ten samochód był ładnym coupé, zapewniającym nieomal erotyczne wrażenia z jazdy. Żaden inny samochód w cenie poniżej 20 000 funtów nie był w stanie choćby próbować mu dorównać. Tyle, że z tego co wiem, Corrado kaszle krwią, a dookoła jego wlotów powietrza pojawił się zielony nalot.

Martwię się również o zdrowie Dodge'a Vipera. Co prawda mówi się o jego nowej wersji ze sztywnym dachem, ale słyszałem, że produkcja roadstera ma zostać wstrzymana. Wygląda na to, że do każdego sprzedanego egzemplarza tego wozu Chrysler musi dopłacać kilka funciaków, a to w biznesie określane jest jako „coś złego".

Wśród pozostałych samochodów, których los daje powody do obaw, są: Lamborghini Diablo, Honda NSX i Lotus Esprit.

Myślę, że zaczynacie teraz rozumieć powagę sytuacji. Szybkie, naprawdę ekscytujące samochody, są poddawane odstrzałowi i już wkrótce z pola bitwy znikną oficerowie, a zostanie wyłącznie mnóstwo szeregowców.

Wygrywają zielonowłosi, co jest jeszcze bardziej zaskakujące, niż wczesne słowa piosenek zespołu Genesis.

Gdy miałem 18 lat, w mojej głowie aż się roiło od wielkich planów, których ani mój wychowawca w internacie, ani moi rodzice nie brali poważnie. Byłem głupi i pryszczaty, miałem fioła na punkcie podkoszulków z ultrakrótkimi rękawami i zespołu ELP, i dlatego uważano mnie za durnia. Praktycznie codziennie słyszałem:

– Clarkson, czy ty jesteś głupi jak but?! Nie przychodź do szkoły w adidasach!

A dziś ludzie w wojskowych kurtkach i z dziwnymi fryzurami osiedlają się na drzewach, a my mimo to myślimy, że mają nam coś mądrego do powiedzenia. Gdybym był reporterem, który miałby rozmawiać z tymi idiotami, moje pierwsze pytanie brzmiałoby: „Jeśli faktycznie jesteście tacy mądrzy, to dlaczego nie zostaliście szefami koncernu Unilever?".

Miasteczko Newbury grzęźnie w korku. Na oczach miejscowych handlowców plajtują ich firmy. Cierpi też środowisko – ciężarówki i samochody osobowe z silnikami Diesla wyrzucają z siebie rakotwórcze wyziewy prosto do sal lekcyjnych pobliskiej szkoły podstawowej.

Zdrowy rozsądek podpowiada konieczność budowy obwodnicy, ale skądże… kilku miejscowych z nastawieniem „byle nie na moim podwórku" połączyło siły z kobietami, które lubią na widoku publicznym karmić piersią swoje owce i, jeśli tylko wyjadą tam buldożery, zanosi się na powtórkę bitwy nad Sommą.

Problem w tym, że obwodnica oznacza, iż samochody osobowe i ciężarówki będą mogły jeździć szybciej, a słowo „szybciej" w 1996 roku stało się nieprzyzwoite, podobnie jak słowo „zysk" w 1979. Wciąż jacyś imbecyle zmuszają ludzi do myślenia o prędkości w tych samych kategoriach, co o prowadzeniu pod wpływem alkoholu.

I stawiają na swoim. Zgodnie z informacją, jaką przesłał mi pewien czytelnik, władze samorządowe hrabstwa Buckingham chcą zwerbować 1000 ochotników, którzy będą poruszać się wolniej niż nakazuje ograniczenie prędkości i w ten sposób spowalniać ruch.

Co jeszcze bardziej zdumiewające, całą akcję będzie zabezpieczać policja, obserwując wścibskich aktywistów i rencistów poruszających się po drogach hrabstwa w swoich Austinach Maxi z prędkością 11 km/h.

Dla tych ludzi i ich zielonowłosych towarzyszy z Berkshire, gdzie leży Newbury, szybki samochód jest obecnie symbolem wszelkiego zła; nie mogą zrozumieć, że szybkimi samochodami nie trzeba od razu jeździć szybko. Sam jestem znany z tego, że w pobliżu szkół zwalniam do 25 km/h jadąc Jaguarem, który może pruć nawet i 230 km/h.

Sęk w tym, że zdrowy rozsądek i ci, którzy chcą uszczęśliwiać wszystkich na siłę, nie mają wspólnego mianownika. Dyskutować z tak głupimi ludźmi to tak, jakby spierać się o coś z kubkiem herbaty.

■ Zniszczony Cosworth i kara chłosty

Zawsze miałem wątpliwości dotyczące księcia Karola, i to z trzech powodów. Po pierwsze, podobno rozmawia ze swoimi roślinami. To niezwykle niewdzięczne zajęcie, ponieważ w zamian rośliny po prostu usychają. Zwróćcie uwagę, że moje rośliny usychają również kiedy do nich nie mówię, oraz kiedy je podlewam, a także kiedy ich nie podlewam. Mój ogród jest roślinną wersją piwnicy seryjnego mordercy Freda Westa.

Po drugie, książę Karol wierzy w przeróżne metody medycyny alternatywnej, które, jak wynika z mojego osobistego doświadczenia, są zupełnie niedorzeczne. Kiedyś, aby zwalczyć katar sienny, miałem w uszy wbite igły, ale tak mocno kichałem, że wszystkie powypadały. A kiedy mam kaca, mogę bez końca objadać się szczawiem, ale i tak nic nie pobije rozpuszczalnej aspiryny.

A po trzecie, książę jest w separacji z drugą w kolejności najpiękniejszą kobietą świata.

Wiedząc to wszystko łatwo jest zrozumieć, dlaczego oglądając film *To Play the King* byłem po stronie premiera Urquharta.

Jednak teraz książę Karol udowodnił nie tylko, że jest przyzwoitym gościem, ale również liderem, jakiego potrzebuje nasz kraj. W przeciwieństwie do Johna Majora z pewnością ma w majtkach coś więcej niż dwa włosy łonowe.

W rzeczywistości musi być w tych okolicach wyposażony jak ogier, bo odważył się stanąć do walki z malutką mniejszością homoseksualistów, którzy przesiadują w knajpach w Camden i rozkazują innym nie tylko co mogą, a czego nie mogą mówić, ale także co mogą, a czego nie mogą myśleć.

W ostatnich latach byłem wiele razy osaczany przez tych niewydarzonych liberałów, którzy myślą, że samochód jest siedmiogłową bestią z Apokalipsy św. Jana, i nie miałem nic na swoją obronę. Moją pasją jest zabijanie planety, a oni mają nade mną przewagę natury moralnej i w dodatku grożą mi palcem.

Otóż teraz przyszły król Anglii udzielił mi swego królewskiego przyzwolenia, żebym odpowiedział na ich ataki.

Zaczynam więc:

Kobiety nie potrafią prowadzić samochodów. Zanim imigranci zostaną dopuszczeni do ruchu po drogach Wielkiej Brytanii, powinni zdać egzamin. Starsi ludzie powinni zwracać prawo jazdy w wieku 65 lat.

A kiedy spotkam kogoś, o kim wiem, że jest homoseksualistą, nikt nie zabroni mi w zamyśleniu wpatrywać się w jego tyłek.

A przede wszystkim uważam, że ten młody Amerykanin, który w Singapurze pomalował sprayem samochody dostał to, na co zasłużył. Najwyraźniej ma nauczkę na całe życie. O rany. Aż serce mi krwawi.

W pubach całego kraju i na wszystkich polach golfowych ludzie szepcą między sobą, że chłosta to dobra rzecz.

Kiedy pewnego poranka wyszedłem z domu i zobaczyłem, że w nocy ktoś zakosił spojler z mojego Forda Coswortha, z wściekłości odebrało mi mowę. Postronny obserwator mógłby z mojej mowy ciała wywnioskować, że przez nieostrożność wylałem sobie na krocze kwas siarkowy.

Zwolennicy poprawności politycznej uważają, że złodziej po zaaresztowaniu powinien zostać zaprowadzony do sądu, który powinien się do niego zwracać po imieniu i udzielić mu upomnienia, a następnie uwolnić. Natomiast ja chcę, by został sprany na kwaśne jabłko, a każdy mój znajomy, któremu chuligani zniszczyli samochód, myśli tak samo.

Podobno jakaś stacja radiowa przeprowadziła badanie opinii publicznej dotyczące wspomnianego wyżej amerykańskiego wandala. Wykazało ono, że 97 procent słuchaczy jest zdania, iż władze Singapuru odpowiednio go potraktowały. Swoją drogą, pozostałe 3 procent ma brodę. A mimo to, gdy ktoś w telewizji czy w gazetach postuluje przywrócenie kary chłosty, nazywa się go prawicowym ekstremistą. Dlatego nikt nie może się na to odważyć. Poprawność polityczna stłumiła wszelkie dysputy i debaty w tym kraju aż do tego stopnia, że 97 procent populacji nie ośmiela się wypowiedzieć swojej opinii na wypadek, gdyby ktoś z Camden uznał, ze słyszy to policja.

Ale teraz, dzięki księciu Karolowi, możesz dziś wieczorem wrócić do domu, sprać dzieci, zjeść krwisty befsztyk, przejechać się swoim samochodem z silnikiem V8, przespać się z kobietą nie stosując prezerwatywy, a następnie wypalić jakiegoś cholernie mocnego papierosa. Innymi słowy zrobić to samo, co zwykle.

Ale teraz nie musisz się już tego wstydzić.

■ Zemsta pogody

Ktoś kiedyś powiedział, że Wielka Brytania jest jedynym krajem na świecie, który ma pogodę. Wszystkie inne mają klimat.

Ale tu, w Cotswolds, przez ostatnie dwa tygodnie mieliśmy epokę lodowcową, plagę żab, myszy i mgłę tak gęstą, że aby rankiem wyjechać z podjazdu potrzebna była piła łańcuchowa. A dzisiaj miejscowi spodziewają się ataku szarańczy.

Przez 15 lat mieszkałem w Londynie i tam codziennie pogoda była taka sama: 14 stopni, a w porze herbaty odrobina mżawki. Zapomniałem, co skrajności mogą zrobić z człowiekiem i jego samochodem.

Tego dnia, gdy w Glasgow temperatura spadła do −29 stopni, my tutaj mieliśmy −56, a ludzie od pogody mówili o marznącym deszczu. Otóż w hrabstwie Oxford spadło coś w rodzaju przejrzystego żwiru, który pokrył mojego Jaguara lodową skorupą.

Drzwi samochodu powinny się otwierać samoczynnie na komendę pilota, jednak były jak przyspawane lodem. Spędziłem na zewnątrz niemal godzinę zużywając prawie całą roczną produkcję średniej wielkości kopalni soli i stosując wszelkie możliwe rodzaje sprayów, zanim udało mi się wsiąść do środka.

Jak możecie się spodziewać, wóz odpalił, ale nic nie działało tak, jak trzeba. Świeciły się kontrolki informujące o awarii układu antypoślizgowego i układu kontroli trakcji. Akurat w taką pogodę, gdy były mi potrzebne, te układy postanowiły wysiąść.

Nie mogłem nawet wyjechać z podjazdu. Może i był tam żwir, ale przejrzyste lodowe pociski pokryły go czymś w rodzaju superśliskiej galarety, dlatego każde dotknięcie pedału gazu było przez tylne koła rozumiane jako polecenie, że mają się wcielić w rolę pralki podczas końcowego wirowania.

Tęskniłem za Londynem, a to dodatkowo zmroziło moje serce. W stolicy wolno jeździć z prędkością zaledwie 20 km/h, ale przynajmniej się jedzie. Po tym, jak przez 10 minut próbowałem przesunąć się do przodu, ześlizgnąłem się do tyłu o około 3 metry i utkwiłem w miejscu.

Co teraz? Mieliśmy jeszcze Volvo, samochód wręcz stworzony do tak ekstremalnych warunków. Otóż – nie. Wyrąbałem drogę do wejścia, odpaliłem go, wcisnąłem przycisk ogrzewania i skierowałem strumień ciepłego powietrza na szybę... która odmroziła się dokładnie do połowy.

Naprawdę złościło mnie jednak to, że Fiesta mojej teściowej z 1982 roku działała doskonale. Byłoby to dla mnie solą w oku, gdyby nie to, że cała sól już się skończyła.

Rozważałem możliwość skorzystania z kosiarki, ale ponieważ nie ma ona dachu, powróciłem do Volvo, z jego dwuogniskową przednią szybą.

Drogi były w większości przejezdne pod warunkiem, że nie odczuwałeś potrzeby przekraczania prędkości 15 km/h, ale co 15 minut ktoś w radiu ogłaszał, że jeśli nasza podróż nie jest sprawą życia i śmierci, powinniśmy pozostać w domach. U nas w domu skończył się papier toaletowy – czy to się liczy?

To gadanie nie robiłoby mi różnicy, ale nie ustaje ani na chwilę. Od czasu, gdy arktyczna pogoda przemieściła się do Nowego Jorku, mieliśmy tu jeszcze mgłę, silne wiatry i ulewne deszcze, i za każdym razem ludzie z działu drogowego w radiu mówili nam, że powinniśmy pozostać w domach.

Słuchajcie, chłopaki! Jeśli zostanę w domu, w czwartek zamiast oglądać *Motoświat* będziecie się przyglądać, jak wasz kot bawi się kłębuszkiem wełny. Jeśli lekarz zostaje w domu, umierają ludzie. Jeśli operator pługa śnieżnego zostaje w domu, stan dróg jeszcze się pogarsza. Jeśli sprzedawca zostaje w domu, nie można kupić nowej rolki papieru toaletowego.

Problem w tym, że ludzie słuchają tych idiotów z radia i przesadnie reagują na ich rady. Nadal opuszczają domy, ale w swoich umysłach uruchamiają wszystkie swoje układy kontroli jazdy jednocześnie.

W ostatnią sobotę wyjechałem na drogę tuż za Austinem Maestro z rejestracją z Birmingham, kierowanym przez mężczyznę, który w listopadzie włączył tylne światła przeciwmgielne.

Mgła była niestety tak gęsta, że wyprzedzanie stawało się niebezpieczne, dlatego byłem zmuszony odbyć 25-kilometrową podróż do Banburry, i tym samym do błogosławionego wjazdu na autostradę M40, z prędkością 1,5 km/h.

Kiedy wieczorem wracałem do domu, mgłę zastąpił niespotykany deszcz i wiatr, który z łatwością mógł przesuwać parterowe domki. Widoczność była jednak niezła i miałem zamiar wyprzedzać, tylko że... zapomniałem, jak to się robi.

Niedawny sondaż wykazał, że w nocy przeciętny kierowca korzysta z długich świateł przez około 2 procent czasu, co brzmi sensownie. Nigdy nie używa się ich w mieście ani na autostradzie, a w dzisiejszych czasach na wiejskich drogach ciągle coś nadjeżdża z naprzeciwka.

Pomyślcie. Zaledwie 15 lat temu zmietlibyście na bok wolniej poruszające się pojazdy, tak jak pozbywacie się okruszków babeczki, które spadły na wasz nowy gwiazdkowy sweter. Ale z ręką na sercu – kiedy ostatni raz kogoś wyprzedziliście?

W dzień wcale nie jest lepiej. W tych rzadkich chwilach, gdy znajdujecie się na normalnej drodze, widzicie przed sobą cały sznur samochodów, więc nawet jeśli możecie bezpiecznie wyprzedzić samochód przed wami, nie chce się wam zadawać sobie tego trudu, bo musielibyście to samo robić ciągle od nowa.

W dodatku podobny, przypominający pociąg obiekt nadciąga z naprzeciwka. Główne drogi Wielkiej Brytanii są dzisiaj czymś w rodzaju torów kolejowych. Wagonami są samochody, a lokomotywą – Austin Maestro z Birmingham.

Dla ludzi w tym kraju wyprzedzanie stało się zapomnianą i bezcelową umiejętnością, czego Damon Hill z radością dowodzi w co drugi weekend.

■ Nie natnij się na ostrych wozach

W szkole miałem trzech nauczycieli ekonomii. Jeden z nich był Ugandyjczykiem i pozwalał mi przychodzić wieczorem do siebie do domu i ćwiczyć palenie papierosów. Drugi nigdy się porządnie nie otrzepywał po wizycie w ubikacji. A trzeci był komunistą.

Nie nauczyłem się zbyt wiele, ale dobrze pamiętam, jak tłumaczono mi, że pod wpływem reklamy Martini z hasłem „kiedykolwiek, gdziekolwiek, w jakimkolwiek miejscu" istoty ludzkie stają się zachłanne.

Nie kłopotałem się wtedy, by dowiedzieć się, dlaczego tak jest, bo właśnie byłem w połowie rozwiązywania krzyżówki, którą wcześniej wyciąłem z magazynu „Melody Maker" i wkleiłem do „The Economist".

Ale teraz, po dwudziestu latach od tamtego czasu, odkryłem, że to nie reklamy Martini są winne naszej pazerności. To wina magazynów.

W czasach, gdy moją biblią był „Melody Maker" i „NME", wydawałem wszystkie pieniądze na albumy muzyczne i coraz bardziej wymyślny sprzęt hi-fi. Naprawdę wierzyłem, że *Snow Goose* brzmi lepiej na moim Garrardzie 86SB niż na nędznym SP25 Andy'ego Byrne'a.

Kiedy pojawiły się pierwsze odtwarzacze płyt CD, wystartowałem do sklepu jak chart z zadkiem wysmarowanym chili, ale ponieważ Neil Young powiedział magazynowi „Q", że odtwarzacze analogowe są lepsze, odkurzyłem wszystkie moje czarne płyty.

Mam nienasycony apetyt na magazyny choć wiem, że ich cena stanowi jedynie niewielki ułamek kosztów wynikających z ich nabycia.

W zeszłym roku mieszkałem jeszcze w Londynie, otoczony przez przyjaciół i restauracje. Jednak w poczekalni u dentysty przejrzałem magazyn „Życie na Wsi" i obecnie mieszkam na wsi, gdzie grasują osy, mordercy i nisko przelatujące tornada. W kinie wciąż pokazują *Mad Maxa*, a w pubach wszyscy rozmawiają o tym, że powinni wreszcie nakręcić jego *sequel*.

Oczywiście zaprenumerowaliśmy „Dom i Ogród", przez co obecnie wymieniamy podłogę w kuchni na posadzkę z kamienia. Zamówiliśmy też szafki kuchenne w firmie Smallbone, a Harrods właśnie dostarczył łóżko tak olbrzymie, że jego powierzchnia rozciąga się na trzy strefy czasowe.

Jeśli bierzesz do ręki magazyn, musisz mieć nerwy z tytanu albo się załamiesz.

Jednak prawdziwym wyzwaniem jest nie zbankrutować, jeśli nawet tylko okazyjnie przegląda się magazyn „Auto Trader". Jestem pewny, że wydaje go sam Lucyfer. To złe wieści, a w dodatku ciągną się jak rolka papieru toaletowego.

Magazyn ma smakowite 350 stron i jest pełen ogłoszeń o sprzedaży używanych samochodów, którym towarzyszą zwykle złej jakości czarno-białe zdjęcia.

Mimo to jest to jedna z najbardziej wciągających lektur wszechświata. Kiedy biorę do kibelka zwykły magazyn ilustrowany, cierpną mi nogi, ale przy „Auto Traderze" można nabawić się gangreny.

Myślę, że głównym problemem są pieniądze. „Auto Trader" koncentruje swoje wysiłki na rzeczach, na które możemy sobie pozwolić, rzeczach, na widok których ciekła nam ślinka pięć lat temu, a które można teraz kupić za psie pieniądze.

Podam wam kilka przykładów. „Mercedes 500SEC. Rocznik 1984. Pełna opcja, w tym klima, elektrycznie regulowane fotele, tempomat etc. Nowe, 16-calowe koła i opony. Bardzo czysty samochód. Cena 6795 funtów".

Tylko pomyślcie. Oto mamy klasyczny samochód trenera piłkarskiego z 5-litrowym silnikiem V8, wszystkimi możliwymi bajerami i trzema gwiazdkami w testach niezawodności za mniejsze pieniądze, po odrobinie targowania się, niż Mini. No dalej, przyznajcie się: kusi was to!

A co powiecie na coś takiego?

„BMW 750iL. Rocznik 1988. Czarny z czarną skórzaną tapicerką, wszystko elektrycznie sterowane, tempomat, pełna historia serwisowania, naprawdę olśniewający samochód. Cena 8345 funtów".

Proszę bardzo. Za cenę tandetnego Forda Fiesty możecie mieć BMW z silnikiem V12.

Każda strona aż puchnie od okazji, przy których wyprzedaż w Ikei wygląda jak zdzierstwo.

Magazyn właśnie otworzył się na dziale z towarami przecenionymi i proszę bardzo, na dole strony mamy Mitsubishi Stariona, który jest rodzajem japońskiego Capri.

Pamiętam, jak testowałem ten samochód w 1985 roku i myślałem, że jest wspaniały – prawdziwy chuligański wóz z 2- -litrowym silnikiem turbo, prostym napędem na tylne koła i 170 koniami mechanicznymi. Siedzenia też były fajne.

Otóż teraz możecie go mieć za 995 funtów. A jeśli Starion jest dla was zbyt krzykliwy, co powiecie na Jaguara XJS z silnikiem V12 za tę samą cenę? Albo na odrobinę droższe Porsche 944 lub Range Rovera?

Ani przez chwilę nie wątpię w to, że te samochody zostały stuknięte, ukradzione, zatopione w jeziorze, rozbite i zespawane z powrotem w ramach zajęć praktyczno-technicznych w szkole podstawowej, ale przecież mowa tu o 900 funciakach, a nie o napadzie na bank.

Oczywiście, ubezpieczenie tych wozów będzie kosztowało majątek i z pewnością duży silnik V12 będzie paliwożerny, ale bądźmy szczerzy: największy koszt posiadania jakiegokolwiek nowego samochodu to jego spadek wartości, a w tym przypadku nie będzie wam to spędzać snu z powiek.

Tego typu samochody spisują się najlepiej jako zabawki na weekend, dlatego możecie potraktować taki zakup jako pewnego rodzaju ryzyko, obstawienie konia znikąd w gonitwie na torze w Lingfield.

Być może za pierwszym razem, gdy się nim gdzieś wybierzecie, odpadną mu drzwi, a może przez całe pół roku śpiewająco przejdzie przez wszystkie przeglądy techniczne. Tak czy inaczej będziecie mogli na przyjęciach opowiadać każdemu, kto będzie chciał tego słuchać, że macie nowego Jaguara XJS.

■ Pęd do paktu z diabłem

W ostatnich miesiącach w telewizji miało miejsce wiele przygnębiających chwil. Wszystkich nas poruszyły sceny cierpienia i biedy w Rwandzie, a moją mamę zszokowały język i przemoc w *Chłopcach z ferajny*.

Jednak według mrocznego raportu *quasi*-pozarządowej organizacji, najbardziej nieodpowiedzialnym i niebezpiecznym programem w telewizji jest *Top Gear*. Organizacja, o której mowa, nosi nazwę Parlamentarna Rada Dorrrradcza do spraw Tego czy Tamtego i twierdzi, że kiedy w *Top Gear* mówimy, że samochód jest w stanie „rozpędzić się do 240 km/h", jesteśmy winni „glorifikowania" prędkości. Śmieszne – nigdy nie wiedziałem, że „gloryfikowanie" ma w sobie aż trzy „i".

PRD ds. TT twierdzi także, że jazda z nadmierną prędkością pochłania 1200 ludzkich istnień rocznie. Cóż, z pewnością badali ten temat z taką samą starannością, z jaką zgłębiają tajniki pisowni, bo gdyby prędkość rzeczywiście zabijała, Concorde byłby najbardziej niebezpiecznym środkiem transportu. Właśnie przeprowadziłem prosty rachunek i wyszło mi, że jak na razie liczba ludzi zabitych przez Concorde'a wynosi zero. A w moim przekonaniu oznacza to, że jest on bardzo bezpieczny. Kiedy wreszcie ludzie zrozumieją, że prędkość nie może nikogo zabić? Musi zostać połączona z czymś więcej, na przykład z nieumiejętnością prowadzenia samochodu, z jaką ma się do czynienia o wpół do szóstej po południu na Whitehall, gdy wszystkie *quasi*-pozarządowe organizacje kończą pracę.

Ponadto, jeśli szybka jazda prowadzi do śmierci, to dlaczego na autostradach, na których odbywa się 15 procent krajowego ruchu samochodowego, ginie tylko 3 procent wszystkich ofiar wypadków samochodowych? A jeśli dochodzi tam do wypadku, ofiary mają 3-krotnie wyższe prawdopodobieństwo przeżycia, niż gdyby wypadek wydarzył się w obszarze zabudowanym.

PRD ds. TT pozostaje niezrażona faktami i na poparcie swoich poglądów podaje, że około jedna trzecia śmiertelnie rannych użytkowników samochodów jest ofiarą wypadku związanego z prędkością. Jaką prędkością? 140 km/h? 60 km/h? 3 km/h? 0,003 km/h? Tego już nie podają.

Jeśli członkowie PRD ds. TT zachowują się w typowy sposób, to wiem dokładnie, z kim mamy tu do czynienia. To pomarszczeni staruszkowie w Hondach, którzy cierpią na przypadłość klasy wyższej: zbyt dużo pieniędzy, a niezbyt dużo mózgu. Nie są w stanie znaleźć sensownej pracy, ale rozpiera ich poczucie obowiązku i chcą robić coś konstruktywnego – dlatego przesiadują na niekończących się zebraniach komisji czyniąc dobro. I tylko dlatego, że przewodniczący jest markizem, baronową albo markizą, każdy, do kogo napiszą, ma się natychmiast ukorzyć i obiecać, że już więcej nie zbłądzi.

Kiedy testuję jakiś samochód, nie przemilczam jego ceny tylko dlatego, że są widzowie, których na niego nie stać. Nie zamierzam więc również przemilczać jego maksymalnej prędkości. To istotny parametr. Gdybym opisywał go bezbarwnym, monotonnym głosem, każdy z widzów ciskałby w telewizor krzesłem.

Jeśli jest jakaś cecha charakteru, którą gardzę jeszcze bardziej niż rozsądkiem i socjalizmem, jest nią idealizm. Oczywiście – byłoby wspaniale, gdyby nikt nie ginął na drogach i gdyby nie było wojen, ale tak nie jest – co za pech! To jak NFZ. Byłoby doskonale, gdybym przez dwadzieścia cztery godziny na dobę miał dostęp do pielęgniarki i lekarzy wszystkich specjalności, ale takie rzeczy po prostu nie mogą się zdarzyć. Musimy być realistami, ale można śmiało się założyć, że gdzieś ktoś w jakiejś cholernej organizacji opowiada każdemu, kto tylko chce słuchać, że miasto Stow-on-the-Wold potrzebuje dziewięciu nowych szpitali. Owszem, może i potrzebuje, ale nie może ich mieć. Koniec kropka.

Czy wiecie, że nawet i dziś przed dawną bazą wojskową Greenham Common zbierają się grupy aktywistek? Mimo że obecnie baza ta używana jest wyłącznie do sesji zdjęciowych „Top Gear" i szkolenia kierowców policyjnych, te kobiety twierdzą, że nie ruszą się z miejsca, dopóki z oblicza Ziemi nie zostanie usunięty ostatni egzemplarz broni jądrowej. Ale jeśli cała amerykańska Flota Pacyfiku nie jest w stanie przekonać Korei Północnej, by zaprzestała produkcji bomb atomowych, naprawdę nie sądzę, by banda hippisek z Berkshire miała duże szanse.

Z pewnością w Whitehall istnieje organizacja, w której raz na tydzień podagrycy spotykają się, by ustalić, w jaki sposób rozprawić się z tymi przedstawicielkami bojowników filozofii New Age. Dziwnym zbiegiem okoliczności głupota obu tych grup jest siebie warta.

■ Napady drogowej wściekłości – wiecie, że to ma sens

Podobnie jak całą resztę Wielkiej Brytanii, zasmucił mnie fakt, że dzieci w wieku szkolnym nie umieją czytać ani pisać.

Wygląda na to, że w dzisiejszych czasach nastolatki opuszczają szkołę dobrze zorientowane w niebezpieczeństwach związanych z używaniem ecstasy, ale nie wiedzą dokładnie, jak przeliterować jego nazwę.

Co gorsza, ci ludzie jeżdżą potem samochodami, przyglądają się znakom drogowym i zastanawiają się, dlaczego zawsze dojeżdżają do Colchester, mimo że usiłowali dostać się do Weston-Super-Mare.

Prawdopodobnie nie są także w stanie zrozumieć żadnej informacji prezentowanej na desce rozdzielczej. „Dlaczego – jękną, gdy z charkotem zatrzymają się nagle na poboczu – skończyło mi się paliwo?" A skąd wiedzą, czy jadą z prędkością 60 czy 150 km/h?

Jednak najbardziej martwi mnie to, że te osoby mają takie same szanse, że zostaną zatrzymane na ulicy i poproszone o wyrażenie opinii, jak mądrzy ludzie pokroju Stephena Frya albo Jonathana Millera.

Dlatego zawsze z dużą podejrzliwością podchodzę do badań rynku. Przecież gdyby takie przewidywania rzeczywiście dobrze się sprawdzały, mielibyśmy premiera pochodzącego z Walii.

Niemniej jednak kompletnie mnie pochłonął „Raport motoryzacyjny" firmy Lex – grube tomiszcze wydane przez jednego z czołowych brytyjskich sprzedawców samochodów i funduszy leasingowych.

Raport podaje, że sześć spośród dziesięciu osób popiera petycje protestujących przeciwko budowie nowych dróg, co jest zadziwiającym wynikiem, jeśli dowiadujemy się także, że 72 procent kierowców uważa, że korki są „głównym problemem".

Tak więc według tego raportu większość ludzi chce mniejszych korków, i jednocześnie większość ludzi twierdzi, że nie powinno być nowych dróg. Hm...

A co powiecie na to? Sześćdziesiąt jeden procent brytyjskiego społeczeństwa – ludzi, którzy dali światu silniki odrzutowe, poduszkowce, komunizm, światłowody, telewizję i telefon – twierdzi, że obecnie samochody są jedynie „trochę bardziej" przyjazne środowisku, niż 10 lat temu.

Dziewięć procent – to dopiero prawdziwe półgłówki – twierdzi, że w ostatniej dekadzie samochody stały się jeszcze większym zagrożeniem dla środowiska naturalnego.

Nie do wiary. Ford właśnie ogłosił, że nowa Fiesta wytwarza tyle trujących gazów, ile kilka lat temu wytwarzało 20 Fiest, co według mnie jest dwudziestokrotnym postępem. A kto w 1986 roku słyszał o przetwarzaniu surowców wtórnych? Firmy samochodowe czynią obecnie olbrzymie wysiłki, by zrobić na tym polu postępy, ale najwyraźniej ta informacja do nikogo nie dociera.

Aha, teraz widzę, dlaczego tak jest. Raport pokazuje, że jedynie 19 procent ludzi ufa reklamom samochodów. To przyjaciele i znajomi są postrzegani jako lepiej poinformowani, a nie dziennikarze.

A teraz tym bardziej mogę dać za wygraną, ponieważ magazynowi „Top Gear" poświęcono w raporcie specjalną wzmiankę. Ufa nam jedynie 34 procent prywatnych nabywców samochodów.

No dobrze: udało im się nadepnąć mi na odcisk.

Dlatego w dalszej części felietonu zajmę się obszernym rozdziałem poświęconym tak zwanym napadom drogowej wściekłości.

To ten kawałek, który wzięły na tapetę stacje radiowe i sieci telewizyjne w całym kraju, ale znowu nie mogę się nadziwić…

W 1995 roku 1,8 miliona ludzi było zmuszonych zjechać na bok lub opuścić drogę, 800 000 osób spotkało się z fizycznymi pogróżkami, 500 000 osobom z premedytacją staranowano samochód, 250 000 ludzi zostało zaatakowanych, a kolejnym 250 000 uszkodzono auta.

Dodajcie te liczby a dowiecie się, że 3,6 miliona ludzi spotkało nadużycie, pogróżki albo ktoś ich stuknął na drodze… a to za mało.

Otóż dobrze rozumiem ludzi, którzy w samochodzie złoszczą się i frustrują, ponieważ jest to tak naturalne dla ludzkiej psychiki, jak chęć uśmiechania się czy uprawiania seksu.

Bezmózgowcy pytają, dlaczego nie tracimy tak łatwo równowagi psychicznej chodząc po chodnikach, ale to głupie pytanie. Gdy ktoś przez nieuwagę potrąci cię w drzwiach sklepu, nie jest to duży problem.

Jeśli jednak przez nieuwagę jego samochód wjedzie w twój, przez jakiś tydzień będziesz bez czterech kółek, będziesz musiał użerać się z ubezpieczycielem i prawie na pewno poniesiesz straty.

A to i tak pod warunkiem, że będziesz miał szczęście. Jeśli jesteś pieszo, to nawet bliskie spotkanie z osobą o posturze gracza w rugby nie wyrządzi ci wiele szkody, ale na drodze jest inaczej. Możesz kopnąć w kalendarz albo doznać paraliżu, i z pewnością jest to wystarczający powód, by wysiąść z samochodu i wybić gościowi zęby.

Parę lat temu byłem okropnie spóźniony na czyjś ślub i gdy wyprzedzałem jakieś Volvo zobaczyłem, że z naprzeciwka nadjeżdża samochód. Czmychnąłem z powrotem na mój pas i o mało nie zepchnąłem Volvo z drogi.

Na następnych światłach z Volvo wytoczył się olbrzymi Irlandczyk i przez parę minut próbował mnie udusić. Był to właśnie przykład drogowej wściekłości.

Ale była to wyłącznie moja wina. Zasłużyłem sobie na to. Prawie zabiłem biednego gościa i uważam, że miałem sporo szczęścia, iż udało mi się wyjść z tego spotkania tylko z lekkimi siniakami. Zasłużyłem na więcej.

Szczerze mówiąc, jeśli więcej ludzi zachowywałoby się w tak odpowiedzialny sposób, jak ten wielki Irlandczyk, poprawiłby się standard jeżdżenia samochodem. Przed zajechaniem komuś drogi zastanowiłbyś się dwa razy, jeśli istniałaby chociaż najmniejsza szansa, że po tym manewrze ktoś nabije cię na dźwignię zmiany biegów.

Kiedy dowiaduję się, że w zeszłym roku doszło do 3,6 miliona napadów drogowej wściekłości, mówię sobie, że musiało też dojść do 3,6 miliona przypadków złego, nieuważnego albo samolubnego prowadzenia samochodu.

■ 911 staje w szranki z Sega Rally

Gdyby tysiąckrotnie powiększyć Birmingham, otrzymalibyśmy Australię. Sydney jest jak większe Edgbaston. Perth to odpowiednik National Exhibition Center. Alice Springs to Handsworth, a reszta to park Canon Hill.

Myślę, że całkiem sprawiedliwie jest oceniać miasto, wybierając jako kryterium chęć udania się do salonu gier wideo. Gdy świeci słońce, jest ciepło, a bary pełne są wesołych i interesujących ludzi, myśl o „Space Invaders" nie przyszłaby ci nawet do głowy.

Jeśli jednak miasto jest nudne, a jego mieszkańcy okropni, pomysł wsypania setek funtów do gry wideo staje się całkiem kuszący.

W Perth chodziliśmy do salonu gier co wieczór, a ja odkryłem tam automat Sega Rally.

W tej grze komputerowej wybierasz, jaki samochód chcesz prowadzić i czy ma mieć manualną, czy automatyczną skrzynię biegów. Potem mkniesz już szosą wśród wirtualnych gór, przechodząc do coraz trudniejszych poziomów, wymagających wielkiej zręczności.

Gdy samochód wpada w poślizg, kierownica wyrywa ci się z rąk. Gdy przejeżdżasz przez jakąś nierówność, rusza się pod tobą fotel. Poza tym przez cały czas komputerowy pilot ostrzega cię przed niewidocznymi niebezpieczeństwami, do których się zbliżasz.

Kierowcami pozostałych samochodów są krzemowe chipy, ale w naszym salonie cztery maszyny były ze sobą połączone i mogliśmy ścigać się ze sobą.

Było to zupełnie coś innego, bo mieliśmy do czynienia z wyścigami pozbawionymi strachu. Oznaczało to szybką i brawurową jazdę bez ryzyka śmierci czy zostania rannym. Nawet Steven Norris byłby zmuszony przyznać, że jest to bezpieczna i przyjazna środowisku rozrywka.

Zgadzam się, nie można automatem Sega Rally pojechać na zakupy, ale przecież w rzeczywistości ludzie też nie jeżdżą na zakupy supersamochodami. Supersamochody są zaprojektowane w celu dostarczania rozrywki. Istnieją, by na waszej twarzy wywołać uśmiech. Od tego jest również Sega.

Gdybyście jadąc w Porsche przelatywali nad szczytem wzgórza i zaraz za nim zobaczyli 90-stopniowy zakręt w prawo, byłoby już po was. W najlepszym razie samochód poszedłby do kasacji, wasze dopłaty do ubezpieczenia osiągnęłyby niebotyczny poziom i przez tydzień nie chodzilibyście do pracy – składano by wtedy do kupy wasz nos.

Spróbujcie zrobić to samo w grze Sega Rally – wasz wóz obróci się dookoła własnej osi, zatrzęsie się odrobinę fotel, a samochody, które dopiero co wyprzedziliście, znów obejmą prowadzenie. Przegracie wyścig, rzecz jasna, ale start w kolejnym kosztował was będzie zaledwie funta.

Wydaje się, że tym jednym pociągnięciem Japończycy wymierzyli druzgocący cios we wszystkich europejskich producentów samochodów sportowych.

Na pewno ludzie z Porsche obawiali się tej gry, postrzegając ją z pewnością jako bardzo, ale to bardzo realne zagrożenie. Zdali sobie sprawę, że nikt nie wyda 50 000 funtów na szybki samochód, gdy może wydać 15 000 na automat, który pozwoli mu pojechać jeszcze szybciej i to całkowicie bezpiecznie... nie wspominając już o braku fotoradarów w każdej wiosce.

To wszystko sprawiło, że Porsche okiełznało swoją 911.

W przeszłości te trzy niewinne numerki były motoryzacyjnym odpowiednikiem liczby 666. Ten napakowany sterydami Garbus z silnikiem z tyłu był całkowicie bezkompromisowy i karał za każdy popełniony błąd wypadnięciem na pobocze, obróceniem się do góry kołami i stanięciem w płomieniach.

Za każdym razem, gdy przejeżdżało obok mnie Porsche 911, pochylałem lekko głowę, bo byłem więcej niż przekonany, że jego kierowca to wcielenie Sir Galahada – odważny bardziej, niż jest to w stanie pojąć śmiertelnik, a poza tym zwinny jak pawian.

By jeździć szybko Porsche 911 trzeba było mieć coś więcej niż talent. Trzeba było mieć odwagę, która nawet samemu Michaelowi Buerkowi zaparłaby dech w piersiach.

Wszystkie te myśli przelatywały mi przez głowę, gdy brnąc przez mój zasypany podjazd, wybierałem się na spotkanie z kostuchą. Tam, pod kilkoma centymetrami śniegu, stało Porsche 911 Targa Tiptronic.

Gdy odpaliłem tę bestię, moje jabłko Adama odbiło się rykoszetem między podbródkiem i mostkiem jak kulka we flipperze. Na moim czole pojawiła się cienka warstewka potu, mimo że na zewnątrz było minus cztery.

Przede mną stał samochód z oponami jak walce ogrodowe, osiągający maksymalną prędkość kilkuset kilometrów na godzinę. W radiu banda idiotycznych DJ-ów nawoływała wszystkich do pozostania w domu. A ja? Ja wybierałem się do Telford.

Od tego momentu zdążyłem być w Doncaster, Lincoln, Birmingham (dwa razy), w Londynie i Oksfordzie, i jakoś się nie rozbiłem. Jeździłem z dachem schowanym pod tylną szybą, jeździłem ze skrzynią biegów przełączoną w tryb manualny, zmieniając przełożenia małymi przyciskami na kierownicy, ale ani razu Porsche nie zboczyło z nadanego mu kursu.

Wczoraj zyskałem już taką pewność siebie, że zacząłem wprost przelatywać nad drogą, w której się rozkochałem – rewelacja! Gdy zaczynała akumulować się podsterowność, po prostu kontrowałem, a samochód szurając oponami ustawiał się z powrotem na swoim torze, bez zbędnego zamieszania i dramaturgii.

Nie przepadam za skrzynią Tiptronic, bo uważam, że cztery biegi to za mało, i wciąż jestem zdania, że deska rozdzielcza w tym samochodzie wygląda gorzej niż karma dla psów, ale mimo to Porsche to wóz, który czujesz całym sobą, który z tobą rozmawia i który żyje.

To supersamochód, dzięki któremu odważyłem się prowadzić, mimo że warunki pogodowe skłaniały do podróży autobusem. Za żadne skarby nie wyjechałbym w taką pogodę w Ferrari.

Porsche zawiera w sobie tak garbusopodobny ładunek emocji, że niezależnie od tego, czy na niebie świeci słońce, czy pada deszcz, jazda nim zawsze będzie wielką frajdą.

Tylko że w Porsche nie można ścigać się z kumplami. Nie można pruć przez góry jakby paliły ci się włosy. A jeśli wjedziesz do jakiejś wioski z prędkością 190 km/h, jej mieszkańcy nie ustawią się na chodnikach i nie będą ci kibicować.

I właśnie pod tym względem 911 przegrywa z Sega Rally. Jeśli chodzi o samochody, 911 zajmuje pewne miejsce wśród tych najlepszych, ale w bitwie, jaką toczy europejska klasa z japońską technologią, mimo wszystko wygrywa Japonia.

■ Kupa śmiechu z Schumacherem w Mustangu

Michael Schumacher jest Niemcem. Dlatego z definicji powinien być grubym, głośnym i wulgarnym posiadaczem idiotycznych ubrań współgrających z jego absurdalnym zarostem. Tymczasem jego tors ma kształt serka topionego, a jego twarz wolna jest od wszelkiej sztucznie kształtowanej roślinności. Na konferencjach prasowych po wyścigach jest inteligentny i skromny jeśli wygrał, i chętnie gratuluje innym, jeśli tak nie było.

Dlatego kiedy w tym miesiącu spotkałem go w Silverstone, z pewnym rozczarowaniem spostrzegłem, że jest opryskliwy, niecierpliwy i mniej więcej tak komunikatywny, jak ten czerwonoskóry gość z *Lotu nad kukułczym gniazdem*. Już nawet z moimi roślinami doniczkowymi odbyłem bardziej inspirujące rozmowy. A one nie żyją. Powiedziałem mu, że moja żona ma nadzieję, że zostanie mistrzem świata, a on rzucił mi takie spojrzenie, iż zaczęło mi się wydawać, że przez nieuwagę powiedziałem:

„Jest pan najbardziej obrzydliwą ludzką istotą, jaką kiedykolwiek miałem nieszczęście spotkać".

Później spróbowałem znowu i zapytałem, co sądzi o Mustangu. Sądząc z jego reakcji, po przełożeniu na niemiecki brzmiało to: „Wiem, że lubisz małych chłopców i powiem o tym twojemu menedżerowi, jeśli mi nie zapłacisz". Zapytałem, czy już kiedyś prowadził Mustanga, spodziewając się kolejnego zabójczego spojrzenia z siedzenia kierowcy.

– Tak – nadeszła odpowiedź.

– Gdzie? – zapytałem, nie zdając sobie sprawy, że po niemiecku „gdzie" oznacza: „mam nadzieję, że wpadniesz pod kombajn, ty nędzna kreaturo o twarzy robala".

Dlatego zaprzestałem konwersacji i usadowiłem się wygodnie, by przyglądać się, jak najszybszy człowiek Formuły 1 radzi sobie z najwolniejszym sportowym samochodem świata. Podczas pierwszego okrążenia po torze jeździły jeszcze inne samochody, dlatego się obijaliśmy. Podczas drugiego okrążenia, zamiast zapewnić mi przejażdżkę mojego życia, pan Schumacher wolał zaprezentować różne pozycje kierowcy. Podczas trzeciego okrążenia jechaliśmy za kamerą *Top Gear*, więc zapytałem, czy moglibyśmy zobaczyć jakieś dzikie i ryzykowne ślizgi. Zobaczyliśmy, ale niestety każdy z nich kończył się obrotem. Nie mogłem przestać się zastanawiać, czy można było tego uniknąć, gdyby pan Schumacher trzymał na kierownicy obie ręce. Ale kimże ja jestem, by poddawać w wątpliwość zdolności największego kierowcy, jakiego kiedykolwiek wydały Niemcy? Poza mamrotaniem, że Mustang bardzo dobrze trzyma się drogi i jak na amerykański samochód jest niezły, nie powiedział mi nic o tym, jak się go prowadzi. Dlatego sam postanowiłem to sprawdzić i zakochałem się po uszy.

Nadwozie nowego Mustanga nie ma szczególnie ładnego ani brutalnego wyglądu, ale jest duże i przyciąga wzrok. Wszyscy się za nim oglądali, i wszyscy wiedzieli, co to za wóz, mimo że był to pierwszy egzemplarz tego modelu w Wielkiej Brytanii.

Samochód prowadzi się w amerykańskim stylu i raczej dobrze, w sposób kojarzący się z szerokim uśmiechem, mocnym podaniem ręki, stylem bycia w rodzaju: „cześć, jak się masz". Jest to duży, otwarty, uczciwy samochód, który mimo klimatyzacji, tempomatu, sterowanych elektrycznie siedzeń, szyb i dachu, i 5-litrowego silnika V8 kosztuje w USA tylko 22 000 dolarów.

Nie jest zbyt szybki – poproś go, by jechał szybciej niż 210 km/h, a obdarzy cię spojrzeniem pełnym niedowierzania – a zakręty traktuje z taką samą pogardą, jaką ja rezerwuję dla wegetarian. Na prostej zrobi wszystko, co w jego mocy, ale ani przez chwilę nie myślisz, że mógłby pokonać łukiem zakręt, dlatego nie ma tu niespodzianek. Wiesz, czego się po nim spodziewać. Brzmi nieźle, chyba że rozkręcisz go powyżej 3500 obrotów na minutę – wtedy sprawia wrażenie, jakby się dławił. Ale z drugiej strony, czy kiedykolwiek słyszeliście Sylwestra Stallone śpiewającego wysokie c?

Nie, Mustang jest umięśniony, niezbyt rozgarnięty i powolny, ale to dobry towarzysz na nocną przejażdżkę po mieście – wygląda wystarczająco wrednie i groźnie.

To samochodowy odpowiednik piwa Carlsberg Special, i prawdopodobnie właśnie przez to pan Schumacher był tak rozczarowany. W końcu jest sponsorowany przez Mild Seven, które są najbardziej beznadziejnymi, bezpłciowymi papierosami, jakie kiedykolwiek spotkałem. Mają mniej więcej tyle wspólnego z włochatym Mustangiem, co ryba.

■ Girlpower

Wszyscy mieliśmy ciężką zimę, szczególnie tutaj, w Cotswolds, gdzie zamarzło nawet błoto. Każdego ranka, by przynieść mleko, musiałem przywiązywać sobie do butów rakiety tenisowe.

Ale dzisiaj pokazało się słońce, przebiśniegom udało się przebić przez lodową skorupę, a w powietrzu zdecydowanie czuć wiosnę. Wygląda więc na to, że nadeszła pora, by porozmawiać o kabrioletach.

Tak naprawdę to wyjątkowo dobra pora, bo w zeszłym tygodniu byłem w Niemczech, by przetestować MG F VVC, BMW Z3 i olśniewająco piękną Alfę Spyder.

Chciałem mieć je wszystkie, a także Renault Spidera, Mazdę MX5 i nowego Mercedesa SLK. Wszystkie są cholernie dobre. Wszystkie są wozami w moim typie.

Ciągle jeszcze zadręczałem się, jaki wydać ostateczny werdykt, gdy w weekend odwiedziło nas kilkoro przyjaciół, a jedna z kobiet przyjechała nowym MG. To trzydziestoparoletnia maklerka giełdowa, singielka, ładna i doskonale znająca się na wszystkim, co w City najmodniejsze.

Z zasady nie rozmawiam o samochodach z przyjaciółmi, ale musiałem wiedzieć, co myśli o MG. Uważa, że jest stanowczo zbyt głośny (to mnie nie dziwi), że jest fajny (wiadomo), i że to samochód dla kobiet. Cooo?!

– Ależ tak – powiedziała. – Gdy go kupiłam, każdy w pracy przyszedł go obejrzeć, ale nikt nie chce go mieć. Wszyscy uważają, że jest zbyt kobiecy.

Wtedy moje oblicze przybrało wyraz pyszczka złotej rybki.

– Cóż, jest kobiecy. Właśnie dlatego go wybrałam – dodała.

Był to wielki szok, ponieważ przez 12 lat pisania o samochodach z założenia nigdy nie poruszałem takiej kwestii. Mówienie o samochodach dedykowanych jednej płci jest tak niebezpieczne, jak francuski pocałunek z rekinem.

Na przykład w naszym magazynie pracuje dziewczyna, która mimo zaawansowanej ciąży dojeżdżała codziennie do pracy najbardziej męską ze wszystkich rzeczy – TVR-em Chimaerą. Dawn French jeździ Mazdą RX7 o prędkości maksymalnej 240 km/h. Moja żona odmawia prowadzenia czegokolwiek, co nie dysponuje mocą co najmniej 200 koni mechanicznych.

A czy kiedykolwiek widzieliście kobietę w Robinie Reliancie? Jak przez mgłę przypominam sobie moją siostrę pytającą, dlaczego kokpity samochodów muszą wyglądać jak środek męskich kosmetyczek, ale to akurat była trywialna sprawa. Zapamiętałem sobie, że kobiety są tak samo zainteresowane samochodami, jak mężczyźni. A mimo to najwyraźniej MG F jest „dla kobiet".

Spędziłem ostatnie parę dni próbując dowiedzieć się, dlaczego miałoby tak być, i obecnie pokuszę się o odpowiedź. Tak, zdaję sobie sprawę, że przez to, co teraz napiszę otrzymam wór listów wielkości Wakefield.

MG jest samochodem dla kobiet po pierwsze dlatego, że jest mały. Ma tylko dwa siedzenia, a to mówi innym użytkownikom drogi: „Spójrz na mnie! Nie mam dzieci. Jestem sama i nie mam bagażu".

Znałem dziewczynę, która jeździła równie małą Hondą CRX. Za każdym razem, gdy spostrzegła na sąsiednim pasie atrakcyjnego mężczyznę, dbała o to, by jej pozbawiony obrączki palec serdeczny był dobrze widoczny. Bardzo mnie to denerwowało, ponieważ wtedy była moją dziewczyną.

Dla porównania: moja żona jeździ Volvo 850R, który również wysyła bezpośredni przekaz: „Jestem zamężna, właśnie wracam do domu z supermarketu i spieszę się, bo muszę nakarmić moją córeczkę".

MG jest również tani. Być może kobiety czują, że nie mają realnych szans na zostanie dyrektorem zarządu albo wirtuozem gitary, i dlatego są przygotowane, by zadowolić się drugim w kolejności najlepszym stanowiskiem. A na przykład ja chcę mieć Ferrari i dążę do tego, choć bez przekonania.

Gdybym nie miał szans, by to osiągnąć, być może przestałbym oszczędzać i zadowoliłbym się MG za 17 000 funtów, który – przyznajmy to – jest dwumiejscowym kabrioletem z centralnie umieszczonym silnikiem. W dodatku w rzeczywistości jest tak szybki, jak Ferrari 355.

A być może kobiety są po prostu bardziej rozsądne i praktyczne niż mężczyźni. Być może nawet gdyby było je stać na Ferrari, i tak kupiłyby MG.

Jest też kwestia linii. Można powiedzieć, że MG jest mały, pełen krzywizn i prawie wykwintny, co czyni go swego rodzaju damską torebką z metalu firmowaną przez znanego projektanta, różowym płaszczem przeciwdeszczowym – czymś, co bardziej się nosi niż się tym jeździ.

Myślę, że kiedy w tym roku pojawi się Alfa Spyder, ludzie powiedzą o niej to samo, ale BMW Z3 jest inny. Emanuje agresywną postawą w rodzaju „zjeżdżaj mi z drogi". Jest idealny dla chłopców z City, ale mniej atrakcyjny w dziale sprzedaży zasłon w sklepie Peter Jones.

Problem w tym, że wypuściłem się na nieznane mi wody. Po przemyśleniu tej kwestii i rozmowach z wieloma kobietami, obecnie uważam, że faktycznie istnieje coś takiego, jak „kobiecy" samochód.

Naprawdę myślę, że MG może być taką właśnie maszyną. Mężczyznom, z którymi rozmawiałem, nie za bardzo się podoba, ale kiedy poprosi się ich o wyjaśnienia, większość z nich mówi, że nie wie, dlaczego tak jest. Z drugiej strony – mnie się podoba, a to stawia pod znakiem zapytania całą moją seksualność. Do tego nie umiem grać w piłkę. Niepokojące.

Rzecznik Rovera kazał mi się wyluzować.

– Nie jest pan gejem – powiedział. – Mężczyźni kupują MG F w kolorze zielonym i czerwonym. Kobiety biorą go w brązie i tym okropnym lila. To nie jest kobiecy samochód, ale występuje w kobiecych kolorach.

Uff... W takim razie poproszę o MG F-a. Czerwonego.

■ Nissan z napędem na tylną oś na prowadzeniu

Jeśli należysz do osób, które mimochodem zerkają na moje niedzielne felietony w poszukiwaniu szczypty kontrowersji i jakichś głupawych metafor, mam dla ciebie złe wieści.

W tym tygodniu postanowiłem przybrać rozsądny wyraz twarzy i napisać wyłącznie do entuzjastów czystej motoryzacji: do ludzi, którzy nie postrzegają samochodu ani jako formy sztuki, ani czegoś, o czym można by sobie pogawędzić, ale jako maszynę.

Gdy nauczyłem się prowadzić samochód, a było to pod koniec lat 1970., praktycznie wszystko, co jeździło po drodze, miało napęd na tylną oś. Napęd na przednią oś to było coś, co miało Mini, coś, co nie pasowało do gwaru lokali wyższej kategorii, do rozmów w towarzystwie poważnych samochodów.

Dziś jednak z ponad 200 modeli samochodów sprzedawanych w Wielkiej Brytanii, ponad połowa przenosi swoją moc na nawierzchnię wykorzystując do tego przednie koła. Z punktu widzenia producentów, takie rozwiązanie sprawia, że samochody są tanie i lekkie.

Przeciętny kierowca, stojący w korku w Newbury, tak naprawdę macha na to ręką. Dopóki jego samochód przesuwa się do przodu, gdy cholerny korek ruszy się o kilka metrów, kogo obchodzi, czy ma wał napędowy, czy nie?

Otóż na przykład mnie.

W małych samochodach napęd na przednią oś jest nadzwyczaj praktycznym rozwiązaniem. Pomijając już nawet zmniejszenie wagi samochodu, prostą konstrukcję i bardzo ważne kwestie związane z kosztami, mamy przede wszystkim mniej zajmujących miejsce elementów, a dzięki temu więcej przestrzeni dla pasażerów i na bagaż.

To samo dotyczy zwykłych samochodów rodzinnych, a w szczególności vanów. Nikt nie kupuje Forda Galaxy, by pruć nim na pełnym gazie po drodze A40.

Ale w agresywnych, nieokrzesanych samochodach o zacięciu sportowym, muskularnej rzeźbie i pofałdowanym jak kaloryfer torsie, sens przedniego napędu jest – delikatnie mówiąc – wątpliwy. Saab stwierdził kiedyś, że przenoszenie 170 koni mechanicznych mocy na przednie koła jest „czymś niepożądanym".

Dziwne zatem, że topowe modele Saaba rozwijają moc ponad 220 koni. Oznacza to, że przednie koła muszą poradzić sobie nie tylko z przeniesieniem tego na drogę, ale także z trudnym zadaniem nadawania samochodowi kierunku jazdy.

Każdy, kto kiedykolwiek przyspieszał w mocnym, przednionapędowym wozie, poczuł na pewno coś, co zwie się skręcającym momentem sił – kierownica wyrywa się to w lewo, to w prawo.

Okropność.

Jest dla mnie wyjątkowo oczywiste, że w mocnym samochodzie przednie koła powinny nim sterować, a tylne go pchać. Naprawdę uważam, że BMW będzie dominowało na rynku sportowych samochodów rodzinnych, bo wszystkie produkowane przez tę firmę modele mają napęd na tylną oś, w związku z czym odczuwamy, że prowadzi się je... spójniej.

I nie chodzi tu o samo to odczucie. Samochody z napędem na tył są szybsze. Inaczej nikt nie chciałby ryzykować punktów karnych za przekroczenie dopuszczalnej wagi podczas Brytyjskich Mistrzostw Samochodów Turystycznych.

Tak, Golfy GTi oraz Peugeoty i Fordy o zbliżonej mocy to śmiech na sali, ale w ich przypadku nad celowością zatryumfowała inżynieria.

Gdyby te firmy na serio myślały o wypuszczeniu samochodów ze sportowym zacięciem, modele rozwijające największe prędkości miałyby napęd na tylną oś.

Podobnie mają się dziś sprawy z samochodami coupé. Fiat prezentuje się wspaniale, jest szybki i naprawdę dobrze trzyma się drogi, ale jeśli mowa o entuzjastach prawdziwej jazdy, napęd przeniesiono nie na ten koniec samochodu, co trzeba. To samo dotyczy VW Corrado, Forda Probe, Opla Calibry, Hondy Prelude, a nawet nowej Alfy GTV.

Spróbujcie przyspieszyć którymś z tych wozów pokonując zakręt, a przednie koła zafundują wam nieprzyjemny atak wywołującej panikę podsterowności.

Odsiecz przyszła z najmniej spodziewanej strony. Nissan 200SX. Ma napęd na tylną oś. 200 koni mechanicznych turbodoładowanego silnika na tylne opony przenosi wał napędowy z mechanizmem różnicowym o ograniczonym uślizgu.

Gdy dodacie gazu na zakręcie, tył wozu zacznie się ślizgać. Ta nadsterowność to wielka frajda i kupa śmiechu. Przyspieszcie jeszcze bardziej – tył wozu pochyli się ku ziemi i wywrze jeszcze większy nacisk na napędzane koła, zapewniając jeszcze lepszą przyczepność.

– No dobrze – podniesie larum jakiś pozer – ale przecież Nissan odwalił się jak stróż w Boże Ciało! Widzieliście te jego dywaniki z nylonowym włosiem? Nie podoba mi się również zbyt błyszcząca deska rozdzielcza. No i dlaczego ten wóz nie może być hatchbackiem, tak jak wszystkie inne mu podobne? Nie mogę też, ot tak, wybrać się do klubu golfowego i oznajmić wszystkim, że kupiłem właśnie Nissana. Nissana, na miłość boską! Będą gotowi pomyśleć, że mam Almerę!

Cisza! Zgadzam się, że logo Nissana jest w świecie samochodów tym, czym marka Dr. Oetker w kontekście wykwintnej kuchni. Wiem, że karoserii 200SX daleko do stylistycznego majstersztyku, i że deskę rozdzielczą zaprojektował ktoś, kto powinien raczej plewić grządki w przyfabrycznym ogródku. No i co z tego?

Nie od dzisiaj wiadomo, że arystokracja ma tendencję, żeby nie obnosić się ze swoim kolosalnym bogactwem. Lord Fotherington-Sorbet jeździ zdezelowanym samochodem i chodzi ubrany w łachmany – zdążył przyzwyczaić się do swoich pieniędzy i nie odczuwa potrzeby odgrywania pawia za każdym razem, gdy gdzieś wychodzi.

To samo dotyczy Nissana 200SX. Nie potrzebuje zakładać Rolexa na jedną rękę i masywnej bransolety ze swoimi inicjałami na drugą. Nie kręcą go ani medaliony, ani anteny satelitarne. To poważny gracz, który spokojnie czeka na swój czas, ukrywając do tego momentu swoje zalety pod korcem. Do licha, wcale bym się nie zdziwił, gdybym się dowiedział, że Nissan świadomie wynajął ogrodnika do zaprojektowania wnętrza tego wozu!

Jeśli faktycznie lubicie prowadzić – mam tu na myśli czerpanie przyjemności z „czucia" samochodu – Nissan 200SX to wóz dla was. Może i prezentowalibyście się nieźle we Fiacie, a jako posiadaczom Forda Probe może udałoby się wam zerwać gumkę w jakichś majtkach, ale jeśli zależy wam na coupé z prawdziwego zdarzenia, musi nim być Nissan.

■ Kablówka i koparki

Drogi niszczeją i co jakiś czas musimy się spodziewać, że Vauxhalle Cavaliery na zewnętrznym pasie zostaną zastąpione przez mężczyzn, którym spodnie nie są w stanie zakryć całego tyłka. Pojawią się pachołki, a ruch samochodowy ustanie.

Z pewnością irytującym jest siedzenie tam i łagodne marynowanie się we własnym pocie. Ale faktem jest, że prace drogowe są nieuniknioną konsekwencją życia w kwitnącym społeczeństwie, w którym 43-tonowe ciężarówki z hukiem przetaczają się po drogach i bezdrożach, przywożąc świeże towary do twojego sklepu na rogu. Widać jednak niepokojącą tendencję. Przez ostatnie cztery tygodnie południowa obwodnica Londynu była zamknięta z powodu prac całkowicie nowego typu. Przez ponad miesiąc tkwiłem w korkach. I to nie dlatego, że droga uległa uszkodzeniu, albo że niezbędne było przeprowadzenie jakichś istotnych podziemnych robót. Nie – rozkopali główną arterię pomiędzy południowo-zachodnią Anglią i City ponieważ

Cableguyz, nasz lokalny dostarczyciel telewizji kablowej, postanowił przejechać jedną ze swoich koparek JCB przez jeden z głównych przewodów wodociągowych.

Łatwo się zorientujesz, kiedy ludzie z kablówki będą mieli się pojawić w twojej okolicy, bo pewnego poranka obudzisz się i zobaczysz, że chodnik przed domem wygląda jak jeden z bardziej jaskrawych płaszczy ze sklepu Josepha. Przebieg wszystkich linii elektrycznych, gazowych i wodnych jest indywidualnie oznakowany różnymi kolorami kredy, żeby robotnicy dokładnie wiedzieli, gdzie należy kopać, gdy nadejdzie na to pora.

Gdy pora rzeczywiście nadchodzi, twoja ulica zaczyna wyglądać jak teren po bitwie nad Sommą.

Nawet jeśli nie zaparkują koparki JCB na twoim samochodzie, pokryją go grubą warstwą błota. A następnie, kiedy wszystkie ich starannie namalowane kredowe znaczki zostaną również pokryte błotem, poczekają, aż wejdziesz pod prysznic i wtedy przewiercą się przez rurę wodociągową. Kiedy wyjdziesz spod prysznica i będziesz w połowie pisania książki na komputerze, odetną prąd. A wieczorem, gdy będziesz miał na kolacji ośmioro gości, odetną doprowadzenie gazu. Na początku i na końcu twojej ulicy wykopią rowy, więc nawet jeśli uda ci się dostać do samochodu, w żaden sposób nie będziesz w stanie nigdzie nim pojechać.

Dzień czy dwa po tym, jak skończą, człowiek w źle skrojonym garniturze, z szerokim uśmiechem na twarzy, zapuka do twoich drzwi i zapyta, czy chciałbyś zainstalować u siebie usługi kablówki, które, na wypadek gdybyś nie zauważył, są już dostępne przy twojej ulicy. Gdyby do tego doszło, jest tylko jeden możliwy sposób postępowania – musisz dać mu pięścią prosto w usta. Natomiast absolutnie nie wolno ci zapraszać go do środka i podpisywać przeróżnych formularzy, jakie wydobędzie ze swojej plastikowej teczki.

Jeśli to zrobisz, pojawią się kolejni mężczyźni, by wywiercić ci w ścianach wielkie dziury tylko po to, by twój telewizor mógł pokazywać dokładnie to samo, co i tak pokazywał do tej pory za pośrednictwem dużej komunalnej patelni umieszczonej na dachu.

Mam teraz telewizję kablową i jest to totalna katastrofa. Mówi mi, co się dzieje w Lewisham, a w nocy pokazuje mi bandę otyłych niemieckich blondynek z czarnymi włosami łonowymi podczas symulowanego seksu. Są dwa 24-godzinne serwisy wiadomości, oba prezentowane przez ludzi o zębach tak białych, że nie mogę na nie patrzeć, i powtórki programów, które już 25 lat temu nie były śmieszne – a teraz są bardzo nieśmieszne.

Mogę oglądać francuskie teleturnieje a jeśli przełączę na QVC będę mógł kupić odtwarzacz wideo od Tony'ego Blackburna. Wczoraj jakaś kobieta spędziła godzinę usiłując sprzedać mi naszyjnik, więc przełączyłem na MTV, gdzie Prince śpiewał piosenkę *My name is Prince*. Jezu.

Większość z 36 oferowanych kanałów jest zakodowana, i jeśli chcę oglądać lepsze porno albo wysokonakładowe filmy albo, niech Bóg broni, futbol, muszę jeszcze głębiej sięgnąć do kieszeni. Tymczasem nie zgadzam się, by moje pieniądze były wykorzystywane do rozkopywania ulic. To zachowanie aspołeczne.

Uczciwie dodam, że mam teraz w telewizji dużo sportów motorowych, ale wyścigi samochodowe bez ścieżki dźwiękowej z Murrayem Walkerem, to jak wakacje w przyczepie kempingowej – czyli żadne. Jedyna zaleta Eurosportu jest taka, że pokazują konferencje prasowe po wyścigach, podczas gdy „Granstand" przełącza się na krykieta natychmiast po tym, jak opadnie chorągiewka startowa.

Ale czy jest to warte 168 funtów rocznie, podczas gdy za połowę tej kwoty można mieć BBC? Dodatkowo BBC nie rozkopuje twojej ulicy, nie odcina wszystkich niezbędnych do życia usług, nie wyłącza na dwa dni telefonu ani nie przysyła szeroko uśmiechniętych akwizytorów w okropnych ubraniach.

■ Beznadziejne przepowiednie mistycznego Clarksona

Zanim prezenterzy wiadomości podadzą wyniki meczu, którego retransmisja nastąpi później, zazwyczaj zalecają nam zatkanie sobie uszu palcami i mruczenie pod nosem.

Założę się jednak, że gdy dziś leżeliście sobie w wannie i słuchaliście radia, usłyszeliście coś w tym stylu: „Dzisiaj w Północnej Irlandii przywódca partii Sinn Féin, Gerry Adams, przyrównał panującą sytuację do… Hill wygrał… konflikt w Izraelu…".

Balon pękł. Nie było żadnego ostrzeżenia i te dwa niewinne słówka pozbawiły jakiegokolwiek suspensu nadawaną później relację z tej imprezy. A oprócz tego, jeśli wiesz, kto wygrał pierwszy wyścig Grand Prix, jesteś bardzo bliski odgadnięcia, kto wygra mistrzostwa świata.

Co więcej, gdy wiesz, kto wygrał, niewiele więcej zyskasz, dowiadując się, jak to zrobił. Po prostu jechał szybciej niż inni.

Ale gdy zdejmę na chwilę swoją maskę cynika i przywdzieję na siebie „rozsądne" beżowe spodnie z Marksa & Spencera, z chęcią zastanowię się nad tym, do czego może dojść w roku 1996.

Eksperci sugerują, że Michael Schumacher w swoim całkowicie nowym Ferrari nie ma żadnych szans. Zwracają uwagę na program testów zimowych, twierdząc, że bolid rozpoczął je za późno i nie było czasu, by porządnie dać mu popalić, i że pierwsze sygnały świadczą o tym, że jego nowy silnik V10 ma za mało wigoru i wcale nie jest niezawodny.

No cóż, spotkałem wystarczająco dużo kierowców wyścigowych by wiedzieć, że nigdy nie postępują tak, by narażać się na przegraną. Michael Schumacher mógł zostać w Benettonie, z ekipą, którą zna i z którą lubi pracować, i całkiem możliwe, że po raz trzeci z rzędu zdobyłby mistrzostwo.

Nikt, kogo tak jak Schumachera popycha żądza wygranej, nie porzuca szansy otrzymania kolejnego tytułu, bo akurat poczuł, że nadszedł czas na zmianę. Schumacher przeszedł do Ferrari, bo wiedział o czymś, o czym my nie wiemy. Nie mam pojęcia, jak spisze się jego wóz w Australii, bo piszę te słowa jeszcze przed wyścigiem, ale wspomnijcie na nie: Schumacher – gość, którego nie znoszę bardziej niż białej fasoli i Jeffreya Archera razem wziętych – to dla mnie pewny zwycięzca roku 1996.

Damon Hill, jak nas poinformowano, przez całą zimę przygotowywał się psychicznie do bitew, które będzie musiał stoczyć w najbliższej przyszłości.

Jest więc teraz sprawną, bezkompromisową machiną bojową, która będzie się przedzierała przez pole walki w najlepszym, zdaniem wielu, bolidzie.

No dobrze, tylko że Damon Hill to sympatyczny gość i właśnie stąd bierze się jego problem. Sympatyczni faceci z żonami i dziećmi nie walczą z przeciwnikiem na śmierć i życie, jadąc z nim koło w koło z prędkością 260 km/h. Żeby tak robić, trzeba być kompletnym świrem, a Damon pod żadnym względem nim nie jest. Dlatego jest skazany na drugie miejsce. Znowu.

Niektórzy twierdzą, że jego nowy kolega z zespołu, Jacques Villeneuve, jest większym faworytem. W końcu jest przecież synem największego showmana wśród kierowców wyścigowych – Gillesa Villeneuve'a. Jasne. Mój ojciec bardzo dobrze wiedział, jak odliczać sobie VAT, ale nie czyni to ze mnie dyplomowanego księgowego.

Fani Damona odpowiedzą ciosem na cios, twierdząc, że spuścił baty wszystkim zawodnikom amerykańskich wyścigów Indycar. Na miłość boską! To tak, jakby zakładać, że ktoś mógłby być pilotem lotniczej grupy akrobacyjnej tylko dlatego, że jest dobry w Monopoly.

Widzieliśmy już wcześniej, jak chłopcy z Indycar radzą sobie w wyścigach Formuły 1 – Michael Andretti był ostatnim z nich. Zrobili z siebie kompletnych, skończonych idiotów! Spójrzcie tylko na Nigela Mansella. W Ameryce przyzwyczaił się do wyścigów z otyłymi reliktami przeszłości, takimi jak

Mario Andretti, więc gdy w zeszłym roku ponownie zawitał w Formule 1, wyglądał tak samo głupio, jak jego wąsy.

Wróćmy jednak do Formuły 1 i Benettona. Moje źródła informacji twierdzą, że ten zespół ma poważne problemy z niezawodnością i że dla Bergera i Alesiego nieprzewidywalne zachowanie samochodów to istny koszmar. Tyle że sympatyczny skądinąd Gerhard Berger jest obecnie chyba bardziej zainteresowany podkładaniem sztucznych psich kup pod poduszki swoich kolegów niż wygraną w wyścigu.

Obiło mi się o uszy, że McLaren po swoim powrocie stał się siłą, z którą należy się liczyć. David Coulthard obiecał, że już nigdy nie wypadnie z toru podczas rozgrzewki, ani że zjeżdżając na wymianę opon nie wjedzie w ścianę pit stopu, a Mika Häkkinen jest w pełni sił po swojej paskudnej kraksie w Adelajdzie. I rzeczywiście – nie dalej jak w zeszłym tygodniu pobił rekord okrążenia podczas prób na torze w Estoril.

A to oznacza, że jest bardziej niepoczytalny niż kiedykolwiek wcześniej. Wśród uczestników Grand Prix cieszy się budzącą grozę reputacją szaleńca, a teraz w dodatku krążą pogłoski, że uraz głowy, jakiego doznał, sprawił, że jest jeszcze bardziej stuknięty. Bardzo go lubię, ale nie sądzę, że wygra.

Po pierwsze, w dalszym ciągu będzie miał dużo wypadków podczas eksperymentów z różnymi poziomami przyczepności, których nie da się dobrze ustawić. Po drugie, nawet jeśli panuje przekonanie, że nowy silnik Mercedesa jest po prostu bombowy, nie możemy zapominać, że dość często – jak to bomba – wybucha.

Może dostarczy nam to nieco rozrywki, ale z pewnością nie aż tyle, by zrekompensować nudę wynikającą z nowych, wprowadzonych w 1996 roku przepisów Formuły 1. Do wyścigu nie zostanie zakwalifikowany żaden samochód, który przekroczy 107 procent czasu, jaki uzyskał najlepszy podczas kwalifikacji kierowca. Przez to nie będzie bolidów Forti ani Minardi, które snuły się po torze i zajeżdżały innym drogę.

Beznadziejnie prowadzone przez najsłabszych zawodników, urozmaicały wyścig, a Murray Walker miał na co wrzeszczeć. Teraz jednak ich już nie ma, a w przyszłym roku nie będzie też Murraya Walkera.

Są jednak i dobre wieści. Jeśli w 1997 roku ITV przejmie prawa do transmisji Formuły 1, BBC będzie musiało skoncentrować się na Brytyjskich Mistrzostwach Samochodów Turystycznych.

Ta impreza jest 26 000 razy lepsza od Formuły 1 – podczas jednego okrążenia jest tam więcej wyprzedzania niż podczas wszystkich zawodów Grand Prix razem wziętych.

Sezon mistrzostw zaczyna się w Poniedziałek Wielkanocny. Chcecie wiedzieć, kto wygra? Nie mam pojęcia! Chcecie wiedzieć, kto będzie miał kraksę? Większość zawodników! Nie mogę się już doczekać.

■ Reklamowe bujdy

Widzieliście już tego ohydnego faceta z telewizyjnej reklamy Bootsa? Tego, który chce urozmaicić swoje nudne życie kupując w Bootsie parę modnych okularów? Chyba tylko na wypadek, żebym mu nie wetknął palca w oko, gdyby zdarzyło się nam kiedyś spotkać w windzie albo na dworcu. „Wszystkim się zajmie. Dobrze wiedzieć, że…"

Na miłość boską, chłopie, stul pysk! Już wiemy! Boots produkuje modne okulary. Gdy wzrok pogorszy mi się tak, że nie będę mógł przeczytać gazety nie wychodząc do sąsiedniego pokoju, podrepcę prosto do Bootsa w moim najlepszym garniturze.

To właśnie stanowi sedno reklam telewizyjnych. W niesłychanie ciasnych ramach czasowych można przekazać telewidzom wyłącznie jedną, krótką informację. Sam reklamowany produkt może być nawet dwunastościanem foremnym, ale w przerwie reklamowej pokażą nam tylko jego pojedynczy atom.

Chyba że przedmiotem reklamy jest samochód – w tym przypadku trik polega na tym, by nie przekazać odbiorcy absolutnie żadnej informacji.

W Volvo można przejechać nad Kanałem Koryńckim wykorzystując do tego tory kolejowe, gdyby z jakichś przyczyn zablokowany był najnormalniejszy w świecie most.

Ile kosztuje Volvo T5? Jaką prędkość rozwija? Czy do bagażnika zmieści się komoda? Tego nie wiem, ale faktycznie, gdyby zdarzyło mi się, że ktoś zrzuca mi z samolotu Douglas DC-3 skrzynie, przydałby mi się taki wóz.

Chodzi oczywiście o to, że agencje reklamowe usiłują stworzyć image produktu. Jeśli jesteś posiadaczem Volvo T5, należysz do grona osób, które tym samochodem najprawdopodobniej będą się uganiały za Douglasami DC-3. I gdy twoi sąsiedzi będą pochłonięci pieleniem ogródka, ty będziesz znajdował się w oku huraganu.

Kup T5, a będą cię zapraszali na każdą kolację w mieście, będą opowiadali o tobie anegdoty i każda panienka z chęcią da ci się przelecieć.

No, chyba że pojawi się ktoś w Peugeocie 406. Jego właściciel zostaje zgwałcony w restauracji przez kobietę zaraz po tym jak wyratował małą dziewczynkę spod kół nadjeżdżającej ciężarówki. Gra w rugby, jest najemnikiem, a kiedy indziej nosi garnitur jak spod igły.

„Nie ma kogoś takiego, jak przeciętna osoba" – głosi slogan tej reklamy. Zgadzam się. Jest za to coś takiego, jak przeciętny samochód, i Peugeot 406 jest jednym z nich. Wolałbym już mieć Forda Mondeo. Tyle że jeśli chodzi o zrywanie gumek w majtkach, to według reklamy 406 jest w tym o niebo lepszy.

Dziś najważniejszą osobą w procesie projektowania samochodu jest ta, która wymyśla spoty reklamowe. Wszystkie samochody klasy średniej są w gruncie rzeczy jednakowe, tak więc wybierając któryś z nich, ludzie wybierają jego image.

Peugeot 406 to sympatyczny rodzinny sedan w atrakcyjnej

cenie, ze zwykle spotykanym w tej klasie wyposażeniem, spalaniem i osiągami. Popełniono w nim też zwykle spotykane błędy, do których należą kiepskiej jakości fotele, kiepska skrzynia biegów i zbyt głośno pracujący dwulitrowy silnik.

Jestem wszakże pewien, że model 406 będzie olbrzymim sukcesem rynkowym Peugeota i będzie zawdzięczał to wyłącznie ludziom od reklamy.

Spójrzcie na Vauxhalla Vectrę. Też jest nudnym i mało ciekawym rodzinnym sedanem ze wszystkimi zwykle spotykanymi rozwiązaniami i błędami. Tymczasem w rankingach sprzedaży został praktycznie anihilowany. Dlaczego? Bo jego reklamy to jedno wielkie gówno.

By zwięźle ująć esencję filozofii New Age, reżyser spotu z pewnością przeanalizował wszystkie możliwe efekty specjalne i za poważną sumę miliona funtów postanowił nakręcić reklamę przez marmoladę na obiektywie kamery.

Odpowiedzialna za kampanię agencja reklamowa Lowe Howard Szpinak wydała do dziś kolejne 6 milionów funtów na to, by 96 procent Brytyjczyków zobaczyło spot 17,8 razy. Dziesięć procent zobaczy go 30 razy, a 1 procent – 60 razy.

Łatwo będzie rozpoznać na ulicy ten 1 procent. Ci ludzie będą dyskretnie uderzać głową w mur.

Jeśli zaś chodzi o mnie, to uważam, że ponieważ Vectra reklamowana jest jako „technologia nadchodzącego milenium", powinniśmy nadejście milenium przyspieszyć o 45 miesięcy, by wreszcie te idiotyczne reklamy zdjąć z anteny i z łamów prasowych, po czym wrzucić je do głębokiego kosza.

Tam reklama Vectry spotka się z bzdetami, które ostatnio zafundował nam Rover.

Samo nakręcenie spotu *An Englishman in New York* kosztowało Rovera 1,3 miliona funtów. Dowcip polega na tym, że Rover w ogóle nie sprzedaje swoich wozów w Stanach – Amerykanom przejadło się borykanie z ich ciągłymi mechanicznymi bolączkami.

Gdy ogłoszono, że Rover zostanie przejęty przez BMW, jeden z dwóch kierowników wyższego szczebla w rozmowie o ich najbliższej przyszłości stwierdził podobno:

– Najlepiej niczego nie róbmy. Wtedy nikt nie będzie mógł nam niczego zarzucić.

Gdyby tylko ten drugi go posłuchał… Skądże. Zatwierdził tę absurdalną reklamę, która sprawiła, że powiększyły się i tak już pękające w szwach kieszenie księgowych Stinga.

Jaki wizerunek samochodu kreuje ta reklama? Nie mogę zaparkować, więc oglądam telewizję z wnętrza mojego samochodu. Jestem skończonym idiotą. Przejdź przez jezdnię, a zobaczysz jak nadjeżdżam z przeciwnej strony.

Drogi Roverze! Wielkich jak magazyny mieszkań już nie ma. Ostatnie z nich zamieszkiwało małżeństwo z reklamy firmy Findus w 1987 roku. Dziennik „Wall Street" znajduje się na stojaku z przecenioną prasą w mojej wypożyczalni wideo. Chłopcy, mamy rok 1996 i Peugeota, który ściera was na miazgę.

Jeśli mowa o Roverze 200, to wasi inżynierowie odwalili kawał dobrej roboty. Styliści też byli świadomi tego, co robią. Tylko że tego dnia, kiedy powstawała reklama, jej twórcy musieli wybrać się na obfity, wykwintny lunch, suto zakrapiany winem.

Pewnie spotkali na nim ludzi z Nissana, którzy dla Almery wymyślili następujące hasło reklamowe: „Inni nie chcą, byś jeździł tym samochodem". No i dobrze. Ja i tak nie zamierzałem nim jeździć.

■ Trafiony srebrną kulą w Detroit

Zeszłego wieczoru, w jednym z pięciu najwspanialszych miast świata, raczyłem się aligatorem na kolacji z Bobem Segerem. Od czasu pamiętnego, gorącego lata w 1976 roku, gdy odbijałem się rykoszetem po Staffordshire, by otrząsnąć się z nieprzyjemnej nastoletniej depresji, zawsze czciłem ziemię, po której stąpał Bob Seger. Wiem, że mieć swoich bohaterów to coś tak beznadziejnie głupiego, jak hobby kolejowe, ale mówimy tu o kimś, kogo teksty to czysta poezja, kogo melodie mogą konkurować ze wszystkim, co wymyślił Elgar czy Chopin, i kogo występy na żywo są po prostu najlepsze na świecie.

Po koncercie w londyńskim Hammersmith Odeon w 1977 roku, jego dyrektor napisał do magazynu „Melody Maker", że przez wszystkie swoje lata nigdy nie widział lepszego koncertu. Ja też tam byłem i muszę powiedzieć, że koncert był jeszcze lepszy niż to wynika z powyższej opinii. I oto, 18 lat później, w restauracji w centrum Detroit, jadłem aligatora w cieście z tym właśnie człowiekiem we własnej osobie. Powiedzieć, że nie mogłem wykrztusić z siebie ani słowa, to za mało – mój język skręcił się jak korkociąg. Chciałem porozmawiać o muzyce, ale Bob gadał jak nakręcony, śmiał się odgłosem przypominającym dźwięk betoniarki i chciał rozmawiać o samochodach. Urodził się w Detroit i pomijając krótki okres pobytu w Los Angeles, którego nienawidzi, mieszkał tu przez całe życie.

Dowodził, i to całkiem dobitnie, że jeśli pochodzisz z Detroit, jesteś w połowie człowiekiem, a w połowie silnikiem V8. Pracę można tu znaleźć wyłącznie w fabrykach samochodów. Pracują tam wszyscy twoi sąsiedzi, a jedynym wyjściem, by uniknąć pracy przy taśmie, jest muzyka. Nieprzypadkowo wytwórnia płytowa Motown zaczęła działalność w Detroit, w *Motor City*.

Autobusy jeżdżą tu puste, podobnie jak beznadziejna kolejka jednotorowa. Dworzec kolejowy popadł w ruinę. W Detroit wszyscy poruszają się samochodami. Samochód to dusza każdego mieszkańca miasta. Bob Seger nie jest tu wyjątkiem.

Przypomniał mi o tym GMC Typhoon, w którym ten wielki człowiek przybył na nasze spotkanie. Seger ma też dwa motocykle Suzuki, na których śmiga po Stanach szukając inspiracji do takich kawałków jak *Roll Me Away*, ale na rodzinne zakupy do Safewaya jeździ swoim 285-konnym wozem z napędem na cztery koła – może przypominacie sobie, że jego odmianą w wersji pick-up o nazwie Syclone ścigaliśmy się w *Top Gear* w zeszłym roku.

Z tego co mówił Bob, jego kumpel, Dennis Quaid, też najwyraźniej ma taki wóz. Wzmianka o nim spowodowała, że zaczęło mnie świerzbić, by zapytać o to, jaka naprawdę jest Meg Ryan – Quaid jest jej mężem – ale Bob znów zmienił temat i pomiędzy kolejnymi kęsami gada zaczął opowiadać, jak to było kiedyś w Detroit, jak ścigał się podrasowanymi, sportowymi samochodami od świateł do świateł, jak zamontowanie bocznych rur wydechowych podnosiło moc o 15 koni i jak rozstawiali punkty obserwacyjne, z których wypatrywali glin.

Było bosko. Człowiek, z którym chciałem się spotkać od blisko dwudziestu lat okazał się samochodowym maniakiem, ale najlepsze miało dopiero nadejść. Gdy zjedliśmy już kolację, Bob rozsiadł się wygodnie i wyciągnął z kieszeni paczkę marlboro. O rany, on też pali! Pali też – jak dodał – Whitney Houston. Na tym etapie doznałem regresji, która sprawiła, że można było mnie wziąć za czterolatka. Może nawet się trochę zmoczyłem, ale i tak prawdziwa powódź miała nadejść dopiero później tego samego wieczoru.

– Czy ci ludzie – zapytałem ostrożnie – ścigają się jeszcze swoimi wozami po ulicach miasta?

– Jasne – usłyszałem odpowiedź. – Praktycznie w każdą piątkową i sobotnią noc na autostradzie Woodward przechodzącej przez miasto można trafić na odbywające się właśnie wyścigi.

I muszę wam powiedzieć, że te słowa nie były zwykłą wkurzającą paplaniną jakiejś zmanierowanej gwiazdy rocka. Bo te wyścigi rzeczywiście się odbywają. Spore pieniądze przechodzą z rąk do rąk w grupie jakichś stu albo i więcej facetów, którzy przyjeżdżają na miejsce w swoich Dodge'ach Chargerach, Plymouthach Road Runnerach i Bóg wie, w czym jeszcze. Potem, od północy aż do bladego świtu, ustawiają się na światłach, czekają na zielone i ruszają. Przyglądaliśmy się temu wszystkiemu, i na szczęście, co jest ważne z waszego punktu widzenia, sfilmowaliśmy to na potrzeby nowego cyklu reportaży, zatytułowanego *Motoświat*.

Dowiedzieliśmy się też, że w minionych czasach trzej wielcy amerykańscy producenci samochodów wysyłali na wyścigi swoje nowe, gorące wozy, i sprawdzali, na co je stać. Nawet i dziś inżynierom uda się czasem przemycić na wyścig nowy projekt silnika prosto z fabryki, by przekonać się, co w rzeczywistości sobą reprezentuje.

A wszystko to odbywa się przy muzyce Marthy Reeves, Marvina Gaye'a, Smokeya Robinsona, Dona Henleya, Teda Nugenta i Boba Segera – i tysiąca innych gwiazd, które urodziły się i wychowały w Motor City.

A my mamy fabrykę samochodów w Longbridge i zespół Take That. Rzygać mi się chce.

■ Tu nie wolno parkować, tam też nie

Po tym, jak w zeszłym tygodniu usiłowałem zrobić zakupy w Oksfordzie, wiem już, dlaczego każdy odcinek serialu *Inspektor Morse* musiał być dwugodzinną telewizyjną ucztą. Aż tyle zajmowało mu przejechanie przez miasto.

Na wewnętrznej obwodnicy stajesz się prawdziwym ekspertem w rozwiązywaniu krzyżówek.

Jestem pewny, że na papierze system zarządzania ruchem przedstawiał się doskonale:

Usunąć wszystkie miejsca do parkowania przy drogach w mieście. Zakazać ruchu samochodowego w centrum. I zachęcić tryskające energią przedsiębiorstwa autobusowe, by uruchomiły transport wahadłowy.

Na mapach urbanistów ulice tylko dla pieszych miały być pełne beztroskich klientów i uroczych drzewek, ale w rzeczywistości są po brzegi zapchane autobusami nieskończonej liczby przewoźników, którzy, by pozostać konkurencyjni, jeżdżą starymi rzęchami buchającymi niebieskim dymem.

Efekt końcowy to kocioł chaosu i zmarnowanych szans.

Moja żona była w ciąży od 8,9 miesiąca więc, ponieważ autobus nie wchodził w grę, byliśmy zmuszeni zaparkować w pobliżu odległego o 14 km Abington i iść na piechotę. Wystarczająco ciężko było omijać japońskich turystów, ale na High Street tkwił mur autobusów stojących ściśle jeden za drugim dokąd sięgał wzrok. Powietrzem nie dało się oddychać, a odległości były stanowczo za duże dla kogoś, kto – jak się okazało – urodził dziecko tego samego dnia po południu. Z pustymi rękami powlekliśmy się z powrotem do samochodu i wyruszyliśmy do domu.

Po drodze, na peryferiach miasta zobaczyliśmy sklep Toys'R'Us, gdzie obciążyłem moją kartę kredytową kwotą 275 funtów, które – gdyby nie idiotyczna polityka transportowa rady miasta – trafiłyby do rąk właścicieli sklepów w centrum.

Mieszkam zaledwie 27 kilometrów od Oksfordu, ale nigdy, przenigdy już tam nie wrócę. Nigdy nie zjem w oksfordzkiej restauracji. Nigdy nie wybiorę się do oksfordzkiego pubu. Nigdy nie kupię niczego w oksfordzkim sklepie.

Zamiast tego pojadę do jakiejś miejscowości, gdzie ludzie są wystarczająco mądrzy, by powitać mnie razem z moim samochodem. Do Banbury, Cheltenham, a nawet do Londynu.

To całe planowanie miast staje się zwycięstwem wegetarianizmu nad zdrowym rozsądkiem.

Członkowie rady miasta mają obsesję na punkcie ludzi dojeżdżających do pracy, ludzi, którzy pracują w biurach w centrum i wywołują korki w godzinach szczytu. Ale w swoim ślepym pędzie ku rozwiązaniu tego problemu zapominają, że miasteczka powinny stanowić centra dla leżących wokół wsi, skąd ludzie przyjeżdżają na zakupy, żeby zjeść i żeby się rozerwać. I ci ludzie – czy radzie miasta się to podoba, czy nie – muszą przyjechać samochodem. Nie da się autobusem przewieźć lodówki z zamrażarką.

Jeśli ruch samochodowy zostanie zakazany, a wspierane będą supermarkety poza miastem, centra miast umrą. Już obecnie prywatne piekarnie i pasmanterie zostały zastąpione biurami pośredników w handlu nieruchomościami i przedsiębiorstw budowlanych. Oksford ma przewrócone w głowie, bo japońscy turyści i tak będą tam przyjeżdżać, ale inne miasteczka, w których nie ma tak malowniczych iglic, powinny być bardzo, ale to bardzo ostrożne.

Jeśli wytrzebimy dojeżdżających, właściciele sklepów przeniosą się gdzie indziej, a jeśli dalej będziemy ich wybijać, czołowi przedstawiciele biznesu spakują manatki i też wyjadą. Cóż więc pozostanie?

Nie miałbym nic przeciwko temu wszystkiemu, ale rozwiązanie jest przecież tak przerażająco proste. Zamiast likwidować miejsca parkingowe, samorządy powinny zapewnić ich tyle, ile tylko jest w ludzkiej mocy. Powinny przeanalizować każdy co do jednego metr żółtej linii i zastanowić się, czy naprawdę jest on absolutnie niezbędny.

Postawcie parkomaty. Każcie nam płacić funta za każdą godzinę. Nie przeszkadza nam to. Jeśli ułatwicie parkowanie, automatycznie zmniejszycie korki, ponieważ nie będzie już samochodów jeżdżących w kółko po tych samych ulicach. Serio, nie mogę wymyślić bardziej idiotycznego zastosowania dla samochodu, niż szukanie miejsca, by się nim zatrzymać.

Ale oczywiście urbanista, który to przyznaje, wymiguje się od swojego zajęcia, dlatego w nadchodzących latach będziemy poddani serii rozwiązań, które są po prostu do chrzanu.

W zeszłym tygodniu grupa europejskich ministrów spotkała się, by omówić ten problem i dowiedziała się, że w Turynie działa obecnie zaawansowana usługa rezerwacji miejsc parkingowych, aby zapobiec sytuacji, w której wjeżdżający do miasta kierowca miałby choć cień szansy na znalezienie miejsca.

Kiedy potrzebuję papierosów, to potrzebuję ich teraz, a nie po tym, jak pani Miggins kupi karmę dla swojego kota.

Miasto Groningen w Holandii jest podzielone na cztery ćwiartki. Ruch samochodowy może krążyć po obwodnicy i wjechać do jednego z sektorów, ale jeśli później chcesz dostać się do innego sektora, musisz z powrotem udać się na obwodnicę.

Dlaczego? Przez całą zeszłą noc nie mogłem zasnąć próbując to zrozumieć i nie udało mi się znaleźć ani jednej zalety takiego rozwiązania.

W Zurychu wyszukany system sygnałów pierwszeństwa dla autobusów godzinami trzyma samochody na skrzyżowaniach.

To niewyobrażalna głupota. Gruby szwajcarski bankier nie zostawi w domu swojego Mercedesa 600S i nie pojedzie do pracy autobusem. Po prostu wyruszy z domu trochę wcześniej, żeby skompensować opóźnienie, a później będzie siedział w korku w swoim olbrzymim samochodzie z sześciolitrowym silnikiem V12, połykającym światowe zasoby naturalne jak Pac-Man.

W tym szkopuł. Według Royal Automobile Club, w Wielkiej Brytanii 80 procent wszystkich podróży wymaga skorzystania z samochodu. Nie ma znaczenia, jak duże podatki rząd nakłada na kierowców, ani jak bardzo uprzykrzają im życie samorządy – po prostu nie ma żadnej alternatywy.

Tak – rozpaczają niektórzy – ale co z 20 procentami podróży, dla których istnieje inne rozwiązanie? Kiedy przyjadę do najbliższego miasta, z powodzeniem mógłbym poruszać się po nim piechotą albo rowerem.

Ale właśnie w tym rzecz. Nigdy, przenigdy do niego nie przyjadę.

■ Kazanie do niedzielnych kierowców

Jest taki bar w Austin w Teksasie, w którym miejscowi zbierają się w czwartki by przetańczyć noc... w stylu country.

Co dziwne, mimo że niektórzy z tych gości są rozmiarów podwójnego garażu, a ich kobiety są jeszcze większe, potańcówka przedstawia pełen gracji widok.

Podobnie jest z brytyjskimi autostradami w dni robocze.

Stań na kładce dla pieszych przy stacji benzynowej, a zostanie ci zafundowane coś, co w pełni zasługuje na miano baletu samochodowego.

Jeśli znajdziesz się na autostradzie M40 we wtorek, zobaczysz pokaz prowadzenia samochodu, jaki pozbawiłby tchu nawet Damona Hilla. To prawda, że Hill potrafi panować nad samochodem przy prędkości 290 km/h, ale w przeciwieństwie do przedstawicieli handlowych w Fordach Mondeo i Vectrach, nie trzyma w jednej ręce telefonu, a w drugiej hot-doga.

Szefowie Formuły 1 martwią się różnicą prędkości między najszybszymi bolidami a wozami firmy Forti, ale ludzie! Pan Mondziak na autostradzie codziennie zmaga się z ciężarówkami, które ledwie dociągają do 80 km/h. I nie biadoli.

Nawet nie może, bo nie ma ku temu powodów. Brytyjscy kierowcy ciężarówek stanowią klasę samą dla siebie. Tylko pomyślcie: kiedy ostatnio któryś z tych gigantów o siedmiu osiach sunąc po autostradzie dał wam chociaż najmniejszy powód do niepokoju? Coś takiego nigdy się nie zdarza.

Ci mężczyźni robią swoje, dowożąc do sklepów sałatę zanim się zepsuje, a wy – swoje.

Oczywiście również i wy dobrze sobie radzicie. W zeszły wtorek jechałem z Londynu do Oksfordu i muszę powiedzieć, że nigdy nie miałem do czynienia z pokazem tak dobrego prowadzenia samochodu. Ludzie byli udręczeni i zmęczeni, ale wszelkie manewry wykonywali sprawnie i precyzyjnie, uprzednio jasno je sygnalizując. Kiedy było to możliwe, utrzymywali wysoką prędkość, ale kiedy wymagała tego sytuacja – zwalniali. Dzięki temu nie stwarzali żadnych problemów.

Tak jak wszędzie, również i w tym przypadku praktyka czyni mistrza. Im więcej jeździsz, tym lepiej ci to idzie. Jeśli codziennie wyjeżdżasz na drogę, nieważne czy ciężarówką, czy Mondeo, i rocznie robisz 80 000 kilometrów lub więcej, stajesz się cholernie dobry.

Umiesz rozpoznawać oznaki zagrożenia. Oto Datsun. Prawdopodobne zrobi coś, czego się nie spodziewasz. Oto Volvo T5 jadące 80 km/h. To musi być glina. Zaczyna padać – zwalniam.

W ciągu tygodnia intensywnie korzystam z brytyjskiej sieci autostrad i mam wrażenie, że uczestniczę w ogromnym, doskonale zsynchronizowanym i sprawnie wykonywanym układzie tanecznym. Wszystko działa płynnie. Wszystko jest w każdym calu doskonałe.

Niestety, korzystam z brytyjskiej sieci autostrad również w niedzielę i to doświadczenie wywołuje u mnie skrajny strach i przerażenie. Po 3 km cały się trzęsę.

W zeszłym tygodniu zauważyłem kobietę w Vauxhallu Nova, toczącą się z prędkością 25 km/h po zewnętrznym pasie dwupasmówki. Kto jej na Boga wydał prawo jazdy? Była jak agentka służb specjalnych – z licencją na zabijanie... również i samej siebie.

Otóż nie wierzę, że wielu ludzi, ot tak, wybiera się na przejażdżkę w niedzielę. A nawet jeśli, to wątpię, by podejmowali ryzyko przejazdu autostradą.

Jednak z całą pewnością jest mnóstwo ludzi, którzy po lekturze „Sunday Maila" wyruszają w odwiedziny do Cioci Kloci, wstępując po drodze do centrum ogrodniczego. Ci ludzie najprawdopodobniej nigdy nie prowadzą samochodu w dni robocze i w ciągu roku nie robią nawet 3 000 kilometrów.

Nigdy ich nie uczono, jak jeździ się po autostradzie i nie mają w tym praktyki. Wypuszczanie ich z domu w samochodzie przypomina zatrudnienie mnie w roli głównego skrzypka podczas koncertu Londyńskiej Orkiestry Symfonicznej. Wypadłbym do d… i wyrzuciliby mnie.

Ci ludzie wjeżdżają na pożądany przez nich pas ruchu o 30 km za wcześnie i zrobią wszystko, co tylko w mocy ich nieszczerych, ciasnych umysłów, by i nas do tego zmusić. Jeśli tylko są w stanie rozpędzić swoje rzężące, astmatyczne, stare gruchoty do 110 km/h, to będą tkwić na zewnętrznym pasie dbając o to, by nikt nie mógł ich wyprzedzić. To wbrew prawu, wiecie?

Zapychają stacje benzynowe swoimi okropnymi rozpinanymi swetrami, wlewają benzynę bezołowiową do swoich diesli i pakują swoje szkaradne, nienawistne dzieci do pieluszek Wendy's.

A później wloką się po wjeździe na autostradę z prędkością 6 km/h i włączają do ruchu, gdy osiągną 10 km/h.

I nagle profesjonalny, sprawny i podróżujący regularnie kierowca znajduje się w przestrzeni pełnej nieudaczników. Może i w niedzielę nie jeżdżą ciężarówki, ale mamy za to do czynienia z osobliwą i niebezpieczną mieszanką.

We wtorek 99 procent kierowców robi dokładnie to, czego się po nich spodziewasz. W niedzielę połowa z nich robi coś dokładnie odwrotnego.

Wspólnie z wieloma mądrymi ludźmi rozważałem już różne możliwe rozwiązania tej kwestii, ale nie umieliśmy znaleźć niczego sensownego. Nie można do egzaminu na prawo jazdy włączyć jazdy po autostradzie, bo dobrzy ludzie z Norfolk i Kornwalii wypadliby z gry.

Nie można przy każdym wjeździe na autostradę ustawić obserwatorów, którzy zatrzymywaliby ludzi, co do których istniałoby podejrzenie, że mogliby stwarzać utrudnienia w ruchu.

Nie możemy też skłonić ludzi w brzydkich swetrach, by na tylnej szybie wywiesili wielki napis: „Naprawdę nie jestem w tym dobry".

A może jednak?

■ Przynitujecie się do książki o kociej jakości

Quentin Willson przeczytał mnóstwo książek i ma skłonność do cytowania w codziennych rozmowach długich i skomplikowanych fragmentów dzieł Szekspira. Z kolei stolik nocny mojej żony zasłany jest wyłącznie książkami o pomarańczowych grzbietach z serii Penguin Classics. Wszystkie z nich opowiadają o kobietach, które z kapeluszami pszczelarza na głowie przez cały czas spacerują po polach pełnych maków. Te książki stanowią dobrą lekturę na wieczór, ale tylko pod warunkiem, że od razu chcesz zasnąć. „Pewnego sobotniego listopadowego popołudnia nadciągał zmierzch, a chmurrr chrrrrrr..."

Gdybym chciał czytać to samo, co Quentin, musiałbym bez przerwy kopać w słowniku, sprawdzając znaczenie wszystkich słów po kolei. Na miłość boską, ten gość dla relaksu czyta Chaucera! Wszystkie moje książki mają na okładce okręt podwodny albo myśliwiec. Pełne są pozytywnych bohaterów, którzy sprawiają wrażenie, że przegrają, a jednak na końcu odnoszą zwycięstwo. Lubię fabułę, czego nie można powiedzieć o Thomasie Hardym. Nawet gdyby fabuła znienacka wyskoczyła z żywopłotu i odgryzła mu stopę, Hardy nie wiedziałby, co to było.

Moim zdaniem książka jest dobra tylko wtedy, kiedy nie jestem w stanie się od niej oderwać. Kiedyś spóźniłem się na samolot – specjalnie – bo siedziałem w domu pogrążony w lekturze *Czerwonego sztormu*. Gdyby księżna Diana wmaszerowała do mojej sypialni goła jak święty turecki, a ja właśnie byłbym w połowie *Adwokata diabła*, nie podniósłbym wzroku nawet na tak krótko, by kazać jej spadać. Natomiast mojej żonie przeczytanie książki *Dzikie łabędzie. Trzy córy Chin* zajęło 2 lata – tak: lata. To opowieść o kobiecie z Chin, która ma córkę, która przeprowadza się gdzieś indziej.

Tymczasem ostatnio przeczytałem książkę, w której nie ma żadnej fabuły, nie ma F-16 na okładce, nie ma bohaterów ani czarnych charakterów – a mimo to strasznie mi się podobała. Co mnie trochę martwi. Nosi tytuł *Rivethead*, a napisał ją Amerykanin, Ben Hamper, który opisuje ją jako: „niezwykle zabawną lekturę. Pisząc ją śmiałem się. Płakałem. Dowiadywałem się nowych rzeczy. Rozebrałem się i zrobiłem gwiazdę na oczach moich pełnych odrazy sąsiadów". Gość jest w moim stylu!

Z grubsza rzecz biorąc, *Rivethead* to historia jednego mężczyzny – mężczyzny, który codziennie rano wstaje i idzie do produkującej ciężarówki i autobusy fabryki General Motors w mieście Flint w stanie Michigan. Tak naprawdę ta książka powinna mieć pomarańczowy grzbiet, ale na szczęście tak nie jest. Gdyby nie ona, nigdy nie poznałbym odpowiedzi GM na zagrożenie, jakie stanowiła dla nich Japonia. Otóż w czasach, gdy amerykańskie samochody sprzedawane były z kanapkami z tuńczykiem upchanymi pod fotelem kierowcy i butelkami po coca-coli grzechoczącymi w drzwiach, GM zdecydowało, że musi uświadomić swojej sile roboczej konieczność podniesienia standardów produkcji. Tę siłę roboczą stanowiła głównie banda naćpanych nicponi, którzy myśleli tylko o swoich cotygodniowych wypłatach, i o tym, ile piwa są w stanie wlać w siebie w czasie przerwy obiadowej. Dlatego decyzja GM o zatrudnieniu mężczyzny, który przebrany za kota krążył po hali produkcyjnej motywując ludzi do lepszej wydajności jest nieco dziwaczna. Jeszcze bardziej dziwne jest to, że nazwali go Jakto Sięrobi.

Równie dziwaczny był pomysł, by na terenie całej fabryki rozmieścić tablice elektroniczne. Podawano na nich informacje dotyczące sprzedaży, dane związane z produkcją i tak dalej, ale można było na nich wyświetlać również hasła propagandowe. Pewnego razu pojawił się tam komunikat: „Jakość to podstawa dobrego fachowca", kiedy indziej: „Bezpieczeństwo jest bezpieczne". Hamper wylewa cały swój jad wspominając dzień, kiedy spojrzał w górę spod podmiejskiego pick-upa i zobaczył napis: „Nitowanie to świetna zabawa". Zastanawia się, czy w miejscowej oczyszczalni ścieków znajdują się tablice informujące pracowników, że „Zgarnianie kup to świetna zabawa".

„W takim razie – pyta – jeśli obłąkani alfonsi, którzy wpadli na takie hasło, uważają, że nitowanie to taka świetna zabawa, dlaczego nie przychodzą tu codziennie w przerwie obiadowej i nie fundują sobie rundki tej najlepszej w życiu rozrywki?"

Hamper gra też na tę samą nutę, co Springsteen i John Cougar Mellencamp, zastanawiając się, co kierownictwo fabryki wie o codziennej harówce. Twierdzi, że ci ludzie powinni pisać jedynie o rzeczach, na których się znają, takich jak orgie kokainowe, kawior z bieługi i raje podatkowe. Zrobiłem wyjątek i przeczytałem tę książkę, ponieważ interesuję się przemysłem samochodowym, ale mogę ją polecić nawet tym z was, którzy nigdy nie byli w fabryce samochodów i nigdy nie zamierzają tam się udać.

Próbowałem namówić Quentina, by ją przeczytał, ale ponieważ zaczyna się od słowa „martwy", a nie od „dźwięczno-spółgłoskowy", powiedział mi, że go to nie interesuje... i zapytał, jak mają się moi Jaś i Małgosia.

■ Aston Martin V8 – nosorożec o napędzie rakietowym

Od czasu do czasu przerzucam magazyny „Esquire" i „GQ", żeby sprawdzić, jak powinienem się ubierać, ale to nic nie daje. Nie można chodzić na zakupy w czerwonej kamizelce z plastiku, jeśli ma się brzuch jak balon.

I bardzo mi przykro, ale nie podobają mi się marynarki o połach jak skrzydła motyla. Nigdy też nie zapnę guzika pod szyją nie mając na sobie krawata.

W ostatni weekend piłkarz o nazwisku Paul Gascoigne wystąpił w *Wiadomościach ze świata* wystrojony jak stróż w Boże Ciało. Miał na sobie garnitur, w którym marynarka pasowała kolorem do spodni, ale sięgała mu do kolan.

Aston Martin V8 – nosorożec o napędzie rakietowym

Nigdy nie widziałem tak groteskowego stroju i mogę się tylko domyślać, że jego mama wydziergała mu go na drutach.

Choć z drugiej strony ten cały Gascoigne pewnie patrzy na moje dżinsy Lee Coopera i podkoszulki Toggi i myśli sobie, że właśnie wysiadł z wehikułu czasu. Uwaga chłopaki, znów jesteśmy w roku 1976!

Właśnie o to chodzi: co kto lubi. Ci z nas, którzy mają słabość do złotej biżuterii, zdecydują się na Toyotę Suprę. Paul Gascoigne uległby czarowi Hondy NSX, a Clement Freud ma Lexusa. Nie mam pojęcia, czym jeździ David Attenborough, ale mam nadzieję, że to Jaguar. W dzisiejszych czasach Bentley kojarzy się trochę za bardzo z magikiem Paulem Danielsem. Wiecie, o co mi chodzi?

No dobrze, a co ze mną? Otóż z punktu widzenia mody, musiałbym mieć Astona Martina V8 coupé.

To kawał bestii. Waży 2,2 tony, a jego długość to ponad 5 metrów. Jest szerszy niż liniowiec transatlantycki i posiada olbrzymi, ręcznie wyprodukowany silnik V8, który potrafi rozpędzić go do setki w niecałe 6 sekund. To nosorożec o napędzie rakietowym.

Z grubsza rzecz biorąc jest to Vantage, tyle że bez sztucznych płuc. By zastąpić czymś lepszym nielubianego Virage'a, Aston zrezygnował z turbosprężarek, ale pozostawił wysokiej jakości tłoki, wały rozrządu i zawory.

Jeśli chodzi o stylistykę, samochód nie ma wypuszczonych nadkoli i masywnych opon, ale tył wozu jest identyczny. Gdy za nim jedziesz, stajesz twarzą w twarz ze złem. Gdy widzisz go we wstecznym lusterku, powinieneś zacząć się bać. I to bardzo.

Zjedź mu z drogi albo przygotuj się na to, że zaraz, kiedy wszystkie 6 reflektorów Astona zacznie na ciebie błyskać, będziesz wyglądał jak zrobiony z wosku manekin wyciągnięty z rozgrzanego piekarnika.

Jeśli jednak wolisz nadal blokować mu przejazd, musisz wiedzieć, że jego kierowca może zmieść cię z drogi i nawet tego nie zauważyć. Gdyby wielki Aston wjechał w wieżowiec, rozkołysałby go.

Niektórzy twierdzą, że ten wóz to nic więcej, jak Corvetta produkowana na zamówienie – wielki czołg w amerykańskim stylu, ze skórzanymi wnętrznościami. Zgadzam się z tym. Moim zdaniem nie ma nic lepszego, niż ten napędzany V-ósemką klub dla panów na kółkach.

Z łatwością jednak mogę wyliczyć wiele samochodów, którymi jeździ się przyjemniej. Ferrari 355 przewyższa wszystkie inne wozy, a Mercedes nie tylko jest bardziej zwinny, ale również bez wątpienia bardziej niezawodny. Wątpię, czy na torze wyścigowym ten wielki Brytyjczyk mógłby doścignąć Golfa VR6.

Jednak z tych wszystkich powodów, które właśnie wymieniłem, niech Golf nie liczy na to, że Aston nie dogoni go na prostej. Bo się przeliczy.

Wszystko to nie ma jednak znaczenia. Chodzi o to, że kiedy jadąc nim popatrzyłem na moje odbicie w wystawie sklepowej, poczułem się dobrze. To samochodowy odpowiednik mojego zestawu Lee Coopera i Toggi. Może i wnętrze tego V8 jest zaskakująco ciasne, ale mimo to nie jest to samochód dla małych ludzi. Prowadząc go wyglądasz jak idiota, chyba że masz co najmniej 190 cm wzrostu i ważysz co najmniej 90 kg.

Również jak idioci wyglądają w nim następujący ludzie: liberalni demokraci, wolnomularze, piosenkarze folk, piłkarze-cioty, pastorzy, drużynowi skautów, majsterkowicze, fani Michaela Boltona, kobiety, ekolodzy i wszyscy, którzy kiedykolwiek czytali poezję.

Niech nawet przez myśl ci nie przejdzie jazda tym samochodem, jeśli lubisz sałatki.

Socjolodzy odpadają. Podobnie jak ludzie używający słów: „toaleta", „pożywny" albo „sofa". Jeśli czytasz „Daily Mail", rozmawiasz o zbilansowanych posiłkach i wiejskich targach, to podobnie jak fani pieszych wędrówek i ludzie ze zniewieściałą osobowością, wadą wymowy albo odstającymi uszami, musisz sobie zamiast Astona kupić Datsuna.

Jesteś nowoczesnym mężczyzną? Chętnie pomagasz w pracach domowych? Doskonale radzisz sobie ze zmianą pieluszek i rozwieszaniem zasłon? Przeczytałeś powieść Barbary Taylor Bradford? W takim razie kup Hondę, bo w Astonie uszkodzisz sobie rzepki kolanowe.

V-ósemka jest stworzona dla tych z nas, którzy lubią ciemne piwo i fajki z wysoką zawartością substancji smolistych i niską soczewicy.

Uwielbiam w tym samochodzie to, że mimo iż nie kryje swojej olbrzymiej mocy, wykończony jest skórą w najlepszym gatunku. Dywaniki są tak drogie, że nie położyłbyś ich u siebie w mieszkaniu, a drewno lśni tak, że wywołałoby masowe omdlenia wśród widzów *Targowiska staroci*.

Jednak nie możesz dać się zwieść. Jeśli do odtwarzacza w Astonie włożysz płytę Phila Collinsa, poduszka powietrzna otworzy się i przywali ci prosto w twarz.

Ten wóz lubi Elgara, a jego ulubionym rockowym kawałkiem jest *Born to run* Bruce'a Springsteena, chociaż może być też *Black dog* Led Zeppów. Jeśli będziesz traktować go jak nie stroniącego od kieliszka kumpla twardziela, odwdzięczy ci się mnóstwem przeszywających pomruków i zaoferuje moc, która zwala stojące przy drodze dęby. Jedynym problemem jest to, że ten V8 kosztuje 140 000 funtów, czyli całe mnóstwo kasy. Mam więc pewną radę. Aby zdobyć na niego odpowiednie fundusze, obrabuj bank. Spodobało by mu się to!

■ Przyczepy kempingowe – kilka luźnych refleksji

Po wnikliwym rozważeniu tego problemu dziś rano w łazience, stwierdziłem, że w rzeczywistości wcale nie potrzebujemy obieralnego parlamentu.

Tych 650 osób wcale nie interesuje, co jest dobre dla kraju czy dla środowiska, lecz władza. Każda podjęta przez nich decyzja wynika z polowania na głosy wyborców.

Jestem w pełni przekonany, że pozorne przejście Partii Pracy na prawo nie ma zupełnie nic wspólnego z poglądami jej członków. Oni po prostu mówią to, co uważają, że klasa średnia chce, żeby mówili.

Konserwatyści wcale nie są lepsi. To grupa ludzi, którzy zrobili wszystko, co do nich należało, w roku 1989. Mogli wtedy po prostu usiąść z założonymi rękami i pozwolić sprawom toczyć się swoim torem, ale nie: obecnie połowa z nich chce sprywatyzować moje buty.

Powinniśmy zastąpić tych wszystkich ludzi facetem, który miałby choć odrobinę zdrowego rozsądku. Co czwartek wpadałby do Westminsteru, żeby urzędnicy służby cywilnej mogli zasięgnąć jego rady.

Czy Hiszpanie powinni mieć zezwolenie na łowienie ryb na naszych wodach? Nie. Czy Peter Blake powinien zachować swoje 90 tysiączków? Nie. Czy powinniśmy zakazać drużynowym skautów posiadania broni? Tak. Czy powinniśmy strzelać do ludzi, którzy pozwalają swoim psom srać na ulicach? Tak.

To wszystko jest przecież takie proste. Nie potrzeba nam 650 ludzi, hałasujących jak zwierzęta w wiejskiej zagrodzie przez pięć dni w tygodniu, kiedy większość palących problemów mogłaby zostać rozwiązana nad filiżanką kawy przez jakiegoś faceta w sweterku na guziki.

Gdybyśmy zechcieli wprowadzić ten nowy system – a naprawdę myślę, że jest to jeden z moich lepszych pomysłów – z dróg zniknęłyby przyczepy kempingowe.

Jeśli taki problem kiedykolwiek miałaby rozwiązać Izba Gmin, jej członek z okręgu Devon North argumentowałby z przekonaniem, że przyczepy kempingowe to esencja życia jego elektoratu, i jeśli zostaną zakazane zaraz po tym, jak spalono im wszystkie wściekłe krowy, na ulicach Minehead zapanuje anarchia i szabrownictwo. Następnie podniósłby się ktoś inny, by zwrócić uwagę, że niektórzy z jego wyborców pracują w fabryce produkującej przyczepy kempingowe, i że pozbawieni pracy żądaliby zasiłku.

I na tym by się skończyło. Nie pozbylibyśmy się przyczep.

Tymczasem w moim systemie facet w sweterku rozważyłby zagadnienie siorbiąc kawę i stwierdziłby: „Nie. Powinni tego zakazać".

W ciągu dwunastu lat pisania o motoryzacji napomknąłem o tym zagadnieniu zaledwie raz, ponieważ nie wydawało mi się istotne. Mieszkałem wtedy w Londynie, a przy tych rzadkich okazjach, kiedy wyruszałem na prowincję, korzystałem z autostrad.

Jednak teraz mieszkam w Cotswolds i... to naprawdę nie do wiary. Właśnie dostarczono mi nowego, superdoładowanego Jaguara, a jak na razie nie udało mi się rozpędzić go powyżej 30 km/h, ponieważ za każdym zakrętem przejazd tarasuje jakaś przyczepa kempingowa.

Ostatnio utkwiłem za przyczepą o nazwie „Sprint". Jak można przyczepę kempingową nazwać „Sprint"?

Kiedy przyczepy są zaparkowane na jakimś polu, ciężko uznać, że wpasowują się w otoczenie. Jak Mark Wellington pisze w swojej wspaniałej książce *500-milowy spacerek*: „Dlaczego nie są pomalowane w czarne i białe łaty i nie mają przymocowanych wymion?".

Jako dziecko kilka razy spędziłem wakacje w przyczepie kempingowej i pamiętam, jak zastanawiałem się, co w niej do diaska robimy. Przecież mieszkaliśmy w dużym domu na wsi, a teraz osiedliliśmy się w małym pudełku na wsi, w odległości paru stóp od rodziny grubasów, których córka Janet cierpiała na potworne rozwolnienie.

Jednak nie w tym rzecz. Jeśli ludzie chcą spędzić swój cenny urlop w metalowym kontenerze, na polu pełnym innych metalowych kontenerów, jedząc podłe pożywienie i wypróżniając się do wiader – świetnie.

Problem z przyczepami kempingowymi polega na tym, że nie można ich po prostu teleportować na miejsce przeznaczenia, jak w *Star Treku*. Musisz je zaczepić na haku z tyłu twojego charczącego, astmatycznego samochodu, i nie mając wcześniej absolutnie żadnego doświadczenia zaciągnąć to cholerstwo gdzieś do bardziej zielonych części Wielkiej Brytanii... na przykład tutaj.

Ludzie! Czy gdy patrzycie we wsteczne lusterko i widzicie sznur samochodów ciągnący się aż po horyzont, nie odczuwacie nawet najmniejszych wyrzutów sumienia? Czy nie wydaje się wam, że nie byłoby głupio od czasu do czasu zjechać na bok i przepuścić innych?

Czy nie przysięgacie sobie, że w przyszłym roku zaplanujecie podróż na noc, kiedy nie będziecie tak uciążliwi dla innych?

A może w skrytości ducha napawacie się władzą, jaką ma mała, malusieńka mniejszość, która przez parę godzin w roku może panować nad czymś tak istotnym, jak prędkość ruchu samochodowego? Czy jako dziecko marzyliście o byciu radnym? Albo strażnikiem w parku? No dalej, przyznajcie się.

Jesteś fałszywą ofermą, mająca innych gdzieś. Przez ciebie w ciągu kilku ostatnich tygodni spóźniłem się na wszystkie co do jednego spotkania, a ty masz to w nosie.

Jeśli przyczepy nie zostaną zakazane, a bez wprowadzenia mojego nowego systemu nigdy do tego nie dojdzie, powinny przynajmniej zacząć obowiązywać pewne nowe reguły.

Każdy, kto chce ciągnąć przyczepę, jest zobowiązany zdać skomplikowany test na prawo jazdy. Przyczepę można ciągnąć wyłącznie samochodem z momentem obrotowym nie mniejszym niż 400 Nm. Można z nimi wyjeżdżać na drogę między 2 a 6 rano w środy. I obłożone są podatkiem drogowym w wysokości 600 funtów za każdy przejechany metr.

■ Wiódł ślepy kulawego Clarksona, czyli gorączka w Madrasie

Oto informacja z pierwszej strony moich instrukcji do najdziwniejszego wydarzenia z dziedziny sportów motorowych na świecie: "Rajdy nigdy nie odgrywały ważnej roli w życiu niewidomych". Rzeczywiście. I tak pozostanie. Mężczyźni nie mogą rodzić dzieci. Ryby nie umieją projektować okrętów podwodnych. Producenci BBC nie potrafią na nic się zdecydować. A niewidomi nie są zbyt dobrymi kierowcami rajdowymi. Mogą ich jednak pilotować. Co więcej, w ciągu ostatnich sześciu lat w Indiach zorganizowano 25 rajdów, w których piloci mieli w sobie coś z nietoperza.

Szczerze mówiąc, nie mam tu na myśli rajdów, w których koła samochodów stykają się z ziemią jedynie podczas postoju w boksie. Nie, te rajdy najlepiej opisać jako poszukiwanie skarbu. Mimo to niestety i tak obowiązują pewne reguły, z których najgorsza głosi, że wszystkie samochody muszą być wyposażone w pasy bezpieczeństwa. W związku z tym w rajdzie, w którym wziąłem udział, uczestniczyło zaledwie 66 samochodów, co jest kiepskim wynikiem jak na kraj, w którym żyje 6 milionów niewidomych. Ale przecież jestem przyzwyczajony do reguł, a najlepszym sposobem, by je obejść, jest odrobina oszustwa. Obmyśliłem sobie, że jeśli podkradnę notatki mojemu pilotowi, i tak tego nie zauważy, a dzięki temu wygramy. Jednak organizatorzy to przewidzieli: wszystkie wskazówki zapisane były brajlem – alfabetem, który znam mniej więcej tak dobrze, jak język suahili czy niemiecki. Dlatego tak jak wszyscy inni zmuszeni byliśmy użyć Mocy. Ale w przeciwieństwie do wszystkich innych, pomyliliśmy drogę już na pierwszym skrzyżowaniu.

Pozwólcie, że wam to wyjaśnię. Notatki brajlem były po angielsku, a ten język nie figurował w CV mojego pilota. Dlatego literował każdą wskazówkę, litera po śmiertelnie powolnej literze. Opuściliśmy bazę i wyruszyliśmy w kierunku centrum Madrasu w naszym Maruti Gypsy, podczas gdy pan Padmanabhan dukał: „t-y-r-d-i-n-a-k-l-m-t-e-y-r-l-e-f-f". Co, jeśli miałeś do dyspozycji ołówek i kawałek papieru oraz dwa tygodnie wolnego czasu, mogłeś rozszyfrować jako: „Za kilometr skręć w lewo". Problem w tym, że rozpracowanie tego zajęło mi pięć mil, a do tego czasu kompletnie i beznadziejnie zabłądziliśmy. Nie tylko nie znam brajla, ale również mój tamilski pozostawia sporo do życzenia. Do tego znajdowałem się z niewidomym mężczyzną w mieście, w którym nigdy wcześniej nie byłem (i tak się składa, że już więcej nie chcę się tam wybrać), na tym samym kawałku lądu, na którym, co niepokojące, leży Portugalia i Jemen.

Wyglądało to tak: sunęliśmy drogą, a nagle pan Padmanabhan podnosił głowę znad swoich wskazówek i pytał: „Co to znaczy l-k-j-r-i-j-l-s-s-s-a-e-q-j-t?". Szczerze mówiąc, to dobre pytanie.

W jakiś sposób – sądzę, że przez czysty przypadek – dotarliśmy do któregoś z punktów kontrolnych. Z ulgą odsunąłem szybę i zapytałem, jak duże mamy opóźnienie. To zabawne, ale powiedziano nam, że jakimś dziwnym trafem przyjechaliśmy jako pierwsi, mimo że wyjechaliśmy jako ostatni. Wszystko to stało się jednak jasne jak słońce dopiero gdy wyjaśniono nam, że znajdujemy się w punkcie kontrolnym numer 6, i najwyraźniej jakoś przeoczyliśmy punkty od 1 do 5. Cholernie dobrze wiem, jak do tego doszło: zapędziliśmy się aż do Tybetu. Mimo to dalej mknęliśmy przed siebie, aż w końcu pan Padmanabhan znów kazał mi się zatrzymać:

– Jesteśmy teraz w punkcie kontrolnym numer 7 – powiedział.

Nieprawda. Byliśmy w samym środku strefy przemysłowej, a nie jest łatwo zwrócić uwagę niewidomemu, że pobłądził.

– Przykro mi – powiedziałem – ale nie jesteśmy.

– Jesteśmy – upierał się.

Żeby nie ranić jego uczuć, musiałem wyskoczyć z wozu, żeby nieistniejący urzędnik podbił moją kartę w punkcie kontrolnym, którego tam nie było.

– A nie mówiłem? – powiedział mój towarzysz, kiedy wróciłem do samochodu.

Gdy dotarliśmy do bazy – już po zakończeniu imprezy – dowiedzieliśmy się, że wykreślono nas z listy uczestników ponieważ zameldowaliśmy się tylko w jednym punkcie kontrolnym. Wszyscy pomyśleli, że zrezygnowaliśmy i wróciliśmy do domu. Nie dostaliśmy nawet obiadu, co nie było takie złe, bo chyba składał się z poronionych piskląt kosów, które zostały udeptane, a następnie posypane proszkiem curry, liśćmi laurowymi i imbirem.

O, jak wszyscy się uśmialiśmy, gdy piloci próbowali wydłubać spomiędzy zębów kawałki dziobów! O, jak oni wszyscy się uśmiali przypominając sobie, jakich mieli beznadziejnych kierowców! Musimy wprowadzić ten sport w Wielkiej Brytanii. Niech wszyscy rotarianie i członkowie innych organizacji społecznościowych przestaną urządzać te głupie wyścigi łóżek po głównych ulicach miast i niech dadzą sobie spokój ze snuciem się od pubu do pubu chwiejnym krokiem. Skontaktujcie się raczej z Królewskim Narodowym Instytutem Niewidomych. A później zadzwońcie do mnie i dajcie znać, kiedy i gdzie mam się stawić.

■ Najlepszy wóz z Norfolk nie wyciąga wysokich dźwięków

Gdy miałem nieco ponad dwadzieścia lat, całe dnie upływały mi na wydawaniu pieniędzy. A potem, wieczorem, wydawałem ich jeszcze więcej, często w kasynie.

Jak było do przewidzenia, pisywał do mnie dyrektor mojego banku. Mógłby mnie wyzywać, korzystając z najgorszych inwektyw pod słońcem, mógłby używać języka tak wulgarnego, że zarumieniłby się od niego sam Quentin Tarantino. Mógłby nawet grozić mi aktami przemocy, a i tak nie zrobiłoby to na mnie żadnego wrażenia.

Zamiast tego, używał najmocniejszego w języku angielskim słowa: „rozczarowanie".

„Z rozczarowaniem zauważam, iż..." – tak zaczynał list, a moje jabłko Adama powiększało się trzykrotnie. Pisząc, że „jest rozczarowany", sugerował, że pokładał we mnie wielkie nadzieje, tymczasem ja osobiście go zawiodłem.

Od tamtego czasu jestem bardzo ostrożny jeśli chodzi o używanie tego słowa na „r". Gdy recenzuję samochody, piszę, że są kiepskie, albo nudne, albo że są za słabe nawet na to, by móc wyciągnąć pokryty tłuszczem patyk ze świńskiego zadka. Nigdy jednak nie napisałem, że któryś z nich jest „rozczarowujący". Aż do teraz.

Lotus Esprit V8 jest rozczarowujący. To pięć najokrutniejszych słów, jakie kiedykolwiek u mnie przeczytaliście. Pokładałem w tym wozie wielkie nadzieje, a on mnie zawiódł.

Na papierze samochód wyglądał na dobry. Miałem przed sobą maszynę z wyścigowymi felgami OZ i hamulcami Brembo. Maszynę z najnowszą generacją ABS-u i – co stanowiło ukoronowanie tego wszystkiego – z silnikiem V8 wyposażonym w podwójną turbosprężarkę i rozwijającym 350 koni mocy. Miałem przed sobą samochód w moim stylu.

Gdy do mnie zawitał, nic jeszcze nie sugerowało, że coś może być z nim nie tak. Może i Esprit był już produkowany od czasów zespołu Bay City Rollers, ale z zaokrąglonymi krawędziami i poszerzonymi jak brwi liniami nadkoli prezentował się na moim podjeździe całkiem nieźle.

Nie przekonało mnie tylko wykończone skórą i drewnem wnętrze, które sprawiało wrażenie niedopasowanego do wozu z centralnie umieszczonym silnikiem, ale to tak, jakbyś powiedział, że nie zjesz pizzy, bo nie przepadasz za oliwkami.

Przyznaję: przez kilka chwil myślałem nawet o jego kupnie. Potem wybrałem się nim na przejażdżkę i przypomniałem sobie o filmie *Top Gun*, obrazie, który – podobnie jak Esprit – był tak bardzo obiecujący. Oglądałem jego zwiastuny, w których widziałem niespotykane dotąd ujęcia supernowoczesnych amerykańskich myśliwców w locie.

Czytałem relacje, że Pentagon wydał producentom filmu wyjątkowe pozwolenie na dostęp do swoich zasobów. No i na dokładkę występowali w nim Val Kilmer i Tom Cruise.

Film zaczął się dobrze – od ujęć w zwolnionym tempie na pokładzie lotniskowca. Purpurowe niebo w tle i – tak, przyznaję się – kilka pisków zachwytu docierających z miejsca numer H16. Zapowiadały się dwie godziny świetnego, pełnego dynamicznej akcji widowiska.

Tymczasem były to dwie godziny steku niewiarygodnie wierutnych bzdur, podczas których dorośli faceci, zamiast podawać sobie ręce, szturchali się w ramiona i pletli jakieś brednie. Co więcej, nosili zupełnie nieprawdopodobne pseudonimy, takie jak Ice Man, Maverick czy Goose.

Gdy Maverick odmówił konfrontacji z wrogiem, bo zabił Goose'a próbując popisać się przed Ice Manem, prawie zwymiotowałem. A gdy powrócił na okręt, gdzie zgotowano mu powitanie, na jakie zasługują najwięksi bohaterowie, poprzysiągłem sobie, że gdy spotkam Toma Cruise'a, przyłożę mu.

Potem ten mały gnojek wziął i ożenił się z Nicole Kidman, co sprawiło, że moja potrzeba dołożenia temu palantowi stała się jeszcze bardziej paląca.

Pozwoliłem sobie na dygresję. To dlatego, że Lotus rozczarował mnie w tym samym stopniu, co ten film.

Powodem, przez który jego 3,5-litrowy, turbodoładowany silnik rozwija zaledwie 350 koni, jest skrzynia biegów produkcji Renault, która rozleciałaby się w drobny mak, gdyby zmusić ją do przeniesienia większej mocy. A skoro już o niej mowa, wydaje się, że jej dźwignia zatopiona jest w betonie. Redukcja biegu z trójki na dwójkę wymaga dwóch tygodni zażywania sterydów anabolicznych. Żeby wrzucić wsteczny, trzeba mieć umiejętności na poziomie policyjnego negocjatora z grupy antyterrorystycznej.

Kiedy już zmusisz tę bestię do ruchu, da o sobie znać kolejny przerażający problem: wibracje.

Nowy silnik Esprita ma konstrukcję podobną do silników stosowanych w Formule 1, gdzie doszlifowanie jednostki pod kątem kultury pracy nie stanowi najbardziej palącej kwestii. Jednak w samochodach dopuszczonych do ruchu drogowego takie ciągłe drgania stanowią już pewną udrękę.

Gdy rozkręcisz silnik powyżej 5000 obrotów na minutę, drążek zmiany biegów wibruje tak mocno, że masz wrażenie, jakbyś dotknął nim przewodu pod wysokim napięciem. Podziwiam odwagę tych, którzy po niego sięgają, w szczególności dlatego, że i tak nie można go ruszyć.

Dźwięk silnika. Spodziewałem się jednej z dwóch rzeczy: ryku rasowej V-ósemki albo terkoczącego pomruku. Tymczasem silnik brzmi tak, że po powrocie do domu nie ma nawet o czym pisać. Jak twierdzi Lotus, jest to skutek dostosowania się do mających niebawem wejść w życie norm emisji hałasu.

Posłuchajcie, moi drodzy. Gdy cicho sobie nucę, wydobywa się ze mnie tak przeraźliwy dźwięk, że moje dzieci wybuchają płaczem. Gdy to samo robi Pavarotti, ludzie płacą po 200 funtów, by móc go słuchać. Można sprawić, że samochód będzie brzmiał miło dla ucha i cicho jednocześnie.

Teraz chyba widzicie, dlaczego Esprit okazał się tak wielkim rozczarowaniem. Jednak w przeciwieństwie do Maserati Quattroporte, którym ostatnio jeździłem, Lotus może pochwalić się kilkoma zaletami.

Po pierwsze, prowadzi się najlepiej ze wszystkich dotychczasowych Espritów, co jest równoznaczne ze stwierdzeniem, że prowadzi się cudownie. Jego zawieszenie to klasa sama dla siebie.

Po drugie, jest rzeczywiście szybki. Nie tak zabójczo szybki jak Ferrari F50, ale szybszy od Ferrari 355, a to już coś. W dodatku z ceną poniżej 60 000 funtów jest też od niego tańszy.

Esprit zawsze miał korzystny stosunek jakości do ceny, zawsze był szybki i naznaczony wspaniałym, charakterystycznym dla supersamochodów trzymaniem się drogi. W przeszłości jego największymi problemami były kiepska zmiana biegów i kiepskie wrażenia dźwiękowe.

„Poznałem nowego szefa. Taki sam, jak stary szef."

■ Trzeba koniecznie zrobić coś z wnętrzami samochodów

Telewizory są szpetne jak noc, ale nigdy nawet przez myśl mi nie przeszło, by nasz odbiornik ukryć w imitacji georgiańskiej szafki.

Nie mamy niczego z dralonu, a skórzane meble z guzikami w oparciach też są u nas rzadkością.

Gdybyś wpadł do nas w okolicach szóstej rano i chciał napić się drinka, znajdziesz go w kredensie w kuchni. Przykro mi, ale nie mamy globusa, który po otwarciu prezentuje znajdujące się w nim butelki.

Dlaczego więc jestem zmuszony grzmieć, krytykując wnętrze Rolls-Royce'a? Tylko jakiemuś piłkarzowi mogłoby przyjść do głowy wyłożenie salonu grubym na kilka centymetrów, włochatym dywanem w kolorze szafiru. Dlaczego w takim razie coś takiego uchodzi w samochodzie?

Przyjrzyjcie się drewnu na desce Rollsa. Jest idealne. Bez skazy. Wypolerowane jak buty gwardzisty. A teraz przyjrzyjcie się drewnu waszego stołu w jadalni. Zużyte. Podziurawione jak sito przez korniki z szesnastego wieku. Źle spasowane. A mimo to każdy zapłaciłby za nie jakieś 10 kawałków.

Przejdźmy teraz do foteli. Nie ulega wątpliwości, że kontrastowa lamówka ma podkreślać kremowobiałe wykończenie, ale czy do waszego przedpokoju kupilibyście krzesło z kremową, skórzaną tapicerką, obszyte bladoniebieską tasiemką?

Rzeczy mają się jeszcze gorzej, gdy przejdziemy do niższej klasy samochodów, bo w Roverlandii drewno staje się plastikowe. Nigdy nie przyszłoby wam do głowy, by kupić do mieszkania meble z plastiku imitującego drewno. Tymczasem, jeśli chodzi o samochód, za coś takiego musicie jeszcze dopłacać.

To obłęd i nie mam pojęcia, jak mogło dojść do czegoś podobnego. Czuję się za to winny, ale nie bardziej niż inni. Przepadam za wnętrzem mojego Jaguara, ale nie ma w nim ani jednego centymetra kwadratowego powierzchni, którym pozwoliłbym wykończyć wnętrze mojego domu.

Jeśli jednak chodzi o samochody, to Jaguar jest w porządku: jego wnętrze jest dopracowane, urządzone ze smakiem i, co dziś jest rzadkością, jest tam radio, którym są w stanie posługiwać się osoby po pięćdziesiątce.

Istnieje jednak wiele samochodów, których wnętrza nie dość, że są paskudnie wykończone, to jeszcze wyglądają tak, jakby projektowali je idioci.

Weźmy takiego Forda. To świetnie, że jego projektanci wymyślili pikującą w dół deskę rozdzielczą, która wznosi się i opada jak odległe wzgórza na dziecięcym rysunku, ale co zrobić, gdy zechcemy na chwilę odstawić puszkę coli? Czy zaakceptowalibyście w kuchni takie zakrzywione powierzchnie? Wszystkie brukselki stoczyłyby się wam na podłogę.

Pozostając w kuchennych klimatach, zatrzymajmy się przy vanie Forda, modelu Galaxy. Ktoś, kto projektował jego tapicerkę, miał chyba obsesję na punkcie kalafiora.

Tapicerka jest z materiału w typie dralonu, wzorzysta jak ściany w indyjskiej restauracji, ale zamiast motywu lilii, co byłoby jeszcze do zaakceptowania, wymyślili coś, co wygląda jak rozmyty kosz z warzywami.

A mimo to tytuł najgorszego projektu tapicerki wciąż dzierży Renault. Sprawdźcie, jak wyglądają siedzenia w Clio Williams, a zobaczycie, co mam na myśli. Można poprosić całą drużynę rugby, by na nie zwymiotowała, a właściciel i tak się nie zorientuje. No, chyba że po zapachu.

Jednym z najnowszych trendów jest wyściełanie wnętrza skórą, która nie tylko jest szara – co jest nie do przyjęcia, jeśli chodzi o buty, a w samochodzie wygląda jeszcze gorzej – ale jeszcze dodatkowo „idealna": gładka jak plastik i bez zapachu. Skóra to produkt naturalny, proszę więc uprzejmie, zostawcie jej zmarszczki i skazy w spokoju. Podobają się nam.

Za to nie podobają się nam wasze poduszki powietrzne po stronie pasażera. Uniemożliwiają instalowanie fotelika dla dziecka na przednim fotelu i redukują rozmiar schowka do punktu, w którym to właśnie określenie trzeba rozumieć dosłownie. Schowek. Schowek się schował. Błagam, wyjaśnijcie mi, jaki jest sens poduszki powietrznej dla pasażera? Kierowca jej potrzebuje, by przy czołowym zderzeniu jego głowa nie uderzyła w kierownicę, ale pasażer? W co ma niby uderzyć? W nic. Dwie poduszki powietrzne są zbędne, zupełnie jak para pantofli przed kominkiem osoby po amputacji nóg.

Projektanci wnętrz mogliby z większym pożytkiem zająć się wygospodarowaniem miejsc na różne małe skrytki, w których moglibyśmy trzymać nasze telefony, kasety i papierosy. Dzięki za wyściełane filcem przegródki na monety, ale ponieważ do większości parkometrów trzeba dziś wrzucać po funcie, wiąże się to z trzymaniem przez cały czas na widoku stosu monet o wartości pięciu funtów. A to z kolei oznacza codzienną wymianę bocznej szyby.

Dzięki piękne wam za to, że w dzisiejszych czasach szyberdach coraz częściej staje się wyposażeniem standardowym. Normalnie nie wpuszcza do środka najmniejszego nawet podmuchu powietrza, ale gdy się go otworzy powyżej prędkości 5 km/h, zapadają się błony bębenkowe w uszach.

Produktem ubocznym bezużyteczności szyberdachu jest fakt, że zabiera on aż do 5 cm przestrzeni pod sufitem, co dla tych, którzy w kartotekach lekarskich zarejestrowani są jako istoty ludzkie, czyni samochód niezdatnym do użytku.

Mam ponad 195 cm wzrostu, możecie więc stwierdzić, że w ten sposób płacę za zasłanianie wam widoku w kinie, ale moja żona jest karzełkiem o wzroście 155 cm i nikomu widoku w kinie nie zasłania. I mimo jej przyjaznego nastawienia do ludzi, wyprodukowano takie samochody – tak, do was mówię, projektanci z TVR-a – w których nie dosięga do pedałów.

Na litość boską, jeśli producenci samochodów potrafią wykorzystać platynę do wyeliminowania trujących gazów z układu wydechowego, potrafią też zapewne zaprojektować wnętrze samochodu tak, by mogły z niego korzystać wszystkie formy życia ludzkiego, a nie tylko te, które mieszczą się w średniej.

Zgadza się, testowaliśmy ostatnio Fiata Coupé, który jest krokiem w dobrym kierunku, ale naprawdę uważam, że wnętrza samochodów powinny być radykalnie zmienione. Dlaczego nie możemy mieć plecionych foteli i podłogi wyściełanej słomianymi matami? A może by tak zastąpić zwykłe ogrzewanie prawdziwym kominkiem albo piecem na drewno? Dlaczego nie?

Land Rover zatrudnił Terrence'a Conrana, by ten nadał charakter wnętrzu Discovery, ale osobiście rezultat mnie przybił. Spodziewałem się czegoś rzeczywiście rewolucyjnego, czegoś z nowymi materiałami, kształtami i pomysłami.

Tymczasem dostałem kilka kieszeni na mapy pod osłonami przeciwsłonecznymi i zapinaną na suwak torbę między przednimi siedzeniami. Niesamowite.

■ Nowy MG to mistrzostwo

Pierwszoligowe przyjęcia rządzą się pewnymi regułami, których próżno szukać w książkach o etykiecie. Najważniejsza z nich: gdy zostaniesz poproszony o przejście do jadalni na kolację, nigdy nie zjawiaj się przy stole jako pierwszy, bo nie będziesz mógł mieć wpływu na to, kto usiądzie obok ciebie. Ale nie bądź też przy stole ostatni, bo jeśli zobaczysz jedyne wolne miejsce, możesz być pewien, że ludzie siedzący po obu stronach będą naprawdę koszmarni.

Jeśli nie zastosujesz się do tych prostych zasad, może się okazać, że skończysz wciśnięty między piłkarza i wegetarianina. Albo między geja i świeckiego kaznodzieję. Albo między zwolennika przyczep kempingowych i socjalistę. Istnieje całe mnóstwo kombinacji, od których aż ciarki przechodzą po plecach, ale najgorzej jest znaleźć się osaczonym przez dwóch członków klubu właścicieli samochodów MG.

Jest więcej niż pewne, że będą mieli brody, których kosmyki będą wpadać do waszej zupy. Ponieważ są orędownikami czystego powietrza, całkiem możliwe, że będą to wegetarianie. To z kolei oznacza, że zaczną ci opowiadać, i to bardzo szczegółowo, w jak rozpaczliwym położeniu znajdują się przeznaczone do uboju cielęta o wilgotnych oczach i małe liski ze spiczastymi uszkami, rozkosznymi ogonkami... i wystającymi spomiędzy wściekłych zębów kurzymi piórami.

Zarówno wy, jak i ja, dobrze wiemy, że stare wozy MG były rachitycznymi, zardzewiałymi skorupami, które przeciekały za każdym razem, gdy padało, psuły się za każdym razem, gdy było zimno i przegrzewały się za każdym razem, gdy zza chmur wyglądało słońce. Samochody MG pokonywały zakręty ze zwinnością atakującego nosorożca, zatrzymywały się jak wytracający prędkość supertankowiec i żłopały paliwo jakby pod maską miały ośmiocylindrowy silnik Chevroleta. Jednak nasi brodaci przyjaciele nie patrzyli na to w ten sposób. Przeciwnie, częste awarie były dla nich frajdą, bo dawały im powód, by po raz kolejny wejść pod podwozie tego cholerstwa.

Potem, tego samego dnia wieczorem, mogli do woli rozprawiać o tym, co dokładnie się popsuło i w jaki sposób to naprawili. Dla was i dla mnie końcówka drążka poprzecznego to najprawdopodobniej najnudniejsza rzecz na świecie, ale dla MG-mana to stalowa bogini, niemalże godna czci ikona, motoryzacyjny odpowiednik jajka Fabergé. MG-man o końcówce drążka poprzecznego może mówić przez bite dwie godziny, i to nie powtarzając się ani nie zacinając. Po dwóch godzinach przestanie, ale tylko dlatego, że wpakujecie mu kulkę w łeb. To właśnie fanatykom spod znaku MG wszyscy pozostali entuzjaści motoryzacji zawdzięczają złą reputację. Dziś wystarczy, że tylko wspomnisz, iż lubisz samochody – co, innymi słowy, oznacza marzenie o zakupie Ferrari za wygraną w totka – a osoba, z którą rozmawiasz, ucieknie w histerycznym wrzasku. Przypomni sobie o odbytej kiedyś rozmowie o końcówce drążka poprzecznego i pomyśli, że chcesz ją wrobić w to samo, że jesteś członkiem organizacji działającej na rzecz wytwarzania piwa metodą tradycyjną i że pijesz je tylko wtedy, gdy w kuflu pływają kawałki błota.

I przez to wszystko bardzo się martwię o nowego MG. Jeśli przez samo zainteresowanie samochodami ludzie są w stanie przykleić wam etykietkę gościa nie rozstającego się ze swym anorakiem, czy możecie sobie wyobrazić, jak wzgardzą wami w pubie, gdy wejdziecie do niego wymachując breloczkiem z kluczykami do MG?

Ludzie przy barze dojdą do wniosku, że na parkingu czeka na was Midget z 1970 roku i że za chwilę uraczysz ich opowiastką, jak to dzisiejszego ranka ustawiałeś w nim zapłon. Zaczną symulować chorobę albo stwierdzą, że mają właśnie pilne spotkanie i uciekną.

Oprócz, oczywiście, barmana, który nie będzie miał wyjścia. Jedyną drogą ucieczki będzie dla niego samobójstwo. Może nawet nadziać się na zawory kranów do nalewania piwa i skonać w mękach, nieświadomy faktu, że w rzeczywistości posiadacie nowy wóz MG. Nie wątpię, że jest to wspaniały samochód, ze zmyślnym silnikiem, sprytnie umieszczonym pomiędzy osiami. W dodatku świetnie wygląda, a białe tarcze zegarów sprawiają, że jego przeciętne wnętrze staje się odrobinę wyjątkowe. Jestem pewny, że rozkładany dach tego nowego MG F-a nie będzie przeciekać, i że jego mechanika będzie tak kuloodporna, jak mechanika lodówki. Mimo że nie jeździł nim jeszcze żaden dziennikarz, w przeciwieństwie do tego, czego spodziewa się większość, ja nie mam wątpliwości, że MG F będzie prowadził się dobrze i że będzie szybki. W dodatku jest brytyjski, a to czyni go automatycznie lepszym od Barchetty, Speedera, MX-5, SLK i Z3, i wszystkich pozostałych roadsterów, których premiery nadejdą w najbliższych miesiącach.

Problem polega jednak na tym, że jeśli kupisz których z tych zagranicznych kabrioletów, ludzie będą postrzegali cię jako kogoś z polotem i nieskrępowaną wyobraźnią. Jeśli jednak kupisz cokolwiek, co nosi na sobie logo MG, wszyscy pomyślą, że jesteś zwykłym dupkiem.

■ Darth Blair kontra Rebelianci

Każdy, kto chce być politykiem, na pewno się do tego nie nadaje.

Taki niedoszły polityk, to słaby człowiek, łaknący władzy tylko po to, by móc narzucać swoją wolę ludziom, którzy dręczyli go w szkole.

Oczywiście, gdy już zostaje wybrany, przekonuje się, że nie do końca jest tak, jak to sobie wyobrażał. Niezależnie od tego, czy jego szefem jest pan Major, czy nasz Joker, ma rozkaz siedzieć z tyłu sali i trzymać język za zębami.

„Twoje poglądy nie mają żadnego znaczenia. Rób to, co ci każemy. Zgadzaj się z nami w swoich publicznych wystąpieniach, a zostaniemy wybrani. I będziemy u władzy".

Wspólnej europejskiej waluty taki polityk pragnie tak samo jak tego, by jego dzieci złapały tyfus, ale wie, że jeśli zagłosuje tak, jak podpowiada mu sumienie, wieczorem tego samego dnia wróci do domu z rózgą do popędzania bydła wsadzoną w tyłek.

W nadchodzących wyborach z ramienia Partii Pracy wystartuje 650 kandydatów i, jeśli wierzyć Jokerowi, każdy z nich popiera jego nową politykę transportową. Oczywiście, że tak – trudno zachować się inaczej, gdy alternatywą staje się wsadzenie przycinarki do trawy do majtek.

Cóż, szczerze mówiąc, wolałbym przejechać sobie kosiarką po palcach u nóg, niż żyć w kraju, w którym drogami zarządza pan Blair. Chce on osiągnąć stały poziom natężenia ruchu w roku 2010 i zredukować go do poziomu z roku 1990 jeszcze przed rokiem 2020.

Zamierza wprowadzić opłaty za postój na parkingach przed hipermarketami poza miastem, a każdy, kto jeździ samochodem do pracy zostanie zmuszony do zapłacenia 8 funtów tygodniowo za przywilej korzystania z firmowego parkingu. Pozyskane z tego tytułu środki zostaną wykorzystane na opłacenie dodatkowych urzędników.

Pojawią się opłaty za przejazd drogami, a lokalne władze dostaną uprawnienia, które pozwolą im na wprowadzenie płatności regulujących ruch w miastach. Świetnie, genialny pomysł! Z mojego doświadczenia wynika, że większość lokalnych władz nie jest nawet w stanie postanowić, czy podnieść deskę klozetową, czy też może pozostawić ją opuszczoną.

Jeździsz samochodem służbowym?

No to wpadłeś po uszy. Drogówka będzie zawsze w pobliżu, by o równych godzinach, a więc co godzinę, opróżniać twoje kieszenie.

A, no i możesz zapomnieć o zamęczaniu menedżera floty prośbami o lepsze cztery kółka na przyszły raz, bo będzie działał zgodnie z rozporządzeniami nakazującymi zakup czystszych i jeszcze bardziej „zielonych" samochodów, napędzanych obornikiem, obierkami z ziemniaków czy innym podobnie absurdalnym paliwem.

Jestem pewny jak diabli, że wśród kandydatów na przyszłych posłów z ramienia Partii Pracy jest całe mnóstwo takich, którzy zgodzą się, że to wszystko to idealistyczna mowa-trawa, ale są tak zastraszeni, że nie odważą się wychylić. Pamiętacie? Kobietę, która na to wpadła, wylano z partii pod pretekstem zbyt wczesnego zakończenia wywiadu.

Też nie cierpię hipermarketów poza miastem, ale one rzeczywiście ułatwiają życie kupującym, poza tym wyprowadzają ruch z zabytkowych centrów miast, więc chyba jednak są dobre, prawda?

Statystyka pokazuje, że torba z zakupami spożywczymi przeciętnej brytyjskiej rodziny waży całe 30 kilogramów. Ciekaw jestem, jak pan Blair wyobraża sobie powrót do domu kobiety z takim obciążeniem, dwójką dzieci i wózkiem w jednym z jego cholernych autobusów?

Myślę, że rozwiązaniem tego problemu jest wziąć przykład z posłanki Harriet Harman i zacząć się odchudzać – może wysyłając dzieci do prywatnej szkoły?

No dobrze, ale czy ktoś wie, gdzie schowało się Towarzystwo Przemysłu i Handlu Motoryzacyjnego? Przecież to właśnie ten sektor rynku, który to stowarzyszenie powinno reprezentować, jest obiektem ataku.

Gdyby ktoś groził, że podpali mi dom, zrobiłbym wszystko, by go powstrzymać. Tymczasem gdy Partia Pracy stwierdza, że chce zniszczyć przemysł samochodowy, TPHM nawet nie piśnie.

Nie zabiera głosu nawet wtedy, gdy idiotyczni obrońcy środowiska występują w dziennikach plotąc niekończące się głupoty o zanieczyszczeniu powietrza. Ukazuje się raport, który stwierdza, że samochody zabijają nas wszystkich, a wtedy jeden z brodaczy zapamiętuje to sobie i cytuje w dzienniku.

Gdzie w takim razie jest gość z TPHM-u, który mógłby ripostować, że obecnie samochody zanieczyszczają środowisko w mniejszym stopniu niż kosiarki, albo że gospodarstwa domowe wytwarzają więcej gazów cieplarnianych niż cokolwiek, co na przestrzeni dziejów zbudował Ford? Pewnie siedzi gdzieś w biurze na jakiejś naradzie. Albo zabiera właśnie na lunch jakiegoś sympatycznego parlamentarzystę, oddając się delikatnemu, acz nieskutecznemu lobbingowi.

W tym samym czasie wszyscy zmotoryzowani w naszym kraju są ofiarami zmasowanego ataku obrońców środowiska, prowadzącego do poczucia winy, a w konsekwencji do oswojenia się z nowymi planami laburzystów i do zaakceptowania tych rozwiązań jako nieuniknionych. Przecież jeśli popełniasz morderstwo, musisz za to ponieść karę.

Obroną zajmuje się malutka organizacja o nazwie Stowarzyszenie Brytyjskich Kierowców, które od czasu do czasu wypuszcza amatorski, krótki biuletyn. No dobrze, może ten biuletyn faktycznie jest mało profesjonalny, ale jest za to najlepszą lekturą od czasu, kiedy Alistair MacLean ukończył powieść *HMS Ulysses*.

W najnowszym numerze biuletynu znajdziemy opis wypadku spowodowanego przez fotoradar nowego typu i o kontroli radarowej, która nieopodal Dover przez godzinę wystawiła mandaty na łączną sumę 7500 funtów.

Piszą też, jak to możliwe, że Honda Accord kosztuje w Wielkiej Brytanii 14 000 funtów, a w Stanach 10 000. W „Listach do redakcji" pan Bishop dowodzi, że przekroczenie dopuszczalnej prędkości może zarówno okazać się haniebną zbrodnią, jak i nie mieć zupełnie żadnych następstw – wszystko w zależności od okoliczności.

Plany Partii Pracy są poddane miażdżącej krytyce, a Przedsiębiorstwo Budowy Kolei wyśmiane za zalecanie swoim pracownikom korzystania z samochodów.

Na wszelki wypadek, gdybyście pomyśleli, że ten biuletyn to organ propagandowy prawicy, zwracam uwagę, że nie popuszczają też rządowi. Jeśli dać wiarę Stowarzyszeniu Brytyjskich Kierowców, plany Partii Konserwatywnej dotyczące wprowadzenia opłat za przejazd drogami stanowią dla przyszłości rodzaju ludzkiego jeszcze większe zagrożenie niż AIDS. Oczywiście tak nie jest. Największym niebezpieczeństwem zagrażającym obecnie ludzkości jest Tony Blair i jego nowy Wydział Transportu, któremu w tym tygodniu przewodniczy jakiś człowiek ze wschodniej części Oksfordu.

■ Hołota na riwierze

Wszyscy to przerabialiśmy. Stewardesy wzięły twój płaszcz, a ty kartkujesz magazyn linii lotniczych i sprawdzasz, jaki to beznadziejny film na podstawie powieści Johna Grishama będziesz oglądał tym razem.

Facet obok ciebie zaczął już wydłubywać kłaczki, jakie nagromadziły mu się w pępku, a w kieszeni jego koszuli zauważyłeś paczkę papierosów Disque Bleu, ale to nie problem.

To, co na pewno jest problemem, to rodzina, która właśnie kroczy korytarzem. Rodzina z niemowlakiem. Z niemowlakiem, którego płuca mają objętość sterowców Zeppelin.

Nie słyszysz powitania z kabiny pilotów, a instrukcje bezpieczeństwa zrozumiałbyś dopiero wtedy, gdyby przekazywane były alfabetem semaforowym.

Gdy samolot osiąga wysokość 4500 metrów, a wrzaski zaczynają sięgać zenitu, masz ochotę zorganizować wśród współpasażerów zrzutkę na przeniesienie dziecka do klasy biznes.

Postanowiłem więc chwycić byka za rogi i ślubowałem sobie, że nigdy nie zabiorę żadnego z moich dzieci na pokład samolotu odbywającego daleki rejs, dopóki nie będzie miało 32 lat.

I właśnie z tego powodu wróciliśmy niedawno z rodzinnych wakacji we Francji – z pięknego kraju, w którym wszystko – podobnie jak w Walii – psują miejscowi.

Pieniądze, które zaoszczędziliśmy nie wybierając się do najodleglejszego zakątka Chile postanowiliśmy przeznaczyć na obżeranie się jak głupi w najlepszych spośród najlepszych restauracji.

I tak na dziesięć dni staliśmy się recenzentami dań na miarę Michaela Winnera, zamawiając a to rum ba ba, a to sos syjamski, przy istnej orgii czterocyfrowych rachunków w wykwintnej atmosferze wielogwiazdkowych lokali.

Wiem, że ten felieton ma się znaleźć w magazynie motoryzacyjnym, ale tak na wszelki wypadek, gdybyście byli zainteresowani, Château Eze zapewnia najlepszy widok, a l'Oasis w La Napoule serwuje najwspanialsze dania.

Niestety, naszą radość podczas większości wieczorów studzili *maître d'*.

Z upływem czasu zauważyłem, że marynarka i krawat w kombinacji ze spodniami z drelichu sprawiają, że jesteśmy trochę lepiej podejmowani. Gdy byłem tak ubrany, nie patrzyli już na mnie jak na kogoś, kto obsikał z góry na dół ich spodnie. Mimo to, wciąż dawano nam do zrozumienia, że jesteśmy tak pożądani, jak szczury roznoszące zarazę.

Potem domyśliłem się w czym rzecz. To przez ten przeklęty samochód. Przez cholerny Renault Espace, który wypożyczyliśmy w Hertzu po tym, jak odstaliśmy w kolejce prawie całą godzinę.

Chłopaki *maître d'* doszli do wniosku, że na obiad w ich restauracji odkładaliśmy przez całe życie i że z karty wybierzemy najtańsze danie, zamówimy do niego wodę z kranu i nie zostawimy im napiwku.

Zaczęła we mnie narastać niespotykana do tej pory nienawiść to tego vana z elektrycznie opuszczanymi szybami. Nie tylko nie potrafił wyjechać na wzgórze, na którym znajdowała się nasza letnia rezydencja, ale zajechanie w nim przed którąś z wykwintnych restauracji wyglądało tak, jakby mistrz ceremonii przedstawił was na przyjęciu jako pana Syfilisa Spodniowskiego.

Gdy przyjechaliśmy do Domain de Saint Martin w pobliżu Vence, wciąż miałem to na uwadze. Otworzyła się elektryczna brama wjazdowa, a my zaparkowaliśmy samochód daleko od wejścia do restauracji... co sprawiło, że nikt nie mógł wiedzieć czy przyjechaliśmy Bentleyem, czy na zardzewiałym rowerze.

Tamtejszy *maître d'*, być może przez zbieg okoliczności, w co jednak wątpię, był błyskotliwy, wylewny, niemal służalczy, serdeczny i kompetentny. Był najlepszym *maître d'* na świecie.

Upojeni sukcesem, powtórzyliśmy to samo kolejnego wieczoru wybierając się do restauracji w hotelu Eden Roc w Cap d'Antibes. Zaparkowaliśmy na zewnątrz i przeszliśmy pieszo wzdłuż podjazdu.

Powitano nas z taką oziębłością, jakby od tygodnia trzymał tam siarczysty mróz. Ostatnim razem tak podejmował mnie dyrektor mojej szkoły, by mi zakomunikować, że właśnie mnie z niej wyrzucił. Z szyderczym uśmiechem na ustach wskazano nam najgorszy stolik.

Nie mam nic przeciwko temu, ale większość gości tych restauracji – nie mam na myśli tylko Eden Roc – wygląda jak mordercy i płatni zabójcy na usługach mafii. Wiem już, gdzie znajduje się warte 45 milionów dolarów złoto skradzione z magazynu lotniska Heathrow. Ma je na swoim nadgarstku jeden z klientów restauracji l'Oasis.

Tyle że ci przesadnie opaleni, otyli faceci w obszernych garniturach i z młodymi żonami u boku, podjeżdżają pod restauracje w samochodach Ferrari i w Dodge'ach Viperach.

Samochód to pierwsze, co widzi *maître d'*, i zanim zorientuje się, kto siedzi w środku, musi postanowić, który stolik zaproponować, jaki przyjąć wyraz twarzy otwierając drzwi i jakiego może się spodziewać napiwku.

Ferrari zapewnia widok na morze. Napędzany silnikiem Diesla Renault Espace daje ci miejsce w schowku na miotły, gdzie zaserwują ci liść sałaty i lampkę niemieckiego wina Blue Nun.

Wszystko to szalenie mnie rozczarowuje, bo do góry nogami wywraca moje wyobrażenie o Francji. Zawsze myślałem, że Francuzi jeżdżą samochodami, które dobrze znają.

Nawet w tych bardziej zielonych dzielnicach Paryża ludzie, którzy bez problemu mogliby sobie pozwolić na statek, są zadowoleni jeżdżąc po mieście wysłużonym Peugeotem z silnikiem Diesla, podczas gdy podrzędna sekretarka może mieć nawet BMW. Samochód w Paryżu nie stanowi miary twojego bogactwa – jest odzwierciedleniem twoich zainteresowań motoryzacyjnych.

Południe Francji jest jednak zupełnie inne. Jest jak kuzyn, który poszedł własną drogą. Jest jak członek rodziny, który został gwiazdą rocka, jak osierocona Annie, która stała się sławna w Hollywood. Jest częścią Francji w ten sam sposób, w jaki Elton John jest członkiem dynastii Dwight.

I to wszystko sprawia, że uwielbiam tu być. Jedzenie, pogoda, światło i zakąska w l'Oasis sprawiają, że każda chwila w tym miejscu jest warta zachodu.

Tyle że by móc naprawdę rozkoszować się tutejszymi restauracjami, trzeba mieć odpowiedni samochód. W drodze powrotnej do domu zobaczyłem, że Europcar może wypożyczyć BMW Z3 za 700 franków dziennie.

W takim wozie mógłbyś wybrać się do Eden Roc, zaparkować na stopie *maître d'*, a i tak zaserwowano by ci *kir royale* na koszt firmy.

■ Obiektywizm to dobra rzecz, chyba że obiektywny chce być pierwszy

Jeszcze żaden dziennikarz nie jeździł nowym MG F, a ja już wiem, że doskonale przyspiesza, trzyma się drogi jak rzep psiego ogona i że przy wejściu w ostry zakręt daje się w nim odczuć odrobinę podsterowności.

Super! Wygląda na to, że to świetny wóz. Ale to nie wszystko. MG F to kombinacja najlepszych własności trakcyjnych Mazdy MX-5 i Toyoty MR2, przez co ma bardzo dobrą przyczepność, którą jednak można kontrolować. No i w jeździe wypada lepiej niż jego dwaj główni rywale.

Wiem o tym wszystkim, bo przeczytałem magazyn „Autocar", który z kolei został oświecony przez najbardziej wyważone i obiektywne ze źródeł: przez firmę Rover.

„Skąd o tym wszystkim wiemy?" – zadają sobie pytanie autorzy artykułu. „Powiedzieli nam o tym inżynierowie Rovera, a z naszego doświadczenia wynika, że inżynierowie nigdy nie kłamią". Do diaska! Wszystkie te lata testów, podczas których na skutych mrozem zboczach gór sprawdzałem dlaczego samochód zachowuje się tak, a nie inaczej, poszły na marne!

Zamiast zamęczać się przygotowując swój werdykt, powinienem był po prostu zadzwonić do producenta i zapytać o jego wrażenia. Łada niewątpliwie powiedziałaby mi, że Samara to nowoczesny odpowiednik Escorta z napędem na przednią oś i że ma bardzo korzystny stosunek jakości do ceny. Volkswagen stwierdziłby, że jego nowy Golf z silnikiem Diesla jest szybki, a zamiast nazwać nowego Scorpio brzydalem, musiałbym określić go mianem zuchwałego i pomysłowego projektu. Projekt współczesnego Saaba kabrio powstał już dawno temu i nigdy nie towarzyszyły mu problemy z utratą sztywności nadwozia. No i najlepszym samochodem na świecie jest Ferrari, Aston Martin, Mercedes, Bentley, BMW, Lexus, Cadillac i Jaguar.

Inżynierowie nigdy nie kłamią, Boże drogi! Jest mało prawdopodobne, że poświęcą na opracowanie nowego samochodu osiem najlepszych lat swojego życia tylko po to, by przedstawić go prasie jako „trochę nieudany". Gdy kilka lat temu byłem na premierze rynkowej Forda Escorta, nie słyszałem, by ktokolwiek ze stojących na podium stwierdził, że „wóz prowadzi się jak psa". Ludzie z McLarena nigdy nie stwierdzą, że F1 ma „odrobinę za wysoką cenę".

Martwi mnie fakt, że „Autocar" dobrze wie, co robi. Przecież każda popularna gazeta bazuje na plotkach, z których większość to nieprawda. Rozwody i romanse mogą istnieć wyłącznie w wyobraźni piszącego, podobnie jak problemy z trakcją i drętwość w prowadzeniu mogą występować wyłącznie w wyobraźni dziennikarza motoryzacyjnego.

No bo tak: jeśli jesteś dziennikarzem działu towarzyskiego w „The Sun" i zobaczysz Toma Cruise'a i Nicole Kidman kłócących się podczas lunchu w San Lorenzo – masz materiał na artykuł, nawet jeśli sprzeczali się tylko o to, na jaki kolor pomalować salon w zachodnim skrzydle.

To samo dotyczy samochodów. Poczujesz jakieś niewielkie wibracje przy wjeżdżaniu na wyjątkowo paskudną nierówność i jeśli chodzi o ciebie, to samochód jest do dupy. Mówiłem to już wcześniej: testowanie samochodów to nie nauki ścisłe. Podobnie jak pisanie do działu towarzyskiego.

Ale oto pojawił się magazyn „Hello!" i nagle wszystkie znane osobistości ustawiły się w kolejce, by móc na jego łamach otworzyć swoje serca. Nareszcie zaistniało medium, w którym gwiazdy mogą zamieszczać swoją wersję wydarzeń bez obawy o sprzeciw ze strony innych. Rezultat tego jest taki, że „Hello!" jest wpuszczane do pięknych domów wszystkich tych ludzi, podczas gdy paparazzi cisną się na zewnątrz i przyglądają się wszystkiemu przez Nikony F2. „Hello!" wykupuje wszystkie fotografie Diany z odsłoniętym biustem, by świat nigdy nie mógł ich zobaczyć – co za draństwo! – ale możecie być cholernie pewni, że w ten sposób Diana zaciąga wobec „Hello!" dług wdzięczności. Gdy będzie gotowa, by opowiedzieć o nowym mężczyźnie w swoim życiu, „Hello!" jako pierwsze zamieści z nią wywiad.

I znów – podobnie jest z samochodami. Wszystkie magazyny walczą o pierwszeństwo przeprowadzenia testu drogowego nowego wozu. Wcale nie będę zdziwiony, jeśli „Autocar" przebije wszystkich informacjami o MG F. Problem w tym, czy możemy być pewni, że nie napisze o nim steku nieprawdziwych bzdetów? Otóż nie możemy.

Weźmy na przykład Paulę Yates. Osobiście podejrzewam, że

to niewierna kobieta, która zerwała z mężem i porzuciła dzieci z powodu chwilowej fascynacji zarośniętym Australijczykiem wyglądającym jakby potrzebował solidnej kąpieli. Taką notkę zamieściłaby bez zastanowienia większość gazet. Ale nie „Hello!". Tam poznamy jej wersję wydarzeń, która nie do końca jest taka sama jak gdzie indziej. Nie jest też, szczerze mówiąc, prawdziwa – przynajmniej tak mi się wydaje. Bob Geldof zasługuje na coś lepszego.

Również i ty, Czytelniku, zasługujesz na coś lepszego, niż ma ci do zaoferowania „Autocar". Może i mają jako pierwsi najświeższe nowinki, ale jeśli zależy ci na poznaniu prawdziwych opinii, a nie na wysłuchiwaniu zachwytów ludzi z *public relations*, pozostań wierny BBC.

■ Dzieci w samochodzie

No dobra, jaki tekst piosenki jest według was najgłupszy? Ja zawsze stawiam na nieśmiertelną frazę zespołu Mink Deville: „złapał samolot i wsiadł na pokład".

A co powiecie na wspaniałe słowa Paula McCartneya: „w tym nieustannie zmieniającym się świecie, w którym przyszło nam żyć…"?

Dziesięć lat temu, ktoś z pewnością zacytowałby grupę Mungo Jerry: „Napij się. Przejedź się. Wybierz się gdzieś i zobacz, co słychać".

Dziś jest to jednak niemożliwe. Nasi przeciwnicy wygrali wojnę. Nikomu, kto uważa się za praworządnego obywatela, nie przyjdzie już do głowy, by prowadzić pod wpływem alkoholu.

Jasne, potrzebujemy jeszcze od czasu do czasu jakiegoś napomnienia, i by odpowiednio utrwalić ten zakaz w naszej świadomości, podczas Świąt Bożego Narodzenia media podają liczbę ofiar pijanych kierowców. Zwiększana jest też intensywność policyjnych kontroli, ale ich efekt jest dość mizerny.

Mimo że policja zmusza do zjeżdżania na pobocze wszystko, co się porusza, w niektórych regionach odsetek kierowców, którzy patrzą na świat przez zasnute mgłą okulary, wynosi zaledwie osiem procent.

Kierowcy w Wielkiej Brytanii należą do najbezpieczniej jeżdżących na świecie. Brawo! Wskoczmy teraz wszyscy do autobusu, podjedźmy do pubu i urżnijmy się tam.

Nie tak prędko. Policja, która nie ustaje w myśleniu, postanowiła, że trzeba stworzyć nowe zagrożenie. Nikt już nie jeździ pod wpływem, tak więc skierujmy nasze wielkie spluwy na... ence pence, w której ręce... no właśnie... na ludzi, którzy prowadząc, trzymają w ręce telefony komórkowe.

Niestety, Nokia, Ericsson i wszyscy pozostali producenci telefonów komórkowych byli szybsi. Zanim rząd zdążył połapać się w tej materii, spece od elektroniki zaprezentowali światu nowy model cyfrowego telefonu... który nie działa.

Na razie w komunikacji ze światem lepiej niż moja komórka sprawdza się moja poduszka powietrzna. Dlatego to właśnie do niej mówię. Może i wygląda to śmiesznie, ale nie jest niezgodne z przepisami.

Tak więc policjanci raz jeszcze zabawili się w wyliczankę i tym razem wypadło na ludzi o wybuchowym usposobieniu. Tak, chodzi o ciebie.

Denerwujesz się za kółkiem, a więc cierpisz na syndrom „drogowej wściekłości".

Potem zajęli się jeszcze ecstasy, piratami drogowymi i młodocianymi, którzy dopiero co zdali egzamin na prawo jazdy i jeździli po autostradach z prędkością 130 km/h. Byli jeszcze starsi ludzie, których czas reakcji mierzono w latach świetlnych.

Na przestrzeni ostatnich lat, nasza myśląca policja musiała przyczepić się do każdego. Przecież nikt nie jest bezpieczny.

O dziwo, przegapili coś, co bez wątpienia jest największym zagrożeniem na drodze, z jakim ktokolwiek kiedykolwiek się zetknął. Narażone na nie osoby to zazwyczaj rozsądni, dojrzali ludzie zaraz po trzydziestce. Praworządni obywatele, którzy czytają „Daily Mail" i głosują na Partię Konserwatywną. Mniejsza o jazdę pod wpływem. Mniejsza o ecstasy. Mniejsza o telefony komórkowe, nadmierną prędkość czy wściekłość na drodze. Tu chodzi o… dzieci.

Według Royal Automobile Club, 91 procent rodziców przyznaje się, że dzieci rozpraszają ich podczas jazdy, a 7 procent miało z tego powodu wypadek.

Wśród pięciu najczęściej wymienianych czynników rozpraszających znajdują się płacz dziecka, kopanie w oparcie fotela, bicie, rzucanie zabawkami i ciągnięcie za włosy.

Royal Automobile Club podaje przykłady, byśmy sami mogli się nad nimi zastanowić. Rebecca, lat trzy, rzuciła zabawką, która zacięła się pod pedałem hamulca. Jake, lat pięć, przez cały czas usiłował wspiąć się na przednie siedzenie i zmienić bieg. Antonia, lat cztery, wepchała sobie do nosa miętowy cukierek. Pozwólcie, że dołączę do tego własne obserwacje: Emily, moja córka, lat dwa, może dostać tak intensywnego i długotrwałego ataku wymiotów, że w ciągu trzech minut pokrywa nimi całe wnętrze samochodu.

Finlo, mój mały synek, płacze tak głośno, że co jakiś czas w moim samochodzie pęka przednia szyba. Nie dalej jak w zeszłym tygodniu uszkodził błonę bębenkową w uchu swojej niani. Szczerze przyznaję, że jego 400-decybelowe zawodzenia doprowadzają mnie do szału. Pewnego dnia, w Antibes, wyskoczyłem z jadącego samochodu i zanurkowałem w morzu, oznajmiając wcześniej żonie, że nie wyjdę, dopóki Finlo się nie zamknie.

Powiem wam tak: w kraju, w którym obowiązuje prawo „piłeś — nie jedź", prowadziłem samochód w takim stanie, że nie mogłem mówić nie śliniąc się. Prowadziłem z pełnym, pękającym już pęcherzem. Jechałem ponad 140 km/h próbując rozmawiać przez komórkę. I po 40 nieudanych próbach połączenia, doznałem takiego ataku „drogowej wściekłości", że wyrwałem kierownicę z deski rozdzielczej.

Ale w każdym z powyższych przypadków byłem jak najświętszy z aniołów w porównaniu z tym, co dzieje się ze mną, gdy jeżdżę z dziećmi.

Znam pewną kobietę, która jadąc po autostradzie Range Roverem odwróciła się na chwilę, by dać klapsa któremuś ze swoich dzieci. Zjechała z pasa i usiłując na niego powrócić wpadła w barierkę na wiadukcie.

Cóż można zatem zrobić? Pomysł, żeby dać dziecku zabawkę, nie jest zbyt dobry, bo nawet najbezpieczniejszy zestaw do rysowania firmy Fisher Price w samochodzie staje się bardziej śmiercionośny niż pocisk termonuklearny.

Nie można też nie dawać dzieciom niczego, bo wtedy z nudów zaczną wrzeszczeć. Nawet nie próbujcie zaklejać im wtedy buzi taśmą. To nie działa. Próbowałem.

Kasety z Noddym mogą uciszyć je na chwilę, ale ileż razy można słuchać tej cholernej wstawki dźwiękowej, zanim na usta nie wystąpi nam piana? Szczerze mówiąc, wolę już wrzask dzieci. Wolę już nawet słuchać Radio One.

Wymyślenie skutecznej metody zajęło nam co prawda kilka lat, ale przynajmniej działa.

Obecnie moja żona i ja używamy heroiny. Zanim gdziekolwiek się wybierzemy, wkładamy do kanapek z masłem orzechowym naszych pociech malutką działkę, od której stają się naprawdę rozkosznymi dzieciaczkami.

Może myślicie, że to trochę nieodpowiedzialne, ale rząd ma na ten temat inne zdanie. Przemytnicy narkotyków wychodzą z więzień już po roku, zwalniając cele dla tych, którzy prowadzą bez należytej uwagi i ostrożności.

■ Kuchnia z Birmingham nie powala na kolana

W bieżącym tygodniu powinienem zapowiedzieć otwarcie Brytyjskich Targów Motoryzacyjnych wzdychając jeszcze bardziej niż zwykle.

Tylko nie zrozumcie mnie źle.

Przepadam za całym tym efekciarstwem. Przepadam za starymi samochodami. Przepadam za nowymi samochodami. Przepadam za tańczącymi dziewczynami. Przepadam za dzieciakami, które biegają od stoiska do stoiska i zbierają foldery. To impreza, na którą multimiliardowy przemysł samochodowy wydaje miliardy dolarów.

W tym roku dziewczyny mają być jeszcze piękniejsze, a karoserie jeszcze bardziej błyszczące. Rok 1996 to setna rocznica uruchomienia produkcji samochodów w Wielkiej Brytanii.

Niestety, w skali globalnej, ten coroczny brytyjski pokaz jest poważany tak dalece, jak przeciąganie ciężarów traktorami w Albuquerque.

Obecnie największe targi samochodowe odbywają się we Frankfurcie, w Tokio i w Genewie. To tam mają miejsce najważniejsze premiery. To tam wpada się na bonzów i magnatów. To tam na wystawach prezentowane są takie efekty specjalne, że Disneyland w Paryżu wygląda przy nich jak szopa w ogrodzie.

Myślę, że w tym miejscu również i wy westchniecie.

– No tak, jasne, oczywiście – powiecie pewnie – ale to cena, jaką płacimy za protesty robotników w latach 1970. Jeśli chcemy mieć targi samochodowe z prawdziwego zdarzenia, musimy mieć przemysł samochodowy z prawdziwego zdarzenia.

Na co ja odpowiadam: akurat! I jeszcze raz: akurat! Genewa nie ma żadnego przemysłu samochodowego, a targi w Detroit – mieście bądź co bądź zwanym „Motown" – wyglądają tak, jakby przygotowywała je ekipa Pana Tik-Taka.

To nie tak. Jeśli faktycznie chcecie wiedzieć, dlaczego Brytyjskie Targi Motoryzacyjne są tak powszechnie ignorowane przez światowy przemysł samochodowy, odpowiedzi nie musicie szukać dalej niż w przewodniku Michelina.

Przejdźcie do rozdziału poświęconego Birmingham – uważajcie! Mało brakowało, a byście go ominęli! W tym właśnie problem: nie chcielibyście zjeść w żadnej z tamtejszych restauracji, chyba że ktoś zagroziłby życiu waszych dzieci.

No dobrze, a co z hotelami? Cóż, jest tam Swallow, na którego mnie nie stać, Hyatt, który zawsze jest pełny, i szeroki wybór innych hoteli, w których pokoje są zbyt gorące i gdzie trzech sprzedawców fotokopiarek o drugiej w nocy bije się w barze.

A co, jeśli Hank J. Dieselburger Jr, prezes rady nadzorczej General Motors, będzie miał zachciankę wybrać się do miasta, by zakosztować odrobiny nocnego szaleństwa? Podobnie – jest tu całe mnóstwo pubów, w których bez problemu zarobisz pięścią w twarz albo wiadrem z głowę, ale to wszystko.

Kolejna dziwna rzecz: w Birmingham nie ma znaków prowadzących do centrum miasta. Są za to znaki pokazujące drogę do Kidderminister, do Wolverhampton i do Stratford. Mamy więc znaki, które wysyłają cię poza miasto, i żadnych, które zachęcałyby cię do wizyty w mieście.

To dobrze, bo jeśli zaparkujesz w miejscu, gdzie najwyraźniej znajduje się centrum, twój samochód absolutnie i definitywnie zostanie skradziony.

Kilka tygodni później odnajdzie się w jednej z podmiejskich dzielnic, które jak osad brudu otaczają puste centrum miasta. Birmingham przypomina prysznice drużyny rugby zaraz po tym, jak jej zawodnicy skończyli się myć i spuścili wodę.

W dodatku National Exhibition Centre, miejsce, w którym odbywają się targi motoryzacyjne, nie znajduje się w Birmingham. Jest położone w jego pobliżu.

Targi motoryzacyjne powinny być organizowane w Londynie, w mieście, które tryska energią i kipi życiem. Są tu tysiące restauracji i hoteli, są tu kluby nocne, które zaspokoją wszystkie muzyczne gusta, a specjalnie dla pana Kim Ho Lama, mamy zmieniającą się wartę, duże, czerwone autobusy i królową. Dla Jasia Obcokrajowca, Wielka Brytania to Londyn, dlaczego więc – możecie się zastanawiać – targi wcale nie miały się lepiej, gdy były organizowane w londyńskim Earls Court?

Spokojnie. Earls Court to relikt epoki, kiedy wszystkie samochody były czarne, a ludzie na filmach bardzo szybko przebierali nogami.

Jasne, powstała dobudówka, ale nie taka, jak trzeba, w związku z czym wnoszenie eksponatów i ich usuwanie jest jeszcze trudniejsze niż uzyskanie od informacji telefonicznej numeru do Salmana Rushdiego.

Parking dla gości? Yyy… Lepiej spróbujcie w Slough…

Spróbujcie tam popracować. Istoty ludzkie do życia potrzebują tlenu, a tego właśnie gazu odmawia się przebywającym w Earls Court. Gdyby kapitan Spock teleportował się na Targi Motoryzacyjne wyposażony w jeden z tych znanych ze *Star Treka* próbników atmosfery, uznałby to miejsce za nie nadające się do zamieszkania.

W zeszłym roku mój współprowadzący z *Top Gear*, Quentin Willson, stwierdził, że nabawił się tam gruźlicy, a ja na własne oczy widziałem wirusy latające dookoła dźwięczących widelców i noży.

Mówi się, że naukowcy są w kropce, jeśli chodzi o odpowiedź na pytanie, gdzie między swoimi kolejnymi atakami żyje wirus Ebola. Posłuchajcie, moi drodzy: rzućcie okiem na Earls Court. Już po jednym spędzonym tam dniu wasza skóra stanie się sucha i wrócicie do domu pokryci ranami i czyrakami.

To, czego za wszelką cenę potrzebują Brytyjskie Targi Motoryzacyjne, jeśli chcą z powrotem wkroczyć na światową arenę, jest nowe miejsce wystawy. Słyszałem, że w Docklands budują jakieś monstrum o powierzchni miliona metrów kwadratowych i właśnie coś takiego byłoby tu odpowiednie.

Modna, odbijająca światło architektura, przybrzeżne bary bistro, pobliskie lotnisko dla floty prywatnych odrzutowców ludzi z Forda i przejazd taksówką do jaskiń rozpusty w Soho w cenie siedmiu funtów. Koreańczycy pojawiliby się w mgnieniu oka.

Niestety, realizacja projektu jeszcze się nie rozpoczęła, co oznacza, że targi, nawet w tak ważnym dla brytyjskiej motoryzacji roku, odbędą się w National Exhibition Centre w Birmingham.

W wyniku czego najbardziej przyciągającym uwagę eksponatem będzie najprawdopodobniej Morris Minor.

Ford opracował nowy samochód, który napędzany jest wodą, jeździ z prędkością 3000 km/h, na 90-stopniowych zakrętach występuje w nim przeciążenie 4 g. Tyle że zamierza go pokazać nie w Birmingham, ale w Lubbock.

A Lubbock, jeśli was to interesuje, jest małym teksańskim miasteczkiem położonym w odległości 70 km od... szczerego pola.

■ Ostatni autobus do Clarksonville

Gdy kilka lat temu byłem na premierze rynkowej Forda Escorta, nie słyszałem, by ktokolwiek ze stojących na podium stwierdził, że „wóz prowadzi się jak psa".

Historia obfitowała w głupców. Król Alfred Wielki może i był wielki, ale nie potrafił nawet dopilnować ciasta. Wiceprezydent Stanów Zjednoczonych, Dan Quayle, nie wiedział, jak poprawnie napisać słowo „ziemniak". Colin Welland myślał, że jego *Rydwany ognia* to zapowiedź triumfalnego powrotu brytyjskiego kina. Jeśli jednak chcecie zostać świadkami współczesnej głupoty o niewyobrażalnych wręcz rozmiarach, gorąco namawiam was do wzięcia udziału w zebraniach Komisji Drogowej Hammersmith i Fulham. W porównaniu do nich Forrest Gump i Jaś Fasola razem wzięci to pikuś.

Ponieważ rady miast kontroluje Partia Pracy, można przypuszczać, że zasiadają w nich same tępaki, ale ci z Komisji Drogowej wyznaczają nowe standardy. Poproście ich o napisanie słowa „ziemniak", a napiszą „chrdlcja". Dajcie im wolną rękę w zarządzaniu drogami, a rozpętają na nich prawdziwe piekło.

Kilka miesięcy temu postanowili, że zaiste świetnym pomysłem będzie wydzielenie pasa dla autobusów na ulicy Fulham Palace, która, jak wszyscy wiedzą, jest najbardziej zatłoczoną arterią na świecie. Nigdy nie zobaczycie na niej samochodu z tegoroczną rejestracją – od zeszłego sierpnia korek ani drgnął.

Każdy półgłówek może stanąć na wiadukcie Hammersmith i spoglądając tępym wzrokiem na masakrę poniżej ogłosić, że nowe rozwiązanie okaże się fiaskiem. Ale nie koledzy i koleżanki z rady miasta. O nie. Oszaleli na punkcie pasów dla autobusów. Tymczasowe pasy dla autobusów przekształcili w stałe. Ścieżki rowerowe też są już teraz pasami dla autobusów. Autobusy wyjeżdżające z dworca mają pierwszeństwo i własną sygnalizację świetlną. W Fulham królem ulicy jest autobus, a jego kierowca czuje się jak amerykański rekordzista prędkości, Craig Breedlove.

Richard Noble, jego brytyjski odpowiednik, nie powinien przejmować się już więcej amerykańską konkurencją, która może mu sprzątnąć sprzed nosa nowy rekord. Nie musi się już zamartwiać jakimiś trudnościami technicznymi. Jego największym problemem powinien być fakt, że autobusy w Fulham poruszają się już z prędkością 1400 km/h.

W takim razie czemu z nich nie korzystam? No cóż, dlatego że a) nie ma połączenia z Battersea do Edgbaston i b) po prostu nie chcę. Tyle że rada miasta i tak jest górą. Na drogach, po których nie jeżdżą autobusy, zainstalowała progi zwalniające. Kogo obchodzi, że progi niszczą samochody albo że przyczyniają się do wzrostu zanieczyszczenia (kierowcy przyspieszają pomiędzy jednym a drugim), albo że stanowią problem dla karetek pogotowia i wozów strażackich?

Dzielnica Fulham stała się okropnie nieprzyjazna kierowcom, a ponieważ muszę przez nią przejeżdżać, by wydostać się z miasta, zastanawiam się poważnie nad opuszczeniem Londynu na zawsze. Tak, zaczęliśmy z żoną kupować magazyn „Życie na Wsi" i wzdychać z podziwu oglądając, co za rozsądne pieniądze można kupić na prowincji. Wyjechaliśmy nawet na próbny objazd, który zakończył się w Szkocji. Tam, po opuszczeniu hotelu, przejechaliśmy aż pięć mil zanim minęliśmy inny samochód. Było jak w niebie. Mogłem jechać 160 km/h. Gdybym prowadził autobus, mógłbym zasuwać i 1400.

Zgadza się, pola były całkowicie zielone, a to okropny kolor. Wszędzie były drzewa, które szeleściły na wietrze. No i błoto, coś, co sprawia, że wieś jest tak obrzydliwym miejscem. Na Jermyn Street błota nie ma.

Puby na wsi też są wstrętne. Są wypełnione po brzegi ludźmi w powyciąganych swetrach, którzy piją piwo z pływającymi w nim chrząszczami. W dodatku nie przychodzi mi do głowy nic gorszego od konieczności utrzymywania dobrych stosunków z sąsiadami czy przymusu odbycia o poranku rozmowy z listonoszem. Fakty są jednak takie, że na wsi można się swobodnie przemieszczać, a tu, w Londynie – nie. Za to tu mój listonosz mógłby pochodzić z planety Zarg, a i tak nic bym o tym nie wiedział.

Na wsi można parkować. W Fulham mieszkańcy spędzają osiem godzin na dobę pracując, osiem godzin – śpiąc, a cztery – szukając wolnego miejsca parkingowego. Pozostałe cztery godziny poświęcają na wypalenie paczki papierosów na ulicy Fulham Palace. Na wsi ludzie mają podjazdy, na których przed drzwiami wejściowymi do domu mogą każdego wieczora zostawiać samochody. Można mieć tam nawet garaż, i to bez konieczności zaprzedawania dzieci w niewolę.

Jedynym sposobem, by móc pozwolić sobie na garaż w Londynie jest zostać męską prostytutką. Albo maklerem giełdowym. Ani jedno, ani drugie nie jest jakoś specjalnie atrakcyjne.

Dlatego w końcu wszyscy dojdą do podobnych wniosków i postępująca migracja ludności na południowy wschód zmieni kierunek na przeciwny. Każdy wróci tam, skąd przybył, a idioci z rady Hammersmith i Fulham będą spoglądali w dół z ostatniego piętra swojego oflagowanego na czerwono ratusza i podziwiali swoje dzieło. Autobusy będą miały wreszcie drogi wyłącznie dla siebie. Tyle, że nikt nie będzie nimi jeździł.

■ Ziemia ludzi odważnych, ojczyzna tępaków

Oparcie mojego fotela było w pozycji pionowej, stolik przede mną – złożony, a gry komputerowe – wyłączone.

A mimo to korytarzem w moim kierunku nadciągała jak pocisk rakietowy Exocet stewardesa.

– Sir – uśmiechnęła się. – Na czas startu będzie pan musiał zdjąć nogę z nogi. To wymóg prawa federalnego.

To coś nowego, choć z drugiej strony to pikuś w porównaniu z tym, czego doświadczyłem uprzednio. Wcześniej tego samego dnia usłyszałem, jak ochroniarz w centrum handlowym w Las Vegas nakazuje grupie zmęczonych klientów z powrotem założyć buty.

Naszego kamerzystę wprawiła w osłupienie odpowiedź, którą usłyszał w supermarkecie w Albuquerque, gdy chciał kupić paczkę marlboro:

– To sklep z produktami dla rodzin, sir. Nie wolno nam tu sprzedawać papierosów.

Chcecie jeszcze więcej? No to co powiecie na to: naklejka na olbrzymim kontenerze na śmieci ostrzegała przechodniów, by się na niego nie wdrapywali. Już samo to było dziwne, ale pod naklejką znajdował się napis, i tu cytuję: „Modyfikowanie lub usuwanie tej informacji jest niedozwolone".

To oznacza, że ktoś musiał zwołać spotkanie i głosować, by zrywanie ostrzegawczych naklejek zaklasyfikować jako nielegalne w świetle prawa stanu Teksas. Zwróćcie uwagę – „nielegalne". Nie „niewskazane". Tylko cholernie „nielegalne".

Najlepsze zostawiłem na koniec. W mieście Reno obsługująca mnie kelnerka stwierdziła, że nie może podać mi drugiego piwa, dopóki nie skończę pierwszego.

– Oczywiście – powiedziałem. – Ale na miłość boską, z czego to wynika?

– Z przepisów – otrzymałem odpowiedź.

Na tym to właśnie polega. Żadnych argumentów. Żadnego uzasadnienia. Nie możesz ustawiać sobie piw w rzędzie. Nie możesz siedzieć w samolocie z nogą założoną na nogę. Nie możesz modyfikować znaków ostrzegawczych. Nie możesz kupować papierosów w supermarketach.

A przyzwoity, chrześcijański lud środkowej Ameryki najwyraźniej wszystko to najnormalniej w świecie akceptuje. Może i ci ludzie są otyli, a by uwierzyć, jakie mają fryzury, trzeba je zobaczyć na własne oczy, ale to oni wynaleźli prom kosmiczny, nie są więc głupi.

I mimo to są całkiem zadowoleni, gdy mogą założyć buty na prośbę osoby w mundurze. Dlaczego?

Kiedy rząd Francji usiłował zwiększyć opłaty za przejazd dla samochodów ciężarowych, tamtejsi kierowcy zablokowali autostrady.

Kiedy Margaret Thatcher wystąpiła z propozycją podatku pogłównego, na Trafalgar Square ludzie wzniecili ogień.

Kiedy Włochów poproszono o płacenie VAT-u, zgubili swoje księgi rachunkowe, kolesiowi z urzędu podatkowego przypomnieli, że należy do „rodziny", po czym wyskoczyli do miasta na kawę.

Podejrzewam, że miejska część Ameryki do tego stopnia wymknęła się spod kontroli, że aby być uznawanym za praworządnego obywatela, musisz stosować się do każdego wprowadzanego przepisu, niezależnie od tego, jak głupi i nieprzemyślany by nie był.

A jeśli chcecie poznać najbardziej nieprzemyślane przepisy, nie musicie szukać długo – spójrzcie na nowe ograniczenia prędkości. To nie jest jakaś błahostka związana z zakładaniem nogi na nogę. To coś, co jest kwestią życia i śmierci.

Całe pokolenie Amerykanów wyrosło w przekonaniu, że całkowicie prawdopodobnym zdarzeniem jest zginąć za kierownicą samochodu i że można toczyć się na luzie aż do zatrzymania i w nic nie wjechać.

Na drogach, które są szersze niż dłuższe, obowiązywało powszechne ograniczenie prędkości do 90 km/h, co oznaczało, że nie ryzykując wypadku można było wybrać się na tylną kanapę i uciąć sobie drzemkę albo przeprowadzić skomplikowaną operację migdałków pasażerki.

Twój samochód mógł lawirować zmieniając pasy ruchu, ale nie stanowiło to problemu, bo gość za tobą miał całe mnóstwo czasu, by wyciągnąć instrukcję obsługi, sprawdzić, gdzie wyłącza się tempomat, a potem cię wyminąć.

Obecnie większość stanów ustanowiła ograniczenie prędkości do 120 km/h, co oznacza, że wszystko dzieje się o wiele szybciej.

Kierowcy wciąż utrzymują bicie swoich serc na poziomie jednego uderzenia na 15 minut, ale nie zdają sobie sprawy, że teraz stoją na krawędzi holokaustu.

Samochody w niczym tu nie pomagają. W ostatnich latach stylistyka amerykańskich samochodów osiągnęła poziom znany do tej pory z Włoch – wozy z nowej oferty Chryslera wyglądają zdumiewająco dobrze – ale z punktu widzenia dynamiki wciąż są w średniowieczu.

Podczas mojej ostatnie wizyty w Stanach jeździłem rozmaitymi samochodami, od najgorszych bubli po Buicka LeSabre.

Ten kompaktowy sedan ma z 7 metrów długości i chyba 4 metry szerokości, i nie wątpię, że może z łatwością rozpędzać się do 90 km/h, spalając przy tym 58, a może nawet 47 litrów paliwa na 100 kilometrów.

Teraz jednak od tej matrony wymaga się, by dobiła do prędkości 120 km/h, a ona po prostu nie może. Jej zawieszenie jest o wiele, wiele bardziej miękkie od ptasiego mleczka, co oznacza, że do środka nie przenoszą się żadne denerwujące dźwięki, ale nawet najmniejszy kamyczek sprawia, że samochód nie przestaje się kołysać przez całe mile, od czego robi się niedobrze.

Spróbuj wejść nim w zakręt, nawet bardzo łagodny, na drodze międzystanowej. Po prostu się nie da. Już prędzej zmusiłbym moją dwuletnią córkę do rozmowy po grecku. Skręć kierownicą, a samochód przechyli się pod jakimś zwariowanym kątem, ale na pewno nie zmieni kierunku jazdy.

Po przebyciu jakiejś mili zaczną w nim piszczeć opony, ale wciąż będzie jechał na wprost. Nie żartuję. Prowadziłem poduszkowce i już nawet one szybciej reagowały na polecenia wydawane sterem. LeSabre to okropny wóz.

Czułem się w nim bezpiecznie tylko wtedy, gdy przejeżdżałem obok szkół w Arizonie, gdzie panie przeprowadzające dzieci przez jezdnię zainstalowały tymczasowe zwężenie drogi i ograniczyły prędkość do 25 km/h.

Gdy z wdzięcznością nacisnąłem na pedał kotwicy i spowolniłem samochód, by przejechać przez to spokojne miejsce, miałem nawet czas, by pomyśleć, że oto nareszcie są jakieś przepisy, które faktycznie mają sens.

Pomyślałem też, że jeśli w najbliższym czasie wybieracie się do Ameryki, nie pozwólcie, by wypożyczono wam Buicka LeSabre i za żadne skarby nie wybierajcie się do Montany.

Znieśli tam wszelkie ograniczenia prędkości.

■ Tylko tyrani robią dobre wozy

W zeszłym tygodniu z mojego kredensu wyskoczył Michael Aspel i trzymając czerwoną księgę oświadczył, że to właśnie ja będę kolejnym gościem jego programu *To twoje życie*. Zakręciło mi się w głowie. Nie mam znajomych w telewizji, tak więc w programie o mnie nie wystąpią żadne gwiazdy. Nie mam odznaczeń wojennych. Nie działam charytatywnie. Mam tylko 36 lat. Niczego jeszcze nie dokonałem.

Nie wiedziałem, co powiedzieć, i jakoś tak się złożyło, że taka sama sytuacja spotkała mnie trzy dni później, gdy Suzuki przysłało mi do domu jedną ze swoich nowych X-dziewięćdziesiątek.

Zazwyczaj pomysł na test drogowy samochodu od razu wpada mi do głowy. Ze zwykłymi samochodami jest tak: zaczynam się zastanawiać, kto skusiłby się na taki wóz i co kogoś takiego mogłoby w nim zainteresować. Czy powinienem położyć większy nacisk na osiągi, czy na stylistykę, a może na oszczędność lub przestronność wnętrza?

I właśnie z tym miałem problem jeśli chodzi o Suzuki. Kto tak właściwie chciałby się skusić na zakup tego dziwacznego samochodzika? Ja? Nie. Moja mama? Na pewno nie. Kasjerka z supermarketu? Michael Jackson? Ajatollah? Kierownik mojego banku?

Zajęło mi kilka dni, zanim doszedłem do wniosku, że Suzuki X-90 nie zdołałby zainteresować nikogo, a to z tego powodu, że jest to najgłupiej prezentująca się maszyna wszech czasów.

Wygląda na to, że projektant wymyślił przód samochodu aż do miejsca w połowie dachu, a potem, by zaoszczędzić na czasie, zrobił taki sam tył. Gdyby nie światła, mógłbyś tym wozem jeździć równie dobrze do przodu, jak i to tyłu, a i tak nikt by się nie spostrzegł.

W skrócie, jest to dwumiejscowa wersja całkiem fajnego Suzuki Vitary, tyle że z nadwoziem typu targa. Obydwa samochody kosztują mniej więcej tyle samo, mają takie same silniki o pojemności 1,6 litra, i są adresowane – jak mniemam – do tej samej grupy odbiorców:

Do fryzjerów.

Z drugiej strony, żaden ze znanych mi fryzjerów nie marzy o zakupie X-90. I w ten oto sposób zatoczyłem błędne koło.

No dobrze. Suzuki to wielkie i mądre przedsiębiorstwo, więc jak u licha wymknął się im tak absurdalny samochód? Odpowiedź jest prosta. Mieli zebranie.

Gdybym to ja miał firmę, zebrania byłyby w niej zakazane. Zebrania są dla pracowników, którzy cierpią na brak innych zajęć. Zwołaj zebranie, a powołasz do życia takie absurdy jak Agencję Wspierania Dzieci albo euro. Albo centrum miasta Birmingham.

W zeszłym tygodniu wziąłem udział w moim pierwszym od wielu lat zebraniu i zdumiało mnie, do jak niewielu rzeczy doszliśmy podczas tych pięciu godzin.

Była to całkowicie moja wina, ale z drugiej strony, na każdym zebraniu znajdzie się ktoś, kto będzie miał o wszystkim swoje zdanie i zechce się nim podzielić.

Problem w tym, że wtedy znajdzie się ktoś z równie niewyparzoną gębą i nie zgodzi się z przedmówcą, no i o to mi właśnie chodzi: wszyscy pozostali zajmą się pielęgnacją swoich paznokci, a ci dwaj będą obrzucać się wyzwiskami i zastanawiać się, czy nie oblać oponenta wodą.

Gdy otworto bar, zarządziliśmy koniec zebrania, stwierdziliśmy, że odwaliliśmy kawał dobrej roboty i że jakiekolwiek wnioski końcowe są zbędne. Gdyby było to zebranie w firmie Suzuki, projekt X-90 przeszedłby bez najmniejszych zastrzeżeń.

Pamiętam początki mojej pracy dziennikarskiej w „Rotherham Advertiser", gdy zdawałem relacje z zebrań rady gminy. Podczas jednego z nich obradujący spędzili 45 minut, zastanawiając się, czy wolą szklany czy plastikowy dzbanek na wodę, a następnie stwierdzili, że będą mieli i jeden, i drugi.

W początkowym okresie rozwoju motoryzacji, na czele każdej z firm samochodowych stał jeden człowiek z wizją. Colin Chapman założył firmę Lotus, by produkować małe, lekkie i szybkie samochody. Sir William Lyons dobrze wiedział, czym ma się charakteryzować produkowany przez niego Jaguar. Ferdynand Porsche był orędownikiem chłodzonych powietrzem silników umieszczanych z tyłu wozu. Henry Ford chciał produkować dużo i sprzedawać tanio.

A teraz spójrzcie na Japonię. Za wyjątkiem Hondy, wszystkie azjatyckie firmy samochodowe zostały założone przez wielkie korporacje, których najważniejszym celem jest utrzymywanie udziałowców w stanie zadowolenia. W podjęcie każdej decyzji zaangażowane są setki – by nie rzec tysiące – osób, a kierownictwo żyje w ciągłym strachu przed utratą pracy.

Gdyby w firmie Suzuki panowała dyktatura, nigdy nie doszłoby do produkcji X-90. Pan Wielka Szycha wolnym krokiem przeszedłby przez biura projektantów, przejrzałby ich rysunki i wyrzuciłby z pracy wszystkich, u których znalazłby szkice tego wozu.

Ale w kulturze posiedzeń mamy do czynienia z syndromem nowych szat cesarza. Nikt nie ośmieli się otwarcie powiedzieć, co myśli, w związku z czym projekt nabiera takiego impetu, że nie można go już zatrzymać.

I nawet jeśli ktoś taki jak ja faktycznie podniesie rękę do góry, przeciwstawi mu się grupa „odpowiedzialnych". Efekt: impas.

Dziś wszystkie europejskie firmy samochodowe jadą na tym samym wózku. Wszyscy, którzy je założyli, nie żyją, a władzę przejęły komitety. I właśnie dlatego mamy Forda Scorpio i Opla Vectrę.

Rządy jednostek są już całkowicie wyrugowane. Nikt już nie zaufa intuicji i instynktowi, gdy podczas zebrania ludzie od badania rynku przedstawią wyniki, zgodnie z którymi Scorpio, X-90 czy jakkolwiek inny wóz został ciepło przyjęty przez rynek.

Potem wstanie projektant i wyjaśni, że karoserie, w których trudno odróżnić tył od przodu, będą modne w 1998 roku. Albo że przód w kształcie rozdziawionego pyska ropuchy będzie wydarzeniem na miarę roku 1996.

Bzdury. Dziś kończą się właśnie targi samochodowe i niewielu nie zgodzi się z tym, że najbardziej ekscytującym wystawianym tam samochodem było nowe 7-litrowe, 12-cylindrowe coupé firmy TVR.

Świetnie wygląda i świetnie się prowadzi. To dlatego, że firmą TVR kieruje jeden człowiek, który wymyśla projekty szkicując je na pudełku od papierosów, a tych, którzy uważają, że nie ma racji, podpala.

Demokracja. Też mi coś. Nigdy nie należy ufać niczemu, co wynaleźli Grecy.

■ Księstwo toalet

Wydaje mi się, że kamery monitoringu sterczące w punktach obserwacyjnych w centrum każdego z miast są w dzisiejszych czasach praktycznie bezużyteczne.

Każdy, kogo oglądałem na stopklatce z takiej kamery, wygląda jak Cyrano de Bergerac. W dodatku zawsze stoi przy okienku kasowym i wymachuje bananem. A to, jestem całkowicie pewny, nie jest przestępstwem. Czasami potencjalny przestępca był na tyle przewidujący, że założył na siebie kurtkę z kapturem, a wtedy widzimy tylko jego absurdalnie duży nos. No i banana.

Jeśli chcesz dopuścić się rabunku, dobrze wiesz, że twoje działania zostaną zarejestrowane na jakimś nagraniu wideo, zakładasz więc kask, albo kapelusz filcowy, albo cokolwiek, co może utrudnić policji śledztwo. A gdy policjanci pojawią się w twoim domu i zaczną zadawać trudne pytania, wystarczy, że odpowiesz, iż w tym czasie przebywałeś zupełnie gdzie indziej, ale tego samego popołudnia widziałeś w mieście Gérarda Depardieu, który miał jakoś tak dziwnie rozbiegane oczy. Oczywiście, są też kamery, tam, w górze, które obserwują najmniej spodziewane miejsca, ale pochodzący z nich materiał wideo jest następnego dnia emitowany w jednym z nowych, niezliczonych programów kryminalnych, a złodzieje przypominają w nim małe myszki z olbrzymimi łbami.

Wyglądało to bardzo dramatycznie, gdy taranując wszystko po drodze, przestępcy usiłowali wydostać się z parkingu, a policjanci próbowali kopniakami rozwalić szyby w oknach ich samochodu, ale widzowie nie mieli najmniejszych szans na identyfikację nagranych osób. I właśnie dlatego korzystanie z kamer monitoringu mija się z celem.

Tyle że ja nie jestem jednym z tych dziwacznych, brodatych lewaków, którzy uważają, że nazwa Sony jest kodem Lucyfera, oznaczającym coś w rodzaju orwellowskiego państwa policyjnego. Jeśli podczas spaceru będziesz od czasu do czasu dłubał w nosie i drapał się po tyłku, i zostanie to zarejestrowane na taśmie beta, to kogo to obejdzie?

Kamery są tylko po to, by łapać wyrzutków społeczeństwa – złodziei, morderców i innych łajdaków. Nie będą jednak użyteczne, dopóki nie weźmiemy przykładu z Monako.

To maleńkie księstwo, mierzące jedynie 4,8 kilometra wzdłuż i w niektórych miejscach zaledwie 270 metrów wszerz, jest monitorowane przez 160 kamer, nie licząc prywatnych, zainstalowanych na parkingach i w holach wejściowych.

Gdy co rano wychodziłem z mojego hotelu, dwie kamery śledziły mnie przez całą drogę aż do drzwi parkingu, gdzie z kolei kamery były zainstalowane na każdym piętrze i w każdej z trzech wind. Tak jak napisał A.A. Gill w magazynie „Tatler", wybierając się do Monte Carlo, nie musisz zabierać ze sobą kamery – wystarczy, że opuszczając kraj po prostu zatrzymasz się na granicy i poprosisz o film z montażem migawek z twojego pobytu.

Onaniści, strzeżcie się! Jeśli Monako zadało sobie trud umieszczenia kamer w windach parkingów, możecie być pewni, że monitoruje także wasze nocne zwyczaje.

A teraz najważniejsze: w Monako nie występuje przestępczość. Połowa mieszkańców tego kraju może i dorobiła się milionów dzięki omijaniu przepisów, ale nie ma tam w ogóle drobnych kradzieży. Pewna kobieta regularnie wraca sama po zmierzchu z kasyna do domu, nosząc na sobie biżuterię wartą 3 miliony dolarów. I nigdy nikt jej nawet nie tknął. Mówi się, że to dzięki kamerom, ale to nonsens. I też nie dzięki temu, że w Monako jeden policjant przypada na 40 mieszkańców. Jasne, ponieważ nie muszą prowadzić żadnych spraw, przez cały dzień nie mają do roboty nic innego, jak tylko egzekwowanie norm dotyczących ubioru. Spróbuj przejść się po Monako w kurtce z naciągniętym kapturem, a zobaczysz, jak daleko uda ci się zajść. Dam ci dychę za każdy metr, który przejdziesz zanim do akcji wkroczy inspektor Clouseau. Ci faceci nie pozwolą ci nawet włóczyć się z głową spuszczoną w dół i z postawionym kołnierzem. Są jak inspicjenci, którzy dbają o to, byś dobrze prezentował się przed kamerami. Gdy odmówisz podniesienia wzroku, odeskortują cię uprzejmie do Francji, gdzie będziesz mógł dojść do siebie.

Co noc obserwowaliśmy, jak policjanci salutują kierowcom w Porsche i Ferrari, a handryczą się z każdym, kto jeździ w niezbyt dobrze wyglądającym vanie. Zakazany jest autostop. Nie prezentujesz się jak należy – nie wpuszczą cię do środka.

I to właśnie stanowi prawdziwą przyczynę braku przestępczości w Monako – nie ma tam hołoty. Zanim postanowisz, by tam zamieszkać, musisz przygotować oświadczenie ze swojego banku, że masz wystarczająco dużo pieniędzy, by żyć za nie aż do śmierci.

Nie oszukujmy się, ci, którzy mają na koncie po 20 milionów funtów na pewno nie mają bzika na punkcie ulicznych rozbojów. Połączcie to z policją egzekwującą prawo wymierzone przeciw obdartusom i z kamerami, a dostaniecie kraj bez przestępstw. Cudowne. I jakie proste!

Z jednym małym zastrzeżeniem. Monako to jedna wielka ubikacja i gdybym tylko znalazł łańcuszek od spłuczki... od razu bym za niego pociągnął!

■ Męska prostytutka Clarkson w końcu kupuje Ferrari

Dwa lata temu prowadziłem samochód, który sprawił, że moje życie stało się koszmarem. Było to Ferrari 355.

Zgadza się, już wcześniej jeździłem wieloma modelami supersamochodów, włączając w to całe mnóstwo Ferrari, i rzeczywiście – było to frajda. Nigdy jednak nie rozważałem zakupu któregoś z nich.

Szczerze mówiąc, nawet jeśli byłoby mnie stać na taką zabawkę, i tak potrzebowałbym drugiego samochodu, którym jeździłbym podczas deszczowej pogody, gdybym miał przewieźć więcej niż jedną osobę i gdy zwichnąłbym sobie kręgosłup.

Jednak przede wszystkim takie samochody są na ogół tak filigranowe i delikatne jak ozdoby choinkowe.

Każda z powyższych rzeczy odnosi się także do Ferrari 355, ale dla mnie najwyraźniej żadna z nich nie miała większego znaczenia. Chciałem mieć to Ferrari. Pragnąłem go. To było jak spotkanie z dziewczyną, która kiedyś zostanie twoją żoną. Przyjaciele mogą sobie mówić, że ma pryszcze, charakterek i jest makabrycznie droga w utrzymaniu, ale gdy jesteś zakochany, w ogóle nie obchodzi cię strona praktyczna. A ja dla 355 zupełnie straciłem głowę.

Pierwszym krokiem było wyprowadzenie się z Londynu. Ludzie myślą, że po 15 latach poświęciłem gry i uciechy w stolicy ze względu na moje dzieci, ale to nie do końca się zgadza. Wyprowadziłem się z Londynu, bo chciałem mieć garaż. Ale mój nowy dom oznaczał również i to, że moja żona będzie się odbijała rykoszetem między salonami dekoratorskimi Peter Jones i Osborne & Little, wydając te resztki pieniędzy, które nam zostały, na zasłony i lodówki.

Co dzień, gdy wracałem z pracy, na podwórku stało kolejne tekturowe pudło, które bezlitośnie uświadamiało mi, że dzień, kiedy będę mógł kupić sobie Ferrari, został po raz kolejny odsunięty w czasie.

Wpadłem w desperację. Zaniosłem do banku pudełko zagranicznych banknotów i dostałem za nie 47 funtów. Sprawdziłem, czy jakieś pieniądze nie wpadły mi za sofę i przeszukałem wszystkie kieszenie w moich starych kurtkach. Zacząłem nawet wymyślać reklamy do lokalnej stacji radiowej.

Z tego stanu wyrwała mnie moja żona, która, gdy zobaczyła, że oglądam program dokumentalny o męskich prostytutkach ze stacji King's Cross, rozkazała mi, żebym sobie kupił wreszcie ten cholerny samochód.

Pięćdziesiąt siedem minut później znajdowałem się już w salonie dilera Ferrari i dobierałem dywaniki do próbek skóry, zastanawiając się, jak to wszystko będzie współgrało ze szkarłatnym lakierem.

Wygląda na to, że prawie wszyscy kupujący swoje pierwsze Ferrari wybierają czerwony lakier, podczas gdy oprócz niego można zamówić jeszcze błękitny, zielony, czarny bądź żółty. Wybór koloru wnętrza jest jednak bardziej ograniczony.

Zawsze chciałem mieć sportowe siedzenia z kremową tapicerką, przez co do ceny trzeba było doliczyć 2000 funtów. Pomimo wątpliwości sprzedającego, zdecydowałem się na taki wariant, wybierając do tego wykładzinę podłogi w kolorze bordo.

W ten oto sposób, po godzinie chodzenia w tę i z powrotem, udało się sporządzić formularz zamówienia, który podpisałem na klęczkach, składając najbardziej rozedrgany podpis w moim życiu.

I nie żartuję – naprawdę klęczałem. Przy biurku w salonie Ferrari po stronie klienta nie ma krzesła.

Rowan Atkinson z goryczą uskarżał się, jak niedawno podczas kupowania Ferrari 456 kazano mu czekać na weryfikację czeku, ale ja nie musiałem się o to martwić, bo wręczyłem dilerowi 5000 funtów zaliczki. Teraz już nie ma odwrotu.

Odwrót rzeczywiście nie nastąpił, bo w moim garażu stoi już jasnoczerwone Ferrari 355 GTS – to ta wersja ze zdejmowanym dachem. GTB ma sztywny dach, a Spyder to stuprocentowe kabrio ze składanym dachem, w sam raz dla fryzjerów z Altrincham.

Pierwszy miesiąc spędzony z moim 355 był – jeśli mam być szczery – rozczarowujący. Po pierwsze, samochód dostarczono bez radia. Po drugie, dziwnie się czułem prowadząc własny supersamochód po wszystkich tych latach jazdy za kierownicą samochodów testowych udostępnianych dziennikarzom.

I po trzecie, silnik samochodu musiał zostać dotarty, a to oznaczało utrzymywanie obrotów poniżej 4000. Na autostradzie, gdzie na szóstym biegu można było jechać 140 km/h, nie stanowiło to problemu, ale na wąskich drogach w ogóle nie dało się wyprzedzać.

Pięciozaworowy silnik V8 tak szybko wkręca się na wysokie obroty, że przy ostrym starcie biegi musiałem zmieniać co pół sekundy.

Po przejechaniu 1000 mil, samochód wrócił do dilera na pierwszy bezpłatny serwis i w celu montażu radia. Nawiasem mówiąc, zamontowano w nim jakieś dziadostwo firmy Alpine za 800 funtów.

Dzisiaj przebieg samochodu zbliża się już do 2000 mil, co trochę mnie niepokoi, bo ubezpieczycielom powiedziałem, że będę przejeżdżał 5000 mil rocznie. W zamian za to, poprosili mnie o jedyne 850 funtów.

To niewiele, ale rachunki za paliwo takie niskie już nie są – samochód spala średnio 13 litrów na 100 kilometrów. Poza tym, ceny kolejnych przeglądów serwisowych na pewno będą droższe niż zakupy w Tesco.

By wymienić pasek rozrządu, a to trzeba robić regularnie, silnik musi zostać wyjęty z samochodu.

Tak czy owak, jak do tej pory 355 nie zawiodło mnie ani razu. No dobrze, siedzenia z włókna węglowego skrzypią w kontakcie z tyłem kokpitu, wykończonym skórzaną tapicerką, a ściągany dach trzeszczy i piszczy, ale kiedy obroty przekraczają 6000, naprawdę masz to gdzieś.

Prawda jest taka, że to ponoć kruche, stworzone z milimetrową precyzją dzieło doskonałej inżynierii sprawia wrażenie, jakby było wyciosane z litego granitowego bloku.

I, co najlepsze, wciąż kocham ten samochód. Poznałem, jaka to frajda mieć włączony komfortowy tryb pracy zawieszenia, które i tak przełączy się w tryb sportowy, gdy zacznę jechać szybciej.

Przekonałem się, jako łatwo jest zarysować podwozie na progach zwalniających, ale powiem wam jedno: gdy droga jest pusta i świeci słońce, na całej planecie nie znajdziecie lepszego wozu.

Zawsze mówiłem, że w przyszłości sprzedam ten samochód, by pokryć czesne w szkole mojego syna, ale zmieniłem zdanie. Przykro mi, Fin, ale będziesz musiał przebrnąć przez państwowy system kształcenia, tak jak wszyscy.

■ Obraźliwe listy i dilerzy oszuści

Kilka tygodni temu stwierdziłem, że centrum miasta Birmingham to coś w rodzaju kulinarnej czarnej dziury z niewielką liczbą przyzwoitych restauracji i jeszcze mniejszą liczbą hoteli.

Można by pomyśleć: przecież to nic takiego, w szczególności, że to prawda, ale mieszkańcy Birmingham strasznie się na to wściekli. Szczerze mówiąc, wyglądam z niecierpliwością strajku poczty, który zatrzymałby zalewającą mnie falę jadu.

W roli głównej oskarżycielki wystąpiła przewodnicząca rady miasta, właścicielka zdumiewającej fryzury. Według niej nie powinienem był publikować tak obraźliwego artykułu w ukazującej się w Londynie gazecie. O rany... Cóż za drażliwość...

„Tak więc – ciągnęła – jeśli wybierze się pan, panie Clarkson, trochę bardziej na północ od Watford, z miłą chęcią oprowadzę pana po Birmingham i uświadomię panu błędy, jakich się pan dopuścił."

Przykro mi, Thereso, muszę panią rozczarować. Nie mieszkam w Londynie, ani nawet w jego pobliżu. A w pani mieście spędziłem cholernie dużo czasu, więcej niż gdziekolwiek indziej. I stąd właśnie wiem, że przydałoby mu się więcej restauracji.

Nie będzie publicznych przeprosin, których domagało się wiele osób, ale czuję wewnętrzną potrzebę, by upaść na kolana i zacząć pełzać u stóp Erica Fergusona.

Eric przypomniał mi o tekście, jaki napisałem dawno temu, w marcu, w którym zamieściłem kilka prognoz dotyczących nadchodzącego sezonu Formuły 1.

Już nawet gdybym napisał, że komentatora Murray Walkera pożrą kosmici, byłbym bliższy prawdy. Tymczasem stwierdziłem, że Michael Schumacher przeszedł do Ferrari, bo wiedział o czymś, o czym my nie mogliśmy wiedzieć. W dodatku upierałem się, że w 1996 roku to właśnie on zostanie mistrzem świata.

Napisałem, że Damonowi Hillowi brakuje odwagi i w związku z tym zajmie drugie miejsce, że Jacques Villeneuve zrobi z siebie skończonego głupka, i że możemy zapomnieć o Mice Häkkinenie, bo jest niepoczytalny. To wszystko napisał człowiek, który – między nami – był urażony faktem, że ITV nigdy nie zaprosiło go do współpracy przy swoich nowych programach o wyścigach Grand Prix.

Pan Ferguson twierdzi, że na wyścigach samochodowych znam się gorzej niż na samochodach, co mnie najpierw trochę zabolało, ale później, gdy się nad tym zastanowiłem, doszedłem do wniosku, że gość może mieć rację.

W końcu to ja w programie telewizyjnym określiłem Forda Escorta mianem okropnego, rozczarowującego bubla, a tymczasem samochód ten został najlepiej sprzedającym się wozem w Wielkiej Brytanii.

Recenzując Toyotę Corollę stwierdziłem, że jest nudna, i żeby to podkreślić, zasnąłem przed kamerą w trakcie czytania folderu na jej temat. A teraz Corolla jest najlepiej sprzedającym się samochodem na świecie.

A co powiecie na tę gafę? Kiedyś z przejęciem opowiadałem o Renault A610, twierdząc, że jest to wspaniała propozycja rynkowa, i że do tej pory nikt nie oferował tak wyśrubowanych osiągów za cenę jak z wyprzedaży.

I w pierwszym roku produkcji, Renault sprzedał zaledwie sześć egzemplarzy tego modelu.

Jeszcze nie skończyłem. Totalnie rozminąłem się z prawdą w ocenie Peugeota 306, twierdząc, że brakuje mu iskry i jest nudny. Tymczasem jest to wspaniały wóz i jego prowadzenie sprawia mi dużą przyjemność.

Potem był jeszcze Vauxhall Frontera. Po pierwszym obejrzeniu samochód mi się spodobał, ale później odkryłem, że jest to najbardziej paskudny złom, jaki można kupić.

Tak, panie Ferguson, czasami się mylę, a czasami nie. A to automatycznie czyni mnie nieporównywalnie bardziej wiarygodnym od większości dilerów samochodowych.

Fala obraźliwych listów napływa i przemija, ale strumień skarg od ludzi, którzy zostali zrobieni w konia przez salony samochodowe, utrzymuje się na stałym poziomie.

Codziennie rano dostaję listy, które z powodzeniem mogłyby mieć nagłówek „Pomóż mi, Wujku Dobra Rado!". Dziś przyszedł list od kogoś, kto wydał 16 000 funtów na koszty sądowe, występując przeciwko dilerowi odmawiającemu naprawy samochodu.

Kilka osób napisało, że Nissan nie wywiązuje się z postanowień gwarancyjnych dotyczących modelu Micra.

W tym tygodniu przeczytałem w gazetach, że znany diler BMW z Yorkshire został ukarany za świadomą sprzedaż podrabianych felg tej marki za ceny z katalogu BMW.

A moja siostra, która z mojej rekomendacji kupiła Forda Mondeo, po tym, jak diler wcisnął jej bezczelne kłamstwo, poprzysięgła sobie, że już nigdy nie tknie niczego, co będzie nosiło znaczek Forda.

Problem w tym, że sądząc po listach, które otrzymuję, wszyscy dilerzy samochodów są tak samo źli. W jakimś motoryzacyjnym szmatławcu z tego tygodnia jest artykuł opowiadający o kliencie, który za 61 000 funtów kupił Jaguara Daimlera, a wkrótce potem dowiedział się, że został posiadaczem nieaktualnego modelu, który stał na zewnątrz salonu przez dwa lata.

Gdy klient złożył zażalenie, zaoferowano mu w drodze wymiany samochód z o wiele niższej półki.

Obecny stan rzeczy jest zupełnie dezorientujący. Poświęciłem sporą część tego felietonu przepraszając za „błędy, jakie popełniłem", i chciałbym mieć nadzieję, że dilerzy dobrze się zastanowią, czy nie powinni postąpić tak samo.

Wiem, że ceny nowych modeli samochodów nie pozostawiają zbyt wiele miejsca na marżę, ale odrobina grzeczności i uczciwości nic przecież nie kosztuje.

Naprawdę, jestem całkowicie pewny, że ludzie z branży motoryzacyjnej czasami zapominają, jak drogim nabytkiem może być dla wielu samochód.

Moja żona kupowała w tym tygodniu odkurzacz i sprzedawca traktował ją jak boginię. Gdyby jednak wybrała się do salonu samochodowego z dziesięcioma kawałkami funtów w kieszeni, być może przestaliby tylko mówić o niej *per* „suka, która zawraca nam głowę".

Mam dla was, koledzy, dobrą radę. Gdy pojawi się u was klient, zaproponujcie mu filiżankę herbaty. A jeśli działacie w Birmingham, zaproponujcie mu oprócz tego jakieś herbatniki – od jego ostatniego posiłku poza domem minęła już dłuższa chwila i będzie wam dozgonnie wdzięczny za poczęstunek.

Kupi od was samochód, będzie zadowolony i przestanie do mnie pisać. Dzięki temu będę miał więcej czasu na analizę materiałów i wzrośnie trafność moich osądów. No więc właśnie: uważam, że Damon zdobędzie tytuł mistrza świata w 1997 roku i że Ford Scorpio to istne cudo.

■ W GT40 brak miejsca dla marzycieli

W 1962 roku Enzo Ferrari próbował sprzedać swoją firmę, a Henry Ford nosił się z zamiarem jej kupna. Negocjacje przebiegały pomyślnie, finalizacja transakcji była już kwestią dni, ale starszy pan doszedł do wniosku, że jego duma i radość uschnie i umrze przytłoczona globalną biurokracją Forda.

Pan Ford zrobił się siny z wściekłości i polecił swoim projektantom z fryzurami na żelu skonstruować samochód, który podczas wyścigów w Le Mans zetrze Ferrari na miazgę. Chciał temu włoskiemu lalusiowi dać nauczkę, którą popamięta do końca życia.

Zaciśnięte pięści Forda przybrały kształt samochodu GT40, który – w różnych wersjach – czterokrotnie wygrał 24-godzinne wyścigi w Le Mans.

Od czasu, gdy byłem na tyle duży, że potrafiłem kręcić się w kółko, trzymając się przy tym kurczowo za moje intymne części ciała, byłem też wielkim fanem Ferrari, w szczególności modelu 250 LM. A tu proszę – pokonał go Ford. Moim ulubionym samochodem został więc GT40 i błagałem tatę, by kupił Forda Cortinę w miejsce poprzedniego, którego rozbił. Ford potrzebuje pieniędzy – argumentowałem – by móc zbudować jeszcze więcej GT40. Miałem trzy samochodziki GT40 z firmy Dinky Toy. Cała ściana w mojej sypialni oklejona była zdjęciami GT40. Kiedyś siedziałem nawet w jednym z nich – miałem wtedy jakieś osiem lat – i od razu postanowiłem, że to będzie samochód, który pewnego dnia stanie się mój. Podobnie jak Lamborghini Miura, która również powstała na złość Enzo Ferrariemu, GT40 narodził się w czasie, gdy stylistyka samochodów była w szczytowej formie. Spójrzcie dziś na McLarena albo na Diablo i sami oceńcie, czy mają w sobie ten czysty seks, którym emanowały supersamochody z lat 1960.

Od tamtych czasów pojawiło się mnóstwo dobrze prezentujących się samochodów, ale żaden z nich nie miał tak dynamicznej sylwetki jak GT40 – mówię tu o wersjach wyścigowych, a nie o wydłużonej i zmutowanej odmianie MkIII.

Jakiś czas temu, na wiosnę, byłem na Festiwalu Szybkości w Goodwood i mimo że pod tamtejsze wzniesienie z piskiem opon wyjeżdżało wiele wspaniałych samochodów, to i tak twierdzę, że GT40 był najlepszy. Tak. Najlepiej wyglądający samochód wszech czasów. No i szybki. Od zera do setki mogłeś nim przyspieszyć w 5,4 sekundy, a na autostradzie M1 katapultować wskazówkę prędkościomierza aż do ćwiartki z napisem 270 km/h i to bez żadnego problemu. Wtedy nie było ograniczeń prędkości, bo nie wynaleziono jeszcze homoseksualizmu.

GT40 miał również zacny silnik. Zawsze byłem zdania, że nie ma substytutu dla centymetrów sześciennych, a ten wóz miał ich aż 7000, i to obudowanych 12 mruczącymi cylindrami. I oto miałem go przed sobą – stał na parkingu Hotelu Elms w Abberley, zatankowany i gotowy do drogi. W dłoni ściskałem kluczyki, świeciło słońce, a pokusa, by zakręcić nim kółko była olbrzymia. Miałem zrealizować swoje trzydziestoletnie marzenie i faktycznie poprowadzić GT40. Nie obchodziło mnie to, że dostarczono mi samochód w 300-konnej wersji z silnikiem 4,7 z Forda Mustanga i z bagażnikiem. Ford zdążył wyprodukować siedem sztuk tego wozu zanim amerykański magazyn „Road and Track" stwierdził, że to kawał najgorszego gówna i pociągnął za spłuczkę. A teraz ja, człowiek, który chyba najbardziej ze wszystkich ukochał GT40, wykorzysta tę maszynę do starcia odrobiny asfaltu.

Nie udało mi się jednak tego dokonać. Po raz pierwszy od 10 lat, podczas których testowałem różne samochody, musiałem po wielu desperackich próbach przyznać, że jestem za wysoki. Nie, nie było to biadolenie w stylu Mansella, że jest mi niewygodnie. Po prostu nie byłem w stanie umieścić nóg pod deską rozdzielczą, mojej głowy pod sufitem, a stóp w okolicy pedałów. Gdyby przed Johnem McCarthym, zakładnikiem więzionym przez ponad pięć lat w Libanie, postawić kufel piwa zaraz po tym, jak wyszedł z samolotu z Bejrutu, a następnie nasikać do niego w momencie, gdy ten zamierzałby go wychylić, byłby rozczarowany, ale na pewno nie aż tak, jak ja. Teraz jestem jednak zadowolony. Tak, jestem zadowolony, że Ford zrobił samochód, do którego może ewentualnie zmieścić się chomik albo jakiś inny mały gryzoń. Jestem zadowolony, że moja podróż do Worcester okazała się stratą czasu i że musiałem zmienić scenariusz programu. Jestem zachwycony, że umrę nie poprowadziwszy GT40. Bo moje marzenie nigdy nie zostanie splamione najmniejszą szczyptą realizmu.

Moją idolką z czasów dzieciństwa była gwiazda filmowa, Vanessa Redgrave, a teraz dowiedziałem się, że najprawdopodobniej należy do kobiet, które nie golą sobie pach. Potem było Ferrari Daytona, kolejny samochód, który chciałem prowadzić od czasu, gdy nauczyłem się jeść z talerza. Po jeździe tym wozem odnosi się jednak wrażenie, że powinien nosić znaczek firmy Iveco.

Tak więc jeśli jesteś dzieckiem, które wyczekuje dnia, kiedy będzie mogło zasiąść za kierownicą McLarena albo Diablo, radzę ci uprzejmie wejść do wiadra wypełnionego odżywką dla roślin. Bo gdy będziesz już w odpowiednim wieku, by poprowadzić wozy twoich marzeń, przy twoim używanym na co dzień hatchbacku okażą się ohydne i przestarzałe.

■ Moss porywa Clarksona

Można go rozpoznać już z odległości mili. Nosi marynarkę i zaprasowane w kant spodnie z diagonalu. Jego krawat ma wyraźnie wojskowe konotacje, podobnie jak jego postawa – albo to, albo ktoś wszył w plecy jego koszuli z firmy Harvey & Hudson kij od miotły. Mówi z akcentem z wyższych sfer z odrobiną królewskiej maniery. Nie ma śliwki w ustach – raczej banana.

Nie, nie mówię tu o Samochodowym Nudziarzu. Samochodowy Nudziarz ma brodę i smar za paznokciami. Samochodowy Nudziarz jeździ samochodem marki MG i pije piwo, w którym pływają paprochy. Samochodowy Nudziarz poczuje mrowienie w okolicy genitaliów za każdym razem, gdy szepniesz mu do ucha „końcówka drążka poprzecznego".

Pan Marynarka i Spodnie nie zdołałby zidentyfikować końcówki drążka poprzecznego, nawet gdyby ta wyskoczyła z żywopłotu i odgryzła mu stopę. Pan Marynarka i Spodnie miałby problem z odróżnieniem rzeki Humber od humbugu.

A jednak pan Marynarka i Spodnie jest jeszcze bardziej nudny od Samochodowego Nudziarza, bo temat, w którym się specjalizuje to... wyścigi samochodowe minionych lat. Zapytaj go, kto w 1956 roku podczas kubańskiego Grand Prix ustanowił rekord okrążenia i dla jakiego zespołu, a odpowie ci bez mrugnięcia okiem.

Tak naprawdę to nawet nie będziesz go musiał o to pytać, bo prędzej czy później sam ci o tym powie.

Jeśli chodzi o pana Marynarkę i Spodnie, prawdziwe wyścigi skończyły się z chwilą, gdy wkroczyły do nich sponsoring przemysłu nikotynowego i pasy bezpieczeństwa. Dziś, jak utrzymuje Marynarka i Spodnie, Formuła 1 to tylko biznes, w którym ludziom z regionalnym akcentem wypłacane są olbrzymie sumy i to za coś, co jest spektakularne nie bardziej niż prasowanie.

Prawdziwymi kierowcami wyścigowymi byli dżentelmeni, którzy w dążeniu do osiągnięcia najlepszego czasu okrążenia korzystali z rodzinnych zasobów finansowych. Prawdziwy kierowca wyścigowy robił, co do niego należy, i ginął za każdym razem, gdy rozbijał samochód, a to zdarzało się co weekend.

Niestety, panowie Spodnie i Marynarki lgną do mnie. Zakładają, że ponieważ wiem, ile kosztuje Audi A3, utrzymuję przyjacielskie stosunki z Archim Scottem Brownem i Donaldem Fotheringtonem Sorbetem, który – nie wiedzieliście? – ustanowił rekord okrążenia w 1936 roku, itd. itp.

Wtedy odkrywam w sobie cechy, które łączą mnie z koniem i udaje mi się zasnąć na stojąco.

Nie ma nic nudniejszego na świecie od sięgania pamięcią wstecz, w szczególności, gdy historia dotyczy toru wyścigowego Silverstone.

Przynajmniej tak mi się zawsze wydawało. Przez ostatnich kilka tygodni zajmowałem się zbieraniem materiałów do przygotowywanego przeze mnie programu o Astonie Martinie i w pryzmie organicznych odpadów udało mi się znaleźć kilka dwucentymetrowych pereł.

A potem spotkałem Stirlinga Mossa, który w czasie krótszym niż dziesięć minut zdążył mnie przekonać, że wyścigi samochodowe z lat 1950. były bardziej ekscytujące niż oglądanie helikoptera Apache, który usiłuje wpakować pocisk Hellfire do rury wydechowej zręcznie uciekającego przed nim Dodge'a Vipera.

A to dlatego, że nigdy nie było wiadomo, co stanie się za chwilę. W latach 1930. podczas 24-godzinnego wyścigu Le Mans pewien kierowca, gdy tylko zapadł zmierzch, zjechał do pit stopu.

Ponieważ chciał występować w stroju stosownym do pory dnia, zdjął swoją sportową kurtkę i zamszowe buty, a założył ciemny garnitur i wyjściowe sznurowane buty. Nad ranem ponownie zmienił ubranie.

Jego zespół najwyraźniej nie miał mu tego za złe. W istocie, podczas ostatniego okrążenia wyścigu, ściągnęli go do pit stopu i powiedzieli, że kończy się im szampan i czy nie miałby może ochoty wypić ostatniej lampki.

Poza tym między zawodnikami istniała sportowa solidarność. Stirling przebył kiedyś całą długą drogę do Indii, by tam w pojedynku na śmierć i życie zmierzyć się na torze z dawno zapomnianym przeciwnikiem.

Gdy w połowie wyścigu Stirlingowi pękła oś, sprawy przybrały nieciekawy obrót. Jego rywal użyczył mu swojej, a za ten uprzejmy gest Stirling odpłacił się wygrywając z nim.

Tak wtedy bywało.

W końcowej rundzie Mistrzostw Świata Samochodów Sportowych w 1959 roku w pit stopie Astona Martina wybuchł pożar, co oznaczało dla niego koniec imprezy. Tymczasem sąsiadujący z nim zespół wycofał swój samochód z wyścigu, by mogli w nim pozostać sami faworyci.

Mniej więcej w tym samym czasie, kierowcy o nazwisku Peter Jopp – na pewno go znacie – przydarzyła się awaria mechaniczna, przez co musiał szukać pomocy u swojego rywala, który w tym czasie wylegiwał się na trawie.

– Z największą przyjemnością! – odpowiedział tamten i przywołał swojego kamerdynera. – Courtney, jak już nalejesz panu Joppowi Pimmsa, może będziesz tak dobry i naprawisz sprzęgło w jego wozie?

Duchowi rywalizacji tamtych czasów dorównywała chyba tylko amatorska natura usprawnień technicznych. Gdy Ferrari wynalazło tylny spojler i zamontowało go w swojej wyścigówce, oznajmiło innym zespołom, że ten element ma zapobiegać rozlewaniu paliwa na gorące rury wydechowe. I wszyscy im uwierzyli.

Jeśli wychowałeś się na diecie z Schumachera i urządzeń wspomagających start, takie opowieści są po prostu zachwycające. Kierowcy, którzy nie ścigają się dla pieniędzy. Szefowie zespołów pomagający sobie nawzajem. Zjeżdżanie do pit stopów na lampkę szampana. To wszystko jest zbyt piękne.

Co motywowało tych ludzi do takich zachowań? Stirling Moss nawet nie zastanawia się nad odpowiedzią:

– Robiłem to, bo lubiłem szybką jazdę dobrymi samochodami.

To zabawne. Stał przede mną w marynarce i spodniach. Miał rwany akcent i elegancki krawat. Przez chwilę poczułem, że moje powieki robią się ciężkie, ale ten człowiek jak nikt potrafił wskrzesić całą minioną epokę.

Niektórzy twierdzą, że jest największym kierowcą, jaki się urodził. Cóż, tego nie wiem, ale kiedy zaczyna wspominać, czuję, jakbym w przedniej części spodni miał dużą, mokrą rybę.

■ Nie możesz zasnąć? Spójrz na Camry!

W okolicach dziesiątej wieczorem moje ciało jest już niezdolne do wykonywania jakichkolwiek ruchów.

Jeśli użylibyście czułych przyrządów pomiarowych wykorzystywanych przez armię, moglibyście wykryć delikatne unoszenie się i opadanie mojej klatki piersiowej; być może również odbywający się w dół, powolny ruch w okolicach powiek, ale to naprawdę wszystko.

Jeśli skorzystalibyście ze zwykłych technik medycznych, orzeklibyście, że jestem martwy i wzięlibyście moje oczy i wątrobę na przeszczepy.

Moje zmęczenie nadchodzi jak wielka fala, osiągając punkt, kiedy nie jestem w stanie już mówić. Wydanie z siebie nieskomplikowanego „aha" w ogóle nie wchodzi już w grę. Śpię – prawie dosłownie – jak zabity.

Ten stan trwa aż do momentu, w którym moja głowa dotyka poduszki, a wtedy BUM! – oczy otwierają się z błyskiem, serce zaczyna walić jak perkusyjne solo Dire Straits, a mój mózg jest w stanie pokonać w szachy superkomputer Cray. Piszę wtedy scenariusze, wymyślam nowe epizody, a od początku roku wpadłem na pomysł fabuły do pięciu książek. Gdy w swoim niepowstrzymanym marszu cyfrowy zegar pokona czwartą nad ranem, siedzę w kąpieli parowej i zastanawiam się, dlaczego z garderoby właśnie wyskoczył nasz pastor.

Myślę też o tym, co czuli członkowie grupy Genesis, gdy postanowili, że są kosiarkami do trawy, a była właśnie pora obiadu... chwila, moment. Zastanawiam się, czy ktokolwiek wie, jaki samochód znajdował się na okładce pierwszego solowego albumu Petera Gabriela? Mógłbym o tym napisać jakiś felieton...

Felieton zostaje napisany i wyryty w mej pamięci, ale jest już piąta nad ranem, a ja zaczynam być głodny. Za 90 minut powinienem wstać i udać się do pracy. Nie mogę jednak przepracować całego dnia po 90-minutowym śnie. Nie wtedy, gdy zeszłej nocy spałem przez 34 minuty.

Próbowałem już wszystkiego. Posunąłem się do czegoś okropnego – zacząłem pić kawę bezkofeinową, która smakuje jak sałata w płynie. Próbowałem pić ogromne ilości Scotcha. Liczyłem barany, ale sprawy przybrały zły obrót, gdy zacząłem się zastanawiać, czy jakieś inne zwierzę hodowlane potrafi przeskakiwać przez płot. Czy świnie skaczą? To naprawdę niebagatelne pytanie.

Próbowałem pić ziółka, ale one wywoływały u mnie jeszcze większą bezsenność, bo obawiałem się, że ktoś może mnie na tym przyłapać. Clarkson pije ziółka. Pewnie jest pedziem.

Problem w tym, że nie wezmę przepisanych lekarstw. Pewnego razu, podczas długiego lotu z Pekinu do Paryża, w czasie którego obowiązywał całkowity zakaz palenia – nawet nie pytajcie, co wtedy czułem – zażyłem nitrazepam i gdy wciąż zastanawiałem się, jak taka mała, mikroskopijna tabletka jest w stanie wywrzeć jakikolwiek efekt na dorosłym, 95-kilogramowym osobniku, straciłem przytomność.

Znajdowałem się w stanie śpiączki przez cały czas postoju w Szardży, a przy odprawie celnej we Francji wydawało mi się, że jestem kapitanem statku Federacji. NIE ZAŻYWAJCIE tabletek nasennych, chyba że w ciągu najbliższych dwóch tygodni nie macie niczego na głowie.

Najgorszą związaną z bezsennością rzeczą jest to, że nikt ci nie współczuje. Zwierzasz się takiemu komuś, że nie możesz spać, a on zasypuje cię szczegółami na temat tego, jak łatwo zapada w sen. Dlaczego ludzie tak robią?

Gdy spotykam niewidomego, nie opowiadam mu jakby nigdy nic, że mam sokoli wzrok.

Ale to wszystko nie ma już znaczenia, bo od zeszłego tygodnia sypiam pełne osiem godzin na dobę. Każdego ranka budzę się w stanie, w którym z łatwością radzę sobie z wszelkiego typu ciężką maszynerią.

Moje lekarstwo na bezsenność nie jest – cieszę się, że mogę to stwierdzić – niebezpiecznym i uzależniającym specyfikiem. Nie jest też podejrzanie wyglądającym korzeniem z Mongolii. Nie. To lekarstwo pochodzi ze źródła, które najmniej byście o to podejrzewali – od Toyoty.

Wystarczy, że wypowiecie słowo „Camry", a ja od razu odpływam. W rzeczy samej – zatrudniłem nawet kolegę, do którego należy wstukiwanie na klawiaturze tego słowa na „c", bo gdybym ja musiał to robić, nie byłbym w stanie dokończyć felietonu.

Chciałbym w tym miejscu wyjaśnić, że w żadnym wypadku nie jest to kiepski wóz. Za takie pieniądze trudno znaleźć inny, lepiej skonstruowany samochód. Jest cichy, wygodny i niesamowicie łatwo się go prowadzi.

To cudowne dziecko inżynierii jest jednak ukryte pod bezdyskusyjnie najnudniejszą karoserią, jaką kiedykolwiek widziałem. Nie ma ani jednego akcentu, który choć trochę mógłby wyróżniać ten samochód. Maska istnieje tu tylko po to, by zakryć silnik. Za nią znajduje się komora dla pasażerów, w której siedzą ludzie, a następnie kufer na bagaże.

Teraz wystarczy tylko, że pomyślę o kształcie karoserii i od razu chce mi się spać. Gdy podczas mycia zębów przez okno w łazience zobaczę ten wóz na podwórzu – już po mnie. Odpływam.

Oczywiście, że nie kupimy wszyscy C**** tylko po to, by móc łatwiej zasypiać – 2,2-litrowy model kosztuje 19 000 funtów, a to cała fura szmalu. Myślę jednak, że zdjęcie tego samochodu przytwierdzone pinezką do sufitu równie dobrze spełni swoje zadanie.

Możecie też wyciąć sobie końcówkę tego felietonu i czytać go za każdym razem, gdy wieczorem wybieracie się do łóżka. No więc C**** ma szyby ze szkła HSEA, które łagodzi ostre światło, zapobiega zmęczeniu oczu i przeciwdziała wzrostowi temperatury wewnątrz samochodu. Szkło HSEA blokuje 86 procent ultrafioletu i 74 procent energii promieniowania słonecznego. Zestaw audio wyposażony jest w funkcję automatycznego przeszukiwania... No i jak tam? Zasypiacie?

To powiem wam jeszcze, że silnik i skrzynia biegów zamocowane są na odrębnej ramie podsilnikowej i że geometria zawieszenia została precyzyjnie dostrojona, tak, by podnieść środek obrotu w płaszczyźnie tylnej osi. Odpływacie?

No dobrze, w takim razie to powinno wam już wystarczyć: tylne koła zostały ustawione w pochyleniu wstępnym ujemnym.

To wspaniałe – pierwszy na świecie samochód z właściwościami leczniczymi. A jednak nie stanowi odosobnionego przypadku. W przyszłym tygodniu opowiem wam wszystko o Nissanie QX i o tym, jak ten samochód wprawił mnie w głęboki, hipnotyczny trans.

■ Wielka Stopa zgasł po 40-litrowym beknięciu

Po trwającej milion lat (czy coś koło tego) bezczynności, w ciągu ostatniego stulecia (czy coś koło tego) człowiek najwyraźniej zaczął robić postępy. Wynalazek koła uzupełnił o silnik, rozpostarł skrzydła, wybrał się na Księżyc, i – co najlepsze – wynalazł faks. A jednak, podczas ostatniego dwudziestolecia postęp się zatrzymał. Co z następcą Concorde'a? Kiedy zaczniemy latać na Marsa? Co nadejdzie po rock and rollu?

To wina miniaturyzacji. Tęgie głowy skończyły z wynalazkami, a zaczęły robić to, co już mamy, tyle że mniejsze. W latach siedemdziesiątych mój zestaw hi-fi był masywnym pudłem z drewna tekowego, a ramię gramofonu miało rozmiary żurawia portowego w Tyneside. Dziś do naciskania przycisków trzeba korzystać z pęsetki, a do odczytywania informacji z wyświetlacza – radioteleskopu obserwatorium Jodrell Bank.

Weźmy współczesne aparaty fotograficzne. W zeszłym roku w Stanach widziałem gościa z aparatem lżejszym od powietrza. Gdyby go wypuścił z dłoni, aparat zacząłby się unosić. Być może to dobry pomysł, ale i tak nic nie pobije mojego Nikona, którego na lotniskach przenosi dodatkowa ekipa bagażowych.

Przejdźmy teraz do Kate Moss. No cóż. Lubię duże piersi, duże porcje jedzenia na moim talerzu, a *Terminatora 2* o wiele bardziej wolę oglądać w kinie niż na wideo. Lubię też duże samochody, co uzmysłowiłem sobie w tym miesiącu, po tym, jak prowadziłem wóz o nazwie Big Foot (Wielka Stopa). Po pierwsze, jego dziewięciolitrowy silnik V8 zużywa 7 litrów metanolu na 100 metrów. Nieźle. To 70 litrów na kilometr, co sprawia, że jest najmniej oszczędnym pojazdem na całym świecie. Jest też szybki. Nikt nigdy w żaden sposób nie testował osiągów tego wozu, ale po tym, jak ruszyłem w nim z miejsca na pełnym gazie i przy pełnych obrotach, mogę powiedzieć, że do setki rozpędza się w około cztery sekundy. Taki wynik byłby imponujący w przypadku każdego samochodu, ale w wozie, którego opony są wysokie na 2 metry, jest naprawdę godny odnotowania. By do niego wsiąść, trzeba wspiąć się po elementach podwozia i wejść do kabiny przez drzwi w podłodze z pleksiglasu. Jeśli zaś chodzi o karoserię od pick-upa, osadzoną tam, na górze, to cała jest jedną wielką podróbką. To po prostu plastikowa kopia prawdziwego Forda F150 – nawet nie otwierają się w niej drzwi. W środku znajduje się jeden centralnie umieszczony fotel z pięciopunktowymi, wyścigowymi pasami bezpieczeństwa, a na desce rozdzielczej jakieś 2500 zegarów. Były też na niej ostrzegawcze lampki kontrolne, z których każdą – zanim pozwolono mi wystartować – objaśnił mi dokładnie mój instruktor. Wszystkie jego słowa puszczałem jednak mimo uszu. Nie zwracałem też uwagi na to, co mówił mi o skrzyni biegów. Była automatyczna, ale ponieważ samochód nie miał sprzęgła, przed zmianą biegu na wyższy należało pociągnąć dźwignię do siebie. Tu właśnie pojawił się problem: „pociągnąć" nie było odpowiednim słowem. Jak odkryłem później, dźwignię trzeba było szarpać z całych sił.

Gdy wykład dobiegł końca i moja szyja znalazła się w kołnierzu ortopedycznym, instruktor przy wychodzeniu z pick-upa przez drzwi w podłodze zatrzymał się na chwilę i zapytał:

– Jeździłeś już kiedyś szybkim wozem?

Odpowiedziałem mu, że jeździłem Lamborghini Diablo, a on opuścił pick-upa z dziwnym uśmiechem na twarzy.

Żeby odpalić ten centralnie zamontowany wieżowiec, zwany silnikiem, wciskasz duży, gumowy przycisk, po czym dziękujesz Bogu za to, że na głowie masz kask. Hałas jest taki, jak przy pionowym starcie myśliwca Harrier, a kiedy wciśniesz pedał gazu, wszystko, co widzisz, zaczyna drgać.

Po sekundzie uczestniczenia w czymś, co wydało mi się międzygwiezdną podróżą, ogromny hałas i rozmaite wskaźniki zaczęły sugerować, że nie od rzeczy byłoby zmienić bieg na wyższy. Pociągnąłem więc za dźwignię. Żadnej reakcji. Obroty wciąż rosły, więc spróbowałem jeszcze raz. I znowu nic, z tą tylko różnicą, że zapalił się cały zestaw kontrolek ostrzegawczych. W tym momencie straciłem panowanie nad sobą i z całej siły szarpnąłem dźwignię do siebie, po czym pick-up wystrzelił do przodu jak z procy. Z takim przyspieszeniem mógłbym dogonić Diablo i po nim przejechać.

Mimo że jeździłem po mokrej trawie, opony całkiem nieźle się w nią wrzynały. Nigdy jednak nie przekonałem się, jak dobrze, bo gdy usiłowałem wrzucić trójkę, przez przypadek włączyłem jedynkę. Byłem w Vermont, ale huk było słychać aż na Gibraltarze.

Ludzie z Forda dali mi jeszcze pięć minut, zanim nacisnęli przycisk na pilocie zdalnego sterowania i wyłączyli silnik. Chciałem ich ostro za to opieprzyć, ale gdy zobaczyłem, że obrotomierz skarżypyta pokazuje, że rozkręciłem wart 100 000 funtów dziewięciolitrowy silnik do 10 000 obrotów na minutę, postanowiłem, że lepiej będzie, jeśli dam nogę.

Nie przestawałem uciekać aż do Chicago, gdzie doszedłem do wniosku, że Wielkie Stopy marnują się na okolicznościowych imprezach, podczas których przeskakują nad przeszkodami z sedanów. Powinniśmy wybierać się nimi do miasta. Właśnie zamierzam się przeprowadzić do Chipping Norton, gdzie – jestem pewny – takie pick-upy stałyby się wielkim przebojem.

■ Pościgi wyssane z palca

Przez wszystkie te lata Jamesa Bonda grali: Szkot, Walijczyk, Australijczyk i Anglik. Wspominam wam o tym, bo dziś, bez żadnego wyraźnego powodu, leżałem sobie w wannie i myślałem o Brosnanie, który z kolei jest Irlandczykiem.

Moje myśli zaprzątał pewnie dlatego, bo jak wszyscy inni mali chłopcy, również i ja dostałem w prezencie świątecznym *GoldenEye*, film z agentem 007, w którym Sean Bean usiłuje popsuć kilka komputerów.

Sam film tak naprawdę nie jest zły, ale ma dwie wady. Po pierwsze, Brosnan wypowiada wszystkie swoje kwestie dziwacznym, piszczącym głosem, przez co jest tak przerażający, jak nasz dżokej na emeryturze, Willie Carson.

Po drugie, w filmie *GoldenEye* obejrzymy najbardziej absurdalny pościg samochodowy wszech czasów.

Bond za kierownicą starego Astona Martina DB5 staje w szranki z rosyjską pilotką myśliwców w Ferrari 355. Obydwa wozy mkną łeb w łeb po alpejskich drogach w dymie katowanej na śmierć gumy i przy akompaniamencie wyjących silników.

A teraz, moi drodzy, posłuchajcie. Gdybyście w DB5 posadzili Tiffa Needella, najlepszego kierowcę wyścigowego, jakiego znam, a w 355 umieścili Steviego Wondera, Steve leżałby w domu w ciepłym łóżku, i to po słusznej kolacji, na długo przed tym, zanim Tiff zdążyłby wrzucić dwójkę.

Do tego wszystkiego tło muzyczne pościgu było źle dobrane, a ścieżka dźwiękowa przeplatana była gładko brzmiącymi, zgrabnymi powiedzonkami Brosnana w zakresie częstotliwości słyszalnym jedynie dla psów.

W filmach z Bondem jest mnóstwo wspaniałych rzeczy, ale sceny pościgów samochodowych są zawsze do niczego. Któż mógłby zapomnieć bezsensowne przyspieszanie odtwarzania filmu w *Goldfinger*, czy scenę, w której wypasiony Aston V8 Bonda wychodzi z tarapatów dzięki wysuwanym płozom?

Nadrzędną kwestią w przyzwoitym pościgu samochodowym jest jego wiarygodność. Obejrzyjcie sobie hollywoodzki przebój – *Twierdzę*, film, w którym Nick Cage, nieśmiały, wątły facet, z wężami od odkurzacza tam, gdzie powinien mieć ręce, wskakuje do Ferrari 355 i rusza w pościg za Seanem Connerym, który ucieka Hummerem.

No i proszę: mimo, że Sean siedział w pudle przez 30 lat i nigdy nie było mu dane prowadzić niczego choć trochę zbliżonego do Hummera, i mimo, że Cage dysponował bez porównania lepszym samochodem, Ferrari 355 rozbija się i wypada z gry.

Podobnie jest w przypadku filmu *Kierowca* z Ryanem O'Neilem. Zdaję sobie sprawę, że Pontiac Firebird jest wolny i tylko zaczepnie wygląda, ale jadąc pick-upem, i to niezależnie od tego, jak dobry byś nie był, nie mógłbyś dotrzymać mu tempa.

Dlaczego – zapytuję sam siebie – nie wyposażają ścigających się w podobnej klasy samochody? Przecież właśnie coś takiego zrobiono w filmie *Bullit*, co jest jednym z wielu powodów, dzięki którym nakręcony w nim pościg samochodowy wciąż uważany jest za bezapelacyjnie najlepszy.

Ci „źli" jeździli Dodgem Chargerem, a Steve McQueen miał Forda Mustanga – dwa samochody, które były idealnie do siebie dopasowane. Oba miały silniki V8, które zapewniały pożądaną aurę dźwiękową, i właśnie z tego powodu reżyser, Peter Yates, postanowił, że muzyka w tle jest w tym przypadku zbędna.

Gdy w końcu „źli" wypadają z drogi prosto na stację benzynową, która wybucha, ma to swoje bardzo dobre uzasadnienie. Nie dzieje się tak dlatego, że kierowca postanowił nagle zaciągnąć ręczny.

Dlaczego oni zawsze to robią? Dlaczego, gdy czarny charakter zbliża się do wejścia w zakręt, przejeżdża na wprost przez dużą część łuku, a dopiero później usiłuje skręcać?

Można na to przymknąć oko, gdy ktoś wlecze się z prędkością 50 km/h i słucha *Matysiaków*, ale gdy twoje życie wisi na włosku i prujesz 140 km/h po głównej arterii w mieście, podejrzewam, że jednak cholernie się skupiasz na prowadzeniu.

Rzecz oczywiście w tym, że samochód wpadający w poślizg i uderzający w skład amunicji, to kawałek dobrego kina. Samochód wpadający w poślizg i uderzający w stos pudełek, to kawałek dobrego programu telewizyjnego. A samochód, który po prostu się zatrzymuje, to coś, co mam okazję obejrzeć wtedy, gdy reżyserzy usiłują nakręcić pościg samochodowy za cztery i pół funta.

Gdy dwaj kierowcy wjeżdżają na pełnym gazie w boczną uliczkę, a każdy zaparkowany przy niej samochód to Hillman

Avenger z 1972 roku, wiecie już, że ktoś tu chciał przyoszczędzić.

Widać to najlepiej w serialu telewizyjnym *The Bill*, w którym od czasu do czasu można zobaczyć, jak miniradiowozy Rover Metro ścigają podejrzanego uciekającego w Roverze Montego.

Obejrzeliśmy już wystarczająco dużo programów 999 Michaela Buerka o pracy służb ratowniczych i wiemy, że złodzieje mają gdzieś, co stanie się z samochodem, który właśnie zwinęli. Staranują nim wszystko, co tylko im się nawinie.

Natomiast w serialu *The Bill* sygnalizują zamiar skrętu w lewo, zatrzymują się, by przepuścić starsze panie, a gdy pojawi się przed nimi zwężenie ulicy, w które trudno im się zmieścić, zatrzymują się i uciekają na nogach. To sprawia, że scena aresztowania jest mało ciekawa, ale za to o wiele, wiele tańsza dla budżetu filmu.

Do realizacji pościgów samochodowych powinno się podchodzić dopiero wtedy, gdy producentom uda się znaleźć za kanapą dodatkowy milion.

Mówiąc to, zaznaczam, że pieniądze i tak nie gwarantują sukcesu. Proszę bardzo: weźmy filmy *Szybki jak błyskawica* z Tomem Cruise'em i *Znikający punkt* z Barrym Newmanem. W obu popełniono klasyczny błąd pościgów samochodowych.

Oto scena: jak okiem sięgnąć, droga jest prosta, a dwaj oponenci z maksymalną prędkością jadą jeden obok drugiego.

Sytuacja jest patowa, przynajmniej tak ci się wydaje... ale co to? Ten „dobry" właśnie zmienił bieg i wruuum!... jego samochód wystrzelił do przodu.

Co jest? Czyżby zapomniał, że ma do wykorzystania jeszcze jeden bieg?

Nic dziwnego, że piraci drogowi odczuwają potrzebę, by wyjeżdżać nocą na ulice i prowokować policję do pościgów. Gdyby tylko zaczęły pojawiać się w filmach dobrze nakręcone pościgi samochodowe, nie trzeba by było urządzać ich w rzeczywistości.

■ Odmrożenia i parówki w nosie

Pamiętam, jak w 1996 roku obiło mi się o uszy, że oddziały do zadań specjalnych muszą obniżyć swoje standardy, by przyciągnąć świeżą krew.

Zapytano pryszczatych szóstoklasistów, dlaczego nie chcą wybrać zawodu w tej najbardziej elitarnej jednostce armii. Przedtem poinformowano ich, że służba wiązać się będzie ze wstawaniem o czwartej nad ranem i bieganiem do Barnsley ze 100-kilogramowymi plecakami, że będą wymagać od nich zjadania liści, podcierania sobie tyłków gładkimi kamieniami oraz częstego zestrzeliwania helikopterów.

Słuchając z tępym wyrazem twarzy tego wszystkiego, i tego, że tylko nastolatki mogą wykrzesać z siebie wymaganą ilość energii, jeden z nich powiedział:

— To chyba bardzo męczące.

A ja myślę, że gość ma rację. Po co zmuszać swoje ciało do ekstremalnego wysiłku, gdy można mieć przyjemną pracę w banku i przez cały dzień flirtować tam z kasjerkami?

Bywa jeszcze gorzej. Przeczytaliście może to, co napisał kilka tygodni temu Ranulph Fiennes w dziale z przeglądem wiadomości?

Ten gość próbował pokonać pieszo Antarktykę, ciągnąc sanie, które były cięższe niż piec akumulacyjny, a na pewno mniej przydatne. Po brodzie spływała mu ropa i co wieczór po ściągnięciu skarpetek przekonywał się, że odpadł mu kolejny palec u nogi.

Dalej: był taki gość, no, jak mu tam... ten od tej łodzi przewróconej do góry dnem. Został moim nowym osobistym bohaterem, bo odmówił pomocy psychologa. Stwierdził, że wolałby wybrać się do pubu i wychylić kilka kufli. Nie wyjaśnia to jednak, co skłoniło go do podjęcia próby przepłynięcia żaglówką oceanu, który z powodzeniem mógłby zmieść Manhattan z powierzchni ziemi.

No i Branson... Richard, chłopie... Przecież masz już wszystko. Po co ryzykować życiem i zdrowiem i okrążać świat balonem na hel, mając do dyspozycji całą flotę Boeingów 747, które o wiele lepiej nadają się do tego celu?

To samo tyczy się jego amerykańskiego rywala, Steve'a Fossetta. Spotkałem go w zeszłym roku i już wtedy dokonał wszystkiego: przepłynął kanał La Manche, dwa razy ścigał się w Le Mans, zdobył sześć spośród siedmiu najwyższych szczytów świata i pobił rekord w żegludze przez Pacyfik.

A przecież ma na koncie 600 milionów dolarów. Nie mógłby zamiast tych wyczynów nauczyć się gry na fortepianie?

Któregoś dnia, jadąc do pracy, myślałem o tym wszystkim i zastanawiałem się, co sprawia, że ludzie chcą być coraz szybsi, że pragną udawać się w coraz odleglejsze miejsca, do których nikt inny wcześniej nie chciał się wybrać. Potem, na skrzyżowaniu numer 15, skręciłem na autostradę M40 i lekko zakląłem. Od chwili mojego wyjazdu z domu upłynęło 31 minut, a to bardzo średni czas. Postaram się i pojadę lepiej, gdy będę wracał z pracy.

Aaa!... Uderzyło mnie to jak ciężarówka. Na swój skromny sposób, wcale nie jestem lepszy niż oni.

Gdy dzień w dzień odbywasz taką samą podróż, zaczynasz stawiać sobie małe cele. Czy dojadę do Shipston na dwadzieścia po? Do licha, mam opóźnienie, muszę nadrobić minutę zanim wjadę do Halford.

Jedyny przepis, do którego się stosuję, to ograniczenie prędkości w terenie zabudowanym, i to wszystko. Pomiędzy miasteczkami prowadzę tak, jakbym właśnie przez przypadek wzniecił pożar w moich włosach i do tego próbował ugasić go wrzątkiem.

Dźwignią zmiany biegów ruszam tak, jakbym chciał ubić jajko, a pedały naciskam z siłą wystarczającą do rozdeptania pająka ptasznika. Wiem, że to co robię, jest niebezpieczne, ale gdy pojawiam się w wyznaczonym przez siebie miejscu po najkrótszym jak do tej pory czasie, wypełnia mnie uczucie euforii.

Usiłowałem tłumaczyć sobie, że przecież nie ma to najmniejszego znaczenia; że nie będą mnie witać Chris Akabussi i Sarah Green wraz z ekipą programu *Rekordziści*. Próbowałem brać pod uwagę koszty, uświadamiając sobie, że gdy w Jaguarze XJR wdepnie się mocno na gaz, zaczyna zużywać ponad 20 litrów paliwa na 100 kilometrów.

Na pełnym gazie wtryskiwacze paliwa zaczynają przypominać węże strażackie, ale to się nie liczy. Nie liczy się też bezcelowość tego wszystkiego.

W moim Ferrari, w samym środku nocy, pokonałem ten dystans w 29 minut. Z kolei wczoraj jechałem w Renault Espace z silnikiem Diesla i kierownicą po lewej stronie. Nie miałem wystarczająco dużo mocy, by sprawnie wyprzedzać ciężarówki, ale nie przeszkadzało mi to, bo dobrze zza nich widziałem. Wynik: 30 minut i 22 sekundy.

W tym wszystkim chodzi o to, że każdego dnia potrzebujemy jakichś wyzwań. Dla niektórych wyzwaniem jest poderwanie koleżanki lub przygotowanie najsmaczniejszej na świecie ratatui. Inni natomiast pragną oblecieć świat balonem, wybrać się na Marsa lub jeździć samochodem szybciej niż inni.

Richard Noble pracuje właśnie nad nowym samochodem, który jeszcze tego roku powinien przekroczyć prędkość dźwięku na lądzie, zasuwając 1100 km/h.

Zasilany jest dwoma silnikami odrzutowymi, które zamontowano całkiem z przodu, by rozkład masy w wozie przypominał strzałę. Jego kierowca, Andy Green, włączy dopalacze, siedząc za kierownicą czegoś, co z grubsza rzecz biorąc, jest kontrolowaną eksplozją na kółkach. Ma nadzieję, że zostanie za to nagrodzony trzywierszowym wpisem do *Księgi Rekordów Guinnessa*.

Wie również, że kilka tygodni później jego wyczyn może zostać pobity przez amerykańską ekipę dowodzoną przez Craiga

Breedlove'a, i że jego piętnaście minut sławy będzie wszystkim, co osiągnie.

Mimo to chce spróbować, a przez to sprawia, że nasze własne życie zaczyna wydawać się nam jeszcze mniej ciekawe.

Oczywiście – przy tym, co robi Green, moje próby dotarcia do autostrady M40 w jak najkrótszym czasie prezentują się mizernie. Dlatego właśnie rezygnuję z nich na rzecz czegoś bardziej konstruktywnego. Otóż dziś wieczorem sprawdzę, ile parówek zmieści mi się do nosa.

■ Drugi dzień świąt i pękające pęcherze

Boże Narodzenie to religijne święto, podczas którego chrześcijanie obchodzą narodziny swojego duchowego przywódcy, spotykając się w rodzinnym gronie, obdarowując się prezentami i sprzeczając. Zazwyczaj dochodzi do wymiany obelg rzucanych nad indykiem leżącym na stole, a po obiedzie walczące ze sobą frakcje zbierają się w odrębnych częściach domu i szepczą o tym, jak bardzo nie chcą się już ze sobą widzieć. Mimo to przez większość czasu członkowie rodzin potrafią uśmiechać się przez zaciśnięte zęby i powstrzymywać od stwierdzeń w stylu: „Mam nadzieję, ciociu, że ta petarda urwie ci ręce". W drugi dzień świąt wszyscy pakują się do swoich wozów i wracają do domu.

I właśnie wtedy zaczynają się prawdziwe problemy. W Islandii wyjeżdżałem po ścianie klifu, a w Indiach przeżyłem przejazd autostradą z Bombaju do Puny. Jeśli jednak chodzi o prawdziwie szaloną jazdę, nic nie może się równać z tym, co dzieje się na autostradzie M1 w drugi dzień świąt. Mąż siedzi w samochodzie w swoim nowiutkim wełnianym pulowerku i mówi żonie, że już nigdy nie chce odwiedzać jej rodziców. Po piętnastu latach pożycia właśnie przyznaje, że jej matka jest grubą, wtrącającą się we wszystko krową, która – on ma taką nadzieję

– już wkrótce złapie BSE. Żona płacze i zarzuca mężowi, że ten w ogóle się nie stara:

– Przecież wiesz, że tatuś nie lubi, gdy mówisz o królowej „lesbijka"!

Skutek jest taki, że on nie zwraca najmniejszej uwagi na to, co dzieje się na drodze, ani na fakt, że widoczność spadła do 5 cm. Wciąż zasuwa 140 km/h, za przewodnika mając blask bijący od swojego nowego swetra.

Słowo daję! W zeszłym roku, gdy wlokłem się po lewym pasie z 50 km/h na liczniku, mijał mnie ciągły strumień przeładowanych bagażami Volvo, które śmigały z prędkością 140 km/h. Potem, na południe od Northampton, gdy podniosła się mgła, nadrobiłem stracony czas i wyprzedziłem je; pasażerowie tych samochodów mieli czelność oddać się ostremu wygrażaniu palcami. A raczej: mieliby, bo ich kłótnia przybrała rozmiary wojny jądrowej. Ona rozmawiała przez komórkę ze swoim prawnikiem, a on właśnie przyznawał się do ośmiu romansów.

Nawet kiedy w przedniej części kabiny zdarzała się chwila ciszy, z miejsca wypełniały ją wrzaski dochodzące z tyłu. Córka zepsuła właśnie kolejkę elektryczną syna, który odpłacił jej za to wymiotując na lalkę. W dodatku za dziećmi znajdował się bagażnik wypełniony do tego stopnia, że cały samochód ważył więcej niż pociąg Intercity 125.

Wcale nie śmieszy mnie fakt, że nie możemy prowadzić, gdy jesteśmy wstawieni, bo alkohol osłabia naszą percepcję, za to nie ma żadnych ograniczeń, jeśli chodzi o prowadzenie, gdy akurat się rozwodzimy. Podobnie – można prowadzić, gdy chce się siusiu. Gdy mijam znak „stacja benzynowa za 30 mil", a jestem w potrzebie, przyznaję się wszem i wobec, że zwiększam prędkość do 210 km/h i wyprzedzam po której stronie drogi tylko się da. Ta potrzeba jest silniejsza nawet od instynktu samozachowawczego. A gdy w końcu wjadę na stację, z piskiem opon parkuję na miejscu przeznaczonym dla niepełnosprawnych. I nie sądzę, bym był w tym odosobniony.

Z pewnością nie jestem też jedyną osobą, która prowadzi, cierpiąc na katar sienny. Zeszłego lata prowadziłem 850-konnego Nissana Skyline GTR, chociaż byłem praktycznie ślepy, a zupełnie ślepy stawałem wtedy, gdy co cztery sekundy kichałem. Proszę, oto fakt: jeśli podczas jazdy z prędkością 100 km/h twoje kichnięcie trwa trzy sekundy, w stanie zaślepienia przejeżdżasz oszałamiającą odległość 83 metrów. Przyznaję się też do prowadzenia po tym, jak rozwścieczyło mnie coś w radiu i, owszem, podczas prowadzenia samochodu oglądam się do tyłu, by sprawdzić, czy z moją córką na tylnym siedzeniu jest wszystko w porządku. Prowadziłem również i wtedy, gdy z bólu pękała mi głowa. Zaledwie dzień później musiałem zjechać na utwardzone pobocze autostrady M40, gdzie zasłabłem.

Prawda jest taka, że dni, kiedy wskakuję do samochodu rześki i gotowy stawić czoła wyzwaniom z silników Diesla i kapelusznikom, zdarzają mi się już bardzo rzadko. Cóż w takim razie ze starszymi? Jeśli prawidłowe prowadzenie polega wyłącznie na wytężonej uwadze i szybkości reakcji, powinno się ich usunąć z dróg. Siedemnastolatek ze stężeniem alkoholu we krwi nieco powyżej dopuszczalnego w nagłej sytuacji da sobie radę lepiej niż przeciętny, trzeźwy siedemdziesięciolatek. Nie istnieją jednak zakazy związane z prowadzeniem samochodu przez ludzi z minionej epoki, podczas ataku kataru siennego czy z pękającym pęcherzem.

I właśnie dlatego, gdy słyszę, że policja rozprawia się z kierowcami, którzy podczas jazdy rozmawiają przez komórki, wybucham śmiechem. W tej wielkiej sieci współzależności nie jest to jeszcze aż takie złe.

■ Kłamstwa, wierutne kłamstwa i statystyki

Właśnie spędziłem dwa cudowne tygodnie na Barbadosie, gdzie świeci słońce, świetnie się nurkuje, a skutery wodne są naprawdę szybkie.

Nie miałem jednak czasu na żadną z tych bzdur, bo wciągnęła mnie bez reszty najlepsza, jak na razie, lektura roku.

Gdy wszyscy inni na plaży byli pochłonięci nową książką Patricii Cornwell i mieli nadzieję, że już lada dzień Lucy wda się w gorący lesbijski romans, ja rozczytywałem się w corocznym *Raporcie motoryzacyjnym* firmy Lex.

Raport sporządzony po wyczerpującym badaniu przeprowadzonym z udziałem 1209 kierowców, w tym 160 kierowców ciężarówek, ma za zadanie pokazać, jak z roku na rok zmienia się nasze nastawienie do motoryzacji.

Zacznę od prostego i oczywistego przykładu: 81 procent ankietowanych uznało nowo wprowadzony pisemny test na prawo jazdy za dobry pomysł. Oczywiście, że to dobry pomysł: przecież ci ankietowani nie będą musieli go zdawać!

A teraz dowcip z brodą: z raportu wynika, że 33 procent zmotoryzowanych uważa, iż styl i umiejętności kierowców w Wielkiej Brytanii są złe lub bardzo złe, a 36 procent twierdzi, że są zaledwie przeciętne.

A jednak oszałamiające 74 procent uznaje je za dobre lub bardzo dobre. Tylko jeden procent ankietowanych przyznaje się do tego, że za kierownicą są do niczego.

To nie trzyma się kupy, chyba że weźmiemy pod uwagę wyniki innych badań statystycznych, które kilka lat temu przez chwilę gościły na moim biurku. Zgodnie z nimi, 80 procent Brytyjczyków nigdy nie leciało samolotem, co oznacza, że przeważająca większość ankietowanych w raporcie porównywała nasz styl jazdy z… no właśnie, z czym?

Gdyby wybrali się do Indii, Grecji, Nowego Jorku czy Włoch, a nawet w dowolne inne miejsce na świecie, przekonaliby się, że styl jazdy kierowców w Wielkiej Brytanii jest wprost znakomity, i że 90 procent naszych kierowców można ocenić albo jako świetnych, albo jako niesamowicie uzdolnionych.

W raporcie daje o sobie znać również problem nadmiernej prędkości, przy czym niewielu ankietowanych twierdzi, że nigdy nie przekracza ograniczeń. Przypuszczalnie stanowią oni część 11-procentowej grupy tych, którzy nie są świadomi istnienia fotoradarów.

Najlepsza jak dla mnie część raportu związana z nadmierną prędkością jest taka, że 66 procent kierowców nie odczuwa działania progów zwalniających. Posłuchajcie moi drodzy: czy moglibyście napisać do mnie z informacją, jakie macie samochody, bo jeśli mogą przejeżdżać przez te absurdalnie wysokie wzniesienia, a ich deski rozdzielcze nie wyskakują przy tym z mocowań, to też chcę takie mieć.

Tu mamy coś innego: 64 procent kierowców twierdzi, że wprowadzenie ostrzejszych kar nie sprawi, że będą jeździli wolniej, i to nawet wtedy, gdy przekroczenie w obszarze zabudowanym dopuszczalnej prędkości o 15 km/h groziłoby odebraniem prawa jazdy na trzy miesiące.

Rozumiem. Czyli że jeśli karą za przekroczenie prędkości byłoby wyłupienie oczu, spalenie domu oraz uprowadzenie i zgwałcenie waszych dzieci, wciąż śmigalibyście przez wsie mając 80 km/h na liczniku?

Ludzie biorący udział w tej ankiecie po prostu kłamią, co widać wyraźnie, gdy dotrzemy do fragmentu poświęconego gapieniu się. 43 procent kierowców przyznało się do zwalniania w celu przyjrzenia się wypadkowi, podczas gdy 37 twierdzi, że ogląda go bez zwalniania. 2 procent kierowców utrzymuje, że posuwa się nawet do zmiany pasa ruchu, by mu się lepiej przyjrzeć. To daje 18 procent pozostałych, którzy po prostu mijają wypadek, a to tak, jakby oglądać bez odrobiny niezdrowej ciekawości końcowe sceny któregoś z filmów Sama Peckinpaha. Przykro mi, chłopcy. To niemożliwe.

Jeśli faktycznie dajecie wiarę statystykom, lektura rozdziału o prochach i alkoholu powinna wzbudzić wasz niepokój: dwa miliony osób jechało samochodem z kierowcą, który przekroczył dopuszczalną normę stężenia alkoholu we krwi, pół miliona wiózł ktoś po marihuanie, 250 000 było pasażerami kierowców na speedzie, a 100 000 znalazło się w sytuacji, w której pojawiło się ecstasy, kokaina lub heroina.

No proszę, przecież to niesamowite! Wszyscy ci ludzie prowadzą gdy są albo pogrążeni we śnie, albo wyjątkowo rozbudzeni, albo ścigani przez żyrafy na deskach surfingowych, a mamy tak mało wypadków! W takim razie jesteśmy jeszcze lepszymi kierowcami niż sądziłem.

Jestem jednak bardzo ciekawy, czy gdybym przeprowadził podobną ankietę wśród ludzi zajmujących się badaniami opinii publicznej, większość moich respondentów okazałaby się wówczas pijana bądź naćpana.

Albo zajęta czytaniem mapy i jednoczesną rozmową przez komórkę. Tu mamy dobry przykład – tylko 13 procent ankietowanych przyznaje się do prowadzenia i rozmawiania przez telefon w tym samym czasie. Kłamią. Przecież wszyscy dobrze wiemy, że komórki nie działają.

Wróćmy do głównego wątku. Tylko 9 procent kierowców stwierdziło, że w zeszłym roku uczestniczyło w wypadkach, ale mamy tu do czynienia ze zróżnicowaniem ze względu na rodzaj i płeć. Słupek strzela w górę do 13 procent przy przedziale wiekowym od 17 do 34 lat, i do 14 procent w przypadku kierowców samochodów służbowych.

Najlepsze jest to: tylko 35 procent kobiet miało kiedykolwiek jakiś wypadek, podczas gdy odsetek mężczyzn wyniósł tu 53 procent.

Mimo to, nowy pisemny egzamin na prawo jazdy zdaje jedna kobieta na pięć, a w przypadku mężczyzn – jeden na czterech. Wygląda więc na to, że kobiety nie wiedzą, co robią, ale robią to bardzo dobrze.

Niektóre wyniki raportu mogą z łatwością wpędzić nas w przygnębienie, ale wszyscy powinniśmy pamiętać, że z ostatnich badań opinii publicznej wynikało, i to zdecydowanie, że ostatnie wybory wygra Partia Pracy.

To właśnie dlatego zawsze traktuję wszelkie tego typu sondaże jako fikcję literacką. Z tego punktu widzenia, dzieło firmy Lex bije na głowę nową książkę Toma Clancy'ego – *Dekret*.

Żeby oszczędzić wam trudu czytania: dwóm prostakom nie udaje się zdetonować bomby w Waszyngtonie i wirus ebola zaczyna rozprzestrzeniać się w niekontrolowany sposób. A, no i czarny charakter, Arab, na końcu ginie.

■ Radio Ga Ga

Siedzisz sobie wygodnie oglądając talk show Desa O'Connora, a tu nagle, w samym środku, pojawia się reklama samochodu, która kosztuje więcej, niż cały ten program.

Obejrzałeś już Audi A3 śmigające po Islandii, Forda Ka w jakiejś nierzeczywistej krainie, Volvo w Palm Springs, ale czego się dowiedziałeś?

No cóż, może i masz już wyobrażenie, jak wyglądają te samochody, choć w żadnym razie nie możesz być tego pewien, ale to wszystko. Nie wiesz, ile kosztują, czy mają gwarancję, czy są bezpieczne albo czy są szybkie.

Dawniej nie miało to większego znaczenia.

Agencja reklamowa kupowała czas antenowy, by nas poinformować, że dany model samochodu w ogóle istnieje, i liczyła na to, że będziemy na tyle poruszeni reklamą, że poczytamy o szczegółach w reklamach prasowych – w gazetach i w magazynach.

Te czasy już jednak przeminęły. Moją ulubioną reklamą prasową jest obecnie zdjęcie wspaniałego Peugeota 106GTi, które przedstawia samochód znajdujący się na wysokości 150 metrów w powietrzu i wciąż poruszający się ku górze, po tym, jak wjechał na mostek w kształcie łuku.

Jest tu zawarta sugestia, że samochód jest szybki i fascynujący, ale by przeczytać napis wydrukowany małą czcionką, gdzie zamieszczono cenę, trzeba posłużyć się radioteleskopem z obserwatorium Jodrell Bank.

To samo dotyczy wspaniałej reklamy prasowej Mercedesa SLK. Samochód zaparkowany jest przy drodze, na której widnieje wiele śladów gwałtownego hamowania – chodzi o to, że każdy zwalniał, by mu się lepiej przyjrzeć. Świetnie, tylko czy z tyłu są miejsca dla pasażerów? No i jak długa jest lista oczekujących?

O tym nas już nie poinformowano, przynajmniej nie w druku. Nie – od tego jest lokalna stacja radiowa, w której całą techniczną specyfikację samochodu, jego cenę i oferty promocyjne wciśnięto w 26 sekund bezsensownej gadaniny. 4 pozostałe sekundy zajmuje jakaś żartobliwa puenta.

W tym stylu utrzymane są nadawane obecnie reklamy vana, Fiata Ducato, w których pewien gość z Liverpoolu chce kupić wyżej wymieniony pojazd od jakiegoś homoseksualnego sprzedawcy męskiej odzieży. Klient pyta go, czy zmieści w nim swoje dzwony, a my myślimy, że mówi o spodniach. Tymczasem – nie. To przezabawne. Prawie tak śmieszne jak przecięcie nasieniowodów.

Mamy też reklamę Saaba, w której sprzedawca opowiada swojemu koledze wszystko o swoim nowym Saabie 900 i o tym, jak ten wóz ustanowił wytrzymałościowy rekord świata. Jednak kolega przez cały czas myśli, że opowiadanie dotyczy Melanii, laseczki z ich biura.

Żaden satyryk nie posunąłby się aż tak daleko w dowcipie, ale nie słyszeliście jeszcze puenty.

Gotowi? Gość od Saaba stwierdza, że zamierza teraz pokazać swój nowy wóz wspomnianej wcześniej Melanii, a wtedy słychać, jak jego kumpel zauważa zabawnie sceptycznym głosem:

„Mało ci jeszcze?". O mało nie spowodowałem wypadku, tak się uśmiałem.

W dzisiejszych czasach reklamodawcy w prasie i w telewizji podchodzą do klienta z szacunkiem. Pokazuje się nam wyrafinowane obrazy i zakłada, że sami będziemy w stanie dobrze je zrozumieć.

Natomiast banał jest akceptowalny, a nawet mile widziany w medium, które przez cały dzień nadaje Phila Collinsa, i które aż pęka z radości na wieść o kłopotach małżeńskich tego łysiejącego pana. To przecież oznacza więcej ckliwych piosenek na antenie i więcej wymówek, by nie grać żadnych innych kawałków.

Do tego dochodzą niezrównoważeni psychicznie didżeje. Chciałbym się wreszcie dowiedzieć, po co prezenterzy programów śniadaniowych wdają się w wyreżyserowaną grę erotycznych półsłówek z jakąś lalunią w helikopterze patrolowym.

Dlaczego nie potrafią powiedzieć czegoś choć odrobinę kontrowersyjnego? By sprawiedliwości stało się zadość, przyznam, że faktycznie – czasami coś takiego mówią. Ale po piosence Phila Collinsa o tym, jak opuszcza swoją żonę, zawsze pojawiają się przeprosiny.

Nie dalej jak wczoraj do stacji radiowej zadzwonił ze swojej sypialni jakiś chłoptaś i poprosił o kawałek *You Can't Hurry Love* Phila Collinsa, a prezenterka ochrzaniła go za to, że nabija rachunek telefoniczny rodzicom. Jednak zaraz po piosence stwierdziła, że telefony do jej stacji radiowej są oczywiście bezpłatne, więc wszyscy od razu się rozchmurzyli i wszystkim przestało śmierdzieć spod pach.

Prezenterzy lokalnych stacji radiowych są tak bezbarwni, że założę się, iż nie dostają żadnych listów. Założę się, że jeśli zapytasz listonosza, gdzie mieści się siedziba lokalnej stacji radiowej, nie będzie miał o tym bladego pojęcia. Nie będzie chciał nawet o niej słyszeć, bo wkurzyły go emitowane w niej reklamy firm samochodowych, a spoty reklamowe lokalnych dilerów doprowadziły go na skraj obłędu.

Wystarczająco źle jest wtedy, gdy znacząca firma samochodowa, korzystając z usług najlepszych mózgów agencji reklamowych z Soho, produkuje reklamę dla lokalnej stacji radiowej, ale gdy przed podobnym zadaniem staje dyrektor lokalnego salonu Rotter Autos, który myśli, że jest w stanie samodzielnie sprostać takiemu wyzwaniu, rezultaty są wprost katastrofalne. Jest jeszcze gorzej, jeśli próbuje zrymować w reklamie słowa „klient" i „samochód".

Taki gość wie, że w rzeczywistości ludzi interesują ceny, i za całkowicie właściwe uznaje poinformować każdego o wszystkich możliwych promocjach. Jest tego trochę, ale jeśli będzie mówił odpowiednio szybko, uda mu się wszystko zmieścić.

Potem dowiaduje się, że jeśli w reklamie była mowa o pieniądzach, przepisy wymagają zamieszczenia po niej noty o ograniczeniu odpowiedzialności, i że inny głos musi wyjaśnić, że oferty podlegają regulaminowi, który w formie pisemnej dostępny jest na życzenie i że typowa stawka oprocentowania wynosi 14,3.

W związku z tym musi mówić tak szybko, że w tym tempie nawet proste historyjki o Noddym stałyby się niezrozumiałą sieczką.

Słuchałem lokalnej stacji radiowej przez szereg lat, ale reklamy w ogólności, a reklamy samochodów w szczególności, zmusiły mnie do powtórnego przerzucenia się na BBC. Myślałem nawet o tym, by dać jeszcze jedną szansę Chrisowi Evansowi, ale najwyraźniej jest na urlopie.

Ktoś wie, kiedy wraca?

■ Przerażające widmo z Polski

Nie wątpię, że czasem bierze was złość, gdy rano listonosz Pat zapełnia waszą skrzynkę pocztową niechcianymi przesyłkami reklamowymi. Nie chcecie przecież wygrać suszarki bębnowej, nie potrzebujecie karty American Express i wolicie magazyn „Razzle" z miękkim porno od „Reader's Digest". Zastanówcie się jednak przez chwilę nad tym, jak wyglądałoby wasze życie, gdybyście musieli czytać wszystkie te ulotki. Wyobraźcie sobie, że bylibyście zmuszeni do otwierania kopert z wyciągami z kont i rachunkami, zamiast po prostu przepuszczać je przez niszczarkę.

No cóż, właśnie coś takiego odbywa się każdego ranka w budynku brytyjskiej telewizji. Muszę zgarniać cały ten stos papierów, które listonosz Pat zostawia mi na wycieraczce i je czytać. Chodzi mi tu o komunikaty prasowe światowych firm samochodowych – opasłe tomiska redefiniujące pojęcie nudy. Są jeszcze nudniejsze niż powieści Jane Austen i przerażająco nużące, bardziej niż posiedzenie rady gminy. Zaledwie w zeszłym tygodniu Nissan zmienił osłonę chłodnicy czy coś w tym stylu w Micrze i Pat zmuszony był zafundować sobie przepuklinę, taszcząc na mój podjazd materiały prasowe na ten temat. Siedemnaście stron, które – jak mi się wydaje – mogłyby zostać ujęte w jednym zdaniu: „Zmieniliśmy nieco Micrę". Dziś natomiast, między encyklopedycznych rozmiarów broszurą o nowym silniku Corsy i egzaltowaną diatrybą o nowym kombi Hyundaia – Lantrze, znalazłem coś, co sprawiło, że zamarłem w bezruchu. FSO wciąż żyje. Polskiej fabryce samochodów udało się przetrwać okres przejścia od komunizmu do Lecha, a potem z powrotem do komunizmu. Co więcej, produkty FSO wciąż są eksportowane do Wielkiej Brytanii. O nie! W dalszym ciągu podtrzymuję opinię, że Nissan Sunny był najgorszym samochodem wszech czasów. Nie miał niczego na swoją obronę; niczego, co byłoby lepsze lub tańsze niż w innych samochodach. A jednak pod względem jazdy, najgorszym samochodem na świecie jest FSO Polonez.

On jednak ma jedną rzecz na swoją obronę – jest tani. Musi być tani: jest samochodem, który tak naprawdę samochodem nie jest. To pudełko, pod którym nierozważny nabywca odkryje traktor pochodzący z 1940 roku. Już sama jego stylistyka zniechęcała większość ludzi, ale przecież musiał konkurować jedynie z Wartburgiem i Trabantem, a żaden z tych wozów nigdy nie pojawi się w książce *Piękne samochody* Jeremy'ego Clarksona.

Nawet nie potraficie sobie wyobrazić, jak okropnie jeździ się tym wyjątkowo ohydnym samochodem. Gdy nie możecie przestać dziwić się temu, jak wysoko Polonez odbija się od ziemi, stwierdzacie, że nie działa w nim układ kierowniczy, bo jego przednie koła zostały wypełnione betonem. Gdyby to Karl Benz wynalazł silnik Poloneza, musiałby całkowicie odejść od idei wewnętrznego spalania. Hałas tej jednostki płoszy ptaki, a zużycie paliwa odpowiada specyfikacji technicznej lokomotywy spalinowej Intercity 125.

Ostatni raz jechałem Polonezem w zeszłym roku. Była to taksówka, która zepsuła się w tunelu na Heathrow. Wdałem się wtedy w sprzeczkę z jego grubym kierowcą, bo kategorycznie odmówiłem zapłacenia za kurs. Ale od czasu mojego długiego, wypełnionego spalinami spaceru do terminalu, nie usłyszałem już ani słowa o tym pryszczu na tyłku motoryzacji. Aż do chwili obecnej. Wygląda na to, że FSO produkuje nowy wóz o nazwie Caro, który odniósł w Wielkiej Brytanii pewien sukces. W zeszłym roku sprzedano go tu w liczbie 480 sztuk. Mogę jedynie przypuszczać, że właściciele tych samochodów ograniczają swoje wypady na drogi do godzin nocnych. Żadnego z nich z pewnością nigdy nie widziałem. Jestem przekonany, że to całkowicie znienawidzona maszyna. Jednak jednej rzeczy nie można jej odmówić. Kosztuje 4527 funtów, a to niewiele. Poza tym, Poloneza można zamówić z silnikiem Citroëna o pojemności 1,9 litra, wspomaganiem kierownicy z firmy ZF i układem hamulcowym Lucasa. Będzie to więc przynajmniej połowicznie przyzwoity samochód, ale jestem pewny, że wzrośnie przy tym jego cena. Czyli ostatecznie zaoferują nam półprzyzwoity samochód za nieprzyzwoicie wysoką cenę. Tyle że pewnie wcale go nie zaoferują, bo otrzymany przeze mnie materiał prasowy mówi, że Daewoo wykupiło 10 procent udziałów w FSO i w ciągu kolejnych pięciu albo sześciu lat udział koreańskiej firmy wzrośnie do 70 procent.

Pomysł jest prosty. Daewoo będzie wysyłało części starych Opli Astry i Vectry z Korei do Polski, gdzie będą składane do kupy w coś, co będzie można nazwać kiepską, ale za to tanią wizją motoryzacji w nadchodzącym tysiącleciu.

Już oczywiście wiemy, jak to będzie wyglądało – pokazał nam to Vauxhall. Żadnych szybkich samochodów. Ptaszki w koronach drzew i dobrzy ludzie dojeżdżający do pracy Vectrami. Boże, uchowaj.

■ Box(st)er pada na liny

Chciałbym, żeby od samego początku było jasne, że urodziłem się w Yorkshire. Nie martwcie się jednak. Ponieważ nie umiem grać w krykieta, nie cierpię na jedną z najgorszych przypadłości, zwaną „syndromem profesjonalisty z Yorkshire".

Mimo to kocham to miejsce. Moim zdaniem trudno gdziekolwiek indziej znaleźć tak malowniczy krajobraz, jak w Parku Narodowym Yorkshire Dales. Mieszkający tu ludzie są towarzyscy, a miasto Leeds jest po prostu wyjątkowe.

Najlepszą część hrabstwa odkryjemy jadąc do Hull i skręcając w lewo; stamtąd, przejeżdżając przez Driffield, kierujemy się do Scarborough i Filey.

Gdyby z Cotswolds usunąć ludzi i ich żółte domostwa, otrzymalibyśmy coś zbliżonego do tamtych terenów. Są piękne jak pudełko czekoladek. Nie trzeba nawet zmagać się z autokarami pełnymi amerykańskich turystów, by dorwać się do chrupiącej pralinki z orzechem laskowym.

To oczywiście oznacza, że można spuścić ze smyczy bestię ukrywającą się pod maską twojego samochodu, który ma do dyspozycji jedne z najgładszych, najlepiej utrzymanych i prawie zupełnie pustych dróg. Wschodnie Yorkshire jest rajem dla entuzjastów szybkiej jazdy.

A ja w dodatku jechałem wozem, który idealnie tu pasował – nowym, dwumiejscowym kabrioletem z umieszczonym centralnie silnikiem ze stajni Porsche – Boxsterem.

Był wprost rewelacyjny. W tym, jak się go prowadzi, kryje się jakaś subtelność, której na próżno szukać w innych, niższych klasą maszynach. To z kolei oznacza, że jazda Boxsterem po drogach biegnących poprzez wrzosowiska na północ od Pickering jest jak marzenie.

Wóz trzymał się drogi w sposób absolutnie wyjątkowy. Nawet gdy wciskałem pedał gazu podczas pokonywania zakrętu, wewnętrzne koło rozpraszało nadmiar mocy mimowolnym obrotem, podobnym do niedbałego odruchu, jakim mieszkaniec australijskiego buszu odpędza od siebie muchę.

Jeśli zaś chodzi o komfort jazdy, jest po prostu nie do wiary. Zawieszenie Boxstera działa jak doskonała sekretarka, która sama zajmuje się natłokiem mniej istotnych kwestii, starając się, by na biurko szefa trafiały wyłącznie poważne sprawy.

Ten samochód może ci dać mnóstwo frajdy, gdy powyżej 5000 obrotów, przy żwawym warkocie 2,5-litrowego, 6-cylindrowego silnika, przełożysz dźwignię zmiany biegów z czwórki na piątkę, a potem, przed kolejnym zakrętem, zredukujesz bieg na trójkę.

Hamulce zdmuchują z samochodu resztki nadmiernej prędkości, wielkie opony wrzynają się w asfalt, sportowe fotele trzymają cię mocno na miejscu. Gdy już nacieszysz się brakiem jakichkolwiek objawów utraty sztywności nadwozia, nadchodzi czas, by znów dodać gazu. I nie obawiaj się: nawet jeśli prowadzisz jak nieślubne dziecko świra, nie spalisz więcej niż 10 litrów na 100 kilometrów.

Co więcej, wrócisz do domu z wystarczającym zapasem energii, by móc jeszcze wcisnąć mały przycisk od rozkładania dachu.

Czyżbym był więc skłonny wystawić firmie Porsche świadectwo zdrowia bez najmniejszych zastrzeżeń, przepustkę w kolejny wiek? Czy każdy z was, którzy przez rok musicie czekać na odbiór zamówionego już Boxstera, może rozsiąść się wygodnie z komfortową świadomością, że jego wybór to strzał w dziesiątkę? No cóż, niezupełnie.

Śmiganie w Boxsterze po drogach wschodniego Yorkshire jest naprawdę bardzo fajne, tylko nie zapominajmy, że aby móc to robić, trzeba się tam dostać. A to nie sprawia już tak wielkiej przyjemności.

Po pierwsze, trzeba kupić ten samochód, co, jeśli zamówicie duże koła i skórzane fotele, będzie was kosztowało 37 000 funtów. To kupa szmalu, w szczególności, jeśli przypomnicie sobie, że MG F VVC kosztuje mniej niż 20 000.

Nie, wcale nie zgłupiałem. MG też jest dwumiejscowym kabrioletem z centralnie położonym silnikiem, który w rzeczywistości... uwaga, uwaga... jest szybszy niż Porsche!

Największym problemem Boxstera jest to, że jeśli nie prowadzisz tak, jakby paliły ci się włosy na głowie, samochód sunie wolno jak koparka JCB. Pomiary czasu przyspieszania na poszczególnych biegach pokazują, że nawet zwykły Rover 620i jest od niego szybszy.

Co gorsza, Boxster ma irytującą tendencję do zwalniania na autostradzie. Przejedźcie się dowolnym, drogim samochodem po M1, a zobaczycie, że jedzie się nim coraz szybciej i szybciej. Mijając zjazd numer 32 będziecie jechać z prędkością 110 km/h. Zjazd numer 28 – wasza prędkość zwiększy się do 120 km/h. Gdy miniecie Leicester, prędkościomierz pokaże 130 km/h. Przy Watford, wasza fala uderzeniowa rozbije ludziom szyby w oknach. Wasz następny przystanek to sąd do spraw drobnych wykroczeń w Hendon. Wiem, co mówię. Przerabiałem to.

W Porsche dzieje się jednak coś zupełnie przeciwnego. Zacząłem od 110 km/h, a po dziesięciu milach okazało się, że jadę 80 km/h.

W połowie autostrady M18 trzeba już było skorzystać z teodolitu, by stwierdzić, że w ogóle się poruszam.

Na autostradzie M62 zaczęło mi się wręcz wydawać, że jadę do tyłu. Trudno jednak było to zweryfikować, bo przód i tył Boxstera wyglądają jak syjamskie bliźniaki.

Podejrzewam, że ta występująca w Porsche tendencja, dzięki której można ocalić swoje prawo jazdy, to wynik pochylonej pozycji kierowcy i wynikającego z niej niezbyt wygodnego ułożenia stopy na pedale gazu. To właśnie ono sprawia, że powoli podnosicie ją coraz wyżej i wyżej. By utrzymać stałą prędkość, trzeba być przez cały czas skoncentrowanym, a to jest bardzo nużące. Nużące do tego stopnia, że w drodze do domu poczułem w plecach silny ból głowy.

Reasumując, Porsche rozczarowuje. Gdy ma swój dobry dzień, daje tyle samo frajdy co kolacja z komikiem, Stevem Cooganem, ale przez większość czasu jest tak upierdliwe jak *alter ego* Coogana, Alan Partridge.

Dobre wieści dla fanów Porsche są takie, że Boxster pozostanie w produkcji przez ponad 20 lat, i że w końcu dodadzą mu mocy, poprawią pozycję za kierownicą i odejdą od stylistyki, w której łatwo pomylić tył z przodem.

Świetnie, jeśli planujecie zakup tego wozu po roku 2000, ale gdybyście chcieli już teraz stać się posiadaczami jakiejś sportowej bryki, macie do wyboru Mercedesa SLK (dla lalusiów) i TVR-a Chimaerę (dla miłośników mięsa, które na talerzu jeszcze muczy).

Z TVR-em jest jednak pewien problem – produkują go w Lancashire, które leży po niewłaściwej stronie Gór Pennińskich, tam, gdzie ludzie nie mogą grać w krykieta i… ciąg dalszy nastąpi w cotygodniowym felietonie Michaela Parkinsona.

■ Koncepcja czy rzeczywistość?

Myślę o tym, by zaprosić na kolację członków zarządu Rovera. Gdy już wygodnie się rozsiądą, podam na stół duszoną wieprzowinę z jabłkami w cydrze.

Zajmę ich szczegółowym opowiadaniem, jak powstało to apetyczne dzieło sztuki kulinarnej; powiem, w których sklepikach ze specjałami zaopatrzyłem się w jagody jałowca i jak przez cały tydzień przygotowywałem mięso. Podam im nawet imię świni, która znalazła wykorzystane w daniu trufle.

Ale zaraz potem, gdy goście sięgną już po sztućce, błyskawicznie sprzątnę im sprzed nosa talerze i podstawię w ich miejsce ziemniaka pieczonego w łupinie, którego za wcześnie wyjąłem z kuchenki mikrofalowej.

Może wtedy zrozumieją, na czym polega głupota związana z konstruowaniem samochodów koncepcyjnych, których potem wcale nie mają zamiaru produkować.

Każdy z nas wie, że Mini jest już na deskach kreślarskich i jesteśmy przekonani, że będzie większy i droższy niż jego obecne wcielenie.

Nie mamy jednak bladego pojęcia o tym, jak będzie wyglądał, jaki będzie miał silnik, ani nawet gdzie ten silnik zostanie umieszczony. Domyślam się, że pewnie gdzieś w obrębie samochodu.

Rover tymczasem gra nam na nosie. Kilka miesięcy temu wytoczył ze swoich zakładów mały wozik o sportowym charakterze, utrzymany w kolorystyce rajdów Monte Carlo, przez co specjaliści z prasy motoryzacyjnej spędzili cały dzień kwiląc cichutko w ubikacji.

Gdy w końcu z niej wyszli, okazało się, że niektórzy oślepli z wrażenia.

Niezrażeni tym ludzie z Rovera oznajmili, że pokazali im tylko samochód koncepcyjny. Model studyjny, który nigdy nie trafi do produkcji. Że to był po prostu taki wygłup.

Ostatnio znowu zrobili to samo. Na targach motoryzacyjnych w Genewie zerwali zasłonę ukrywającą kolejne Mini, które przedstawili jako pięciodrzwiowy, sportowy wóz z napędem na tylną oś i z centralnie umieszczonym silnikiem, który wewnątrz oferuje więcej przestrzeni niż Mercedes Benz Klasy S.

– Ten wóz – dodali – może stać się realnym produktem jutra.

Wszyscy byli pod wrażeniem, aż do momentu, gdy Rover ogłosił, że model do produkcji nie trafi. O co w tym wszystkim chodzi?

Wydaje się, że nowi szefowie Rovera z BMW obawiali się, że miejsce na pierwszych stronach wszystkich genewskich gazet sprzątnie im sprzed nosa intrygujący samochód Mercedesa – jego nowa Klasa A. Pierwszy w historii tej firmy wóz z napędem na przednią oś, mniejszy nawet od Forda Ka. To naprawdę ciekawy materiał na artykuł.

BMW postanowiło więc ulżyć sobie załatwiając się do ogniska Merca. W tym celu poinstruowało rzutkich, młodych projektantów Rovera, by wymyślili coś lepszego niż Klasa A. Zadziałało. Samochód Mercedesa, którego sprzedaż rozpocznie się za dosłownie kilka tygodni został przyćmiony przez coś, co jest niczym innym, jak tylko halucynogenną wizją.

Myślę jednak, że to Mercedes będzie się śmiał ostatni, bo za trzy lata Rover będzie musiał skończyć z pokazywaniem nam samochodów koncepcyjnych i zaprezentować prawdziwy samochód.

Udowadniał nam ciągle, że potrafi przygotować najlepszy na świecie sos holenderski, a teraz zamierza podać do stołu częściowo niedopieczony ziemniak. Świetnie.

To źle, ale jest jeszcze gorzej, gdy producent prezentuje samochód koncepcyjny, którego nie da się produkować.

Moim ulubionym przykładem jest pewien Peugeot, pokazywany 10 lat temu w wielu miejscach na świecie. Był zdumiewający. Wszystkich małych chłopców zniewoliły jego ostro pikujące linie. Tyle że mogły tak pikować tylko dzięki temu, że w konstrukcji nie przewidziano miejsca na silnik.

Przepraszam bardzo, ale gdybym to ja kierował firmą samochodową, a ktoś przyniósłby mi projekt wykluczający umieszczenie w wozie silnika, z miejsca bym go wylał, a nie wręczył kilka setek tysięcy funtów moich współudziałowców z poleceniem skonstruowania jakiejś cholernej atrapy.

A nawet jeśli bym to zrobił, nie zaprezentowałbym jej publicznie, bo wtedy współudziałowcy wylaliby mnie:

– Samochód bez silnika, Jezza?! Ty skończony idioto! Zejdź nam z oczu!

Jest jeszcze problem fascynacji wstecznym lusterkiem, urządzeniem, które moim zdaniem sprawuje się całkiem nieźle. Skądże. W samochodach koncepcyjnych jest zazwyczaj usuwane i zastępowane drogą kamerą wideo, która przekazuje obraz do monitora zamontowanego na desce rozdzielczej. No, no, no... Rozumiem, ale co się stanie, gdy zabrudzi się obiektyw? Ludzie, którzy wciąż ślęczą nad tym absurdalnym pomysłem są z pewnością obłąkani i powinni zostać dyskretnie zlikwidowani. A co z drzwiami? Wydaje mi się, że dobrym pomysłem jest zawias. Wynaleziono go kilka lat temu i sprawdza się w rozmaitych zastosowaniach – w lodówce, w klatce na króliki i w desce klozetowej.

Tymczasem projektanci samochodów mają obsesję na punkcie rozwiązań alternatywnych. Był taki jeden Cadillac, którego widziałem w 1989 roku na Targach Motoryzacyjnych w Detroit – jego drzwi wysuwały się elektrycznie z karoserii, a następnie, by wpuścić cię do środka, przesuwały się do przodu. To działało... tyle że przypominało sikanie do pisuaru w pozycji stojąc na rękach.

Na tegorocznych targach motoryzacyjnych w Genewie pokazywano samochód, którego nazwa wyleciała mi z głowy. Miał napęd na wszystkie cztery wielkie koła, i podejrzewam, że jego silnik i mechanika pochodziły z Mercedesa G-Wagen. Jednak zamiast praktycznej, „pudełkowatej" karoserii, miał dwumiejscowe nadwozie o eleganckiej, wyrafinowanej linii. To tak, jakby przystroić Robbiego Coltrane'a w koronkowe majteczki.

Wiem, że to ważne, by projektanci samochodów patrzyli w kierunku najodleglejszej przyszłości i że to dobry pomysł, by mierzyć się z powszechnie akceptowaną mądrością.

Tylko czy to nie może dokonywać się w ciszy i bez rozgłosu? W ten sposób coś, co okazywałoby się niemożliwe, odchodziłoby w niepamięć, a coś innego, co – tak jak ostatni model studyjny Mini – stanowiłoby strzał w dziesiątkę, od razu mogłoby wchodzić do produkcji.

Przecież stare Mini było z nami przez prawie czterdzieści lat. Naprawdę nie sądzę, by ktoś chciał zarzucić Roverowi pochopne podejmowanie decyzji w tej sprawie.

■ *Top Gear* w przestworzach – latający Clarkson

No dalej, zapytajcie mnie, czy lepiej kupić Peugeota 406 czy Rovera 600 z silnikiem Diesla, a zaskoczy was to, co wam powiem. Żadnym z tych wozów nie jeździłem. Przyznaję ze wstydem, że nie testowałem także Daewoo Espero, Jeepa Grand Cherokee, Nissana Almery i Hyundaia Lantry. Chcecie wiedzieć, jaki jest Seat Cordoba? Ode mnie się tego nie dowiecie. Co wybrać: Toyotę RAV4 czy Vauxhalla Tigrę? No cóż, widziałem w życiu wiele samochodów, ale testu tych dwóch nigdy nie było w telewizji. Zapytajcie mnie jednak o to, czy lepiej polecieć do Stanów linią Virgin, czy Delta, a będę zorientowany jak mało kto. Spytajcie, jak palacz może dolecieć do Australii i nie pogryźć przy tym fotela, na którym siedzi, a ożywię się nie do poznania. W ciągu ostatnich dwóch lat byłem tak bardzo zajęty kręceniem 12 odcinków programu *Motoświat*, że pogubiłem się trochę w tym, co nowego słychać w świecie samochodów. Ale jeśli chodzi o sprawy na wysokości 9000 metrów nad ziemią, czuję się jak faworyt teleturnieju *Jeden z dziesięciu*. Czy wiedzieliście, dajmy na to, że jeśli na pokładzie samolotu amerykańskiej linii lotniczej w rzędzie dla palaczy usiądzie osoba niepaląca, to zgodnie z prawem federalnym w całym tym rzędzie zaczyna obowiązywać zakaz palenia?

Odkryłem również, dlaczego Australijczycy przegrali z nami w zawodach pucharu świata w rugby. To cieniasy. Wiem o tym stąd, że prawo stanowe zakazuje bagażowym przyjmowania walizek, które ważą więcej niż 32 kilogramy. Wiecie jak wymienić świece zapłonowe w Citroënie? Świetnie. Ja za to wiem, jak można palić w Boeingach 747 linii Cathay Pacific. Może nie zabrzmi to zbyt dostojnie, no ale w każdym razie trzeba wsadzić głowę do sedesu, a kolanem przytrzymywać przycisk spłuczki podciśnieniowej. W ten sposób dym wsysany jest do muszli i nie trafia do tych cholernych detektorów. To naprawdę bardzo istotna wskazówka. Prawie tak istotna, jak umiejętność wyłączenia wycieraczki w Audi Coupé, czego nie potrafią testerzy samochodów niniejszego magazynu.

Jeśli zaś chodzi o jakość, linie British Airways zdecydowanie i bezapelacyjnie wyprzedzają konkurencję. Nieważne, gdzie jesteś – gdy wejdziesz na pokład samolotu British Airways, od razu czujesz się tak, jakbyś był już w domu.

Gdybym chciał porównać linie lotnicze do producentów samochodów, operatywność i niezawodność British Airways przyrównałbym do Mercedesa Benza, a dyskretnie manifestowane poczucie godności tej linii – do Bentleya. Kiedyś dalekowschodni przewoźnicy wygrywali z innymi dzięki stewardesom o olśniewającej urodzie i smakowitym przekąskom. Dziś jednak tylko MAS – linie z Malezji – zasługują na to, by napisać o nich po przylocie do domu. Gdy zamierzasz wybrać się na Daleki Wschód, a w British Airways nie ma już miejsc, leć przez Dubaj liniami Emirates. Przyznaję, nie podobają mi się ani ich jasnobrązowe twarze, ani czerwone uniformy, ani wystrój wnętrza, ale mają za to indywidualne ekrany telewizyjne dla wszystkich pasażerów, nawet dla tych z tyłu, w klasie turystycznej. Gdy wybieracie się w drugą stronę, do Ameryki, pierwszą rzeczą, którą musicie zrobić, jest odpuszczenie sobie jakiegokolwiek amerykańskiego przewodnika. Wszyscy bez wyjątku są aroganccy, a ich stewardesy powinny korzystać z balkoników inwalidzkich.

Linia Southwest z Teksasu zapewnia wyjątkowy system sprzedaży biletów, który sprawia, że większość obsługujących ją lotnisk przypomina dworce autobusowe. Gdy jednak znajdziesz się na pokładzie, gdzie filiżankę ciepłej, brązowej wody poda ci kobieta w okularach wielkich jak reflektory Triumpha Heralda, dojdziesz do wniosku, że wszystko inne robią zupełnie nie tak. Ale i tak Amerykanie są lepsi niż kraje Trzeciego Świata.

Na Kubie lata się samolotami, na pokład których odmówiłby wejścia nawet Fred Flinstone. Jeden z nich nie miał okien, a po piętnastu minutach od startu cały wypełnił się dymem. Inny co prawda miał już okna, ale jego pilot był sowicie opłacanym członkiem promującego eutanazję stowarzyszenia EXIT. Dobrze wiedział, że silniki samolotu gonią resztkami sił, a mimo to wleciał prosto w największą nawałnicę, jaką kiedykolwiek widziałem. Wpadliśmy w nią na wysokości 600 metrów, a wylecieliśmy mijając jakieś krzaki. Jednak nawet jeśli Kuba jest Polonezem FSO wśród linii lotniczych, nie jest wcale najgorsza. Nagrodę „Nissan Sunny transportu lotniczego" za beznadziejność otrzymuje... australijski Qantas. Nigdy nie udaje im się na czas oderwać samolotu od ziemi. Obsługa jest jeszcze bardziej nieuprzejma niż francuscy kelnerzy, a posiłki są po prostu niejadalne. Nawet chińskie linie lotnicze, noszące porywającą nazwę CAAC, mimo że przez 12 godzin wyświetlają w głośnikach animowane filmy kung-fu, mogą spuścić Qantasowi solidne manto.

Przepraszam, jeśli państwo liczyli na to, że w tym miesiącu będziecie mogli czytać kolejne odcinki opowieści „*Top Gear* w przestworzach". Proszę się jednak nie obawiać. Sądząc po liczbie samochodów, jakimi zapchany jest mój podjazd, i po notatce „nigdy więcej podróży zagranicznych" w moim terminarzu, już wkrótce zostanie wznowiony mój zwykły tryb pracy.

■ Szybki wóz to jedyne słuszne ubezpieczenie na życie

W latach 1982–1983 grałem bardzo dużo w blackjacka, i prawie zawsze, gdy przegrywałem, czułem się jak nieszczęśnik. A przegrywałem. I to zawsze.

Teraz już wiem, że do stołu muszę siadać z przeświadczeniem, że godzina gry w karty może kosztować mnie nawet stówę. Tyle mnie kosztuje. I to zawsze. Porzucając nadzieję, wyrugowałem rozpacz.

Ta postawa filozoficzna staje się bardzo ważna, gdy ktoś usiłuje namówić was na zapisanie się do funduszu emerytalnego. Nie słuchajcie, co ten ktoś ma wam do powiedzenia. Zaraz jak tylko otworzy walizkę, zatkajcie palcami uszy i zacznijcie nucić ballady Bruce'a Springsteena.

Fundusz emerytalny to zdecydowanie najgłupsza rzecz, jaka przytrafiła się cywilizowanemu światu. Zaciskasz pasa i oszczędzasz przez 30 lat mając nadzieję, że dożyjesz chwili, w której zgarniesz tego owoce.

Bądźcie łaskawi mi wyjaśnić, cóż można z tymi owocami zrobić, gdy ma się 92 lata? Kupić za nie pozłacany inhalator? Rozkoszować się chodzeniem w podszytych jedwabiem pieluchomajtkach?

Mówi się, że inwestujecie w życie, którego jeszcze nie znacie, ale ten argument może działać w obydwie strony. Co będzie, gdy po latach życia w niedostatku pożre was tygrys? A jeśli na tydzień przed dużą wypłatą z funduszu jeszcze więcej wygracie w totolotka?

Esencją funduszy emerytalnych jest planowanie, a esencją planowania jest nadzieja. Z kolei nadzieja prowadzi zwykle do rozpaczy.

Dziś wieczorem wyjeżdżam do Nowej Zelandii, by wziąć udział w wyścigach łodzi odrzutowych z silnikami V8. Wyścigi te odbywają się w górę rwących rzek i – wierzcie mi – zapewniają doznania o wiele intensywniejsze niż 4-procentowy wzrost kapitału na koncie funduszu.

Mówi się, że fundusze są opłacalne ze względu na brak opodatkowania, ale – szczerze mówiąc – są tak nudne, że wolałbym już oddać moje pieniądze rządowi. Pod warunkiem, że obiecałby je przeznaczyć na myśliwce F-15 i okręty podwodne. Coś, z czego mógłbym być dumny.

Przecież w pieniądzach chodzi właśnie o to, by dobrze się za nie bawić. Koniec. Nie ma innego powodu, by je posiadać. I właśnie dlatego musicie zatrzasnąć drzwi również i przed tymi, którzy będą usiłowali wmówić, że lokaty inwestycyjne PEP czy TESSA to dobry pomysł. Bo to nieprawda.

Przekazujecie gotówkę komuś, kto w zamian za to raz na jakiś czas wysyła wam oświadczenie, że macie więcej pieniędzy niż na początku. Ale to nieprawda, bo wasze pieniądze są trzymane pod kluczem.

Niektórzy dowodzą, że lepszą alternatywą jest giełda papierów wartościowych, bo w tym przypadku pieniądze są przez cały czas dostępne. Byłbym jednak wdzięczny, gdybyśmy w tym momencie nie dyskutowali o tym, co dzieje się w londyńskim City.

Nawet najgłupszy gracz giełdowy jest w stanie stwierdzić, że indeks FTSE 100 jest obecnie na wyższym niż kiedykolwiek poziomie, w dodatku u bram stoi pan Blair. Spadki – to jedyne, co nas czeka.

Bardzo dokładnie się nad tym wszystkim zastanawiałem i wydaje mi się, że inwestowanie nie wzbogaci waszej duszy. I mam gdzieś to, co mówi szczerzący zęby w uśmiechu konsultant – wszystkie fundusze są ryzykowne. Pamiętajcie, emerytury mają zwyczaj wypadać za burtę.

Spędzicie swoje życie żywiąc nadzieję, że coś takiego się nie stanie. W końcu przestraszeni i opuszczeni, będziecie dygotali wciśnięci w kąt jednopokojowej kawalerki, bo nie będzie was stać na wstęp do baru dla samotnych serc. Tymczasem ktoś w jakiejś instytucji w City będzie się za wasze pieniądze bawił silikonowym biustem.

Moja rada jest prosta. Wyeliminujcie ryzyko. Zainwestujcie swoje pieniądze... chwileczkę, nie... w y d a j c i e swoje pieniądze na coś, o czym w i e c i e, że straci na wartości. Kupcie samochód.

W tym miejscu kilka osób podniesie ręce i zwróci moją uwagę na Mercedesa SLK. Od momentu wypuszczenia go na rynek towarzyszyła mu dwuletnia lista oczekujących. Ceny używanych egzemplarzy osiągnęły niebotyczny wręcz poziom.

W ogłoszeniach prasowych oferowano SLK za 45 000 funtów, kwotę o 10 000 funtów wyższą od tej, którą zapłaciłby cierpliwy klient. Jednak wkrótce swoje Mercedesy próbowali sprzedać dosłownie wszyscy i w ciągu zaledwie kilku dni ceny się uspokoiły. SLK było anomalią.

Jakoś nie widzę obecnie na horyzoncie żadnych samochodów, które byłyby w stanie powtórzyć podobną sztuczkę: na pewno nie BMW Z3. W zeszły weekend w kolumnie z samochodami używanymi naliczyłem 26 ogłoszeń o sprzedaży tego modelu, co oznacza, że jego ekskluzywność jest na poziomie paczki herbatników.

Samochody kiedyś stanowiły inwestycję, ale dla zbyt wielu ludzi boom z końca lat 1980. skończył się tak, że musieli długo ssać poparzone do kości palce. Ale spójrzcie na to w ten sposób, i to jest kluczowe: może i wydali 100 000 funtów na Ferrari 308 GT4, warte dziś 20 000, ale przynajmniej wciąż mają Ferrari.

Znam dwóch kolesi, którzy w apogeum szaleństwa zrzucili się na Alfę Romeo SZ, bo myśleli, że będzie ich paszportem do świata ekskluzywnych drinków na Barbadosie. Gdy jednak weszli w posiadanie samochodu, bańka prysła – od tego momentu cena zaczęła spadać na łeb, na szyję.

No i co z tego? Gdyby przeznaczyli te pieniądze na jakąś nietrafioną transakcję giełdową, zostaliby z nic nie wartym świstkiem papieru. A tak przynajmniej mają wciąż podwozie wyścigowe Grupy A, nadwozie o olśniewającej prezencji i pełen magii 3-litrowy silnik V6. Postąpili więc słusznie.

W zeszłym tygodniu przeglądałem drobne ogłoszenia w jednej z gazet i okazało się, że – na przykład – za 30 kawałków można kupić Jaguara XJR, BMW M5 z małym przebiegiem, czy – o dziwo – Bentleya Turbo R.

Jasne, gdy będziesz miał 90 lat, emerytura starczy ci na pieluchy, a Bentley – nie, ale przynajmniej będziesz wiedział, że miałeś udane życie. Będą cię postrzegali jako kogoś ekscentrycznego i interesującego i w rezultacie nikt nie zwróci uwagi, jeśli zdarzy ci się zmoczyć krzesło.

■ Rav4: pasta Kiwi czy ptak kiwi?

Minionej nocy znalazłem się w hotelu Auckland Travelodge, gdzie w łóżku pełnym zwiędłych liści trawiłem kurczaka podawanego *au jus*.

Szczerze mówiąc, w Travelodge trudno się do czegokolwiek przyczepić, poza tym, że zawsze dostaję pokój, który od recepcji dzielą dwie strefy czasowe. Chciałbym jednak dowiedzieć się, jak u licha wyrażeniu *au jus* udało się przeniknąć do nazwy jednego z serwowanych tam zestawów.

Jeszcze całkiem niedawno *au jus* można było znaleźć wyłącznie w kartach dań najwykwintniejszych restauracji w Paryżu, ale wystarczyło kilka lat, by *au jus* przesączyło się do barów bistro, a stamtąd dalej, aż do Nowej Zelandii, gdzie znalazło się pod moim kurczakiem.

Który tak naprawdę nie był zbyt dobry. Wiedziałem zresztą, że tak będzie, bo takie coś tu nie pasuje. Gdy mam ochotę na sałatkę makaronową, wybieram się do Travelodge, a gdy chcę zjeść coś *au jus*, idę do Château du Domaine St-Martin.

Jeśli chodzi o samochody, jest jeszcze łatwiej. Gdy chcę kupić samochód terenowy, idę do Land Rovera, a po hatchbacka udaję się do Volkswagena. Ale czy ktoś mógłby mi wyjaśnić, jakim do diaska samochodem jest Toyota Rav4?

Gdy Rav4 miała premierę w Wielkiej Brytanii, miałem właśnie z Toyotą ciche dni. Albo ja nie odzywałem się do nich, albo oni nie odzywali się do mnie; tak czy siak, nigdy nie jeździłem Rav4.

Słyszałem, że Rav4 to próba pożenienia rajdu Camel Trophy z domami handlowymi Marks & Spencer, co wydaje się średnio możliwe, ale recenzje prasowe modelu były przychylne i całkiem nieźle się sprzedawał.

Tak więc gdy w zeszłym tygodniu zawitałem do Nowej Zelandii, gdzie potrzebowałem samochodu do pokonywania dużych odległości i do odrobiny jazdy w terenie, i to za pieniądze BBC, Rav4 wydał mi się idealnym rozwiązaniem. Potem okazało się, że lepiej zrobiłbym wypożyczając gumową piłkę do skakania.

Tu większość dróg to zwykłe, jednopasmowe szosy. Trzeba więc dysponować sporym zapasem mocy do wyprzedzania, którego 2-litrowy silnik po prostu nie jest w stanie zapewnić. Gdy nic nie nadjeżdża z naprzeciwka, redukujesz bieg, wciskasz gaz do dechy i – yes, yes, yes! – przyspieszasz i zaczynasz wyprzedzać. Po kilku minutach jesteś już obok wyprzedzanego samochodu, ale nigdy nie udaje się ci się dokończyć manewru przed następnym zakrętem, więc zjeżdżasz z powrotem na swój pas i przegrywasz.

Nie znam żadnego prostego odcinka drogi w żadnym zakątku świata, długiego na tyle, by w pełni załadowana Rav4 mogła wreszcie pokazać, na co ją stać przy wyprzedzaniu. A drogi w Nowej Zelandii są tak kręte jak siateczka, z której zrobiony jest zmywak do naczyń.

Dzięki temu mogłem sprawdzić własności jezdne tego wozu. Owszem, przyznaję, że jak na samochód terenowy, wchodzi i bierze zakręty zdumiewająco płynnie i zwinnie. W klasie sedanów plasuje się – powiedzmy – na poziomie Łady Samary.

Oczywiście, że wszystkie te wady są normą w samochodzie, który został zaprojektowany do przejeżdżania przez wezbrane rzeki i wspinania się na strome klify. Niestety, Toyota nie potrafi żadnej z tych rzeczy. Naprawdę – dla tego wyposażonego w opony szosowe wozu, nawet łagodnie pofałdowana łąka to i tak o wiele za dużo.

Uderzałem w przycisk blokady centralnego mechanizmu różnicowego jak umierający, który usiłuje uruchomić silnik w uszkodzonej łodzi podwodnej, ale na niewiele się to zdało. Niewystarczająca przyczepność i jeszcze mniejszy od niej moment obrotowy sprawiły, że udało mi się jedynie wykopać kołami dziurę, przez którą mógłbym wpaść z powrotem do Anglii. Obawiam się, że mimo dużego prześwitu podwozia Rav4, pożytek z tego samochodu na bezdrożach Nowej Zelandii będzie taki, jak z akwalungu zrobionego z sera.

Toyota po prostu za bardzo się postarała. Chciała stworzyć terenowy samochód szosowy, a wyszło jej coś, co do niczego się nie nadaje.

To samo dotyczy Suzuki Vitary, ale ten przynajmniej nadrabia swoje liczne mankamenty wyglądem – przypomina trochę jakiegoś przystojnego fryzjera.

Jestem zmuszony stwierdzić, że to samo można powiedzieć o trzydrzwiowej Rav4, ale ja miałem wersję pięciodrzwiową, która jest okropną, naprawdę okropną mutacją, wyglądającą tak, jakby projektował ją chirurg plastyczny z okresu drugiej wojny światowej.

Natomiast wnętrze wyszło spod ręki kogoś, kto z pewnością pracował w kiepsko oświetlonym pomieszczeniu. Deska rozdzielcza jest nijaka aż do tego stopnia, że moi koledzy w geście krańcowej rozpaczy dorysowali na niej kredą dodatkowe zegary i przełączniki. Ponieważ nie mogliśmy nikogo wyprzedzić i nasza podróż trwała całe wieki, zdążyliśmy narysować sześć wskaźników ciśnienia turbiny, obrotomierz, magnetofon ośmiościeżkowy, zmieniarkę płyt CD i, jeśli mnie pamięć nie myli, licznik pierdnięć.

Gorszy od tych nudnych bebechów jest jednak fakt, że w przeciwieństwie do jakiegokolwiek innego samochodu terenowego, Rav4 nie zapewnia wysokiej pozycji kierowcy, przez co nie można uśmiechać się szyderczo do innych użytkowników drogi. Nie żeby było łatwo szydzić jadąc samochodem, który na swoją obronę nie ma absolutnie niczego.

Z pewnością szyderczy uśmiech zniknie na wieść o cenie. Pięciodrzwiowy Rav4 kosztuje niewiarygodną sumę prawie 17 000 funtów, co czyni go pierwszym wśród zbyt drogich i wywołujących mdłości absurdalnych wozów o niedoszacowanej mocy, które kiedykolwiek wyjadą na brytyjskie drogi.

To przykre słowa, więc żeby zapobiec kolejnej wymianie ciosów między Toyotą a mną, zamieniłem Rav4 na jednego z produkowanych przez nią Land Cruiserów, z wielkim silnikiem Diesla i automatem. Uwielbiam go. Jasne, nie pokonuje tak ładnie zakrętów, ale kiedy zjedzie z szosy, przejedzie przez wszystko, co tylko napotka.

Zna swoje miejsce. Nie próbuje udawać czegoś, czym nie jest. Zamiast tego, skupia się na jednej, prostej rzeczy: na byciu dużym samochodem. Jeśli Rav4 porównamy do *au jus* w Travelodge, Land Cruiser stanie się zagęszczonym sosem pieczeniowym w zajeździe dla kierowców ciężarówek.

■ Przytul kota, odpędź Szkopa

Gdzieś między siódmą a ósmą grappą, Tiff wspiął się z powrotem na krzesło i ogłosił, że chce kupić sobie BMW M5. Na początku pomyśleliśmy, że zmęczył się nieco, przez co dał się za bardzo ponieść emocjom, ale jego argumenty brzmiały sensownie:

– Jego silnik... jest super... Świetnie wygląda i jeździ, i można go kupić już za piętnaście tysięcy... czy coś koło tego... – powiedział i ponownie spadł z krzesła. Pan Redaktor Blick i ja nie zwróciliśmy na to uwagi, bo byliśmy zaabsorbowani spiskiem, który knuliśmy mamrocząc do siebie. Musimy go powstrzymać. Musimy mu pokazać, że turbodoładowany Jaguar jest lepszy.

Nazajutrz, gdy hrabia Quentula robił za parkingowego podczas przygotowań do festynu w swojej wsi, zadzwoniłem do niego z wiadomością:

– Tiff chce kupić sobie beemkę – powiedziałem.
– O Boże – odpowiedział Quentin. – Biedny, głupi naiwniak. Może powiedz mu, żeby spróbował przejechać się moją eską...

Na tym właśnie polega cały problem. W przypadku samochodów tej klasy, ludzie mają już swoje wyraźne preferencje i absolutnie nic nie jest w stanie ich zmienić. Tiff lubi BMW, Quentin Mercedesy, a ja – Jaguary. Gdybym zaczął nawijać o moim Jaguarze XJR, Tiff spojrzałby na mnie znad swojej 24. grappy i zapytałby, czy nie chciałbym może jeszcze jednego dżinu z tonikiem.

– Co tam słychać u Masonów? – przerwałby mi.

Gdyby Tiff był właśnie w połowie monologu o doskonałości BMW 6, Quentin wszedłby mu w słowo z pytaniem, czy zdarzyło mu się już kiedyś potrącić jakąś starszą panią.

Gdyby zaś hrabia opowiadał nam o nieokiełznanej mocy swojej pięćsetki, Tiff i ja zastanawialibyśmy się, jak to się stało, że przegapiliśmy jego pięćdziesiąte urodziny. Jeśli chodzi o samochody, nie liczy się to, jak wyglądają, czy są szybkie i czy spalają 20 czy 1 litr na 100 kilometrów. Ważny jest tylko i wyłącznie wizerunek jaki kreują.

Nie ma jednoznacznych danych, ale pewne liczby wskazują, że aż 90 procent kadry kierowniczej w Wielkiej Brytanii nigdy nie zmienia marek. Jeśli ktoś rozpoczął swoją karierę w Klasie C, wpada w sieć Merca, a stamtąd nie da się już uciec. Na przełomie lat 1970. i 1980. bardzo wielu szefów zrobiło coś nie do pomyślenia – opuścili przeciekający statek Jaguara. Ale wielki kot pozostał w ich sercach i dziś, kiedy Jaguar znowu zaczął porządnie robić samochody, wielu z nich powraca do tej marki. To oczywiście oznacza, że jeśli BMW chce utrzymać swój znaczny udział w rynku, w zupełności wystarczy, by ich nowy wóz serii 5 był tak dobry, jak jego poprzednik. Tiff chce go mieć niezależnie od wszystkiego. A ponieważ jeden z magazynów nazwał nowe dziecko Szwabów „bliskim doskonałości", można by posądzić BMW o przesadną nadgorliwość.

Z pewnością nie przypominam sobie innego wozu, który aż tyle rzeczy robiłby tak dobrze. Warte 30 000 funtów BMW 528, które testowałem, było naprawdę szybkie, a mimo to niesamowicie praktyczne. Z tyłu oferuje tyle miejsca, że można by tam rozegrać mały turniej tenisa ziemnego, a mimo to prowadzi się z zapierającą dech pewnością. Wyróżnia się też innymi szczegółami, z których najlepsze jest oświetlenie wnętrza. Podświetlenie zegarów i przyrządów jest jak zwykle czerwone. To według BMW stwarza kojący klimat i poczucie, że już niedługo będziesz w domu, z czym muszę się zgodzić. Ale w nowej piątce posunęli się jeszcze dalej, umieszczając obok lusterka wstecznego dwa malutkie punkty świetlne, które rzucają stylową czerwoną poświatę na środkową konsolę. Dzięki temu deska rozdzielcza zyskuje wyjątkowy trójwymiarowy wygląd, a w dodatku możesz łatwo odszukać swój telefon i fajki.

Dla Tiffów tego świata – dla wszystkich kierowców BMW, ten samochód jest czymś znacznie lepszym, niż zaledwie

„bliskim doskonałości". Zasługuje na pełne 10 punktów. Nawet gdyby był do kitu, i tak byście go kochali, ale jest świetny, więc śmiem twierdzić, że pewnie zapragniecie spędzać wieczory w garażu w jego towarzystwie, z wiadrem żelu KY pod ręką. A ja? Nie mogę się wprost doczekać, kiedy zobaczę jego tył. Quentin w oczekiwaniu na przejażdżkę trzyma się za krocze i nie może już usiedzieć na miejscu. Pod względem dynamiki, BMW przewyższa wszystko, co za podobną kwotę można kupić od Mercedesa czy Jaguara. Ale mam to gdzieś. Gdy wyprzedzam w moim Jaguarze, odczuwam przyjemną aurę przyzwolenia. Ludzie pokazują sobie mój wóz i kręcą z podziwem głowami; rozmawiają ze sobą o tym, jak świetnie wygląda i jak ostatnio poprawiła się jego jakość. Klasa średnia pragnie jeździć Jaguarami. A teraz spróbuj wyprzedzić kogoś jadąc BMW 528. Poczujesz, że jesteś otoczony nienawiścią. Wszyscy pomyślą, że oto jedzie jakiś kolejny, bezczelny yuppie, który pewnie chce wjechać w drzewo zanim skończy się pisany mu ziemski czas. Drzwi, które stoją otworem przed właścicielami Jaguara, zatrzaskują się przed nosami kierowców BMW. Ludzie ich po prostu nie lubią.

Próbowałem przekonać tym argumentem Tiffa, ale nic nie udało mi się wskórać.

– Posłuchaj… – powiedział, wychylając kolejną kolejkę grappy. – BMW jest szybsze i od Jaga, i od Merca…

Po czym znów spadł z krzesła.

■ Tajemnice testów zderzeniowych wychodzą na jaw

Jeśli w jakimś dzienniku czy magazynie przeczytacie test drogowy, dowiecie się z niego, jak samochód zachowuje się na drodze tuż przed utratą przyczepności.

Reporter poinformuje was, że na krętej górskiej drodze w południowej Francji zmusił nowy model do błyskawicznego pokonania kilku ostrych zakrętów, i poczuł, jak pod wpływem przyspieszenia przednie koła walczą, by utrzymać się na drodze, a tył wozu zarzuca w obie strony po każdym hamowaniu.

Zdumiewające. Facet poleciał tam, wsiadł do samochodu, którego nigdy wcześniej nie widział na oczy, i już po paru godzinach osiąga w nim granice jego możliwości... nie rozbijając go.

Kierowcy Formuły 1 testują swoje wozy tydzień po tygodniu. Znają je jak własną kieszeń. Mogliby wziąć każdy zakręt z zamkniętymi oczami. A mimo to wspaniały Michael Schumacher od czasu do czasu wypada tyłem z toru. O co tu chodzi?

Otóż dziennikarz motoryzacyjny próbuje przekonać swoich czytelników, że tak naprawdę jest o wiele bardziej utalentowany niż Michael Schumacher, a jedynym powodem, dla którego nie siedzi w jego Ferrari jest to, że jest zbyt gruby, albo – w moim przypadku – zbyt wysoki i gruby.

Dlatego, kiedy się rozbijamy – a to się zdarza, i to często – musimy koniecznie ukryć ten fakt przed naszymi czytelnikami.

Czy na przykład słyszeliście kiedykolwiek o gościu, który przeoczył znak drogowy jadąc Mercedesem G Wagen wzdłuż rzeki w Szkocji? Jechałem wtedy za nim i dobrze pamiętam moment, kiedy przestał podskakiwać na drodze, a zaczął poruszać się w łagodny i pełen wdzięku sposób... jakby płynął. Co właśnie robił.

Przez jakiś czas kołysał się na wodzie, a człowiek od *public relations* podskakiwał na brzegu, zastanawiając się, co począć. Mógł poprosić wędkarza, by ten wyciągnął go swoim Land Roverem, ale wtedy zdjęcia z tego wydarzenia ukazałyby się nazajutrz w każdym dzienniku. Mógł też pozwolić, by wóz zatonął, tak aby nikt nie miał w co celować aparatem.

I tak właśnie zrobił.

Był też facet, który nabił Forda RS200 na jeden z bardziej spiczastych kawałków Szkocji. Twierdzi, że zjechał z drogi tym wartym 50 000 funtów supersamochodem z centralnie umieszczonym silnikiem, by ocalić życie wartej 40 funtów owcy, która zawędrowała mu przed maskę.

No a mój kolega z *Top Gear*, Quentin Willson? Wziął pod prąd pierwszy zakręt na torze Silverstone w De Tomaso Panterze wartej 60 000 funtów, zjechał dwoma kołami na trawę, uderzył w barierkę, odbił się wjeżdżając w ścianę boksu i byłby znów uderzył w barierkę, gdyby nie to, że nie miał już czym.

Z pewnością nie da się zapomnieć o jegomościu z „Guardiana", który wrzucił jedynkę w rozpędzonym do 150 km/h, wówczas jeszcze nowym Jaguarze XJ220. Jego silnik musiał pojechać z powrotem do Coventry w worku do odkurzacza.

Dowiedzieliśmy się o tym jedynie dlatego, że zrelacjonował to pewien człowiek z „Daily Maila", który zaledwie kilka tygodni później rozbił po cichu nowego Bentleya Azure.

Ja też mam niejedno na sumieniu. Kilka lat temu wbiłem Porsche 928 pod stalową barierkę tuż pod Cwmbran w Szkocji, a potem, gdy usiłowałem spod niej wyjechać tyłem, zdarłem z niego maskę jakby była wieczkiem puszki sardynek.

Jestem człowiekiem, który w szkole umiał wyślizgnąć się z wszelkich kłopotów, wymyślając niedorzeczne usprawiedliwienia, w których zwykle pojawiały się tygrysy, ale po rozbiciu tego Porsche musiałem postąpić jak prawdziwy mężczyzna i przyznać jego właścicielom, że zachowałem się jak dureń. Jednak nie na piśmie. I na pewno nie w telewizji.

Nie dalej jak parę dni temu miałem pewien mały „problem" w nowym wyścigowym Vauxhallu Vectrze. Możliwe, że zgiąłem ramię zwrotnicy, i dlatego wóz jeździ teraz jak krab, ale czy będziecie mogli zobaczyć, jak do tego doszło, w ten czwartek w *Top Gear*? W żadnym razie.

Z czego to wynika? Dlaczego nie podajemy tych wypadków do publicznej wiadomości? Przecież to ludzi niezwykle interesuje.

Jeśli masz stłuczkę, twój wóz jest nie do użytku przez całe tygodnie, a towarzystwo ubezpieczeniowe ze złości skręca się i wije. Po naprawie twoja składka ubezpieczeniowa szybuje w górę aż do stratosfery, a wartość samochodu znacząco spada.

W sportach motorowych jest inaczej. Tu nie interesują was zwinne manewry wyprzedzania czy wypasione pit stopy. Nie, wam podobają się wypadki i pioruny kuliste. To dlatego na autostradzie wszyscy zwalniacie, by gapić się na pogięte żelastwo.

W takim razie może nadszedł czas, byśmy my, dziennikarze motoryzacyjni, schowali naszą dumę do kieszeni i zrozumieli, że być może rozmiar popielniczki samochodowej nie jest aż tak istotny. Ludzie są bardziej zainteresowani, jakim cudem udało się nam zjechać z drogi z prędkością 160 km/h i to tyłem.

Problem w tym, że dla nas wypadek jest tym, czym jest rozsypanie popcornu dla krytyka filmowego Barry'ego Normana. Albo upuszczenie masła na dywan dla recenzenta restauracji A.A. Gilla. Po prostu dzwonimy do producenta, który przysyła lawetę. Następnie wypełniamy formularz dotyczący wypadku i na tym sprawa się kończy. Nie uważamy tego za nic specjalnego.

Kiedyś wylądowałem w rowie z prędkością 130 km/h i oderwałem cały przód od Daihatsu Charade GTi. Rzecznik prasowy zupełnie to zlekceważył, mówiąc: „Proszę się nie martwić. Taki wóz wyjeżdża z fabryki co 23 sekundy".

Twoje szczęście, chłopie, ale kiedy tak sobie siedziałem usiłując coś napisać o kolejnym nudnym wozie zaparkowanym na zewnątrz, właśnie do mnie dotarło, że dobra kraksa jest w stanie wypełnić sporą część felietonu.

Właśnie dlatego zaraz wyruszam, by staranować Toyotą Corollą jakieś drzewo.

■ Dieselman na kozetce

Jakiś policjant powiedział mi kiedyś, że jeśli dało się wyprzedzić kogoś od niewłaściwej strony, to znaczy, że ta osoba mogła zjechać na boczny pas. Słuszne słowa, ale w sądzie ci nie pomogą. Jeśli weźmiesz kogoś od niewłaściwej strony, w obliczu prawa jesteś uzależnionym od kokainy bandytą.

Zwykle i tak nie ma to znaczenia, bo na wszystkich autostradach zapchane są wszystkie trzy pasy i musisz jechać z taką prędkością, z jaką akurat przemieszczają się inne samochody.

Problem w tym, że ta sytuacja przenosi nas do specyficznej krainy, w której co prawda biją nam serca i mamy otwarte oczy, ale nie jesteśmy w pełni przytomni. Nawet nie drgnęłaby nam powieka, gdyby na maskę wskoczył nagle krasnal i zrobił sobie wigwam z wycieraczek samochodowych.

Wskutek tego zupełnie nie zauważasz, kiedy robi się późno i spada gęstość ruchu. Tkwisz w głębokiej, naprawdę głębokiej śpiączce.

Wtedy nagle twoje lusterko wsteczne topi się poddane działaniu 400 gigawatowego strumienia światła. Dociera do ciebie, że ktoś za tobą jedzie i lekko zażenowany zjeżdżasz na sąsiedni pas... no chyba, że prowadzisz diesla.

To pierwszy trend, jaki dostrzegłem. Mówiliśmy już o Essexmanie, Newmanie, a zaledwie kilka tygodni temu Stowarzyszenie Transportu Towarowego zaprezentowało Vanmana, 19-letniego hydraulika szczerze wierzącego, że jego Transit jest w stanie przekroczyć barierę prędkości dźwięku.

Otóż teraz chciałbym przedstawić wam Dieselmana. Dieselman nie jest zdefiniowany tak ściśle jak inni – może mieć zarówno 17 jak i 70 lat, i może pracować jako robotnik albo kierownik średniego szczebla. Co dziwne, Dieselman może być nawet kobietą.

Nie jest łatwo dostrzec go na co dzień, bo zachowuje się tak samo, jak ty czy ja. Jest zwyczajny. Wtapia się w otoczenie...

aż do momentu, gdy wsiada do swojego wozu z silnikiem Diesla. Wtedy staje się bardziej zgorzkniały niż cytryna, którą wcisnąłeś wczoraj wieczorem do swojego dżinu z tonikiem.

Dawniej z powodu hałasu silnika trudno było Dieselmanowi podczas jazdy po autostradzie wpaść w stan katatoniczny, ale w dzisiejszych czasach diesle przy dużej prędkości są już dość ciche, więc może sobie przysnąć równie spokojnie, jak ty i ja.

Jednak kiedy dociera do niego, że nadjeżdża inny wóz, reaguje w nietypowy sposób. Redukuje bieg, by wznieść ten obrzydliwie niewydajny silnik na najwyższe szczeble jego mizernej mocy, i dociska gaz do dechy.

Od tyłu trudno to stwierdzić, ponieważ, co jest zupełnie oczywiste, nie da się zauważyć widocznej zmiany prędkości. Dociśnij gaz w dieslu przy 110 km/h, a przyspieszenie do 112 zajmie ci jakieś 10 do 12 minut. Oznaką jego działalności jest jednak rakotwórczy dym wydobywający się z rury wydechowej. Dieselman zaraz nam udowodni, że jego wóz jest tak samo szybki, jak twój czy mój.

Z psychologicznego punktu widzenia łatwo się zorientować, o co w tym wszystkim chodzi. Jego szef gdzieś usłyszał, że silniki Diesla są bardziej ekonomiczne, niż ich napędzane benzyną odpowiedniki, i że ponieważ zwykle mają mniej mocy, rzadziej dochodzi do wypadków. Wtedy zdecydował, że od tej pory jego pracownicy będą jeździć dieslami.

Wszyscy wiemy, że można powiedzieć facetowi, że ma brzydkie dziecko, i nie przejmie się tym. Można pójść z jego żoną do łóżka, a po jakimś tygodniu puści wszystko w niepamięć. Ale wyśmiewając się z jego czterech kółek pakujesz się w poważne kłopoty.

Dieselman jest świadom ograniczeń swojego wozu. Wie, że jest żałośnie powolny, i że uruchamiany co rano wydaje z siebie przeraźliwy klekot. Wie też, że to nie on zyskuje na obniżonych kosztach eksploatacji. W zasadzie wie, że jego wóz to kupa złomu, ale czy przyzna to publicznie? Jasne, że nie.

Przyznanie, że jego diesel to krok wstecz byłoby równoważne z przyznaniem się, że spotkała go jakaś degradacja. Dlatego zaraz nam udowodni, nie bacząc na koszty, że jego ropniak jest pod każdym względem lepszy od benzynowca.

To samo dotyczy ludzi, którzy kupili diesla dla siebie, skuszeni obietnicą spalania 5,2 litra na kilometr, po czym odkryli, że jego wady znacząco przeważają nad tymi paroma pensami, które oszczędzają tygodniowo. Ale czy przyznają się do tego? Woleliby już przyznać się, że mają małego.

Co można zrobić w takiej sytuacji? W jaki sposób wyprzedzić Dieselmana? Owszem, można argumentować, że maksymalna prędkość na autostradzie wynosi 110 km/h, i tak rzeczywiście jest. Możecie mówić, że najzwyczajniej w świecie namawiam tu ludzi do łamania przepisów, ale przecież wszyscy to znamy: maksymalna prędkość wynosi 110 km/h, dlatego jeździmy 140 km/h.

Tyle, że nie możemy, bo właśnie tuż przed nami Dieselman przeżywa kryzys swojego ego.

Przypuszczam, że istnieje tylko jedno rozwiązanie. Producenci samochodów muszą zaprzestać umieszczania na klapie bagażnika jakiegokolwiek oznaczenia silnika Diesla: tds (BWM), 1.9D (Citroën) i SDi (Rover). Dieselman dobrze wie, że widzimy u niego małą literkę „d" i obawia się, że się z niego naśmiewamy. Dlatego właśnie dociska gaz do dechy.

Ale gdyby to „d" zastąpić przez niewinne „p", „z" czy cokolwiek innego, mógłby po prostu zjechać nam z drogi, szczęśliwy, że przemkniemy obok nieświadomi aberracji pod jego maską.

Mógłby także, oczywiście, sam usunąć to „d", ale właśnie wpadłem na o wiele lepszy sposób.

Powinien po prostu dorosnąć.

■ Utknąłem na obwodnicy okalającej charyzmę

Nowy Maserati Quattroporte jest pod wieloma względami jak powiew świeżego powietrza. Nareszcie mamy do czynienia z samochodem, który jest kompletnie i absolutnie zły. Uzbrojony w metkę z absurdalnie wysoką ceną, rzuca się do boju, który chce wygrać lekko wygiętym kolektorem wydechowym i adaptacyjnym zawieszeniem, które wcale nie działa. Samochód jest brzydki. Jego silnik brzmi tak, jakby usiłował mieszać cement. Skórzana tapicerka jest tandetna, a zegarek ma kształt przypominający pewną część ciała kobiety. Nie kupiłbyś go, ale przynajmniej możesz sobie o nim pogadać, wytykając mu wiele wad i wrzeszcząc o nich nad kuflem piwa. To automatycznie sprawia, że jest lepszy niż niektóre z samochodowych odpadów, którymi jeździłem w zeszłym tygodniu. Boże, to dopiero były nudne wozy!

Podjedźcie pod pub Hyunadaiem Elantrą kombi, a wywołacie taki sam efekt jak dodany do drinków wszystkich gości środek nasenny. Wszyscy wiemy, że są ludzie, którym podoba się ten samochód – to ci, którzy usiłują zatuszować swoją wrodzoną i nieodłączną tendencję do ustanawiania nowych standardów nudy noszeniem podkoszulków w żółto-brązowe paski. Samochód jest cichy, rzadko będzie się psuł i jestem pewien, że na urodziny kupi swojej narzeczonej – bibliotekarce – pudełko czekoladek. W pracy ma na biurku napis: „Nie musisz być szalony by tu pracować. Chociaż to pomaga". Co za poczucie humoru! Co za dupek!

Potem mamy Rovera 400 w wersji sedan, czyli Hondę Civic z urojeniami na temat własnej wielkości. To ktoś, kto ułożonił się kilka razy i myśli, że jak zrobi zakupy u Hacketta i założy półbuty z dziurkami w przyszwie, zaakceptują go wyższe kręgi hrabstwa. Również i Volkswagen przedobrzył wypuszczając na rynek nowe Polo sedan. Przecież to kupa parującego gówna! Polo w wersji hatchback to urocze, rezolutne małe urządzonko o fajnej sylwetce, bogatym wachlarzu kolorów i mocnej pozycji wśród rówieśników. Dokładając mu tyłek, projektanci od razu go w niego skopali.

Czyżby ten wóz był gorszy od starego VW Derby? Myślę, że tak. Czyżby był gorszy od starego Vauxhalla Nova, tego z proporcjami słonia i kółkami od roweru? Nie, bez przesady. W tym miejscu chciałem wam jeszcze opowiedzieć coś o Daihatsu Charade, ale na jego temat po prostu nie jestem w stanie nic wymyślić. Jest tak bezpostaciowy jak szklanka wody na kółkach. A to co? Na horyzoncie terkocząc pojawia się nowe Audi A4. Piękny wóz, aż miło na niego patrzeć, w dodatku wykonany ze starannością zastrzeżoną wyłącznie dla promów kosmicznych. Chwila, moment… A cóż to mamy pod maską? O, nie! To diesel! Odpalcie go, a usłyszycie dobrze znany klekot, od którego co starsi mogą nabawić się zapalenia stawów. Tyle, że ten wóz ma turbosprężarkę. Dzięki temu, gdy wdepniesz gaz do dechy, w szczególności, gdy silnik jest na wolnych obrotach, usłyszysz miły dla ucha pomruk. Problem w tym, że zakres mocy jest tak wąski, że jedno mrugnięcie powiekami i już po wszystkim. „Droga Claudio! Mój samochód cierpi na przedwczesny wytrysk. Co powinnam zrobić?"

Claudia radzi: „To bardzo często spotykany problem, w dodatku sytuacja się pogarsza, bo coraz więcej ludzi daje się nabrać na gadki sprzedawców wychwalających turbodiesla. Rozstań się ze swoim samochodem i poszukaj prawdziwego mężczyzny: wozu z silnikiem na benzynę". Zastrzegam jednak, że benzyna bezołowiowa wcale nie jest remedium na wszystko, co złe. Przykładem niech będą VW Passat i Seat Toledo – samochody, które gdyby były kuchenkami, mogłyby gotować.

Przedstawiam państwu królową i króla horrorów: Toyotę Corollę i Nissana Almerę. Ten duet, ze stylistyką zaprojektowaną przez kasy fiskalne i z wykończeniem wnętrza rodem z Ikei, pozostawił mnie w stanie takiej oziębłości, że mało nie dostałem hipotermii. Po przejażdżce oboma tymi samochodami, nawet

Vectra zaczęła przypominać Ferrari F512. Z kolei żeby tchnąć życie w Astrę, należy sięgnąć do czegoś więcej niż do luźnych porównań. Podobnie jak Ford Escort, ten samochód nie zasługuje nawet na miano wystylizowanego w duchu poprzedniej epoki. Jego cena też nie jest jakoś specjalnie korzystna. Nie jest dobrze wyposażony. Jeśli chodzi o osiągi, nie jest godny uwagi. Nie jest również tak niezawodny jak kuchenki mikrofalowe.

Mógłbym wypełnić resztę tego magazynu opisami modeli samochodów, które po prostu nie stają na wysokości zadania. Już na samego Nissana Serenę z silnikiem Diesla, wóz, który przyspiesza od zera do setki w zapierające dech w piersiach 26 sekund, potrzebowałbym ze 44 strony.

Najlepiej zrobię sporządzając listę wartych zachodu popularnych samochodów. Nie zajmie to dużo czasu, więc zaczynajmy. Na samym dole mamy Forda Fiestę i Nissana Micrę. Pośrodku – Fiata Bravo i Renault Migrenę. Jedno oczko do góry – tam królują Ford Mondeo i Peugeot 406. Odrobinę wyżej przywitacie się z Audi A4 i Hondą Accord. Na samej górze naprawdę sensownym wozem jest BMW serii 5. Choć Jaguar i Mercedes też robią coś wyjątkowego za 30 patyków.

Jeśli na tej liście nie ma jakiegoś samochodu, wierzcie mi – nie jest wart ceny metalu, z którego został zrobiony.

■ Rady dla podróżujących Jezzy Halika

Gdybyście zostali podczas pobytu w Tajlandii niesprawiedliwie oskarżeni o morderstwo, myślę, że spokojnie można założyć, iż nie podjęlibyście się własnej obrony.

Nie znacie tajskiego i nie rozumiecie zawiłości tamtejszego systemu prawnego.

A mimo to, gdy wybieramy się na wakacje, z lekkim sercem wpadamy do wypożyczalni samochodów, nie zwracając uwagi na fakt, że nie będziemy w stanie odczytać drogowskazów, że obce są nam panujące tam obyczaje i że wszyscy jeżdżą po niewłaściwej stronie drogi.

W Wielkiej Brytanii, gdy ktoś zamruga długimi światłami, będzie to oznaczało, że chce cię przepuścić, ale gdzie indziej sygnał ten oznacza: „Uważaj! Nie mam zamiaru się zatrzymywać!". Nie przekonasz się jednak o tym dopóki nie zaczniesz wylatywać przez przednią szybę.

Wychodząc temu naprzeciw, spróbowałem, dysponując ograniczoną ilością miejsca, zamieścić tu kilka rad dla tych, którzy tego lata będą jeździli samochodem za granicą.

Zacznijmy więc od Ameryki, od lotniska w Miami na Florydzie. Prowadząca z niego boczna droga przechodzi w zjazd na płatną autostradę. Właśnie ktoś delikatnie stuknął cię w tył samochodu, wychodzisz więc, by obejrzeć rozmiar uszkodzeń.

Popełniasz tym samym błąd, bo gość, który w ciebie wjechał, to kolumbijski diler narkotyków, który teraz zastrzeli ciebie, twoją żonę i dzieci. A potem zniknie z całym twoim dobytkiem.

Miejscowi radzą, że jeśli ktoś w ciebie wjedzie, powinieneś jechać dalej aż zobaczysz jakiegoś policjanta... tyle, że również i to nie jest zbyt rozsądnym wyjściem. No bo gdy tamtejszy sierżant Chwiej stanie twarzą w twarz z rozhisteryzowanym Angolem, bełkoczącym coś z zupełnie niezrozumiałym dla niego akcentem, zastrzeli cię i odda się konsumpcji siódmego już dzisiaj pączka.

Istnieje również i taka ewentualność, że jednak uda się wam uniknąć śmierci i wyjechać z okręgu Miami, ale wtedy zmierzycie się z problemem całkowicie innej natury. Niezależnie od tego jak szeroka i prosta jest droga, i jakkolwiek by to nie było kuszące, nie możecie przekroczyć 110 km/h.

Samochód z amerykańskiej wypożyczalni po prostu nie jest przystosowany do jazdy z większą prędkością, a jeśli go do tego zmusisz, odbije się od drogi i zanurkuje w pobliskich moczarach. A tam pożre cię aligator.

Kolejne porady: za paliwo trzeba płacić zanim zatankujemy samochód, co jest wyjątkowo głupie, bo przecież nie wiadomo, ile się zmieści do baku. Tak czy owak, nie próbuj dochodzić racji ani przeciwstawiać się systemowi, bo większość pracowników stacji na Florydzie jest tępa i uzbrojona – to niebezpieczna mieszanka, która może sprawić, że w twym ciele pojawi się kilka nowych dziur.

Warto również pamiętać o tym, że większość placówek w Ameryce zatrudnia parkingowych z ogromnymi zębami, ubranych w idiotyczne, czerwone kamizelki, którzy z wielką ochotą odstawią na miejsce twój samochód. Gdy nim z powrotem przyjadą, będą spodziewać się napiwku. Można się z tego wywinąć udając, że jest się Islandczykiem.

Za żadne skarby nie podawaj się za Rumuna czy Czecha, bo parkingowy dojdzie do wniosku, że rozmawia z komunistą i może cię zastrzelić.

Najlepszą radą, jaką mogę dać tym wszystkim, którzy planują w tym roku jeździć samochodem po Stanach jest... a myśleliście może o wakacjach w Europie?

Świetne są Włochy, tylko bądźcie przygotowani na to, że samochód z wypożyczalni będzie wrakiem ze zdezelowanym silnikiem. Próba wyprzedzania w czymś takim na włoskiej autostradzie to taniec śmierci z samym diabłem.

We Włoszech kierowcy nie czekają cierpliwie aż skończysz manewr wyprzedzania, nie mrugają też długimi światłami ani nie próbują wyprzedzać po wewnętrznej. Po prostu wjeżdżają w ciebie od tyłu.

O wiele większa dyscyplina ruchu drogowego panuje oczywiście w Niemczech, ale nie jestem w stanie podać ani jednego powodu, dla którego warto by było wybrać się tam na wakacje.

Pod tym względem zdecydowanie lepsza jest Francja.

Musicie tylko pamiętać, żeby nie przeprawiać się przez kanał z własnym samochodem. Istnieje coś takiego jak psychologia podróży promem, zjawisko polegające na tym, że gdy w drodze powrotnej dojeżdża się do Calais, zawsze przekracza się prędkość.

Bierze się to stąd, że albo jesteś spóźniony na wykupiony rejs, albo jesteś o wiele za blisko portu, w którym to przypadku pędzisz, by załapać się na wcześniejszy prom. Tak czy owak, przyłapią cię na przekroczeniu dozwolonej prędkości i każą zapłacić taki mandat, że gdy wrócisz do domu, zobaczysz, że przejął go już inny właściciel.

Nie upieraj się też, że nie możesz spłacić mandatu, bo zabiorą ci samochód i żonę... do restauracji na kolację, gdzie zakocha się w roztaczanym przez Francuzów uroku osobistym, a tobie pozostanie życie z butelką denaturatu w ręku u wejścia do jakiegoś supermarketu.

Brytyjczycy najchętniej spędzają wakacje w Hiszpanii. Jest to jeden z tych krajów, których chyba nigdy nie zrozumiem. Na przykład: dlaczego pas rozdzielający jezdnie na autostradzie jest zawsze zaśmiecony butami?

Nie lubię Hiszpanii, ale muszę przyznać, że obecnie ich drogi są po prostu świetne – gładkie, szerokie, szybkie i na całkiem długich odcinkach pozbawione ruchu. Jeśli kiedykolwiek zastanawiałeś się, na co Unia Europejska wydaje wszystkie pieniądze, przyjrzyj się sieci autostrad okalającej Barcelonę. Wyjedź na nie i naciesz się nimi! W końcu to ty za nie zapłaciłeś.

Teraz już w skrócie, bo kończy mi się miejsce, chciałbym was ostrzec, że wszędzie na świecie poważny problem stwarza dzika zwierzyna. W Wielkiej Brytanii nie jesteśmy przyzwyczajeni do tego, że wychodząc z zakrętu zobaczymy blokującą drogę, 10-tonową, prychającą kupę mięsa, ale w Australii wielbłądy i kangury dość często bawią się w „kto pierwszy stchórzy". W Indiach tę rolę przejmują krowy, a w Szwecji więcej ludzi ginie od zabłąkanych łosi niż od żyletek i środków nasennych.

Na Karaibach duże zwierzęta należą na szczęście do rzadkości, ale wypożyczone tam samochody rozpadną się nawet pod wpływem najłagodniejszego podmuchu wiatru. Na Barbadosie uważajcie, żeby nie wcisnęli wam Suzuki Alto, samochodu praktycznie bez nadwozia.

Tak naprawdę, to najrozsądniej chyba w ogóle unikać wyjazdów za granicę. A ja? Ja wyjeżdżam na Wyspę Man, by zaczerpnąć trochę świeżego powietrza, napawać się inspirującym krajobrazem i jazdą po tamtejszych drogach, na których nie ma żadnych ograniczeń prędkości.

■ Kapryśna Capri

Cały zeszły rok spędziłem na przygotowywaniu nowego cyklu programów telewizyjnych, poświęconych zabawkom dla dużych chłopców. Wymagało to ode mnie śmigania łodzią odrzutową z prędkością 160 km/h po rzekach Nowej Zelandii. Pilotowałem też myśliwiec F-15, leciałem w samolocie Mustang P-51 z 1942 roku podczas wyścigów powietrznych w Reno, a w Szwecji straciłem głowę dla sań wyścigowych, które potrafią ze startu zatrzymanego przejechać ćwierć mili w 6 sekund... i to w babskich ciuchach!

Absolutnym hitem były jednak chwile, jakie spędziłem w świecie łodzi wyścigowych Class One.

Według mnie to uosobienie wszystkiego co najlepsze w sporcie. Czterotonowe łodzie są wyrafinowaną mieszanką hydrodynamiki i aerodynamiki – ślizgają się na powierzchni wody, zanurzając w niej śruby napędowe tylko do połowy.

Każda z tych łodzi wyposażona jest w d w a 1000-konne, 8-litrowe silniki wyścigowe Lamborghini, generujące hałas, który każdemu w odległości 500 kroków ścina krew w żyłach. Tylko raz w życiu słyszałem coś głośniejszego: koncert Boba Segera w Hammersmith Odeon w 1976 roku.

Kierujący tymi łodziami po wzburzonej wodzie prują tak szybko, na ile im starcza odwagi. To oznacza, że wszystkie wydatki, ogrom prac rozwojowych i moc, jaką dysponuje łódź zmarnuje się, jeśli siedzący w niej gość ma pustki w majtkach. To nie jest tak, jak w przypadku wyścigów samochodów, gdzie jadąc po prostej możesz rozwiązywać krzyżówkę. Jesteś na wodzie, która kołysze się i faluje, śmiertelnie poobijany w kokpicie z kevlaru. Po ostrym wyścigu dwuosobowe załogi tych łodzi przez kilka dni sikają krwią.

By uchwycić sedno wyścigów ślizgaczy wodnych, sfilmowaliśmy jak wytwarzany jest jeden z nich, a potem, pewnego majowego, sobotniego wieczoru, wybrałem się na jego pierwszy bojowy test na wodach cieśniny Solent. Łódź sprawiła się dobrze. Wycisnęliśmy 238 km/h, czyli – formalnie rzecz biorąc – całkiem sporo.

Potem musiałem zmierzyć się z trudnym wyborem, na który wyścig się wybrać – do Sankt Petersburga, do Bejrutu, do Tunezji, Norwegii, Dubaju – a może na pierwszą rundę eliminacji, która miała odbyć się tam, dokąd chciałem pojechać od 25 lat.

Na Capri: wyspę na Morzu Śródziemnym, która była ulubionym miejscem cesarza Tyberiusza. Od jego czasów praktycznie nic ciekawego się tam nie działo, aż do 1930 roku, kiedy to zawitała na nią piosenkarka Gracie Fields.

Niektórzy twierdzą, że nazwa wyspy wywodzi się od *capreae*, łacińskiego słowa, które – jak wszyscy wiemy – oznacza kozę. Ci, którzy odnaleźli w wapieniu jakieś dziwne szkielety, uważają, że pochodzi od greckiego słowa „dzik" – *kaprus*. Tak czy siak, wydaje się, że nazwa wyspy nie ma nic wspólnego z podłym modelem Forda.

Niedawno na Capri wakacje spędzały Claudia Schiffer i Naomi Campbell, doszedłem więc do wniosku, że wyspa będzie stanowiła znakomite, luksusowe tło dla jednego z najbardziej efektownych i niebezpiecznych sportowych spektakli świata.

Tyle że dostać się tam wcale nie jest łatwo. Trzeba lecieć z Gatwick, a to zawsze wprawia mnie w przygnębienie – to przez tłumy wybierających się do Torremolinos w Hiszpanii bab z obrośniętymi tłuszczem tyłkami, w dresach z frotté i w trwałych sztywnych jak druty. Samolot ląduje w Neapolu – jedynym na świecie mieście, w którym czerwone światło oznacza „jechać".

Potem musisz wjechać tyłem na prom, który na całym pokładzie ma tylko trzy puszki piwa. A kiedy już dopłyniesz do Capri, nie wpuszczą cię na wyspę, dopóki nie udowodnisz, że na niej mieszkasz. Nie było to łatwe, bo ja rzeczywiście na niej nie mieszkam, ale jeśli wystarczająco długo będziesz się spierał z umundurowanym Włochem, w końcu się tym zmęczy i cię przepuści.

Dobrze, wreszcie znaleźliśmy się na Capri. No, nie do końca – staliśmy na murze przystani o szerokości odpowiadającej jednemu samochodowi, a z naprzeciwka napływał strumień aut wjeżdżających na prom, który dopiero co opuściliśmy.

Miałem więc do wyboru: wjechać z powrotem na prom i wrócić na stały ląd lub sprawić, by 30 mieszkańców wyspy wycofało się, ustępując mi miejsca.

Wjechałem z powrotem na prom, wróciłem na stały ląd i po przebyciu drogi okrężnej przez Neapol, znalazłem się po raz drugi na najbardziej spektakularnej wyspie na całym świecie. Byłem na Malediwach i na Wyspach Karaibskich. Zwiedzałem Mauritius i wysepkę Orpheus na Wielkiej Rafie Koralowej. Wybrałem się kiedyś na północne wybrzeże Majorki, a raz spędziłem wakacje na Sycylii. Na to wszystko można jednak machnąć ręką, podobnie jak na Sardynię, Korsykę i te ohydne grudki u wybrzeża Grecji. Capri to raj.

Każda willa i każdy kawałek klifu jest pokryty takim fioletowym czymś, co nie jest budleją, ale gdy zmrużysz oczy, wygląda podobnie jak ona. A może to gorgonzola? Nie, raczej fioletnik willowy. Coś w tym stylu. W każdym razie jest to cholernie ładne.

Muszę sprawdzić, co to takiego, bo byłem bardzo, ale to bardzo blisko tej rośliny, usiłując na 5-kilometrowym odcinku drogi do hotelu przecisnąć się obok nadjeżdżających z naprzeciwka samochodów. Nie miało to jednak sensu, więc zawsze wycofywałem się do najbliższego miejsca, w którym można było się wyminąć, czyli zazwyczaj na wybrzeże.

W końcu doszedłem do wniosku, że najlepiej wszędzie jeździć tyłem, bo gdy napotykałem nadjeżdżające w moim kierunku samochody, ich kierowcy myśleli, że cofam, by zrobić miejsce dla autobusu, i zaczynali robić to samo.

Mimo to uważałem, że warto znosić te utrudnienia, bo przecież niebawem miałem obejrzeć dziewięć piekielnie szybkich łodzi walczących ze sobą w morskiej bitwie. Byłem tym tak niesamowicie podniecony, że na śmierć zapomniałem, iż Capri jest częścią Włoch, a w takim razie niczego nie można być tu pewnym.

Może i miała się tu odbyć pierwsza runda eliminacji mistrzostw. Może i to prawda, że zjechali na nią kierowcy z całego świata, z łodziami, które przewoził właśnie ten pozbawiony piwa prom. Ale najwyraźniej coś się pochrzaniło w ustaleniach ze strażą przybrzeżną odnośnie terminu i imprezę odwołano.

Powrót do domu zajął mi 14 godzin.

■ Elektroniczna gorączka w Le Mans

W zeszłym tygodniu wybrałem się do Le Mans, gdzie po raz pierwszy w życiu oficjalnie wkroczyłem do świata poważnych wyścigów samochodowych. Dzięki temu zrozumiałem to i owo.

Wyścigi samochodowe kojarzymy zazwyczaj z kierowcami, ale – przykro mi to mówić – zupełnie niesłusznie. Zgadzam się, mają całkiem przyzwoite fryzury i lśniące bielą zęby, ale i tak najważniejszy jest samochód.

Jeżdżąc dla Williamsa, Damon Hill został mistrzem świata. Po przejściu do Arrows zrobił z siebie pośmiewisko. Pomyślcie o tym jak o gotowaniu. Dajcie mi najświeższe składniki, a przygotuję wam kolację, która sprawi, że wasze kubki smakowe umrą z nieszczęśliwej miłości. Dajcie Garry'emu Rhodesowi puszkę sardynek, a przygotuje wam… puszkę sardynek.

W Le Mans robiłem za członka zespołu Panoz, który powstał z inicjatywy naszego wspaniałego prezentera, Jego Noelowskości Pana Edmondsa, i przez pięć dni pałętałem się po ich pit stopie, przybierając poważny wyraz twarzy i pokazując palcem na różne rzeczy.

Wszystko zaczęło się w środę, gdy samochody wyjechały na kwalifikacje. Były to pełne napięcia chwile, bo dwa najgorsze czasy odpadały z wyścigu. Cały rok pracy trzeba by było wtedy spakować na ciężarówkę i odprawić do domu.

Podczas swojego pierwszego okrążenia jeden z naszych kierowców, Andy Wallace, powiedział przez radio, że jego Panozem „nie da się w ogóle, k***a, jeździć". Przy hamowaniu obijał się po całym torze, ale co gorsza, jego 6-litrowy silnik V8 Forda nie dysponował mocą potrzebną do optymalnego wychodzenia z zakrętów.

To były złe wiadomości, ale drugi z samochodów miał jeszcze większe problemy. Wyglądało na to, że projektanci baku w tym wozie wzorowali się na durszlaku.

Gdy więc runda została przerwana o 12:30, wydawało się, że żaden z samochodów nie stanie na wysokości zadania. Mieliśmy jeszcze jedną szansę w czwartek wieczorem – do tego czasu musieliśmy sprawić, żeby nasze bolidy zaczęły fruwać.

Następnego ranka poprosiłem naszego bezapelacyjnie najprzystojniejszego kierowcę, Jamesa Weavera, by wyjaśnił mi, w czym rzecz, spodziewając się, że podniesie maskę i wskaże wadliwy element. Skądże znowu. Zabrał mnie do pomieszczenia na zapleczu, gdzie nad rzędem laptopów siedzieli faceci w okularach i wpatrywali się w wykresy.

– Proszę, to właśnie to – powiedział.

Przez jakiś czas przyglądałem się badawczo danym prezentowanym na ekranach, moja twarz zmarszczyła się, jakbym usiłował odczytać jakiś odległy znak, ale nic z tego wszystkiego nie mogłem zrozumieć. Weaver wyjaśnił mi wtedy, że niebieska krzywa, obrazująca prędkość kół, nie pasuje do czerwonej krzywej, pokazującej obroty silnika, i że właśnie na tym polega usterka, a faceci w okularach analizują elektronikę silnika, poszukując przyczyn tego stanu rzeczy.

Zauważyłem to już dzień wcześniej. Za każdym razem, gdy samochód zjeżdżał do pit stopu, absolutnie nikt nie podchodził do silnika. Podłączali za to do niego komputery i walili palcami po klawiaturach jeszcze szybciej niż Rick Wakeman.

Walili tak przez cały czwartek, aż do bardzo istotnej rundy treningowej, która odbyła się wieczorem. Silnik wciąż nie chciał poprawnie działać.

Mechanicy poradzili sobie z problemami sterowności, kierowcy dali z siebie wszystko – tyle że żadna z tych rzeczy nie miała tu większego znaczenia, bo gdzieś tam, we wnętrznościach tego wartego kilka milionów funtów bolidu z włókna węglowego tkwił kawałek krzemu z wrodzoną skłonnością do humorzastych nastrojów.

Pod sam koniec drugiej rundy jednemu z naszych wozów dopisało szczęście – udało mu się tak na styk – ale drugiemu groziło wyeliminowanie przez Lotusa z numerem 50, który sunął sobie po torze i spokojnie wykonywał swoje zadanie.

To zabawne, ale przez trzy i pół minuty – bo tyle trwa jedno okrążenie w Le Mans – moje całe jestestwo zogniskowane było na ekranie z czasami przejazdów w oczekiwaniu na koniec okrążenia Lotusa, dla którego było ono kwestią życia i śmierci. Każda sekunda wydawała się godziną... bo w rzeczy samej, każda sekunda była godziną. Lotus wypadłby lepiej, gdyby miał silnik Diesla z Forda Oriona.

Wejście do kwalifikacji uczciłem maszerując krokiem defiladowym przez pit stop Porsche, który to zespół – jak komentowano – był w słabej formie. Nasi specjaliści wciąż jednak siedzieli nad laptopami i rozpaczliwie usiłowali zmienić nasz silnik w Pavarottiego.

Od samego początku wyścigu monitorowali dosłownie wszystko, a mimo to po zaledwie dwóch godzinach spędzonych na torze, jednemu z naszych wozów zabrakło paliwa. Jego kierowca zjechał do boksu korzystając z rozrusznika, ale w ten sposób rozładował akumulator, którego wymiana zajęła dodatkowy czas.

Mechanicy uwijali się jak mrówki, kierowcy dali z siebie wszystko, na co tylko było ich stać i wszyscy byli zgodni co do tego, że podwozia zaprojektowane przez Brytyjczyków są naprawdę rewelacyjne. Ale o trzeciej nad ranem silnik jednego z bolidów eksplodował i było już po nim. Drugi wyzionął ducha siedem godzin później.

Czegóż się więc dowiedziałem? No cóż, gdyby nasze samochody zamiast w głupi, elektroniczny wtrysk paliwa wyposażone były w gaźniki firmy Holley, byłoby więcej niż pewne, że oba ukończyłyby wyścig.

Gdy psuje się gaźnik – a praktycznie nie psuje się wcale – wyrzucasz go i montujesz nowy. Kosztuje dychę, a jego wymiana to jakieś pięć minut. Ale gdy to samo przytrafi się elektronice, bezradny będzie nawet sam Bill Gates.

W wyścigach samochodowych potrzeba silnika, który paliwo leje do cylindrów strumieniami, dobrego podwozia i zespołu mechaników, którzy potrafią to wszystko połączyć. Kierowca ze sprawnym wzrokiem też będzie nie od rzeczy. Mieliśmy to wszystko.

Tyle że dziś straszny zamęt do świata wysokich oktanów wprowadzili komputerowi maniacy, a ja zupełnie nie rozumiem po co. Oczywiście, że jest dla nich miejsce na świecie – to poddasze, gdzie mogą przeczesywać internet w poszukiwaniu rozebranych panienek.

■ Skyline szczytem marzeń gameboyów na sterydach

Japońskie firmy samochodowe powinny przyjrzeć się bacznie Linfordowi Christiemu i Barbarze Cartland. Jedna z tych osób nie próbuje swoich sił w biegach na 100 metrów, a druga nie stara się, by wyglądać jak olbrzymie, różowe ptaszysko. Japończycy powinni sobie powiedzieć: „Wszystkie spośród najlepiej wyglądających samochodów na świecie pochodzą z Europy lub ze Stanów, i jeśli będziemy usiłowali je kopiować, powychodzą nam tak beznadziejne kalki jak Toyota Supra". Co więcej, powinni powiedzieć sobie jeszcze to: „Chłopcy, przecież my nie rozumiemy, co to znaczy »dusza«, nie próbujmy więc tego powielać". „Dusza" to coś, co bierze się ze zwycięstwa w mistrzostwach Formuły 1 i z 99 wygranych wyścigów w Le Mans. Ani „duszy", ani „charakteru" nie da się zaprojektować. Te rzeczy się zdobywa.

Samochody są jak przyjaciele. Mam naprawdę liczne grono znajomych, ale przyjaciele to ci, których znam już od wielu, wielu lat. „Uduchowiona" przyjaźń zawiązuje się wtedy, gdy na przykład się z kimś upijesz albo będziesz razem z kimś aresztowany. Choć czasem można pójść na skróty: zostałbym świetnym kumplem kogoś, kto dałby mi tysiąc funtów. Nie odłożyłbym też z trzaskiem słuchawki, gdyby zadzwoniła do mnie księżna Diana i powiedziała, że jest odrobinę napalona. Nissan Skyline GT-R to właśnie taki skrót. Nissan przyjął do wiadomości, że nigdy nie będzie w stanie sprostać europejskiej finezji i stylowi, postanowił więc wkroczyć na obszar, na którym Europa nie może dorównać Japonii – do samochodowej cyberstrefy, gdzie bogiem jest krzem, a pan Pininfarina robi za wycieraczkę do butów. I udało mu się. Skyline to nie kopia czegoś, co powstało w Europie. Ten wóz jest tak japoński jak mój Gameboy z Nintendo, tyle że zapewnia więcej frajdy. Byłem już zadurzony w poprzednim modelu Skyline'a, ale teraz mamy jego nową wersję, która po tygodniu szalonej jazdy z żywiołowym zarzucaniem tyłem nie pozostawiła u mnie żadnych wątpliwości. Zapomnijcie o Ferrari 355. Zapomnijcie o Lotusie Elise. Dla ludzi, którzy chcą, by ich samochód był ostatnim słowem jeśli chodzi o jazdę z jajami, a styl i komfort mają daleko gdzieś, Skyline to Jego Wysokość Pingwin Cesarski. Król wzgórza. Największy kawałek sera w Sershire. Czemu zawdzięcza swój charakter? Napędowi na cztery koła, skrętności wszystkich czterech kół, osobliwym mechanizmom różnicowym, a może elektronicznym wodotryskom? Nie wiem. Nie obchodzi mnie to.

Skyline pokonuje zakręty szybciej niż jakikolwiek inny samochód. A gdy zacznie się za bardzo wychylać, przywołanie go do porządku to pestka. Niestety, jak sama nazwa wskazuje, jego cena jest niebotyczna: z 25 000 funtów za poprzedni model wystrzeliła do 50 000 za obecną wersję. Niestety, największym problemem jest nie cena, a brytyjski oddział Nissana. Tak jak poprzednio, nie zamierzają importować Skyline'a oficjalnie, bo twierdzą, że dostosowanie go do europejskich norm kosztowałoby firmę miliony funtów. Stwierdzili jednak, że jeśli przynajmniej 100 osób wykaże zainteresowanie tym wozem, to być może podejmą jakieś kroki w tym kierunku. Żałosne 100 osób! Na miłość boską! Przecież tysiące Brytyjczyków wydaje co roku fortuny na grę w golfa, a jeszcze więcej przeznacza każdy pens z odsetek bankowych na samoloty do sklejania. Oczywiście, że znajdzie się ta nieliczna przecież grupa 100 osób, które podejmą bardzo słuszną decyzję i kupią Skyline'a zamiast Porsche, BMW M3, a nawet Ferrari.

Bardzo dobrze rozumiem, że marka Nissana zniechęca do tego wozu potencjalnych klientów, ale to samo było z marką Volvo – nie pialiśmy z zachwytu na jej widok, zanim nie nadeszło Volvo T5. Wystarczy, że kilku ludzi kupi Nissana GT-R, a wkrótce rozejdą się pogłoski, dzięki którym wszyscy zaczną cię mieć za mądrego, roztropnego kierowcę z niesamowitymi uzdolnieniami. Kobiety prawie na pewno zaczną wpychać ci się do łóżka. Natomiast twoi klienci będą postrzegać cię jako osobę nad wyraz powściągliwą, której nie podnieca afiszowanie się gadżetami. Podwoją swoje zamówienia, co pozwoli ci wydać jeszcze więcej pieniędzy u tunera Nissanów, Andy'ego Middlehursta, na, dajmy na to, zwiększenie mocy do 420 koni mechanicznych. Wliczając w to wymianę turbosprężarek – ceramiczne w takich warunkach już nie dają sobie rady – wydasz w sumie 3200 funtów, czyli tyle, ile w świecie Porsche kosztuje jedno piwo.

Jeśli chodzi o niezawodność, zakładam, że nie ma z nią większych problemów. Markiz z Blandford twierdzi, że jego stary, 390-konny model Skyline'a przejechał już 65 000 kilometrów i nigdy się nie zepsuł. Zwraca uwagę na fakt, że nie ma drugiego takiego samochodu, który tak dobrze radziłby sobie ze śniegiem w Alpach Szwajcarskich, z przewożeniem rodziny i z nie zwracaniem na siebie uwagi. Do tego dochodzi jeszcze jego prędkość maksymalna – 290 km/h.

Wiem, że już może za długo nawijam o tym wozie, ale za każdym razem, gdy go prowadzę, nie mogę się doczekać, by usiąść do komputera i o nim napisać. Williama Wordswortha inspirowały kwiaty, mnie zaś podnieca Nissan Skyline.

■ Henry Ford w pończochach i podwiązkach

Jest wspaniały, letni wieczór, a to, co miało być jedną, małą kolejką po pracy, przerodziło się w pijacki maraton, którego koniec wyznaczy eksplozja wątroby.

Kiedyś całkiem nieźle sobie z tym radziłem. Nazajutrz rano miałem oczywiście kaca, w ubikacji wyjątkowo długo kontemplowałem białą, długą, rozwijaną linię, ale już następnego dnia w porze obiadu wszystko wracało do normy.

Dziś jednak moje kace przypominają tropikalne nawałnice, które przez kilka dni po fakcie uderzają w najdalsze zakamarki mojego ciała kilowoltowymi piorunami. Z tego właśnie powodu nauczyłem się wychwytywać ten moment, w którym szybki drink po pracy przeradza się w rock and rollowe szaleństwo. Gdy ktoś z towarzystwa mówi „ech, napiłbym się jeszcze", wstaję od stołu i udaję się na poszukiwanie hamburgera.

Właśnie po to istnieją fast foody – by przed następną kolejką wyścielić żołądek potencjalnego pijaka czymś gąbczastym. Hamburger z fast fooda nie jest zatem pokarmem jako takim. Jest medycznym środkiem zapobiegawczym.

Osobiście jestem fanem Big Maca, choć w razie konieczności mogę też wsunąć Whoopera. Zawsze jednak próbowałem unikać barów „Wimpy". Marka „Wimpy" uosabia wszystko, co najgorsze – kojarzy się z paskudnymi, małymi domkami z fioletowymi, podnoszonymi do góry drzwiami garażowymi. Ta nazwa brzmi podobnie jak „konsultantka Avonu". Daje do zrozumienia, że lepiej będzie, jeśli zjecie tekturę.

Dobrze więc rozumiem przesłanki, którymi kieruje się brytyjska klasa średnia, wybierając BMW serii 3 albo Audi A4 zamiast Forda Mondeo. Marka „Ford" uosabia wszystko, co najgorsze. Kojarzy się ze sklepami dla majsterkowiczów i sprzedawcami w rozpinanych swetrach, rozmawiającymi przez płot.

Ale wiecie co? Któregoś dnia zjadłem hamburgera w barze „Wimpy" i był świetny! No, świetny jak na medyczny środek zapobiegawczy... Skłoniło mnie to do chwili refleksji...

No bo tak: zapłacisz BMW 20 000 funtów – a oni zaserwują ci kromkę chleba i mięso. Może to prawda, że BMW 318i ma świetną markę, ale jest zatrważająco powolne, a jego wyposażenie standardowe najwyraźniej przygotowywał personel więzienny.

Zapłacisz Fordowi 20 000 funtów i wrócisz do domu w topowej wersji Mondeo ze skórzanymi, elektrycznie regulowanymi sportowymi fotelami, z elektrycznie odsuwanym szyberdachem, elektrycznie opuszczanymi szybami, zamkiem centralnym, kontrolą trakcji, wyrafinowanym zestawem audio i klimatyzacją.

Pod maską kosztującego 20 000 BMW znajduje się czterocylindrowa jednostka o pojemności 1,8 litra, podczas gdy wart 20 000 Ford ma 24-zaworowy, 2,5-litrowy silnik V6, podany z serem i korniszonami. Po przyspieszeniu od zera do setki w siedem sekund, pan Mondeo siedzi już dawno w domu przed telewizorem, i to po wybornej kolacji, podczas gdy pan Beemiak dopiero wrzuca trójkę.

By jeszcze bardziej uzmysłowić wam to, co chcę powiedzieć, dodam, że Ford dostępny jest także w wersji Super Touring, w której przyodziano go w wystrzałową, wizytową sukienkę. Ma pakiet spojlerów, wielkie, mięsiste alufelgi i drucianą kratkę na osłonie chłodnicy, taką, jaką możecie znaleźć w klatkach z królikami. Albo w Bentleyu.

W rzeczy samej, nie mógłby już wyglądać agresywniej, nawet gdyby okazało się, że ma wbudowany pistolet maszynowy Thompsona, i właśnie dlatego moja pierwsza przejażdżka tym wozem zakończyła się lekkim rozczarowaniem.

O, nie – pomyślałem. To będzie pewnie coś w stylu filmu z Robertem de Niro i Meryl Streep. Są wszystkie niezbędne składniki, ale to, co z nich wychodzi, to bzdety zwalające z nóg swoją głupotą.

Ponieważ wersja Super Touring wzięła swoją nazwę od wyścigów samochodów turystycznych, spodziewałem się ostrej jazdy i nerwowego prowadzenia, ale wóz ubrany był w garnitur w prążki, a swoim zachowaniem przy stole mógłby zawstydzić nawet samą królową. Mondeo był rozsądny i cywilizowany... aż do chwili, kiedy postanowiłem, że pojadę jak totalny świr.

Wóz jednym ruchem zdarł z siebie garnitur z Saville Row, by pokazać, że nosi pod nim pończochy i podwiązki, i jeśli tylko mnie wzrok nie mylił, majtki z rozcięciem w kroku. Rany, ale miałem frajdę!

Jeździłem już wcześniej starym Mondeo V6 i byłem pod wrażeniem, ale w tym było o wiele ciszej, dzięki czemu mogłem swobodnie delektować się mocą i przyczepnością – obydwie te rzeczy występują w tym samochodzie w olbrzymich ilościach. Jedyną drobnostką, która psuje całą przyjemność, jest tendencja samochodu do ściągania w lewo, ale poradziłem sobie z tym, kładąc – jak nakazuje stary obyczaj – ręce na kierownicy.

Bezapelacyjnie i bez cienia wątpliwości ten wóz bije na głowę wszystkie niemieckie oferty w podobnej cenie, ale zanim ruszycie tłumnie do salonów, muszę ostrzec was przed jego wadami.

Wiem, że nieźle się prezentuje, że jest szybki i że ma bardzo korzystny stosunek jakości do ceny, ale to Ford, a niebieska elipsa nie budzi dobrych skojarzeń w żadnym klubie golfowym. To sprawia, że jeszcze bardziej mi się podoba.

W dodatku śmiać się z was będą nie tylko koledzy i sąsiedzi. Podczas gdy dilerzy BMW i Audi są tak usłużni, że od razu oferują wam znalezienie dawcy serca do przeszczepu, większość sprzedawców Forda uważa, że klienci indywidualni są na drabinie ewolucyjnej jedynie szczebel wyżej od psich odchodów.

Istnieją oczywiście dobre salony Forda, ale mam cały segregator listów od ludzi, którzy twierdzą, że wizyta u przeważającej liczby dilerów tej marki to kompletna strata czasu.

Tak więc, gdy wkroczysz do salonu wymachując czekiem na 20 000 funtów, nie oczekuj, że zostaniesz potraktowany jak gwiazda filmowa. Nie daj się zaskoczyć i bądź przygotowany na uderzenie w twarz i serię poniżających dowcipów. Jeśli jednak jesteś w stanie to przeżyć, jak również kolejne ciosy, jakie spadną na ciebie, gdy będziesz musiał odstawić samochód do serwisu, staniesz się właścicielem wozu, który uważam za najlepszy sedan klasy średniej dostępny obecnie na rynku.

■ NSX – niewidzialny supersamochód

Chcesz wiedzieć, czy dany samochód osiągnie sukces rynkowy, czy będzie klapą? Zapytaj o to lepiej Kylie Minogue, która – jestem tego pewny – będzie o wiele bliższa prawdy niż ja.

W 1992 roku określiłem Forda Escorta mianem "pieskiego wozu", a on tymczasem stał się najlepiej sprzedającym się samochodem w Wielkiej Brytanii. Rok później gościłem w 95 milionach domów na całej planecie z przesłaniem, że Toyota Corolla jest tak nudna, iż powinna być sprzedawana w komplecie z rozpinanym swetrem. Od tego momentu poziom sprzedaży Corolli zapewnił jej tytuł najlepiej sprzedającego się samochodu na świecie.

Niezrażony wychyliłem się znowu i z wielkim zapałem stwierdziłem, że Renault A160 to istne arcydzieło, któremu, jeśli chodzi o stosunek możliwości do ceny, nie jest w stanie dorównać żaden inny samochód. W pierwszym roku sprzedaży w Wielkiej Brytanii wóz znalazł sześciu nabywców.

Największą jak do tej pory zagadką jest jednak Honda NSX. W 1994 roku obsypałem ją literackimi płatkami róży twierdząc, że oto Jezus po raz drugi zstąpił na Ziemię. Po czym Honda sprzedała zaledwie 19 egzemplarzy tego modelu.

Sprawy przybrały nieco lepszy obrót w 1995 roku, kiedy NSX znalazła dach nad głową w 55 domach Wielkiej Brytanii. Dodatkowo w 1996 roku pojawiła się wersja ze zdejmowanym dachem, którą można było zamówić ze skrzynią biegów sterowaną przyciskami przy kierownicy. Przyszłość pierwszego japońskiego supersamochodu malowała się w tak jasnych barwach, że zdecydowałem się wystąpić w reklamie tego wozu i wyśpiewać w niej pod jego adresem same pochwały. Sprzedaż spadła do 38 egzemplarzy. I wciąż spada.

Liczba sprzedanych Hond NSX jest naprawdę zatrważająco mała, a sprawę pogarsza dodatkowo fakt, że niektóre z nich musiały zostać zarejestrowane jako egzemplarze testowe Hondy. Gdyby udało się nam zajrzeć do komputera w Swansea, zobaczylibyśmy coś zaskakującego – w 1996 roku ani jedna osoba w całej Wielkiej Brytanii nie kupiła Hondy NSX.

I założę się, że Honda nie może zrozumieć, co do diaska zrobiła źle. Dała światu całkowicie aluminiowy supersamochód z jednym z najbardziej zaawansowanych technologicznie silników, nie licząc tych występujących w filmach fantastycznonaukowych. Postarała się o to, by był niezawodny i prowadził się nie trudniej niż dziecięcy wózek. Utrzymała jego cenę na poziomie BMW i pokazała go z panem Wolfem w środku w *Pulp Fiction*. W podzięce za te starania ludzie zaczęli tłumnie trzymać się z dala od NSX.

By jeszcze bardziej przyprawić coś, co i tak było już bardzo pikantnym curry, Honda wzmocniła silnik, dodała elektryczne wspomaganie kierownicy i okrasiła to wszystko sześciostopniową skrzynią biegów. A teraz, stwierdzając, że jest to naprawdę wyjątkowy, imponujący samochód, zapewnię mu spektakularną klapę.

Spędziłem w nim dzień na torze wyścigowym Mallory Park w Leicestershire i mogę z pełną odpowiedzialnością powiedzieć, że jeśli chodzi o pokonywanie budzącego grozę zakrętu Gerarda, NSX może konkurować nawet z Ferrari 550.

Ten łuk jest naprawdę paskudny: długi, niesłychanie długi, 180-stopniowy skręt w prawo, który zacieśnia się przy samym końcu. Musisz wtedy ująć odrobinę gazu, ale niestety nie możesz tego zrobić – jest tam małe wybrzuszenie, które sprawia, że na chwilę samochód staje się lżejszy.

Jeśli stchórzysz, w barierkę uderzysz tyłem. Jeśli będziesz jechał odważnie przed siebie, rozbijesz się o barierkę przodem. Jeśli będziesz prowadził NSX, uda ci się. Spocisz się trochę i obiecasz sobie, że w przyszłą niedzielę wybierzesz się do kościoła, ale uda ci się, i to liczy się najbardziej.

Elektryczne wspomaganie kierownicy to raczej chwyt reklamowy, ale przyczepność i wrażenia z jazdy tym wozem są fantastyczne. A pomruk silnika sprawi, że w równe 10 sekund ty i horyzont zostaniecie najlepszymi kumplami.

W Hondzie nadal pracuje silnik V6 ze zmiennymi fazami rozrządu – cokolwiek miałoby to u licha oznaczać – ale teraz jego pojemność wynosi 3,2 litra, dzięki czemu od zera do setki przyspieszysz w pięć sekund z małym hakiem i rozpędzisz się maksymalnie do 274 km/h.

Nie żebyś do tego dążył. To, czego tak naprawdę pragniesz, to nieustannie zmieniać biegi, bo do wnętrza przytulnej kabiny silnik emituje dźwięk, od którego ścięłoby się nawet błoto. Po pięciu okrążeniach moja dusza miała już taką konsystencję, że można było serwować ją jako zupę. Nigdy nie sądziłem, że można zakochać się w hałasie, ale spróbuj tylko rozkręcić silnik Hondy do 8000 obrotów, a znajdziesz się w drodze do urzędu stanu cywilnego.

NSX byłaby bardzo dobrym życiowym partnerem, ponieważ – w przeciwieństwie do Ferrari – można z niej korzystać jak z najzwyklejszego samochodu na co dzień. W dodatku tak łatwo się ją prowadzi. Umiałaby to robić nawet moja babcia, gdyby nie to, że oczywiście już nie żyje.

Według mnie jedynym mankamentem tego samochodu jest jego stylistyka. W przypływie szczerości nawet sama Honda przyzna, że skopiowała Ferrari, a to tak, jakby prosić dziewięciolatka o skopiowanie *Wozu z sianem* Constable'a. Nie uda mu się, a nie uda mu się na pewno, jeśli będzie chciał poprawić oryginał.

Honda doszła do wniosku, że dobrym pomysłem będzie wyposażenie swojego supersamochodu w bagażnik, więc karoseria wystaje za tylne koło bardziej niż powinna. W dodatku Honda poczuła, że takiemu samochodowi przydałyby się spryskiwacze reflektorów, co sprawiło, że gładki przód upstrzony jest plastikowymi wypukłościami i wygląda jak twarz Claudii Schiffer z wągrami.

Zawsze byłem zwolennikiem poglądu, że książkę powinno się oceniać po jej okładce. Nie kupię na przykład żadnej powieści, chyba że na jej okładce znajdzie się myśliwiec albo okręt podwodny, ale w tym przypadku naprawdę bardzo was zachęcam, byście nie skupiali się na obwolucie Hondy, tylko zobaczyli, co ma w środku.

Nie jest może bezpośrednim konkurentem Ferrari 355, ale jest za to o 20 000 funtów od niego tańsza. Gdy przejrzycie kolumny z używanymi samochodami w niniejszym magazynie, uda się wam znaleźć jakąś NSX za 40 000 funtów, a to, jak na taki samochód, jest ceną rodem z pchlego targu.

Założę się, że już chcecie przejrzeć te ogłoszenia. I będziecie je tak przeglądali i przeglądali, aż w końcu kupicie sobie Porsche.

■ Corvette to nie S-kadra

No, co tam u ciebie, przeciętniaku? Niech zgadnę: wstałeś rano z łóżka, pojechałeś do pracy, tam poflirtowałeś sobie z sekretarkami, a potem wróciłeś do domu, oglądałeś telewizję, ziewając czytałeś ten tekst i zastanawiałeś się, po co masz sutki. Nie przejmuj się, to w porządku, przez większość czasu robię to samo. I właśnie stąd wiem, że twoja osoba zirytowałaby Hoota Gibsona w równym stopniu, co on mnie.

Hoot Gibson to stuprocentowy Amerykanin z oczami Paula Newmana. Doskonalił swój fach pilotując w Wietnamie Phantomy F-4 i strącając Migi, którymi mogły latać, albo i nie, asy radzieckiego lotnictwa myśliwskiego. Był takim mistrzem w strącaniu wszystkiego, co lata, że wysłano go do Akademii Top Gun, gdzie stał się instruktorem jeszcze lepszym od Kelly McGillis. Po tym epizodzie znalazł się w bazie lotnictwa marynarki wojennej Pax River, gdzie oblatywał najnowsze, eksperymentalne odrzutowce. Gdy jego kariera jako pilota dobiegła końca, zamiast biurka armia powierzyła mu prom kosmiczny, na pokładzie którego wybrał się w kosmos nie mniej niż pięć razy.

Czymże więc jeździ ten stuprocentowy amerykański bohater, gdy już poczuje pod nogami teksańską ziemię, a jego prędkość zostanie ograniczona do 90 km/h? Viperem? Jaguarem? Beemką? No cóż, niezupełnie. Pan Gibson ma Toyotę Camry w kolorze bakłażana i z dopasowanym do tej barwy wnętrzem. Powiedziałem mu, że Camry to okropny wóz, z czym się zgodził, ale zaraz dodał, że przynajmniej jest niezawodny – „a to jest dla mnie istotne". W porządku, ale w *S-kadrze* – najlepszej książce świata, nawiasem mówiąc – Tom Wolfe pisał, że wszyscy piloci-oblatywacze i astronauci śmigali po mieście w Corvetcie – w pierwszym samochodzie sportowym amerykańskiej produkcji.

– Dlaczego nie jeździsz Corvettą? – zapytałem.

– Ponieważ – odpowiedział – to kupa złomu.

Ho, ho, ho, spokojnie, chłoptasiu. Pan Przerośnięta Klata nazywa swój samochodowy odpowiednik „kupą złomu"? To wymagało zbadania, dlatego dwa dni później wypożyczyłem sobie żółty jak jajecznica kabriolet z automatyczną skrzynią biegów. Wśliznąłem się zwinnie do jego intensywnie lśniącego wnętrza, ośmiocylindrowy silnik V8 o pojemności 5,7 litra zamamrotał budząc się do życia, po czym kształtny dziób Corvetty skierował się w stronę Las Vegas Boulevard. Corvetta jest zabójczo przystojna, a moja opinia na temat amerykańskich silników V8 bogato udokumentowana. Układ kierowniczy szybko reagował na ruchy kierownicą, zestaw audio brzmiał nieźle i zacząłem dochodzić do wniosku, że Hoot powinien ograniczyć się do komentarzy na temat samolotów. Chwilę później wjechałem na gumę do żucia. Jezu Chryste, czy zdawaliście sobie sprawę z tego, że w Corvetcie w ogóle nie ugina się zawieszenie? Koła przymocowane są bezpośrednio do waszych pośladków. Podejrzewałem, że z samochodem coś jest nie tak, i rzeczywiście, tego samego wieczoru całkowicie się popsuł. Jego czerwony zamiennik okazał się jednak tak samo zły.

No dobra, powiem wam w tajemnicy, że Corvetta to wolny samochód, który w ogóle nie daje się prowadzić. Ponieważ nie ma zawieszenia, które mogłyby absorbować toczenie się kół, samochód się po prostu ślizga, i pewnie właśnie to stanowi powód wyposażenia go w kontrolę trakcji. Ponieważ jednak ten gadżet uaktywnia się zbyt gwałtownie i za wcześnie, postanowiłem go wyłączyć... i o rany, o rany, uwaga, panie i panowie, jedziemy tyłem do przodu! Było to nawet zabawne, aż do chwili, gdy zobaczyłem, że zbliża się do mnie barierka. Tu zdradzę kolejny sekret. ABS nie działa w sytuacji, gdy samochód porusza się bokiem. Nic się jednak nie stało – udało mi się zatrzymać wóz w odległości dobrych kilkunastu centymetrów od przeszkody. Przeżywałem właśnie szok po wypadku, do którego nie doszło – wypuszczenie powietrza z płuc, ramiona opuszczone o kilka metrów – gdy pojawił się policjant. Znał się na rzeczy, więc rozmowa szybko zeszła na Corvettę, która o mało co mnie nie zabiła.

– Wiesz na czym polega problem z Vettą? – powiedział. – Ten cholerny rzęch to najgorszy samochód na świecie.

Nie widział co prawda mojego poślizgu, ale powiedział, że nawet przez myśl mu nie przeszło, by wypisać mi mandat. Wiedział, jak łatwo stracić kontrolę nad największą wpadką motoryzacyjną przemysłu samochodowego z Detroit.

– Pieprzona Corvetta obraca się tak łatwo, że gdy zaparkujesz ją pod supermarketem, to po powrocie zobaczysz, że jest ustawiona w przeciwnym kierunku – dodał.

Gdy wsiadał do radiowozu, poradził mi:

– Dziś w nocy zostaw otwarty dach i kluczyki w stacyjce. Może dopisze ci szczęście i ktoś ci ją ukradnie.

Zawsze lubiłem Corvettę i kiedyś rozważałem nawet jej zakup. Teraz jestem mądrzejszy. Przecież to takie proste. Amerykanie są dobrzy w konstruowaniu wahadłowców. A my – w tworzeniu samochodów.

■ Piłkarze proszeni do pokoju numer 101

Utrzymywanie się z pisania o samochodach każdemu, kogo interesują niuanse wewnętrznego spalania, może wydawać się świętym Graalem.

A jednak ma to też swoje wady, spośród których największą stanowi ustawiczna konieczność przekonywania różnych osób, że nie zepsuję im wieczoru mówiąc bez przerwy o końcówce drążka poprzecznego w Triumphie TR 5. Gdy wchodzę do jakiegoś pomieszczenia, ludzie niezwiązani z samochodami nurkują za sofę, a gdy uda mi się niepostrzeżenie ich zajść, udają, że są głusi i obłąkani. Jestem osądzany z góry aż do tego stopnia, że na mój widok kobiety wyskakują z krzykiem przez okno. Wolą to, niż uciąć sobie ze mną pogawędkę.

W zeszłym roku musiałem spokojnie siedzieć i patrzeć, jak Nick Hancock nie zostawia na mnie suchej nitki w programie telewizyjnym *Pokój numer 101*, w którym zapraszani przez niego goście wrzucają swoje małe utrapienia i irytacje w płomienie wiecznego, piekielnego ognia.

Zostać zamordowanym przez kogoś, z kim się wcześniej nawet nie spotkałem, to wielka przykrość. Zamiast jednak stroić fochy, skwapliwie skorzystałem z szansy wystąpienia w jednym z nowych odcinków tego programu.

Jak jest to przyjęte w tego typu programach, przed występem nie ma okazji, by porozmawiać z gospodarzem. To oznaczało, że musiałem w ciągu zaledwie godzinnej sesji nagraniowej przekonać człowieka, którego zawsze lubiłem i podziwiałem, że w mojej głowie nie znajdują się wyłącznie dane liczbowe dotyczące przyspieszeń i zestawienia wymiarów miejsca na nogi pasażerów podróżujących na tylnej kanapie.

Najwyraźniej nie udało mi się tego dokonać, bo zapowiadając program, Hancock powiedział, że ma alergię na ludzi, których fascynują samochody i że moje nominacje były nudne, bo oczywiste.

Dobrze. Usiłowałem podchodzić do tego rozsądnie, ale teraz nadszedł czas zapłaty, bo Hancock, z tego co wiem, jest wielkim fanem piłki nożnej.

Właśnie skończyłem czytać *Futbolową gorączkę* Nicka Hornby'ego i uważam, że ta żałosna historia jest jeszcze bardziej przygnębiająca niż film *Elza z afrykańskiego buszu*.

Iana McCulluma i Tommy'ego Lee Jonesa czczę jak bohaterów za ich talent bez granic, ale dlaczego jest tak, że nawet na samą wzmiankę o piłkarzach od razu się ślinią? Przecież piłkarze, i to praktycznie bez żadnych wyjątków, są tak głupi, że dziwię się, jak udaje się im założyć spodenki na właściwą stronę.

W zeszłym tygodniu dzieliłem hotel z drużyną piłkarską. Z powodu ustawy o zniesławieniach nie będę tu podawał nazwisk jej zawodników, ale daję głowę, jego hol wyglądał jak poczekalnia u Darwina.

Wbili sobie do tych swoich malutkich, naprawdę malutkich móżdżków, że jestem Jeremy Beedle i przez dwie godziny powtarzali tylko jedno zdanie: „Uwaga, Beedle się zbliża". Przynajmniej tak mi się wydawało, bo jeszcze nie opanowali do końca trudnej sztuki mówienia.

Zauważyłem, że nie prowadzą ze sobą rozmów jak normalni ludzie. Jeden z nich podszedł do grupy innych i wydobył z siebie coś, co przypominało odgłosy rodem z wiejskiego podwórza. To z kolei spowodowało, że inni zaczęli muczeć i gdakać, po czym rozproszyli się po kątach.

Mamy tu do czynienia z grupą młodych mężczyzn, którzy, ponieważ potrafią kopnięciem przemieścić nadmuchaną trzustkę owcy na znaczną odległość, zarabiają do 40 000 dolarów tygodniowo. Jeśli zaś młody samiec ma do dyspozycji takie kwoty, odczuwa pokusę, by znaczną ich część przeznaczyć na jakieś odlotowe cztery kółka.

Najwyraźniej taki stan rzeczy mocno niepokoi szefa klubu Manchester United, Alexa Fergusona, który stara się przeciwstawiać co poniektórym bardziej ekstremalnym pomysłom motoryzacyjnym swoich zawodników. Wydaje się, że po zapłaceniu zylionów funtów za nowego zawodnika, Ferguson nie może spać spokojnie z myślą, że któryś z jego podopiecznych śmiga właśnie po centrum miasta w Vantage'u z prędkością 290 km/h. Jazda pod wpływem Spice Girls nie stanowi wykroczenia, ale mimo to jest niebezpieczna. Podobnie jak nieumiejętność przeczytania słowa „STOP" na znakach drogowych.

Takich obostrzeń na samochody na pewno nie wprowadzono w klubie piłkarskim Liverpool, którego rzecznik stwierdził, że ich parking wygląda „niesamowicie". Podobno staje na nim kilka „tych lepszych wozów z Land Rovera" (zakładam, że miał na myśli Range Rovery), a reszta to „sportowe Porsche" – domyślam się, że chciał przez to powiedzieć, iż „niesportowe Porsche" stanowią zdecydowaną mniejszość.

A to z kolei dowodzi, że piłkarz z sukcesami na koncie ma w sobie coś z fana motoryzacji. Dalsze badania wykazały, że tak jest w istocie. Alan Shearer ma Jaguara XK8, a Les Ferdinand sportowe Porsche 911.

David Seaman (nazwisko, niestety, trochę niefortunne) i Ryan Giggs (który jest Walijczykiem) są posiadaczami Astonów Martinów DB7, a Teddy Sheringham rozbija się Ferrari 355 Spider. John Barnes wybrał po prostu Mercedesa SL.

Davida Beckhama, osobę tak bystrą, że nawet potrafi umówić się na randkę z Posh Spice, można zobaczyć za kierownicą BMW M3 ze składanym dachem. Jason McAteer ma Porsche Boxstera.

Myślę, że to już wystarczy, by Hancock dostał wysypki. Ale czy istnieją w takim razie jakieś drużyny piłkarskie, których zawodnicy nie interesują się samochodami?

Znalezienie odpowiedzi na to pytanie nie należało do najłatwiejszych zadań, bo albo musiałem dzwonić do klubów i rozmawiać z ludźmi, którzy tego nie potrafią, albo przekopywać się przez internet, na co straciłem tyle czasu, że powinienem był raczej skorzystać z gołębi pocztowych.

A jednak wydaje mi się, że znalazłem taki klub – Stoke City. Pracująca w nim urocza recepcjonistka, Lizzie, stosująca poprawną składnię języka angielskiego, podała mi spis samochodów, którymi jeżdżą jego zawodnicy. To przerażające. Kevin Keen ma Volkswagena Polo, a Fofi Nyamah Vauxhalla Astrę. Inne samochody, które zaśmiecają ten parking dla ubogich to Ford Escort 1.8 LX, jakiś Citröen, Mazda 323 i Mercedes C180 – zdecydowanie najwolniejszy wóz świata.

Z pewnością taka ignorancja piłkarzy w dziedzinie motoryzacji automatycznie zjednuje sobie niesamowitą sympatię ich fana numer jeden – gościa o nazwisku Nick Hancock. Skąd jednak wiem, że kibicuje klubowi Stoke? Bo praktycznie o niczym innym nie mówi!

■ Zabawa w stylu *Top Gun*

Jeśli należysz do tych bardziej rozgarniętych czytelników, podejrzewasz zapewne, że jeśli chodzi o rozmowy w redakcji magazynu „Top Gear", na szczycie listy tematów tabu znajdują się samochody. Przecież przez szesnaście godzin dziennie ci ludzie nimi jeżdżą, a w ciągu pozostałych ośmiu o nich piszą. Ostatnią rzeczą, której chcieliby nad kuflem piwa albo podczas mikrosekundowej przerwy na papierosa, to dyskutować o wyższości Protona nad Escortem.

No dobrze, zdradzę wam mały sekret. Faktycznie, ludzie w redakcji nie rozmawiają zbyt wiele o samochodach, ale nie ma to nic wspólnego z tym, że obcują z nimi w nadmiarze. Nie rozmawiają o samochodach, bo są zbyt zajęci gadaniem o swoich cholernych motocyklach. Zastępca redaktora naczelnego jeździ na motorze. Dyrektor artystyczny jeździ na motorze. Podobnie jak redaktor działu kultury – w dodatku jest kobietą. Niedawno byłem na Barbadosie z redaktorem działu testów. Codziennie siedział na plaży czytając magazyn „Bike".

Nawet już do nich nie dzwonię, ponieważ jeśli to robię, zawsze zapominam o zasadzie, by nie używać przy nich słowa na „s". Na litość boską, przecież to jest magazyn o samochodach! Może ludzie, którzy w nim pracują, chcieliby usłyszeć, że niedawno siedziałem za kierownicą turbodoładowanego Ferrari F50?! Mówię więc:

– Cześć wszystkim! Słuchajcie, wczoraj prowadziłem Ferrari F50...

I wiecie co? Nie ma żadnej reakcji... Powtarzam to więc raz jeszcze i jeśli akurat mam szczęście, jedna z osób podniesie głowę i wymamrocze pod nosem, że F50 nie jest tak szybki jak Triumph T595. I wtedy się zaczyna...

– Tak, ale Honda Fireblade ma za to lepsze zawieszenie...

– Zgadzam się, ale i tak wolę 43-milimetrowe amortyzatory Showa w dziewięćsetszesnastce.

A ja czuję się jak kotlet schabowy w synagodze. Już nawet przestałem się z nimi kłócić. Tak, tak, tak... motocykle są tańsze od samochodów, dają więcej frajdy niż one, a na prostej są od nich szybsze. Próbowałem zwrócić uwagę znajomych z redakcji na fakt, że na zamkniętym torze, gdzie jest trochę zakrętów, samochód ustanowi krótsze czasy przejazdu niż motor. Po tym stwierdzeniu zapanowała grobowa cisza, bo wszyscy usiedli do swoich suwaków logarytmicznych i kalkulatorów. Po trzech minutach dyrektor naczelny ogłosił, że w Thruxton – zgodnie z jego obliczeniami – to właśnie T595 będzie szybszy od F50.

Całe szczęście, że teraz będę mógł ich zatkać, bo zupełnie niedawno latałem myśliwcem F-15E, a nie ma na Ziemi takiego motocykla, który mógłby się z nim równać.

A, pewnie zauważyliście, że powiedziałem „latałem", a nie „latałem w". Mimo że nigdy nie trzymałem drążka sterowego choćby w Cessnie, Amerykańskie Siły Powietrzne pozwoliły mi objąć stery kosztującego 50 milionów dolarów samolotu, który podczas 90-minutowego lotu zużywa paliwo warte 7000 dolarów.

Pewnie myślicie, że jeśli jest się już w powietrzu, nie odczuwa się prędkości, ale to nieprawda, co z wielkim zaangażowaniem miał mi za chwilę udowodnić pilot. Na wysokości 300 metrów poustawiał wszystko tak, by spowolnić samolot do około 250 km/h. Potem, uprzednio upewniwszy się, czy jestem gotów, włączył dopalacze. Panie Sheen, panie Fogarty, coś wam powiem: co wy możecie wiedzieć! Nie mierzyłem czasu, ale wydaje mi się, że po dziesięciu sekundach osiągnęliśmy prędkość ponad 1100 km/h. Następnie, by zademonstrować, o co tak naprawdę chodzi w F-15, pilot posadził myśliwiec na ogonie i wzbił się pionowo z wysokości 300 na 5300 metrów w 11 sekund. Pewnie każdy z was jechał kiedyś w windzie, która – jeśli była szybka – potrafiła dostarczyć całkiem zabawnych doznań. Wyobraźcie sobie zatem, jak można poczuć się w czymś, co 5000 metrów wysokości pokonuje w czasie, w którym Mondeo rozpędza się od zera do setki.

Pilot w dalszym ciągu mi nie odpuszczał. Po demonstracji przyspieszenia w F-15 zostałem zapoznany z jego sterownością. Ujmę to tak – skręcając łagodnie, jak w niedzielne popołudnie, samolot potrafi wycisnąć 10 g i naprawdę nie znam żadnego motocykla, który potrafiłby zrobić to samo. Podobnie, żaden motocykl nie jest w stanie wcelować 450-kilogramowym pociskiem w skrzynkę na listy. Co więcej, w pojedynku między Migiem-29 a Ducatim 916, włoski motocykl przegrałby z kretesem. Tymczasem F-15 jeszcze ani razu nie został zestrzelony. Ani razu.

Najlepszy moment nastąpił jednak wtedy, gdy pilot powiedział „przejmij samolot". Wtedy zrobiłem beczkę, pętlę, poleciałem rzucić okiem na nowe zakłady BMW, przeleciałem nad poligonem Kitty Hawk i rozpędziłem samolot tak, że od prędkości naddźwiękowej dzielił mnie dosłownie jakiś mały ułamek. F-15 osiąga 2 machy, ale tylko nad powierzchnią wody, a mój kurs katapultowania nie obejmował sposobu przeżycia w takich warunkach.

Mimo to nie żałowałem. Naprawdę, wierzę, że doświadczyłem pewnej ostateczności; od tego momentu wszystko inne będzie odrobinę banalne.

Z tego, co teraz widzę, motocykl ma nad myśliwcem jedną przewagę. Na motocyklu się nie wymiotuje. A w myśliwcu tak. Dwa razy.

■ Kontrola trakcji traci przyczepność do rzeczywistości

Jestem cierpliwym człowiekiem, ale lepiej niech Vodafone przyjmie do wiadomości, że moja cierpliwość jest już na wyczerpaniu. Albo postawią więcej stacji bazowych albo wybiorę się do ich siedziby głównej z trzonkiem od kilofa i paczką kumpli.

Mój telefon komórkowy działał w odległości 100 mil od Alice Springs w Australii i na lodowcu w Islandii. Sprawował się dobrze na tankowcu u wybrzeży Południowej Afryki, a we Włoszech – we Włoszech, na miłość boską! – gadałem przez niego przez godzinę jadąc autostradą i ani razu nie zerwał połączenia.

Ale w Fulham – nie działa, podobnie jak na obwodnicy Oksfordu, na długich odcinkach autostrady M40 czy w okolicach Coventry. A to oznacza, że firma Vodafone pobiera ode mnie należność za usługę, której po prostu nie świadczy. Obawiam się więc, że już niedługo będzie musiała postarać się o nowe meble do biura. I zęby dla pracowników.

Podobnie rzecz ma się z faksami. Mój pierwszy faks po prostu darł na drobne kawałki każdy znajdujący się w jego pobliżu papier. Nowy wciąga więcej niż jedną kartkę aż mu się to znudzi. Potem zaczyna je miąć i wypluwać na podłogę, żeby mój pies miał co jeść.

Tak właśnie działa marketing. Muszę mieć faks, bo reklamy głoszą, że gdy go nie masz, jesteś nikim. Posiadanie faksu, który nie działa, jest w porządku, ale nieposiadanie go wcale jest jak eksponowanie opryszczki w towarzystwie. A czy wyobrażacie sobie, by podczas jakiegoś spotkania przyznać się, że nie macie telefonu komórkowego? To byłoby gorsze od przyznania się do braku genitaliów.

A teraz to samo zjawisko przenosi się do świata samochodów pod nazwą kontroli trakcji.

Istnieje mnóstwo jej różnych odmian, ale każda z nich w rzeczywistości wykonuje to samo zadanie. Jeśli uwolnisz zbyt dużo mocy, czujniki wykryją moment, w którym napędzane koła zaczną tracić przyczepność i wyślą do komputera sterującego silnikiem sygnał ostrzegawczy. Komputer następnie zredukuje moc przekazywaną na koło, które cierpi na jej nadmiar, dzięki czemu unikniesz wypadku.

Gdy na mokrej drodze wciskam w swoim Jaguarze gaz, system wykrywa, że coś tu nie gra i robi to, co my wszyscy, gdy jesteśmy w rozterce. Wybiera się na długi spacer po ogrodzie, gdzie, po długim drapaniu się w podbródek, postanawia, że tak – powinien dać o tym znać wyższej instancji.

Zanim jednak centralny komputer wycofa pedał gazu na z góry upatrzoną pozycję, samochód będzie zmierzał tyłem w kierunku barierek. Elektrony są szybkie, ale gdy wahadłowy ruch tyłu samochodu wrzuci do równania swoje trzy grosze, jego wynik – to więcej niż pewne – będzie opłakany.

Poza tym najczęstsza przyczyna uślizgu tyłu nie ma nic wspólnego z nadmiarem mocy. Jest nią fakt uświadomienia sobie przez kierowcę, że zbyt szybko wjechał w zakręt, przez co stara się wyhamować. To z kolei sprawia, że ciężar samochodu przenosi się na przód, a ponieważ tył staje się lżejszy, to wpada w poślizg. Nigdzie nie ma tu mowy o żadnej mocy, w związku z czym elektroniczny władca trakcji jest tu tak użyteczny jak kosz piknikowy.

Można więc tylko siedzieć i czekać, aż zakręci się nam w głowie w wykonującym piruet samochodzie. No, chyba że kierowca jest utalentowanym młodym człowiekiem, który wie, co należy zrobić, gdy tył zaczyna uciekać w kierunku barierki.

Wie, że do rozwiązania tego problemu będzie mu potrzebna moc, tyle że kontrola trakcji wcale mu jej nie udostępni. Każda próba wciśnięcia gazu spotka się z natychmiastowym uderzeniem w policzek, oczywiście niedosłownie.

To oznacza, że dobrzy kierowcy pędzą drogami z wyłączoną kontrolą trakcji. I to jest zarazem ich największy problem, bo wszyscy kierowcy uważają się za dobrych. Każdemu z nich wydaje się, że potrafi wygrać z układem. Przecież jeżdżenie z włączonym systemem kontroli trakcji jest jak spacer po głównej ulicy miasta i obwieszczanie wszystkim, że jesteś impotentem. Włączona kontrola trakcji to jeden wielki obciach.

To zdumiewające. Z ochotą płacimy za coś, co nie działa, a potem to jeszcze wyłączamy. Dlaczego tak się dzieje?

Odpowiedź jest prosta. Każda firma samochodowa wie, że nazwa „kontrola trakcji" bardzo dobrze brzmi. A z tego wynika, że samochód, w którym jest zainstalowana, jest tak nieokiełznaną bestią, że przeciętnemu kierowcy nie można w zaufaniu oddać całej jego mocy.

O rany. Producenci samochodów sami przyznają, że ich wóz jest za szybki. Najpierw muszę go mieć, a potem wyłączę to urządzenie, które jest dla przeciętniaków. Mężczyzna – musimy o tym pamiętać – to ego obleczone skórą, i firmy samochodowe dobrze o tym wiedzą.

Niestety, nie wiedzą tego maniacy siedzący na zapleczach, z brodami i posklejanymi taśmą okularami. W ostatnich miesiącach zapotrzebowanie na systemy kontroli trakcji stało się tak ogromne, że zaczęli poprawiać ich czas reakcji, myśląc, że to właśnie o to nam chodzi.

Za każdym razem, gdy w nowym Jaguarze wciskasz mocno gaz, zresztą również i w Ferrari 550, elektrony wpadają w obłęd, a tobie zaczyna się wydawać, że w baku masz za mało benzyny. Silnik zaczyna się jąkać. Wtrąca się wtedy ABS, a ludzie, nawet ci rozsądni, zastanawiają się, dlaczegóż do diaska ten pieprzony komputer nie uwolni pełnego potencjału drzemiącego w wozie.

Właściciele tych aut też wyłączają kontrolę trakcji i telefonują do dilerów, by wyrazić swoje zaniepokojenie. Tyle że robią to korzystając ze swoich komórek, w związku z czym nawet jeśli diler podniesie słuchawkę, nikogo po drugiej stronie nie usłyszy.

> Artykuł po raz pierwszy ukazał się 10 sierpnia 1997 r. i zawarte w nim uwagi o usługach telefonicznych odnoszą się do tamtego okresu.

■ Jazda na krawędzi normy

Jeśli śledziliście moje poczynania w tym tygodniu, to obserwując moją jazdę mogliście dojść do wniosku, że musiałem prowadzić z opaską na oczach.

Nie, wcale tak nie było. Jeździłem po prostu Range Roverem, a to cholerstwo nie chciało za żadne skarby trzymać się prostej, no, chyba że zamierzałem akurat wziąć zakręt. W porównaniu do zwykłych rodzinnych sedanów, ten wóz jest tak beznadziejnie powolny, że wyprzedzały mnie nawet przemieszczające się kontynenty.

W sierpniu w Chipping Norton organizowane były zawody o tytuł najwolniejszego kierowcy na świecie, co – jeśli jestem w Jaguarze – w ogóle mnie nie dotyczy: wciskam po prostu pedał hałasu i zanim się zorientuję, przekraczam linię mety. Startując Range Roverem, do domu wróciłbym z głównym trofeum.

W Londynie sprawy wyglądają jeszcze gorzej. Po wąskich uliczkach terenów mieszkalnych w Fulham, gdzie wszyscy z jakiegoś dziwnego powodu uparli się, by mieć samochody terenowe, Range Roverem jeździło się tak jak Kubusiem Puchatkiem, który zjadł właśnie beczułkę miodu.

Nie można go było też nigdzie zaparkować. Chciałem wybrać się na kolację do restauracji Mao Tai przy New Kings Road, ale w promieniu mili nie udało mi się znaleźć wystarczająco dużego miejsca, poprzestałem więc na knajpce Blue Elephant przy Fulham Broadway, która – jak zwykle – skierowała do akcji najbardziej nieuprzejmych kelnerów, jakich kiedykolwiek spotkałem.

Powinienem był, zamiast dać im napiwek, przejechać po należących do restauracji kwietnikach, ale Range Rovera nie da się tak po prostu zabrać w teren – człowiek zawsze się boi, że wóz może mu się zabrudzić.

Co najdziwniejsze, wciąż kocham ten olbrzymi, prymitywny samochodowy kloc. Głównie z powodu pozycji, jaką zajmuje w nim kierowca – siedząc w nim, czujecie się tak, jakbyście z perspektywy samochodowego apartamentu spoglądali w dół na przemykającą drobnicę.

Muszę was wszakże ostrzec, że nikt na was nawet nie podniesie wzroku. Będą was nienawidzić tak, jakby mieli to zakodowane w DNA. Będą chcieli po was i po wszystkich, z którymi się kiedykolwiek spotkaliście, przejechać kosiarką do trawy. W ciągu zaledwie jednego dnia dwie osoby, i to bez żadnego wyraźnego powodu, stwierdziły, że chyba oddaję boską część Onanowi.

Ich nienawiść była jeszcze większa, niż gdybym prowadził po pijanemu, i tym oto sposobem płynnie przechodzę do tematu, na który w tym tygodniu sypały się gromy: do jazdy po spożyciu alkoholu, a dokładniej rzecz ujmując, do absurdalnego pomysłu obniżenia dopuszczalnej zawartości alkoholu w 100 mililitrach krwi z 80 do 50 miligramów. W tłumaczeniu na angielski oznacza to wypicie jednego piwka.

Posłuchajcie. To nie fair zabierać prawo jazdy, a tym samym pozbawiać pracy kogoś, kto po obiedzie zjadł na deser dużą porcję biszkopta nasączonego sherry.

Jeszcze nie spotkałem nikogo, kto przy obowiązującym dotąd ograniczeniu sprawiałby wrażenie urżniętego – ludzie byli raczej rozluźnieni, a to z pewnością pozytywne zjawisko. Oczywiście, że w grze Sega Rally osiągam lepsze czasy po uspokajającym drinku niż po tym, jak się z kimś pokłócę albo gdy cierpię na katar sienny.

Baronowa Hayman, która jest ministrem Partii Pracy do spraw bezpieczeństwa na drogach, twierdzi, że ustabilizowała się spadająca dotychczas liczba wypadków spowodowanych przez nietrzeźwych. Zmniejszając jednak dopuszczalny limit alkoholu we krwi do poziomu, kiedy jedna pipetka piwa zrówna was z seryjną morderczynią nieletnich, Myrą Hindley, Hayman doprowadzi do sytuacji, w której ta liczba wzrośnie.

Tylko pomyślcie. Jeśli wszyscy kierowcy, którzy mieli stłuczkę, zostaną poddani psychoanalizie, która wykaże, że kiedyś w swoim życiu faktycznie wypili jakieś piwo, każdy wypadek zostanie uznany za „spowodowany pod wpływem".

W każdym razie, liczba takich wypadków zmniejszyła się tylko dlatego, że dziś już mało kto prowadzi po wypiciu alkoholu. W 1996 roku policja zatrzymała do dmuchania w balonik o wiele więcej kierowców niż kiedykolwiek wcześniej – 780 000 – i tylko 13 procent z tej liczby było powyżej dopuszczalnej normy.

A to oznacza, że 87 procent ludzi, którzy zostali przyłapani na jeździe wężykiem, było zupełnie trzeźwych. Tak więc jeśli baronowa chce poprawić bezpieczeństwo na drogach, lepiej żeby to właśnie nimi się zajęła.

Oczywiście, że nie ma sensu majstrować przy dopuszczalnej normie, bo nie przywróci to starszym osobom dobrego wzroku, nie zmieni na lepsze tak zwanych „ostro pijących kierowców" ani nie ostudzi młodzieńczego zapału.

I mówiąc szczerze aż do bólu, kolejna porcja wyciskających łzy reklam, które przed samymi świętami rujnują nam dobry nastrój, to ogromne pieniądze wyrzucone w błoto, bo tak naprawdę większość z nas przepisy „piłeś – nie jedź" postrzega jako cholernie uciążliwe.

Nie robimy tego, bo kara, jaka za to grozi, jest wprost przerażająca: rok albo i więcej jazdy autobusem. Również i w związku z tym dostrzegam czyhający na ustawodawców problem: autobusy stają się coraz wygodniejsze.

Ludzie działający na rzecz transportu publicznego, przygotowując kampanie domagające się większej liczby pociągów i luksusowych, klimatyzowanych autobusów piętrowych z jacuzzi i telewizją satelitarną, muszą pamiętać, że jeśli autobusy staną się faktyczną alternatywą dla samochodów, liczba prowadzących „pod wpływem" osiągnie niebotyczny wręcz poziom.

Powinniśmy przedsięwziąć zgoła inne kroki. Autobusy powinny mieć na dachu miejsce na bagaż i kurczaki. Elementy zawieszenia powinny zostać zastąpione przez pręty z rusztowania, a pasażerów powinno się zachęcać do pichcenia na smrodliwych maszynkach do gotowania.

Jeśli zaś chodzi o pociągi: należy sprawić, by celowo się spóźniały. Gdy zawiadowca dojdzie do wniosku, że któryś z pociągów może wjechać na stację na czas, powinien nakazać motorniczemu, by spowolnił skład... tak gwałtownie, jak to tylko możliwe.

Zamiast zmuszać pijanych kierowców do korzystania przez rok ze środków transportu publicznego, powinno się im nakazywać robić to przez pięć lat za pierwsze wykroczenie, a za kolejne – przez całe życie. Jeśli chcemy pozbyć się ich z naszych dróg, przywalmy im nie kijkiem, a pniem mamutowca olbrzymiego.

A tych, którzy jeżdżą źle, a są trzeźwi, wychłostajmy rózgami. No, chyba że będą mieli doskonałe usprawiedliwienie: „Wysoki sądzie, to dlatego, że prowadziłem Range Rovera".

■ Uwaga na skośnookich!

Mówi się, że świat staje się dziś coraz mniejszy. No cóż, po tym, jak leciałem do Republiki Południowej Afryki przez zachodnią Kanadę, pozostaje mi przyjąć, że świat tak naprawdę jest cholernie ogromny.

Pierwszy etap podróży, z Heathrow do Calgary, spędziłem na pokładzie Boeinga 767, który ma tylko dwa silniki. Jeśli w jednym coś nawali, nie pozostaje ci nic innego, jak tylko biegać po samolocie i krzyczeć.

Ale nawet jeśli działają oba, samolot leci jak Volkswagen Polo diesel z doprawionymi skrzydłami. Gdy skierujesz go pod wiatr, wszelkie próby lotu spełzną na niczym. Skończą się po sześciu godzinach lądowaniem w Helsinkach tyłem do przodu.

Całe szczęście, że nasz wiatr wiał w prawidłowym kierunku, dzięki czemu już po dziewięciu godzinach od startu zmierzałem w kierunku cichego miasteczka Red Deer w kanadyjskiej prowincji Alberta, w którym odbywał się właśnie kongres świadków Jehowy.

Gdy zjeżdżałem rano na śniadanie, udało mi się uciszyć ich w windzie – podałem się za specjalistę od transfuzji krwi. Co więcej, tego samego dnia wygrałem zawody w konkurencji kombajn vs. gruchot, co wprawiło mnie w doskonały nastrój. Chwilę później wchodziłem już na pokład Airbusa, by wyruszyć do domu.

Airbus był świetny. Pomijając fakt, że miał cztery silniki, czyli o połowę mniej od tego, co chciałbym u niego widzieć podczas lotu nad północnym Atlantykiem, było w nim tak cicho, jak w windzie wypełnionej świadkami Jehowy, na których gniewnym wzrokiem spogląda ważący ponad 100 kg mężczyzna.

Z pewnością było tam o wiele ciszej niż na Heathrow, które przypomina dziś centrum handlowe Brent Cross. Któregoś dnia podczas jakiejś kolacji siedziałem obok Sir Johna Egana i wydało mi się, że wyglądał na zadowolonego z siebie.

Nic dziwnego: zrozumiał, że jako szefowi brytyjskiego zarządu portów lotniczych udało mu się zmusić mężczyzn do tego, do czego nie mogą ich zmusić miliardy kobiet – do robienia zakupów. Podczas mojego sześciogodzinnego oczekiwania na Heathrow zupełnie oszalałem.

Obładowany czterema nowymi parami okularów przeciwsłonecznych, kilkoma koszulami z Thomasa Pinka i zegarkiem, który wcale nie był mi potrzebny, wyruszyłem do Republiki Południowej Afryki na spotkanie z supertankowcem „Jahre Viking".

Ten największy tankowiec na świecie mógłby połknąć cztery katedry Świętego Pawła. Ponieważ jednak na południowych oceanach zapotrzebowanie na przenoszenie budowli sakralnych jest raczej niewielkie, zamiast nich statek transportował 519 milionów litrów ropy naftowej – wystarczająco dużo, by wyprawić wszystkich świadków Jehowy z całej Kanady na Marsa. Jednak nie na tyle dużo, by sprowadzić ich z powrotem.

Po pierwszym dniu na pokładzie, który w większości spędziłem na poszukiwaniu miejsca, gdzie mógłbym zapalić, zaczęliśmy mieć drobne kłopoty z pogodą. O czwartej nad ranem musieliśmy ewakuować się na pokładzie holownika, który swoimi rozmiarami przypominał popielniczkę. To oznaczało, że wśród szalejącej nawałnicy musiałem zejść po burcie korzystając ze sznurkowej drabinki, którą przed chwilą wyrwano maskotce statku – chomikowi.

Tej nocy nie spałem, podobnie zresztą jak i kolejnej, ponieważ linie lotnicze South African Airways fotele w swoich Boeingach 747 wzorują na siedziskach autobusów kursujących po wietnamskich wsiach.

I tak w ciągu dziewięciu dni, w łóżku spałem zaledwie trzy razy. Przebyłem prawie 39 000 km. Zderzyłem się z kombajnem i przeszedłem swoje, płynąc najniebezpieczniejszym szlakiem morskim na unoszącej się na wodzie bombie.

Ale faktycznie – podróże kształcą, i właśnie dlatego mogę podzielić się z wami dwiema bardzo cennymi obserwacjami. Po pierwsze: klasa biznes linii lotniczych Air Canada jest bardzo dobra. Po drugie: nie powinniście kupować żadnego japońskiego ani koreańskiego samochodu.

Oto dlaczego: w Ameryce paliwo jest tanie, a ludzie otyli, stąd tamtejsze samochody są duże i mają nienasycony apetyt na benzynę. W Europie mamy za to wąskie ulice, a paliwo kosztuje krocie, tak więc Fiat i Renault oddają nam do rąk malutkie samochodziki wyposażone nie w baki, a w pipetki.

Nie dotyczy to samochodów z Dalekiego Wschodu, samochodów, które zasypują nas jak śnieżyca i sprzedawane są w Milton Keynes, Montrealu oraz – bo nienawidzę aliteracji – Agadez.

A teraz zastanówcie się. Przecież skośnoocy mogą reklamować swoje samochody na wszelkie możliwe sposoby. Kanadyjczykom mogą powiedzieć, że dany wóz to pięcioosobowy, rodzinny sedan, Włochom – że to elegancka, kieszonkowa rakieta, buszmenom z Australii – że jest niezawodny, a amerykańskiemu lobby związanemu z bezpieczeństwem na drogach – że jest po prostu miękki.

Samochody takie jak Hyundai Accent muszą przecież mieć swojego nabywcę. Teraz już wiem, kto nim jest: afrykańscy taksówkarze.

Mieszkańcy Trzeciego Świata nie przyjmują do wiadomości, że samochody są w jakiś sposób związane ze statusem społecznym. Alfa Romeo reklamuje obecnie swój model 146 hasłem: "wszyscy w biurze pomyślą, że dostałeś awans". W Angoli ten slogan zupełnie by się nie sprawdził.

Afrykańscy taksówkarze nie są zainteresowani ani minionymi sukcesami wyścigowymi danej firmy samochodowej, ani stylistyką, ani tym, czy przy parkowaniu można wygenerować w samochodzie przeciążenie 4 g. Pragną za to niezawodności w korzystnej cenie, a to dają im Japonia i Korea.

Wybierzcie się do jakiegokolwiek afrykańskiego państwa, a nie uświadczycie tam ani jednego nowego Fiata czy Chryslera.

Zobaczycie za to mnóstwo niczym niewyróżniających się sedanów.

Jeśli teraz miałaby nastąpić część biznesowa tego artykułu, zapewne nie powstrzymałbym się od surowej krytyki europejskich producentów samochodów za ich brak aktywności w krajach rozwijających się, ale biznes jest dla mnie tak nudny jak flaki z olejem.

Tak naprawdę to obawiam się o samochody. Nie wsiadłbyś przecież do Chevroleta Caprice – jego widok na parkingu pod pubem jest co najmniej niestosowny. Podobnie nie powinieneś jeździć pudełkiem na kółkach, zaprojektowanym dla ludzi, którzy deskę rozdzielczą przyozdabiają plastikowymi złotymi koronami.

Europejski przemysł samochodowy wytwarza samochody dostosowane do europejskich realiów. Powinniście o tym pamiętać, decydując się na zakup samochodu zanim nastąpi 1 sierpnia i całe to zamieszanie związane z wprowadzaniem tablic rejestracyjnych zaczynających się na „R".

■ Walcz o prawo do dobrej zabawy

Tego lata firma Ferrari będzie obchodzić swoje pięćdziesięciolecie, wydając w Rzymie przyjęcie, przy którym impreza z okazji 50. urodzin Eltona Johna będzie wyglądać jak turniej gry w wista dla osób w podeszłym wieku. Ferrari zapowiada, że ruch uliczny zatrzyma się z powodu przybyłych do miasta 10 000 samochodów tej marki i że na imprezę przybędzie sam papież. Papież, na miłość boską! Sam papież wybiera się na imprezę urodzinową firmy produkującej samochody.

Przeglądnijcie w magazynie „Q" zapowiedzi koncertów, a zobaczycie, że tego dnia nie występuje żaden artysta rockowy. Eric Clapton, Chris Rea, Jay Kay, Rod Stewart – wszyscy mają Ferrari 550 i na pewno jadą do Rzymu, gdzie będą rozmawiać o Armanim i silnikach typu *quad-cam*. Jeśli chodzi o mnie, nie wybieram się tam. Postanowiłem, że ten wieczór spędzę w Coventry, gdzie Jaguar będzie obchodził nie 50., lecz 75. rocznicę założenia firmy. To nie fair. Bal odbędzie się w zakładzie przy Brown Lane i pojawi się na nim 1000 osób, a pośród nich... yyy... piłkarz David Platt... najprawdopodobniej... Królowa, nasz odpowiednik papieża, niestety, nie będzie mogła przybyć, bo w tym czasie otwiera jakiś kompleks firm komputerowych. A może fabrykę pokarmu dla psów w Cwmbran w Walii? Szczerze mówiąc, to żałosne, ale to nie Jaguar jest temu winny. Przeciwnie, świetnie sobie poradził, gromadząc 1000 osób, które są w stanie przybyć by celebrować coś, co – jak się nam wciska – jest zlepkiem kłębowiska przewodów, Cyklonu B i jednego bądź dwóch kawałków metalu. To zdumiewające. Od momentu, w którym firma British Aerospace przekazała Rovera Niemcom, otrzymałem setki listów z Bognor Regis od majorów w stanie spoczynku, w których pisali, że jest to godne ubolewania i że w takim razie nie było o co walczyć na wojnie... i tak dalej. Naszym obywatelom wpaja się jednak, że samochody to paskudztwo i że nie jesteśmy w niczym dobrzy. A my wzruszamy ramionami i przyjmujemy to do wiadomości. Do wiadomości przyjmujemy prawie wszystko.

Kilka lat temu Wspólnota Europejska, bo tak nazywała się wtedy ta organizacja, postanowiła, że wszystkie plaże w Europie muszą osiągnąć ten sam poziom czystości, co wcale jeszcze nie było ich najgłupszym pomysłem. Oczywiście, brytyjska delegacja od razu wysłała jakichś brodatych typów w kurtkach z kapturami tam, gdzie mamy trochę piasku. Ku ich przerażeniu, żadna z plaż nie spełniła nowych norm. Dziennik „Daily Mail" we wszystkich możliwych nagłówkach naśmiewał się z Wielkiej Brytanii, przedstawiając ją jako brudasa Europy. Jednak zgodnie z informacjami z moich własnych źródeł, obraz tej sytuacji nie jest do końca sprawiedliwy, bo pozostałe delegacje wróciły do swoich krajów i... nie podjęły absolutnie żadnych kroków.

Nie wysłano żadnych brodaczy, by sprawdzić stan plaż – po prostu stwierdzono, że „nasze plaże są czyste". Chwila, chwila! Czyli wygląda na to, że nasz zachowany w nienaruszonym stanie krajobraz północnej Szkocji jest brudny, a rojące się od dupków kamieniste tereny przypominające wysypisko śmieci zwane Grecją – świeże jak rosa o poranku?

Ludzie na kontynencie traktują przepisy z idealnie wyważoną dozą lekceważenia. Włosi w dwudziestym wieku mieli już tylu przywódców, a od czasów drugiej wojny światowej tyle rządów, że nauczyli się traktować władzę jako coś, w co można przez przypadek wdepnąć. Jaki jest sens przestrzegania jakiegoś przepisu, skoro w przyszłym tygodniu zza gór wyjedzie na słoniu Hannibal i wprowadzi zupełnie inne prawo? We Włoszech mógłbyś biegać, wymachiwać rękami i obwieszczać zainteresowanym, że Ferrari to symbol tego wszystkiego, co w kapitalizmie budzi sprzeciw i że samochody zabijają dzieci. Mieliby cię gdzieś. Tak samo jest we Francji. Gdy tamtejszy rząd usiłował nałożyć na samochody ciężarowe nowe podatki, ich kierowcy nie zorganizowali jakiegoś żałosnego strajku. Skądże. Zablokowali tirami autostrady i paląc gitanesy czekali, aż zwycięży zdrowy rozsądek. Nawet Belgowie, teraz, gdy to piszę, wyszli na ulice i są bliscy rzucania kamieniami, bo Renault zamyka tam fabrykę. Ale tu, u nas, poza garstką długowłosych frajerów z podejrzanymi plamami na spodniach, nikt na nic nie narzeka. To właśnie dlatego, kiedy we Włoszech cały kraj wyjdzie na ulice świętując jubileusz Ferrari, w Wielkiej Brytanii urodziny Jaguara obejdzie jedna osoba na 56 000. Naprawdę, nie możemy liczyć na więcej, bo nawet jeśli wyjdziesz na ulicę, by rozwiesić chorągiewki, urzędnik z rady miasta każe ci je pozdejmować. Gdy będziesz chciał zorganizować uliczną imprezę, ci spod numeru 54 zadzwonią na policję, która następnie poprosi cię o ściszenie muzyki.

Jedynym pocieszeniem może być to, że w Ameryce sprawy przedstawiają się jeszcze gorzej. Ktoś mi mówił, że w Los

Angeles nie można po drugiej w nocy spożywać alkoholu i to nawet we własnym domu. Założę się więc, że impreza urodzinowa firmy General Motors to dopiero będzie coś!

■ Recepta na życie w luksusie

Spędziłem w tym tygodniu najwspanialszy wieczór mojego życia, towarzysząc A.A. Gillowi w restauracji, którą właśnie recenzował.

Mimo że zarezerwował stolik na fałszywe nazwisko, licząc na to, że nikt nie zorientuje się, iż jest z „Sunday Timesa", kierownik obsługi od razu go rozpoznał i zaczął się do nas straszliwie łasić. Moglibyśmy wylać cały sos na jego spodnie, a on roześmiałby się tak, jak śmieje się ojciec, który wie, że od tego, jak się zachowa, zależy życie jego córki.

Być może Gill jest przyzwyczajony do spotykania ludzi, którzy mają dyplom w dziedzinie zaawansowanego wchodzenia do tyłka, ale dla kogoś głęboko wrośniętego w realia przemysłu samochodowego było to bardzo ożywcze doznanie.

Nie lubię zamieszczać w swoich tekstach anegdot, ale akurat ta aż się prosi o przypomnienie. Przed laty Land Rover znienacka zwolnił wszystkich pracowników *public relations* i zastąpił ich nowymi. By się tam zatrudnić, wystarczyło wiedzieć, do którego końca słuchawki trzeba mówić. A mimo to Roverowi wcale nie było łatwo znaleźć takich ludzi w Birmingham.

Tak czy owak, dzień po tym wszystkim zadzwoniłem do nich i przedstawiając się jako niezależny dziennikarz poprosiłem o wypożyczenia Range Rovera, potrzebnego mi jako materiał do tekstu, który właśnie pisałem. Świeżo zatrudniona dziewczyna powiedziała – to, co za chwilę nastąpi, musicie przeczytać z wyraźnym, bardzo wyraźnym akcentem z Birmingham – że bardzo jej przykro, ale „ma specjalne zalecenia, by nie wypożyczać żadnych samochodów niezależnym dziennikarzom".

Nieco zdziwiony, zapytałem, co by się stało, gdyby o samochód poprosił Stuart Marshall – dziennikarz motoryzacyjny, który pisze dla „Financial Timesa".
– To co innego – odparła. – Jemu moglibyśmy wypożyczyć.
– Ale przecież on też jest „niezależny" – odparłem.
To biedne dziewczę nie mogło się połapać, o co chodzi. Zastanawiała się przez chwilę i w końcu w jej głowie rozbłysło światełko:
– O, przepraszam. Miałam na myśli, że nie wypożyczamy samochodów nie „niezależnym", tylko „naciągaczom"…*

Nie, to też nie jest prawda. Naciągacz może mieć tyle samochodów, ile tylko zechce, i to z każdej firmy, o jakiej tylko pomyśli. W dodatku mówiąc „naciągacze" mam na myśli was.

Tak, bo zaraz wam wyjaśnię, jak bez jakichkolwiek nakładów finansowych można spędzić resztę życia jeżdżąc co tydzień nowym samochodem. Samochody będą wam dostarczać pod drzwi domu, czyściutkie, w stu procentach ubezpieczone i z bakiem zatankowanym pod korek, a potem, gdy wypełni się w nich popielniczka, zjawią się, by je zabrać.

Jedynym problemem będzie znalezienie czasu, by nimi jeździć, bo dwa razy w tygodniu będziecie latać do egzotycznych miejsc na całej ziemi i nocować w hotelach, które odmówiłyby noclegu Dodiemu Al-Fayedowi, bo uznałyby, że jest zbyt ubogi.

I co, podoba się? No dobrze, to teraz o tym, co musicie zrobić. Zadzwońcie do redakcji waszej lokalnej, bezpłatnej gazety i zapytajcie, czy moglibyście zamieszczać w niej co tydzień wasz krótki, egzaltowany tekst o samochodach. Nie przejmujcie się, nie musicie być wcale dobrzy w pisaniu, nikt od zapalonych fanów motoryzacji nie wymaga umiejętności polegającej na poskładaniu kilku zdań w jedną całość.

W ten sposób zyskacie zaplecze, dzięki któremu będziecie mogli zadzwonić do – dajmy na to – BMW. Firma BMW

---

* Anegdota opiera się na nieprzetłumaczalnej grze angielskich słów: *freelancer* (dziennikarz niezależny, wolny strzelec) i *freeloader* (naciągacz).

wiedząc, że faktycznie piszecie do prasy, będzie miała obowiązek wypożyczyć wam samochód. Będzie wasz przez calutki tydzień i będziecie mogli jeździć nim dokąd tylko dusza zapragnie.

Za tydzień podstawią wam kolejny samochód, a tydzień później – następny. Potem będziecie stawać się coraz mądrzejsi i dbać o to, by dysponować czterema kółkami odpowiednimi na daną okazję. Jeśli zostaniecie zaproszeni na polowanie, pojedziecie na nie w Fordzie Explorerze. Gdy wasza córka będzie miała ślub, wybierzecie Mercedesa Klasy S.

Na tym etapie zauważą was już ludzie z *public relations* i zaczną was zapraszać na ich niesławne „samochodowe" obiady. Wtedy będziecie już naprawdę na świeczniku.

Każdy nowy samochód – a pojawiają się średnio dwa na tydzień – jest prezentowany prasie w jakimś odległym, wyszukanym miejscu. To z kolei oznacza, że wasze życie będzie biegło w szalonym tempie, bo jak rykoszetem będziecie się odbijać między różnymi zakątkami globu. Nissan zorganizował premierę Almery w Republice Południowej Afryki. Mercedes pokazał swoją Klasę M w Alabamie. Jaguar zabiera wszystkich do Francji.

Od chwili wejścia na pokład czeka was istna orgia kieliszków z szampanem, trwająca aż do momentu, kiedy odeślą cię do domu z jakimś małym upominkiem – być może będzie to komputer albo nowa walizka.

Pamiętajcie tylko, że wszystko, co musieliście zrobić, by podłączyć się to tego strumienia ciężkiej forsy, to co tydzień napisać kilkaset słów dla lokalnej gazety. Tyle że po pewnym czasie staje się to udręką. Przypadł wam do gustu pięciogwiazdkowy styl życia, ale nie można tego samego powiedzieć o mizernych zarobkach w gazecie.

Chcecie zatem nadal korzystać z darmowych samochodów i podróży po całym świecie, ale bez konieczności pisywania do gazety? Żaden problem.

Na przyjęciach zacznijcie podlizywać się ludziom z *public relations* i to tak, żeby myśleli, że to od nich zależy wasze życie. Będą wtedy mogli powiedzieć swoim szefom jak wspaniale wypełniają swoje zawodowe obowiązki. Wychwalajcie pod niebiosa każdy nowy samochód, nawet jeśli jest nim Nissan Almera, i dbajcie o to, by nieustannie być duszą towarzystwa. Przy kolacji sypcie rozbrajającymi anegdotami i trzymajcie się trzeźwo aż do czwartej nad ranem, racząc się jedynie napojami bezalkoholowymi.

Będziecie wtedy mogli przestać pisać, a ludzie z *public relations*, którzy muszą wokół siebie gromadzić tłumy, by uzasadniać w ten sposób swoją egzystencję, wciąż będą was zapraszać. Zostaniecie ich kumplami. Wciąż będą dbali o to, by nie zabrakło wam dużego kombi z silnikiem Diesla, gdy nadejdą wakacje.

Stąd właśnie bierze się to, że ludzie z przemysłu samochodowego nie wchodzą dziennikarzom do tyłka. Zajmują odpowiedzialne stanowisko – muszą decydować, kto i czym będzie jeździł oraz kto i gdzie poleci. Po co mieliby się przed nimi płaszczyć, skoro wiedzą, że bez ich pośrednictwa każdy dziennikarz motoryzacyjny musi brnąć w górę rzeki bez łodzi, nie mówiąc już nawet o wiosłach...

■ Dziwny świat Saabowca

Odwołując się do położenia rozmaitych gwiazd w dniu 11 kwietnia 1960 roku, każdy astrolog doszedłby do wniosku, że jestem samolubnym, aroganckim i bezmyślnym typem.

Wydaje się jednak, że jest to przesadnie skomplikowane zawracanie głowy. No bo po co zaprzątać ją sobie encyklopediami i suwakami logarytmicznymi, kiedy można po prostu zapytać, jakim jeżdżę samochodem. Pokaż mi swój samochód, a powiem ci, kim jesteś.

Sympatyczni ludzie o łagodnym usposobieniu nie jeżdżą Ferrari, podobnie jak Sylvester Stallone nie posiada Peugeota 306 z silnikiem Diesla. Ani Subaru Justy. Albo Skody Felicii. Gdy zobaczycie telepiącą się po drodze Ładę, nie łudźcie się, że za jej kierownicą zobaczycie Richarda Bransona. Nie. Zamiast niego siedział w niej będzie gość w jednym z tych garniturów, które nie są ani zielone, ani szare, ani brązowe, tylko stanowią jakąś dziwną mieszankę wszystkich tych trzech kolorów naraz. To kolor, jaki noszą wyłącznie starsi ludzie jeżdżący Ładami. To kolor, który powinien nazywać się „podeszły".

Ładowcy głosują na Partię Pracy, lubią pierogi, a przed włożeniem towaru do koszyka w supermarkecie sprawdzają jego cenę. Właściciel Łady zazwyczaj ma na imię Derek i 53 lata na karku. Takich szczegółów na pewno nie dowiedzielibyście się analizując jego znak zodiaku.

A ja potrafię przeprowadzić podobną analizę dla kierowcy samochodu dowolnej marki. Pokażcie mi kogoś w Audi A4, a ja wam powiem, że ten ktoś ma kochankę. Pokażcie mi kogoś w BMW 316, a ja wam udowodnię, że to idiota noszący koszule firmy Ralph Lauren uszyte w londyńskim Hillingdon przez gościa o imieniu Singh.

Jest jednak pewien samochód, który nie daje się łatwo zaszufladkować. Jeśli jeździsz Saabem, wszystko, co potrafię o tobie powiedzieć to to, że podjąłeś jedną z najdziwniejszych decyzji kupna w całej historii robienia zakupów.

Byłeś na uroczystej fecie, a postanowiłeś zjeść własne buty. Zastanawiałeś się nad objęciem posady naczelnego wygładzacza sutków Sandry Bullock, a zdecydowałeś, że wolisz jednak rozwozić mleko.

Spędziłem właśnie kilka dni jeżdżąc nowym Saabem 9-5, który jest olbrzymim czterodrzwiowym sedanem, kosztującym – w zależności od wersji silnika i wyposażenia – od 21 000 do 28 000 funtów. Przez to jest bezpośrednim konkurentem BMW serii 5.

I tak: BMW jest niemal pod każdym względem doskonałe, a Saab – nie. Zgadza się, ma bardzo silne reflektory i zapewnia niezwykle wysoki komfort jazdy, ale w żadnym razie nie jest to w stanie skompensować jego przeciętnej stylistyki, jego przeciętnego prowadzenia, przeciętnych osiągów, kiepskiej precyzji skrzyni biegów i dziwnej pozycji za kierownicą.

Tak, jest w dobrej cenie, i owszem, jest bogato wyposażony, ale Saaba bezlitośnie bije na łeb nie tylko BMW, ale również Audi A6, Mercedes E200, Volvo 850 i – całkiem szczerze – Ford Mondeo V6. Saab zaserwował dobry samochód w świecie, który wymaga doskonałości.

Zwykle byłby to już koniec felietonu, ale… znajdą się ludzie, którzy kupią ten wóz. Zauważą brak precyzyjnej zmiany biegów, niezdarne pokonywanie zakrętów, i to, że aby umieścić stopę na pedale gazu, należy ją wygiąć do tyłu. Zauważą nawet, że Saab ma to samo podwozie co Vauxhall Vectra, a mimo to sięgną po książeczkę czekową.

Dlaczego? Dlaczego, jeśli już o tym mówimy, ludzie kupują Saaba 900, który został pobity przez konkurentów, oraz Saaba 9000, który nie tylko został pobity przez konkurentów, ale skulił się na kanapie, na której przeraźliwe i niespotykane tortury zadały mu wszystkie samochody w jego klasie… no, może poza Nissanem QX.

Samo logo Saaba też nie kojarzy się z czymś nadzwyczajnym. Produkowany przez Saaba myśliwiec wygląda na kiepskawy, a wysoki poziom bezpieczeństwa swoich samochodów Saab wykorzystuje do ich sprzedaży od stosunkowo niedawna. Przedtem Saab brał udział w rajdach. Wynikiem tego marketingu o dość przypadkowym charakterze jest to, że samochody Saaba pozbawione są jakiegokolwiek wizerunku.

I to, jak mniemam, przyciąga jego klientów. Saaby sprzedawane są ludziom, którzy nie chcą, by ich samochód był wyznacznikiem ich społecznego statusu. Potrzebują czterech kółek i wygodnego fotela, by dojeżdżać do pracy tak łatwo, jak to tylko możliwe. Myślę więc, że prawdopodobnie mamy tu do czynienia z drobiazgowymi, skrupulatnymi osobami, dla których beztroska to ósmy grzech główny. Saab to typ samochodu, który pasuje do architekta albo do astrologa.

Dochodzimy tu do czegoś ważnego, bo jeśli to wszystko jest prawdą, możemy wyjaśnić również coś innego – Saab nikomu jeszcze nie zajechał drogi. Tylko pomyślcie: czy kiedykolwiek wyskoczył wam na czerwonym świetle jakiś Saab? Czy na autostradzie jakiś Saab siedział wam na ogonie? Czy kiedykolwiek widzieliście jakiegoś Saaba prowadzonego inaczej niż w taktownym i ostrożnym stylu? Nie. Ja zresztą też nie.

To przez fakt, że ludzie, których przyciąga pozbawiony wizerunku świat Saaba nie prowadzą samochodu za pośrednictwem swojej podświadomości. Wiedzą, że poprawne prowadzenie wymaga koncentracji, i to absolutnej, na tym, czym w danej chwili jesteśmy zajęci. I tak właśnie postępują. Dlatego nie zajeżdżają nam drogi.

Eureka! Mimo wszystko dowiedzieliśmy się czegoś o Saabowcu. Jest, i co do tego nie ma żadnych wątpliwości, najbezpieczniej prowadzącym obecnie kierowcą na drodze. Firmy ubezpieczeniowe płacą mu za posiadanie samochodu. Nigdy nie dręczy go policja. Na swoim koncie nie ma żadnych punktów karnych. I z pewnością jest spod znaku Panny.

Piszę „on", bo nie mogę sobie przypomnieć ani jednego razu, kiedy widziałem za kierownicą Saaba kobietę. Dziwne.

■ Wolnomularzy trzeba odgrodzić od nas pachołkami

Niedawno jechałem z Mediolanu do Awinionu przez Pizę, Bolonię i Monte Carlo i na żadnym z 2400 kilometrów autostrady nie spotkałem zamkniętego pasa ruchu. Nie było tam robót drogowych. Nie było też pachołków. Była to po prostu szybka autostrada do nieba. I mimo że wypożyczona Lancia

Dedra kombi była ciężko upośledzonym samochodem i każda próba podejścia pod górny zakres obrotów silnika kończyła się eksplozją bębenków w moich uszach, mogłem jechać z prędkością 140 km/h godzina za godziną. Na jednym z biegnących w dół odcinków osiągnąłem 160 km/h, ale wtedy od samochodu odpadły drzwi. A potem wróciłem do Anglii, gdzie podczas krótkiej, 140-kilometrowej jazdy z Gatwick do Oksfordu natknąłem się na trzy długie odcinki poważnych robót drogowych.

Jeśli chodzi o autostradę M25, to wszystko rozumiem. Schrzanili ją, bo jest za wąska. W porządku. Pamiętajmy, że nawet sam Bóg spaprał robotę stwarzając flaminga, który jest idiotycznie wyglądającym ptakiem z o wiele za długimi nogami. A potem stworzył jeszcze totalnie bezużyteczną pokrzywę. Wszyscy popełniamy jakieś błędy.

Tak więc od chwili, gdy została otwarta, autostrada M25 wciąż jest poszerzana. Mamy jeszcze roboty drogowe na M40, które – tak jak te wyżej – są całkowicie zrozumiałe. Jezdnia się zużyła i trzeba ją wymienić.

Nie rozumiem tylko jakim cudem zamierzają tego dokonać, odgradzając zepsuty odcinek pachołkami i zatrudniając ludzi w kaskach, by się na to wszystko gapili. Ostatnio dość często przejeżdżałem otwartym dla ruchu pasem i nie widziałem jeszcze ani jednej osoby, która czymkolwiek byłaby zajęta. Tak czy siak, ci goście to specjaliści od robót drogowych, więc możemy być pewni, że wiedzą, co robią. Nie rozumiem jednak, co dzieje się w okolicach skrzyżowania M40 z M25. Znaki sugerują, że odcinek ten jest poszerzany, ale to nonsens. Jest wystarczająco szeroki, i to z kilkukilometrowym zapasem. Poszerzona musi zostać M5. A także M1. Ale postanowili, że żaden z tych rzeczywistych problemów nie zostanie rozwiązany aż do chwili, kiedy nabędą trochę praktyki w poszerzaniu niewykorzystywanej w pełni autostrady M40.

Nie, nie będą się z tym spieszyć. Mówiąc konkretnie, zajmie im to dwa lata. A przecież droga to kilka kamyczków zalanych takim lepkim czymś, co je spaja! W ciągu dwóch lat mógłbym wybudować drogę stąd do Sofii. W ciągu dwóch lat mogliby zamknąć całą M40, zasiać zboże, pozwolić mu urosnąć, zebrać je i na tym samym miejscu wybudować nową autostradę. I wciąż mieliby jeszcze czas na stanie w kaskach i pokazywanie różnych rzeczy palcami. Gdy Los Angeles zostało zniszczone przez trzęsienie ziemi, nie przypominam sobie, bym widział tam znaki z informacją, że autostrady będą znów czynne dopiero za dwa lata. Widziałem za to ekipy budowlańców usuwające zniszczone mosty i wznoszące nowe. Dzięki temu cała sieć dróg była gotowa w czasie krótszym niż dwanaście miesięcy. W Japonii byłem świadkiem wymiany całej obwodnicy Tokio – zdążyli z tym jeszcze przed świtem.

W tym miejscu wiele osób sięgnie po kartki papieru i zacznie mi z zapałem udowadniać, że skoro nie płacimy za jazdę po autostradach, nie możemy wymagać ich lepszej obsługi. To wierutna bzdura. Brytyjscy kierowcy płacą rocznie 25 miliardów funtów pod postacią samochodowej opłaty akcyzowej, podatku paliwowego, podatku drogowego, podatku VAT, itp. itd. To cała masa pieniędzy! W rzeczy samej, płacimy naszemu rządowi tyle, że po prostu nie wie, co z tym wszystkim robić. Z pewnością jest to jedyny powód uzasadniający dwuletni okres poszerzania wystarczająco szerokiej już drogi. Albo to, albo znowu do głosu doszli ci cholerni wolnomularze. Dawniej obwiniałem wolnomularzy o zniszczenie naszego przemysłu samochodowego, argumentując, że klient zaopatrujący się w części zamienne w British Leyland nie podpalał fabryki w odwecie za przysłany złom tylko dlatego, że przypominał sobie osobliwy uścisk dłoni jej dyrektora naczelnego. Tydzień za tygodniem, z zakładów wyjeżdżały ciężarówki pełne niedziałających prędkościomierzy i innych zepsutych części, i żaden z odbiorców nie kiwnął nawet palcem – to z powodu tych barbarzyńskich ceremonii, na których co wtorek grupa dorosłych mężczyzn obrzuca się solą. No i teraz całe to towarzystwo przeniosło się do przedsiębiorstw budowlanych, gdzie ustala dziesięciokrotnie dłuższe niż wymaga tego rzeczywistość terminy realizacji zadań, których w ogóle nie trzeba wykonywać, w zamian za nowy fartuszek i dziwaczny słomkowy kapelusz.

Wielka Brytania nie ma szans, by stać się potęgą motoryzacyjną Europy, chyba że zaczniemy dobrze budować drogi i szybko przeprowadzać ich konieczne remonty. Podejrzewam, że stan rzeczy ulegnie poprawie pod rządami mów-mi-Tony'ego. Co prawda to wiejski półgłówek, a jego szeregowi deputowani to brodaci nauczyciele, ale przynajmniej nie weszli jeszcze w kontakt z intelektualną śmietanką Wielkiej Brytanii.

Tak więc gdy przyjdzie do nich pan Budowniczy Dróg i uściśnie im dłonie stojąc na rękach, poproszą go, by wyszedł, albo zawołają ochronę.

■ Klątwa szwedzkiego stołu

Jejku, jejku, wygląda na to, że co pięć dni w jakimś miejscu w Wielkiej Brytanii przekraczany jest niebezpieczny dla zdrowia poziom zanieczyszczeń w powietrzu, w wyniku czego nikt z nas nie doczeka podwieczorku.

Chyba że jeszcze wcześniej zadusimy się na śmierć. Według organizacji National Asthma Campaign, 3,5 miliona chorych na astmę ma już tego powyżej uszu.

– Ludzie nie powinni być stawiani przed wyborem: albo zdrowie, albo wyjście z mieszkania i prowadzenie normalnego życia – powiedział jej rzecznik.

W pełni się z tym zgadzam. Też chciałbym, żeby wprowadzono zakaz produkcji chleba. Czuję się chory i wyczerpany przez astmę za każdym razem, gdy przechodzę przez pole, na którym rośnie zboże – winą za taki stan rzeczy całkowicie obarczam zarząd firmy Hovis, produkującej mąkę i chleb.

Trawa też jest nie do zniesienia. Mogę w upalny dzień chodzić po Jermyn Street w Londynie i nic mi nie będzie, ale wystarczy, że letnim popołudniem na chwilę znajdę się w naszej zagrodzie dla koni, a zaraz zmieniam się w ociekającą śliną roślinę.

Dlatego tak wielkie wrażenie wywarły na mnie próby pomocy astmatykom, jakie podjęła Indonezja wypalając swoje lasy, choć teraz widzę, że akcja wymknęła się spod kontroli i że z powierzchni ziemi znikają całe wioski. A dym widać już nawet z kosmosu.

Widać też stamtąd podobnych rozmiarów chmurę gazów, unoszącą się nad Wielką Brytanią, tyle że tym razem wypuściło ją Brytyjskie Towarzystwo Medyczne. Twierdzi ono bowiem, że należy zredukować natężenie ruchu, emisję spalin z silników Diesla i hałas wytwarzany przez pojazdy. Żeby tego dokonać, musimy biegać do pracy w podskokach. Albo jeździć na rowerach.

Przykro mi bardzo, ale to mi wygląda na syndrom kwaśnych winogron. Naprawdę. Bo czy można uznać za przypadek to, że raport Brytyjskiego Towarzystwa Medycznego ujrzał światło dzienne w tym samym tygodniu, w którym firma Volvo ogłosiła, że zamierza zakończyć produkcję okropnego modelu 900? To naprawdę kiepski samochód, którego reakcja na naciśnięcie gazu przechodziła ludzkie pojęcie. W większości samochodów pedał gazu połączony jest z układem wtrysku linką, albo – coraz częściej – elektronicznym impulsem.

Najwyraźniej firma Volvo w swojej krypie nie zastosowała żadnego z tych rozwiązań.

Wdepnijcie na pedał gazu w Volvo 900, a okaże się, że informacja o tym wydarzeniu jest wysyłana telegrafem do maszynowni, gdzie gruby jegomość w czarnej od smaru kamizelce, ociągając się odkłada na bok najnowszy numer magazynu „Razzle" i po chwili drapania się po tyłku dorzuca kilka bryłek węgla pod kocioł. No i jeszcze to prowadzenie... A raczej jego całkowity brak.

Tyle że wóz był bezpieczny. Często zastanawiałem się, dlaczego ci, którzy na Bliskim Wschodzie dopuszczają się samobójczych ataków bombowych, zawracają sobie głowę upychaniem w swoich samochodach trudnych i skomplikowanych w przygotowaniu materiałów wybuchowych, skoro ten sam poziom zniszczeń mogliby osiągnąć wjeżdżając w docelowy budynek starym Volvem. W dodatku czekałby ich bonus – w Volvie przeżyliby.

Volvo 900 było nie tyle samochodem, co pewnym komunikatem społecznym. Poruszając się tym domem z cegły, oznajmiałeś ludziom, że motoryzacja nie leży w obszarze twoich zainteresowań, chociaż i tak każdy o tym wiedział – wystarczyło, że zobaczył jak prowadzisz.

Kiedy spostrzegaliśmy Volvo, które nadjeżdżało z naprzeciwka albo wytaczało się ciężko z przecznicy, niczego nie mogliśmy być pewni.

Nawet gdy jechało lewym pasem z włączonym lewym kierunkowskazem, wcale nie można było założyć, że rzeczywiście skręci w lewo. Mogło skręcić w prawo, mogło kontynuować jazdę na wprost, mogło też bez żadnego wyraźnego powodu nagle się zatrzymać.

Wszyscy źli kierowcy z całego kraju jeździli Volvami i dzięki temu do spotkania z nimi mogliśmy się odpowiednio przygotować. Zawsze omijaliśmy Volvo z daleka, bo z góry wiedzieliśmy, że do pomiaru czasu reakcji jego kierowcy w zupełności wystarczy kalendarz.

Teraz, gdy ten stary wyga odchodzi w niebyt, niektórzy mogą się niepokoić, że nie będzie już tak łatwo wykryć zawczasu złego kierowcę. Może przecież zakamuflować się kupując silnego Mercedesa albo, dajmy na to, Rovera 800. Niektórzy z nich mogą pozostać przy Volvo… kupując na przykład nowy, superszybki model C70.

Nalegam jednak, byście się za bardzo nie przejmowali. Coś takiego się nie zdarzy. Ludzie, którzy kupili diabelsko trudne w prowadzeniu, ociężałe Volvo 900 – pośród nich jest całkiem sporo lekarzy – nie rozproszą się po całym świecie. Dojdą do wniosku, że dla Volvo 900 nie ma już alternatywy i zamienią swoje samochody na bilety autobusowe.

W dodatku będą nalegać, żeby wszyscy zrobili to samo. I to właśnie dlatego Brytyjskie Stowarzyszenie Medyczne chce, byśmy do pracy biegali w podskokach. Dlatego, że Volvo uśmierciło ich ukochany samochód.

Rozwiązanie, jakie tu widzę, jest proste. Ostatnie egzemplarze Volvo 900 będą wyposażone w silnik o pojemności 2,3 litra z niskim turbodoładowaniem, co sprawi, że może w końcu ta jednostka trochę zaśpiewa. No i trzeba pamiętać, że te wozy mają napęd na tylną oś, a to jest dokładnie to, czego pragną entuzjaści.

Wewnątrz znajdą się skórzane, podgrzewane fotele, klimatyzacja, wyrafinowany zestaw audio i elektryczne sterowanie wszystkimi szybami. W dodatku otrzymamy trzyletnią gwarancję i poduszkę powietrzną, a to wszystko za jedyne 18 500 funtów.

Radzę wam – kupcie sobie to Volvo. Inni użytkownicy drogi założą, że ten samochód prowadzi idiota i będą zmykać wam z drogi, co sprawi, że nigdy nie utkniecie w korku. Będziecie mogli prowadzić jak skończony palant, a inni kierowcy będą jeździć tak, jakby się tego spodziewali. Gdy mimo to zdarzy wam się wypadek, nic wam się nie stanie. Czegóż można chcieć więcej?

No cóż, myślę, że jest jedna taka rzecz. Bardziej niż mieć Volvo 900 pragnę, by brytyjscy lekarze skupili się na leczeniu ludzi i przestali czynić wysiłki, by wpłynąć na nasz styl życia. Zresztą, wszyscy znani mi lekarze palą.

■ Prztyczek w nos walijskiego gaduły

Obawiam się, że mam złe wieści. Kinnock powrócił. Po tym, jak doszliśmy do wniosku, że pomysł, by wysłać kogoś z Walii do reprezentowania naszych interesów na arenie międzynarodowej jest zły, Kinnock zaszył się w Eurootchłani. To tam nasz „Mężczyzna z Harlech" czekał na właściwy moment, by zemścić się na wszystkich, którzy uczynili afront zarówno jemu, jaki i jego nieskażonej radioaktywnie żonie.

Pełniąc funkcję Komisarza Unii Europejskiej do spraw Transportu, postanowił, że zmieni Święta Bożego Narodzenia w istną orgię soczku pomarańczowego i chodzenia do kościółka, wprowadzając na całym kontynencie jednolite prawodawstwo odnośnie prowadzenia po spożyciu alkoholu. A to oznacza, że dopuszczalna zawartość alkoholu we krwi w Wielkiej Brytanii musi się zmniejszyć z kilku piw do jednego żelka o smaku winogron.

Ten pomysł był wałkowany kilka miesięcy temu, ale tak jak to bywa z Nową Partią Pracy, jeśli tylko pojawi się najmniejszy znak sprzeciwu, wszelkie „propozycje ustaw" stają się „materiałami wprowadzającymi do dyskusji". Tak też było i w tym przypadku. Pomyślałem więc, że ten koszmarnie głupi projekt odszedł w zapomnienie. Ale teraz, dzięki Kapitanowi Kinnockowi, prawie na pewno zostanie wcielony w życie.

Na zebraniu europejskich ministrów transportu ten walijski półgłówek powiedział, że ryzyko wypadku zwiększa się pięciokrotnie, gdy zawartość alkoholu w 100 mililitrach krwi wynosi 80 miligramów w porównaniu z proponowanymi przez niego pięćdziesięcioma.

Niestety, nie zdołał skonfrontować tych liczb z bieżącymi statystykami wypadków. Powiedział tylko, że prawdopodobieństwo wjechania w przystanek autobusowy jest dwa razy większe po dwóch żelkach niż po jednym, a my mamy mu wierzyć na słowo.

Chwila, moment. Co by było, gdybyśmy obniżyli dopuszczalny poziom do zera? To oczywiście całkowicie wyeliminowałoby wypadki. Pójdźmy więc na całość! Zwolnijmy do 6 km/h. I zabrońmy ruchu samochodowego w miastach i wsiach. A skoro już przy tym jesteśmy, to przede wszystkim rozprawmy się ostatecznie z firmami, które produkują te cholerne samochody!

Byłem przerażony dowiadując się, że najmniejszy producent samochodów w Stanach, Chrysler, musiał wypłacić 164 miliony funtów odszkodowania po tym, jak sąd w Południowej Karolinie ustalił, że firma, najwyraźniej świadomie, sprzedaje vany z wadliwymi zamkami tylnych drzwi.

Wydaje się, że 12-letni chłopiec poniósł śmierć przez to, że tylne drzwi w Dodge'u jego ojca rzekomo gwałtownie się otworzyły. Nieważne, że Dogde przejechał na czerwonym świetle i został potrącony przez inny samochód. Nieważne, że Chrysler obiecał bezpłatną wymianę wszystkich wadliwych zamków.

Po takim orzeczeniu, zasądzającym kwotę dwukrotnie większą niż najwyższe wypłacone dotąd przez firmę samochodową odszkodowanie, sąd dał zielone światło pozostałym 37 sprawom wymierzonym w Chryslera. Zdaniem ekspertów, firma poniesie z tego tytułu straty rzędu 5 miliardów funtów, co całkiem skutecznie może ją wykończyć.

Musicie jednak pamiętać, że to wszystko dzieje się w Stanach, w kraju, gdzie mamy do czynienia z dwiema kategoriami ludzi: z tępakami i z prawnikami. Jeśli prawnik wygłosi w sądzie efekciarskie przemówienie, ława przysięgłych pomyśli, że ogląda *The Oprah Winfrey Show* i zagłosuje tak, by wykończyć tę wielką, wstrętną, winną śmierci dzieci korporację.

Najwidoczniej ławę przysięgłych w sprawie Chryslera wkurzyło to, że producent samochodów przedkłada oszczędność nad bezpieczeństwo, ale z drugiej strony po tym, jak przyjrzałem się Mercedesowi, w którym zginęła księżna Diana, a przeżył pasażer na przednim fotelu, jestem coraz bardziej przekonany, że Klasa S oferuje poziom bezpieczeństwa wcale nie wyższy niż inne samochody.

A przecież Mercedes mógł się bardziej postarać. Mógł elektronicznie ograniczyć prędkość do 20 km/h i zainstalować układ blokujący rozruch silnika, jeśli kierowca zjadł wcześniej porcję biszkopta nasączonego sherry. Mógł zamontować poduszki powietrzne w popielniczkach. To wszystko jest technicznie możliwe, tylko tak drogie, że nikt nie kupiłby końcowego produktu.

W takim razie nawet Mercedes może być oskarżony o przedkładanie oszczędności nad bezpieczeństwo, ale dajmy temu spokój, bo gdyby nie liczyły się pieniądze, przez cały dzień leżelibyśmy pod łóżkiem w obawie przed tym, by jakieś drzewo nie spadło nam na głowę.

Ameryka najwidoczniej zapomniała o tym, że mimo iż życie jest tak bardzo cenne, to bez odrobiny ryzyka staje się bardzo nudne.

Cóż więc należy zrobić? Krążą pogłoski, że Clinton zamierza ograniczyć wysokość zasądzanych kwot, ale również i takie posunięcie obarczone jest pewnym ryzykiem. Trzeba pamiętać o dawnych, mrocznych czasach, kiedy Ford sprzedawał swoje Pinto, mimo że najprawdopodobniej dobrze wiedział, iż przy uderzeniu w tył samochód mógł się zapalić. Utrzymuje się, że firma nic z tym nie zrobiła, bo koszt wprowadzenia zmian konstrukcyjnych był wyższy niż odszkodowanie za jakąś przypadkową śmierć.

Jeśli zostałoby to udowodnione, a nie zostało, z pewnością jedyną słuszną decyzją ławy przysięgłych byłoby spuszczenie Fordowi łomotu, i to piłą łańcuchową. Jeśli firma świadomie naraża swoich klientów na przedwczesną śmierć, przywalmy jej karę, która zmiecie ją z powierzchni ziemi. Do diabła z tysiącami pracowników, którzy stracą w związku z tym pracę, mimo że w niczym nie zawinili!

Któż by się przejmował całymi miastami, których egzystencja jest uzależniona od kondycji producenta samochodów? Zamknijcie Forda, a w samej Wielkiej Brytanii zamkniecie Coventry, Essex, Newport Pagnell i sporą część Liverpoolu.

Szczerze mówiąc, wysokie odszkodowania nie są tu właściwym rozwiązaniem. Musimy znaleźć konkretnych ludzi – zazwyczaj są to księgowi – którzy zadecydowali o kontynuowaniu produkcji samochodu, mimo że wiedzieli o zagrożeniu, jakie stwarza dla klienta. A potem skażmy ich na dożywocie w celi z Neilem Kinnockiem.

■ Szczyt G6: ostateczne starcie

Sami wiecie, że Greenpeace ma skłonność do pływania małymi łódkami po morzach i oceanach i do ratowania zupełnie nieszkodliwych platform wiertniczych przed zatopieniem. A jednak raz – jeden jedyny raz – ludzie z tej organizacji zaprezentowali światu zmyślny projekt. Stwierdzili, że Ziemia ma 46 milionów lat, a taką liczbę bardzo trudno sobie wyobrazić. Zaproponowali nam więc, by pomyśleć o Ziemi jako o kimś w wieku 46 lat. Innymi słowy – jak o kimś w średnim wieku.

Ich broszura wyjaśniała, że o początkowych 42 latach życia tej osoby nie wiemy praktycznie nic i że dinozaury pojawiły się dopiero w zeszłym roku. Ssaki przyszły na świat osiem miesięcy temu i nie dalej jak w połowie zeszłego tygodnia małpy człekokształtne zaczęły chodzić na tylnych łapach. Świetna lektura, tyle że zawierająca same bzdury, co wzięło się stąd, że podany przez Greenpeace wiek 46 milionów lat jest nieprawdziwy. W rzeczywistości Ziemia ma 4 600 milionów lat, co sprawia, że ich pomysł staje się jeszcze bardziej niesamowity. Ostatnia epoka lodowcowa nie zdarzyła się w zeszły weekend. Miała miejsce pół godziny temu!

Nie chcę jednak wchodzić w tym miejscu w środowiskową debatę. To, o czym chciałbym napisać, to marność życia Nelsona Mandeli. Jeżeli podzielimy czas przez sto milionów, tak by wiek Ziemi wyniósł 46 lat, okaże się, że siedemdziesiąt lat będzie w tej skali trwało cztery dziesiąte sekundy. Tak więc, jeśli chodzi o historię naszej planety, osoba Nelsona jest zupełnie bez znaczenia. Podobnie zresztą jak Hitler. I Jimi Hendrix. Prawda jest taka, że podczas tych czterech dziesiątych sekundy, nic, co zrobisz ani co powiesz, nie zrobi najmniejszej nawet różnicy. Nie było cię przez 4,6 miliarda lat, a potem nie będzie cię przez jeszcze dłużej, tak więc warto opuścić macicę tak szybko, jak to tylko możliwe. W czasie rzeczywistym będziesz miał do dyspozycji 600 000 godzin, po czym znajdziesz się po niewłaściwej stronie klombu.

Jakie więc kroki najlepiej jest podjąć? No cóż, można obejrzeć *Dumę i uprzedzenie*, film, który sprawia, że godzina wydaje się dniem, ale wydłużanie nudnego życia jest jeszcze gorsze niż zupełny jego brak. I właśnie dlatego nie wolno wam jeździć jednym z najnowszych modeli Toyoty Corolli. Aż w głowie się nie mieści, jak mało jest podniecający. Tak, niby ma olśniewającą, wyrazistą atrapę chłodnicy i oczy, które można spotkać wyłącznie w głębinach oceanów, gdzie każdy promyk światła jest na wagę złota. Ale od tego miejsca w tył mamy do czynienia ze stylistyczną próżnią, i to niezależnie od tego, czy mówimy o sedanie, kombi, liftbacku czy hatchbacku. Teraz jednak Corolle mają przywódcę – model G6. (Zawsze myślałem, że mamy G7, ale możliwe, że wywalili Japonię za produkowanie nudnych samochodów). Tak czy owak, G6 ma wyraźnie sportowe akcenty, które manifestują się w kształcie felg ze stopów lekkich, czerwonym podświetleniu zegarów i skórzanym kole kierownicy. Jest też tam zmyślna, mała sześciobiegowa skrzynka, która „pika" po wrzuceniu wstecznego.

Już jesteście napaleni? Myślicie, żeby sprawić sobie coś takiego? Hola, hola, nie tak prędko, bo samochód napędzany jest silnikiem o pojemności 1,3 litra – najsłabszym ze wszystkich nowych jednostek Corolli. A to oznacza, że staruszkowie w swoich zupełnie niesportowych liftbackach z silnikami 1,6 w wyścigach spod świateł zostawią was daleko w tyle. Toyota uzasadnia swoją decyzję tym, że montując w G6 mały silnik, obniżyła koszty ubezpieczenia samochodu. Ale to tak, jakby zjeść łagodne curry na wypadek, gdyby rano miała boleć was dupa. Życie jest za krótkie, by przejmować się składkami ubezpieczeniowymi. I zaognionym, piekącym plackiem na zadku. Corolla zaskakiwała mnie raz za razem. Nie ważne, czym rzucałem w jej kierunku, zawsze zachowywała się jak szkolny kujon i nie chciała przyłączyć się do zabawy. Jej silnik jest naprawdę całkiem przyjemny, a zmiana biegów to czysta rozkosz, ale rozpędzanie samochodu daje taką satysfakcję, jak jedzenie mąki.

Pewnej nocy wymknąłem się w niej na rżysko, bo wiem, że niezależnie od środka transportu, 40 hektarów śliskiej powierzchni gwarantuje świetny ubaw. Zrobiłem kilka zakrętów na ręcznym i ogólnie rzecz biorąc trochę poszalałem, ale do domu wróciłem z przejmującym uczuciem otępienia. Naprawdę, lepiej bym się rozerwał czytając książkę telefoniczną.

G6 jest zdecydowanie najbardziej idiotycznym sposobem pozbycia się 14 000 funtów. Ten samochód jest dla ludzi, którzy postrzegają życie jak pańszczyznę do odrobienia, a nie jak doświadczenie, z którego trzeba jak najwięcej dla siebie wycisnąć. To wóz dla tych, którzy chodzą w rozpinanych swetrach, nie palą, fanatycznie zajmują się swoim ogrodem i myślą, że „E" to samogłoska. To auto dla tych, którzy są przekonani, że jakieś fundamentalne znaczenie ma to, czy żyje się 75, czy 70 lat. Ten samochód nie jest więc dla was, a już na pewno, do jasnej cholery, nie dla mnie!

■ Literuję zagrożenie z Brukseli

W zeszłym tygodniu musiałem wybrać się na coroczną pielgrzymkę do Niemiec, gdzie przeżyłem dwa dni na diecie składającej się z piwa, które smakowało jak chlor, i kiełbasek, które wstałyby i pomaszerowały do domu, gdyby je tylko przesunąć widelcem na brzeg talerza.

Największy problem z Niemcami jest jednak taki, że jadąc po spokojnym odcinku autostrady, na którym nie ma żadnych ograniczeń, czujecie się zobowiązani do jazdy swoim samochodem tak szybko, jak tylko się da.

Dla mnie było to naprawdę wielką udręką, bo znajdowałem się w 7,3-litrowym, 12-cylindrowym Mercedesie po tuningu Brabusa, który usiłował wkręcić się do *Księgi Rekordów Guinnessa* z prędkością 331 km/h jako najszybszy rodzinny sedan na świecie. Nawiasem mówiąc, prędkość 331 km/h jest sklasyfikowana przez naukowców jako „bardzo, k***a, szybko".

No dobrze, możecie nazwać mnie mięczakiem, ale stchórzyłem, gdy wskazówka prędkościomierza doszła do 300 km/h, co po angielsku oznacza 186 mil na godzinę.

Przy tej prędkości zauważasz ciężarówkę i brzdęk... siedzisz w jej kabinie cały we krwi. Ziemia pod tobą przemyka z prędkością 83 metry na sekundę, więc gdy kichniesz, możesz nieświadomie przejechać przez cały kraj.

Każdego, kto uważa, że nasze ograniczenie prędkości do 110 km/h jest głupie i staromodne, powinno się zmusić do jazdy z prędkością 300 km/h. Jestem pewny, że po czymś takim większość takich delikwentów nuciłaby zupełnie inną śpiewkę. Kawałek *Radar Love* zmieniliby na jakąś radosną pieśń gospel. 300 km/h przenosi cię do stolika sąsiadującego z tym, przy którym siada Bóg. 300 km/h jest naprawdę przerażające.

Tyle, że w Niemczech jest oprócz tego wszystkiego dozwolone. To bardzo ciekawe, zważywszy na dzisiejsze czasy europejskiej jedności. Bo w tej samej chwili, gdy ja śpiewałem *Ave*

Maria w moim naddźwiękowym Brabusie Benzu, jeden z moich przyjaciół w sali rozpraw w Norfolk miętosił w palcach różaniec.

W hrabstwie, gdzie ludzie wciąż pokazują sobie palcami samoloty, przyłapano go na jeździe z prędkością 172 km/h. Zdumieni sędziowie, którzy o takich prędkościach czytali dotąd wyłącznie w książkach Isaaca Asimova, zabrali mu na trzy tygodnie prawo jazdy i ukarali go grzywną 600 funtów plus koszty rozprawy.

Oczywiście, że mieli rację. Nie możemy tolerować ludzi, którzy prowadzą z prędkością 172 km/h na drogach dwupasmowych, a kara za takie wykroczenie musi być naprawdę surowa. Cała zachodnia Europa ma klarowny pogląd na tę kwestię, ale zastanawiam się, co by się stało, gdyby zaczęto poważnie zastanawiać się nad wprowadzeniem ogólnoeuropejskiego ograniczenia prędkości? Podejrzewam, że akurat tym razem pan Kohl i jego Helmut naprawdę zrobiliby się fioletowi ze złości.

Niemcy lubią ultra-super-szybki sposób podróżowania. Dla nich oznacza to tyle, że mogą być wcześniej w domu i mieć więcej czasu na jedzenie kiełbasy. Nie chcą, by banda wścibskich urzędasów nakazywała im jeździć wolniej i ja to rozumiem.

W każdym europejskim kraju istnieją stare jak świat zwyczaje, których nie możemy zrównywać z ziemią w imię pozbawionego sensu wprowadzania jednolitości. To dlatego jestem tak patologicznie nastawiony do wszelkich kwestii związanych z „jazdą pod wpływem". Jak stali czytelnicy moich felietonów dobrze wiedzą, Kinnock dąży do tego, by dopuszczalna zawartość alkoholu w kadzi krwi z 80 mg została zmniejszona do 50, tak byśmy mogli zrównać się z Francuzami.

Z tego wynika, że jeśli przyłapią cię na jeździe po wypiciu jednego piwa, stracisz prawo jazdy i będziesz płacił grzywnę aż do chwili, gdy zaczniesz sikać sokiem pomarańczowym. Stracisz pracę, a twoja żona ucieknie z instruktorem fitness, który ma Porsche.

A jednak we Francji rzeczy przedstawiają się inaczej. Jeśli masz powyżej 50 mg alkoholu we krwi, dostajesz trzy punkty karne i natychmiastowy mandat w wysokości 900 franków. Gdy przekroczysz 80 mg – czyli obecną normę w Wielkiej Brytanii – wlepią ci sześć punktów i nieco wyższą karę. Musisz być naprawdę urżnięty jak świnia, żeby zabrali ci prawo jazdy, ale nawet wtedy możesz je odzyskać po dwudniowym kursie dotyczącym bezpieczeństwa na drodze.

Może jednak skończyć się na tym, że wprowadzimy te same ograniczenia, które stosuje Francja, za to kary nie będą miały nic wspólnego z francuskimi. To jeszcze jeden przykład na to, że Wielka Brytania jest trzymana w ciemnej komórce i kopana przez łobuzów z kontynentu.

Jedynym strzępem godności, jaki zostawi po sobie Wielka Brytania gdy Europa przekształci się już w wielką, bezkształtną kluchę, będzie język angielski, co większość ekspertów uważa za słuszne.

A mimo to, tajny dokument znaleziony ponoć w korespondencji BMW do Rovera pozwala sądzić, że nawet i to może ulec drobnej zmianie. Dokument ów sugeruje, że angielską pisownię można w znacznym stopniu ulepszyć, w związku z czym sporządzono pięcioletni plan stworzenia języka euroangielskiego. W ciągu pierwszego roku, zamiast miękkiego „c" będzie stosowane „s", a „k" zastąpi twarde „c".

Wpłynie to nie tylko na rozwianie niektórych wątpliwości co do pisowni, czyniąc tym samym pracę urzędników łatwiejszą, ale również sprawi, że klawiatury komputerów będą miały o jeden klawisz mniej.

Rosnący społeczny entuzjazm w drugim roku wcielania planu będzie wynikał z faktu, że kłopotliwe „ph" zostanie zastąpione przez „f", dzięki czemu słowa typu „photograph" staną się o 20 procent krótsze.

W trzecim roku będzie można spodziewać się społecznej akceptacji nowych reguł pisowni na takim poziomie, że będzie można wprowadzić bardziej skomplikowane zmiany. Wyeliminowane zostaną więc podwójne litery, przez co wzrośnie prawdopodobieństwo poprawnego stosowania ortografii. Będziemy również mogli zapomnieć o bałaganie, jaki wprowadza do niej nieme „e".

Gdy nadejdzie czwarty rok, ludzie będą już wystarczająco otwarci na kolejne kroki, takie jak zamiana „th" na „z" oraz „w" na „v".

Podczas piątego roku reformy, ze słów zawierających „ou" zostanie wyeliminowane zbędne „o". Podobne modyfikacje będą dotyczyć również i innych kombinacji liter.

Po piątym roku będziemy dysponowali naprawdę rozsądną pisownią. Nie będzie budziła żadnych wątpliwości, ani sprawiała problemów. Wszystkim będzie się bardzo łatwo porozumieć.

Ze drem vil finali kum tru.

■ Jarmarczny szyk rodem z Korei

Przez cały tydzień oglądałem relacje telewizyjne z Południowej Korei, na których bankierzy z Międzynarodowego Funduszu Walutowego usiłowali zapanować nad czymś, co ekonomiści określają jako olbrzymi finansowy nieład.

Wygląda na to, że większość banków jest formalnie rzecz biorąc niewypłacalna, bo rząd zmusił je do finansowania ogromnego wzrostu w sektorze przemysłowym – wzrostu, który nie przełożył się na wyniki sprzedaży.

Teraz oczywiście łatwo jest zachodnim spaślakom usiąść sobie wygodnie z kieliszkiem porto w dłoni i śmiać się z Koreańczyków, komentując, że rośli za szybko, więc musieli się przewrócić. „Pazerni, mali, żółci nowobogaccy. Mają to, na co się zanosiło". Tyle że jeśli obywatele jakiegoś kraju muszą przyjeżdżać po pół kilo ryżu w furgonetce wypchanej pieniędzmi, to znaczy, że ten kraj jest osłabiony. A z Koreą Południową graniczy Korea Północna, państwo, które wydaje cały swój budżet na pluton i szalonych niemieckich naukowców. Jeśli Zachód nie podejmie żadnych kroków, Daleki Wschód może się stać lasem pełnym grzybów.

No i musimy jeszcze borykać się z tą ich orientalną godnością. Analitycy sugerują, że Południowa Korea potrzebuje 40 miliardów dolarów pożyczki, a oni poprosili zaledwie o dwa i pół funta.

Tak więc podsumowując to wszystko, bieżący tydzień nie był zbyt optymistyczny dla Wujków Skner usów z MFW. Cała ta polityczna i ekonomiczna zawierucha to dla nich poważny powód do zmartwień, a w dodatku ich jedyną perspektywą na wieczór jest kolejna pieczeń z psa.

A mimo to za każdym razem, gdy oglądam, jak przybywają na kolejne spotkanie skąpane w blasku fleszy, na ich twarzach widnieją lekko speszone uśmiechy, tak jakby w spodniach mieli coś ciepłego i przyjemnego.

Zajęło mi chwilę, zanim to odkryłem, ale teraz już wszystko rozumiem. Wożeni są w koreańskiej odpowiedzi na amerykańskiego Cadillaca. W samochodzie o nazwie Kia Enterprise.

Wóz kosztuje równowartość 40 000 funtów, a to całkiem sporo jak na samochód wielkości Forda Scorpio. W dodatku jedynie niewielka część tej kwoty została przeznaczona na stylizację.

Koreańczycy wzięli po prostu starą Toyotę Corollę i nadmuchali ją pompką do roweru. Zamiast pompki powinni raczej użyć semteksu, ale mniejsza o to.

By jednak wszyscy wiedzieli, że mają do czynienia z poważnym zawodnikiem, Enterprise ma na masce jarmarczny emblemat, który wygląda jak złota kupa psa.

To rzeczywiście sprytne – zjadasz zwierzę, a jego odchody wykorzystujesz do uatrakcyjnienia wyglądu swojego samochodu.

Jeśli zaś chodzi o tył, na szybie widnieje napis „intelligent control", a na pokrywie bagażnika – jakżeby inaczej – wypisano złotą czcionką „Enterprise".

Nie spodziewajcie się jednak osiągów zbliżonych do prędkości warp. Mimo że pod maską znajduje się 3,6-litrowy silnik V6, który – jak twierdzi producent – jest w stanie rozpędzić Enterprise do 230 km/h, samochód przyspiesza nie na poziomie *Star Treka*, ale raczej starego pryka.

Wina, moim zdaniem, leży po stronie skrzyni biegów, która jest oczywiście automatyczna. Cała istota automatycznej skrzyni biegów polega na tym, że wsiada się do samochodu i się nim kieruje; nie trzeba zaprzątać sobie głowy biegami. Tymczasem w Enterprise mamy do czynienia z czymś zupełnie przeciwnym: trudno jest myśleć o czymś innym niż o biegach. Dźwignia automatu jest naszpikowana przełącznikami, które robią to wszystko, czego zupełnie nie potrzebujesz.

W tym stylu utrzymany jest cały charakter wnętrza. Gdy włączasz silnik, który – nawiasem mówiąc – zasługuje na pochwałę z powodu cichej pracy, kontrolki na desce rozdzielczej nie zapalają się ot tak. Deska rozdzielcza wybucha feerią intensywnych barw, które są w stanie odkleić siatkówkę oka z odległości 400 kroków.

Każdą funkcję samochodu monitoruje osobny cyfrowy wyświetlacz, a jest tego bardzo dużo. Adaptacyjne tłumienie nierówności, kontrola trakcji, elektrycznie składane lusterka, lodówka za tylną półką, czujniki parkowania. Tak jak mówię: jest tego bardzo dużo.

Samochód ma też telewizor, ale ten, zamiast wyłączać się po rozpoczęciu jazdy, wyświetla migające ostrzeżenie „skup uwagę na drodze". No cóż, trudno się do tego zastosować, gdy to, w czym jedziesz, wygląda jak gąszcz laserów.

Jednak prawdziwym odlotem jest to, z czym spotkamy się z tyłu, a to właśnie tam – jak się domyślam – siadają chłopcy z MFW.

Po pierwsze, nie ma tam praktycznie miejsca na nogi, ale za to można usunąć oparcie z przedniego fotela pasażera i używać siedziska jako skórzanego podnóżka. Niezłe!

Wykorzystując drewnopodobną konsolę zamontowaną w podłokietniku, można regulować elektrycznie tylną kanapę, zmieniać kanały w telewizorze i regulować temperaturę wnętrza. Ale najlepsze zostawiłem na koniec. Powodem, dla którego kolesie z MFW mają na twarzach te speszone uśmiechy jest to, że tylna kanapa wibruje.

Producenci samochodów z całego świata wydają kolosalne kwoty na to, by ich samochody były ciche i relaksujące. Również i Kia musiała przeznaczyć ciężkie miliony na coś, co zwie się HWPD – hałas, wibracje i przenikliwe dźwięki. Tak, Kia pozbyła się tego wszystkiego, po czym pozwoliła swoim inżynierom, by to przywrócili.

Nic dziwnego zatem, że zeszłego lata Kia o mało co nie splajtowała. Gdy ktoś chce, by jego samochód podczas jazdy wibrował, wydaje 100 funtów na używanego Morrisa Marinę, a nie 40 000 na pozbawiony stylu kloc z psim gównem na masce.

Obecnie brytyjscy importerzy nie zamierzają sprowadzać Kii Enterprise – wolą pozostać przy tym, co już do nas ściągają. Mają w ofercie tani hatchback z gwarancją, coś z napędem na cztery koła i sedana, który jest tak niewyobrażalnie nudny, że nie pamiętam nawet jak się nazywa ani jak wygląda.

Postarajmy się więc, żeby tak zostało. Ślijmy narodowi Południowej Korei paczki z jedzeniem i e-maile z życzeniami wszystkiego dobrego. Ślijmy im pieniądze w szarych kopertach, ale jednocześnie nalegajmy, by obiecali, że ich Kia Enterprise na pewno nie opuści swojego rodzinnego domu.

■ Nowa Partia Pracy, Nowy Jezza

Mieliśmy wspaniałe, długie, gorące lato i mówiąc otwarcie, teraz jest najlepszy czas, by poczuć się Brytyjczykiem pełną gębą. Gospodarka przeżywa boom. Ceny domów wróciły na swoje miejsce, a bezrobocie jest najniższe od 1981 roku. Dzięki temu, że tony@number10.gov.uk przybrał stosowną minę i nie robi dosłownie nic, jest najwyraźniej dość popularny, i nawet gdy jego gruby pomagier, John Prescott, zaczął wygadywać jakieś bzdury o rodzinach posiadających dwa samochody, zagłuszyły je doniesienia o tym, że w sierpniu nowe cztery kółka kupiło sobie pół miliona osób.

Problem w tym, że felietony takie jak te żerują na złych wieściach. By mieć o czym pisać co miesiąc, muszę wdepnąć na grabie albo wpaść do kadzi z owczymi ekskrementami. Szczerze mówiąc, dobre wieści są nudne. W ostatnich tygodniach nie miałem nawet okazji pojeździć jakimiś wyjątkowo beznadziejnymi samochodami. Jasne, miałem Toyotę Corollę. Można o niej powiedzieć, że to zmotoryzowane błoto, ale na pewno nie to, że jest „zła". Podobnie jest z Saabem 9-5 – można podpalić lont kończący się w jego baku i przechadzać się nieopodal, a nie wydarzy się nic ekscytującego. W świecie najlepszych fajerwerków ten samochód jest jak zawilgocony zimny ogień. A mimo to, wrażenie, jakie pozostawia po sobie ta ponura para jest nawet więcej niż skompensowane przez najbardziej podniecające samochody, jakie dane nam było zobaczyć przez lata. Mamy oczywiście Forda Pumę i nowe Porsche 911. Ale co ja mogę o nich powiedzieć? Że są niezawodne? Rany, Jezza, cóż za cięty komentarz...

Na wiosnę zostaliśmy zaatakowani przez nowe kabriolety, takie jak SLK czy Boxster, a teraz producenci znów pobudzają nasze strefy erogenne całą masą nowych coupé. Alfa zapowiedziała, że będzie importować 220-konny, sześciobiegowy, trzylitrowy model GTV, ale będzie miała ciężko stając w szranki z Mercedesem CLK, Peugeotem 406, no i oczywiście z rakietą zwaną Volvo C70.

Następnym ważnym wydarzeniem będzie pojawienie się wybitnie niszowych wozów, a wśród nich oczywiście Land Rovera Freelandera – nasza niania mało nie staje się wilgotna niecierpliwie oczekując na ten samochód. Mamy jeszcze BMW Z3 Coupé, nowego Garbusa i Audi TT. Puchnę na samą myśl o nich. To, z czym mamy tu do czynienia, jest oczywiście początkiem wypłaty dywidend po inwestycji we współdzielenie tego samego podwozia. Jeśli potrafisz przykręcać różne karoserie do tej samej płyty podłogowej, możesz wypuszczać nowe samochody szybciej i taniej niż kiedykolwiek wcześniej. Dawniej Ford nie był w stanie zaprezentować nam jednocześnie Ka, Fiesty i Pumy, ale gdy spostrzegł, że te samochody są w gruncie rzeczy takie same, teraz już może. Dzięki temu mamy większy wybór, a to z kolei sprawia, że decyzja o zakupie najlepszych samochodów do waszego pięciomiejscowego garażu staje się o wiele trudniejsza niż do tej pory.

Ja jestem w jednej piątej tej drogi, bo mam już Ferrari 355. Ale jeśli mam sobie pobujać w obłokach, to zamiast wersji GTS wolałbym Berlinettę. W ten sposób zrobiłbym miejsce dla mojego nowego kabrioleta, który musi być wielką, tłustą samochodową krypą – a to prowadzi mnie prosto do drzwi Mercedesa SL. Ponadto, ponieważ ostatnio zacząłem strzelać do wszystkiego, co się porusza, będę potrzebował napędu na cztery koła. Mimo że szanuję Land Cruisera i Grand Cherokee'ego, zdecyduję się na Range Rovera. Ma się pojawić w wersji wykończenia o nazwie Autobiography, w której możesz wybrać sobie taki kolor karoserii i wystrój wnętrza, na jaki tylko będziesz miał ochotę. Zażyczę sobie drewna z 2000-letniego drzewa z Kalifornii – tylko po to, by rozzłościć Amerykanów – oraz ekranów telewizyjnych w zagłówkach. Będą widoczne dla jadących za mną kierowców, a ja będę zapewniał im rozrywkę jeżdżąc w tę i z powrotem po autostradzie i wyświetlając film *Debbie Does Dallas*.

Jeśli zaś chodzi o samochód na co dzień, wybrałbym Jaguara XJR V8 – z tych wszystkich powodów, które nakreśliłem miesiąc temu. W takim razie pozostało mi jeszcze rodzinne kombi. Rozważałem oczywiście Volvo V70 T5 i jego konkurenta z silnikiem V8 z BMW.

Kandydatem był również Mercedes 300E, ale w końcu postanowiłem, że dzieci powinny chodzić pieszo, a psy nie muszą jeździć na wycieczki.

Ostatnim wybranym przeze mnie samochodem będzie jeden ze 100 sprowadzonych do Wielkiej Brytanii Nissanów Skyline. I nie obchodzi mnie to, że dostał baty podczas naszego wyścigu na torze Nürburgring, ani to, że w bieżącym miesiącu nie udało mu się dobrze wypaść w teście charakterystyki prowadzenia.

Potrzebujemy takich samochodów jak te, ponieważ wkrótce tony@number10.gov.uk przestanie stroić dobre miny i spuści ze smyczy grubego Prescotta. Nasz czas się kończy. Zima już puka do drzwi. Na miłość boską, wyjdźcie ze swoich domów i żyjcie pełną gębą!

■ Przygnębiające Surrey

Uważni i wnikliwi czytelnicy wiedzą być może, że A.A. Gill został zaciągnięty przed komisję rządową do spraw zwalczania dyskryminacji rasowej po tym, jak napisał o Walijczykach: „zadziorne małe trolle".

No cóż, mimo iż piszemy do tej samej gazety, chciałbym zdystansować się wobec jego ataków. Walia to piękna i urzekająca część naszego kraju, a Walijczycy posiadają szeroki wachlarz zdolności – umieją śpiewać i... yyy... podpalać rozmaite rzeczy.

Myślę, że gdybyśmy mieli „wyróżnić" części Wielkiej Brytanii, z których drwimy i których nienawidzimy, Walia zajęłaby odległe, drugie miejsce za napuszonymi peryferiami zwanymi Surrey.

Gdyby wolno mi było przyrównać Wyspy Brytyjskie do pięknej kobiety, Surrey byłoby upartą, zaschniętą drobiną kału na jej pośladku.

Na przestrzeni ostatnich trzech lat odwiedziłem wiele krajów, w których ruch drogowy zniechęcał do jazdy nawet najbardziej zagorzałych miłośników motoryzacji, ale przy tym, co dzieje się w Guildford w poniedziałkowy poranek, Tokio wygląda niemal jak Park Narodowy Brecon Beacons. Żeby przedostać się z jednego końca tego 60-tysięcznego miasteczka na drugi, trzeba dwóch godzin jazdy z prędkością średnią 10 km/h.

W całym Surrey ludzie przesiadują w swoich obrzydliwych, neogeorgiańskich domach i gratulują sobie nawzajem, że wyprowadzili się z Londynu na wieś, najwyraźniej nieświadomi faktu, że wcale Londynu nie opuścili. Są taką samą częścią tej miejskiej aglomeracji jak Tottenham.

Z tą jednak różnicą, że gdy w Londynie zatka się główna arteria, jego mieszkańcy mogą do woli korzystać z niezliczonych przecznic, podczas gdy w Surrey jest to niemożliwe.

Jasne, w Surrey można znaleźć kilka otwartych przestrzeni, i znając skłonność ludzi z Surrey do posiadania ogromnych samochodów z napędem na cztery koła, żadnemu z nich, z technicznego punktu widzenia, nie sprawiłoby większych problemów zjechanie z drogi. Ale jazda po bezdrożach Surrey to więcej niż pewna konfrontacja z jednym ze strażników leśnych.

No dobrze, pewien mój kumpel zapisał się w urzędzie pracy w jednej z centralnych dzielnic Londynu podając się za pasterza. Jak myślicie, znajdzie pracę? Podobnie, Park Narodowy Yorkshire Dales to nie miejsce dla bankierów. A w Surrey mamy strażników leśnych! Pytam się: po co?

Wydaje się, że wszystko, czym się tam zajmują, to jeżdżenie swoimi Land Roverami po, w dużej mierze, sztucznych wrzosowiskach i upominanie innych ludzi w Land Roverach, by nie zjeżdżali z drogi i wracali do centrum Londynu, tam, gdzie ich miejsce.

Dlatego właśnie wszyscy stoją w korkach godzina za godziną. Każda uliczka jest zakorkowana. Każda droga drugorzędna jest zakorkowana. Każda dwupasmówka jest zakorkowana. I za cholerę nie ma takiej możliwości, by tłuściochowi Prescottowi udało się mieszkańców Surrey namówić do jazdy autobusem.

Dla tych ludzi wizerunek to wszystko. Nie przyznają się nawet, że mieszkają w Surrey, twierdząc, że mają dom na granicy Surrey i Hampshire. Bardziej zorientowanych w temacie poinformują, że kod pocztowy ich dzielnicy to GU4, a to, jak powie wam każdy listonosz, jest szykownym miasteczkiem na peryferiach zwanym Shalford.

To właśnie tu widziałem jak matki przywożą do szkół swoje dzieci w samochodach długich na kilka mil. Jedna z nich miała amerykańską terenówkę, która była o wiele większa od lokomotywy Intercity 125. Po co w takim razie miałaby korzystać z pociągu, skoro i tak już nim nie jeździ?

Wszystkie te kobiety nie parkują samochodów starannie przy wejściu do szkoły. Porzucają je niedbale i stoją w pobliżu razem z innymi matkami, które również wysiadły ze swoich wahadłowców i autokarów, umawiając się na te swoje cholerne babskie spotkania.

– Nie, dzisiaj naprawdę nie mogę. Mam seks z ogrodnikiem.

Ale to oczywiście dopiero po tym, jak wyżej wspomniany ogrodnik pomoże strażnikowi leśnemu wyciąć jeszcze kilka kolejnych drzew. W Surrey drzewa wycina się dlatego, bo miejscowi, by utwierdzić się w przekonaniu, że nie mieszkają w dzielnicy Londyn SW37, domagają się, by otwarte przestrzenie były rzeczywiście otwarte. Nazywają je „zakątkami piękna", choć nie wiem, co z pięknem mają wspólnego te małe, zielone pryszcze starannie przystrzyżonej zieleni w morzu kolumienek ze sztucznego marmuru i terenówek Mitsubishi Shogun.

Gdy kończy się godzina szczytu i kobieta z Surrey wraca do domu, by tam wpatrywać się w ogrodnika sapiącego nad jej majtkami, starsi ludzie wychodzą ze swych domów, wsiadają do swoich Vauxhalli Chevette i Roverów 600 i zmierzają na wzgórza, gdzie strażnik leśny wyrąbał kilka kolejnych drzew, by zrobić miejsce na parking.

W tym tygodniu spędziłem na takim właśnie parkingu dwa dni i poczułem się przygnębiony jak rzadko. Widok był niewątpliwie piękny, ale towarzyszyła mi świadomość, że jest wyreżyserowany, i że za następnym wzgórzem leży miasto Esher, które wcale piękne nie jest.

Wiadomo też, że nie można tam spuszczać psa ze smyczy ani zrywać kwiatków. To miejsce tak przypomina wieś, jak Spice Girls zespół rockowy. To wcale nie jest wieś. Gdyby przyrównać je do sera, byłby to ser w tubce.

Przyjezdni o tym wiedzą. Siedzą w samochodach, bo nie mają odwagi z nich wyjść, na wypadek, gdyby mieli pogwałcić którąś z reguł ustanowionych przez strażnika leśnego. Wpatrują się godzinami w żałosną podróbkę natury. Niczego nie mówią. Niczego nie jedzą. Niczego nie czytają.

Tkwią na tym cholernym parkingu otoczeni setkami innych siedzących w samochodach osób, słuchają hałasu ciężarówek toczących się po drodze A25 i przyglądają się kolejnemu drzewu wycinanemu przez obrońców przyrody.

Przyjechał tam pewien mężczyzna w nowym Bentleyu Turbo R i zatrzymał samochód przodem nie w stronę widoku, tylko knajpki sprzedającej frytki.

Personel wyjaśnił mi, że Paul Weller jest ich stałym klientem. Nic dziwnego, że ten biedak tak dziwnie patrzy na świat – przecież musi codziennie spędzić dwie godziny w korku by się tam dostać.

Podejrzewam, że Surrey jest odrażające jeszcze bardziej niż piekło. Jeśli tak ma wyglądać przyszłość komunikacji samochodowej, to proszę – zabierzcie mi kluczyki już dziś.

■ Przerażające „odkrycie"

Już od dwóch godzin siedzę przed komputerem i wciąż nie jestem pewien, jak mam rozpocząć ten felieton. No bo sami zobaczcie: po latach ssania długopisu doszedłem do wniosku, że Land Rover Discovery to totalny złom.

Tylko że mówimy tu o czymś w rodzaju narodowej instytucji, o samochodowym odpowiedniku księcia Filipa, a czegoś takiego nie można, ot tak sobie, zaatakować i stwierdzić, że jest kompletnie bezwartościowym rzęchem i stratą czasu każdego z nas.

Tylko że tak właśnie jest i w tym cały problem. Jest brzydki. Jest bardzo, ale to bardzo brzydki, i nie mam pojęcia, jak mogłem nie zauważyć tego wcześniej. Żył obok nas od lat, a dopiero dzisiaj zacząłem zadawać sobie istotne pytania na jego temat.

Dlaczego Discovery ma z tyłu podwyższony dach? Żaden pies spośród tych, które dotąd widziałem, nie miał czterech i pół metra wysokości. Nie słyszałem też nigdy o kimś, kto trzymałby w domu żyrafę. Discovery po prostu nie potrzebuje tego wybrzuszenia na dachu.

No i dlaczego tylne okno nie jest symetryczne? A widzieliście może szczeliny między elementami karoserii? Na miłość boską! Podejrzewam, że do Discovery da się wsiąść nie otwierając drzwi. Przednia szyba jest w nim zbyt płaska, a koła po prostu giną w zbyt dużych łukach nadkoli. Wyglądają jak miętówki przymocowane u wejścia do Groty Fingala.

Mówię poważnie. Gdy następnym razem będziecie w Guildford, sami się mu przyjrzyjcie. Dojdziecie do wniosku, że Discovery jest brzydszy nawet od Forda Scorpio.

Poza tym jest też niebezpieczny. Ta kwestia zaś jest bardzo drażliwa. Możesz sobie mówić, że dany produkt jakiejś firmy samochodowej to kompletne marnotrawstwo światowych zasobów naturalnych i nic ci nie zrobią. Możesz go przyrównać do filiżanki zimnych wymiotów i odmówić jego przetestowania, twierdząc, że byłoby to nudniejsze niż powolna śmierć, a oni wciąż nie będą reagować. Określ jednak ich samochód mianem „niebezpiecznego", a... o Jezu! A cóż to?! Wezwanie do sądu!...

No dobrze, oto moje uzasadnienie: zawsze myślałem, że wszystkie samochody są w stanie zatrzymać się po przejechaniu tej samej odległości, ale jak się okazuje, nie jest to prawdą. Przetestowałem w zeszłym tygodniu mnóstwo samochodów i byłem całkowicie zaskoczony wynikami.

Rozpędzony do 110 km/h Lexus GS300 wyhamował do zera na drodze 42,6 metra, podczas gdy wspomniany wyżej Land Rover Discovery zatrzymał się po przejechaniu dystansu o nie mieszczącej się w głowie długości 68,3 metra. A to, oszczędzając wam trudu odejmowania, daje prawie 26 metrów różnicy. Powtórzę to jeszcze raz: 26 metrów, pięć długości samochodu.

Tylko pomyślcie. Podjeżdżacie na autostradzie pod wzniesienie, za którym – jak się okazuje – stoi sznur samochodów w korku. Gdybyście jechali w Lexusie, zdążylibyście się zatrzymać na czas, podczas gdy w Discovery w momencie zderzenia wciąż zasuwalibyście z całkiem niezłą prędkością.

Chciałbym jednak zaznaczyć, że Discovery nie był jedynym samochodem, który źle wypadł w tym teście. Słabo poradziła sobie także Toyota Rav4, a Ford Explorer jeszcze gorzej, tylko że ta dwójka chowa jeszcze sporo rzeczy w zanadrzu, a Discovery do zaoferowania nie ma praktycznie niczego.

Zgadzam się, to niezły samochód terenowy, taki, jakiego można się spodziewać zważywszy na podwozie z Range Rovera i pełen wigoru silnik V8. Do wyboru jest też diesel, ale – szczerze mówiąc – wolałbym już dać sobie wyciąć wyrostek.

Jedynym pozytywnym aspektem tego diesla jest to, że nie ma zbyt wielkiej mocy. Dzięki temu nie może rozpędzić Discovery do prędkości, przy której łatwo o dachowanie, do czego – jak mniemam – może dojść całkiem łatwo w przypadku silnika V8.

Dwutonowy samochód ze zbyt wysoko położonym środkiem ciężkości nie może po prostu być tak łatwy w prowadzeniu jak niski sedan.

Oczywiście, bardzo ważnym elementem odpowiadającym za bezpieczeństwo, w który wyposażane są wszystkie modele Discovery, jest jakość konstrukcji. Ponieważ większość czasu spędzają jeżdżąc na lawetach, ich wszystkie przypadłości związane z hamowaniem i braniem zakrętów znikają jak ręką odjął.

Strzelam do Discovery z pistoletu maszynowego, bo ostatnio spędziłem trochę więcej czasu z nowym Freelanderem, o którego zaletach – jak pewnie sobie przypominacie – śpiewałem kilka tygodni temu głębokim i krzepkim barytonem.

No i po przejechanych kilku tysiącach mil mogę stwierdzić, że moja wstępna ocena tego samochodu nie odbiega od obecnej. Na drodze Freelander zatrzymuje się i bierze zakręty jak zwykły samochód, nawet jeśli jest być może odrobinę zbyt wolny. By na dłuższych podjazdach na autostradzie utrzymywać stałą prędkość 110 km/h, trzeba bieg zredukować na czwórkę.

A na bezdrożach jest jeszcze lepszy niż się początkowo spodziewałem. Podczas zdjęć do jednego z odcinków, błoto, które zatrzymało zarówno zwykłego Land Rovera, jak i Toyotę Land Cruiser, nie sprawiło żadnego problemu układowi kontroli trakcji Freelandera. Byłem po prostu zachwycony tym małym samochodzikiem, który pod każdym względem bił na głowę swojego starszego brata.

To, co musi zrobić teraz Rover, to zaprzestać produkcji Discovery. Termin ważności tego modelu upłynął już tak dawno temu, że obecnie powinni sprzedawać go wyłącznie w jednym kolorze – w pleśniowym.

Ale nawet jeśli tak zrobią, wciąż pozostanie problem starych Land Roverów, które siedzą sobie grzecznie na rynku samochodów używanych i kuszą swym niewinnym wyglądem. Wybierzcie się na jakąś giełdę, a zobaczycie zarejestrowane w 1991 roku diesle za mniej niż 8000 funtów. Ale poważniejszym zmartwieniem są modele z 1996 roku z przebiegiem 40 000 km za jedyne 19 000 funtów, co czyni z nich o wiele większą i całkiem sensowną alternatywę dla Freelandera.

Jednak Discovery taką alternatywą nie jest. To wielki, śliniący się pies, który w najlepszym przypadku usiądzie na waszym podjeździe i się posika. Jakiś gorszy scenariusz? Proszę: odgryzie wam nogę i zatłucze was na śmierć swoim wilgotnym tyłkiem.

Wybór jest prosty: kupcie zamiast niego miłego szczeniaka, pieska, o którym wiecie, że został właściwie wychowany przez pełnoprawnego członka Towarzystwa Kynologicznego BMW. Kupcie Freelandera.

■ Jeszcze nie pora na Vectora

Atlanta to jedno z najbardziej osobliwych miast. Ma niby wymagane w miejscach tego typu wieżowce, a jeśli poprosisz o małą colę w „Taco Bell", dadzą ci jej całe wiadro. To Ameryka.

A mimo to nie całkiem. Ludzie w przeważającej liczbie są szczupli i dość często można się natknąć na elegancko ubraną, piękną dziewczynę jadącą w Alfie Romeo Spider.

No i parkingowi w hotelu Ritz Carlton – są wydajni, to z pewnością, ale nie przepełzają na brzuchu przez podjazd i nie chwytają się kurczowo twoich nóg, jakbyś był jedyną osobą na świecie, która ma taki sam szpik kostny jak oni. Ostatnio czytałem, że podróżujący po Ameryce biznesmeni uznali Atlantę za najbardziej gburowate miasto świata... i o to chodzi! To właśnie dlatego lubię to miejsce. Poproś w restauracji o kubeł sprite'a, a zignorują cię. Wezwij speca, by naprawił ci telewizor w sypialni, a będzie głośno stąpał po pokoju, potrząsał pilotem i klął na ciebie, że go popsułeś. To fantastyczne – to prawie tak, jak w Wielkiej Brytanii!

Bardzo podobnie jak w Wielkiej Brytanii staje się wtedy, gdy wybierzesz się na północ, do miasta Braselton, które ostatnio kupiła sobie Kim Basinger. Tu znajdziesz coś, co zwie się Road Atlanta, ale wcale nie jest drogą. To pikujący miejscami w dół, rekreacyjny tor wyścigowy, gdzie dziewczyna z recepcji wita cię zdecydowanie nieamerykańskim „cześć, skarbie".

Za nią, w tle, na torze uprawiają drifting Anglicy, a potem okazuje się, że szef, któremu cię właśnie przedstawiono, mieszka w Field Assarts – małej wiosce na obrzeżach Chipping Norton.

Znalazłem się tam, by poprowadzić Vectora, amerykański supersamochód, co do którego miałem poważne wątpliwości. Gdy po raz pierwszy o nim usłyszałem, a było to 20 lat temu, produkował go w Kalifornii pewien człowiek o tak dużej gębie, że można w niej było zaparkować ciężarówkę.

Twierdził, że jego samochód wyposażony w podwójnie doładowany silnik V8 z Corvetty może rozpędzić się do prędkości powyżej 320 km/h. Niestety, nigdy nie widziałem żadnych wyników testów, które mogłyby to potwierdzić. Tak naprawdę, widziałem Vectora tylko jeden jedyny raz – w filmie *Wschodzące słońce*.

Tak czy owak, gość splajtował, a firma została przeniesiona na Florydę przez tych samych Malezyjczyków, którzy są właścicielami Lamborghini. Niedługo potem przekręcili klucz w drzwiach fabryki i odeszli w siną dal.

Mimo tej burzliwej przeszłości, tu, na torze Road Atlanta, stała olbrzymia amerykańska ciężarówka z nowiutkim modelem Vectora, a obok niej wielka, czarna limuzyna, która jechała nocą przez sześć godzin, z Jacksonville na południe.

Z tyłu siedział nowy szef Vectora. Spodziewałem się, że najpierw zobaczę, jak z limuzyny wyłania się duży kowbojski kapelusz, a kilka godzin później brzuch. Nie. Wyskoczył z niej zawadiacki koleś w garniturze w prążki i z akcentem z okolic ujścia Tamizy przedstawił się jako Tim.

Okazało się, że służbę zasadniczą odbył w Lotusie, gdzie jak mantrę powtarza się jedno zdanie: samochód musi być lekki. Jednak warte 100 000 funtów monstrum, które wytoczyło się przez tylne drzwi tej gigantycznej ciężarówki wyglądało jak coś, co zrobiono ze stopu ołowiu i rtęci. Było duże: o 15 centymetrów szersze od Diablo i wywierające dziesięciokrotnie większe wrażenie.

Tak jak to z supersamochodami bywa, zajmowanie w nim miejsca przypominało eksplorację jaskiń. Wpełzasz pod otwierane do góry drzwi i wspinasz się przez próg, by znaleźć się w szokująco ciasnym wnętrzu. Jest ciaśniej niż w tych słynnych boksach do przewozu cieląt rzeźnych.

No dobrze. Przekręcasz kluczyk i za twoją głową coś wybucha — właśnie tchnąłeś życie w 5,7-litrowy, 500-konny silnik V12 Lamborghini. Właśnie takie są supersamochody. Doświadczasz w nich ciężkiej niewygody, która sprzymierzyła się z nieopisanym hałasem i strachem. Jeśli czujesz się jak cielę z rakietą przypiętą do tyłka, to znaczy, że znajdujesz się w supersamochodzie, w którym nessun dorma.

Zaskoczyło mnie więc to, że gdy wcisnąłem gaz w podłogę, samochód ledwie przyspieszył. Dopiero wtedy, gdy obroty przekroczyły 4000, silnik rzeczywiście się obudził, ale za to ja byłem już zmęczony. Wóz wyposażony jest we wspomaganie kierownicy, ale tylko trochę. I nawet nie próbujcie naciskać na pedał hamulca żeby zwolnić — musicie się wczołgać pod kierownicę i użyć młota pneumatycznego, by poruszyć to cholerstwo. W tym samochodzie w ogóle nie występuje nadsterowność.

W tym miejscu chciałbym powiedzieć, że pierwsza osoba, która jako jedna z nielicznych kupiła taki samochód, miała naprawdę słuszny pomysł. Facet wyburzył ścianę domu, wprowadził samochód do salonu i z powrotem wybudował ścianę.

Mimo wszystko wydaje mi się, że gdzieś w tym całym opakowaniu można znaleźć kawałek dobrego samochodu. Vector przypominał mi pod wieloma względami wczesnego TVR-a z lat 1980., którego bez większych trudności mogliśmy podsumować jako złom do samodzielnego montażu. Myślę, że gdyby Vectora nieco poprawić, zwłaszcza jeśli chodzi o pracę silnika w zakresie niższych obrotów, mógłby przejąć pałeczkę, którą – z tego, co rozumiem – wkrótce wypuści z ręki Lamborghini. Z fabryki w Bolonii dochodzą bowiem pogłoski o pustym zeszycie zamówień i o jeszcze bardziej pustych kieszeniach.

Oczywiście, że cholernie trudno jest mierzyć się z Ferrari i Porsche, ale z drugiej strony nie mam wątpliwości, że Vector korzysta z dobrego przepisu: brytyjska płyta podłogowa, włoska moc, amerykańska cena i stylistyka rodem z archaicznych filmów fantastycznonaukowych. Muszą tylko uważać, żeby tego wszystkiego ze sobą nie pomieszać.

Jeśli im się uda, będą sprzedawać najbardziej zaskakującą amerykańską niespodziankę zaraz po Atlancie. A jeśli nie – będą sprzedawać po prostu gówniany samochód.

■ F1 manipuluje widzami

Co roku przewiduję, kto wygra mistrzostwa świata Formuły 1. I co roku całkowicie się mylę. W tym roku stwierdziłem, że będzie to Jacques Villeneuve... ale nie martwcie się! Nie tracę swoich zdolności. Martin Brundle nie straci swej posady komentatora, bo znów się myliłem.

To znaczy może i dobrze przewidziałem sam wynik, ale – tak jak na egzaminach – trzeba umieć pokazać, jak się do niego doszło. I tu jest pies pogrzebany. Powiedziałem, że Jacques wygra na wszystkich torach, łącznie z Silverstone, i że czeka nas najnudniejszy rok w historii wyścigów od czasu strajku kierowców.

Nie byłem w tym odosobniony. Zgodzili się ze mną wszyscy, którzy wiedzą, którą stroną do przodu zakłada się kask. Co więc było nie tak? No cóż, nie jestem wielkim zwolennikiem teorii spisku. Nie wierzę na przykład w to, że księżna Diana została zamordowana przez jednego z należących do królowej psów corgi. Moich włosów nie układał dziś rano Elvis Presley. Uważam, że Neil Armstrong faktycznie zrobił swój wielki skok na Księżycu, a nie w jakimś hangarze w Nevadzie. A jednak pod koniec kwalifikacji do europejskiego Grand Prix w zeszłym miesiącu, jedna z moich brwi podniosła się nieco wyżej niż zwykle. Pod koniec wyścigu dołączyła do niej druga. Patrząc na to z perspektywy czasu, można dojść do wniosku, że coś przestało się zgadzać już w Austrii. Schumacher miał już zwycięstwo w garści, gdy został ukarany dziesięcioma sekundami za wyprzedzenie Heinza-Haralda Beznadziejnena przy żółtej fladze. Rezultat: dogonił go Villeneuve.

A potem była Japonia, gdzie Jacques mógł z łatwością zgarnąć wygraną. Tymczasem nie. Mimo że widział powiewającą podczas kwalifikacji flagę – nie zwolnił i zawieszono go na jeden wyścig. To wystarczyło. Było już po nim. Rezultat: dogonił go Schumacher.

Na wypadek, gdyby Jacques myślał o apelacji, ostrzeżono go, że przed nim próbował już tego Eddie Irvine, co skończyło się dla niego przedłużeniem zawieszenia z jednego na trzy wyścigi. Rezultat: klika organizatorów uśmiechnięta szeroko jak Blair. Kary zostały przyznane za oczywiste wykroczenia, ale dziwi mnie, że jedynymi kierowcami, którzy podpadli przepisom, byli dwaj walczący o tytuł i że zarówno jeden, jak i drugi popełnili swoje wykroczenia w ostatnich godzinach wyścigów. Tak czy owak, gdy cały ten cyrk zawitał do Hiszpanii, gdzie miała się odbyć ostateczna rozgrywka, różnica między Villeneuve'em a Schumacherem wynosiła jeden punkt, a moich pośladków nie byłbyś w stanie rozdzielić nawet lampą lutowniczą. Mimo to podczas kwalifikacji usiłowano nam jeszcze wcisnąć, że Michael i Jacques w tym wielkim dla wyścigów samochodowych dniu jechali po torze z tą samą prędkością – to było coś, co nigdy, przenigdy nie zdarzyło się wcześniej.

Czyżby ktoś tu mataczył? Skądże. A *Gwiezdne wojny* to film dokumentalny.

Potem odbył się już sam wyścig. Przez ten rok zacząłem szanować Schumachera, który za każdym razem, gdy wygrywał, wyglądał na szczerze uradowanego. Bez wątpienia ścigał się słabszym samochodem – jednym z moich ukochanych Ferrari. Pokazał, że jest rzeczywiście świetnym kierowcą i po tym, jak w Japonii nie szczędził uznania Eddiemu Irvinowi – również i dżentelmenem. Ale w Hiszpanii udowodnił, że w ostatecznym rozrachunku przede wszystkim jest Niemcem. Po tym, jak wjechał w Villeneuve'a, wypadł z wyścigu, a Villeneuve pomknął już prosto po zwycięstwo, nie tylko w tym wyścigu, ale i w całych mistrzostwach. Hip, hip, hura, i tak dalej…

Ale chwileczkę… Cóż to? Kierownicy zespołów nerwowo biegają po pit stopach i przyglądają się temu, co się dzieje. Häkkinen wyprzedził Coultharda. Na prostej! Fisichelliemu pomachali niebieską flagą, a samochód Villeneuve'a najwyraźniej doznał jakichś uszkodzeń. Oczywiście, jest nie na miejscu sugerować nawet przez chwilę, że za kulisami odbywały się jakieś machlojki, ale czy widzieliście, jak wyglądał Coulthard na drugim miejscu podium? Jak ktoś, komu przed chwilą zdechł pies. Nawet Häkkinen, który moim zdaniem powinien pęknąć z dumy po wygranym przez siebie wyścigu, zachowywał się tak, jakby właśnie oblał maturę.

Krążą pogłoski, że Sylvester Stallone pracuje nad filmem o Formule 1, ale gdyby ktoś przedstawił mu scenariusz oparty o wydarzenia z mistrzostw w 1997 roku, odrzuciłby go stwierdzając, że jest absolutnie nieprzekonujący.

Prezydent Formuły 1, Bernie Ecclestone, odwalił kawał dobrej roboty jako jej twórca i wiem, że potrzebuje takich wydarzeń w ostatnich minutach. Ale my, wierni widzowie, potrzebujemy zapewnienia, że Formuła 1 to wciąż sport, w którym młodzi mężczyźni ścigają się koło w koło, walcząc na śmierć i życie o zwycięstwo. A nie jakieś reżyserowane przedstawienie.

■ Trzeba dużego kota połaskotać po brzuchu

Jechałem moim nowym Jaguarem zaledwie od 20 minut, gdy zdarzyło się to, co zdarzyć się musiało. Na mokrej od deszczu autostradzie M42 moje wsteczne lusterko wypełniło się po brzegi groźnym widokiem alufelgowego BMW 316. Wewnątrz, jego kierowca ujadał przez komórkę, a jego wykrzywiona od gniewu twarz mówiła, że nie powinienem był znaleźć się na jego drodze.

Był to więc dobry moment na to, by popuścić Jaguarowi cugli, zredukować bieg na niższy i wcisnąć w podłogę pedał gazu. Za tydzień kończę jednak 38 lat i po prostu wszystkiego powoli mi się odechciewa. Tak więc gdy tylko pojawiło się wolne miejsce, zjechałem uprzejmie na środkowy pas i uśmiechnąłem się, a pan Neogeorgiański śmignął obok mnie, pędząc – bez wątpienia – by zażegnać kolejny kryzys w jakimś punkcie kserograficznym.

Mój uśmiech był niestety protekcjonalny, bo facet mógłby wystawić do pojedynku dowolne BMW, a i tak by przegrał. Jechałem bowiem nowym, superdoładowanym Jaguarem XK8, do którego nie umywa się żaden produkowany masowo niemiecki samochód. Nawet nowe Porsche 911.

Zwykłemu XK8 grupa włoskich projektantów niedawno przyznała tytuł najpiękniejszego dwumiejscowego samochodu sportowego na świecie, a teraz Jaguar pokazał jeszcze więcej zębów i stworzył coś, co zwie się XKR. W skrócie – napędza go turbodoładowany 4-litrowy silnik V8, który rozwija zdumiewającą moc 370 koni mechanicznych. To mniej więcej tyle samo, co Ferrari 355.

Ten model to naturalny następca starego Jaguara XK120. 50 lat temu również i on został uznany za najpiękniejszy samochód na świecie. A potem, na pustym odcinku belgijskiej autostrady, wyciśnięto z niego 224 km/h, czyniąc go oprócz tego najszybszym.

Nowy XJR posuwa się jeszcze dalej. Mimo że jego wydech kneblują rozmaite elementy prescotterii, i że wyposażony jest w automatyczną skrzynię biegów, od zera do setki rozpędza się w 5,2 sekundy i osiąga prędkość maksymalną 280 km/h. A raczej – osiągałby, gdyby nie to, że elektroniczny arbiter dmie w gwizdek już przy 250.

Te dane są naprawdę imponujące, ale to jakość tego wozu i nieprzerwane dawkowanie mocy pozostawiają kierowcę pod o wiele silniejszym wrażeniem – to, oraz niesamowita elastyczność na skraju osiągów. Przyspieszając od 225 do 250 km/h, gdy superdoładowanie pożera sterydy pełnymi garściami, XKR jest o niewiarygodne 50 sekund szybszy niż zwykły XK8.

Żeby przechodnie w swoich cherlawych beemkach wiedzieli, z czym mają do czynienia, XKR wyposażony jest w zupełnie inne obręcze kół, dwa wloty powietrza na masce i mikroskopijny spojler na bagażniku. I to wszystko. Nie ma też wielkiej różnicy w cenach – coupé kosztuje 60 000 funtów, a model z opuszczanym dachem, który testowałem – 66 000.

No dobrze – XKR ma rozsądną cenę, jest piękny i bardzo, bardzo szybki. Czegóż można chcieć więcej?

Tak naprawdę, to całkiem sporo. Zwróćcie uwagę, że nowy XKR jest łagodny i komfortowy – nie mam najmniejszych wątpliwości, że znajdzie wielu przyjaciół w klubach golfowych rozrzuconych wokół Houston. W wyobraźni widzę już autobusy pełne dentystów z Los Angeles, którzy przyjechali, by go sobie kupić. Zakochają się we wnętrzu z drewna i skóry, w komforcie i w ciszy.

Mimo to są pewne rzeczy, które chciałbym zmienić zanim zdecydowałbym się na zakup tego wozu. Po pierwsze, muszą go obniżyć.

Prawdziwy jaguar, taki z sierścią, z programów Attenborougha, bryka sobie wesoło przechadzając się po okolicy, ale gdy sytuacja staje się poważna, przykuca ciasno na pośladkach. A XKR – nie.

Samochód jest za wysoki. Ma tak wielki odstęp pomiędzy kołami a łukami nadkoli, że mógłbyś tam rozbić namiot. Jeden ze znajomych projektantów opisał XKR-a jako sportowy samochód terenowy, ale mylił się. XKR wcale nie jest sportowy – zawieszenie, choć wyrafinowane, jest niestety giętkie jak z gumy. Nawet mój sześciocylindrowy sedan XJR zapewnia pod tym względem o wiele lepsze doznania – sprawia wrażenie, jakby cały czas był gotów do ataku. I właśnie tak to powinno wyglądać w tego typu samochodzie.

Następnie – fotele. Jeśli jesteś szeroki w barach, tak jak – nawiasem mówiąc – prezes Jaguara, dojdziesz do wniosku, że są tak wąskie, iż przy szybkim wchodzeniu w zakręt możesz z nich spaść.

BMW na ten przykład oferuje jako opcję sportowe, wspaniale trzymające fotele i naprawdę nie widzę powodu, dlaczego nasza luksusowa marka Forda nie mogłaby robić tego samego.

I o to właśnie tak naprawdę mi chodzi. BMW robi świetne wozy dla pewnego typu odbiorców, ale wie, że zawsze znajdzie się mała grupka ludzi, którzy będą chcieli mieć coś większego, coś lepszego i czegoś więcej. Ma więc mały, osobny dział „M" (od słowa *Motorsport*), który wybiera najlepsze modele… i jeszcze je ulepsza.

Podobnie Mercedes. Możesz sobie kupić samochód prosto ze zwykłej fabryki, albo – jeśli chcesz odjechać z rykiem silnika w łamiącym kości bolidzie – możesz kupić wóz podrasowany przez AMG.

I to jest właśnie to, czego brakuje Jaguarowi – pozostającej jego własnością, ale całkowicie odrębnej firmy inżynierskiej, która samochód zaprojektowany dla każdego przeobrażałaby w drogową rakietę dla wybrańców.

Nie musieliby nawet dotykać silnika – jest już wystarczająco dobry – ale gdyby podczas zabawy krzywkami wału rozrządu i wtryskiem paliwa udało im się wygospodarować jeszcze kilka koni więcej, też bym nie narzekał. Jakiś wydech, który wydobywałby z silnika stłumiony ośmiocylindrowy rytm, też stanowiłby bardzo miły dodatek.

Standardowy XKR to wykwintne danie, które zostało bardzo dobrze pomyślane i przepięknie przygotowane. To wspaniały samochód turystyczny, ale z odrobiną innych przypraw smakowałby zupełnie inaczej. Smakowałby jak prawdziwy samochód sportowy.

■ Test łosia zrobił z nas idiotów

Spróbuj wyobrazić sobie ten horror. Jesteś kamerzystą programów przyrodniczych telewizji BBC i właśnie wysłano cię na Ziemię Ognistą w Ameryce Południowej. Z tamtejszych grzęzawisk raz na dziesięć lat wychodzi osobliwa żaba, po czym spółkuje i zdycha.

Tkwiłeś tam w oczekiwaniu przez najlepsze lata ostatniego dziesięciolecia... lecz teraz potrzeba wypróżnienia się stała się absolutnie nie do odparcia. Bierzesz więc rolkę papieru i magazyn „Viz", po czym znikasz za skałą. Podczas twojej nieobecności ze swojego błotnistego domku wychodzi pan Żaba i pokazuje pani Żabci na co go stać.

No właśnie – w zeszłym miesiącu brytyjscy dziennikarze motoryzacyjni siedzieli sobie na kiblu, gdy dookoła rozpętało się prawdziwe piekło. Niektórzy z nich przejechali się Mercedesem Klasy A i w magazynach motoryzacyjnych jak kraj długi i szeroki pojawiły się entuzjastyczne recenzje. „Autocar" napisał, że Klasa A ostre zakręty pokonuje z dużą dozą zwinności. Magazyn „Car" zamieścił coś bardzo podobnego, a „Auto Express" pochwalił Mercedesa za precyzyjnie zestrojone zawieszenie. Nie chcę, by wyglądało, że zamierzam tu triumfować, ale po połowie pierwszej mili przejechanej za kierownicą dzidziusia Benza, stało się dla mnie bardziej niż oczywiste, iż nie prowadzi się zwinnie, a już na pewno nie precyzyjnie.

W przeciwieństwie do tego, co wielu może o nas sądzić, my, dziennikarze motoryzacyjni, tak naprawdę ulegamy opiniom kolegów po fachu. I właśnie dlatego byłem w rozterce. Miałem przed sobą samochód pochodzący od jednego z najbardziej kompetentnych producentów, samochód, który w dodatku spodobał się bardzo moim kolegom. To, żeby tak jak ten mały chłopiec w *Nowych szatach cesarza* wstać i powiedzieć: „Przecież ten wóz prowadzi się okropnie!", wymagało naprawdę wyjątkowo bombastycznej arogancji. Dzięki Bogu, że zdobyłem się na nią, bo zaledwie tydzień później pewien szwedzki magazyn motoryzacyjny na własnej skórze przekonał się o tym, że przy wykonywaniu manewru znanego jako „test łosia", Klasa A przewróciła się, a jej pasażerowie znaleźli się w szpitalu. Niemiecki magazyn powtórzył potem ten test, a analiza zapisu wideo z tej próby wykazała, że mamy do czynienia z katastrofą pierwszej klasy Klasy A. Eksperci od razu odrzucili wyniki testu, stwierdzając, że jest niereprezentatywny, ale ja się z tym nie zgadzam. Gwałtowny skręt w jedną, a potem w drugą stronę w celu wyminięcia przeszkody, jest testem wartym zachodu w każdych warunkach. Zgadzam się, w Wielkiej Brytanii nie ma łosi, ale mamy tu za to dzieci, psy i kawałki złomu na zewnętrznym pasie autostrady. W dodatku Mercedes przyjął wyniki testu do wiadomości, bo najpierw oznajmił, że zmieni opony, potem stwierdził, że będzie standardowo wyposażał samochód w system kontroli trakcji, po czym wstrzymał linie produkcyjne. Prawda jest więc taka, że Mercedes schrzanił ten samochód, a nasze gryzipiórki przegapiły najlepszy materiał od czasów Forda Pinto.

No cóż, pora spojrzeć prawdzie w oczy. Wjedźcie na rondo prowadząc nie tyle agresywnie, co sportowo, a zobaczycie, jak olbrzymia jest podsterowność Klasy A. Zmieńcie kierunek jazdy, a przekonacie się, jak przechył nadwozia dokłada dwie tony problemów do już istniejących, które to w ogóle nie powinny były w przypadku takiego samochodu wystąpić. Nie można tego nie zauważyć. Czuję się winny tylko dlatego, że podkreśliłem dobre strony tego wozu. Ale przynajmniej dostrzegłem jego bardzo istotny feler. We wczesnym okresie dziennikarstwa samochodowego było bardzo ważne, by mieć oczy szeroko otwarte – podłe i niebezpieczne samochody wytaczały się na rynek każdego tygodnia. W ostatnich latach cała ta zabawa się odwróciła. Zakładamy, że dany samochód jest bezpieczny i niezawodny i wydajemy nasze osądy na podstawie tego, co mówi o kierowcy wozu jego marka, jaki jest stosunek jakości do ceny i tak dalej. Zgadzam się, niewiele magazynów samochodowych stać na crash testy, jakich dokonują producenci, ale większość z nich zapomniała, jak przeprowadzać jakiekolwiek inne próby, oprócz przyspieszania i hamowania ze stoperem w ręku. Dzięki Bogu pewien mały szwedzki magazyn wciąż robi dobrze to, co do niego należy.

Wszyscy inni za rzecz oczywistą przyjęli fakt, że Klasa A będzie bezpieczna i stabilna i zamiast to sprawdzić, rozprawiali o dużej przestrzeni wewnątrz i o tym, że trójramienną gwiazdę można zaparkować na swoim podjeździe za jedyne 14 000 funtów. Nikt tak naprawdę nie zatrzymał się na moment, by pomyśleć: chwileczkę, przecież jest to pierwszy w historii Mercedesa samochód z napędem na przednią oś. Nie zakładajmy o tym wozie niczego z góry. Zróbmy test ze zmianą pasa ruchu. Poruszajmy kierownicą i sprawdźmy, co i jak.

Nieważne, co teraz zrobi Mercedes ze swoim nowym samochodem. Klasa A umarła. A wraz z nią w niebyt odszedł autorytet brytyjskich dziennikarzy motoryzacyjnych.

Powinni nas wszystkich wysłać do Iraku, ale obawiam się, że gdy znad Turcji nadlecą myśliwce F-15 by zdeponować bomby w skrzynce pocztowej Saddama, będziemy akurat pisali na plaży artykuł o dobrych winach i smakowitym serach.

■ W samym sercu Cuore

Jeśli chodzi o Wielką Brytanię, europejska debata ogniskuje się u nas na dwóch zagadnieniach – na tradycji i na handlu.

Jedni twierdzą, że gdyby z banknotów zniknął wizerunek królowej, z niebios spadłyby na nas ogień i zaraza, a majtki Gordona Browna zaatakowałaby plaga szarańczy. Inni zaś utrzymują, że to szowinistyczny nonsens, i koncentrują się na sprawach biznesu, emerytur i imigracji... Szczerze mówiąc, jest to tak nudne, że wolałbym już najeść się tektury.

Pewnego wieczoru, kiedy jadłem kolację z Wolfgangiem Reitzlem, wysoko postawionym oberleutnantem z BMW, dotarło do mnie, że w Niemczech sprawy przedstawiają się zgoła inaczej. Reitzle powiedział:

– Popieram Unię Europejską. Dzięki niej nie dojdzie do kolejnej wojny.

O cholera! Mało nie spadłem z krzesła.

Na miłość boską, w życiu bym się tego nie spodziewał. W Wielkiej Brytanii uważa się za coś nie do pomyślenia, by któreś dwa zachodnioeuropejskie narody rozpoczęły wobec siebie działania wojenne, ale jako oczywistość przyjmuje się, że Niemcy z nostalgią spoglądają w kierunku Polski.

Dlatego właśnie – szczerze mówiąc – z rozkoszą przyjąłem wiadomość, że BMW dodało do swojej teczki z inwestycjami w Wielkiej Brytanii Rolls-Royce'a. Im więcej rzeczy u nas mają, tym mniej prawdopodobne, że będą chcieli nas zbombardować.

Byłem jednak nieco rozczarowany kwotą 340 milionów funtów, jaką zaakceptował Vickers, sprzedając coś, co – jak wszyscy się zgodzą – jest absolutnie najlepszą brytyjską marką.

Gdy przypomnimy sobie, że Rolls Royce wydał 200 milionów na projekt nowego Serapha i jego siostrzanego modelu, Bentleya Arnage, można się upierać, że został kupiony za 140 milionów.

A tak naprawdę, to za jeszcze mniej, bo duża część tych 200 milionów trafiła do BMW, które zaopatrywało Rollsa w silniki i inne części do nowych samochodów. W rzeczywistości BMW kupiło Royce-Rollsa za jakieś 18 pensów, co wydaje mi się dość niską ceną.

Ale i tak nie ma to najmniejszego znaczenia, bo kto kupi dziś Rollsa, skoro pan Prescott obiecał 50 funtowy zwrot z podatku drogowego wszystkim posiadaczom Daihatsu Cuore+?

To godna uwagi propozycja, która – jestem tego pewien – sprawiła, że wszyscy usiedliście na brzegu krzesła. Tak między nami – podejrzewam, że zawsze chcieliście mieć taki wóz, a teraz, gdy dodatkowo posiada aprobatę Nowej Patrii Pracy, pokusa jest po prostu nie do odparcia. No dobra, Clarkson, powiedz nam wreszcie: jaki jest ten samochód?

No cóż, jest o 50 centymetrów krótszy od Forda Fiesty i – to niesłychane – o 19 cm węższy. To oznacza, że znikają wasze problemy z parkowaniem. Po prostu chowacie samochód do walizki. Nie macie walizki? Nie martwcie się. Cuore jest wyposażone w uchwyt do przenoszenia, sprytnie ukryty pod postacią tylnego spojlera.

Mimo niepozornych gabarytów, model +, który testowałem, jest pięciodrzwiowy i ma wystarczająco dużo miejsca by pomieściło się za kółkiem 108 kilogramów mojej żywej wagi. To dobrze, bo albo w Cuore będzie siedział ciężki kierowca, albo samochód zostanie zdmuchnięty przez pierwszy lepszy podmuch wiatru i spędzicie resztę życia szukając go w koronach pobliskich drzew.

Przytwierdziłem go więc do kilku kamieni i zmarnowałem kawał dnia usiłując znaleźć w nim silnik. Podniosłem maskę i wczołgałem się do komory silnika, przeoczywszy na wstępie coś, co wyglądało jak pudełko zapałek przytwierdzone do wewnętrznej strony błotnika. To był błąd. To właśnie to coś było silnikiem – wszystkimi 850 centymetrami sześciennymi jego pojemności.

Silnik Cuore ma tylko trzy cylindry i rozwija katastrofalnie żałosną moc 42 koni mechanicznych, co sprawia, że jest o 30 procent słabszy niż Mini. Wydaje mi się, że jest też o 10 procent słabszy od mojego Moulinexa Magimixa.

W związku z tym, mimo że udało mi się w nim zmieścić, pozostawały pewne wątpliwości co do tego, czy samochód będzie w stanie ruszyć ze mną z miejsca. A jednak udało mu się. Za oczywisty przyjąłem fakt, że jadąc nim nie będę w stanie wytworzyć naddźwiękowej fali uderzeniowej. Może i informacja o 16-sekundowym przyspieszeniu od zera do setki marnie się prezentuje na papierze, ale w rzeczywistości samochód zachowuje się całkiem dziarsko.

Brakujący cylinder sprawia, że pudełko zapałek nie jest dobrze wyważone i brzmi jak chłodzone powietrzem Porsche 911, co jest nawet dość ujmujące. Tyle że gdy kierowca Porsche zmienia bieg na dwójkę, kierowca Daihatsu dostaje zadyszki. Raz udało mi się zobaczyć na prędkościomierzu 135 km/h, ale jako że wyprzedzał mnie właśnie przemieszczający się kontynent, myślę, że wskazówka mogła kłamać.

Oczywiście, że nikt po samochodzie takim jak ten nie spodziewa się ani zawrotnych prędkości, ani szczególnie dobrego pokonywania zakrętów. No i tak właśnie jest. To, co jest nie lada niespodzianką, to wyposażenie luksusowej wersji Cuore+ w elektrycznie opuszczane szyby, radioodtwarzacz, a w szczególności w centralny zamek. Po co u licha centralny zamek w samochodzie, w którym do wszystkich czterech drzwi możesz sięgnąć z fotela kierownicy, i to rzęsami? Wydaje mi się, że wolałbym standardowe, trzydrzwiowe Cuore, wyposażone w cztery koła i fotel kierowcy.

Niezależnie jednak od wersji, czeka cię jeszcze coś bardzo szczególnego. Mimo że jeździłem tym małym samochodzikiem z werwą i tupetem, udało mi się spalić zaledwie 4,4 litra benzyny na 100 kilometrów. Tym samym Daihatsu stało się najbardziej oszczędnym samochodem, jaki kiedykolwiek dostał się pod rozkazy moich butów numer 43. Jest też jednym z najtańszych. Cuore+ kosztuje 7200 funtów, a jego standardowa wersja – 6500.

Lepiej wyjdziecie tylko wtedy, gdy przymocujecie koła do klatki z królikami i zainstalujecie w niej silnik z sokowirówki, której i tak nigdy nie używacie. Albo uprawiając jogging.

■ Chłodzona powietrzem porażka

Zawód krytyka muzycznego to najtrudniejsze i najbardziej bezcelowe zajęcie od czasów, kiedy to Twinkletoe-Winkletoe Fffiennes wybrał się na biegun północny w szlafroku i kapciach, czy coś w tym stylu.

Wyobraź sobie, że ktoś prosi cię o zrecenzowanie najnowszego albumu grupy All Saints. Odsłuchujesz go, zaczynasz go nienawidzić i to właśnie piszesz. A tydzień później wszystkie czternastolatki, które wywindowały go na pierwsze miejsce listy przebojów podpalają ci dom.

Mógłbym posadzić moją mamę przed głośnikami i puścić *Life Through a Lens* Robbiego Williamsa, a wyglądałaby tak, jakby ktoś usiłował zoperować jej nos zszywaczem. Dajcie mi do posłuchania Joni Mitchell, a włożę sobie palce do uszu i zacznę na cały głos wyśpiewywać „Gdzieżeś ty bywał, czarny baranie". Poproście mnie o zrecenzowanie któregoś z jej albumów, a powiem wam, że jej muzyka jest jak żucie styropianu.

Samochody są o wiele łatwiejsze. Są albo szybkie, albo wolne, przestronne albo ciasne, drogie albo nie aż tak drogie. Recenzowanie samochodów to dział nauki, w którym czarne jest czarne, a białe jest białe, aż do momentu, gdy przekroczymy, powiedzmy, 60 000 funtów.

Gdy decydujesz się na samochód za taką cenę, nie nabywasz go w celach praktycznych. Kupujesz markę, o której marzyłeś od kołyski. I nieważne, że od tego czasu twoja wyśniona marka zdążyła obrosnąć dowcipami. Z pewnych powodów przychodzi mi tu na myśl nazwa „Bristol". A zaraz po niej „Maserati".

A potem Porsche 911, które zdecydowanie nie ma nic wspólnego z dowcipem. Właśnie spędziłem tydzień z ostatnim z tych leciwych, chłodzonych powietrzem monstrów i ani razu nie udało mu się wywołać uśmiechu na mojej twarzy – wóz był jak Rory Bremner wygłupiający się na gali Brytyjskiej Akademii Sztuk Filmowych i Telewizyjnych.

Dla niektórych odejście starego Porsche 911 jest praktycznie tym samym, co śmierć księżnej Diany. Widziałem ludzi, którzy płakali na ulicach i grozili, że będą rzucać się z wysokich budynków jeśli Porsche nie wznowi jego produkcji.

Mnie to jednak zupełnie nie obchodziło, bo od kołyski marzyłem o Ferrari, a na placu zabaw z każdym z planety Porsche wdałbym się w bójkę. Włożyłbym głowę kogoś takiego do muszli klozetowej i trzymałbym ją tam dopóki nie wydusiłbym z niego, że 911 jest do niczego. Powiedz to. Powiedz, że Porsche 911 jest do niczego, albo zrobię ci pokrzywkę.

Przez to bardzo trudno przychodzi mi obiektywne zrecenzowanie ostatniego przedstawiciela tej rasy. Mógłbym niby napisać, że ma podwójnie doładowany 3,6-litrowy silnik, który rozwija moc 450 koni. I że jak dotąd wyprodukowano zaledwie 33 egzemplarze tego modelu, tak zwanego „Turbo S", i że wszystkie zostały sprzedane. Mogę też napisać, że ten samochód został pomyślany jako ostateczna wersja 911, która łączy w sobie wszystko, czego nauczyła się firma Porsche w ciągu 35 lat swojej działalności.

To są fakty... a teraz czas na opinie. Jest to bez cienia wątpliwości najbardziej odrażający, najohydniejszy i najbrzydszy kawał oślego gówna, jaki kiedykolwiek zdobił mój podjazd. Frajdę z posiadania tego samochodu można mieć tylko na jeden sposób: wrzucając zapałkę do jego baku.

Podczas jazdy po autostradzie, od jego sztywnego zawieszenia rozmywa się obraz na siatkówce. Prześwit ma tak mały, że co większe progi zwalniające w Socjalistycznej Republice Hammersmith i Fulham zatrzymywały go na amen.

Jasne, z technicznego punktu widzenia, ze swoim wyrafinowanym napędem na cztery koła Porsche mogłoby jeździć nawet po świeżo zaoranym polu, ale nie z takim nosem – siedzi tak nisko, że w trakcie jazdy wciąga białe linie na drodze.

No i ta mieszanka turbodziury, przerażającego przyspieszenia i hamulców, które nie wzbudzają absolutnie żadnego zaufania. Gdy wciśniesz pedał hamulca lekko, nic się nie stanie. Gdy wciśniesz go mocniej, twój nos uderzy w przednią szybę, która i tak przez większość czasu znajduje się za blisko kierowcy. Nie tyle przez nią patrzysz, co masz ją założoną na twarz jak okulary.

Szczerze znienawidziłem ten samochód i jestem bardzo zadowolony, że nie będzie już produkowany. Chyba tylko diabeł podjąłby się jeżdżenia czymś takim.

Przeraziłem się więc, słysząc pewnego dnia od kogoś z Porsche, że dopóki istnieje Ferrari, dopóty będzie produkowane Porsche Turbo… co oznacza, że w 2000 roku możemy spodziewać się doładowanej, nowej wersji 911 – samochodu, który, jak sami widzicie, podoba mi się taki, jakim jest.

Tak czy owak, to dopiero nastąpi, tymczasem teraz jest „teraz", a ja wciąż nie posunąłem się ani o krok w recenzowaniu samochodu, którego użyteczność przyrównać można do CB radia w dobie telefonów komórkowych.

By jednak bezstronnemu dziennikarstwu stało się zadość, udało mi się znaleźć pięć minut w życiu markiza z Blandford, kiedy akurat miał prawo jazdy, i poprosić go o rundkę za kierownicą Porsche 911. Jest wielkim fanem tego modelu. Gdy podchodził do tego żółtego jak jajecznica monstrum, sprawiał wrażenie, jakby zbliżał się do całunu turyńskiego.

– Prowadzić ostatnią chłodzoną powietrzem dziewięćset jedenastkę – wyszeptał – to prawdziwy zaszczyt.

Po godzinie wrócił z tak rozpromienioną twarzą, jakby przed chwilą rozmawiał z samym Bogiem.

– Musisz zrozumieć te małe dziwactwa 911. Jeśli uda ci się pojąć istotę tych samochodów, przekonasz się, że 911 to najlepszy z nich – dodał z zapałem.

A teraz siedzi za moimi plecami, przywiązany do krzesła, z kostką mydła w zębach. I nie wypuszczę go, dopóki nie przestanie mówić na moje Ferrari „Fiat" i przyzna, że najgorszym samochodem na świecie wcale nie jest – jak wszyscy przypuszczaliśmy – Vauxhall Vectra.

■ Złudna ekonomia skali

Dziś, po raz pierwszy od lat, można kupić nowiutki samochód za mniej niż 5000 funtów. Pochodzi z Malezji i zwie się Perodua Nippa.

Chcę na samym początku wyjaśnić, że nie jeździłem tym samochodem, i bardzo możliwe, że nigdy do tego nie dojdzie. No bo jeśli mamy dożyć siedemdziesiątki, mamy na zabawę zaledwie 600 000 godzin, a ja nie zamierzam przeznaczać nawet ułamka tego czasu na jeżdżenie samochodem, który nawet nie ma radia.

Poza tym, nie tak dawno temu na zabawie z konkurentami Nippy minął mi cały dzień – po to, by uszczęśliwić ociężałego Prescotta i jego drużynę z obleśnymi brodami, przetestowałem kilka tak zwanych mikrosamochodów.

Po ogłoszeniu projektu budżetu, w którym Golden Brown przewidział 50 funtowy zwrot z podatku drogowego dla każdego, kto kupił małe, ekologiczne auto, postanowiłem, że lepiej zapoznać się z nową rasą miejskich samochodów i sprawdzić, czy 50 funtów to wystarczająco dużo, by odciągnąć ludzi od ich beemek i wsadzić do pudełek na buty z doczepionymi kółkami.

Zacznijmy od samochodu, który jest wyjątkowo koszmarny – od Suzuki Wagon R. Ponieważ napędza go silnik o pojemności

996 centymetrów sześciennych, nikt nie oczekuje, że będzie to najszybszy samochód na świecie, a Suzuki wcale nie rozczarowuje – rzeczywiście nim nie jest. Jego prędkość maksymalna to 140 km/h, czyli jest dokładnie dwa razy wolniejszy niż Porsche Turbo S, o którym pisałem w zeszłym tygodniu i – w co doprawdy trudno uwierzyć – dwa razy brzydszy.

Jest bardzo wąski, bardzo krótki i z jakichś przedziwnych powodów bardzo wysoki. Ja na przykład miałem w nim do sufitu dobre 30 centymetrów, tylko po co? Jedynymi osobami, które być może potrzebują tyle miejsca są strażnicy w bermycach, ale bądźmy szczerzy – czy taki strażnik, stojący przez cały dzień w budce, będzie chciał drugą taką wracać do domu?

Reasumując, jeśli nie chcecie, by się z was naśmiewano, wystrzegajcie się tego Suzuki jak seksu bez zabezpieczenia z etiopskim transwestytą.

Nie miałbym mu tego wszystkiego za złe, ale nie jest nawet jakoś szczególnie opłacalny, co z pewnością powinno być nadrzędną cechą każdego małego samochodu. Najtańsza wersja kosztuje 7400 funtów i spala aż 5 litrów na 100 kilometrów.

To doprowadziło mnie pod drzwi litrowego Seata Arosy w cenie 6995 funtów, który spala 4,7 litra na 100 kilometrów – czyli prawie tyle samo co poprzednik. Z tym, że przynajmniej wygląda jak normalny samochód i tak też jeździ. Po uzbrojeniu się w odpowiednią dozę determinacji i w górkę, można się nim poruszać z prędkością 160 km/h.

Wciąż jednak myślę, że lepszą propozycją jest Daihatsu Cuore+. Wszystkie powody wymieniłem już miesiąc temu – czworo drzwi, niska cena, większa oszczędność itd.

Ale od tego czasu zdążyliśmy usłyszeć o nowym małym Fiacie zwanym Seicento, o wspomnianej już Perodui, o Arosie w wykonaniu Volkswagena oraz – nareszcie! – o następcy Mini. Po porażce z napędzaniem samochodów prądem, wodorem, fasolą czy jakimś innym paliwem przyszłości, producenci postanowili, że dadzą nam połowę tego, do czego byliśmy dotąd przyzwyczajeni. I to na pewno się uda. Na pewno będziemy pod wrażeniem niższych o połowę rachunków za benzynę, niższego o połowę ubezpieczenia i łatwiejszego parkowania samochodem, który możemy dziś mieć za mniej niż pięć kawałków.

Istnieje jednak pewna bardzo istotna wada tych samochodów. Mówiąc krótko, gdy macie wypadek w mikrosamochodzie, prawdopodobieństwo, że przeżyjecie, jest mniejsze, niż gdybyście jechali czymś większym.

Powiecie pewnie, że tymi samochodami jeździ się głównie po mieście, i że w chwili zderzenia najprawdopodobniej będą poruszały się z prędkością 11 km/h... Dajcie spokój... Przecież od czasu do czasu wyjedziecie nimi na autostradę, a tam ich marne przyspieszenie sprawi, że staną do walki koło w koło z ciężarówką pana Scaniowskiego.

W salonie, gdy będziecie zachwycać się ich karoserią, zaprojektowaną tak, byście mogli wygodnie zmieścić się do środka, pamiętajcie o tym: wasze stopy znajdują się w odległości 60 centymetrów od przedniego zderzaka, wasz bark opiera się na środkowym słupku, a głowy waszych dzieci są niebezpiecznie blisko pokrywy bagażnika.

W zeszłym tygodniu prezes Jaguara wyszedł bez szwanku z Daimlera, którym kilka razy wywinął beczkę na nasypie autostrady. I jestem przekonany, że gdyby to samo przydarzyło się prezesowi Perodui, Suzuki i pozostałym, przez kilka miesięcy musieliby pić przez słomkę. Albo po prostu zaczęliby grać na harfie.

Ameryka tonie obecnie pod nawałem statystyk, z których jedna mówi o tym, że prawdopodobieństwo śmierci w małym samochodzie jest czterokrotnie większe niż w Range Roverze. Inna mówi, że gdy zapanuje moda na pomniejszanie samochodów, na drogach rocznie będzie ginęło o 3900 osób więcej.

Statystyki można jednak spreparować tak, by można było z ich pomocą udowodnić każdą tezę, zignorujmy je więc i skoncentrujmy się na prostych prawach fizyki. Wydaje mi się, że to Izaak Newton stwierdził, iż lepiej mieć wypadek w dużym samochodzie niż w małym.

No dobrze, może i zmyślam, ale jestem pewny, że tak właśnie by powiedział, gdyby był dobry w sypaniu sentencjami i wiedział o istnieniu samochodów.

Moja rada jest następująca. Nie dajcie się nabrać na politykę rządu w kwestii małych samochodów. Przecież w tej całej ekologii chodzi o ochronę życia! Ale co nam z ratowania drzew, skoro na jednym z nich możemy zakończyć nasz ziemski czas?

Jeśli dysponujesz ograniczonym budżetem, nie kupuj małego samochodu. Kup duży używany.

■ Ostrzegawczy gwizdek dla Forda i Vauxhalla

Po tym, jak Rover zamontował chromowane listwy progowe w swoich samochodach klasy średniej, na rynku samochodów służbowych pozostał jedynie Ford i Vauxhall. Vauxhall na początku zaserwował szeroką gamę nowych i ekscytujących produktów – Fronterę, Calibrę i Tigrę, które, jak zostaliśmy poinformowani, zostały wdrożone do produkcji po 14 minutach od zaprezentowania ich wersji koncepcyjnych. W tym czasie Ford spał sobie w najlepsze. W 1992 roku wyskoczył z Escortem, ale ten wóz był tak pieski, że ludzie byli zaskoczeni brakiem ogona. Potem był Ford Probe. Całkiem sympatyczne coupé, ale wszyscy wiedzieliśmy, że w Stanach kosztuje 28 i pół funta, więc dlaczego tu trzeba było dać za niego ponad 20 kawałków? By zmierzyć się z Fronterą, Ford sprzymierzył się z Nissanem – każdy, kto tak robi, popełnia błąd – i wypuścił Mavericka, samochód brzydki i ogólnie beznadziejny.

Jednak znienacka sprawy przybrały zupełnie inny obrót. Okazało się, że Frontera jest zbudowana jak model do sklejania firmy Airfix, co czyniło z niej samochód zawodny jeszcze bardziej niż izraelska polityka. A gdy ustał harmider wywołany premierą Calibry i Tigry, ludzie zaczęli zauważać, że jak na samochody stworzone przede wszystkim z myślą o swoich kierowcach, brakuje im marki. I rzeczywiście – gdy właściciele tych wozów parkowali w leżącej w samym sercu Anglii miejscowości uzdrowiskowej Leamington, marki ich samochodów przebywały w tym czasie na Litwie. Sytuacja pogorszyła się tak naprawdę wtedy, gdy Vauxhall Cavalier został zwycięzcą Brytyjskich Mistrzostw Samochodów Turystycznych.

Świetnie, tylko że Cavalier odjechał z wieńcem laurowym dokładnie w tym samym czasie, kiedy zaprzestano jego produkcji. Jego następca sprawił, że ten cały domek z kart runął. Vectrą jeździło się nieprzyjemnie, samochód był absolutnie bez polotu, nie miał też jakiejś szczególnie korzystnej ceny, a pojęciu nudy nadał nieznany dotychczas wydźwięk. Gdyby przyrównać Vauxhalla do Manchester United, Vectra byłaby meczem, który drużyna ta przegrałaby wynikiem 4:0 z Doncaster Rovers.

Piłkarskie analogie stanowią dla mnie dość niebezpieczną grę, bo w temacie piłki nożnej jestem kompletnym ignorantem. A jednak spróbuję. Podobnie jak Vauxhall „spróbował" z Vectrą.

Śledzenie obecnych porachunków pomiędzy Fordem a Vauxhallem przypomina bowiem oglądanie meczu. Obie drużyny wystawiają 11 zawodników, z których niektórzy grają w ataku, a pozostali w obronie.

Nową gwiazdą w pierwszej linii drużyny Forda jest Puma, która ma sporą przewagę nad Tigrą – to dla Vauxhalla zła wiadomość, w szczególności, że jak tylko usunął z boiska Calibrę, Ford zastąpił znośnego Probe'a zachwycającym Cougarem. Grająca na skrzydle Frontera rozpada się na kawałki, a Maverick na mokrej trawie kręci kołami w miejscu, tak więc tu mamy remis. Nie ulega jednak wątpliwości, że Explorer jest o wiele bardziej utalentowany, niż zawodnik z Japonii – Monterey.

Podobnie sytuacja przedstawia się po drugiej stronie boiska, gdzie Sintra przy Galaxy wygląda jak z drewna, i to pomijając już fakt, że podobni gracze oferowani są w innych klubach za o wiele mniejsze pieniądze. Vauxhall odzyskuje przewagę na środku boiska, bo mimo że Omega i Scorpio dysponują podobnymi możliwościami, Fordowi za żadne skarby nie uda się pozyskać środków przez opchnięcie nastolatkom plakatów swojego wozu.

To bez znaczenia, bo na środku boiska Ford wystawił swojego asa – Mondeo. Nawet gdyby zawodnikom z pierwszej linii Vauxhalla udało się wykiwać Forda, Mondeo zatrzyma ich jak mur. Również i Corsa nie stanowi konkurencji dla Fiesty, poza tym Ford zapewnia jeszcze piłkę w postaci swojego Ka.

Przejdźmy zatem do obrony. Ford ma w niej Escorta, a Vauxhall – Astrę. Jeden i drugi wóz to złom. Ci zawodnicy grają nieudolnie, a swoim brakiem wyobraźni i niechlujstwem przyprawiają swoje drużyny o kiepską reputację. Już niedługo odejdą jednak na emeryturę i będą prowadzić bary na East Endzie, ustępując miejsca nowym, miejmy nadzieję lepszym piłkarzom. Dla Vauxhalla decydująca będzie nowa Astra. Obecnie wszyscy zawodnicy grający w jego drużynie są albo starzy, albo niesprawni, albo jedno i drugie naraz. Dla nowych twarzy w ofensywie Forda całe boisko stoi otworem. Gdy jednak Vauxhallowi uda się z Astrą, niebiesko-biali z Essex będą w tarapatach. Mają mocną pierwszą linię, jeszcze silniejszą środkową, ale rozbiją się o wspaniałą obronę.

Vauxhall będzie musiał się wreszcie obudzić. Kiedyś Manchester United mógł bez wcześniejszego przygotowania wygrać z Derby, ale dziś?

Ford musi pamiętać, że staje w szranki z General Motors, z koncernem, który choć nieznacznie, ale i tak ma więcej pieniędzy niż sam Bóg. A wykupiony przez Al Fayeda klub Fulham już niedługo pokaże, że w tym interesie najbardziej liczą się pieniądze.

■ Piekło pod pokładem – Clarkson chce na okręt podwodny

Jeśli dobrze rozumiem, po śmierci istnieją trzy możliwości: niebo, czyli bardzo przyjemna sprawa, nicość, która będzie jak sen, albo piekło, którym nie za bardzo się już przejmuję.

Nie obchodzi mnie, jak odrażające są ścieki, którymi Lucyfer wypełnił swoje kadzie, bo chyba nic nie może być gorsze niż mieszkanie na pokładzie amerykańskiego lotniskowca.

Podczas gdy w poniedziałkowy ranek zdążaliście do pracy, ja znajdowałem się w czymś, co wyglądało jak pralka z doczepionymi skrzydłami i co wystartowało z Norfolk w stanie Virginia w kierunku napędzanego jądrowo, ważącego 100 000 ton lotniskowca USS „Dwight D. Eisenhower", największego i najszybszego okrętu jaki kiedykolwiek widział świat.

Wcześniej na łamach tej gazety opisywałem Porsche Turbo, które z prędkości 113 km/h wyhamowuje do zera w czasie 2,8 sekundy. Ale to nic w porównaniu z samolotem, którym leciałem. Maszyna, na którą mówią „dorsz" i która lata podobnie jak on, przy prędkości 280 km/h uderzyła kołami o pokład i zatrzymała się całkowicie dwie sekundy później.

Gdy wydrapywałem jeszcze resztki śledziony z podszewki mojej kurtki, przemawiający głośnym i władczym tonem marynarz odprowadzał mnie z podkładu lotniskowca, który – jak się wyraził – „jest najniebezpieczniejszym miejscem na ziemi", do wnętrza okrętu. Teraz już wiem, że jest to „najgorsze miejsce na ziemi".

Mieszka tam załoga składająca się z 5000 osób. Jest rozsiana po 17 poziomach połączonych 17 milami korytarzy, 66 drabinami i tysiącem wodoszczelnych drzwi, w które ciągle wali się głową.

Nie ma tam żadnej otwartej przestrzeni, gdzie można by usiąść i odrobinę się wyciszyć. Nie można uprawiać seksu z żadną z 500 kobiet na pokładzie. Wszystko zrobione jest ze stali. No i nie ma tam okien. Brakuje elementarnego poczucia intymności, nawet gdy jesteś w kiblu. Przez 24 godziny na dobę, miesiąc za miesiącem, poddany jesteś ciągłemu, ogłuszającemu hałasowi.

Żeby choć trochę przybliżyć wam, jak wygląda życie marynarzy z lotniskowca, powiem wam tak: wyobraźcie sobie, że ktoś zamknął was w tylnej części stalowej naczepy, którą następnie przez całe sześć miesięcy ciągnie ciężarówka. Masz towarzystwo: dwóch ośmiolatków, z których jeden uczy się obsługiwać magnetofon, a drugi – skrzypce. Oprócz nich w naczepie podróżuje 30 młodych mężczyzn z pryszczami na twarzach, którzy przez cały dzień na siebie krzyczą, a na dokładkę jest tam jeszcze jeden gość, który wszędzie z tobą chodzi i wrzeszczy ci prosto w twarz.

Na „Eisenhowerze" przydzielono mi przewodnika, który nie dość, że poruszał się jak Frankenstein, to rozmawiał ze mną jak Barney Rubble z *Jaskiniowców*. Nie należał do wyjątkowo rozgarniętych. Gdy zadawałem mu pytanie, najpierw wolno je powtarzał, a potem, przed udzieleniem odpowiedzi w bełkotliwym marynarskim żargonie, wypowiadał nieodłączne „hm, niech tylko pomyślę".

Drugiego dnia mojego pobytu megafony na okręcie oznajmiły, że F-18, w którym zapalił się jeden silnik, dokuśtyka do lotniskowca na drugiej sprawnej turbinie firmy General Electric.

Tylko że Barneya ani trochę to nie obeszło. Właśnie dałem mu 10 dolarów, którymi chciałem uiścić 8-dolarowy rachunek, i od tego wszystko mu się pomieszało.

– Hm, niech tylko pomyślę… – powiedział.

Wszystko dobrze się skończyło. Energiczny głos przebił się na chwilę przez odgłosy ćwiczenia gry na skrzypcach i ogłosił, że samolot wylądował bezpiecznie i że cała załoga, łącznie z Barneyem, „spisała się wspaniale". Takie komunikaty zdarzają się na lotniskowcu bardzo często.

Dziarski głos megafonu może wyrwać cię ze snu nawet o czwartej nad ranem:

– Ktoś, kogo nigdy nie widziałeś na oczy, zrobił coś, co masz gdzieś, w części okrętu, w której nigdy nie będziesz. Spisał się wspaniale!

Wszystko, czego pragnąłem, to napić się i zapalić, ale na przeszkodzie stała jedna, mała rzecz – mój dorsz-pralka musiał zostać podłączony do katapulty i wystrzelony przez dziób okrętu.

Ta katapulta, to dopiero jest coś. Gdyby ustawić ją pod odpowiednim kątem, wyrzuciłaby Volkswagena Garbusa na odległość prawie 20 km. Kąt jednak nie był dobrze ustawiony, a mój dorsz ważył o wiele więcej niż samochód. Po prostu wiedziałem, że samolot wpadnie do morza i dostanie się pod okręt, a gdy znajdzie się pod rufą, 9-metrowe śruby napędowe posiekają go, i mnie w nim, na drobne kawałki.

A oto, co się dzieje: podczepiają przednie koło samolotu do czegoś, co przypomina przeciętą na pół cegłę, i to coś jest następnie wystrzeliwane wzdłuż 100-metrowego rozbiegu przez parowy tłok. Na samym końcu koło odłącza się samo i – czary-mary – samolot jest już w powietrzu.

Tak więc na 100 metrach i to w zaledwie 1,5 sekundy przyspieszyłem od zera do 280 km/h – nareszcie jakieś doznania związane z motoryzacją!

W BMW najwyraźniej odbyła się rozmowa na szczycie w sprawie nowego M5. Ostatnio cytowany był nawet sam Pręt Pisak-Rydel, który stwierdził, że BMW 540i jest już bardzo blisko wynikających z praw fizyki granic przyspieszenia.

Spece z BMW musieli być poważnie zmartwieni tym, że stracą mnóstwo czasu, energii i pieniędzy projektując M5, które – koniec końców – nie będzie aż tak wiele szybsze od zwykłego 540i.

Z wielką radością donoszę jednak, że mimo wszystko spróbowali, i naprawdę, nie muszą się wcale martwić tymi historiami z przyspieszeniem. Nawet jeśli ich nowy 400-konny samochód będzie w stanie przyspieszyć od zera do setki w czasie jednej sekundy, będzie to niczym w porównaniu z mocą, jaką zapewnia katapulta parowa na lotniskowcu. Żeby mieć choćby najmniejsze pojęcie o tym, co się wtedy czuje, musielibyście stanąć na torach pociągu Intercity. Oczywiście wtedy byłoby już po was, ale nie przejmujcie się; mówię wam, to o wiele lepsze niż spędzić czas na pokładzie lotniskowca.

■ Życie na wsi

Szybko wkraczasz w wiek średni. Masz dziecko. Mieszkasz w Londynie. Wszyscy twoi znajomi mieszkają w Londynie. Kochasz Londyn, ale poważnie podchodzący do życia mężczyźni i kobiety z wiadomości regionalnych BBC zasiali w twoim sercu sporo wątpliwości.

Powtarzają ci co wieczór, że natężenie ruchu osiągnęło punkt krytyczny i że rzeszom naukowców ze Światowej Organizacji Zdrowia w samym tylko Camden udało się znaleźć tyle zanieczyszczeń, że nie minie tydzień, a zginie od nich każdy mężczyzna, kobieta i dziecko. W jeziorze Serpentine czyha na nas wąglik, a w garderobie – bandyta.

W wyniku tego wszystkiego zaczynasz się zastanawiać, czy być może nie nadszedł czas, by się stąd wyprowadzić. A wtedy pewnego dnia sięgasz po najnowszy numer „Życia na Wsi" – najbardziej niebezpiecznego wychodzącego obecnie magazynu – i gdzieś pomiędzy artykułami o producentach chusteczek i o jakimś ptaku, któremu z tyłka wystaje słomka, zauważasz, że za cenę twojego domu z czterema sypialniami w Fulham mógłbyś kupić całe hrabstwo Oxford.

W cenie małego ogródka za domem możesz mieć 2,5 hektara pola usianego jaskrami, olbrzymi piec, stodołę, strumyk i szeroki wachlarz tak zwanych „pokojów salonowych".

Wiem, o czym mówię, bo coś takiego właśnie mi się przydarzyło. Po 18 niesamowicie szczęśliwych latach spędzonych w Fulham zostałem przez niecałe 10 minut poddany działaniu egzemplarza „Życia na Wsi" i po miesiącu byłem już w drodze do sklepu Hacketta po kilka ubrań z tweedu – wybierałem się do Cotswolds, by tam rozpocząć mój nowy rozdział życia.

Udało się nam znaleźć wspaniały dom i mimo że przystroiliśmy go spodkami anten satelitarnych, by mieć rozrywkę na długie zimowe wieczory, wciąż takim pozostał. W szczególności że nasz rozładowany z ciężarówki dobytek zmieścił się w całości do szafy pod schodami. Miejcie też na uwadze fakt, że meble, które w Londynie wypełniały cały dom, na wsi nie wystarczą nawet do umeblowania ubikacji.

Tak się szczęśliwie złożyło, że wyścigi terenówek w Finlandii i wyniki wyścigów w Dubaju oglądaliśmy zaledwie przez sześć wieczorów – zaraz potem zadzwonił do nas kuzyn kogoś, komu nasz daleki znajomy z Londynu sprzedał kiedyś psa i zostaliśmy zaproszeni na koktajl, na którym my i miejscowi mieliśmy nawzajem się poobwąchiwać.

Był to koktajl w stylu tych, które organizowaliśmy w początkowych latach naszego pobytu w Londynie, ale bardzo szybko stało się jasne, że brakuje mu jednego bardzo istotnego składnika. Były tam co prawda drinki, serdeczna atmosfera i nisza przy kominku... ale nikt nie flirtował. Gdy masz dwadzieścia lat, chcesz się spotykać z innymi wyłącznie po to, by zaciągnąć kogoś do łóżka. Gdy stuknie ci czterdziestka, sam chcesz się w nim jak najszybciej znaleźć.

Samuel Johnson miał chyba rację. Gdy ktoś jest zmęczony Londynem, jest też na pewno zmęczony życiem. Do Londynu wybierasz się po to, by żyć. A potem, gdy już wypełnisz swoje biologiczne posłannictwo i masz dzieci, wyprowadzasz się stamtąd, by umrzeć.

Dzieci to zawsze dobra wymówka... pozwólcie jednak, że rozprawię się tu z kilkoma mitami na ten temat. Moja córka ma teraz prawie cztery lata i wprost nie znosi – naprawdę, nie znosi jak diabli – wiatru, deszczu, błota, pól, traktorów i śniegu. Kiedyś do jej buta przyczepił się liść – przez dwie bite godziny kwiczała jak zarzynana świnia.

Mimo że mamy 2,5 hektara sielskich pól, na których można się bawić, córka zawęża obszar swojej działalności do swojego pokoju zabaw i zestawu do malowania. Powinniście też zobaczyć twarz jej młodszego brata w chwili, gdy odpalam kosiarkę-traktor. Pamiętacie może wyraz twarzy Roberta Shawa, gdy pożerał go ten rekin ze *Szczęk*? No więc to wygląda podobnie, z tym, że mój syn kładzie odrobinę większy nacisk na ekspresję strachu i przerażenia.

Oboje każdego ranka pytają się, czy nie moglibyśmy pojechać do naszego mieszkania w Londynie, bo wtedy można by popływać w basenie w Harbour Club, spotkać się z przyjaciółmi w restauracji Tootsies i wypić herbatkę w Hurlingham. Wśród swoich rówieśników moja Emily znana jest jako Tara Palmer Clarkson.

Nie dajcie się też zwieść historyjkom o zdrowiu. Matki twierdzą, że dzieci w Londynie cierpią na astmę i wiecznie łzawiące oczy, ale na wsi czeka na nie katar sienny, który jest po prostu nie do zniesienia, a ostatnio słyszałem o kimś chorym na dyfteryt. Suchoty to tutaj normalka, a ja tylko czekam kiedy zaatakuje mnie artretyzm.

No i te odgłosy...

Gdy o czwartej nad ranem budzi cię w Londynie jakiś hałas, obracasz się na drugi bok i zasypiasz. Tu, gdy o czwartej nad ranem usłyszysz jakiś dźwięk, prawie wyskakujesz ze skóry. Co najmniej dwa razy w miesiącu w samym środku nocy rozlega się po domu mój nerwowy tupot w szlafroku. Zawsze myślę, że dziwny łomot, jaki usłyszała moja żona, to jednooki, zboczony farmer szukający dzieci do zaspokojenia swej chuci. Zwykle jest to jednak mundżak – jeleń, podobny trochę do dużego szczura.

To nonsens twierdzić, że wieś jest cicha. W Londynie nikt nie musi użerać się z glicynią uderzającą w okno sypialni albo robiącym to samo strachem na wróble. W Londynie słychać rytmiczny, odległy pomruk odrzutowców przy schodzeniu na Heathrow – tu zaś mamy nosowy skowyt modeli samolotów. Gdy w Londynie odezwie się fałszywy alarm antywłamaniowy, albo gdy właśnie ktoś w najlepsze urządza imprezę, narzekacie na czym świat stoi. Naprawdę, może być jeszcze gorzej. Nie macie tam chyba pracujących przez całą noc kombajnów, czyż nie? Ani borsuków, które włączają oświetlenie z czujnikiem ruchu. Ani wściekłego rąbania w dzwony w każdy cholerny niedzielny poranek.

Zgadzam się, że może was męczyć nieustanny szum ruchu ulicznego w tle, ale my mamy za to nawiedzonych motocyklistów, których słychać z odległości 60 km. Gdy na ulicę w Londynie wybiegnie dziecko, zostanie potrącone przez samochód jadący 15 km/h. Tu będzie zasuwał 150 km/h.

W Londynie wasze dzieci uczą się jazdy na rowerze na niemal idealnie bezpiecznym skwerze Clapham Common. Moje muszą próbować swoich sił na drodze, przy której tor Silverstone wygląda jak polna dróżka.

Chciałbym w tym miejscu zwrócić uwagę, że samochody to na wsi jedyna szybka rzecz. W Londynie można wyskoczyć do sklepu za rogiem po paczkę papierosów i za 30 sekund być z powrotem w domu. Prosisz sprzedawcę o 20 marlboro. On prosi o 3 funty i 38 pensów. Płacisz. To wszystko. A ja? Ja muszę pojechać do sklepu, a kiedy się już w nim znajdę, czuję się, jakbym grał główną rolę w jakiejś telenoweli. W wiejskim sklepie możesz tkwić całymi godzinami.

Gdy byłem w nim po raz pierwszy, facet przede mną trzymał w ręce staroangielski pięciofuntowy banknot, a babka przed nim portmonetkę wypchaną półkoronówkami. Miała za to niezłe bufory. Tak, tu możecie używać takich zwrotów. I tak ich nikt nie zrozumie.

W miejscowym banku kasjer zawsze przygląda się dokładnie czekowi, który chcemy wypłacić i głosem, którego siła mogłaby powalić jęczmień na pobliskim polu oznajmia:

– Mnóstwo pieniędzy!

Nie żartuję. Zdarza się to za każdym razem, nawet gdy wypłacam 18-funtowy czek od BBC za powtórkę mojego programu.

Moim zdaniem problem bierze się stąd, że tak naprawdę na wsi nie da się wydawać pieniędzy. Wybierz się do pubu – zobaczysz jednak, że wszyscy grają tam w *shove ha'penny* i z miejsca wyjdziesz. Wybierz się do kina – nawet będziesz miał gdzie zaparkować – tyle, że będą tam grali *Zabójczą broń*, a każdy z wychodzących z popołudniowego seansu będzie powtarzał, że powinni nakręcić drugą część. Tu Mel Gibson nie zastąpił jeszcze Marca Bolana w roli seks symbolu, a Leonardo DiCaprio jeszcze się nawet nie urodził.

Mimo wszystko muszę przyznać, że cały ten groteskowy świat nie jest wcale aż taki zły.

Naprawdę. Kluczową sprawą jest tu kwestia parkowania. W Londynie przyzwyczaiłem się do spędzania ostatnich trzydziestu minut mojego dnia na przeczesywaniu ulic w poszukiwaniu miejsca, gdzie mógłbym się zatrzymać. Tak, przyzwyczaiłem się do tego, podobnie jak można się przyzwyczaić do białego szumu lub bólu – tak naprawdę zauważasz je dopiero wtedy, gdy ustaną.

I wierzcie mi, dopiero dziś dociera do mnie to, że każdego ranka samochód stoi przed drzwiami mojego domu. Tylko o tym pomyślcie. Pomyślcie, że już nigdy nie trzeba zawracać sobie głowy szukaniem parkometru.

Pomyślcie też o tym, że wyjeżdżając z bramy, będziecie mogli zasuwać 160 km/h aż do samego celu waszej podróży. Tak, wiem, że w małych prowincjonalnych miasteczkach w godzinach szczytu powstają niewyobrażalne korki. Trwają za to bardzo krótko, od za pięć dziewiąta do pięć po dziewiątej rano, a wieczorem od 17:29 do 17:35.

Mieszkający tu ludzie nie spieszą się przecież, by po pracy zdążyć jeszcze wypić drinka ze swoją nową sekretarką, albo z tą dziewczyną, którą poznali na wczorajszym koktajlu. Nie, oni zajmują się pieleniem swoich ogródków, w których hodują warzywa i strzelaniem do różnych rzeczy.

Naprawdę. Na wsi wszyscy do wszystkiego strzelają. Tak się od tego uzależniłem, że zeszłego wieczoru wyszedłem do ogródka przy kuchni i zestrzeliłem wszystkie osy z łodyg. Gdy mieszkałem w Londynie, chciałem za wszelką cenę spotkać Kate Moss. Tu za wszelką cenę chcę zastrzelić mundżaka. I sporo rozmawiam o kretach.

To moje poważne zmartwienie. Regularnie jeżdżę do Londynu, spotykam się na obiadach z jasnookimi urbanitami, ale kiedy przychodzi moja kolej, by coś powiedzieć, muszę zrobić krótką przerwę, zebrać myśli i dopiero potem zacząć mówić. Ponieważ od pół godziny nawijali o Mogensie Tholstrupie, staram się nie zahaczać o tematykę związaną z kretowiskami.

Tak czy owak, w takich sytuacjach pragnę jednego: by obiad się już skończył i bym mógł pospacerować w tę i z powrotem wzdłuż Jermyn Street. Po Londynie mógłbym spacerować całymi milami, chłonąc wyzwiska, jakimi obrzucają się taksówkarze i analizując długość spódniczek przechodzących dziewczyn. Wystawy sklepów pełne są tajemniczych różności: elektrycznych młynków do pieprzu i spinek do mankietów z kompasami. No i ten cały kołowrót... Życie tych ludzi nacechowane jest celowością.

Przeciwieństwem tego wszystkiego jest spacer po wiejskich okolicach. To jałowa wędrówka, podczas której masz tylko jeden cel – wrócić do domu, do swojego pieca i hałaśliwej instalacji wodnokanalizacyjnej. Spacerując na wsi oglądasz drzewa i krzaki jeżyn, ale co to za frajda? Jeżyna nie jest i nigdy nie będzie nawet choć trochę interesująca. Podobnie jak paproć. I dzięcioł. Nie żebyśmy mieli je tu w nadmiarze – wszystkie zostały zastrzelone.

No więc po co się tu przeprowadziłem? No cóż, to proste. Jeśli mieszkasz w Londynie, nie możesz mieć Ferrari.

■ Garbusomania

Premiera nowego Garbusa, która miała miejsce na oczach najliczniejszego tłumu dziennikarzy motoryzacyjnych jaki kiedykolwiek widziałem, nie mogła być łatwa dla dr. Ferdinanda Piëcha, prezesa Volkswagena. Jest rzeczą oczywistą, że musiał odwołać się do starego Garbusa, który – co jest dość niewygodnym faktem – powstał z inspiracji Adolfa Hitlera. To coś, co na pewno nie podniosło atrakcyjności rynkowej tego wozu. Hitler zlecił swojemu przemysłowi samochodowemu zaprojektowanie małego samochodu, dzięki któremu ludzie mogliby cieszyć się nowymi autobahnami. Taki samochód miał kosztować mniej niż 900 marek i nazywać się KdF, czyli z niemieckiego „siła przez radość". I znowu – również i to nie czyniło go atrakcyjnym dla klienta. Dopiero później, gdy pewien brytyjski major zajął się starą fabryką z Wolfsburga i ją rozkręcił, ta maszynka z silnikiem umieszczonym z tyłu i z wtopionymi w błotniki reflektorami stała się znana światu jako Garbus albo „Beetle". A kto wymyślił nazwę „Beetle"? Gordon Wilkins – jeden z pierwszych prezenterów *Top Gear*. Czy to oznacza, że w przyszłości na Vectrę będziemy mówić „Kupagówna"?

Na konferencji prasowej nie poruszono żadnej z kwestii związanych z wojną. Zamiast tego zaserwowano nam Janis Joplin, która całkiem sprytnie to sobie wykombinowała i zaśpiewała: „Boże, kup mi nowiutkiego Garbusa…". A potem, na reklamówce, która została zrealizowana z największym rozmachem, jaki kiedykolwiek widziałem, oglądaliśmy hippisów i dzieci-kwiaty w Woodstock i w San Francisco, nagich i naćpanych. Wcześniej braliśmy udział w wielkiej fecie w starym Roxy Theatre, w Atlancie, w stanie Georgia, gdzie, przy akompaniamencie najgorszego na świecie artysty wykonującego covery Hendrixa, kelnerki w minispódniczkach i kelnerzy w nierównomiernie farbowanych koszulach proponowali nam seks bez zobowiązań i darmowe piwo. Na miłość boską, dlaczego? Przecież Garbus istnieje od siedmiu dekad. Dlaczego u licha ma symbolizować wyłącznie lata sześćdziesiąte?

Klip wideo Volkswagena równie dobrze mógł pokazywać oddziały szturmowe SS palące książki w Polsce albo niezliczone rzesze wyzyskiwanych meksykańskich wieśniaków, albo moją mamę, która ciągnąc Garbusem kolejnego Forda mojego taty pomagała mu uruchomić go na pych. Wszystko to dotyczy Garbusa tak samo jak lata sześćdziesiąte. Przecież Królowa Matka też żyła w tamtej dekadzie, ale jakoś nie została ikoną wolnej miłości, czyż nie?

Tak czy owak, gdy ten zmyślny klip po *My Generation* zespołu The Who i *Under My Thumb* Stonesów dobiegł końca, w ogromnym audytorium znowu zapalono światła, a na scenie ujrzeliśmy... siedmiu Niemców w garniturach. Przez cały wieczór wciskali nam, jaki ubaw zapewniał stary Garbus i jaką zabawę gwarantuje nowy, i znowu... i znowu... Ubaw. Niemcy. Niemcy. Ubaw. Te dwa słowa jakoś do siebie nie pasują. Dr Piëch, znany w świecie motoryzacji jako bezapelacyjnie najmniej zabawny żyjący na Ziemi człowiek, próbował trochę się uśmiechać, ale podejrzewam, że pod jego biurkiem siedział gość od *public relations* i go łaskotał. Bardziej niż uśmiech przypominało to grymas.

Podejrzewam, że dobrze się stanie, jeśli w tym miejscu wyjaśnię, że nigdy nie byłem fanem starego Garbusa. Jego silnik był chłodzony powietrzem – dlaczego? I umieszczony z tyłu, za tylną osią – dlaczego? Garbus miał poza tym gówniane zawieszenie – każdy, kto usiłował z odrobinę większą prędkością pokonać zakręt kończył ustawiony w przeciwnym kierunku albo jako trup. Nagrzewnica nie działała, sześciowoltowe zasilanie było jedną wielką pomyłką, a sama myśl synoptyka o nadchodzącej mżawce sprawiała, że w Garbusie od razu rdzewiały uszczelki. Garbus był źle zaprojektowany, źle wykonany, a prowadziło się go wprost okropnie. To wyjaśnia, dlaczego odniósł tak spektakularny sukces w latach sześćdziesiątych. Kupowany był przez zwariowanych ekologów właśnie dlatego, że był do dupy. Tacy ludzie najchętniej jeździliby po buszu, ale ponieważ było to niewykonalne, zdecydowali się na zakup najgorszego dostępnego samochodu. Zresztą podobnie jest i teraz. Odwiedźcie obóz dowolnych protestujących, a ujrzycie parking zastawiony po brzegi Citröenami 2CV. To kolejny antysamochodowy samochód.

W tym miejscu fani Garbusa bez wątpienia przypomną mi fakt, że ten samochód sprzedał się w 21 milionach egzemplarzy, z których wiele trafiło do ludzi takich jak moja mama, a jej na pewno nigdy nie kusiło przykuwanie się do brzozy. I będą mieli rację.

Podobnie, olbrzymia rzesza południowoamerykańskich kierowców nigdy nie miała zbyt wiele wspólnego z drzewami – no, może oprócz wycinania ich w ogromnych ilościach.

Zgadzam się z tym, tylko widzicie: najsilniejszą cechą Garbusa zawsze była jego niska cena. Został zaprojektowany tak, by być tani, i w Meksyku, gdzie wciąż egzystuje, nadal kosztuje grosze. Moja mam kupiła Garbusa, bo był tani. Ekolodzy kupowali Garbusa, bo był tani. Studenci kupują go nawet dzisiaj, bo jest tani. Tyle że stary Garbus nie jest, i nigdy nie był samochodem, który mógł zapewnić jakąkolwiek frajdę. Jeśli zaś chodzi o nowy, sytuacja przedstawia się zgoła odwrotnie.

■ Piłka nożna to narkotyk klasy A

Ponieważ dzisiaj odbywa się brytyjskie Grand Prix, spodziewacie się pewnie, że niniejszy felieton skupi się na bitwie, jaką będzie musiał stoczyć talent Michaela Schumachera z przewagą techniczną ekipy McLarena. Przykro mi, ale w ogóle mnie to nie obchodzi.

Tak jak przeważająca część kraju, zostałem wciągnięty w piłkę nożną i doznałem olśnienia. Mecz między Anglią i Argentyną był bez najmniejszego nawet cienia wątpliwości najbardziej skręcającym wnętrzności doznaniem w całym moim życiu.

Naprawdę nie mam pojęcia, jak fani futbolu trzymają się przy życiu po tym, jak co weekend narażają się na takie tortury. Przy rzutach karnych wiłem się w takiej agonii, że z medycznego punktu widzenia przechodziłem naprawdę ciężki zawał. Moje serce zatrzymało się na chwilę i nawet gdyby moją żonę zaczął rozszarpywać tygrys bengalski, nie byłbym w stanie się poruszyć. Piłka nożna pozwoliła mi na własnej skórze odczuć prawdziwe znaczenie słowa „pasja".

Gdy podczas wyścigu jakiś samochód wyprzedza Ferrari, cmokam z niezadowoleniem i drepcę do kuchni sprawdzić, czy jakimś cudem nie ma w lodówce jeszcze jednej kiełbaski. Ale gdy Argentynie duński sędzia przyznał ten feralny rzut karny, rzuciłem się na podłogę i leżąc jak długi domagałem się natychmiastowego wysłania do Kopenhagi okrętu wojennego. Chciałem rozerwać małą syrenkę Andersena na strzępy. A żonie niecenzuralnym językiem oznajmiłem, że już NIGDY, PRZENIGDY w naszym domu nie zagości duński bekon. NIGDY, rozumiesz?! A potem David Beckham musiał zejść z boiska.

Wydawało mi się, że po prostu nie znoszę sędziego, ale to było coś zupełnie innego. Mój mózg zaczął pod jego wpływem produkować nieznaną dotychczas substancję. Gdybyście mnie akurat w tym momencie przekroili na pół, trysnęłaby ze mnie krew zmieszana z kwasem siarkowym. A gdy pokazali powtórkę z faulu, jakiego dopuścił się zniecierpliwiony Beckham, chciałem – Bóg mi świadkiem – walnąć go w twarz łyżką do ściągania opon. Nawet teraz, dwa tygodnie później, wciąż nie śpię po nocach wymyślając coraz to nowe i bardziej wyrafinowane sposoby odpłacenia mu za to. Gdzieś słyszałem, że czasami wychodzi na ulicę przebrany za kobietę. To dobrze, bo jak już z nim skończę, rzeczywiście się nią stanie.

Nie towarzyszyła mi jednak wyłącznie nienawiść. W miarę, jak toczyła się gra, zacząłem zakochiwać się w Tonym Adamsie i fantazjować, jakby to było fajnie przeprowadzić się z nim do małego domku w Devon i wspólnie hodować gęsi. A gdy Michael Owen strzelił gola, który pozwolił nam wyjść na prowadzenie, doświadczyłem euforii przekraczającej możliwości percepcji zwykłego śmiertelnika.

I nawet po tym, jak Anglia odpadła z Pucharu Świata, ja wciąż nie mogłem przestać go oglądać. Potrzebowałem jeszcze więcej takich odlotów i dostałem ich całe mnóstwo, gdy Niemcy przegrali 3 do 0 z krajem, który jeszcze pięć lat temu nawet nie istniał.

Podejrzewam, że każdy z nas lubi, jak od czasu do czasu Niemcy potykają się i przewracają. Z tego właśnie powodu cała ta historia z Mercedesem Klasy A sprawiła mi niemało uciechy. Ten mały hatchback z niesłychanie przestronnym wnętrzem chciał zapanować nad całym światem. Ale w połowie drogi przez Polskę po prostu się wywrócił.

Jakiś dziennikarz odkrył, że po nagłej zmianie pasa ruchu przy prędkości powyżej 60 km/h Klasa A przewraca się na dach. Ogólnie rzecz biorąc to bardzo, bardzo źle.

Tak bardzo, że Mercedes wycofał swój wundersamochód ze sprzedaży i zabrał się do wprowadzenia kilku zmian. Wyposażył go w zmyślny system kontroli trakcji, zmodyfikował jego zawieszenie i z powrotem wypuścił na rynek.

Czy te przeróbki działają? No cóż, w tym tygodniu ze łzami w oczach pomachałem dzieciom na pożegnanie, sprawdziłem warunki mojego ubezpieczenia na życie, zabrałem dzidziusia Benza na opuszczone lotnisko i zacząłem nim szaleć. Rozpędzałem go do 145 km/h i skręcałem do oporu to w lewo, to w prawo. Hamowałem w samym środku pokonywanego zakrętu i zarzucałem samochodem na ręcznym. Całkowicie zniszczyłem jego opony. A teraz siedzę i piszę ten tekst, czyli wszystko jest w porządku... prawie.

Niestety, wprowadzone przez Mercedesa modyfikacje zawieszenia sprawiły, że jazda Klasą A stała się niesłychanie twarda. Wolałbyś już wypić herbatkę w towarzystwie Davida Beckhama niż świadomie wjechać tym samochodem na światełko odblaskowe w asfalcie.

W osłupienie wprawiła mnie więc informacja, że za 180 funtów można zamówić do tego wozu twarde, sportowe zawieszenie. Nie róbcie tego, naprawdę. To standardowe jest już wystarczająco twarde, poza tym Klasa A w żadnym wypadku nie jest samochodem sportowym! Spróbujcie tylko poprowadzić go w odrobinę sportowym stylu, a już po połowie nanosekundy dojdzie do głosu kontrola trakcji, zrzucając na samochód tonę gumowych cegieł.

Wydaje mi się, że w tym samochodzie mamy do czynienia ze złym zawieszeniem, na które został naklejony plaster. Takie rozwiązanie wcale się nie sprawdza, a poza tym Klasa A jest absurdalnie droga. Wiem, że to Mercedes, ale wydaje mi się, że trudno zaakceptować fakt, iż samochód, który jest krótszy od Forda Fiesty, kosztuje w zależności od silnika i wyposażenia od 14 490 do 17 890 funtów.

To mnóstwo pieniędzy, szczególnie, że Renault sprzeda ci większego, bardziej komfortowego i praktycznego Scenica za mniej niż 13 000.

Jest tylko jeden problem. Jeździć Scenikiem to tak, jak ogłaszać, że jest już po wszystkim. Że masz już dzieci i brzuszek. Że twoim życiem, w którym nie ma miejsca na coś atrakcyjnego i rozrywkowego, rządzą ceny z Ikei. Że widziałem cię w supermarkecie, jak kupowałeś miskę do mycia naczyń.

Mercedes może sobie być niewygodny w prowadzeniu i idiotycznie drogi, ale w Saint-Tropez w tym roku to właśnie taki wóz sprawdzi się najlepiej. Może i ma bagażnik, w środku miejsce dla pięciu osób, i silnik, który w razie zderzenia wsuwa ci się pod nogi. Ale jest przede wszystkim cool i spoko. Przez całe lata jedliśmy sałatę, ale teraz Mercedes zaserwował nam rukolę.

■ Jankeski czołg zrównuje z ziemią Prestbury

Wydaje mi się, że w zeszłym roku jakaś gruba ryba w korporacji General Motors dostała pod choinkę atlas świata. Potrafię sobie nawet wyobrazić szok, jakiego musiał doznać ten biedny chłopina, gdy zrozumiał, że jego nauczyciele, gazety i wiadomości telewizyjne przez cały czas kłamały.

Tylko pomyślcie. Przez 50 lat swojego życia był przekonany, że Bóg ma na imię Hank i że świat kończy się na Los Angeles. Wiedział, że Amerykanie bezskutecznie poszukują innych cywilizacji – dowodem na to jest przecież wyrzutnia rakiet na Przylądku Canaveral. Ale tu, na jego kolanach leżał atlas – wielka księga, która opowiadała o dziwnych, egzotycznych miejscach, gdzie ludzie też oddychają powietrzem, maja centralne ogrzewanie i prasowalnice do spodni firmy Corby. Owszem, nawet i samochody.

Gdy po przerwie świątecznej wrócił do pracy, koledzy zaczęli traktować go jak wariata – chodził po biurach niespokojnym krokiem i mówił im, że poza Stanami Zjednoczonymi występują formy życia.

– Co? Masz na myśli ocean? Chodzi ci o ryby? O wieloryby? O słonie morskie?

– Nie, nie... Mówię o istotach dwunożnych. Żyją w miejscach takich jak Japonia, Południowa Afryka i Zjednoczona Brytania. Możemy im sprzedawać samochody. Wystarczy tylko przełożyć kierownicę na drugą stronę. Będziemy bogaci!

Jak powiedział, tak zrobił – armada z General Motors zmierza właśnie ku Wielkiej Brytanii. W jej skład wchodzi Chevrolet Camaro, wielki Blazer z napędem na cztery koła, Corvette i, co najbardziej zdumiewające, kosztujący 40 000 funtów Cadillac Seville STS.

Rany, tą ostatnią wiadomością chyba wywołałem w Prestbury małe trzęsienie ziemi. Ludzie zamieszkujący neogeorgiańskie przedmieścia Manchesteru przez całe lata wyglądali czegoś odrobinę bardziej wulgarnego i ostentacyjnego niż Rolls-Royce, i teraz to coś właśnie nadchodzi. Od chwili, gdy Parker Knoll wprowadzał na rynek swój najnowszy model rozkładanego fotela, nie było w Cheshire gęstszej niż obecna atmosfery oczekiwania. Mieszkańcy hrabstwa muszą natychmiast wiedzieć, jaki jest ten samochód.

No dobrze, w zeszłym roku jeździłem Cadillakiem Seville i był po prostu niesamowity. Mogłeś się zatrzymać, wyjść, udać się na zakupy, zjeść kolację, a gdy wracałeś do niego po trzech godzinach, wciąż się jeszcze kołysał.

Może wygląda trochę bardziej powściągliwie niż chromowane monstra ze skrzydłami z lat 1950., ale wciąż jest mięciutki jak szczeniaczek, a zakręty pokonuje z precyzją jelonka Bambi. Na otwartych przestrzeniach Arizony jest to oczywiście bardzo wygodne, ale jeśli chodzi o jazdę po 30-tysięcznym miasteczku Wilmslow, sprawa przedstawia się beznadziejnie.

Jednak w modelu sprzedawanym w Anglii Cadillac nie tylko przełożył kierownicę na drugą stronę, ale zmienił też zawieszenie. Faktycznie – jeździłem tym wozem w zeszłym tygodniu i mogę donieść, że jeśli chodzi o zawieszenie, to nie ma go wcale.

Ludzie z Cadillaca zauważyli, że podczas gdy w Ameryce piłkarze wychodzą na boisko w zabezpieczających całe ciało tamponach, zawodnicy rugby nie chronią swoich kości niczym oprócz koszulek. Zapewne doszli do wniosku, że nie potrzebujemy sprężyn ani amortyzatorów i dlatego koła przymocowali do czterech cholernych dwuteowników. Układ kierowniczy jest tak „macho", że na kierownicy o mało co nie rośnie broda.

Wnętrze, niestety, rozczarowuje. Mieszkańcy Cheshire mieli pewnie nadzieję, że w środku otrzymają wyzywająco błyszczące, perłowe obicia, podświetlenie deski rodem z Las Vegas i białe, marszczone przy guzikach dywaniki. Nic z tych rzeczy. Jest tam czarna skóra i drewno dokładnie takie, z jakiego zrobione były gramofony firmy Garrard z 1975 roku. Na środku kierownicy nie ma nawet podświetlanego logo Cadillaca.

Niech wam jednak nawet przez chwilę nie przyjdzie na myśl, że mamy tu do czynienia z powściągliwym, sportowym sedanem w stylu BMW serii 5. Zacznijmy od tego, że Cadillac ma napęd na przednie koła, a potem dodajmy, że jego automatyczna skrzynia biegów działa w geologicznej skali czasowej. Wciśnij gaz do dechy, a upłynie kilka eonów, zanim nastąpi redukcja biegu na niższy.

Ten samochód nie jest również luksusowym krążownikiem szos. Po pierwsze, jest beznadziejnie głośny, co zawdzięcza przeraźliwie szumiącym oponom, a po drugie – fotel pasażera jest zaprojektowany na wzór krzesła elektrycznego. Wyposażony jest w urządzenie zwane automatycznym podparciem lędźwi, które podąża za ruchami twojego ciała.

Niestety, zostało zaprojektowane by podpierać plecy przeciętnego Amerykanina, co w każdym calu jest zadaniem tak trudnym, jak podpieranie krzywej wieży w Pizie. Wydaje mi się, że smukłe, odżywiane sałatą plecy z Prestbury bardzo szybko zmęczą się opieraniem na czymś, co w gruncie rzeczy stanowi produkt ciężkiego przemysłu maszynowego.

Za to zmęczenia nie wywoła u was silnik. Ta ośmiocylindrowa jednostka o pojemności 4,6 litra rozwija moc 300 koni mechanicznych, co wystarczy, by – mimo darwinowskiej skrzyni biegów – rozpędzić Seville'a od zera do setki w 6,8 sekundy i osiągnąć prędkość maksymalną 240 km/h. Podawane przez producenta spalanie na poziomie 12 litrów jest również możliwe, ale tylko wtedy, gdy wóz jest wszędzie holowany.

Cóż niezwykłego jest więc w tym silniku? Ano to, że nie tylko brzmi wspaniale przy wysokich obrotach, ale wymaga przeglądów zaledwie raz na 100 000 przejechanych mil. Poza tym, dzięki wyrafinowanemu systemowi zarządzania cylindrami, silnik może przejechać 50 mil bez oleju i wody. To będzie istne dobrodziejstwo dla niezakładających majtek osób w futrach z norek, które podczas obiadu w barze sałatkowym nieustannie żartują z tego, jak to rankiem zdarzyło im się napełnić zbiornik na płyn do spryskiwaczy olejem napędowym.

A jednak zdumiewający silnik to nie wszystko. Dopiero gdyby Seville miał błyszczące fotele i drewnianą okleinę po bokach, Prestbury – jak to się mówi – „oszalałoby na jego punkcie".

Amerykanie stonowali go w nadziei, że uda się im odbić kilku klientów BMW i Jaguara. I niestety, przejechali się na tym, bo Seville po prostu nie jest tak dobry, jak samochody tych marek. Koleś z atlasem uczynił naprawdę godny podziwu wysiłek, ale to samo miało miejsce wtedy, gdy ostatnim razem ktoś w Ameryce wziął do ręki mapę świata... po czym amerykańscy żołnierze znaleźli się w Wietnamie.

■ Samobójstwo supersamochodu

Tiff nie chce, żebyście o tym wiedzieli, i jak wam o tym powiem, to pewnie będę musiał poszukać sobie nowego chłopaka, ale w zeszłym tygodniu, na torze Pembury w Walii rozwalił Hondę NSX. Gdy Quentin i ja dowiedzieliśmy się o tym, od razu wymieniliśmy porozumiewawcze spojrzenia i domyśliliśmy się, jak to się stało. Tiff, naszym zdaniem, jest zbyt próżny, by występować w okularach przed kamerami, ale bez nich zachowuje się jak kret. Pruł na wprost przed siebie, szczerzył ten swój chłopięcy uśmiech do kamery i najnormalniej na świecie nie spostrzegł w porę zakrętu.

W rzeczywistości wyglądało to nieco inaczej. Widziałem nagranie i jestem przekonany, że Tiff na pewno dobrze widział zakręt. Pokonywał go ze sporą dawką podsterowności – usiłował ją skompensować lekkim ruchem kierownicy, takim małym prztyczkiem, który miał wytrącić z równowagi tył samochodu. Zadziałało – tyle że tył zaczął się obracać, ciągnąc Tiffa i wart 70 000 funtów supersamochód w kierunku muru zamykającego pit stop. Gdybyście z prędkością 130 km/h wjechali bokiem w mur, byłoby już po was. Dobranoc, Tiff. Ale w jakiś cudowny sposób samochód Tiffa wjechał ślizgiem na pas prowadzący do pit stopów, wytracił na nim prędkość i uderzył w wał z opon z prędkością 50 km/h czy coś koło tego. Tiff twierdzi, że wypadek przebiegał jakby w zwolnionym tempie, i że dzięki temu miał czas usiąść i zastanowić się, co u licha poszło nie tak... Ponieważ jest kierowcą wyścigowym, ten wypadek to na pewno nie jego wina. I niezależnie od tego, ile wysiłku kosztuje mnie, by to przyznać, myślę, że jednak ma rację. Nie jest przecież stary i ślepy. To wina NSX. Coś jest z nią nie w porządku.

Dawno temu, w mglistej i odległej przeszłości jedną z Hond NSX testował dla nas Derek Warwick i... też wpadł w poślizg. Gdy jesienią kręciliśmy program na torze Nürburgring, jedynym wozem, który wypadł z toru z Barrym „Whizzo" Williamsem za kierownicą, była Honda NSX. A teraz dochodzą mnie pogłoski, że inny, wyśmienity kierowca wyścigowy, Mark Hales, też rozbił NSX.

Tak więc NSX wypada z listy. W tym cały mój problem. Zeszłego wieczoru, kiedy przytuleni do siebie oglądaliśmy z żoną serial *Kavanagh QC*, ni z tego ni z owego pochyliła się do przodu i zapytała:

– Czy zamierzasz trzymać dalej Ferrari?

To pytanie odpowiada sytuacji, w której akwizytor wkłada stopę między drzwi po to, by za chwilę wtargnąć do salonu i rozrzucić na dywanie swoje ulotki. Żona zastanawia się teraz, po co trzymam samochód, którego praktycznie nie używam. Wkrótce to zastanawianie się skończy. I zacznie się wypominanie. Mówiąc szczerze, bawiłem się myślą o zmianie tego samochodu, ale na co? Z pewnością nie na NSX, i mimo że robi na mnie wrażenie Diablo, nie jestem przecież byłą gwiazdą rocka. Muszę się przyznać, że przechodziłem też przez etap pod tytułem Lancia Stratos, ale miałem obawy, że tego wozu będę używał jeszcze rzadziej niż Ferrari 355... (Clarkson podrapał się w podbródek...) Myślałem też o Jaguarze XJ220.

Jestem pewien, że wiecie, iż nowego, przystosowanego do ruchu lewostronnego Jaguara XJ220 można już kupić u dilera w Essex za 150 000 funtów. Z tego co wiem, można jednak kupić używanego, prawostronnego zdrajcę za niecałe 85 000 funtów. Zważywszy na 5,2 metra jego długości i 2,1 metra szerokości, musicie przyznać, że za te 85 000 dostajecie spory kawał samochodu. Też to przyznaję, i właśnie dlatego w zeszłym tygodniu znalazłem się w Walii, gdzie jeździłem XJ220, cały wściekły. Nagadali mi, że ten wóz jest ciężki i niewygodny, ale gdy wciskasz gaz, moc jaką odczuwasz jest nieprawdopodobna. XJ220 przyspiesza wyraźnie szybciej niż Ferrari F50, ma też większą prędkość maksymalną. Może zauważyliście, że w ostatnich latach wyścigowym McLarenom wyrosły nieco dłuższe tyły, co sprawia, że są bardziej stabilne przy prędkościach rzędu 350 km/h. Tymczasem Jaguar taki dłuższy tył miał od samego początku.

Przyznaję, zacząłem kochać ten pierwotnie znienawidzony przeze mnie hipersamochód szaloną miłością... aż do momentu, gdy musiałem ostro zahamować. W samą porę usłyszałem w głowie cichutki głosik. To był Tiff. Mówił, że XJ220 byłby o wiele lepszy, gdyby tylko miał hamulce. Dlatego gdy wciskałem pedał hamulca, byłem przynajmniej połowicznie przygotowany na to, co się wydarzy. A raczej na to, co się nie wydarzy. Naprawdę, było to zdumiewające. Wciskałem hamulec obiema nogami, a wciąż zasuwałem 160 km/h albo i więcej. Jadąc wciąż 160 km/h minąłem mój dom i zaparkowane pod nim Ferrari. Zamienić je na Jaguara? Chyba żartujecie. Już wolałbym wypożyczyć je Tiffowi.

■ Bajki na dobranoc Hansa Christiana Prescotta

Mam takie marzenie: widzę świat, w którym szczęśliwe dzieci o rumianych policzkach podkradają jabłka. Kiedy dzwonisz, by zarezerwować miejsca w kinie, nie rozmawiasz z maszyną, tylko z ulubioną aktorką. W połowie seansu jest przerwa, podczas której można wcinać wieprzowinę w cieście i krówki.

Komórki nie rozbrzmiewają irytującymi melodyjkami, a po dworcu w twoim miasteczku przechadza się pies, który jeździł koleją. Z południowo-wschodnim akcentem mówi się tylko na obszarze ujścia Tamizy, które to ujście, nawiasem mówiąc, zamieszkują tysiące kormoranów.

No dobrze, mógłbym teraz opublikować to wszystko w jakiejś Białej Księdze, ale na pewno byście mnie wyśmiali. Dobrze wiecie, że dzieci z obszaru ujścia Tamizy wystrzelałyby w pień wszystkie kormorany, i że pies, który jeździł koleją, zginął pod koniec książki.

Cóż, bardzo podobnie przedstawia się wizja Wielkiej Brytanii, nakreślona przez pana Prescotta w jego szeroko komentowanej w tym tygodniu Białej Księdze. Przeczytałem dokładnie każdą z jej 160 stron i muszę powiedzieć, że jest fantastyczna. Najprawdopodobniej każdemu przypadłby do gustu świat z marzeń tego otyłego człowieka, ale niestety, właśnie w tym rzecz – to są marzenia.

Weźmy na przykład punkt 5.10: „Jeżeli chcemy, by do środków komunikacji publicznej przyciągnąć ludzi, którzy przyzwyczajeni są do stylu podróżowania i komfortu, jaki oferują współczesne samochody, musimy poprawić wizerunek autobusów". Potem następuje fragment o tym, że przemysł autobusowy musi stanąć na wysokości zadania i zaprezentować pojazd zaprojektowany z myślą o dwudziestym pierwszym wieku.

No dobrze, skoro chcecie wyciągnąć mnie z mojego samochodu i wcisnąć do jednego ze swoich autobusów do roku

2000, macie 18 miesięcy na to, by stworzyć pojazd, który poradzi sobie z poniższymi zadaniami:

Wczoraj, gdy robiłem biały sos, okazało się, że potrzebuję trochę mleka i musiałem w czasie krótszym niż trzy minuty wybrać się do sklepu i wrócić potem do domu. Będę więc potrzebował połączenia autobusowego, które umożliwi mi załatwienie podobnej sprawy w takim samym czasie.

Dziś po południu przyjeżdża z Peterborough do hrabstwa Oxford moja mama z dwójką moich małych dzieci i z ich nianią. Nie chcą przesiadać się w Londynie na dwóch stacjach. W takim razie, jeśli transport publiczny ma dorównać wygodą podróży samochodem, należy uruchomić połączenie z Castor do Chipping Norton, a autobus musi kursować 30 razy na dzień.

Chcę, by były w nim elektrycznie regulowane fotele Recaro wykończone najlepszym gatunkiem skóry, telewizja i klimatyzacja. Musi być mi wolno słuchać takiej muzyki, jaka mi się tylko podoba, i to bez przeszkadzania innym pasażerom. W autobusie muszą być zainstalowane parawany, takie jak w pierwszej klasie Boeinga 777 British Airways, bym mógł dłubać w nosie bez poczucia, że ktoś na mnie patrzy. Chcę też, by wolno mi było palić.

Autobus ma być ekologiczny, tak więc diesel nie wchodzi tu w grę. Napęd na gaz być może byłby jakimś rozwiązaniem, ale duża jednostka V8 będzie na pewno lepsza. Oczywiście zależy mi na tym, by autobus rozpędzał się od zera do setki w mniej niż 10 sekund i osiągał prędkość maksymalną 240 km/h czy coś koło tego. Autobus musi zaprojektować Pininfarina.

No dobra, zapisaliście sobie to wszystko? Świetnie, bo teraz będzie coś jeszcze gorszego: obawiam się, że jazda takim autobusem powinna być bezpłatna. Bo widzicie, pan Prescott stwierdził, że to nic złego mieć samochód, tylko że trzeba go nieco częściej zostawiać w domu. Świetnie, tylko że ja za niego zapłaciłem, a podatek drogowy ściągany jest niezależnie od tego jak często jeździsz. W związku z tym nie mogę sobie pozwolić na wydawanie dodatkowo pieniędzy na przejazd autobusem.

Jeśli już jesteśmy przy tej kwestii, to w Białej Księdze napisano, że będę musiał płacić za autostrady, jak również za wjazd do centrum miasta. Rozumiem, ale jak chcecie to zrobić? Czy na każdej z 10 000 dróg prowadzących do centrum Londynu zostaną ustawione bramki poboru opłat? A może zostanę zmuszony do zainstalowania w samochodzie elektronicznego identyfikatora, który będzie sczytywany przez stojące na brzegu jezdni czujniki? Jeśli tak, to kto za tę instalację zapłaci?

Niestety, tego Biała Księga już nie wyjaśnia, podobnie jak Enid Blyton nie wyjaśnia, jak Noddy'emu, drewnianemu pajacykowi, udaje się rozmawiać ze słoniem.

Niezrażony tym wszystkim pan Prescott roztacza dalej swoją wizję i twierdzi, że wpływy z opłat za przejazdy drogami i za postój na parkingu, pozwolą superwydajnym, wymarzonym wręcz władzom lokalnym uzbierać około miliard funtów rocznie. Władze na pewno tego nie zmarnują. Nie wydadzą tych pieniędzy na uroczystości związane z partnerstwem z innymi miastami. Przeznaczą je w całości na transport publiczny.

O rany... Obawiam się, że w świecie pana Prescotta, gdzie wszyscy piją mleczko Ovaltine, a Judy Garland wciąż ma 13 lat, miliard to mnóstwo pieniędzy. Tymczasem prawda jest taka, że skoro dwupiętrowy autobus kosztuje 130 000 funtów, za miliard nie można kupić nawet po jednym dla każdego brytyjskiego miasteczka.

W związku z tym perspektywa uruchomienie połączenia z Castor do Chipping Norton z autobusem kursującym 30 razy dziennie wydaje się bardzo odległa.

To jeszcze nie koniec świata. Gdyby poruszanie się samochodem – jak wszyscy trąbią – było takie złe, nikt by tego nie robił. A sytuacja poprawia się z dnia na dzień.

Już teraz liczba samochodów na naszych drogach pokrywa się z liczbą osób posiadających prawo jazdy. Tak więc, o ile nie opanujemy sztuki prowadzenia dwóch samochodów jednocześnie, prognozowany 30-procentowy wzrost natężenia ruchu po prostu nie nastąpi. Przeciwnie, ponieważ coraz więcej ludzi zaczyna pracować w domu, natężenie ruchu prawdopodobnie nieco się zmniejszy.

Myślę jednak, że Biała Księga pana Prescotta może znaleźć zastosowanie. Gdyby urozmaicić ją przyciągającymi wzrok ilustracjami, mogłaby nawet zastąpić „Tomka i przyjaciół" – ulubioną bajkę na dobranoc naszej córeczki.

■ Clarkson splamił swoje dżinsy

W tym tygodniu ogłoszono, że popyt na dżinsy odnotował dramatyczny spadek i że pełna odpowiedzialność za ten stan rzeczy spoczywa na mnie.

Eksperci rynkowi z „Daily Mail" twierdzą, że z powodu mojego zamiłowania do dżinsów młodzież postrzega je teraz jako spodnie przeznaczone dla ludzi w podeszłym wieku i w związku z tym już ich nie kupuje. Zjawisko to ochrzczone zostało mianem „efektu Jeremy'ego Clarksona".

No proszę... Mój własny efekt. Możecie zapomnieć o tytułach szlacheckich i Oficerach Orderu Imperium Brytyjskiego. Te honory są dla ludzi. Tymczasem ja będę pojawiał się w kontekście rozpraw o gwiazdach i księżycach. Jestem galaktyczną referencją i stanę się bardzo, ale to bardzo bogaty.

No bo tak: wartość rynku odzieży dżinsowej spadła z 609,5 miliona funtów w 1997 roku do śmiesznie małej sumy 561,2 miliona w roku 1998. To kilkuprocentowy spadek i ani przez chwilę nie wątpię, że ludzie z Levisa i Lee są zrozpaczeni.

Słuchajcie, koledzy, mam dla was rozwiązanie. Płaćcie mi 40 milionów rocznie, a przestanę nosić dżinsy.

Tylko co będę nosił zamiast nich? Nie mógłbym się przerzucić na spodnie. Spodnie zakładasz wtedy, gdy masz 18 lat i chcesz, by wpuszczono cię do któregoś z tych nocnych klubów w północnej części kraju. Spodnie to coś, co kupujesz w sklepie Harry'ego Fentona w centrum handlowym Arndale. Mój ojciec nosił spodnie. Premier Jim Callaghan nosił spodnie.

Dżinsy założyłem w 1976 roku, bo nie było żadnej innej alternatywy. Jasne, Levi's miał w swojej ofercie sztruksy w buntowniczych, wyrazistych kolorach. Zamówiłem więc kiedyś w firmie, która reklamowała się na ostatniej stronie „New Musical Express", parę aksamitnych dzwonów. Tylko że gdy się w nie wciskałem, całe się rozdarły i było po zabawie.

Musicie pamiętać, że wychowywałem się pod wpływem „efektu Davida Dundasa", który śpiewał „gdy budzę się rano, wciągam na siebie stare, niebieskie dżinsy i czuję się świetnie". Swoim szkolnym doradcom od spraw orientacji zawodowej mówiłem, że nie troszczę się o to, co będę robił po ukończeniu szkoły, byle bym nie musiał nosić w pracy garnituru. I do tej pory żadnego jeszcze nie mam.

Mój ojciec siadał w kuchni ubrany w zwykłe spodnie i mówił mi, że przez to, że staram się odróżniać od innych, wyglądam dokładnie tak jak wszyscy. Z tym, że jeśli chodzi o mojego ojca, to Led Zeppelin brzmiał dla niego tak samo jak Rick Wakeman, a dżinsy to były po prostu dżinsy.

Ale dżinsy – podkreślę to z całą stanowczością – nie były po prostu dżinsami. Na przykład – Wranglery. W życiu bym ich nie założył. Wranglery były za ciemne i nawet po dwóch latach noszenia za sztywne. Kiedyś rzuciłem dziewczynę, gdy pojawiła się wieczorem w parze Wranglerów na tyłku.

Wranglery przeznaczone były dla tych, którzy lubili muzykę country. W tamtych czasach nosiłem więc dzwony Levisa, w których przednia krawędź rozszerzającej się nogawki unosiła się w odległości dokładnie ćwierć cala nad podeszwą moich butów na platformach. Później, gdy zostałem przedstawiony zespołowi The Clash, przerzuciłem się na francuskie dżinsy C176 z prostym krojem nogawek.

Dziś marka jest wciąż bardzo istotna. Na przykład Levi's za bardzo kojarzy mi się z zespołem Toto i z amerykańskim łagodnym rockiem dla masowego odbiorcy. Noszę więc brytyjskie Lee Coopery i wciąż jestem w stanie z odległości 1000 kroków wypatrzyć dżinsy od Marksa & Spencera.

Co więcej, nie jestem w tym odosobniony. Andy Wilman, producent i współprezenter programu *Top Gear Waterworld*, idąc pewnego razu po nieoświetlonej bocznej ulicy w Kalkucie, wdepnął w ludzkie odchody. Gdy siedzieliśmy przy kolacji w hotelu Fairlawn, przyjrzał się poplamionym spodniom i powiedział, że zawsze leciały na nie laski.

Oddał je do pralni w naszym hotelu, ale gdy zobaczył je z powrotem, zamarł z przerażenia. Okazało się, że Hindusi zaprasowali mu w nich kanty. A taka wyblakła linia biegnąca wzdłuż środka nogawki nigdy już z dżinsów nie zejdzie i zawsze będzie zdradzała, w jaki sposób powołano ją do życia. Andy wyrzucił więc spodnie do śmieci.

Podsumujmy więc. Andy chciał zatrzymać spodnie, mimo że zostały skąpane w gównie, ale gdy zbezcześcił je nieusuwalny ślad świadczący o tym, że należą do mężczyzny, któremu rzeczy prasuje mieszkająca z nim mama, musiał się ich pozbyć. Całkowicie to rozumiem.

I właśnie z tego powodu byłem przerażony oskarżeniem gazety „Independent", która w tym tygodniu napisała, że noszę „ohydne, naprawdę ohydne, wytarte dżinsy". Nigdy dotąd nie nosiłem i nigdy nie założę niczego, co jest wytarte! Dzięki Bogu, że to był „Independent", i że w takim razie nikt nie przeczyta tego zaskakująco oszczerczego paszkwilu.

Tylko że przez cały ten tydzień mówiono tylko o jednym: dżinsy są dla staruchów. Ian McShane ma 55 lat. Tony Blair 44, a ja 38. Nosimy dżinsy, a w samochodzie słuchamy oryginalnych wersji piosenek Doobie Brothers, a nie ich jungle-remiksów. I to nasza wina, że sprzedaż dżinsów doświadcza obecnie swobodnego spadku.

Księżyc odpowiada za przypływy. Słońce za ogrzewanie. A ja za poziom sprzedaży Levi Straussa.

Niestety, to nie do końca jest prawdą. Prawdziwa przyczyna spadku zainteresowania dżinsami ze strony młodego pokolenia jest taka, że teraz mają wybór, który wprost nie mieści się w głowie.

Dziś wcale nie musisz wyglądać jak Roger Daltrey. Jeśli tylko masz taką zachciankę, możesz upodobnić się do 19-letniego czarnoskórego ze wschodniego skrzydła amerykańskiego więzienia. Mówię poważnie. W jankeskich ciupach nie mogą nosić pasków, w związku z czym noszą spodnie na biodrach tak nisko, że widać im majtki.

Gdy już stamtąd wyjdą, w dalszym ciągu ubierają się w ten sposób, by zamanifestować, że siedzieli i wzbudzić w ten sposób choć trochę szacunku. Dlatego teraz każdy pokazuje publicznie swoją gumkę od majtek – to środek wyrazu mówiący o takiej bądź innej burzliwej przeszłości.

W zeszłym roku w Teksasie spotkałem faceta, który nosił właśnie tak nisko opuszczone spodnie, ale nie miał pod nimi majtek. W ten sposób mogłem zobaczyć nasadę jego penisa i muszę przyznać, że było to dla mnie dość szokujące. Domyślam się jednak, że o to właśnie chodziło.

Podczas całkiem sympatycznych kolacji, jakie organizują tu miejscowi, siedzimy sobie pompatycznie przy stole i często zastanawiamy się, czym u licha w swoim zachowaniu mogą zaskoczyć nas nasze dzieci. Przecież o narkotykach wiemy praktycznie wszystko i nie raz o czwartej nad ranem wychodziliśmy chwiejnym krokiem z dusznych spelunek, z popękanymi bębenkami w uszach. Ja nawet siedziałem w celi. I to dwa razy.

Tyle że nigdy nie mieliśmy ani pigułek ecstasy ani alcopopów. Mój ojciec słuchał *Hi Ho Silver Lining* z palcami w uszach, powtarzając raz za razem, że to jeden wielki, nie dający się słuchać hałas. Z kolei ja podobnie reaguję na nadawaną obecnie wersję *Top of the Pops*. Zadaniem nowoczesnej muzyki jest przerażać starszych. Zespół Yes przerażał moją mamę tak samo, jak dziś przerażają mnie (prawie na śmierć) raperzy zachęcający swoich fanów do „zarżnięcia świni".

No i ta telewizja. Dawniej oglądaliśmy *Tiswas*, program dla dzieci, w którym obrzucano się tortami, a Sally James nosiła podkoszulek bez rękawów. Teraz mamy *T.F.I. Friday* i inne programy nadawane późnym wieczorem, w których za żadne skarby nie mogę się połapać.

Nic więc dziwnego, że spada popyt na dżinsy. Założę się, że Rick Wakeman też nie sprzedaje swoich płyt w jakichś oszałamiających nakładach. Czas idzie naprzód.

Jeśli zaś chodzi o nowe trendy w modzie, pojawiły się spodnie bojówki. Ponieważ źródła zaopatrujące rynek w wojskową odzież z demobilu dawno już wyschły, znane w świecie mody marki oferują dziś stylizowane na mundur piechoty spodnie z obszernymi bocznymi kieszeniami. Jeśli Tony Blair naprawdę chce być postrzegany jako człowiek z ludu, to właśnie tego mu trzeba: pary spodni-worów z Gapa, bo – o ile mi wiadomo – tak właśnie się zwą.

Producenci dżinsów muszą przestać się martwić. Byli na topie przez blisko 30 lat, a teraz znów przypominają o nich zespoły The Verve i Oasis. Powinni pogodzić się z tym, że spodnie z dżinsu nie są już w żadnym wypadku symbolem rebelii i stanowią ubiór akceptowany w większości klubów i restauracji, wyłączając jedynie te najbardziej ekskluzywne.

Przepraszam, że zahaczę tu znowu o samochody, ale producenci dżinsów powinni porozmawiać z Hondą, której samochody znajdują klientów głównie wśród starszych, bardziej doświadczonych kierowców. Co w tym złego? Po co przeznaczać fortunę na kreowanie jakiegoś produktu na modny i odlotowy, kiedy taki nie jest? Poza tym starsi górują liczebnie nad młodszymi. Stanowią większy rynek i mają większą siłę nabywczą.

Dżinsy nigdy nie wyjdą z użycia. We wtorek wieczorem chodziłem ubrany w parę dżinsów w niesłychanie ekskluzywnym niemieckim hotelu w Baden-Baden, a następnego dnia szukałem po omacku bagażu na zatłuszczonym taśmociągu na Heathrow. W żadnych innych spodniach nie mógłbyś robić obu tych rzeczy.

■ Palenie gumy z Tarą Palmer-Tomkinson

Jeśli chcesz zawitać u perłowych bram w mokrych spodniach, nie musisz wcale ginąć z rąk plutonu egzekucyjnego – wystarczy, że znajdziesz się w samochodzie, który prowadzi Tara Palmer-Tomkinson. Siedziałem już za sterami F-15 i rozpędzałem sanie wyścigowe od zera do setki w sekundę. W przyszłym tygodniu wyląduję na lotniskowcu i dzień później, przypięty pasami do fotela F-14 wystartuję z jego pokładu. Jestem świadom mojego strachu, rozumiem go i radzę sobie z nim.

Jednak po 30 minutach spędzonych w samochodzie prowadzonym przez Tarę straciłem nad sobą kontrolę. Pęcherz odmówił mi posłuszeństwa i poczułem, że mój tyłek styka się z czymś wilgotnym. Ta kobieta jest zdecydowanie najbardziej szalonym kierowcą, jakiego kiedykolwiek widział świat. Na początku nie odczuwałem strachu; dobiegały właśnie ostatnie chwile godziny szczytu, znajdowaliśmy się w centrum Londynu i w dodatku padało. I mimo że prowadziła Hondę NSX, która – jak dobrze wiemy – lubi zamerdać ogonem i stać się kapryśna, miałem przeczucie, że nic się nie stanie, bo większość czasu spędzimy poruszając się z prędkością 5 km/h. Skądże. Na moście Chelsea Bridge jadąc na jedynce wcisnęła ostro gaz w podłogę i poczułem, jak tył samochodu zaczyna wić się na boki, a moc silnika usiłuje zerwać mocno już nadwyrężoną uprząż kontroli trakcji. Potem jechaliśmy już na dwójce i ze stopą wciąż trzymającą pedał gazu twardo w podłodze zaczęliśmy zbliżać się do czegoś, co jako żywo przypominało słupy z czerwonymi światłami. Gdy po chwili otworzyłem oczy, pruliśmy wzdłuż Sloane

Street z prędkością 1 macha… którą natychmiast wytraciliśmy. W pisku opon połączonym ze zgrzytem, którym przypomniał o sobie wystawiony na ciężką próbę ABS Hondy, usłyszałem jak Tara jęknęła:

– O, Gucci zmienił wystawę…

Podczas kolejnych 26 minut zatrzymywaliśmy się na czerwonych światłach i za każdym razem kierowca samochodu, który stał obok, był wnikliwie oceniany. Jeśli był przystojny, dochodziło do krótkiego flirtu, a zaraz potem zaczynał się wyścig. Jeśli był mało atrakcyjny, Tara przechodziła od razu do wyścigu. Żadnego z nich nie przegrała. Wszystkie Porsche i BMW w Londynie były tej nocy zupełnie zdezorientowane i zagubione, a ich kierowcy po zjechaniu na chodnik, wychodzili otępiali ze środka i cichym głosem prosili przypadkowych przechodniów o filiżankę gorącej herbaty z cukrem. Wyglądali jak ofiary tornado, i – w pewnym sensie – nimi byli. Można powiedzieć, że zostali starapalmerowani.

Wcześniej tego samego dnia rozmawiałem z rozmaitymi dziewczynami, które doszły do wniosku, że nie ma sensu wydawać fortuny na ubrania i fryzjera, jeśli i tak wyjadą na wieczorne spotkanie w jakimś rzęchu. I tak, Katy Hill z programu dla dzieci *Blue Peter* ma Porsche Boxstera. Emma Noble ma MG F-a (podczas gdy jej chłopak, James Major, syn premiera, jeździ w obciachowym Roverze 200). Dani Behr jeździ BMW 328 kabrio, a Julia Bradbury pracująca w czymś, co zwie się „kanałem pięć", posiada Mercedesa SLK. Z każdą z nich uciąłem sobie krótką pogawędkę o tym, że te nowe wozy sportowe rzeczywiście stworzone są dla panienek i że mężczyźni muszą wydać o wiele więcej, by kupić coś bardziej „macho". Wszystkie za to przyznały, że największym problemem, z jakim muszą borykać się na drogach, są faceci, którzy usiłują się z nimi ścigać. Szalenie mnie to zdziwiło – jestem przecież facetem i nigdy, przenigdy nie miałem ochoty ścigać się spod świateł z dziewczyną tylko dlatego, że jest dziewczyną. Zadzwoniłem do wszystkich moich kumpli – powiedzieli mi to samo: lubimy, gdy w fajnej bryce siedzi niezła laska. Podejrzewam zatem, że to wcale nie mężczyźni chcą się ścigać z kobietami. Jest zupełnie na odwrót. To tak jak z Kuwejtem. Po ostatnich nieprzyjemnościach jego mieszkańcy chodzą nastroszeni i oznajmiają swoim sąsiadom z północy, że mają wszystkie możliwe rodzaje broni i że jak przyjdzie co do czego, nie zawahają się ich użyć. Irak, z drugiej strony, może sobie pozwolić, by siedzieć i nic nie robić, a i tak każdy będzie się go obawiał. Irak to były agresor. Irak to mężczyzna. Irak nie zaatakuje już nigdy Kuwejtu. A w ostatnich miesiącach mężczyźni też muszą zmagać się z sankcjami.

Włączcie tylko telewizor, a zobaczycie, jak w serialu *Playing the Field* grupa kobiet prześladuje swoich mężów, romansuje i gra w piłkę nożną. Potem mamy film *Real Women*, gdzie kobiety to mężczyźni, a mężczyźni są do niczego. W obu obrazach w scenach erotycznych biorą udział wyłącznie kobiety.

Mamy teraz kobiety pilotów myśliwców, kobiety bokserów i kobiety takie jak Madeleine Albrigth i Mo Mowlam, zajmujące się najbardziej zapalnymi miejscami na świecie. Na listach przebojów grupy Take That i Boyzone zostały zastąpione przez All Saints i Spice Girls. Popieram równość płci, ale wydaje mi się, że wahadło przechyliło się zbyt daleko w jedną stronę. Tak więc gdyby Tara Palmer-Tomkinson miała się kiedykolwiek pojawić na światłach obok mojego samochodu, powinna wziąć pod uwagę, że mam obecnie turbodoładowany silnik V8 pod maską, że Jaguar, o którym właśnie mówię, nie jest mój, i że na pewno z nią wygram.

■ W czym Jaguar zatopił zęby

Cóż takiego działo się w tym tygodniu? No cóż, byłem w Saint-Tropez by trochę sobie odpocząć, ale ponieważ jeździłem tam wypożyczonym vanem Citroëna z silnikiem

Diesla, trudno tu mówić o jakichkolwiek doznaniach motoryzacyjnych.

Co jeszcze? A, właśnie. Jeżdżąc we wtorek po torze testowym w Wiltshire, rozwaliłem wartego 750 000 funtów, rozpędzającego się do 346 km/h Jaguara XJR15. I myślę, że to wydarzenie, okraszone jakimś ozdobnikiem w tym miejscu, a przesadnym porównaniem w innym, będzie całkiem dobrym materiałem na bieżący felieton.

Ostrzegano mnie przed tym niezwykłym supersamochodem jeszcze zanim zdążyłem wcisnąć swoją dorszowatą posturę do tej puszki sardynek, którą zwą kokpitem. Derek Warwick, były kierowca Grand Prix, bardzo niepochlebnie wyrażał się o narowistości Jaguara, a mój kolega z *Top Gear*, Tiff Needell, określił go mianem „najgorzej prowadzącego się samochodu, jaki kiedykolwiek wyprodukowano".

Mimo że został pomyślany jako sportowy samochód dopuszczony do ruchu, a potem przerobiony z powrotem na samochód wyścigowy, silnik zamontowano w tak wielkiej odległości od Ziemi, że stanowi poważne zagrożenie dla orbitujących wokół niej satelitów. Samochód ma więc środek ciężkości w chmurach i, co gorsza, nie dysponuje w ogóle siłą dociskającą. Coś takiego w samochodzie tego typu jest tak samo złe jak brak siły nośnej w samolocie.

Te problemy były z pewnością wielkim zmartwieniem chłopców, którzy się nim ścigali, ale ja znajdowałem się na lotnisku Kemble, a dookoła mnie rozciągały się całe mile pasa startowego.

Wcisnąłem starter i za cienką jak opłatek przegrodą obudził się do życia 6-litrowy silnik V12. Jest tak głośny, że uśmierca wszystko w promieniu 50 mil, nawet robaki. A gdy rozkręci się go do maksymalnych obrotów, jest w stanie poruszyć igły sejsmografów w Kalifornii.

Kompletnie ogłuszony zacząłem zmagać się z dźwignią zmiany biegów, która, mimo iż był to samochód do jazdy po lewej stronie, znajdowała się przy moim prawym kolanie. Wystarczyło przesunąć ją o milimetr w prawo, a już wchodziła jedynka. Przesunięcie jej o 1,1 milimetra groziło wrzuceniem wstecznego. To sprawiało, że zmiana biegów w tym samochodzie była zadaniem wymagającym o wiele większej precyzji niż operacja na otwartym sercu.

Przejdźmy do sprzęgła. Było wyposażone w sprężynę tego samego typu, jaką stosuje się na platformach wiertniczych. Przy pierwszych 23 centymetrach popuszczania pedału nie dzieje się absolutnie nic, a potem, kiedy myślisz, że wciąż nie załączyłeś napędu, moc zostaje przekazana na tylne koła i zasuwasz od razu 130 km/h. Czasami do tyłu, jeśli wrzucisz nie ten bieg, co trzeba.

Byłem naprawdę solidnie przestraszony, choć wiedziałem, że przecież nie mogę w nic wjechać... oprócz samochodu, na którym była zainstalowana kamera. A nie da się wjechać w dużego, niebieskiego Forda Mondeo, który jedzie zawsze w tym samym co ty kierunku i z taką samą co ty prędkością.

A jednak w niego wjechałem. Po 15 minutach obwąchiwania i zaznajamiania się z XJR15 upewniłem się, że Jaguar ustawiony jest równolegle do niekończącej się prostej i przy wrzuconym drugim biegu i prędkości 80 km/h, wcisnąłem pedał gazu w podłogę.

Na mokrej od deszczu nawierzchni pasa startowego samochód zaczął wpadać w poślizg, ale w kokpicie trudno było wychwycić tę chwilę utraty przyczepności, ten niedostrzegalny początkowo uślizg na lewą stronę. Trzymałem więc stopę twardo na gazie i nie próbowałem nawet kontrować niczego kierownicą. A potem było już na to za późno. Tył samochodu uciekł w przeciwnym kierunku, a przodem wjechałem w samochód operatora, w jedyny twardy obiekt w promieniu 40 mil.

Uszkodzenie Jaguara było wyjątkowo niewielkie, ale jego właściciel zwrócił mi uwagę, że nawet najmniejszego, 10-centymetrowego wgniecenia w dwuwarstwowej karoserii z włókna węglowego nie da się tak po prostu wyklepać w jakimś zakładzie blacharskim. Jaguar potrzebował całego nowego przodu, i nie zgadniecie – Halfords nie ma w swojej ofercie tej części do Jaguara XJR15. Ani nikt inny. Wyprodukowano zaledwie 30 egzemplarzy tego modelu, a po tym jak 11 z nich rozbiło się podczas jednego i tego samego wyścigu, nie ma już do nich części zamiennych.

Gdybym tylko miał ogon, schowałbym go między nogi i uciekłbym w pobliskie krzaki, gdzie wymierzyłbym sobie chłostę. Właściciel powiedział jednak, że trochę szpachli powinno załatwić sprawę. Szpachla w wartym 750 000 funtów samochodzie? To tak, jakby używać farbek dla dzieci do renowacji *Wozu z sianem* Johna Constable'a.

No dobrze. Ponieważ jestem już oficjalnie uznany za złą baletnicę, ponarzekam teraz na rąbek mojej spódnicy. Może i XJR15 jest jednym z najpiękniejszych samochodów jakie ujrzały światło dnia, ale jest też cholernie niebezpieczny. Na miłość boską, przecież nie istnieje nic, co mogłoby was powstrzymać od zabrania tego samochodowego psychopaty na zwykłą drogę!

Przeczytałem gdzieś ostatnio, że łączna powierzchnia kontaktu wszystkich czterech opon samochodu z drogą zmieściłaby się na pojedynczej kartce formatu A4. Tak więc nie tyle trzeba umieć kontrolować XJR15, co swój temperament. Trzeba być świadomym, że jeśli droga jest choć odrobinę śliska, nie można przekazywać na koła pełnej mocy, bo opony stracą przyczepność i kraksa gotowa.

W zwykłym samochodzie można wgniatać pedał gazu w podłogę kiedy tylko ma się na to ochotę, ale w hipersamochodach z prędkością maksymalną rzędu 300 km/h należy przybrać powściągliwość godną świętego. Moc trzeba dozować z umiarem, pedał sprzęgła puszczać powoli, a kierownicą obracać bardzo ostrożnie. Innymi słowy: jeśli jesteś posiadaczem Jaguara XJR15, Ferrari F50 albo McLarena F1, musisz jeździć powoli.

Wiem, to trochę tak, jak pójść do najlepszej restauracji w mieście i zamówić tost z fasolą, ale niestety – takie jest życie. Jeśli chcesz jeździć jakby paliły ci się włosy na głowie, wypożycz sobie vana Citroëna z silnikiem Diesla. Ja tak zrobiłem i ani razu w nic nie wjechałem.

■ Szkopska masakra w Arnage'u

No proszę, nasz gruby przyjaciel z ministerstwa transportu postanowił, że nie będzie już nowych dróg, no i lato było w tym roku okropne, ale rozchmurzcie się! Mogło być gorzej. Mogliście na przykład być kotem dr. Ferdynanda Piëcha.

W zeszłym miesiącu ten prezes Volkswagena o stalowym wejrzeniu dokonał oględzin swoich włości i zdał sobie sprawę, zupełnie jak Aleksander Wielki, że nie ma już niczego, co mógłby podbić.

Sam Volkswagen generuje dla niego zysk netto na poziomie 70 procent, a ma przecież jeszcze całą masę powszechnie uznanych marek, takich jak Audi, Seat, Skoda, Cosworth i Lamborghini. Piëch to wiodący niemiecki przemysłowiec, jeden z najbogatszych ludzi w Europie i dziedzic fortuny należącej do rodziny Porsche.

A szczytem tego wszystkiego jest fakt, że zupełnie niedawno zapłacił 470 milionów funtów kupując firmę Rolls-Royce, co oznacza, iż stał się nie tylko właścicielem fabryki w Crewe, ale również marki Bentley. To był prawdziwy klejnot w jego koronie, i pomijając kwestię Sudetenlandu, wszystko układało się cholernie dobrze.

Nie mógł wiedzieć, że już za tydzień będzie pojawiał się w rankingach równie wysoko, co pewien gość z Arizony, który zapłacił nie za ten most, o który mu chodziło. Podobno chciał kupić Tower Bridge, a przez pomyłkę nabył London Bridge, ale mniejsza z tym. Tak czy owak, Piëch stracił Rolls-Royce'a.

W jednej minucie trzymał go w garści, a zaraz potem ten mu się z niej wyślizgnął. Co gorsza, odebrał mu go kumpel z Niemiec – Pręt Pisak-Rydel, człowiek z bródką przypominającą grzybicę twarzy, gnojek z BMW.

Czy możecie sobie wyobrazić, jak musiał poczuć się Piëch, gdy okazało się, że musi oddać – oddać – nazwę Rolls-Royce temu zuchwałemu parweniuszowi? Wściekłość. Angst. Muszę komuś skopać tyłek! Kot! Gdzie jest ten cholerny kot?!

Skutek jest taki, że za dwa i pół funta BMW jest obecnie właścicielem praw do nazwy, a więc do produkcji rasowych Rolls--Royce'ów, które będą powstawały w nowych, wybudowanych właśnie w tym celu zakładach w Wielkiej Brytanii.

Volkswagen ma za to fabrykę, w której instrukcja obsługi kotła napisana jest po łacinie. No i Bentleya, którego nowy samochód ma silnik BMW, skrzynię biegów BMW, elektronikę BMW i wspomaganie kierownicy BMW.

Piëch twierdzi teraz, że nigdy nie zależało mu aż tak na Rollsie i że przyjdzie czas, gdy będzie produkował 10 000 Bentleyów rocznie. Tylko że w tym celu musiałby opróżnić wszystkie magazyny z częściami należące do jego korporacji. Przy czym nie sądzę, by był to dobry pomysł.

Dlaczego?

Ano dlatego, że jedynym potencjalnym dawcą organów w arsenale Piëcha jest Audi A8, ale nie sądzę, żeby jakikolwiek element z tego samochodu sprawdził się w Bentleyu. To tak, jakby zaserwować jedzenie z podrzędnego pubu w jakiejś ekskluzywnej restauracji. Silnik w Audi A8 jest zaprojektowany z myślą o napędzaniu lekkiego, aluminiowego supersedana. Gdyby wsadzić go do Bentleya, rozpędziłby go maksymalnie do prędkości 6 km/h.

Wiem, co mówię, bo zeszły weekend spędziłem jeżdżąc nowym Arnagem, który waży 2,7 tony. Zgadza się, ma silnik V8 produkcji BMW, który standardowo ma pojemność 4 litrów. Tyle że w Arnage'u zwiększono ją do 4,4 litra, a i to nie wystarczyło. Przyozdobiono więc silnik dwiema turbosprężarkami. I to dopiero pomogło.

Mimo to sprzedaż Arnage'a była tak kiepska, że Bentley nawet nie podał, ile tych samochodów znalazło właściciela. Ja jednak wiem. Wiem też, że potencjalni klienci byli zaniepokojeni przyszłością firmy, a w szczególności tym, że BMW zagroziło odcięciem dostaw silników.

Jednak gdy jest się zwycięzcą, łatwo o wielkoduszność – groźba BMW odeszła w zapomnienie. No dobrze, ale co z tym Arnagem? Wart zachodu czy nie?

No cóż, jest niewiarygodnie szybki. Z przyspieszeniem od zera do setki radzi sobie w sześć sekund. Jego prędkość maksymalną ograniczono do 240 km/h. Wciśnijcie gaz do dechy przy środkowym zakresie obrotów silnika, a gdyby nie zagłówek, wasza szyja złamałaby jak sucha gałązka.

Arnage całkiem nieźle trzyma się drogi i w przeciwieństwie do starego Bentleya Turbo, nie jeździ się nim jak tacą z filiżankami pełnymi herbaty. Nie, zamiast przejeżdżać przez nierówności na drodze, korzysta ze swojej potężnej masy i wgniata je w asfalt, a jedynym dźwiękiem, jaki słychać wewnątrz jest szmer paliwa wlewającego się do cylindrów.

Zużycie paliwa w tym samochodzie jest po prostu biblijne. Gdyby doszło do ekranizacji bajek Prescotta z jego Białej Księgi, czarny charakter na pewno jeździłby Arnagem. Już teraz ludzie uśmiechają się szyderczo na jego widok i nikt – dosłownie nikt – nie ustąpi ci pierwszeństwa, gdy będziesz chciał nim wjechać na drogę uprzywilejowaną.

Nic to! Arnage ma w bagażniku uchwyty na strzelby, możesz więc wozić ze sobą broń i rozprawiać się z tymi, którzy ci zawadzają na drodze. Możesz ich też po prostu staranować. Albo możesz odchylić nieco oparcie elektrycznie sterowanego fotela do tyłu i rozkoszować się atmosferą tego samochodu.

Nie jest może tak wykwintny, jak Rolls-Royce Silver Seraph w tym sensie, że dywaniki mają zaledwie 60 centymetrów grubości, zegary wykończone są w kremowym, sportowym kolorze, a samochód, który testowałem, posiadał masywną kierownicę w dwóch odcieniach, ale z drugiej strony – instrukcje dotyczące poduszek powietrznych na osłonach przeciwsłonecznych były po arabsku.

Mimo to, naprawdę pokochałem ten wóz. Nie prowadzi się go tak dobrze jak Ferrari 456, które z kolei zostaje w szczerym polu za Astonem Martinem Vantagem, samochodem, który łączy w sobie kunszt Bentleya i moc odrzutowca Tornado. Nawiasem mówiąc, jest to obecnie najszybszy i najmocniejszy samochód, jaki można kupić.

Jednak Bentley wciąż może trzymać wysoko głowę, bo jest nadzwyczaj szybkim salonem na kółkach. Ignorowanie tego wozu tylko dlatego, że produkuje go Volkswagen, to idiotyzm. Idąc tym tropem, można powiedzieć, że Aston Martin to Ford, a Ferrari to Fiat. Piëch powinien zostawić swojego kota w spokoju. Koniec końców kupił sobie wyjątkową markę.

■ Zamortyzuj wyboje Unii Europejskiej

Codziennie 650 parlamentarzystów uchwala nowe przepisy, które później narzuca obywatelom. I nie są w tym odosobnieni. Mamy jeszcze przecież rady miejskie, rady gminne, władze samorządowe hrabstw, Izbę Lordów i Parlament Europejski – tysiące ludzi, którzy mają jedno, proste zadanie. Decydują o tym, jak mamy żyć.

Narzucają nam, co mamy jeść, co mamy mówić i dokąd mamy chodzić. Decydują o tym, ile mamy zarabiać, jak mamy strzyc włosy i jak często wolno nam dłubać w nosie. Potem, po pewnym czasie, gdy już przejedzą się nam ich przemówienia, organizujemy wybory i zastępujemy ich tysiącami nowych ludzi, z których wszyscy mają jakieś nowe pomysły. Tak właśnie funkcjonuje demokracja. A jeśli chodzi o demokrację, to jej jedynym produktem końcowym są nowe przepisy. Przeczytałem ostatnio, że Parlament Europejski w zeszłym roku przegłosował 27 000 dyrektyw... 27 000, na miłość boską! To 74 dyrektywy dziennie. Pomyślcie, ile rzeczy wolno nam było robić 50 lat temu i ilu z nich zakazano nam dzisiaj. Nie można szybko jeździć. Nie można sprzedawać rzeczy na chodniku, jeśli nie posiada się stosownego pozwolenia. Nie można dobudowywać przybudówek. W strefie wolnocłowej nie można kupić więcej niż 200 papierosów. A jeśli chcesz zapalić, musisz jak jakiś wyrzutek sterczeć na zewnątrz w deszczu.

Poza tym, w czasie gdy rząd dopiero zabiera się do wprowadzenia jakiegoś nowego zakazu, do głosu dochodzi poprawność polityczna. Nie można zatrudnić dziewczyny z dużymi cyckami. Nie można jej zwolnić, gdy odmówi pójścia z tobą do łóżka. W chwili gdy to czytacie, Parlament Europejski przegłosował kolejny przepis. Od tej chwili nie można hodować w domu bobra. Mamy już następny nakaz: rybki w akwarium muszą być pomarańczowe. Możesz jednak wyskoczyć do Francji i tam wypchać po brzegi swój samochód tanim winem. To jedna z tych małych przyjemności życia, odrobina pociechy dla ludzi udręczonych egzystencją w tym nadopiekuńczym państwie o rozmiarach całego kontynentu.

Chwila, chwila, co my tu mamy? Komunikat prasowy z firmy Tenneco Automotive – jest w nim napisane, że te tak zwane „alkoholowe wypady" to proceder opłacalny tylko z pozoru. Tenneco ostrzega, że jeśli przeciążymy nasze samochody winem i piwem, nie tylko złamiemy prawo, ale oprócz tego uszkodzimy amortyzatory i w ten oto sposób zaprzepaścimy oszczędności uzyskane przy zakupie alkoholu.

Czy aby na pewno? Tak, i nawet przysłali mi tabelki, dzięki którym można oszacować dopuszczalną liczbę skrzynek wina. Proszę, działa to tak: jeśli masz – dajmy na to – Fiestę, a w środku podróżuje pięć dorosłych osób, bezpieczny limit na liczbę skrzynek wina wynosi 10. No cóż, wydaje mi się, że pięć dorosłych osób dość szczelnie wypełni Fiestę, czyli do twojej dyspozycji pozostanie jedynie bagażnik. I jestem święcie przekonany, że zmieszczą się tam zaledwie cztery skrzynki. Zostaniesz więc z sześcioma skrzynkami, których nie będziesz miał gdzie załadować.

Nie myśl jednak, że sytuacja poprawi się choć trochę, jeśli swoich znajomych zostawisz w domu. Wybierz się sam, a wtedy – jak twierdzi Tenneco – będziesz mógł ze sobą zabrać 30 skrzynek. Przepraszam bardzo, ale jeśli uda ci się wcisnąć 30 skrzynek wina do Fiesty, powinieneś natychmiast skontaktować się z redakcją *Księgi Rekordów Guinnessa*. Zgodnie z tym, co widnieje w mojej tabelce, bezpieczną granicę w „dużym" samochodzie bez pasażerów stanowi 31 skrzynek, ale według Tenneco (tak przy okazji – to producent amortyzatorów) „duży" samochód to Ford Mondeo. To czym w takim razie jest Lamborghini LM002? Ile skrzynek wina będzie mi wolno zabrać tym 12-cylindrowym, wysokim na 2 metry i ważącym 3 tony potworem? Moja tabelka nie była w stanie odpowiedzieć na to pytanie, ale jeśli do Fiesty można zmieścić 30 skrzynek, a Lambo jest dziesięciokrotnie większe, może przewieźć 300 skrzynek, czyli 3600 butelek. To w zupełności wystarczy, by bardzo, ale to bardzo się upić.

Jest tylko jeden mały problem. Nie możesz mieć Lamborghini LM002. To znaczy – mógłbyś ją mieć, ale w ciągu ostatnich kilku minut Parlament Europejski ogłosił, że wszystkie samochody z napędem na cztery koła muszą być zasilane peklowaną wołowiną z puszki pochodzącą z niemieckich krów bez kości. Pan Prescott mówi ponadto, że jeśli kupisz coś większego niż skuter Vespa, za minutę parkowania zapłacisz 200 funtów. Tenneco dodaje, że jeśli wybierasz się w tym roku po wino do Francji, powinieneś mieć na uwadze uszkodzenia, jakich może doznać twój samochód, przepisy, jakie możesz złamać, i pamiętać, by podczas długiej podróży często robić przerwy na odpoczynek.

A ja wam mówię tak: jedźcie tam i kupcie sobie tyle wina, ile tylko chcecie i przywieźcie je w takim samochodzie, w jakim się wam tylko spodoba, a jeśli ktoś was zatrzyma, przypomnijcie mu, że żyjecie w wolnym kraju. A potem wyrwijcie mu wątrobę jakimś zardzewiałym hakiem. To – jak sprawdziłem – wciąż jest dozwolone.

■ Taksówki: naga prawda

Gdy czeka cię operacja w szpitalu, nie masz pojęcia, kto będzie dzierżył skalpel. Jesteś jednak całkowicie pewny, że będzie to ktoś wysoce wykwalifikowany, ktoś, komu nie zdarzają się skurcze mięśni.

To samo dotyczy restauracji. Możesz nie wiedzieć, kto przygotowuje twoje danie, ale możesz z dużą dozą pewności założyć, że wie on, iż biszkoptu nasączanego sherry nie polewa się sosem tabasco.

Tymczasem, gdy wzywasz taksówkę, przyjedzie po ciebie samochód, który być może ma, ale równie dobrze może nie ma hamulców. W dodatku jego kierowca mógł – choć niekoniecznie – uczyć się prowadzić w Peru.

Jedno jest pewne. Nie podejdzie do twoich drzwi i nie zadzwoni. Zamiast tego zatrzyma się na środku jezdni i oprze się o klakson, sygnalizując, że musisz rzucić wszystko, co w danej chwili robisz i wybiec na zewnątrz.

To nie fair. Taksówkarz mógł sobie jechać do ciebie przez pięć godzin, ale nie obchodzi go to, że ty w tym czasie właśnie poznałeś dziewczynę swoich marzeń, albo jesteś moją żoną i po pożegnaniu się ze wszystkimi na przyjęciu, znowu usiadłeś i zdajesz im szczegółowe sprawozdanie z przebiegu twojego życia.

Tak czy owak, wskakujesz na kanapę z tyłu taksówki, gdzie od razu dopadają cię mdłości.

– Mogę zapalić? – pytasz.

Odpowiedź brzmi: nie, a jej uzasadnieniem jest trudny do pozbycia się zapach tytoniu, co utrudni późniejszą odsprzedaż samochodu. CO?! Tytoń tylko polepszy stan faktyczny samochodu! Podobnie jak gigantyczny piard. Albo rozsmarowanie na fotelach wnętrzności zdechłego psa.

Taksówki charakteryzują się swoistym zapachem, zapachem, którego prawdopodobnie nie da się zsyntetyzować w żadnym laboratorium. To zapach, którego nie uświadczysz nawet w majtkach biznesmena. To nie jest zapach zaschniętych wymiotów ani nawet koszuli kierowcy. Ani mieszanki tych dwóch. Nie, to zapach, który wydobywa się z tych choinek do odświeżania powietrza. Jest po prostu obrzydliwy.

Żeby nie zamartwiać się tymi niedogodnościami i zająć czymś umysł, zwykle usiłuję zgadnąć, w jakim znajduję się samochodzie. Taksówki zawsze mają beżowe, tanie obicia i zawsze pochodzą z Dalekiego Wschodu. No dobrze, ale czy to Toyota, czy Nissan?

Mogę nawet zrozumieć, dlaczego kierowcy taksówek kupują używane japońskie pudła – są niezawodne i tanie w utrzymaniu. Ale kto w takim razie kupuje te samochody jako nowe? I dlaczego tak źle się z nimi obchodzi?

Zanim pan Taksiarski zakocha się w nich na jakiejś giełdzie, ich koła są już kwadratowe, a jeśli przyjrzycie się uważnie, zauważycie, że na prostych odcinkach drogi taksówkarz musi trzymać kierownicę tak, jakby chciał skręcić w lewo. A hałas, który wydobywa się z głośników? Dlaczego taksówkarze słuchają akurat tych stacji radiowych, o których istnieniu nigdy w życiu nie słyszałem i jak do diaska mogą rozkoszować się zawodzeniem na sitarze, gdy dyspozytor w bazie ani na chwilę nie chce zamilknąć?

Kiedyś jechałem w Polonezie FSO z taksówkarzem, który był najgrubszym człowiekiem na świecie. Polonez zepsuł się w tunelu na Heathrow i wiecie co? Byłem z tego zadowolony.

To, jak prowadził ten facet, było niesamowite. Myślę, że naoglądał się *Gwiezdnych wojen* i naprawdę uwierzył w to, że może użyć Mocy do wymijania nadjeżdżających z naprzeciwka. Po tym, jak przejechaliśmy osiemnaste czerwone światło, autentycznie zacząłem się obawiać, że zarzuci samochodem i chrypiącym głosem zapyta mnie o plany dotyczące bazy rebeliantów. Nazwał mnie nawet „młodym Lukiem".

Był najgorszym kierowcą w całej Wielkiej Brytanii, kompletnym świrem, a w dodatku prowadził samochód, który od samego początku był zły, a z wiekiem jeszcze się mu pogorszyło. Ta makabryczna mieszanka sprawiła, że gdy wywlekałem z tunelu na światło dzienne moje bagaże, poprzysiągłem sobie, że od tej chwili będę korzystał z taksówek o wyższym standardzie.

I tak robię. Firmy, do których dzwonie po taksówkę oferują nowiutkie vany i wydłużone limuzyny Mercedesa. Odbija się to w cenach. Niestety, cena nie przekłada się na jakość usługi. Jeden z taksówkarzy klął jak szewc na każdego napotkanego kierowcę, ale prawdziwym potokiem wulgaryzmów obdzielał tych, którzy zajeżdżali mu drogę.

Gdy jakiś facet nie przepuścił go przy wyjeździe na główną drogę, z ust taksówkarza zaczął płynąć strumień przekleństw trwający trzy minuty i to bez żadnych powtórzeń czy zastanawiania się. Po wyczerpaniu wszelkich możliwych angielskich wyrażeń i zwrotów, przerzucił się na turecki. Było to oszałamiające, ale i pouczające. Teraz już wiem, jak powiedzieć komuś w Ankarze, że jest ******* ****** z twarzą jak psi *****.

Powinienem był zresztą użyć tych przekleństw w stosunku do pewnego taksówkarza, który nigdy nie słyszał o Fulham, albo – kilka tygodni temu – określić nimi innego, który był przekonany, że jego Fiat Croma może, jeśli tylko zapewni się mu wystarczająco długi rozbieg, pobić rekord prędkości na lądzie ustanowiony przez Richarda Noble'a.

Po tym wszystkim każdy koncesjonowany Archibald, który siedzi w domu i bije dzieci zwiniętym egzemplarzem dodatku do gazety zatytułowanym „Styl", opowiada wszystkim dookoła, że powinienem był korzystać z czarnych taksówek. To prawda, tylko że gdy kolejny raz będę potrzebował taksówki, on wciąż będzie siedział w domu i wrzeszczał.

I właśnie dlatego każdy z nas wciąż korzysta ze zwykłych taksówek. Musicie być jednak ostrożni. Gdy okaże się, że siedzicie za plecami gościa, który reaguje na imię Darth, wyskoczcie z taksówki i uciekajcie, by ocalić swoje życie. Takiego kogoś łatwo jest rozpoznać – ma długą, czarną pelerynę, czarny, błyszczący hełm i astmę.

■ Supersamochodowy krach giełdowy

Gdy wyglądam dziś przez okno, widzę jak nadciągają chmury burzowe. Pan Blair zostanie oderwany od swojego stołka, a „Met Bar" w Londynie będzie musiał wprowadzić całonocne *happy hour*.

Kopuła Millenium zostanie wrzucona do Morza Północnego, a Rotherham zostanie zmiecione z powierzchni Ziemi. Owoce niedawnego zrywu przemysłowego w Corby odejdą w niebyt, a easyJet zbankrutuje. Nie miejcie co do tego żadnych wątpliwości: nadchodzi właśnie recesja „Tony".

Myślę, że w tym miejscu powinienem wszystkim wyjaśnić, że nigdy nie czytałem „Financial Timesa". Ponadto z ekonomii na maturze mam niedostateczny, częściowo dlatego, że zapomniałem przyjść na egzamin, a częściowo dlatego, że zapomniałem przyjść na jakąkolwiek lekcję z tego przedmiotu.

Próbowałem, naprawdę próbowałem zrozumieć implikacje przejęcia kontroli nad stopami procentowymi przez Bank Anglii, ale za każdym razem, gdy zaczynałem o tym myśleć, zapadałem w drzemkę, choć na jawie. Przykro mi, ale nie rozumiem też, jak brazylijskie ujemne saldo bilansu płatniczego może sprawić, że będzie mi trudniej kupić kalafior.

Piszę ten felieton. Rupert Murdoch oddaje mi za to trochę swoich pieniędzy. A ja je wydaję. Naprawdę, możecie zmieść z parkietu taką część japońskiej giełdy papierów wartościowych, jaką tylko chcecie, a nie zrobi to najmniejszej różnicy. Nie, nie kłóćcie się. Nie zrobi.

Niemniej jednak potrafię przewidzieć nadejście finansowego holokaustu, bo firmy samochodowe znów stają się pewne siebie.

Przypomnijcie sobie, jak to było ostatnim razem. Producenci samochodów zbyt późno zareagowali na boom z połowy lat 1980. i rozpoczęli prace nad serią nowych i zastraszająco drogich samochodów, które zaczęły wpełzać na rynek dokładnie w tym samym czasie, w którym recesja „John" zaczęła szaleć w londyńskim City.

Jaguarowi został cały magazyn pełen niechcianych przez nikogo XJ220. McLarenowi udało się opchnąć zaledwie 47 sztuk groteskowego modelu F1. Bugatti w spodniach wypchanych ołowiem poszedł na dno Tybru, a Lamborghini skończyło jako firma prowadzona przez malezyjską gwiazdę popu.

Nie wątpię ani trochę, że po klapie z 1992 roku wszyscy członkowie zarządów firm samochodowych postanowili, że nigdy nie skuszą się już na produkcję wartych miliony dolarów supersamochodów. Ale gdy wszyscy pławią się w zielonych, trudno jest się oprzeć. Ponieważ świat wyszedł właśnie z marazmu, szefowie firm samochodowych ulegli tej pokusie.

Czytałem w jakiejś gazecie, że Mercedes i McLaren planują produkcję wartego 150 000 funtów supersamochodu, ale ponieważ artykuł zamieszczony był w dziale „biznes", zaraz potem straciłem wątek. Zrozumiałem jednak, że Maserati wrócił na rynek z nowym coupé i że Audi kupiło Lamborghini, które podobno pracuje nad ważącym jedną uncję i rozwijającym milion koni mechanicznych supersamochodem marzeń. To z kolei zmusi Ferrari do wyprodukowania czegoś tak lekkiego, że do jego zaparkowania będę potrzebował lin cumowniczych.

No i jest też Jaguar, który w nadchodzącym tygodniu na targach motoryzacyjnych w Paryżu odsłoni samochód o nazwie XK180. To wóz napędzany superdoładowanym silnikiem V8, który ponoć rozwija prawie 450 koni mechanicznych mocy. I dla tych, którzy to rozumieją – ma moment obrotowy 603 Nm.

Nie potrafię nawet zacząć sobie wyobrażać, jak szybko będzie jeździł ten bolid, ale ponieważ jego dwudrzwiowa karoseria kabrioleta jest z aluminium, z pewnością zdeklasuje Nissana Micrę.

Wam mogę się przyznać, że już widziałem tego duchowego następcę modelu D i jest to po prostu najpiękniejszy samochód, jaki kiedykolwiek wyprodukowano. To niezwykły wóz, zważywszy na fakt, że jego projekt powstał na pudełku papierosów.

W grudniu zeszłego roku Jaguar postanowił uczcić 50-lecie serii XK i mówił coś o przeobrażeniu superdoładowanego XK8 w samochód stworzony do bardziej sportowej jazdy, prawdopodobnie poprze skrócenie go trochę i usunięcie nieco stomatologii z Houston z jego zawieszenia.

Prace rozpoczęły się w lutym. W sobotnie poranki grupa zaciekłych entuzjastów motoryzacji dłubała przy czymś, co teraz znane jest już pod nazwą „Operacja Samochód Specjalny". Dosyć późno, wiedzeni instynktem, zdecydowali się na karoserię z aluminium. A jeszcze później pomyśleli, że ponieważ i tak korzystają już z nowego materiału, to mogą równie dobrze przeprojektować wygląd nadwozia. To jest ten sam rodzaj kreatywności, który – jak sobie zapewne przypominacie – dał nam silnik odrzutowy i poduszkowiec. A teraz mamy dzięki niemu XK180.

Tyle że projekt nie działa.

Nie, nie jest tak jak myślicie. Sam samochód oczywiście działa i jeździ, ale przez tę całą europejską biurokrację Jaguar nigdy nie będzie w stanie go sprzedawać. Mimo to myślę, że na targach w Paryżu zostanie zbombardowany żądaniami, by to marzenie o następcy modelu D stało się produkcyjną rzeczywistością.

Jestem pewny, że je zrealizują, i jestem również pewny tego, że w dniu, w którym wypuszczą go na rynek – w cenie 150 000 funtów? – splajtuje Totolotek. I że nikt nie zechce kupić samochodu, który kosztuje cztery razy tyle, co ogromny i urządzony z przepychem dom.

Przemysł samochodowy musi się jak najszybciej nauczyć dotrzymywać kroku gospodarce. Jak tylko parapety na czternastych piętrach wieżowców w City zaczną się wypełniać płaczącymi facetami w garniturach, producenci powinni przystępować do prac nad drogimi supersamochodami w limitowanych seriach.

W ten sposób samochód byłby gotowy do sprzedaży zaraz po tym, jak gospodarka stanęłaby na nogi. Naprawdę, właśnie to stanowi klucz do sukcesu. Gospodarka zawsze wstaje na nogi, bo zawsze chcemy kupować kalafiory i szybkie samochody. Galbraith? Tak mam na drugie imię.

■ Odwożenie dzieci do szkoły

Pamiętam bardzo wyraźnie ten moment, kiedy zacząłem dorastać. Miałem wtedy 22 lata, stałem w sklepie z artykułami gospodarstwa domowego i prosiłem sprzedawcę o miskę do mycia naczyń.

Do tej pory wydawałem pieniądze na piwo, papierosy, czynsz i – bardzo niechętnie – na prezenty pod choinkę. Nigdy wcześniej ich nie zmarnowałem kupując coś użytecznego.

Pamiętam jak dziś, że wracając do domu wpatrywałem się w tę miskę z przytłaczającą świadomością, iż niedługo będę musiał wrócić do sklepu po żarówki i sprzęt AGD – po rzeczy, które w żaden sposób nie są w stanie sprawić mi przyjemności.

Piętnaście lat później przeszedłem do drugiego etapu – dostroiłem swój radioodtwarzacz samochodowy do stacji Radio Two, a w tym tygodniu osiągnąłem etap trzeci. Odwiozłem dziecko do szkoły.

Od tej chwili nie będę mógł już urządzać nieplanowanych wieczornych wypadów z kumplami do miasta, na wypadek gdyby jakimś sposobem miały przedłużyć się do rana. Nie można kłaść się spać o czwartej nad ranem, gdy zaledwie trzy godziny później musisz być trzeźwy i rześki.

Muszę wam to powiedzieć. Kupowanie miski do mycia naczyń było po prostu nudne. Przestawienie się na stację Radio Two było nieuniknione. Ale odwożenie dzieci do szkoły to istne piekło na ziemi, które zabija jakąkolwiek radość z prowadzenia samochodu. Zmienia samochód z agresywnego symbolu męskości w zwykłe narzędzie, w narzędzie które idzie łeb w łeb z miską do mycia naczyń. I ostatecznie przegrywa.

Po pierwsze, muszę na dobre zapomnieć o programach Terry'ego Wogana. Zamiast nich muszę delektować się *Barbie song* zespołu Aqua, która, podobnie jak *Uwertura „1812"* Czajkowskiego, zupełnie nie nadaje się do słuchania o poranku. Obiecuję wam, że gdy spotkam kiedyś tę duńsko-norweską grupę, pozabijam jej członków!

Po drugie: mój dwuletni syn potrafi już zidentyfikować każdy samochód na drodze. To mogłoby być źródłem mojej dumy, gdyby nie fakt, że on rzeczywiście identyfikuje każdy samochód na drodze.

Nie dość, że musimy jechać z jakimś Norwegiem, który wciska mi, że „plastic is fantastic", to do tego mój syn jeszcze wykrzykuje markę każdego mijanego przez nas samochodu. Nie potrafi powiedzieć „dzień dobry", ale „Daihatsu" jakoś nie sprawia mu problemu.

Oczywiście, że chciałbym zakończyć taką podróż tak szybko, jak tylko na to pozwala silnik V6 Forda Mondeo, ale tak jak każdy rodzic, mam wbudowany układ bezpieczeństwa, który aktywuje się, jak tylko dzieci zajmą swoje miejsca z tyłu samochodu. Tracę nagle zdolność do wyprzedzania.

Mogę się wlec za traktorem, na drodze pustej w promieniu nawet i 200 mil, ale nie jestem w stanie zredukować biegu i wyprzedzić. Gdy jeżdżę z dziećmi, staję się dokładnie taką osobą, na jakie zwykle krzyczę.

Jest jeszcze jedna kwestia. Nie mogę odważyć się na wyprzedzenie jadącego przede mną samochodu, bo może się okazać, że jedzie nim inny rodzic odwożący dzieci do szkoły. Gdybym go wyprzedził, uznałby mnie za wariata, a moim dzieciom groziłoby w szkole prześladowanie ze strony rówieśników.

Suniemy więc z prędkością 3 km/h, nasze uszy bombarduje Aqua, i jest tak aż do chwili, gdy dojedziemy do epicentrum żywiołu w całej swej okazałości – do bramy szkolnej. W tym momencie gen odpowiadający za dobre maniery i zdrowy rozsądek po prostu się wyłącza.

Parkujesz, gdzie tylko jest to fizycznie możliwe, i masz to gdzieś, że zatrzymałeś się właśnie na pasie dla autobusów, albo że blokujesz kogoś, kto właśnie chce odjechać. Chcesz, by twoje dzieci opuściły samochód NATYCHMIAST i jesteś w stanie porazić prądem ze swojego akumulatora każdego, kto wejdzie ci teraz w drogę.

Gdy dzieci są już w klasie, pokusa porozmawiania z jakimś dorosłym staje się po prostu nie do odparcia. Za wszelką cenę chcesz pogadać z kimś, kto potrafi powiedzieć więcej niż „plastic", „fantastic", Suzuki, Rover i BMW.

Zaczynasz więc rozmawiać, zapominając o tym, że twój samochód stoi na środku drogi i ma otwarte troje drzwi.

W swojej niefortunnej Białej Księdze John Prescott wypowiedział wojnę odwożeniu dzieci do szkoły, zakładając, że być może właśnie to stanowi główną przyczynę zatorów, jakie powstają dziś w naszych miastach. I tu ma rację. Wiem, że chce nam wszystkim wyświadczyć przysługę. Pewnie sam przeszedł przez to samo co ja, chociaż w jego przypadku zamiast *Barbie song* leciały pewnie piosenki *Birdie song* i *Agadoo*. Tak czy siak, teraz chce uchronić nas wszystkich od tego horroru. To bardzo miło z twojej strony, John, ale musisz przyjąć do wiadomości, co następuje: nie wsadzę do autobusu mojej czteroletniej córki i dwuletniego syna, i to z jednej prostej przyczyny – w pobliżu miejsca, gdzie mieszkam, nie jeździ żaden autobus.

Nie chcę też, by moje dzieci były odwożone na zmianę przez różnych sąsiadów. Nie chcę tu zabrzmieć cukierkowato, ale wydaje mi się głupim pomysłem powierzanie dwóch największych skarbów w moim życiu komuś, kto, z tego co wiem, nie jest zbyt dobrym kierowcą.

Po prostu niektórzy już tak mają. Mylą wsteczne lusterko ze sprzęgłem, i to nawet wtedy, gdy jadą sami. A co będzie, gdy zaczną prowadzić wypełniony śpiewającymi czterolatkami van?!

Nie możesz przecież rodzica, który oferuje zabranie twoich dzieci do szkoły, jak gdyby nigdy nic zapytać:

– No dobrze, ale najpierw sprawdźmy, jak sobie pani poradzi z kontrolowaniem podsterowności...

Obawiam się więc, że będę musiał odwozić dzieci do szkoły aż do momentu, gdy moje życie dojdzie do etapu numer cztery. Wtedy zacznę uprawiać ogródek.

■ Wojaż na samo dno złomu

Pewien krytyk programów telewizyjnych piszący do lokalnej londyńskiej gazety pała nienawiścią do każdej molekuły budującej moje ciało. Przez ostatnie lata określał mnie mianem starszej i grubszej siostry Stephena Frya, pisał, że jestem beztalenciem, a całkiem niedawno nawet życzył mi śmierci.

Dzięki temu teraz już wiem, jak to jest być przedmiotem wściekłych i pełnych jadu recenzji. Dlatego dzisiaj poczułem pewną sympatię do ludzi z Chryslera, którzy – praktycznie przed samym Bożym Narodzeniem – zapytali mnie, czy nie zechciałbym przejechać się ich nowym vanem, Voyagerem napędzanym silnikiem Diesla.

Oczywiście poprawna odpowiedź brzmiałaby: „Nie, wolałbym raczej urwać sobie głowę niż jeździć czymś z silnikiem Diesla", ale niestety – telefon odebrała moja żona i powiedziała:

– Oczywiście. Jeremy będzie zachwycony.

No cóż, przejechałem nim kilka mil i od razu wyczułem pismo nosem. Byłem w jednym z tych programów typu „Mamy cię!". Wiedziałem dokładnie, co się stało – jeden z tych wesołków zamontował w samochodzie silnik z betoniarki, a ukryte w kabinie kamery miały sfilmować, ile czasu upłynie, zanim zorientuję się, co jest grane.

Zadowolony, że będę mógł wszystkim pokazać, jaki ze mnie bystrzak, zjechałem do zatoki położonej dwie mile od domu i wywróciłem do góry nogami całe wnętrze samochodu szukając minikamer telewizyjnych. Nie było ich. To nie był żart. Niewiarygodne, ale ten samochód był prawdziwy.

Wiem, jak do tego doszło. Przez ostatnie kilka lat potencjalni klienci Chryslera w rozmowach z dilerami mówili, że z miłą chęcią kupiliby sobie Voyagera, ale jego olbrzymi 3,3-litrowy silnik benzynowy ma zbyt wielki apetyt na paliwo.

– Jak zrobicie diesla, to go kupimy.

Dlaczego ludzie to robią? Kiedy kupujemy samochód z silnikiem na benzynę, całymi godzinami zadręczamy się jego danymi technicznymi, usiłując rozgryźć liczby opisujące moment obrotowy i analizując wykresy mocy efektywnej. Sprawdzamy pieczołowicie prędkość maksymalną i zamartwiamy się nic nieznaczącym czasem przyspieszania od zera do setki.

Gdy jednak ludzie kupują diesla, ich oczekiwania spełni każdy, nawet najgorszy stary rupieć. Chrysler oczywiście wziął to pod uwagę. Kupił silnik Diesla od włoskiej firmy VM i zamontował go pod maską swojego jankeskiego Voyagera.

Rezultat tego posunięcia jest katastrofalny. Od zera do setki samochód rozpędza się przez przygnębiające 13 sekund, a na autostradzie jego efektywna prędkość maksymalna to właśnie 100 km/h. Powyżej tej wartości ryk silnika i sprzymierzony z nim gwizd turbosprężarki czynią radioodtwarzacz zupełnie niepotrzebnym dodatkiem.

Zostałem poinformowany, że drastycznie poprawiono zużycie paliwa. Podobno rodzina podróżująca latem po Europie zużywa średnio 4,4 litra oleju napędowego na 100 kilometrów. Przykro mi, ale te dane są naciągane. W rzeczywistości Voyager nie schodzi nigdy poniżej 7 litrów.

W dodatku nie pokonuje prawidłowo zakrętów. Niestety, mimo że moc ścieka do przednich kół pojedynczymi kropelkami, tak jakby dozowana była pipetką, Voyager cierpi na przypadłość objawiającą się drastyczną podsterownością na mokrych rondach.

Prowadziłem najnormalniej na świecie, ale za każdym razem, gdy po redukcji biegu puszczałem sprzęgło, przednie koła wpadały w poślizg. Wyglądało to tak, jakbym jechał do pracy na halibucie.

Tylko że jeszcze mniej wygodnie. Najwyraźniej w przypadku tego samochodu Chrysler osiągnął niemożliwe: połączył irytujący aż do szpiku kości dźwięk silnika z kiwaniem się i kołysaniem rodem z jakiegoś niewielkiego jachtu.

I tak po trzech długich latach Vectra została zdetronizowana. Z ogromnym marginesem potencjalnego błędu w werdykcie, ten nowy amerykański autobus jest obecnie najgorszym samochodem na rynku. W dodatku na ten tytuł zasłużył sobie nie tylko okropnym silnikiem i niespotykaną gdzie indziej charakterystyką prowadzenia.

Kiedyś określiłem Voyagera mianem najlepszego spośród vanów, ale za nic w świecie nie mogę sobie przypomnieć, co mnie wtedy opętało. Zacznijmy od tego, że aranżacja wnętrza jest ze wszech miar zła. Z tyłu mamy jakąś spasioną ławkę ogrodową, a pośrodku dwa rozkładane fotele przypominające te od Parkera Knolla. Dlaczego nie trzy? Każdy inny samochód ma trzy.

Dlaczego w tak dużym samochodzie miejsce kierowcy jest tak ciasne? Towarzyszy ci klekot silnika, siedzisz zgarbiony nad kierownicą i co 15 sekund musisz zmieniać bieg, by utrzymywać ten bezużyteczny silnik w zakresie obrotów generującym moc. Czerwona skala na obrotomierzu zaczyna się przy 4000. Pytam się: po co?

W jakim celu dźwignię hamulca ręcznego zaszyto pod fotelem kierowcy? Dlaczego wszystkie przełączniki sprawiają wrażenie tandetnych? Zgodnie z listem, który znalazłem w środku, przyszli właściciele tego samochodu są niepalący i nie przypadłby im do gustu zapach, jaki mógłbym w nim pozostawić.

A, rozumiem... Kupują diesla, który do delikatnych, malutkich płucek ich dzieci będzie wpompowywał najbardziej rakotwórczą substancję na świecie – 3-nitrobenzo[a]pyren. Tymczasem przeszkadza im zapach spalonych liści! Niech się więc p*******!

Mówiąc szczerze, myślę, że na tego vana nie zdecydowałby się nawet jakiś półgłówek. Jasne, znajdzie się kilku idiotów, którzy go kupią, bo będą chcieli mieć „dużego diesla", ale dla reszty z nas podam następujące fakty: najtańsza wersja kosztuje 19 600 funtów, ale wyposażona jest w zaledwie pięć miejsc. Równie dobrze można więc sprawić sobie Forda Focusa.

Żeby kupić wersję, która jest prawdziwym vanem, trzeba wydać aż 22 000, a nie mam tu już miejsca, by wypisać wszystkie rzeczy, które wolałbym mieć za te pieniądze – na przykład chorobę weneryczną, tak na dobry początek.

Przykro mi, ale nie udało mi się dokończyć tego testu. Zostawiłem ten samochód na środku odległego lotniska w Wiltshire, a do domu wróciłem autostopem.

■ Vanman

Na pierwszy rzut oka, jazda samochodem w Indiach nie mogłaby być prostsza. Tamtejszy kodeks mówi tylko, że "rację ma silniejszy" i że trzeba ustępować pierwszeństwa wszystkim, którzy są więksi. Na skrzyżowaniach królem jest więc ciężarówka, a za nią, w porządku malejącym, plasują się: autobus, van, słoń, samochód osobowy, autoriksza, a na samym końcu godny pożałowania i kruchy pieszy.

Dlaczego zatem, skoro panuje tam tylko jedna, bardzo prosta zasada, na indyjskich drogach ginie każdego dnia 168 osób? No cóż, po pierwsze musimy wziąć pod uwagę, że Hindusi nie umieją prowadzić.

Zastanówcie się tylko. W Formule 1 nie występują praktycznie żadne nazwiska z subkontynentu. Żaden Hindus nie zwyciężył jeszcze w Rajdzie Royal Automobile Club.

No i dochodzi do tego kwestia religii. Większość Hindusów wierzy, że ich śmierć jest przesądzona z góry i że nie mogą nic z tym zrobić. Dojeżdżają więc do skrzyżowania, dobrze wiedzą, że powinni ustąpić pierwszeństwa ciężarówce, ale nie mają pojęcia, który z trzech pedałów służy do hamowania i tak naprawdę nie przejmują się wcale konsekwencjami pomyłki.

Już samo to stanowi niebezpieczną mieszankę wybuchową, ale za chwilę przejdziemy do prawdziwego dżokera, czworonożnej dwójki trefl. Gdy na twojej drodze pojawi się krowa, musisz ją gwałtownie ominąć, skręcając na pas dla ruchu z naprzeciwka, i to niezależnie od tego, co nadjeżdża: czy jest to szkolny autobus, czy grupka zakonnic, Buzz Aldrin czy traktor.

W każdym innym zakątku świata ten obowiązek nie stanowiłby większego problemu, bo krowy zazwyczaj przebywają na pastwiskach, ale w Indiach jest inaczej. Na indyjskim odpowiedniku autostrady M6 wychodzisz z zakrętu i – o nieee! Nagle zauważasz przed sobą Ermintrudę w najlepsze grającą w karty z Krasulą.

Musisz więc pamiętać, że jeśli zamierzasz w Indiach prowadzić samochód, nie możesz ani słuchać radia, ani rozmawiać ze swoimi pasażerami. Jeśli zdekoncentrujesz się choćby na ułamek sekundy, twoja czaszka zetknie się z twardą płaszczyzną przedniej szyby.

W Wielkiej Brytanii sytuacja przedstawia się zgoła inaczej, ale pamiętajmy, że my też mamy naszego dżokera – poruszającego się białym dostawczakiem Vanmana. To nasz odpowiednik świętej krowy. Powinien znajdować się na pastwisku, ze stalowym kółkiem w nosie, ale nie ma go tam. Jeździ za to po drogach z kolczykiem w brwi.

W tym tygodniu ukazał się raport, który próbuje bronić kierowcę dostawczaka, twierdząc, że jest uprzejmy dla innych użytkowników drogi, prawdopodobnie hoduje w domu jakieś zwierzątko i jako pierwszy zjeżdża na bok, gdy trzeba przepuścić karetkę na sygnale. Oczywiście, że tak! W ten sposób może od razu wjechać za ambulans i wrócić do domu jeszcze szybciej niż zwykle.

Głównym założeniem tego raportu, który powstał na zlecenie Renault, jest dowieść, że nie istnieje ktoś taki jak Vanman i że ludzie, którzy zarabiają na życie jeżdżąc w Transitach, są demograficznie zróżnicowani w tym samym stopniu, co całe społeczeństwo.

Aaa, rozumiem. Jak wyjaśnić zatem fakt, że 40 procent kierowców vanów przyznało się do posiadania anteny satelitarnej, a 28 procent kupuje gazetę „The Sun"? Tylko 4 procent zajmuje się uprawą ogródka i – to jest akurat bardzo dobry przykład – tylko 4 procent wśród nich stanowią kobiety.

Osoby, z którymi mamy tu do czynienia, to młodzi ludzie, którzy lubią piłkę nożną, piwo, pełne obżarstwa wycieczki na wyspę Korfu i pełne przemocy filmy. Bardzo mi przykro, ale nie kupuję wyników raportu, mówiących o tym, że Vanman jeździ szybko z powodu napiętego grafiku ułożonego przez swojego szefa.

Vanman jeździ szybko, bo jeśli będzie miał stłuczkę, to nie kto inny, tylko jego szef będzie tym, który zapłaci za naprawę. To dlatego nie zmienia biegu na wyższy aż do chwili, gdy przez maskę zaczynają przebijać zawory.

To dlatego jeździ jak wariat, a jego wielki przedni zderzak styka się z twoim małym tylnym. To dlatego traktuje czerwone światła jedynie jako zalecenie.

Raport sugeruje, byśmy sami przejechali się vanem i zobaczyli jak to jest. Spróbowałem i mówię wam – jest wspaniale.

Jesteś wystarczająco duży, by zadzierać z ciężarówkami, ale i wystarczająco zwinny, by się im wyślizgnąć, gdy sprawy zaczną przybierać zły obrót. Możesz ścigać się łeb w łeb z taksówkarzami i do tego z nimi wygrywać. A jeśli chodzi o zwykłych kierowców w ich cennych, lśniących samochodach: to nie ludzie, to cele.

Możesz wysłać Vanmana na tyle kursów ruchu drogowego, ile ci tylko przyjdzie do głowy. Możesz przykleić mu do tylnego zderzaka naklejkę „czy jadę poprawnie?" i możesz mu zainstalować radio, które będzie odtwarzało wyłącznie piosenkę *Smooth Operator* Sade. Nie zrobi to jednak najmniejszej nawet różnicy.

Podobnie jak krowa w Indiach, Vanman jest odporny na wszelkie formy ataku.

Gdy zajedziesz mu drogę – wjedzie w ciebie. Gdy złośliwie przed nim przyhamujesz – staranuje cię. Gdy wysiądziesz z samochodu, zobaczysz, że cała paka pełna jest robotników, którzy z chęcią przećwiczą starożytną sztukę origami na twoich kończynach.

Rozwiązanie jest proste. Co tydzień opowiadam wam o jakimś nowym sportowym samochodzie, który rozpędza się od zera do setki w sekundę. Wydaje mi się jednak, że rozmijam się z istotą sprawy. Jeśli faktycznie chcesz szybko się przemieszczać, stań się miejskim terrorystą. Wypożycz sobie Forda Transita.

A gdy będziesz ankietowany, wyświadcz nam wszystkim wielką przysługę i wyjaśnij to nieporozumienie. Powiedz, że lubisz bić innych. Najlepiej – na śmierć.

■ To znaczy chciałem przez to powiedzieć, że...

No dobrze: sięgnijcie pamięcią do najbardziej wstydliwej rzeczy, jaką zrobiliście w całym swoim życiu. Może był to magazyn porno, który zwędziliście ze sklepu, gdy mieliście 11 lat, a może szybki numerek bez zobowiązań w zeszłym miesiącu... z dyrektorem waszego oddziału banku. No, dalej. Poczujcie się winni. Wijcie się w agonii. A teraz wyobraźcie sobie, że doznajecie takiego uczucia każdego poranka.

Oto, do czego zmierzam: otrzymuję samochód do testów, zazwyczaj na tydzień, ale w tym czasie nie jestem w stanie dogłębnie go poznać. Tak, jasne, mogę wam potem opowiedzieć, jak szybko jeździ i jak wygląda. Jestem nawet w stanie wykryć, czy jest głośny. Ale w rzeczywistości żadna z tych rzeczy nie jest aż tak istotna. Weźmy na przykład Forda Pumę. Po tym, jak wprawiła nas w zachwyt swoją stylistyką, osiągami i zapowiedzią typowych dla Forda, naprawdę niskich kosztów utrzymania, została przez nas wybrana na samochód roku programu *Top Gear*.

Następnie, zachęcony testem w naszym programie, kupił go jeden z moich przyjaciół. A w zeszłym tygodniu przy kolacji wepchnął mi palce głęboko do nosa i powiedział, że gdy podnosi się klapę bagażnika w deszczu, do środka wlewa się kilka litrów wody. Nie wiedziałem o tym, bo gdy testowałem samochód było sucho. Ale w wielkiej sieci wzajemnych zależności to jeszcze nie koniec świata. To co martwi mnie o wiele bardziej, to fakt, że nie jestem w stanie przetestować tego, co liczy się naprawdę – niezawodności.

Podczas ostatniej serii odcinków ogłosiłem nową Alfę Romeo GTV najlepszym coupé jakie można kupić. Był to najszybszy samochód w swojej klasie i choć wszystko jest kwestią gustu, nawiedzę wasz dom z butelką z odbitym denkiem jeśli się nie zgodzicie, że to mini-Ferrari wygląda jak supermodelka unosząca się nad morzem ścieków. Tak, wiedziałem, że ten wóz nie będzie niezawodny. Wiedziałem, że gdy po sześciu miesiącach nacisnę przełącznik do opuszczania szyby, otworzy się bagażnik, a gdy rozgniotę pedał gazu o podłogę, odleci pokrywa silnika. Wiedziałem o tym wszystkim. Nie miałem jednak dowodów. Nie mogłem więc o tym powiedzieć. Efekt jest taki, że jedną z Alf kupił Dr Lynch z Belfastu. A teraz napisał do mnie, że to najbardziej zawodny kawał ośle go gówna, jaki kiedykolwiek zdobił Zieloną Wyspę. W ciągu dziewięciu miesięcy samochód poruszał się po drogach łącznie przez osiem tygodni. I że to ja poleciłem mu ten zakup. Mój Boże. Poczucie winy. Angst. A to co znowu? Rankiem następnego dnia przyszedł do mnie list od Simona Saundersa który, zainspirowany moim testem, kupił Land Rovera Freelandera. Dostał egzemplarz z licznikiem wyskalowanym w kilometrach. Latem wypadł mu z drzwi głośnik, skrzynia biegów zaczęła grzechotać, silnik zaczął brać olej jak szkolny piecyk, a klimatyzacja uwierzyła, że jest prysznicem i zaczęła tryskać do kabiny wodą.

Niestety, z formalnego punktu widzenia samochód nie zepsuł się w ścisłym tego słowa znaczeniu, więc zgodnie z umową zawartą z dyrektorem naczelnym Rovera, dr. Hasselkusem, Simonowi nie wolno spalić żadnego domu. Ale tak czy owak, jest tym wszystkim znużony. Podobnie jak Andy Jones. Kupił Volvo T5R, które w programie z cyklu „mały chłopiec w sklepie z zabawkami" otrzymało rekomendację Clarksona. To prawda – pokochałem ten wóz. Zachwycałem się nim. No i kupił go Andy. Wysłał mi listę wszystkich usterek samochodu, na co zużył całą rolkę papieru w moim faksie. Podczas lektury tej litanii problemów włosy stawały mi dęba. O Boże, odtwarzacz

CD przestał działać! Ostrze odcina kartkę. O, nie, samochód się trzęsie! Gdzie ja schowałem etopirynę? A potem, następnego ranka, naprawdę sięgnąłem po nóż do krojenia mięsa. Instruktor jazdy napisał do mnie, że w ciągu ostatnich czterech lat w swoim Nissanie Micrze przejechał 210 000 km. Samochód w niewyobrażalny wręcz sposób torturowały kursantki i, pomijając przeglądy okresowe, wymieniono w nim tylko dwa klocki hamulcowe.

Ten cholerny Nissan Micra! Na miłość boską! Nie cierpię Nissana Micry! Naśmiewałem się z tego kawałka japońskiego złomu przez całe lata. Jest praktyczny jak sandał i elegancki jak spodnie Johnny'ego Rottena. Tak, działa, dzień po dniu, bez żadnych usterek. Widzę tylko jedno rozwiązanie. Podchodźcie do tego, co mówię o samochodach jak do rozrywki – ale pod żadnym warunkiem nie wybierajcie się do salonów, by kupić to, co mi się podoba.

Mówię serio. To poczucie winy mnie dobija. Co rano listonosz Pat doręcza mi kolejny opis dramatycznej historii jakiegoś nieszczęśnika, który marzył o prędkości maksymalnej 240 km/h. Na każdym rondzie chciał doświadczać przeciążenia 2 g. A teraz jego samochód stoi w warsztacie i tryska z nawiewów olejem. Proszę, nie piszcie już do mnie więcej. Proszę. Piszcie do Quentina. To wszystko przez niego!

■ Pani Clarkson ucieka z Niemcem

Droga, która przebiega nieopodal mojego domu, jest jak marzenie. Jakieś 15 km szerokich zakrętów, krótki, wijący się jak wąż odcinek, kilka wspaniałych pejzaży i dwie długie, naprawdę bardzo długie proste, które nurkują jak strzała w zielonym sercu Wielkiej Brytanii, zwanym Cotswolds.

Jest tylko jeden mały problem. Droga przechodzi przez moje podwórze. Nie przeszkadza mi ani trochę, gdy śmigasz jak nietoperz wypuszczony z piekieł mijając dom należący do kogoś innego, ale kiedy mijasz mój, chcę byś wyłączał silnik i przejeżdżał na luzie.

Dzwoniłem nawet w tej sprawie do władz samorządowych i odbyłem długą pogawędkę z ich wydziałem dróg i mostów, podczas której padały słowa: „przejeżdżać z łoskotem", „pas", „prędkość", „foto" i „radar", jak również: „jeśli czegoś z tym nie zrobicie, rozepnę w poprzek drogi strunę do krojenia sera".

Gdy odłożyłem słuchawkę, moja żona miała szeroko otwarte z niedowierzania usta.

– Ty cholerny hipokryto! – wrzasnęła. – Jesteś jak ci idioci, którzy kupują dom w pobliżu Heathrow, a potem przez całą resztę życia narzekają na hałas!

W przypływie złości chwyciła kluczyki do Porsche 911 i odjechała z rykiem silnika, rzucając na odchodnym, że jeśli zamierzam zapuścić sobie dziwną brodę i zostać obrońcą środowiska, powinno mi wystarczyć Mondeo. Czasem trudno jest wytrzymać z kobietą, która kiedyś stwierdziła, że nie usiądzie za kierownicą żadnego samochodu, który nie będzie miał co najmniej dwustu koni.

Według niej droga obok naszego domu to prywatny Nürburgring, a kiedy nocą wróciła ze swojego wyścigowego wypadu, stwierdziła, że 911 jest kapitalny. Może trochę trzęsie nim z przodu, ale tak czy owak to prawdziwe cacko.

To naprawdę najwyższa pochwała w ustach kogoś, kogo ojciec został odznaczony Krzyżem Wiktorii za strzelanie do Niemców.

Pomyślałem, że jutro to ja będę miał okazję przejechać się tym wundersamochodem, ale skąd. Gdy obudziłem się nazajutrz, 911 z moją żoną był już w połowie drogi na ślub w Hampshire. Jego napęd na cztery koła pewnie bardzo się jej przyda na tamtejszym błotnistym parkingu.

Kolejnego dnia tak dał mi się we znaki jakiś wirus, że bolały mnie nawet rzęsy. Nigdzie więc nie pojechałem, ale moja żona nie ustawała w dostarczaniu mi informacji o samochodzie. Z tyłu można zamontować fotelik dla dziecka. Silnik brzmi trochę za głucho. Tu masz Coldrex. Idę sobie pojeździć.

A ja zostałem w łóżku i czytałem o tej nowej, napędzanej na cztery koła Carrerze 4, która – według Porsche – była wyposażona w najbardziej zaawansowany system elektronicznej kontroli napędu jaki kiedykolwiek pojawił się w samochodzie. Nazywa się *Porsche Stability System* i działa tak, że porównuje dwie trajektorie: pożądaną i najbardziej prawdopodobną bieżącą.

A potem, wykorzystując układ ABS i układ zarządzania silnikiem, przeprowadza drobne korekty, żeby samochód nie stał się niestabilny.

Wszystko to jest co prawda tak niesamowite, że z wrażenia aż chce mi się spać; ale mimo wszystko jest bezcelowe. Oto dlaczego: gdy wcześniej w tym roku jeździłem Carrerą napędzaną na jedną oś, przekonałem się, że w ogóle nie wykazuje tendencji do nieprawidłowego zachowania. To jeden z najpewniej trzymających się drogi samochodów na świecie i po zakończeniu jazd próbnych stałem się jego fanem.

Napisałem wtedy, że udało się w nim połączyć mrożące krew w żyłach podniecenie znane z Ferrari ze sprężystością i apetytem do jazdy po autostradach Jaguara XKR. Zastanawiałem się więc, po co ktoś chciałby dopłacać 3000 funtów kupując ten sam samochód, tyle że z napędem na cztery koła.

Pięć dni później, zaledwie na parę godzin przed tym, jak facet z Porsche pojawił się, by zabrać Carrerę, dorwałem się do samochodu, by to sprawdzić. Pogoda nie mogła być lepsza. Padało, wiało, przelatywały chmary szarańczy, a na drodze woda stała w kałużach tak głębokich, że mogłyby z łatwością uzyskać certyfikat jezior przeznaczonych do sportów wodnych. Porsche 911 podchodził do tego wszystkiego ze stoickim spokojem, dzięki czemu mogłem skupić uwagę wyłącznie na jego głośnych wycieraczkach i kierownicy, która skrzypiała przy obracaniu. Och, wprost przepadam za wytykaniem usterek tego rodzaju w niemieckich samochodach.

Potem pojawił się przede mną 90-stopniowy zakręt w lewo – nadszedł więc czas, by przetestować system PSM. Najogólniej rzecz biorąc, zrobiłem to tak: wcale nie zaprzątałem sobie głowy tym, by zwolnić przed zakrętem. Po prostu skręciłem kierownicą i czekałem, co zrobi samochód.

Najpierw poczułem, że hamuje przednie koło po zewnętrznej, a potem, gdy przód niemal zetknął się z ziemią, samochód przekazał moc na tył, który przez chwilę zakołysał się na boki. I to wszystko. Więcej dramatycznych przeżyć można doznać czytając Chaucera.

Odpowiedzcie mi jednak na pytanie: jaki rozsądnie myślący człowiek nie zwolni przed 90-stopniowym zakrętem? Ta cała elektronika jest tu po to, by ustrzec nas przed konsekwencjami sytuacji, która w rzeczywistości nigdy się nie zdarzy.

Zwykły Porsche Carrera 2 tak dobrze trzyma się drogi, że wystarcza to z nawiązką, by skompensować talent i odwagę nawet najbardziej samobójczych kierowców. By sprawić, żeby Carrera 4 zaczęła zarabiać na życie, musielibyśmy jeździć jak skończeni wariaci.

O co więc w tym wszystkim chodzi? Przecież obydwa samochody mają taki sam sześciocylindrowy silnik o pojemności 3,4 litra, taką samą prędkość maksymalną 265 km/h, takie samo przyspieszenie – od zera do setki w 5,4 sekundy – i takie samo wnętrze. Z zewnątrz Carrera 2 i Carrera 4 też są identyczne.

Tyle że Porsche stwierdziło, że jak długo będzie istniało Ferrari, tak długo będą produkować 911 Turbo, tak więc pewnie wkrótce możemy spodziewać się doładowanej wersji Carrery 4.

A do panowania nad takim samochodem całkiem przydatny może okazać się właśnie napęd na cztery koła i system PSM. Tylko że gdy kupicie już sobie taki samochód i postanowicie przetestować go na drodze koło mojego domu, pamiętajcie: mam strzelbę.

A w zeszłym tygodniu wybrałem się na pocztę, gdzie wpłaciłem 4 funty na zakup licencji na zabijanie.

■ Nie-fajna Britannia

Myślę, że snowboard można trafnie określić mianem ucieleśnienia młodości. Snowboarding to świat, w którym wszelkie ryzyko rozprasza się w dymie palonej trawki. To świat żywych kolorów i zabawnych czapek. Świat, w którym z górki śmigasz setką, ale mając 21 lat w ogóle się tym nie przejmujesz.

Na przeciwnym krańcu spektrum znajdziemy Rovera. Wystarczy, że usłyszę to słowo, a od razu wypełnia mnie niekontrolowane pragnienie udania się do pubu, w którym dym pochodzi wyłącznie z kominka, a nie z papierosów klientów. To słowo sprawia, że mam ochotę napić się sherry i zaszyć w łóżku pod tweedową pościelą.

Rover jest jak stara sofa, jak leniący się na fotelu pies z zapaleniem dziąseł i czyrakami. Rover to kamizelka z kreciej skórki, którą nosi twój lekarz, jeśli mieszkasz w Arkengarthdale.

Łatwo więc zadać sobie pytanie, czy Rover zastanawiał się w ogóle, co robi, gdy zatwierdzał najnowszą reklamę telewizyjną. Co prawda jej podkład dźwiękowy to piosenka, która była numerem jeden na listach przebojów w 1964 roku, ale obraz jest aktualny nawet bardziej niż dzisiejsza data na twoim zegarku.

Ludzie z Rovera usiłują nam wcisnąć, że produkowane przez nich samochody w rzeczywistości kupują 20-letnie dziewczyny w koronkowych stringach i z kolczykami w pępku. Próbują z ciotki w olbrzymich reformach zrobić młodą seksbombę.

Po co? No cóż, Rover wypuszcza nowy model 75 i nie chce, by ludzie myśleli, że ta liczba oznacza minimalny wiek klientów, którzy będą chcieli go kupić. Rover dla swojego najmłodszego samochodu potrzebuje wizerunku kojarzącego się z młodością.

Jeździłem nim i muszę stwierdzić, że młody to on wcale nie jest. Siedemdziesiątka piątka jest ostentacyjnie i celowo staromodna. Jeśli nowego Forda Focusa przyrównalibyśmy do Canona Ixusa, 75 byłby wtedy radiolą z lat 1950. Reklamy głosiły, że powinniśmy się spodziewać myśliwca F-22, tymczasem firma dała nam radiotelegraf.

Oczywiście obwiniam za to Niemców. Wciąż im się wydaje, że w Wielkiej Brytanii mieszkają sami majorzy lotnictwa albo wiktoriańskie poetki. Że do pracy chodzimy z ciasno zrolowanymi parasolami i w melonikach na głowie. Że jemy wyłącznie węgiel drzewny i oglądamy jedynie filmy o wojnie.

Poproście Niemca, by wymienił coś brytyjskiego, a powie wam „Holandia" i „Miś Paddington" albo „Holandia" i „Royce". Niemcy lubią takie klimaty i to właśnie dlatego, po przejęciu Rovera, BMW chciało tchnąć staroświeckiego ducha w produkowane przez siebie samochody.

I tak Rover 75 zyskał chromowany pasek wzdłuż boku i chromowane klamki. Gdy otworzysz drzwi, w drewnianej desce rozdzielczej zobaczysz kremowe tarcze zegarów i nawet jeśli to wszystko nie ma zbyt wiele wspólnego z nowoczesnym asortymentem meblowym oferowanym przez sklepy Conrana, Jürgen poczuje się tak, jakby kupił kawałek miasta Chester. Albo kawałek Yorku. Dla niego ten samochód jest niczym zabytkowa uliczka na kółkach.

A ja powiem więcej: to burdel na kółkach. Zacznijmy od deski rozdzielczej, na której – jak już wspominałem – znajdują się kremowe tarcze zegarów wkomponowane w drewno. Tyle, że na tym tle dość osobliwie wyglądają wskaźniki LED i panel LCD z nawigacją satelitarną. Co za bałagan!

Poza tym tego wozu nie prowadzi się dobrze. Na wymagających drogach, ci z kierowców, którym nie są obce błyskawiczne reakcje deski snowboardowej, ocenią układ kierowniczy siedemdziesiątki piątki jako ociężały, a hamulce jako pozbawione precyzji. Stwierdzą też, że wycieraczki niepotrzebnie są aż tak głośne.

A potem będą usiłowali pokonać zakręt, gdzie odkryją receptę Rovera na nowoczesny samochód: „rock", czyli kołysz się, i – w szczególności – „roll", czyli przewróć się. System kontroli trakcji jest zbyt natarczywy. Nie ma gdzie oprzeć lewej nogi. A, i zanim zapomnę – pozycja za kierownicą jest cokolwiek dziwna. Klamki w drzwiach są tandetne. Samochodem bardzo ciężko jest się poruszać płynnie w ruchu o dużym natężeniu.

Przejdźmy teraz do 2-litrowego silnika V6. Jest pogrążony w otchłani. Szukać go, to tak, jak szukać sikającej Barbie swojej córki we wnętrznościach lotniskowca. Samochód sprawia wrażenie dużego i ciężkiego, tak jak bizon wyposażony w silnik, który powinien raczej napędzać mysz.

Z pewnością lepszy okaże się 2,5-litrowy silnik V5, będzie jednak droższy. A skoro mówimy już o cenach, to wydaje się, że najkorzystniejsza pod tym względem jest wersja z silnikiem 1,8. Podejrzewam jednak, że ta najlepiej sprawdzi się jako dekoracja w ogródku niż jako samochód. Po prostu nie ruszy z miejsca.

W tym miejscu chciałbym napisać o kilku zaletach samochodu. Jest wyjątkowo cichy i komfortowy na autostradzie, w środku jest dużo miejsca, a jeśli przekroczyłeś 55 lat, jego stylistyka powinna przypaść ci do gustu.

Przyznaję, podczas jazdy próbnej przejechałem zaledwie 110 km, a samochód był egzemplarzem przedprodukcyjnym. Muszę również dodać, że pogoda była tak beznadziejna jak korki, w których przyszło mi się poruszać i że bolał mnie brzuszek. Ale nawet jeśli uwzględnię to wszystko, to i tak muszę stwierdzić, że ogólnie rzecz biorąc Rover 75 nie jest tak dobry, jak powinien być.

Można w takim razie bez większych oporów powiedzieć, że Rover wszystko spaprał. Że zaszkodził sobie kampanią reklamową z hasłem „rozluźnij się, przecież to Rover" i że na długo przed premierą usiłował wytworzyć nowoczesny i młodzieżowy wizerunek czegoś, co jest bardziej „zabytkowe" niż „odlotowe".

Wszystko to prawda, ale w Niemczech, we Francji i we Włoszech ten wóz na pewno będzie sprzedawał się dobrze. To dzięki temu, że jego stylistyka przywołuje wyobrażenie o Wielkiej Brytanii znane z tablic ogłoszeń w biurach podróży. I dokładnie z tych samych powodów tu, na miejscu, kupią go ludzie, którzy nigdy nie słyszeli o czymś takim jak rukola. Kupią go członkowie lokalnych oddziałów Partii Konserwatywnej, którym spodoba się to, że Rover 75 wygląda jak mały Bentley.

Reszta z nas powinna kupić sobie albo BMW serii 3, albo, jeśli potrzebujemy trochę więcej miejsca, BMW 520iSE. Nieźle to sobie wymyślili, prawda? Tak czy inaczej wasz czek trafi do BMW!

■ Zjeżdżaj z drogi, Maureen

Zanim Quentin został pośrednikiem w handlu nieruchomościami i zaczął jeździć po kraju opowiadając ludziom o kominkach, swojego gawędziarskiego talentu użyczał programowi *Szkoła jazdy*. Pamiętacie?

Program prezentował ludzi, którzy uczyli się prowadzić, i zrobił prawdziwą gwiazdę z Maureen Rees, walijskiej sprzątaczki z wiecznie skwaszoną miną. Niestety, ta kobieta nigdy nie nauczyła się jeździć, ale nie miało to najmniejszego znaczenia – jakiś urzędnik państwowy odziany w beżowe spodnie wręczył jej w końcu prawo jazdy, stwierdzając tym samym, że Maureen ma pełne uprawnienia do prowadzenia Ferrari F40 po serpentynie Snake Pass w warunkach zimowych. Wspaniale. A takich jak Maureen jest więcej. W programie występowała również inna kobieta, która po pomyślnym zdaniu egzaminu na prawo jazdy, wzięła jeszcze jedną lekcję, bo nie czuła się „wystarczająco pewnie".

Nikt by się nie czuł pewnie, wożąc na fotelu pasażera psa wielkiego jak antylopa gnu.

Ha, ha, ale śmieszne... aż do momentu, gdy ktoś taki jak ta kobieta z psem wpadnie swoim samochodem na przedszkolny plac zabaw i zabije trzydzieścioro pięciolatków. Przykro mi to mówić, ale codziennie widzę, jak samochodami jeżdżą ludzie, którzy urodzili się po to, by jeździć autobusami. To przygarbione nad kurczowo trzymaną kierownicą kobiety z wypełnionymi do połowy termoforami, na które mówiły kiedyś „piersi". Trzymają je oddalone od poduszek powietrznych zaledwie o cal. Spoglądają w siną dal, nie patrząc w ogóle na boki. Nawet gdyby obok nich jechał Tom Cruise wymachując swoim interesem przez okno, nie odważyłyby się ukradkiem zerknąć na bok. Jadą wprost przed siebie, skamieniałe ze strachu i grozy. Tak, skamieniałe, i to dosłownie. Nie mogą popatrzyć we wsteczne lusterko, by sprawdzić, co się za nimi dzieje, nie mogą też rzucić okiem w lusterko boczne, by przekonać się, czy nic nie zagraża im z boku. Po prostu suną przed siebie w błogiej nieświadomości chaosu, jaki powodują. Natknąłem się wczoraj na jedną z nich – jechała z prędkością 45 km/h na pustej, szerokiej drodze ekspresowej. Była tak przygarbiona, że osłona przeciwsłoneczna znajdowała się za jej głową. Nie widziała oczywiście, że właśnie ją wyprzedzam i zaczęła skręcać w prawo, nie sygnalizując tego w żaden sposób.

No cóż, każdy z nas widział coś podobnego. Domagamy się, by w takich sytuacjach policjanci byli bardziej czujni i mniej pobłażliwi, bądźmy jednak realistami. Nawet gdy zatrzymają kogoś takiego, okaże się, że nie ma sposobu, by go ukarać. Za co? Za siedzenie zbyt blisko kierownicy? Za prowadzenie ze zbyt niską prędkością? Nie. Żeby rozprawić się z tym problemem, musimy sięgnąć do jego źródeł. Chodzi mi o egzaminatorów na prawo jazdy. Współczuję tym biedakom. Tylko pomyślcie. Jeśli prawie na śmierć przeraziła was osoba, która właśnie zdaje u was egzamin, przepuszczacie ją. W ten sposób macie tylko niewielką szansę na to, że spotkacie ją w nocy nadjeżdżającą z naprzeciwka. A jeśli ją oblejecie, z bardzo dużym prawdopodobieństwem wróci do was po sześciu miesiącach i znów wystraszy was prawie na śmierć.

Oto rozwiązanie: po pierwsze, każdy, kto trzykrotnie obleje egzamin, nie będzie go mógł zdawać po raz kolejny. Musi przyjąć do wiadomości, że nie może prowadzić, podobnie jak ja pogodziłem się już z tym, że nie mogę być astronautą ani lesbijką. Po drugie, nikt, kto nie zdał egzaminu na prawo jazdy przed ukończeniem 25 lat nie może już zostać do niego dopuszczony. Tu musimy zmierzyć się z przykrym faktem: jeśli nie wykazujesz zainteresowania jazdą samochodem aż do tego stopnia, że w ciągu ośmiu lat nie podejmujesz próby uzyskania prawa jazdy, nigdy nie staniesz się dobrym kierowcą. Twierdzenie: jeśli nie jesteś czymś zainteresowany, nigdy nie będziesz w tym dobry. Dowód: nie jestem dobry w krykieta. Po tych zmianach prawo jazdy stanie się przywilejem, a nie prawem, ale obawiam się, że aby je otrzymać, kandydat musiałby zdać zmodyfikowany nieco egzamin. Wciąż wymagano by od was ostrego hamowania i cofania po łuku. Pozostała by też jazda po mieście – w końcu trzeba mieć dobrą orientację przestrzenną. Zmianom oparłby się również test pisemny, a jeśli mieszkacie w Norfolk bądź w Kornwalii – nie martwcie się. Wśród moich propozycji nie ma jazdy po autostradzie, nie będziecie więc musieli przyjeżdżać do Anglii.

Zabierzemy was jednak na tor wyścigowy, który będziecie musieli przejechać w czasie poniżej ustalonej granicy, ale bez jakiegoś wariactwa – po prostu wystarczająco szybko, by na zakrętach popiskiwały opony. Musimy sprawdzić, czy nie boicie się samochodu i czy od czasu do czasu będziecie go w stanie ostro przycisnąć. Nie chcemy, byście przekraczali ograniczenia prędkości – istnieją przecież nie bez powodu. Chcemy jednak upewnić się, że na drodze A44 będziecie jechali szybciej niż 45 km/h.

A jeśli nie, ty ślepa, durna, stara babo, pojawimy się pewnej nocy pod twoim domem i zainstalujemy w twoim wozie turbosprężarkę. Turbosprężarkę z zaspawanymi na stałe zaworami.

■ Toyota ma to, co jej się słusznie należy

Jasne, zawsze dostaję całe mnóstwo listów od rozzłoszczonych ludzi, ale dzisiejszego ranka zostałem wręcz oskarżony, oczywiście w przenośni, o zrzucenie napalmu na środkową Anglię.

Osoba, która pragnie pozostać anonimowa, ale podaje swój adres – Angmering w hrabstwie West Sussex, twierdzi, że moje uwagi w recenzji Rovera 75, którą napisałem kilka tygodni temu, są chamskie, tanie i bezpodstawne, i że wyrządziłem nimi ogromne szkody zarówno samemu Roverowi, jak i jego pracownikom.

Żeby upewnić się, że wezmę sobie jego zarzuty do serca, pisze, że „nie ma żadnych powiązań z Roverami [sic!] ani z żadnym z ich [sic!] kooperantów". A to oczywiście oznacza, że nie prowadził jeszcze siedemdziesiątki piątki.

No cóż, kimkolwiek pan jest, szczerze pana przepraszam. Nowy Rover to wspaniały samochód, stylistycznie nowatorski, niesamowicie elegancki i zdumiewająco przyjemny w prowadzeniu.

Jego układ kierowniczy to poezja, a jeśli chodzi o osiągi, to należy w tym miejscu oddać cześć dzielnym inżynierom Rovera, którzy stoczyli walkę z wieloma przeciwnościami losu i stworzyli coś naprawdę cudownego.

Proszę bardzo. Oczywiście, że to nieprawda, ale tkwiąc w tym interesie, bardzo szybko się uczysz, że w trosce o szczęście ludzi mieszkających w hrabstwie West Sussex należy pamiętać, że wszystkie Rovery są wspaniałe, a wszystkie Toyoty produkowane są dla ludzi noszących wyrazistą biżuterię i dla mieszkańców Afryki.

Wiem coś o tym, bo lwią część zeszłego tygodnia spędziłem jeżdżąc w Namibii Toyotą Camry przeznaczoną na rynek afrykański: napęd na cztery koła, olbrzymi zestaw audio i alarm antywłamaniowy.

Była to naprawdę okropna podróż, z miasta Swakopmund na Wybrzeżu Szkieletów 650 kilometrów w głąb dzikiego lądu po drogach, które były albo wysypane żwirem, albo biegły wyschniętymi korytami rzek.

Pojawiały się na nich poprzeczne rowy – od wjechania w coś takiego przy prędkości 145 km/h jak nic wyleciałyby mi z głowy wszystkie włosy.

W szybę uderzały pryskające spod kół kamienie, które pozostawiły tyle śladów, że trudno było przez nie dostrzec kolejną pułapkę na słonie.

No i te zakręty. Ciągła jazda na wprost przez 80 km usypia twoją czujność, tak więc gdy wyjeżdżasz pod wzniesienie, za którym nic nie widać, a potem droga gwałtownie odbija w lewo, nie zdążysz nic zrobić – nie jesteś na to przygotowany.

Taki skręt trudno byłoby wykonać nawet na asfalcie. Na żwirze trzeba użyć dodatkowo hamulca ręcznego i hamować lewą stopą. Dobrze jest też wymachiwać rękami wyciągniętymi przez okno, a tak naprawdę – czymkolwiek, co mogłoby sprawić, że ten cholerny wóz skręci.

Poinformowano mnie, że 10 procent samochodów z wypożyczalni nigdy nie jest już odsprzedawanych. Są złomowane po dachowaniu.

Moja Camry miała przebieg ponad 30 000 km i od początku służyła w wypożyczalni, jeżdżąc po rozpalonych słońcem i usianych kamieniami drogach Namibii. I wiecie co? Nic w niej nie skrzypiało ani nie trzeszczało. Może i miała najnudniejszą sylwetkę, jaka kiedykolwiek wyszła spod ołówka projektanta, ale – Boże Ty mój! – Jasiu Japoniec dobrze wie, jak powinno się spawać metal!

Jasiu wie też, co komu potrzeba. Mizerny, dwulitrowy silniczek i chyba najgorszy automat, jaki kiedykolwiek spotkałem, nie czynią z Camry jakiegoś porażająco szybkiego wozu. Jednak w rzeczywistości każdy samochód z osiągami z krwi i kości na tych żwirowych drogach prędzej czy później wydobędzie krew i kości z jadących nim osób. Tu, wierzcie mi, prędkość maksymalna 145 km/h jest w sam raz.

Wszystko, czego w tych warunkach wymagasz od swojego wozu, to wytrzymałość Łunochodu i niezawodność satelity wojskowego. Nie może nawalić ci na drodze, przy której jedynymi kafejkami są te obsługiwane przez lwy, a ty jesteś jedną z pozycji w menu.

No i ten wszechobecny kurz, który jest tak namolny, że dostałby się nawet do majtek zakonnicy. Tymczasem udało mu się przeniknąć przez zamkniętą tylną klapę do wnętrza bagażnika, a stamtąd do mojej walizki. Gdybyś 650 kilometrów jechał w chmurze kurzu zwykłym samochodem, Król Lew dostałby cię na drugie śniadanie. Toyota co prawda wpuszcza kurz do środka, ale wygląda na to, że nie zakłóca on pracy żadnych istotnych elementów.

Oprócz fryzury. Po pierwszych 100 kilometrach miałem wrażenie, że na głowie wyrosło mi kowadło.

Tyle że w Wielkiej Brytanii nie mamy dróg wysypanych żwirem, a dzięki deszczowi kurz zmienia się w błoto zanim zdąży zaatakować wasze tapirowane włosy. I nawet jeśli na naszych drogach też stoją koryta, to nazywają się one progami zwalniającymi i na ogół przejeżdżamy przez nie z prędkością 8, a nie 108 km/h.

Można więc argumentować, że zważywszy na nasz umiarkowany klimat i utemperowane środowisko, inżynierowie Toyoty trochę przedobrzyli Camry. My chcemy czegoś więcej niż granitowych zawiasów i przedniego zderzaka z kevlaru.

Chcemy przyjemnych dla oka, podświetlanych na pomarańczowo tarcz zegarów i marszczonej skórzanej tapicerki. Chcemy chromowanych ozdób karoserii i całej fury technologicznej magii wpakowanej w deskę rozdzielczą. Chcemy – a raczej żądamy – układów kontroli trakcji i przyspieszania od zera do setki w kompletnej ciszy.

Rover na pewno bardzo dobrze spełnił wszystkie powyższe kryteria w swojej siedemdziesiątce piątce, w wyniku czego na pewno sprzeda sporo samochodów w hrabstwie West Sussex. Tylko że Toyota też sprzedaje swoje samochody w hrabstwie West Sussex. Oraz w Afryce Zachodniej. I w Zachodnim Samoa.

Przyczyna jest prosta: Rover projektując samochód myśli tylko o Europie. Toyota projektując samochód myśli o korkach w Tokio, o krętej drodze Passo Stelvio we Włoszech i o bezkresie namibijskiej pustyni.

I to dlatego Toyota jest trzecim co do wielkości producentem samochodów na świecie, a Rover jest małym i upierdliwym oddziałem BMW, które samo wkrótce stanie się małym i upierdliwym oddziałem General Motors.

Rover i inni europejscy producenci samochodów powinni przestać myśleć wyłącznie o Unii Europejskiej, a nawet o tak zwanej globalnej wiosce. Telefony satelitarne i silniki odrzutowe RB211 sprawiają, że postrzegamy świat jako coraz mniejszy. Tylko że wcale tak nie jest.

■ Kristin Scott Thomas w łóżku z kodeksem drogowym

Teraz, gdy przerobiliśmy już pociski samonaprowadzające i problemy ze środowiskiem, możemy się zamartwiać czymś nowym. Wygląda na to, że policja stała się rasistowska i że każdej nocy w radiowozach giną setki czarnoskórych.

Raport w zeszłotygodniowym numerze „Sunday Timesa" stwierdza, że 16 procent nowych prawników i 23 procent studentów na wydziałach medycznych to czarnoskórzy. Ale nawet i tu, w obszarach społecznej stratosfery, nie mogą uniknąć nękania przez policję. Najwidoczniej policjant Plod nieustannie wparowuje do gabinetów lekarskich, gdzie przetrzepuje tyłek doktora Ngomo.

Dlaczego do tego doszło? Dlaczego bohaterowie wykreowanego przez Enid Blyton świata rumianych policzków i złodziejaszków jabłek stali się bandą śliniących się nazistów, którym udowodniono zinstytucjonalizowany rasizm?

Podejrzewam, że przez nudę. Przez 30 lat działaniu policji przyświecał cel, który nadawał sens jej istnieniu. Policjanci zajmowali się wyłącznie ściganiem prowadzących pod wpływem alkoholu kierowców.

Nie przeprowadzono porządnego śledztwa w sprawie zamordowanego na tle rasowym Stephena Lawrence'a, bo wszyscy panowie w radiowozach błąkali się po ulicach miasta w poszukiwaniu kierowców, którzy przed chwilą wychylili kieliszek sherry.

Państwo wygrało już wojnę o trzeźwość za kierownicą. Wielka Brytania jest najbezpieczniejszym krajem Unii Europejskiej – zaledwie 14 procent wypadków z ofiarami śmiertelnymi jest związanych z problemem alkoholu. A i tak większość z nich stanowią przypadki, kiedy pijany pieszy wtargnął pod koła samochodu stuprocentowo trzeźwego kierowcy.

Nie potrzebujesz chyba konsultacji z psychiatrą by zrozumieć, co dzieje się z człowiekiem, gdy jego rola w społeczeństwie nagle się kończy. O tym problemie opowiadał film *Goło i wesoło*. Odchodzi się wtedy od zmysłów. Niektórzy zaczynają się rozbierać. Inni wychodzą w nocy na ulice i biją czarnych, ale nie tylko.

Zasmuciłem się na wieść, że w zeszłym tygodniu policyjny radiowóz potrącił prezenterkę wiadomości stacji Channel Four, Sheenę McDonald. Nie byłem tym jednak zaskoczony – wydaje mi się, że kierowca pomylił Scheenę z czarnoskórym Trevorem McDonaldem.

Policja musi zatem obrać sobie jakiś nowy cel. I nawet już go ma – są nim komórki. W zeszłym roku rząd zlecił badania, z których wynikało, że używanie telefonu podczas jazdy jest pod względem bezpieczeństwa tak samo ryzykowane jak prowadzenie pod wpływem alkoholu. I teraz najnowsze wydanie kodeksu drogowego informuje kierowców, że jazda samochodem i jednoczesne prowadzenie rozmowy przez komórkę jest be.

Przeprowadzone w Kanadzie badania wykazały, że kierowcy, którzy podczas jazdy korzystają z komórek są czterokrotnie bardziej niż inni narażeni na wypadek, i że zestawy głośnomówiące są równie niebezpieczne. Podobno gdy rozmawiasz przez telefon, nie koncentrujesz się na prowadzeniu.

A co z rozmową z pasażerami? No cóż, zgodnie z naszym kodeksem drogowym, zwykła rozmowa jest dozwolona, ale nie wolno się z nimi kłócić. Nawet jeśli stwierdzą, że wiek inicjacji seksualnej i prawa do zawarcia związku małżeńskiego powinien zostać obniżony do czterech lat, musicie zagryźć usta, chyba że chcecie stanąć przed sądem za jazdę bez zachowania należytej ostrożności i uwagi.

Kodeks stwierdza również, że podczas jazdy nie wolno jeść ani pić. I ostrzega, że systemy nawigacji satelitarnej, komputery pokładowe i zestawy audio mogą stanowić czynnik rozpraszający. Któżby dał wiarę! Słuchanie Terry'ego Wogana jest więc teraz nielegalne.

Dla mieszkających w naszym kraju czarnoskórych to fantastyczne wieści. Oznacza to bowiem, że policja może znowu wsiąść do swoich potężnych wozów patrolowych i oddać się temu, co potrafi najlepiej – dręczeniu kierowców.

Policjanci będą musieli zostać wyposażeni w drogie mikrofony kierunkowe, a jeśli chodzi o recydywistów, to rozumiem, że będą mieli założony w samochodzie podsłuch. Ukryte kamery będą używane przeciwko tym, którzy korzystają podczas jazdy z systemów nawigacji satelitarnej albo jedzą Twixa.

To tylko początek. Kodeks drogowy stwierdza również, że jeśli odczuwasz jakiekolwiek zmęczenie, nie powinieneś prowadzić dłużej niż godzinę i że co dwie godziny jazdy zalecane są 15-minutowe przerwy.

Jak zatem zamierzają to wszystko egzekwować?

– Panie kierowco, kłania się sierżant Chwiej. Śledziliśmy pana przez cały dzień. O ósmej rano jadł pan śniadanie, a następnie, o dziesiątej, uczestniczył pan w spotkaniu z najgroźniejszymi terrorystami na świecie. W porze obiadu uprawiał pan szalony seks ze swoją sekretarka i kozą, a po południu napadł pan na bank i dwa urzędy pocztowe. A teraz prowadzi pan przez 121 minut i ani razu nie zrobił pan przerwy. Jest pan zatrzymany.

To czysty absurd. Gdy ja zdawałem na prawo jazdy, kodeks drogowy zawierał wiele cennych i rozsądnych uwag. Pouczał, że należy sygnalizować zamiar skrętu i nie przejeżdżać przez tory, gdy widać nadjeżdżający pociąg. Był osadzony w realiach tego świata, podczas gdy obecny nie podaje nawet prawidłowo odległości przebywanych podczas hamowania.

Kolejną rzeczą, jaką chyba do niego wprowadzą, będzie zakaz jazdy samochodem, gdy chce się siusiu i to, by nam nawet przez myśl nie przeszło żeby wsiąść do samochodu, jeśli chwilę przedtem nie uprawialiśmy seksu. Nie żartuję.

Najświeższe badania z Australii dowodzą, że 42 procent tamtejszych kierowców ma za kierownicą „niebezpieczne erotyczne fantazje".

I dalej: „Musimy zerwać z powszechnym wśród kierowców przekonaniem, że mogą bezpiecznie prowadzić samochód niezależnie od tego, o czym w danej chwili myślą".

Rozumiem. W takim razie muszę teraz stawić się w sądzie i odpowiedzieć za prowadzenie pojazdu mechanicznego pod wpływem Kristin Scott Thomas.

– Wysoki Sądzie, nie mogłem sobie z tym poradzić. Myślałem właśnie o *Angielskim pacjencie* i nagle zacząłem myśleć o niej. Obiecuję, że następnym razem zanim wsiądę za kierownicę, zażyję bromek potasu. Tylko nie za dużo, na wypadek gdyby miało mi się zachcieć siusiu.

Ponieważ urodziłem się jako biały, nie mam pojęcia, jak to jest być prześladowanym bez prawdziwego powodu. Podejrzewam jednak, że jako kierowca mieszkający w Wielkiej Brytanii, już wkrótce się dowiem.

■ Czas zmienić bieg – kończę z *Top Gear*

Wielu ludziom wydaje się, że prezenterzy programu *Top Gear* wykonują najprawdopodobniej najlepszy zawód na świecie. Mają darmowe samochody, latają w klasie biznes, nie spotykają ich nieprzyjemności, gdy rozbiją jakiś wóz, a poza tym cieszą się wielką sławą, pieniędzmi i specjałami francuskiej kuchni.

Jestem więc pewien, że kilku czytelników może być nieco skonsternowanych moją decyzją o odejściu z *Top Gear*. Oto dlaczego to zrobiłem.

Teraz, gdy już mnie tam nie ma, nie muszę każdego ranka jeździć ostrzem brzytwy po twarzy. Nie muszę kupować nowej pary butów za każdym razem, gdy stare zaczynają wyglądać na zużyte. Ale najlepsze z tego wszystkiego jest to, że moja stopa nie musi już stawać w tym wgłębieniu pod pachą, które śmie się podawać za drugie miasto w Wielkiej Brytanii. Tak jak polubiłem studio Pebble Mill, tak zacząłem nienawidzić, i to z niepohamowaną pasją, miasta, które je otacza. Dopóki nie przejedziesz przez Kings Heath w jakąś deszczową środę w lutym, nie masz pojęcia, co oznacza słowo horror.

Może widzieliście materiały filmowe o kolumbijskich miasteczkach zniszczonych przez niedawne trzęsienie ziemi.

King's Heath prezentuje się podobnie, tyle że nieco gorzej. Bóg w siedem dni stworzył niebo i ziemię, a żeby nie było smutno jego oponentowi, pozwolił Belzebubowi zrobić Birmingham. Naprawdę współczuję Jamesowi Mayowi, człowiekowi, który został okrzyknięty moim następcą. Skuszono go obietnicami niewysłowionych bogactw, służalczością przemysłu motoryzacyjnego na biblijną wręcz skalę i odurzającą mieszanką przychylności opinii publicznej i kolacji przy szampanie. May nie wziął jednak pod uwagę faktu, że jadąc do Pebble Mill będzie musiał przejechać przez King's Heath.

Są oczywiście i inne powody, dla których musiałem odejść. Zbulwersowałem wszystkich określając Toyotę Corollę jako nudną, a nawet wywołałem u niektórych szok zasypiając za jej kierownicą. Podobnie było z Vectrą, na której nie zostawiłem suchej nitki, przez siedem minut czasu antenowego odmawiając wypowiedzenia jakiejkolwiek pozytywnej uwagi pod jej adresem. Gdy doszedłem do Cadillaca Seville STS, ostra krytyka Clarksona stała się, mówiąc oględnie, umiarkowanie interesująca. Przywykliście do niej i nauczyliście się jej spodziewać. Taktyka oparta na szokowaniu stała się przewidywalna, a przez to nikogo już nie szokowała.

To samo dotyczy metafor. Gdy po raz pierwszy usłyszeliście, że przyrównuję jakiś samochód do tego, co najlepsze w Cameron Diaz, chichotaliście pewnie w szkole przez cały następny dzień. Teraz stało się to nużące.

Nigdy nie trudziłem się specjalnie wymyślając nowe sposoby mówienia o samochodach, za to dość często można mnie było przyłapać, jak o czwartej nad ranem, pochylony nad krawędzią łóżka, notuję na kartce moje złote myśli. Wczoraj na przykład wpadłem na coś takiego: „Czujesz się jak mały chłopiec, którego zostawiono przed pubem z mocnym drinkiem i torebką kokainy w dłoni". Świetne, tylko że teraz nie mam gdzie tego wykorzystać.

Będę oczywiście nadal pisał do niniejszego magazynu, a pan Murdoch nie pozwoli, by pożarły mnie wilki, ale już powoli zaczynam tęsknić za telewizyjnym *Top Gear*. Tęsknię za przekomarzaniem się z Quentinem i Tiffem, gdy podśmiewamy się ze Steve'a Berry'ego i z tego, jaki samochód rozbił w zeszłym tygodniu. Tęsknię za oczami Vicki i za jej talentem, który sprawiał, że wszystko, o czym mówiła, stawało się seksowne. Tęsknię za wślizgiwaniem się za kierownicę kolejnego nowego samochodu i zastanawianiem się: „No dobrze. Co my tu mamy nowego?". A może właśnie myślicie, że najlepszy z tego wszystkiego był niekończący się korowód nowych samochodów? To nie tak. Najlepsze było siedzenie przed monitorem komputera, na którym wyczekująco migał kursor, a potem, cztery dni później, wręczanie producentowi taśmy z siedmiominutowym nagraniem wideo.

Sama jazda zawsze była mordęgą. Siedziałem przyczajony w żywopłocie na jakimś zapomnianym przez Boga i ludzi zakręcie, skąd nic nie było widać, i czekałem na sygnał w krótkofalówce, że droga jest wolna. Ruszałem więc z miejsca, by przekonać się, że wcale nie jest wolna, albo że kamerzysta nie złapał ostrości, i wszystko trzeba było powtarzać jeszcze raz, a potem jeszcze raz, i jeszcze raz. Mówię wam. Naprawdę nie sprawia przyjemności prowadzenie Ferrari w towarzystwie kamerzysty, sprzętu ważącego tonę i tego cholernego oślepiającego reflektora zamontowanego na masce. Często pytacie mnie, jakimi kwalifikacjami trzeba dysponować, by pracować w *Top Gear*, a ja odpowiadam wam zawsze tak samo: przepadajcie za samochodami, ale przede wszystkim kochajcie pisać. Kochajcie pisanie do tego stopnia, by było dla was relaksem. Postrzegajcie nową Alfę czy inny wóz wyłącznie jako narzędzie, dzięki któremu może powstać wasz kawałek prozy. Nie zaprzątajcie sobie głowy tym, jak szybko jakiś samochód przyspiesza od zera do setki. Myślcie tylko o tym, jak przekazać tę nic nie znaczącą liczbę waszym czytelnikom.

Cóż więc zamierzam zrobić, by wypełnić pustkę, jaka została mi po *Top Gear*? To proste. Zamierzam pisać i pisać, i pisać, aż do chwili, gdy na mojej twarzy znowu zagości uśmiech.

■ Nawet implanty z soi nie popsują tego świetnego wozu

Co za tydzień. Gordon Brown postanowił stać się hojny i zwiększył podatek tylko tym właścicielom domów, którzy posiadają samochód. Czyli wam, mnie i wszystkim innym, których kiedykolwiek spotkaliśmy. Nadwyżka we wpływach z podatków zostanie w całości wykorzystana przez lokalne samorządy na ścieżki i bramki wejściowe do waszych ogrodów. Spacerowicze będą zatem mogli przechadzać się po waszych trawnikach i deptać wasze pelargonie.

Potem dotarły do nas wieści, że implanty piersi wypełnione olejem z ziaren soi mogą przeciekać i nie wiadomo, jaki może to mieć wpływ na zdrowie. Czyżby? Ja wiem, i to od lat.

Przyswojenie przez organizm ziaren soi sprawia, że wyrasta ci broda, na stopach pojawiają się czerwone skarpetki i zaczynasz chodzić po ogrodach innych ludzi we fluoroscencyjnym, nieprzemakalnym skafandrze z kapturem.

Pojawiły się też inne szokujące wiadomości. Kierowca wyścigowy Eddie Irvine pojawił się w Australii w bolidzie, który na pojedynczym okrążeniu był o 1,5 sekundy wolniejszy od McLarena, i z klauzulą w kontrakcie, która zabraniała mu wygrać. A mimo to wjechał pierwszy na metę.

O, tu mamy coś dobrego: dowiedziałem się, że Alfa Romeo ma zamiar wypuścić niedługo – teraz lepiej usiądźcie – samochód z silnikiem Diesla. Dziewczyna, z którą rozmawiałem w dziale importu Alfy stwierdziła, że ten wóz na pewno przypadnie mi do gustu. Nie chciałem przy niej zabrzmieć protekcjonalnie, ale teraz mogę ci obiecać, moja droga, że wcale tak nie będzie. Znienawidzę go. Wkładanie diesla do Alfy Romeo, to tak jak wszczepianie do piersi implantów z herbatników w polewie czekoladowej. To sos miętowy podany z mięsem wołowym, to chrzan z wieprzowiną. Jedno z drugim kompletnie nie współgra.

Ludzie, którzy kupują Alfę Romeo to entuzjaści. Przyjrzeli się przypominającym siebie nawzajem alternatywom i zdecydowali, że zależy im przede wszystkim na stylu z klasą i inżynierskim rozmachu. Pragną tętniącego życiem układu kierowniczego i soczystego pomruku wydobywającego się z wydechu. Są ponadto przygotowani na konieczność odstawiania samochodu do warsztatu każdego popołudnia na mechaniczną sjestę. Bardzo przepraszam, ale każdy, kto z entuzjazmem podchodzi do prowadzenia samochodu na pewno nie zechce, by po drodze ciągnął go jakiś diesel. Olej napędowy to samochodowy odpowiednik soi, a Alfy Romeo stworzone są do tego, by karmić je wołowiną pochodzącą ze szkockiej rasy aberdeen angus. Alfy Romeo nie chcą przechadzać się po wiejskich drogach pokazując sobie rzadkie ptaki. Chcą się na nie rzucać i je rozrywać.

Mogę zrozumieć fakt, że Alfa chce sprzedawać swojego diesla na kontynencie, gdzie paliwo do niego jest o wiele tańsze od benzyny, ale tu, w Wielkiej Brytanii, kupowanie tej wersji silnikowej mija się z celem. No, chyba że chcesz sprawić dzieciom pod choinkę wspaniały prezent – raka.

No a co, jeśli chodzi o Alfę Romeo z automatyczną skrzynią biegów? To oczywiście oksymoron. Słyszeliście kiedyś o modelce z podwójnym podbródkiem? Albo o aktorze, który się jąka? Taka Alfa na pewno nie istnieje! A jednak… Nawet stoi na moim podjeździe.

Biorąc pod uwagę, że mamy do czynienia z Włochami, nie należy się dziwić, że do wyboru są dwie wersje tego samochodu, z których żadna nie jest konwencjonalna. Jeśli kupisz 156 z silnikiem 2.0 otrzymasz coś, co zwie się *selespeed* – pięciobiegową skrzynię manualną z biegami przełączanymi przyciskami i możliwością włączenia trybu automatycznego.

Jeśli jednak zdecydujecie się – tak jak ja – na 2,5-litrowy silnik V6, dostaniecie Q-system, czyli czterobiegowy automat ze standardową dźwignią zmiany biegów, która przydaje się wtedy, gdy chcemy przejąć nad samochodem pełną kontrolę. Nie cierpię diesli niezależnie od okoliczności, ale jeśli chodzi o automatyczne skrzynie biegów, nie jestem aż takim fanatykiem. W mieście są wprost niezbędne, a na autostradzie to wszystko jedno.

W takim razie zostaje nam 67 kilometrów przejeżdżanych co roku po górskich drogach, gdzie faktycznie przydaje się manualna zmiana biegów. Nie mam więc większych dylematów jeśli chodzi o Alfę z automatem... przynajmniej teoretycznie. A jednak w praktyce Q-system wydaje mi się trochę dyskusyjny.

Po pierwsze, nie można powiedzieć, że zastosowanie tej skrzyni biegów wpłynęło na osiągi. Nie, ono je zdziesiątkowało. Wersja z manualną skrzynią biegów od zera do setki przyspiesza w 7,5 sekundy, a ustawiona w automatyczny tryb pracy skrzynia Q potrzebuje do tego samego o sekundę więcej. A to cały rok świetlny.

Nawet jeśli wciśniemy przycisk „sport", samochód wciąż jest za mało zrywny, przez co wyprzedzanie staje się długie i niebezpieczne. W końcu się poddałem i przełączyłem zmianę biegów w tryb manualny, mając nadzieję, że tym sposobem zyskam trochę wigoru. Niestety. Mamy do dyspozycji tylko cztery biegi, a to za mało. Każda zmiana biegu na wyższy rozbija wezbraną uprzednio falę momentu obrotowego i mocy, po czym w spowolnionym tempie trafiasz na sam środek spokojnego morza ziaren soi. Siedzisz za kierownicą i krzyczysz „No, dawaj! Dawaj!", widząc jak sunący przez tobą van Nissan Serena znika ci sprzed oczu.

Podsumowując, Alfa próbowała połączyć wygodę używania automatu z przyjemnością ręcznej zmiany biegów i tak jak każdy na tym polu – poległa. Nie martwcie się jednak. Potrzeba o wiele więcej niż jakiejś tam dźwigni, by popsuć wizerunek samochodu, w którym się ona znajduje. Zachwycałem się już Alfą Romeo 156, ale nie zaszkodzi przecież, gdy zrobię to jeszcze raz. Nie ma drugiego samochodu, który kosztowałby tak niewiele, prezentował się tak dobrze, tak wspaniale trzymał się drogi na zakrętach, a mimo to oferował na tylnym siedzeniu wystarczająco dużo miejsca, by zmieścić tam aż trzy foteliki dla dzieci. Alfa 156 sprawiła, że ten tydzień minął mi dość znośnie, a teraz muszę poświęcić trochę czasu na wymyślenie powodu, dzięki któremu mógłbym ją wypożyczyć na kolejne siedem dni.

Nawet mimo tego niedomagania z automatem, Alfa 156 musi być ostatecznym wyborem prawdziwego entuzjasty motoryzacji. Uwielbiam ją.

■ Pozamykajcie swoje Jaguary, nadciągają Niemcy!

Nie chciałbym zabrzmieć tutaj jak komentator wydarzeń politycznych, ale pragnę cofnąć się z wami do dnia 5 lutego 1999 roku. Znajdujemy się w Monachium na zebraniu rady nadzorczej koncernu BMW. Trwa właśnie mała kłótnia. Prezes koncernu, Pręt Pisak-Rydel, jest oddany sprawie Rovera i chce, by fabryka w Longbridge pozostała otwarta. Ale jego numer 2, dyrektor działu inżynieryjnego, dr Wolfgang Reitzle, chce wyciągnąć wtyczkę z gniazdka i ją zamknąć. Przez swoją postawę, Reitzle nie zyskuje sympatii brytyjskich związków zawodowych, choć z drugiej strony i tak nikt go nie lubi. Jeden z moich rozmówców, dobrze poinformowany pracownik BMW, określił go mianem „skończonego sukinsyna". Brytyjczycy po raz pierwszy zobaczyli Reitzlego w programie *Kiedy Rover poznał BMW*, gdy przechadzał się marszowym krokiem po fabryce Rovera, ignorując kanapki, które tak pieczołowicie przygotowały dla niego pracownice stołówki. Te kobiety postarały się nawet o korniszony, bo chciały, by Reitzle poczuł się jak u siebie w domu, ale on zamiast tego „poczucia" wolał faktycznie się tam znaleźć, więc wyszedł. Klika miesięcy temu spotkałem go w Hiszpanii przy okazji premiery nowej serii 3 i szczerze mówiąc nie odnosiliśmy się do siebie z sympatią. Wydaje mi się, że Reitzle nie wybaczył mi jeszcze, że w którymś z felietonów napisałem, iż „wygląda jak Hitler", i rozzłościł się, gdy przy kolacji usiadłem koło niego na miejscu zarezerwowanym dla jego dziewczyny. Mimo to doszło do bardzo obfitej i szczerej wymiany poglądów, która zakończyła się tym, że Reitzle zaczął walić pięścią w stół i wykrzykiwać coś o tym, że chyba przez 100 lat będziemy prześladować Niemców za to, co zrobili podczas wojny.

Przepraszam, pozwoliłem sobie na dygresję. Wróćmy zatem do zebrania w Monachium. Ponieważ Pisak-Rydel ustępuje, zgromadzeni proszą Reitzlego, by to on przejął pałeczkę. Gdy jednak nie otrzymuje poparcia rady pracowniczej, również i on opuszcza zebranie. Związki zawodowe z Longbrigde nie posiadają się z radości. Zresztą nie tylko one. Sam rozbiłem skrzynkę Château Margaux i zaprosiłem kilku kumpli, by to uczcić.

Tylko że teraz, po sześciu tygodniach, Reitzle powrócił. I nie mogło stać się gorzej, bo został mianowany przez Forda na prezesa Lincolna, Volvo, i – co najważniejsze – Jaguara i Astona Martina. To firmy, które Ford określa mianem *Premier Automotive Group*. To naprawdę duże zmartwienie. Jeździłem w tym tygodniu Jaguarem S-Type i jeśli mam być stuprocentowo szczery, wcale nie przypomina Jaguara. Nie można przecież zrobić musu czekoladowego, gdy dysponuje się tylko dwiema sardynkami i brązowym sosem.

Wyświetlacze radia i klimatyzacji we wnętrzu wozu to jasnozielone LED-y, jakie można znaleźć w amerykańskich samochodach, a pomijając wykończenie drewnem i skórą, przełączniki wyglądają tak, jakby pochodziły z Fiesty. I nic dziwnego. Pochodzą z Fiesty.

Jaguar staje na głowie chcąc nas przekonać, że ten samochód to jego własny produkt, ale przykro mi: nawet silnik V6 został zapożyczony z Forda Mondeo. A teraz, ponieważ Jaguar został włączony do *Premier Automotive Group*, będzie z dnia na dzień zatracał swoją indywidualność.

Muszę jednak stwierdzić, że jak na zwykły samochód, S-Type nie jest wcale taki zły. Moja wersja wyposażona była w pochodzący z Walii czterolitrowy silnik V8 produkcji własnej Jaguara, co pozwalało rozpędzić ją od zera do setki w 6,6 sekundy. A to całkiem szybko jak na czterodrzwiowy, ciężki sedan z automatyczną skrzynią biegów (Forda). Przypadł mi również do gustu widok z fotela kierowcy – maska wznosi się i opada, jak narysowane przez dziecko odległe wzgórza, a to w jakiś dziwny sposób przywodzi na myśl pasażerom Jaguara poczucie siły i bezpieczeństwa znane z Volvo.

Na szczęście sposób, w jaki się go prowadzi, ani trochę nie przypomina Volvo. I nawet jeśli kierownica obraca się za lekko, nie przenosi się na nią ciągłe dudnienie kół, co pozwala na szybką ocenę, co się dzieje z przyczepnością w kryzysowych sytuacjach. Poza tym zastosowano napęd na tylne koła, co sprawia, że przy pokonywaniu zakrętów wszystko jest tak, jak być powinno.

Ale nawet wziąwszy to wszystko pod uwagę, S-Type nie stanowi konkurencji dla eleganckiego, bardziej przystojnego, oferującego więcej miejsca i jeszcze lepiej trzymającego się drogi BMW serii 5, samochodu, który został zaprojektowany przez...

...dr. Reitzlego. Może to prawda, że ten gość ma najbardziej idiotyczne wąsy na świecie, ale co do tego, że jest obecnie najbardziej utalentowanym inżynierem samochodowym na świecie, nie ma żadnych wątpliwości.

Problem jednak w tym, że teraz poproszono go o opiekę nad czterema zupełnie odmiennymi markami samochodów, a to tak, jakby powiedzieć Brunnelowi: „Rzeczywiście, Izzy, wymyśliłeś świetny statek, wspaniale sprawdza się w dalekomorskiej żegludze i tak dalej, ale co byś powiedział na to, by przyprawić mu skrzydła – na pewno nieźle by latał, prawda?". Statek to statek. A Jaguar to nie Volvo.

Po tym, jak Reitzle układał się z Roverem, zorientowaliśmy się już, co myśli o naszej tradycji i trudnym położeniu brytyjskiego pracownika, Johnny'ego. Tak więc gdy Reitzle zda sobie sprawę, że musi produkować jeden samochód z czterema emblematami, jak długo będzie zastanawiał się nad tym, czy nie przenieść produkcji w jakieś tańsze miejsce – na przykład do Namibii?

W najlepszym przypadku, jak sądzę, zamknie fabrykę Jaguara, ale któż wie, co się stanie, jeśli napotka na opór? Gdybym mieszkał w Coventry, na pewno nadsłuchiwałbym nocami dźwięku nadlatujących sztukasów.

■ Pokiereszowany przez przedszkolne coupé

Praktycznie każdy uczestnik teleturnieju *Milionerzy* zapytany o najlepiej sprzedający się samochód w Wielkiej Brytanii wskazałby na Forda Fiestę. Ale wiecie co? Wcale tak nie jest. Zdecydowanie nie.

To zaszczytne miano nosi wóz, który ma jedne drzwi i jeden fotel, który pozbawiony jest przedniej szyby, i w którym kierownica tak naprawdę nie jest połączona z kołami. Dobrze go znacie. To ten czerwono-żółty postrach goleni, chodzik firmy Little Tikes zwany Cosy Coupé, który przez ostanie 20 lat anihilował listwy przypodłogowe w oszałamiającej liczbie pięciu milionów domów. Włączając w to nasz.

Nie mam pojęcia, jak to się stało, ale nasz synek stał się kimś w rodzaju fana motoryzacji. Potrafi nawet odróżnić Mazdę Demio od Suzuki Baleno, co jest bardzo pożyteczne, bo zanim ja bym to zrobił, umarłbym z wycieńczenia. Co wieczór idzie do łóżka z egzemplarzem magazynu „Autocar", a wczoraj dostał na urodziny samochód, który po zderzeniu ze ścianą przewraca się na dach i zaczyna jechać w przeciwnym kierunku. Cóż, tak przynajmniej mówi teoria. W rzeczywistości uderza w twoją kostkę, przewraca się na dach i uderza cię w drugą, i robi to non stop, przez bite 16 godzin. Na szczęście ja byłem poza jego zasięgiem, bo spędziłem lwią część urodzin syna na odległym strychu, gdzie usiłowałem złożyć zdalnie sterowany samochód, na którego pudełku widniał całkiem jednoznaczny napis „gotowy do jazdy". Założyłem naiwnie, że stwierdzenie „gotowy do jazdy" oznacza, że można go wyciągnąć z pudełka, postawić na podjeździe i spędzić sympatyczną godzinkę lub dwie jeżdżąc nim po nowych sadzonkach mamusi.

Samochód jest jednak „gotowy do jazdy" dopiero po tym, jak stracisz dwie godziny na powbijanie baterii do sterownika i kolejne trzy na ładowanie akumulatora w samym samochodzie. Potem musisz przewlec antenę przez rurkę, która przechodzi przez otwór w karoserii i trafić nią w gniazdo umieszczone w podwoziu.

Nie, nie, ta cholerna rurka nie przejdzie przez otwór w karoserii dopóki nie zaostrzysz jej jakimś nożykiem, który z pewnością ci się przy tym wyśliźnie i odkroi większą część palca wskazującego lewej dłoni. O, ale za to jak się śmiały dzieci! Byliśmy już z nimi w nadmuchiwanych zamkach i na pokazach magików, ale żadna z tych atrakcji nie mogła nawet w niewielkim stopniu konkurować z tatą, który w dniu urodzin synka biegał po ogrodzie z zabawką obijającą mu kostki i z wielką, czerwoną fontanną tryskającą z palca.

Koniec końców, zdalnie sterowany samochód ożył i przez cudowne osiem minut mój syn bawiąc się nim piszczał z zachwytu. A potem przypomniał sobie o ciężarówce z naczepą, którą zostawił w misce dla psa i tyle go widziałem. To normalne. Wolno mu bawić się samochodami-zabawkami, bo ma tylko trzy latka. Zacznę się martwić dopiero wtedy, gdy mu to nie przejdzie do czterdziestych siódmych urodzin.

Naprawdę musimy bacznie się przyjrzeć dorosłym mężczyznom, którzy kupują takie zabawki dla siebie. Mówią, że wprawiają ich w zachwyt detale silnika, ale przecież wiadomo, że to nie silnik – nie działa. Mówią też, że za parę lat coś takiego będzie stanowiło wartościową pamiątkę rodzinną. Dajcie spokój. Pokażcie mi człowieka, który ma zachowanego w idealnym stanie Astona Martina DB5 z siedzącym w środku niebieskim ludzikiem, a ja wam powiem, że ten ktoś na pewno był dręczony w szkole. Wszyscy widzieliśmy u Jerry'ego Springera tych facetów, którzy lubią przebierać się za niemowlęta. I właśnie o takich przypadkach tu mówię: o dziwakach i odmieńcach. I naprawdę uważam, że nie powinno się ich wypuszczać na ulice.

Nazwisko i adres każdego dorosłego faceta, który kupuje sobie samochód-zabawkę powinny od razu zostać wprowadzone do policyjnych rejestrów. A wtedy, gdy pojawią się w mieście przypadki molestowania dzieci, sierżant Chwiej będzie wiedział, do kogo się udać.

Nie zrozumcie mnie źle. Naprawdę uważam, że kupowanie masowo produkowanego, wietnamskiego samochodu-zabawki za 15 funtów jest przejawem choroby umysłowej, choć nie widzę nic złego w działaniach osoby, która chwyta za tubkę kleju i sama sobie taki samochód robi. Kiedyś poznałem faceta, który spędził 20 lat konstruując dokładną replikę Ferrari, choć o wiele mniejszą od oryginału. Nie tylko samodzielnie zrobił wszystkie części tego modelu, ale również i formy do ich odlania. Był tam nawet 12-cylindrowy silnik typu bokser o pojemności 100 centymetrów sześciennych, tak więc gdyby tylko ów pasjonat miał 23 centymetry wzrostu, mógłby swoim dziełem normalnie jeździć. To był prawdziwy kunszt, a moje uznanie dla tego człowieka – bezgraniczne.

Podziwiam również mężczyznę, którego zobaczyłem kiedyś w telewizji, i który skonstruował model łodzi podwodnej wystrzeliwujący 8-centymetrowe torpedy. Oczywiście, że nie odwiedziłbym go w domu, na wypadek, gdyby miał mnie zmuszać do słuchania szlagierów Jamesa Lasta i świńskich dowcipów, ale pamiętajcie: modelarze cierpią na zapalenie dziąseł i jeszcze kilka innych, uciążliwych chorób skóry, dlatego zamiast wyjść z dziewczyną do miasta, wolą spędzać całe dnie w warsztacie i sklejać ze sobą różne rzeczy.

No i bądźmy szczerzy – przecież to, co robią, w żaden sposób nas nie dotyczy, czyż nie? Są jeszcze ludzie, którzy tworzą modele samolotów. Siedzę sobie czasem w letnie popołudnia w moim ogrodzie i wsłuchuję się w bzyczenie i warkot ich dzieł, i chwilami odczuwam pokusę, by samemu zająć się modelarstwem. Tak naprawdę to już zacząłem pracę nad planami mojego pierwszego projektu. Będzie to wyrzutnia pocisków Little Tikes Cosy ziemia-powietrze.

■ Owoc jadalny czy trujący?

W zeszłym miesiącu dział testów drogowych magazynu „Top Gear" przygotował dodatek bez reklam z listą najlepszych i najgorszych samochodów dostępnych na rynku. Ludzie, którzy go napisali, gadają co prawda całymi dniami o motocyklach, ale naprawdę jeździli wszystkimi prezentowanymi samochodami. Zabierali je ze sobą na noc do domu. Wybierali się nimi na weekendowe wypady. Jeździli nimi po torach testowych. Innymi słowy – wiedzą, o czym mówią.

Dziwne zatem, że czytałem ów dodatek z czerwonymi wypiekami na twarzy i spienioną śliną w kącikach ust – ust, które były szeroko otwarte ze zdumienia.

Na początku nie było jeszcze najgorzej. Stwierdzili, że Peugeot 206 jest najlepszym spośród małych samochodów – zgoda, w porządku. Drugie miejsce przyznali Clio, co pokazuje że nawet motocykliści mają odrobinę zdrowego rozsądku. Jazda Clio nie sprawia może takiej frajdy jak Fiestą, ale przynajmniej jest tanie.

Nie mam również większych zastrzeżeń do rozdziału z samochodami rodzinnymi, gdzie wyróżnione zostały Focus i Passat. Rozumiem też dlaczego w sekcji samochodów luksusowych Jaguar XJ8 pozostał w cieniu BMW serii 5.

Jednak zaraz potem natrafiamy na rozdział o samochodach terenowych, a w nim wszystko postawione jest już na głowie. Mercedes Klasy M jest robiony w Ameryce przez Amerykanów. Jest ciasny, o wiele za drogi, trochę brzydki, a w terenie praktycznie zupełnie bezużyteczny, a mimo to testerzy magazynu „Top Gear" umieścili go na najwyższym miejscu podium.

To dziwne, bo najlepszym samochodem terenowym na świecie jest Toyota Land Cruiser, no, chyba że mieszkasz w Wielkiej Brytanii, gdzie snobizm sprawia, że lepszym rozwiązaniem jest Land Rover. I to nie w wersji 4,6 HSE, polecanej przez naszą ekipę, ale z 4-litrowym, bardziej ekonomicznym i kulturalniej pracującym silnikiem.

Kipiąc z wściekłości przewróciłem kartkę i zobaczyłem, że w części poświęconej vanom Chrysler Voyager zebrał pochwały za moc swojego diesla. Halo, halo!... Czy ktoś nim w ogóle jeździł? Przecież ten diesel to istny koszmar! No i... O rany! To jeszcze nie wszystko! Według naszych chłopaków, Fiat Coupé jest lepszy niż Alfa GTV, a to po prostu nieprawda! Podobnie jak to, że Mercedes CLK przewyższa Nissana 200SX. Jasne, pewnie tak samo jak nadepnięcie na zardzewiały gwóźdź może być lepsze od seksu z całą klasą uczennic żeńskiego liceum.

Z popełnieniem największego błędu poczekali jednak aż do rozdziału z supersamochodami. Co do cholery robi na jedenastym miejscu Aston Martin Vantage, podczas gdy Lamborghini Diablo znalazła się na trzecim? Ci goście wolą chyba jeździć samochodem dla dilerów narkotyków niż kosmiczną odmianą Pałacu Blenheim. I to nawet nie chyba, ale na pewno.

Jestem przekonany, że podobnie jak ja czytaliście ten dodatek i zapewne dostaliście z wywołanego nim stresu przepukliny. Z pewnością czytacie również prezentowane w moich felietonach opinie, a w takim razie musicie być teraz w apogeum szoku pourazowego. Ale to właśnie dzięki temu kręci się świat motoryzacji. To, co dla jednego jest zatrutym owocem, dla innego stanowi najsmaczniejszy kąsek w lesie. Możemy wam wmawiać, że Focus to zdecydowanie najlepszy samochód rodzinny za taką cenę, a wam i tak będzie się wydawać, że wygląda jak najgorsza tandeta. I dlatego wybierzecie Fiata Bravo. Albo Nissana Almerę. I bardzo dobrze! No, nie do końca...

Wróćmy bowiem do naszego testu Rovera 75. Podejrzewam, że po naszej, delikatnie mówiąc, mało entuzjastycznej recenzji tego samochodu, którą zamieściliśmy w zeszłym miesiącu, garnitury z monachijskiej centrali odpowiedzialne za fabrykę w Longbridge dostały ze wściekłości ataku apopleksji. Ponieważ nie spodobał się nam Rover 75, cała środkowa Anglia zostanie zamknięta. Trzysta milionów ludzi straci pracę, a po tym, jak z regionu odpłyną pieniądze, upadną wszystkie tamtejsze firmy.

Swoje najważniejsze lata dzieci spędzą na czyszczeniu kominów, a ich rodzice będą włóczyć się po wysypiskach śmieci w poszukiwaniu resztek jedzenia.

No dobrze, ale jeśli ja nie zgadzam się z typami naszych kierowców testowych na samochód roku, a wy nie zgadzacie się albo ze mną, albo z nimi, to dlaczego każdy potraktował jako niezawisłą naszą ocenę Rovera 75? Przecież mogę ogłosić, że *Butch Cassidy i Sundance Kid* był najlepszym filmem wszechczasów, a wy powiecie, że lepszy był *Betty Blue*. I niezależnie od tego, jakich argumentów byśmy nie użyli, nigdy, przenigdy nie osiągniemy porozumienia.

Podobnie wygląda sytuacja z Roverem 75. Spojrzeliśmy ogólnie na cały samochód i doszliśmy do wniosku, że pomimo tego, iż jest cichy jak wnętrze łodzi podwodnej, a na autostradzie tak komfortowy jak statek żeglugi oceanicznej, jako narzędzie w rękach kierowcy spisał się trochę gorzej. Powiedzieliśmy, że ma korzystną cenę, ale że nie podobają nam się jego głośno pracujące wycieraczki i deska rozdzielcza.

No dobrze, ale co, jeśli cały dzień spędzasz na autostradzie i ledwo wiążesz koniec z końcem? Musisz się wypiąć na nasze oceny i po prostu go sobie kupić!

Istnieją tylko trzy obiektywne przyczyny, by nie kupować samochodu: nie jest bezpieczny, jest absurdalnie drogi, jest Vauxhallem Vectrą. Zważywszy na to, nie ma najmniejszego powodu, dla którego nie mielibyście wystrzelić jak z procy po Rovera 75.

I mam nadzieję, że to zrobicie.

■ Zaniemówiłem w samochodzie, który mnie przytulił

Wyślemy po pana samochód.
Kiedy słyszę to zdanie, zawsze czuję dreszcz emocji przechodzący mi po plecach i mrowienie w gruczołach podtrzymujących odpowiedni poziom ego. Mają wysłać po mnie samochód. Samochód! Czyli nie będzie to Hyundai Stellar. Hyundai Stellar to taksówka. A skoro mówią, że przyślą samochód, przyjedzie po mnie Mercedes-Benz, a jeśli będę miał naprawdę sporo szczęścia, będzie to Klasa S.

Dla tych z was, którzy tego nie wiedzą, różnica między zwykłym samochodem a modelem flagowym Mercedesa jest tak wielka, jak różnica pomiędzy klasą turystyczną amerykańskich linii lotniczych a pierwszą klasą w Boeingu 777 należącym do British Airways. Zwykły samochód poobija ci łokcie, a o nie zapiętych pasach bezpieczeństwa będzie cię informował kontrolką świecącą się tak jasno, że aż wyrwie cię ze snu. W wielkim Mercedesie wtulasz się w fotel z kubkiem kakao w ręce, a facet w szarych, flanelowych spodniach zawozi cię do domu. Zwykłym samochodem jeździsz. Klasą S – podróżujesz.

Żaden inny samochód, nawet Rolls-Royce, nie ma takiej... no, jak to się nazywa... takiej prezencji. Jeśli chcesz by paparazzi przybiegli do ciebie jak poganiane rózgami bydło, zajedź na parking w ogromnym Mercu. A teraz dostępna jest już nowa Klasa S. Gdy wtoczyła się na podjazd naszego domu, wybiegł z niego nasz pies i zaczął na nią szczekać. Z pewnością jest o wiele ładniejsza od poprzedniej, ale to tak, jakby powiedzieć że Ralph Fiennes wygląda o wiele lepiej od Lennoxa Lewisa. Oczywiście, że tak jest, ale dobrze wiem, który z nich bardziej nadawałby się na ochroniarza.

Ogólnie rzecz biorąc, Klasa S wygląda jak każdy inny samochód. Prezencja, która sprawiała wrażenie, jakby „eska" chciała przywalić komuś pięścią w twarz, należy już do przeszłości. Musicie pogodzić się też z brakiem dwuwarstwowych szyb.

Szkoda. W 1998 roku Mercedes wypuścił na rynek hatchbacka w cenie 14 000 funtów i połączył się z Chryslerem, którego wszyscy najbardziej kojarzą z modelem Talbot. Mercedes zaczyna wszystko upraszczać i nie oparła się temu nawet Klasa S. Też zaczęła chodzić na śniadanie do McDonald'sa.

Ale po tym, jak wybrałem się nią na przejażdżkę, zaniemówiłem. Bez cienia wątpliwości jest to najlepszy, najbardziej „pełny" samochód, jakim kiedykolwiek jeździłem. Niezależnie od tego, czy siedzisz z tyłu ślimacząc się po zachodnim Londynie, czy prowadzisz po autostradzie prując 160 km/h, ten samochód jest jednakowo wspaniały. Weźmy na przykład fotele. Oczywiście, że są sterowane elektrycznie i naturalnie, że są podgrzewane. Ale oprócz tego mają jeszcze gdzieś głęboko w tapicerce zaszyte wentylatorki, które w upalne dni schładzają twoje pośladki. W dodatku fotele pulsują. Podczas jazdy, pod tapicerką przemieszczają się bąble powietrza, masując twoje zmęczone plecy. Wszystko to razem wzięte oznacza, że można przebyć cały odcinek drogi z Londynu do Bassetlaw bez zatrzymywania się na kąpiel w Northampton. Samochód jest więc niezwykle wygodny, a stwierdzam to jeszcze przed omówieniem pneumatycznego zawieszenia. Tego samochodu się nie prowadzi. W nim się unosi nad drogą.

I w ten oto sposób przechodzimy do tego, jak Klasa S trzyma się drogi. Pewnie już spodziewacie się usłyszeć, że zachowuje się trochę jak liniowiec, ale w zakręty wchodzi ze zwinnością małej motorówki. Gdyby „Titanic" był skonstruowany na wzór Mercedesa, z pewnością udałoby mu się ominąć górę lodową.

Chciałbym opisać, co dzieje się z nim w sytuacjach ekstremalnych, ale na długo zanim jego pasażerowie zostaną narażeni na coś tak dramatycznego jak pisk opony, wkroczą do akcji wszelkiego rodzaju cuda elektroniki i sprawią, że samochód zwolni. To dobrze, bo podczas jazdy bawiłem się moim fotelem, tempomatem, nawigacją satelitarną, telewizją, komputerem pokładowym, skrzynią biegów Tiptronic i wszystkimi pozostałymi dodatkami opisanymi w grubym na siedem i pół centymetra podręczniku. Mercedes wyposażony jest nawet w system głosowej aktywacji wielu funkcji, ale żeby uniknąć problemów z różnym akcentem, producent przetestował go na 180 osobach z różnych regionów Wielkiej Brytanii. Zapewniono mnie, że Klasa S rozumie nawet akcent z Newcastle upon Tyne.

No i jest tam jeszcze bezkluczykowy system zapłonu. Nosisz po prostu w swoim portfelu coś, co przypomina kartę kredytową i za każdym razem, gdy zbliżysz się do samochodu, zamki w drzwiach cichutko wysuną się do góry. Potem, by odpalić silnik, naciskasz przycisk na dźwigni skrzyni biegów.

Tylko jaki silnik wybrać? Silniki 280 i 320 mają po sześć cylindrów, a to trochę mało, jak na samochód tych rozmiarów. 5-litrowy silnik V8 i 6-litrowy V12 może i są wysublimowane, ale nie popadajmy w absurd. Ja wybrałbym ośmiocylindrową jednostkę o pojemności 4,3 litra. Ma trzy zawory na cylinder, rozwija moc 280 koni mechanicznych, bezgłośnie rozpędza samochód aż do 225 km/h, a prowadzony przeze mnie odwdzięczył się godnym odnotowania spalaniem niecałych 11 litrów na 100 kilometrów.

A to – na zachętę: w Klasie S jest aż 145 silników, z których tylko jeden napędza samochód. Mercedes nie pozostawia w was żadnych wątpliwości, że którykolwiek z nich mógłby nawalić. Nawet gdy po szesnastej odsprzedaży będzie kończył swój żywot krążąc po Melton Road w Leicester, nie pojawi się w nim żadna usterka, a jeśli już, to będzie to jeden za luźny szew w tapicerce.

Chciałbym, żeby nowa Klasa S zachowała coś z prezencji starej wersji, ale żyjemy obecnie w bardziej oszczędnych i ekologicznych czasach, w dodatku spadek wagi związany jest ze spadkiem ceny. Nowy Mercedes S430 kosztuje 57 000 funtów, czyli o 3000 funtów mniej niż stary, a to bezkonkurencyjna cena za coś, co jest po prostu bezkonkurencyjnym samochodem.

■ Pewien samochód, o którym bóg projektantów chce zapomnieć

Czasami wysyłam do redakcji felieton dobrze wiedząc, że nie jest najwyższych lotów. Zawsze chcę, żeby to co napiszę, było tak wygładzone jak trawnik królowej, ale czasem wychodzi mi północna Kornwalia, skalista i niedostępna. Czytam to raz za razem, ale udaje mi się jedynie dodać z pół tuzina nie mających głębszego sensu starorzeczy i kilka wychodni gruboziarnistego piaskowca. I zanim zdążę to wszystko wyprowadzić na prostą, mija ostateczny termin i muszę wysłać felieton taki, jaki jest.

Bądźmy jednak szczerzy: każdy może spojrzeć wstecz na swoje dokonania i wskazać te, o których chciałby zapomnieć. Nawet Bóg, jak mniemam. Jeśli chodzi o południe Francji, stwierdziłby pewnie: „To mi wyszło. Podoba mi się: prosto z gór można szusować na plażę, a na niej wszystkie kobiety opalają się bez staników". Nie powinniśmy jednak dopuścić do tego, by zapomniał o Australii, tej rozległej połaci bezużytecznej pustyni pełnej pająków, które mogą zabić dosłownie każdego, i o Florydzie.

Na szczęście życie biegnie do przodu i nasze błędy rozpływają się w mgiełce czasu. Dla Boga Ziemia stanowi już tylko odległe wspomnienie, bo teraz zajęty jest stwarzaniem planety Zarg. A ja? No cóż, piszę ten felieton, a te bzdury z zeszłego miesiąca o elektrycznie otwieranych bramach wyścielają teraz pewnie dno klatki waszego chomika. Ale nawet ci, którzy tworzą coś trwałego, nie muszą się martwić. Architekci, którym zawdzięczamy wieżowce z lat 1960. nie muszą w nich mieszkać. Artyści nie wieszają swoich najbardziej idiotycznych dzieł nad swoimi kominkami.

Jednak gdy jesteś projektantem samochodów, nie ma dla ciebie ucieczki. Jeśli popełnisz błąd projektując jakiś samochód, ten wróci do ciebie i będzie cię prześladował. Każdego dnia będzie mógł wyskoczyć ci z podporządkowanej, a ty będziesz musiał przyznać się swojemu pasażerowi: „To moje dzieło".

Poświęćmy więc chwilę Giorgettowi Giugiarowi, którego firma projektancka, ItalDesign, obchodzi właśnie 30-lecie swojej niezwykle płodnej działalności. Pamiętacie wóz o nazwie Maserati Bora? To właśnie jeden z jego projektów, podobnie jak sześciocylindrowa siostra Bory – Merak. Potem mamy Lotusa Esprita i BMW M1. To ostatnie może i miało niemiecki silnik, a jego plastikowa karoseria była dziełem Lamborghini, ale stylistyka pochodziła od Giugiaro, podobnie jak DeLorean i ostatnio Maserati 3200GT.

Nie myślcie jednak, że swojego talentu użycza wyłącznie światu wysokokonnych supersamochodów. Zaprojektował również Alfę Romeo GTV z lat 1970., Subaru SVX, Lexusa GS300 i Saaba 9000.

Właśnie skończyłem czytać książkę, w której zamieszczony jest spis wszystkich jego dzieł, a jest on niesamowity: oryginalny Golf, Scirocco, Isuzu Piazza, Renault 21, Daewoo Matiz i, co najlepsze, Alfasud. To wszystko jego. I jeszcze Ford Escort Cabrio. I Lancia Delta. I Fiat Panda. Jechaliście kiedyś we Włoszech autobusem? Jeśli był to Iveco, to istnieje duże prawdopodobieństwo, że zaprojektował go Giugiaro. ItalDesign projektuje wszystko: vany, ciężarówki, traktory, a nawet makaron.

Gdy kiedyś spotkałem Giugiara, bardzo szybko nabrałem ochoty, by walnąć go pięścią w twarz. Był punktualny, uprzejmy i mimo że na dachu budynku Lingotto, gdzie mieści się siedziba Fiata, było 38 stopni, w ogóle się nie pocił. Jego ubrania były nienagannie czyste, a on sam absurdalnie wręcz przystojny, mimo niesłychanie idiotycznych, cieniowanych okularów słonecznych. Rozmawialiśmy o naszych synach. Mówiłem, jak to mój biega po domu trzymając w ręku różową torebkę, a on, jak to jego zaprojektował ostatnio silnik V12 dla Volkswagena.

Giugiaro ma też poczucie humoru. Gdy Triumph pokazał na targach w Genewie model TR7, Giugiaro przyglądał się dość długo jego profilowi, a potem obszedł samochód dookoła i powiedział:

– O nie. Zrobili to samo również i z tej strony.

Wiedziałem, że mam przed sobą człowieka, który spał z większą liczbą kobiet niż ja, ale mimo to było mi go żal. To dlatego, że na drodze ku swej obecnej nieomylności popełnił jeden wyjątkowo duży i niewybaczalny błąd. Wystarczy przejrzeć wspomnianą już wcześniej książkę i proszę, oto jest: małe zdjęcie ukryte na stronie 46 jak brodawka na stopie giganta. Mówię oczywiście o Hyundaiu Pony z 1974 roku, który prawie na pewno jest najbrzydszym samochodem wszech czasów.

Jak to się stało, że powstał, nie mam najmniejszego pojęcia. Może oryginalny projekt podarła niechcący nadgorliwa sprzątaczka, a potem zupełnie źle go posklejała? Może gliniany model samochodu został uszkodzony podczas transportu do Seulu, a tam ludzie byli zbyt obżarci spanielem, by to zauważyć? Tak czy owak, Giugiaro budzi się teraz co rano i je śniadanie ze świadomością faktu, że na drodze do pracy może zatrzymać się na światłach obok dziecka najgorszej godziny swego życia. A gdy spróbuje zajrzeć badawczo do środka, zobaczy spoglądających na niego pasażerów, których wyraz twarzy powie mu wszystko:

– Ty sukinsynu! Czemu nam to zrobiłeś?

A potem, gdy Giugiaro umrze i pojawi się przy perłowych bramach, okaże się, że wszystkie anioły z recepcji jeżdżą służbowymi Hyundaiami Pony. I nieważne, jak długo będzie ich przekonywał, że oprócz tego zaprojektował też Borę i Esprita – i tak przydzielą mu na całą wieczność pokój sąsiadujący z szybem windy.

■ Czy van może być jak prawdziwy samochód? Chyba żartujecie...

Tego ranka wszystko było nie tak. Znowu popsuła się elektrycznie otwierana brama i listonosz został uwięziony w naszym ogrodzie. Ogrodzie metodycznie zjadanym przez krowy, którym udało się opuścić zagrodę. Nasze niemowlę ryczało, trzyletni synek wepchnął cała rolkę papieru toaletowego do muszli klozetowej, czteroletnia córka kategorycznie odmawiała spożycia płatków śniadaniowych, a niania jeździła właśnie w Kanadzie na nartach.

A ja?

Ja leżałem sobie w łóżku, gdzie, rozważywszy wszelkie za i przeciw, doszedłem do wniosku, że jestem cholernie zadowolony z bycia mężczyzną. Myślę, że nie miałbym nic przeciwko byciu niezamężną dziewczyną – mógłbym wtedy podróżować po całym kraju i uprawiać z moimi wszystkimi kumplami seks. Co więcej, miałbym płaski brzuch i lśniące zęby. Jednak to wszystko przeminęłoby z wiatrem, gdybym musiał się kilka razy ocielić. Mam gdzieś to, co pisze „Cosmopolitan". Nie można chodzić do pracy, potem ścierać wymiocin, a na końcu, gdy dzieci są już w łóżkach, zejść po schodach emanując prezencją modelki.

Pewnego dnia wpadłem na moją byłą dziewczynę, z którą chodziłem 20 lat temu. Mimo że wciąż prezentowała się tak pięknie, że aż oglądał się za nią cały terminal, wyglądała, jakby była na nogach już od szóstej rano i zaganiała rózgą krowy. Na czole miała wypisane „matka".

Myślę, że ta metafora dość dobrze oddaje charakter odpowiednika opaski na włosy w świecie samochodów – vana. Niezależnie od tego, jak długo producenci samochodów będą nam wciskać, że ich nowy wagon do przewozu hodowli ma „dynamikę jak samochód osobowy", i tak będziemy wiedzieć, że plotą bzdury.

Van może wykorzystywać to samo podwozie co zwykły samochód, ale i tak będzie beznadziejnie i bezgranicznie mamusiowaty.

Mimo to muszę przyznać, że Peugeot jest inny. Powiedzcie ludziom z Peugeota, żeby zaprojektowali mały hatchback, a zaprezentują wam samochód sportowy. Zwierzcie się im, że potrzebujecie rozsądnego, rodzinnego sedana, a podarują wam samochód sportowy. Wyjaśnijcie im, że jesteście otyli i by dojeżdżać do klubu golfowego przydałaby się wam ociężała maszyna z automatem, a wyskoczą z samochodem sportowym. Gdzieś głęboko we wnętrznościach oddziału projektującego zawieszenia Peugeota jest zaszyty ktoś, kto rozumie czego potrzebuje entuzjastycznie nastawiony do motoryzacji kierowca: ostrej jak brzytwa, zarzucającej i nieposkromionej nadsterowności, którą czuje przez fotel i majtki, połączonej z pełną kontrolą nad przyczepnością.

O silnikach Peugeota nie warto nawet pisać, a produkty tej firmy nie mogą się równać z Toyotą w jakże istotnym aspekcie niezawodności. Ale gdy wjeżdżasz Peugeotem w zakręt i czujesz, jak wchodzi do akcji pasywnie skrętne tylne zawieszenie, wybaczasz mu wszystko. I właśnie dlatego, prawdę mówiąc, spodziewałem się czegoś nadzwyczajnego po vanie tej firmy, Peugeocie 806. Myślałem, że będzie trochę jak supermodelka z czwórką dzieci, Yasmin Le Bon. Myślałem, że będzie samochodem, który połączył mamusiowatość z lwim pazurem.

Na pierwszy rzut oka 806 wydaje się identyczny z Fiatem Ulysse i Citroënem Synergie, ale byłem przekonany, że jednym machnięciem swojej czarodziejskiej różdżki odziany w brązową pelerynę pan Zawieszeniowski z Peugeota zmieni podstarzałą już nieco Wendy Craig w pełną wigoru Mimi MacPherson. Zignorowałem więc osobliwą – niektórzy powiedzą: brzydką – stylistykę osiemset szóstki i zająłem miejsce za kierownicą. Po czym zignorowałem tandetne wykończenie, tłumacząc sobie, że to zwykła, warta 18 000 funtów wersja CLX z dwulitrowym silnikiem, a nie jakiś motoryzacyjny specjał. Samochód nie miał ani szyberdachu, ani klimatyzacji, ani skórzanej tapicerki, ani odtwarzacza CD, ale nie przejmowałem się tym, bo takich rzeczy nie można wymagać od Peugeota. Pomyślałem sobie tylko, że może i jest to van, ale na drodze spisze się jak Van Halen.

Niestety. Spisał się jak Van Morrison. Próbowałem, naprawdę próbowałem nieco go przycisnąć, ale bardzo szybko okazało się, że 806 prowadzi się beznadziejnie. Teraz już wiem, że van o sportowym zacięciu nigdy nie powstanie. Jeśli Peugeot nie potrafi tego dokonać, nie dokona tego nikt.

No dobrze, ale jak w takim razie 806 spisuje się w roli narzędzia do przemieszczania dużych rodzin z miejsca na miejsce? No cóż, ma tradycyjne, miękkie fotele, tradycyjnie mały bagażnik, tradycyjną tackę pod fotelem pasażera i tradycyjnie godne pożałowania osiągi: od zera do setki w całe 14 seeeeeekund. Jest tak przeciętny, że gdyby mu na to pozwolić, jechałby środkiem drogi. W ten sposób można by było przetestować jego tradycyjne poduszki powietrzne.

Jak zapewne zauważyliście, Peugeotowi 806 nie udało się „rozniecić we mnie ognia", ale z drugiej strony – nic w tym dziwnego. Vany nie smarują się margaryną, by potem szaleć po moich majtkach. Stawianie mnie przed wyborem najlepszego z nich to tak jak pytanie, którą nogę chciałbym mieć amputowaną.

Mimo to mogę wam powiedzieć, których vanów najlepiej unikać. Szerokim łukiem należy omijać Nissana Serenę z silnikiem Diesla – przyspieszenie od zera od setki w 28 sekund czyni go oficjalnie najwolniejszym sprzedawanym obecnie w Wielkiej Brytanii samochodem. Nie kupujcie też Chryslera Voyagera, bo to koszmar, i Forda Galaxy, bo się psuje.

Problem w tym, że lista vanów, z których można wybierać, wciąż rozciąga się stąd do końca naszej galaktyki. Kusi mnie, by udać głupiego i zaproponować wam przyjrzenie się

Klasie V Mercedesa – jest największa, ale z drugiej strony mamy Seata Alhambrę, który jest trochę tańszy i ma klimatyzację w standardzie. Albo – jeszcze lepiej – unikajcie potrzeby zakupu vana.

Pozwólcie, że zaproponuję wam kalendarzyk…

■ Jazda po zewnętrznym pasie w jednolitrowym samochodzie to istne piekło

Czy próbowaliście kiedykolwiek jechać autostradą na granicy dozwolonej prędkości?

Nie? No to nie próbujcie, bo nie jest to ani fajne, ani mądre, ani – co najdziwniejsze – jakoś szalenie bezpieczne.

Może widzieliście, jak jechałem M40 z prędkością dokładnie 109 km/h, z autobusem przyklejonym do mojego tylnego zderzaka i z twarzą bladą jak pergamin. I pewnie zastanawialiście się, co u licha robię? Dobrze, powiem wam.

Ponieważ Gordon Brown zdecydował się obniżyć podatek drogowy o 55 funtów pod warunkiem, że kupisz samochód z silnikiem o pojemności nie większej niż jeden litr, pomyślałem sobie, że dobrym pomysłem byłoby sprawdzić, czy tak mały silnik rzeczywiście jest w stanie napędzić samochód. Osobiście spodziewałem się jednolitrowych silników raczej w ekspresach do kawy. Wydaje mi się, że moje nożyce do żywopłotu wyposażone są właśnie w taką jednostkę i że do tego celu jest w sam raz. Do obcinania liści z krzaków wystarczy jeden litr, ale do poruszania się po drogach – jak zawsze myślałem – potrzebne są cztery, i to najlepiej z jakimś rodzajem doładowania.

Nie trzeba tu rzecz jasna dodawać, że na rynku wcale nie ma tak wielu jednolitrowych samochodów. Jeśli pominąć absurdalne propozycje pochodzące od naszych psożernych kolegów z Korei i te idiotyczne domki dla lalek z Japonii, pozostaje nam do wyboru sześć modeli. Najlepszym z nich jest Toyota Yaris.

Spala 4,7 litra na 100 kilometrów i ma trzyletnią gwarancję mechaniczną, dwunastoletnią gwarancję na korozję, a przeglądy odbywają się co napawające zadowoleniem 32 000 kilometrów. Ceny Yarisa zaczynają się od 7500 funtów, ale jeśli zdecydujecie się wydać 11 000, otrzymacie klimatyzację, dwie poduszki powietrzne, szyberdach, odtwarzacz CD oraz – jeśli sobie tego zażyczycie – nawigację satelitarną i automatyczne sprzęgło.

Toyota Yaris to ładny, malutki samochodzik, do którego wzdychają wszystkie dziewczyny, tak jakby zobaczyły młodziutką foczkę. Faceci też darzą ten wozik sympatią – ma alufelgi i napis VVTi. A to nadaje mu agresywny charakter. Szkoda tylko, że nie jest to prawda. Zgadza się, walijski silnik Yarisa ma inteligentny system zmiennych faz rozrządu, ale w żaden sposób nie udaje mu się ukryć faktu, że jego pojemność to zaledwie jeden litr.

Podawana przez producenta prędkość maksymalna wynosi 154 km/h, tak więc teoretycznie Yaris powinien radzić sobie z jazdą po zewnętrznym pasie autostrady, ale tak samo, teoretycznie, Steven Hawking powinien móc zaśpiewać jakąś arię z *La Traviaty*. Problem polega na tym, że przy typowych dla tego pasa prędkościach Yaris staje się głośny. Możesz zapomnieć o rozmowie i o wymyślnym radioodtwarzaczu – wszystko, co słyszysz, to jedna wielka ściana białego szumu. Połącz to z cyfrowymi, migoczącymi wskaźnikami, a dostaniesz izbę tortur na kółkach.

Po mili jazdy w tych warunkach byłem gotów przyznać, że jestem kiepski w łóżku i że te felietony pisze za mnie co tydzień Jeffrey Archer. Po dwóch milach powiedziałbym wam, że lubię Esther Rantzen. Po trzech milach zwolniłem do 109 km/h i w poszukiwaniu sanktuarium spokoju zjechałem na wewnętrzny pas.

Nigdy wcześniej tam nie bywałem i, mówiąc szczerze, nie chcę już nigdy tam wracać. Dostajesz się pomiędzy dwie ciężarówki, a żałosny silnik Yarisa nie ma wystarczającej mocy, pozwalającej na szybkie rozwinięcie prędkości odpowiedniej do wyprzedzania.

Raz spróbowałem. Zjechałem na środkowy pas i w tej samej chwili wsteczne lusterko całkowicie wypełniło się przodem olbrzymiego, parskającego autokaru. I co wtedy masz niby zrobić? Nie możesz wrócić na wewnętrzny pas, bo właśnie wyprzedzasz ciężarówkę. Nie możesz zwolnić, chyba że chcesz, by autobus wjechał ci do środka przez tylne okno. A ponieważ masz jednolitrowy silnik, nie możesz też przyspieszyć. Tylko że dzięki temu będziesz na podatku drogowym oszczędzał jednego funta, więc – jak przypuszczam – pewnie warto.

Nie mam w tym miejscu żadnych wątpliwości, że ci z was, którzy mieszkają w Londynie, zaczną teraz biegać po pokojach i wymachiwać rękami, mówiąc każdemu napotkanemu, że Yaris sprawdzi się doskonale jako samochód do jazdy miejskiej. Na co ja mówię: phi! Jeśli zamierzacie poruszać się wyłącznie po Londynie, to po co w ogóle kupować cztery kółka? Za te dziesięć tysięcy będziecie mieli taksówkę pod drzwiami waszego domu 24 godziny na dobę. Cały sens posiadania samochodu polega na tym, żeby w weekend można nim było wyjechać z miasta, a Yaris tego nie potrafi. Jazda nim po autostradzie to istny koszmar, a na jednopasmowych drogach ekspresowych jest jeszcze gorzej.

Podjeżdżasz do cysterny, wychylasz się zza niej i sprawdzasz, czy w odległości 3000 kilometrów nic nie nadjeżdża z naprzeciwka. Redukujesz bieg na trójkę i rozpoczynasz manewr wyprzedzania. Po godzinie zrównujesz się z tylną osią cysterny i zauważasz, że za tobą utworzyła się długa kolejka kierowców, którzy zastanawiają się, co u licha robisz po niewłaściwej stronie drogi, skoro wcale nie wyprzedzasz. Problem w tym, że właśnie wyprzedzasz. Nawet zredukowałeś bieg na dwójkę, ale mimo że obroty silnika mało nie zerwą z niego głowicy, a z twoich uszu tryska na boki krew, wcale nie widać żadnych postępów. Tymczasem z naprzeciwka nadjeżdża samochód. Przepraszając więc tych, którzy jechali za tobą, dajesz za wygraną, wycofujesz się i wjeżdżasz z powrotem za ciężarówkę.

W ciągu tygodnia, jaki spędziłem z Yarisem, przyjeżdżałem wszędzie z 20-minutowym opóźnieniem i ociekając potem. Yaris mógłby być naprawdę dobrym samochodem, a nawet wyjątkowym, ale rozpaczliwie potrzebuje większego silnika.

I lepszej nazwy. Yaris brzmi jak imię psa Pauli Yates.

■ Czterdzieści silniczków i wentylatory pośladków

Wzeszły weekend Andy Wilman, ten człowiek dywan, którego czasem widujecie w programie *Top Gear*, zapytał, czy mógłbym pożyczyć mu kluczyki od Mercedesa Klasy S, którego właśnie testowałem.

Nic w tym dziwnego. Ludzie, którzy nas odwiedzają, zawsze pytają, czy nie mogliby wypróbować samochodu, który stoi właśnie na naszym podjeździe. W dodatku Klasa S to długo wyczekiwana nowość. Niektórzy twierdzą, że to najlepszy samochód na świecie. Inni mówią, że to coś nawet jeszcze lepszego. Andy chciał więc sprawdzić, czy rzeczywistość odpowiada legendzie.

O dziwo, w ogóle nie próbował nim jeździć i wrócił do mnie po kilku minutach.

– Dlaczego się nim nie przejechałeś? – zapytałem.

– Nie ma takiej potrzeby – odparł.

Całkiem możliwe, że ma rację. Gdy widzisz Mercedesa Klasy S, jakby z góry już wiesz, że będzie absolutnie wyciszony i w niewysilony sposób szybki. Że nie zaskoczy cię żadną przykrą niespodzianką, na przykład uślizgiem tyłu – o nie, o to dba system stabilizacji toru jazdy. To w takim razie jaki jest w ogóle sens jeździć tym cholerstwem?

To, czego tak naprawdę pragniesz, to dać się zaskoczyć zabawkami na wyposażeniu tego Merca, bo – wierzcie mi – Klasa S zaskakuje, a potem zaskakuje raz jeszcze. Na przykład: fotele wyposażone są w sumaryczną liczbę czterdziestu silniczków i małych wentylatorków, które podczas podróży albo chłodzą, albo grzeją twoje pośladki. Jest jeszcze lepiej, bo przy dobieraniu odpowiedniej temperatury rozświetla się zestaw niebieskich i czerwonych światełek. To jest naprawdę świetne. Nie musisz już wytężać głowy zastanawiając się, czy twojej dupie jest ciepło czy zimno. Po prostu rzucasz okiem i wiesz.

Potem twoją uwagę przyciąga telewizja, telefon, zestaw audio i system nawigacji satelitarnej, a wszystko to pojawia się na ośmiocalowym wyświetlaczu, który tętni życiem na środkowej konsoli.

Na tych z was, którzy mają ponad 35 lat, musi to robić niesamowite wrażenie – przecież gdy dorastaliśmy, nasze wzmacniacze były wielkości pralek, telewizory były czarno-białe, nie było satelitów, a twój numer telefonu brzmiał: Darrowby 35.

Jak można się domyślać, ponieważ zostałem wychowany w epoce przedkalkulatorowej, komputery kompletnie zbijają mnie z pantałyku. Nie zniechęciło mnie to jednak do naciskania różnych przycisków i wydawana z siebie wrzasków podniecenia za każdym razem, gdy udało mi się zmienić zawartość wyświetlacza. Już samo włączenie radia i nastawienie muzyki daje starszym ludziom nadzieje na to, że być może pewnego dnia będą mogli sobie kupić internet i zmusić go do skoszenia trawnika.

Z tego co wiem, system klimatyzacji w Klasie S też potrafi to zrobić, a nawet jeszcze więcej. Może umie wydepilować woskiem okolice bikini twojej żony? Albo zrobić pizzę? Kto wie? Na pewno nie ja, bo sterowanie funkcjami w Mercedesie wydaje mi się pozbawione sensu.

W amerykańskich samochodach daną funkcję uruchamia przycisk, na którym w języku angielskim wypisana jest jej nazwa. Na przycisku do otwierania szyberdachu widnieje napis „sunroof". Cała reszta świata wie jednak o istnieniu czegoś takiego jak „bariera językowa" i zamiast napisów stosuje symbole.

I to też działa wyśmienicie. Wystarczy, że odszukasz przycisk z symbolem szyberdachu, i gdy go naciśniesz (pod warunkiem, że nie jesteś w Alfie Romeo) otworzy się szyberdach. Tylko co, jeśli samochód wyposażony jest w funkcję, o której wcześniej nie słyszałeś? Symbol na przycisku nic ci wtedy nie powie.

Jest na desce rozdzielczej Klasy S przycisk, na którym widnieje coś, co przypomina kółko ze zboża. Naciskacie go więc i wiecie, co się dzieje? Zapala się małe, czerwone światełko. Nie pojawia się ani warkot jakiegoś silniczka, ani szum otwieranych na pokładzie USS „Enterprise" automatycznych drzwi. Świeci się tylko to małe, czerwone światełko. Obok tego przycisku znajduje się następny, na którym narysowano toster Philipsa. I znowu, gdy naciśniesz ten przycisk, nie dzieje się absolutnie nic. Mógłbym stwierdzić, że spośród wszystkich przycisków we wnętrzu Klasy S, a są ich tu całe setki, 80 procent nie włącza żadnej funkcji.

Oczywiście, że odpowiedź na te intrygujące pytania można znaleźć w podręczniku użytkownika, ale on też jest bez sensu – ma rozmiary Biblii. Zanim dojdziesz do rozdziału „Chodzenie po wodzie", twój samochód pokryje rdza. No dobra, koniec. Domyślam się, do czego służą te przyciski – delikatnie zmieniają charakterystykę prowadzenia: mogą sprawić, by samochód nieco agresywniej brał zakręty, albo by jego tył miał małą tendencję do wyrywania się do przodu. Szczerze mówiąc, to głupota, bo przecież nie można doprowadzić do nadsterowności, gdy siedzisz w stojącym pod domem samochodzie, a kumple z tylnej kanapy pytają cię:

– A co robi ten przycisk?

Gdy będziesz prowadził Klasę S, rób to w samotności. Gdy będziesz musiał skupić uwagę na wyskakującej z każdej przecznicy Maureen i na wskakujące na tylny zderzak dzieci, nie będziesz miał czasu bawić się tłumaczeniem starożytnych egipskich hieroglifów za każdym razem, gdy będziesz chciał odrobinę pogłośnić radio.

Oczywiście nikt, kto kupuje Klasę S, nie prowadzi jej sam. Zatrudnia kierowcę, a tak naprawdę dwóch: jeden musi prowadzić samochód i rozpędzać przechodniów dopraszających się o autograf, a drugi musi być doskonale obeznany z komputerami, nawigacją satelitarną i innymi urządzeniami do utrzymywania kursu na drodze. To niestety wyklucza zarówno Andy'ego Wilmana, jak i mnie.

■ Najlepsze Audi i nie może się zdecydować

Gdy na deskach teatru pojawia się nowa sztuka, krytycy dają jej tylko jedną szansę. Nie chodzą na nią raz po raz tylko dlatego, że zmienił się makijaż jednej z aktorek, albo że wreszcie ktoś porządnie odkurzył widownię.

To samo dotyczy spraw kulinarnych. A.A. Gill nie wystawia po raz drugi opinii danej restauracji, bo akurat jedna z jej kelnerek udała się do fryzjera. „Tak, wiem, że skrapiamy naszego halibuta sztuczną norweską oliwą truflową, ale co pan powie na moją nową grzywkę?"

Dlatego dziś rano pisałem o nowym Audi A8 z poczuciem wstydu. Wiem, że pisałem już o nim wcześniej i wiem, że zakończyłem tamtą recenzję słowami: „Nie zawracajcie sobie głowy jazdą tym samochodem. I tak wam się nie spodoba". Tylko że, szczerze mówiąc, zawsze miałem małego bzika na punkcie tego flagowego modelu Audi. Nie obchodzi mnie aż tak bardzo fakt, że zrobione jest z aluminium, ani to, że ma napęd na cztery koła. Nie przejmuję się też tym, że marka Audi jest jak klub piłkarski Fulham w porównaniu z grającymi w pierwszej lidze Mercedesem czy Jaguarem.

Lubię Audi A8 bo jest cholernie przystojne. Kiedyś widywałem czarne A8 przemykające przez Regent Street. Miało przyciemnione okna i wypolerowane na błysk chromowane felgi. Wskazówka mojego pożądaniometru dochodziła wtedy do czerwonego pola.

O Audi A8 myślałem jako o jedynym konkurencie dla Jaguara XJR. Jednak potem przejechałem się nim i marzenie prysło jak bańka mydlana, nie mówiąc już o moich kościach. Zwykła wersja była zbyt miękka, a komfort jazdy wersją sportową był po prostu przerażający. Każde światełko odblaskowe w asfalcie mogło pozbawić cię zębów, dziura w drodze mogła zerwać ci rdzeń kręgowy, a mostek w kształcie łuku mógł wyrzucić twoich pasażerów prosto przez dach. Od razu widać, że ten wóz został zaprojektowany w Niemczech, gdzie wszelkie nierówności na drogach są ustawiane pod ścianą przez facetów w skórzanych spodniach i unicestwiane strzałem w tył głowy. Ale tu, w Wielkiej Brytanii, gdzie samorządowcy umyślnie je zwiększają montując progi zwalniające, takie zawieszenie się nie sprawdza.

Tylko że Audi właśnie je zmieniło i naruszając wszelkie reguły recenzowania postanowiłem dać temu wielkiemu przegranemu z Niemiec drugą szansę. Nowy model A8 jest wciąż tak męski i przystojny, że stawia pod znakiem zapytania twoją orientację seksualną, w dodatku ma teraz odlotowe felgi i inną atrapę chłodnicy. Inny jest też silnik V8 o pojemności 4,2 litra. Wyposażyli go w pięć zaworów na cylinder, więc rozwija teraz moc 310 koni mechanicznych, co wystarcza by rozpędzić cię od zera do setki w 6,9 sekundy i osiągnąć prędkość maksymalną 250 km/h.

Jak nim więc jeździłem? No cóż, raczej powoli, bo w desce rozdzielczej zamontowany był telewizor, który wyłączał się automatycznie po przekroczeniu 8 km/h. W tym miejscu chciałbym przeprosić wszystkich kierowców jadących autostradą M40 za moją iście lodowcową prędkość, ale oglądałem właśnie teleturniej *Countdown* i usiłowałem stworzyć siedmioliterowe słowo z liter wyrazu *telephone*. Niestety, program skończył się gdy dojechałem do Londynu, bo tam cała elektronika Audi wprost oszalała. Gdy stałem w korku w dzielnicy Knightsbridge zaczęły pikać czujniki parkowania – według nich byłem zbyt blisko samochodów, którymi jechali nie powiem kto, a potem do akcji wkroczył system nawigacji satelitarnej, który zaświergotał: „jeśli możesz, zawróć".

Przynajmniej tak mi się wydaje, bo w trakcie tego komunikatu włączyło się radio i z natężeniem dźwięku, które mogłoby zagłuszyć całą ujadającą sforę, obwieściło mi, że w Hackney zepsuła się sygnalizacja świetlna. A potem zadzwonił jeszcze telefon.

W myśliwcu F-15 ciągle słyszysz w hełmie ostrzeżenia o niebezpiecznym poziomie g, o zagrożeniu przeciągnięciem i o włączeniu śledzenia celu, ale to jest samolot bojowy. W samochodzie, na miłość boską, można było chyba zrobić tak, by komunikaty pojawiały się jeden po drugim, a nie jednocześnie. No dobrze, a co z zawieszeniem? No cóż, na pewno jest lepsze, niż to poprzednie, ale w mieście Audi A8 wciąż daje znać o dziurach, których kierowca Jaguara nawet by nie zauważył. Przy jeździe z większą prędkością sytuacja się poprawia, ale wtedy pojawia się z kolei inny poważny problem. Skręć kierownicą, a przekonasz się, że kierunek ruchu samochód zmieni dopiero po małym opóźnieniu. Naciśnij na pedał hamulca, a okaże się, że zanim zaczniesz zwalniać, upłynie krótka chwila. Skrzynia biegów Tiptronic sprawia wrażenie jakby pracowała w innym continuum czasoprzestrzennym. Wszystko to razem wzięte oznacza, że warte 56 000 funtów Audi A8 mimo znaczka „Sport Quattro" nie jest tym, czego potrzeba prawdziwemu kierowcy.

Tak, zdaję sobie sprawę, że bardzo trudno ożenić komfort i sportowe zacięcie, ale spece z Audi już w przypadku pierwszego modelu schrzanili obie te rzeczy z osobna. A teraz, co jest zdumiewające, zrobili to samo po raz kolejny. Jeśli masz ochotę na sportowego sedana, lepiej wyjdziesz na ciętym jak brzytwa

Jaguarze XJR – jest o wiele szybszy, o wiele bardziej wygodny i o 6000 funtów tańszy. A gdy chcesz mieć naprawdę duży wóz, a dynamikę prowadzenia masz daleko gdzieś, A8 przegrywa z kretesem z nowym, wyposażonym w silnik o pojemności 4,3 litra Mercedesem Klasy S.

A teraz to, co w Audi A8 jest w porządku: nigdzie nie znajdziecie lepszych foteli, a gdy otworzy się wszystkie osiem poduszek powietrznych, będziecie się staczać z drogi w czymś, co przypomina nadmuchiwany zamek dla dzieci. A8 świetnie się prezentuje, jest ciche, dostojne i wspaniale wykończone. Tylko to zawieszenie – wszystko psuje! Pomyślcie o tym samochodzie jak o torcie, idealnym w każdym calu oprócz tego, że podano go na krowim placku.

■ Zostaw samochód w garażu, paraduj z ceną na czole

Na całym świecie są miejsca, gdzie w potworny sposób łamane są prawa człowieka, a Ameryka nic z tym nie robi. Rosjanie, dajmy na to, wyprawiają cuda w Czeczenii, a w tym samym czasie Wujek Sam przeżuwa swojego hamburgera. Ale nagle, ni stąd, ni zowąd, pan Clinton postanawia napastować Jugosławię. Jego generałowie w pośpiechu sprawdzają w atlasie, gdzie to jest i w ciągu ostatnich czterech tygodni nieustających działań udaje im się trafić w jakiś dom w Bułgarii, w szpital, w jakichś Chińczyków, we wszystkie wizażystki w serbskiej telewizji, w kolumnę uchodźców i w sypialnię Slobodana Miloševicia. I to wtedy, gdy go tam nie było.

Podczas tych operacji Amerykanie stracili cztery duże, szybkie i drogie samoloty, trzech żołnierzy i dwa śmigłowce Apache. To mnie jednak nie dziwi, bo Ameryka ma wspaniałą i dumną tradycję niesamowicie beznadziejnego prowadzenia wojen. Przegrali w Wietnamie, przegrali w Somalii, przegrali w Zatoce

Świń, i mimo że wygrali w Zatoce Perskiej, udało się im zabić więcej brytyjskich żołnierzy niż Irakijczyków.

Zastanówcie się jednak nad czymś takim: Amerykanie są największym odbiorcą najbardziej przestarzałego samochodu na świecie, Mercedesa SL. A to mówi samo za siebie. Ten fakt powinien uzmysłowić panu Blairowi, że być może ich broń jest równie podejrzana, i że właśnie dlatego zaatakowali nie ten kraj, co trzeba. Jednak informacje tego typu z trudem dochodzą do kogoś, kto wszedł Clintonowi do tyłka na głębokość dwóch metrów. W tym tygodniu też nic do Blaira nie docierało, bo odwiedzał bałkańskie obozy dla uchodźców, paradując w koszuli z przepoconymi pachami i z żoną, która wyglądała tak, jakby wywlekła sobie usta na drugą stronę.

Dobrze – pomyślałem. Pewnie jest tam po to, by przeprosić za tych wszystkich zabitych cywili. A może przyjechał, by oddać się w ręce ludzi, którzy zajmują się ściganiem zbrodniarzy wojennych?

Ale skądże! Przybył tam po to, by zaoferować tym nieszczęsnym uchodźcom dom w Wielkiej Brytanii.

Posłuchaj, Tony, czy ty w ogóle się nad tym zastanawiałeś? Czy zapytałeś może Włochów, co sądzą o tych Albańczykach? Gdy przygarnęli kilka tysięcy tych ludzi po ostatnim konflikcie bałkańskim, bała się ich nawet sama mafia. Naprawdę, nigdy nie przestanie zdumiewać mnie fakt, jak głupie pomyły mogą mieć ludzie pełniący tak odpowiedzialne funkcje. Nie trzeba jednak wojny, by jasno zrozumieć pewne kwestie. Wystarczy tylko zobaczyć, że ktoś jeździ wspomnianym wcześniej Mercedesem SL.

Dawno temu, w roku 1990, gdy ten samochód był jeszcze nowością na rynku, wykorzystywałem go do podrywania mojej żony. W słoneczny dzień wyjeżdżaliśmy nim z Londynu, jedliśmy obiad w Oksfordzie, a w drodze powrotnej zatrzymywaliśmy się w Henley, by obejrzeć odbywające się tam regaty. Samochód był naprawdę świetny. Pamiętam, jak zgromadził się dookoła niego tłumek ludzi, by podziwiać, jak podnoszę w nim dach. Naciskało się po prostu pewien przycisk na desce rozdzielczej i całą resztę robiło 11 silniczków. Nikt w Henley nie widział jeszcze czegoś podobnego. Nikt też nie widział tak szybkiego samochodu o takiej masie. Rzędowy, 6-cylindorowy silnik o pojemności 3,2 litra był bardzo żwawy, 5-litrowa V8 dawała naprawdę niezłego kopa, a V12 o pojemności 6 litrów była w stanie usunąć z twarzy cały makijaż.

Wyciągnąłem więc rękę w górę i zadeklarowałem się jako jego fan. Ale niedługo później kupiła go księżna Diana i wszystko zaczęło się psuć. W podobny sposób wizerunek poprzedniego SL-a popsuł Bobby Ewing jeżdżąc nim w serialu *Dallas*. Diana zabrała współczesnego SL-a z raju miłośników motoryzacji i przeniosła go na łamy magazynu „Hello!", w wyniku czego bardzo szybko zyskał przychylność tego rodzaju kobiet, które zabierają zdjęcie bombowca B-52 do męskiego fryzjera i mówią: „Chcę mieć fryzurę większą niż to!". Mówię oczywiście o przypadku zwanym „żoną z Cheshire". W tym świecie, w którym prezenter Stuart Hall jest bogiem i gdzie styl mebli wyznaczają jego marynarki, zarozumiały i wytworny SL stał się tak samo ważną częścią cheshirskiego uniformu jak złote buty czy workowate, przypominające majtki zasłony w oknach. To oznaczało tylko jedno: osoby pochodzące z innych miejsc będą szybko rezygnowały ze swoich SL-i. Te trafią z kolei do ludzi z Southall, którzy zamontują w nich wołające o pomstę do nieba zestawy audio i wyposażą w koła z maszyn do robót ziemnych.

Jakby tego wszystkiego było mało, wkrótce potem na rynku pojawił się o wiele ładniejszy Mercedes SLK, który za jednym zamachem sprawił, że jego większego brata zaczęto uważać za zbyt ciężkiego i w sumie niepotrzebnego. Wszyscy, którzy zerkają jednym okiem do magazynów o stylu od razu chcieli go mieć, ale dla mieszkańców Wilmslow w Cheshire liczyło się tylko jedno: ile ten samochód kosztuje?

Cena 30 000 funtów, jaką trzeba było zapłacić za SLK, była po prostu za niska. W Cheshire mógłbyś sprzedać nawet psie odchody, gdybyś tylko odpowiednio wysoko je wycenił. A SL kosztuje obecnie 100 000 funtów. Possijmy więc teraz długopis i zastanówmy się przez chwilę. Czy gdybyś miał wydać 100 000 funtów na samochód z miękkim dachem, wybrałbyś 10-letni już projekt, który cieszy się uznaniem Amerykanów i kobiet ze sztucznymi biustami? A może Ferrari 355 Spidera? Albo Jaguara XKR? Porsche 911? Każdy, kto kupuje Mercedesa SL ogłasza światu: „Słuchajcie, może i jestem bogaty, ale moje samonaprowadzające pociski mają trudności z trafianiem w cel".

Takim samochodem powinien jeździć pan Blair. Może ten wóz nie komunikowałby wszystkim, że jego kierowca jest chorym psychicznie zbrodniarzem wojennym z problemami z nadmiernym poceniem się, ale każdy by wiedział, że coś jest z nim nie tak. I przy następnych wyborach omijałby go z daleka.

■ Prawdziwie jadowity wóz ponad kłębowiskiem żmij

Jest środek nocy, a ja nie mogę spać. Przez kilka ostatnich dni jeździłem tak dobrym, tak ekscytującym i – co najważniejsze – tak korzystnym cenowo jak na swoje możliwości samochodem, że po prostu muszę teraz o nim napisać. Na początku byłem zdecydowany go nienawidzić. Po pierwsze, jest produkowany w Australii, a Australia zaczyna się na literę „a". Najlepsze kraje na świecie zaczynają się na literę „i" – Italia, Islandia, Irlandia, Indie, Anglia, czyli „Ingland" i tak dalej, a najgorsze na „a" – Ameryka, Austria, no i oczywiście to zapomniane przez Boga i ludzi kłębowisko żmij i pająków – Australia.

Jak myślicie, dlaczego Bóg umieścił Australię tak daleko od nas? I dlaczego usiłuje teraz pozbawić ją ochronnej warstwy ozonowej? Bo Bóg jest Brytyjczykiem i ma już dość tego, że nazywają go biadolącym, homoseksualnym mięczakiem.

Zapytajcie Australijczyków, cóż takiego wyjątkowego jest w tym ich wielkim i bezużytecznym kontynencie, a zawsze usłyszycie tę samą odpowiedź: wspaniały klimat i soczyste steki. Nie odmawiam im tego, ale powinni pamiętać, że my wychowaliśmy się w nieustannej mżawce i na diecie z paluszków rybnych, a mimo to stworzyliśmy największe imperium na świecie.

Nie podobają mi się linie lotnicze Qantas, nie podoba mi się Sydney, nie lubię tych olbrzymich krewetek ani myśli o tym, że gdy wyjdę na zewnątrz bez czapki, to dostanę raka głowy. Z tych właśnie powodów byłem zdecydowany nienawidzić Holdena. I jeszcze jedno: produkuje go General Motors, co w Wielkiej Brytanii wywołuje skojarzenia z Vauxhallem Vectrą. GM to największy koncern samochodowy świata, ale co z tego? Richard Kiel jest największym aktorem na świecie, ale daleko mu do bycia najlepszym.

W końcu samochód przyjechał. Wyglądał jak krzyżówka antycznej Omegi z olbrzymim Chevroletem Caprice. Już samo to wyglądało wystarczająco źle, ale na dodatek za wykończenie wozu odpowiadał chyba jakiś czternastolatek. Może jest tak, że Australijczycy faktycznie lubią srebrne progi i czerwone znaczki z informacją o modelu i wersji. Może to wyjaśnia, dlaczego, mimo że mają w domu piekarniki, tyle czasu spędzają w swoich ogrodach przypalając swoje dania. Może dlatego, że tak rzadko przebywają we wnętrzach, zupełnie nie dbają o ich wygląd. I pewnie dlatego wnętrze Holdena jest całe szare i nie ma w nim popielniczki. Dobrze – pomyślałem sobie – nie zostawię na tym samochodzie suchej nitki.

Tymczasem jest czwarta nad ranem, a ja ślinię się jakbym stracił dla kogoś głowę. Zaledwie kilka tygodni temu napisałem, że Mercedes Klasy S jest najlepszym samochodem na świecie, ale w tym tygodniu były takie momenty, że zaczynałem w to wątpić. Podejrzewam, że przyczyn tego stanu rzeczy jest 5,7-litrowy silnik V8, od którego robi się wilgotno w majtkach.

Co prawda ma moc zaledwie 295 koni, ale za to jego moment obrotowy to kolosalne 474 niutonometry sprawiające, że przy 110 km/h na szóstym biegu ma zaledwie 1500 obrotów na minutę. Nie przejmujcie się, gdy na światłach ktoś stanie obok was i zacznie się śmiać z waszych srebrnych progów. Przy takim momencie obrotowym jedno muśnięcie pedału gazu w trzy sekundy zostawi go trzy kraje za wami.

Przed testem Holdena powiedziano mi, że to idealny samochód dla właścicieli TVR-ów, którzy z powodu swoich zużytych lędźwi musieli się przesiąść do czterodrzwiowych sedanów. Muszę przyznać, że jest w tym trochę prawdy. Tyle że jeśli chodzi o charakter tego wozu, jest on bardziej dojrzały niż TVR. I rzeczywiście – ma przecież brata bliźniaka: Astona Martina Vantage'a. Mają taką samą skrzynię biegów. Mają identyczne brzmienie silnika. Obydwaj są duzi, w dodatku obydwaj sprawiają wrażenie jeszcze większych. Zgadzam się, wyglądowi Holdena daleko do zamku Ashby, ale z drugiej strony nie kosztuje aż tyle, co ta okazała budowla. Dziś Vantage'a można kupić za 200 000 funtów, a HSV może być wasz za jedyne 40 000.

To prawda, że Aston jest wyraźnie szybszy na prostych, ale ponieważ zawieszenie Holdena jest zestrojone przez kierowcę rajdowego, Toma Walkinshawa, ten osiłek z Bondi Beach pozostawia swojego arystokratycznego bliźniaka w szczerym polu.

Przyczepność Holdena jest skandaliczna, ale jeśli będziesz chciał zaszaleć i ją zerwać, nawet jeśli jesteś najbardziej fajtłapowatym kierowcą na świecie, szybko odzyskasz kontrolę nad samochodem. Jeśli chodzi o kręte, wiejskie drogi, musisz myśleć w kategoriach włoskośrodkowosilnikowych – ten samochód jest bardzo łatwo oderwać od szosy.

Wiecie co w tym wozie podoba mi się najbardziej? To, że gdy zmęczą was ludzie kręcący głowami na ryk dobiegający z wydechu i znudzi się wam wchodzenie w zakręty z prędkością 2 machów, możecie wygodnie rozsiąść się w niezwykle komfortowym fotelu, wrzucić szóstkę i pożeglować do domu w absolutnej ciszy, zakłócanej tylko tym, co włączyliście w odtwarzaczu. Ten samochód może być pędzącym 260 km/h Meat Loafem albo spalającym zaledwie 11 litrów na 100 kilometrów Brahmsem – wszystko zależy od waszego aktualnego nastroju. W dodatku, ponieważ oprócz wszystkiego samochód ma słuszne rozmiary, z tyłu znajdziesz wystarczająco dużo miejsca dla trójki swoich dzieci, a bagażnik pomieści bez problemu ich zabawki. A jeśli masz psa, też nie ma z tym problemu – HSV oferowany jest również w wersji kombi.

No i to chyba wszystko. Żegnam się z państwem – możecie państwo wracać do koszenia swoich trawników w smutku, że istnieje taki wspaniały wóz, tyle że po nie tej stronie świata, co trzeba. A jednak, ponieważ w Australii przynajmniej jeżdżą po tej samej stronie co my, Holdena już importuje się do Wielkiej Brytanii, gdzie – jak mnie poinformowano – może być serwisowany u dowolnego dilera Vauxhalla. Jeśli pragną państwo nabyć jeden z tych samochodów, a jestem pewien, że tak, zapomnijcie o trawie i zadzwońcie do importera na numer 01908 262623.

■ Szwajcarski scyzoryk ze stępionymi ostrzami

Na pewno przez myśl wam nie przeszło, by spędzić wieczór w mieście w spodniach firmy Rohan – marki wybieranej przez tych, którzy bardziej niż styl cenią sobie funkcjonalność, czyli głównie przez harcerzy. Te spodnie są jak szwajcarski scyzoryk – wytrzymałe i niezawodne, z całym mnóstwem kieszeni i praktycznych zamków błyskawicznych. Sprawdziłyby się w wyprawie na Mount Everest, ale niezbyt dobrze wypadłyby w o wiele bardziej powszechnych wspinaczkach na wyżyny towarzyskie. Gdybyście pojawili się w nich w klubie golfowym Wentworth, recepcjonista poprosiłby was o opuszczenie pomieszczenia. No, chyba że byłyby żółte jak jajecznica. Ale akurat w takim kolorze nie występują.

Piszę o tym, bo w zeszłym tygodniu jeździłem samochodem przeznaczonym przede wszystkim dla noszących rohany. Niby nazywa się Zafira, co przywołuje skojarzenia z najnowszą sukienką Liz Hurley, ale nie dajcie się tym zwieść. To kolejny, zwykły, brązowy Vauxhall, czyli coś, co nie mogłoby już być bardziej odległe od ciuchów Versace.

Dla noszącego rohany, brązowy Vauxhall to istna samochodowa ambrozja. Nie widać na nim kurzu, zupełnie jak na wzorzystych dywanach, które rohanowiec ma w swoim salonie. Vauxhalla zrobili w Luton, podobnie jak rohanowiec swoje dzieci. W Vauxhallu wskaźnik poziomu oleju jest doskonale widoczny, a to dla kogoś, kto wychodzi wieczorem do miasta, by gadać z kumplami o namiotach, jest bardzo istotne. Rohanowiec przepada za wszystkimi Vauxhallami, ale Zafira ożywi go jeszcze bardziej niż kolejny kupiony przez niego mebel do samodzielnego montażu. To dlatego, że Zafira faktycznie jest meblem do samodzielnego montażu, i to na dodatek z kołami, co pozwala zabrać ją do kolegi i się nią przed nim pochwalić.

Zapakowana jest w pudełko o cal dłuższe niż Vauxhall Astra w wersji kombi. Wnętrze Zafiry można jednak dostosować tak, by stała się albo dwumiejscowym samochodem dostawczym, albo pięciomiejscowym kombi, albo siedmiomiejscowym minivanem. Można w niej przewieźć nawet deskę surfingową, tak więc, panie i panowie, prezentuję wam samochód, który jest jak szwajcarski scyzoryk.

Nie jest to oczywiście pierwszy minivan na rynku, ale wcześniejsze były mało praktyczne i niezbyt przyjemne. Były jak furgonetki, którym dodano elektrycznie opuszczane szyby. I zachowywały się bez wyjątku mamusiowato. Potem pojawił się jednak Renault Megane Scenic, kapitalnie zaprojektowany wóz, w którym, zachowując gabaryty Forda Escorta, udało się zmieścić pięć foteli o w pełni regulowanych ustawieniach. Wóz odniósł wielki rynkowy sukces, okupując ścisłą czołówkę rankingów sprzedaży zarówno w Szkocji, jak i w Irlandii Północnej.

Vauxhall ze swoją Zafirą poszedł jednak o krok dalej. Jeśli mówimy, że Scenic był kapitalny, to Zafirę trzeba określić jako dzieło geniuszu: przy rozmiarach Forda Escorta upchano w niej siedem miejsc! W dodatku jej twórcy mylą się podając, że zmiana ustawień siedzeń tak, by z minivana przeistoczyła się w zwykły samochód zajmuje 15 sekund. Jedną ręką zrobiłem to w dwanaście.

Oczywiście po rozłożeniu tylnych siedzeń znika bagażnik, ale w przypadku odwożenia dzieci do szkoły nie ma to większego znaczenia. Natomiast znaczenie ma co innego: to, że w razie uderzenia w tył, głowy waszych dzieci znajdą się bardzo blisko tylnej szyby. Ponieważ jednak ten problem dotyczy wszystkich minivanów, trudno jest oddawać Zafirę plutonowi egzekucyjnemu jako jedyny wóz do rozstrzelania o poranku.

Nie. Dzięki kanapie, która przesuwa się w przód i w tył, sporej ilości miejsca na nogi przy każdym z siedzeń, ogromnej przestrzeni pod sufitem i ładnej, zwartej karoserii, Zafira jest najprawdopodobniej najbardziej udanym samochodem rodzinnym na rynku. W dodatku nieźle sprawuje się na drodze. Silnik o pojemności 1,8 litra to prawdziwe cacko. Łatwo się rozkręca do czerwonego pola... i tam już zostaje. Z jakichś zupełnie niezrozumiałych powodów Vauxhall wyposażył Zafirę w skrzynię o krótkich, sprinterskich przełożeniach, co oznacza, że na autostradzie jechać będziecie przy głośnych i mało oszczędnych obrotach – 4000 to typowa ich wartość.

Tyle że dzięki takiemu dziwnemu zestopniowaniu skrzyni Zafira stała się żywiołową artystką. Daje się świetnie prowadzić, precyzyjnie pokonuje zakręty i – zapamiętacie to sobie – może dać kierowcy wiele frajdy. Kawał dobrej roboty, Vauxhall. Nareszcie zrobiliście vana z całkiem przyzwoitym zawieszeniem, mimo że jest to samochód, który rzadko będzie przekraczał 65 km/h.

Naprawdę, powinienem kupić sobie taki wóz. Pomieszczę w nim trójkę dzieci i psa, a gdy postanowię popływać sobie na desce, z jej zabraniem też nie będzie problemu. Zgadzam się, że ponieważ ceny Zafiry zaczynają się od 14 500 funtów, jest droższa niż Scenic, ale jest też lepiej zaprojektowana, no i ma 7 miejsc.

A jednak jej nie kupię, bo to Vauxhall.

Nazwa tego samochodu jest tak marzycielska, że nie trzeba było przesadzać malując demonstracyjną flotę dla dziennikarzy na brązowo. Brąz to coś więcej niż kolor – to sposób na życie. Brąz i Rohan – myślę, że istnieją piosenkarze, którzy ten motyw mogliby wykorzystać w swoich utworach.

W dodatku Zafira to chyba ostatni produkowany już samochód, w którym radioodtwarzacz nie został zintegrowany z deską rozdzielczą. To tak, jakby ludzie z Vauxhalla pokazali, że mają gdzieś, czy ktoś ukradnie ci radio. To przecież nie ich problem.

Raz po raz klienci donoszą, że serwis Vauxhalla jest beznadziejny, i że gdy wchodzą do salonu dilera, obrywają tam w głowę zdechłą rybą. Chciałbym zabrać kierownictwo Vauxhalla na dwudniową wycieczkę edukacyjną po Londynie. Pokazałbym im nowe, bajeczne restauracje, w których ściany są niebieskie, a obsługa natychmiastowa i jednocześnie niezauważalna. Wziąłbym ich do barów, w których ludzie mają jasne, żywe oczy. Pokazałbym im, jak rozwijają się tereny na brzegach Tamizy. A potem powiedziałbym: „Macie dobry samochód. Dajcie sobie spokój z brązem, chłopcy. Po prostu dajcie sobie z nim spokój".

■ Perfekcja nie zagraża warsztatowi Briana

Co roku można wybrać się na targi motoryzacyjne i w ostatnim dniu ich trwania obserwować, jak sprzątaczki do korporacyjnych śmietników na kółkach wrzucają worki pełne zamiecionych uprzednio marzeń.

Oto, jak do tego dochodzi: pewien gość o imieniu Brian, który nosi marynarkę ze skórzanymi łatami na łokciach i ma swój warsztat, postanawia zbudować nowy samochód. Pożycza więc pieniądze od faceta o imieniu Vince, który trzyma w domu pitbule, i zabiera się do pracy. Efekt jego zmagań ma plastikową karoserię, silnik Vauxhalla, hamulce bez ABS-u i źle spasowany dach, ale Brian jest z niego tak dumny, że nazywa go swoim imieniem. To chyba oczywiste. Każdy, kto widzi tysiące samochodów dostępnych dzisiaj na rynku i myśli „ja potrafię lepiej" musi mieć wielkie, naprawdę wielkie ego.

Brian przeprowadza badania rynku zapraszając swoich sąsiadów na drinka. Gdy sąsiedzi wypowiadają kilka miłych słów, Brian decyduje się na kolejną pożyczkę u Vince'a i wynajmuje miejsce wystawowe na targach. Targi trwają czternaście dni, ale Brianowi nie udaje się sprzedać ani jednego egzemplarza swojego produktu. Dziesięć dni później, po tym jak Vince przejął za długi samochód i rozbił go, Briana znajdują w lesie w Essex. A raczej to, co z niego zostało. I to już koniec historii. Aż do kolejnego roku, kiedy to pewien gość o imieniu Colin pojawia się w National Exhibition Centre w Birmingham wraz ze swoim samochodem Edna, nazwanym tak od imienia żony.

To, czego tak naprawdę potrzeba tym ludziom, bardziej niż czegokolwiek innego, to marka. Ford zapłacił za Volvo 6 bilionów funtów, co rozkłada się w sposób następujący: 1 funt za fabrykę, 1 funt za pracowników i 5 999 999 999 998 funtów za markę i za to wszystko, czym jest dla milionów właścicieli sklepów z antykami z Gloucestershire.

Przejdźmy teraz do Lexusa. To dopiero jest marka. Ta nazwa brzmi jak środek na raka, który NASA znalazła na Marsie. Zatytułuj książkę „Lexus", a będziesz miał w ręku bożonarodzeniowy bestseller. Sam bym kupił sobie Lexusa tylko po to, by móc powiedzieć, że go mam.

Niektórzy powiedzą, że Lexus nigdy nie wygrał wyścigu Le Mans i że ta marka nie ma historii. A ja mówię na to: phi! Lexus ma wspaniałą historię – nigdy nie wyprodukował samochodu, który się popsuł. I nie chodzi mu tutaj o niezawodność na poziomie Mercedesa, u którego na tysiąc egzemplarzy psuje się tylko jeden. Mówię tu o absolutnej perfekcji.

Gdyby Stany zamówiły u Lexusa pociski samonaprowadzające, NATO nie znalazłoby się w takich tarapatach, a Chińczycy siedzieliby w spokoju w swojej ambasadzie i zajadali węże.

Jaguar wielokrotnie wygrał Le Mans, ale jeśli chodzi o jakość, Lexus spuszcza mu niezłe manto. Teraz Lexus postanowił potraktować tak samo BMW, używając do tego kosztującego 20 000 funtów samochodu o nazwie IS200.

Nie ma jednak na to najmniejszej szansy. W zeszłym roku BMW serii 3 było najlepiej sprzedającym się samochodem w swojej klasie i to ze sporym zapasem. Samochód sprzedał się lepiej niż Honda Accord, Audi A4, Volvo 540 i Alfa 156 razem wzięte.

Z drugiej strony mamy niezaprzeczalny fakt: każdy, kto wsiądzie do Lexusa, zapragnie go mieć. Wszystko, począwszy od zwariowanych tarcz zegarów, aż po dziurkowane pedały, jest w Lexusie wspaniałe. Ekran nawigacji satelitarnej wysuwa się jak jakiś gadżet ze *Star Treka*, dźwignia zmiany biegów jest chromowana, a skóra jest mięciutka niczym zamsz. Potem do całej zabawy włącza się sprzedawca i informuje cię o przeglądach co 30 000 km, trzyletniej gwarancji, niskim ubezpieczeniu i zdumiewającym dwulitrowym silniku. Nazywa się VVT-I, i to chyba wszystko, co musicie o nim wiedzieć.

No dobrze, już dobrze: rozwija moc 154 koni mechanicznych, co wystarcza by przyspieszyć w 9 sekund od zera do setki i rozpędzić się do 215 km/h. Ma sportowe brzmienie, co ładnie komponuje się z sześciostopniową przekładnią i napędem na tylną oś. W salonie i w katalogach nowy Lexus prezentuje się nieźle. Na drodze – jeszcze lepiej. Ludzie patrząc jak przejeżdżasz, będą sobie myśleć: „O, jaki ładny samochód. Sportowy, a z drugiej strony powściągliwy i wysmakowany. W szczególności podoba mi się, jak pięknie te duże obręcze kół wypełniają łuki nadkoli".

A ty? Ty, niestety, będziesz już od dłuższego czasu spał za kierownicą, bo mimo że przybranie jest piękne, a cena korzystna, Lexus IS200 jest jednym z najmniej angażujących w jazdę samochodów spośród wszystkich, które kiedykolwiek prowadziłem. Więcej satysfakcji z prowadzenia będziesz miał teleportując się z punktu A do punku B. Zbliżasz się do zakrętu, skręcasz kierownicę z szykownie wyglądającymi, srebrzystymi wstawkami, a tysiąc technologicznie wyrafinowanych, japońskich ustrojstw pokonuje go za ciebie. Lexus jest jak zamrożony halibut. Wszystkie właściwe składniki są na swoim miejscu, opakowanie jest świetne, ale jeśli chodzi o smak, nie odróżnia się za bardzo od klocka drewna.

A wiecie dlaczego? Dlatego, że Lexus to oddział Toyoty, a Toyota to wielka korporacja, w której jedyną tak naprawdę liczącą się rzeczą jest końcowy wynik finansowy.

Lexus ma napęd na tylną oś nie dlatego, że jakiś entuzjasta jazdy samochodem stwierdził, że takie rozwiązanie lepiej zrównoważy samochód. Lexus ma napęd na tylną oś, bo dział marketingu doszedł do wniosku, że taka informacja będzie lepiej wyglądała w folderze reklamowym. IS200 jest cyniczną podróbą tego, czym mógłby być. Jest jak Virgin Cola i właśnie dlatego go nie znoszę.

Jeśli chcesz mieć samochód, który daje frajdę z jazdy, samochód zbudowany przez entuzjastów dla entuzjastów, pozwól, że zasugeruję ci, żebyś się podczas kolejnych targów motoryzacyjnych udał się do hali numer 73. Gdy już tam będziesz, poszukaj faceta o imieniu Colin. Kto wie, może na nazwisko będzie miał Chapman?

■ Wojna z księgą zasad motoryzacji

Od czasów, kiedy pracownicy firmy Austin wyjechali do Japonii, by pomóc Datsunowi uruchomić po wojnie fabrykę samochodów, japoński przemysł samochodowy niewolniczo podążał w kierunku, który wskazywały mu Europa i Ameryka.

Chciałbym, żebyście spróbowali podać mi jakikolwiek japoński wynalazek związany z motoryzacją. No, proszę – czekam. Nie, to na nic, musicie się poddać, bo wszystko, od klocków hamulcowych aż po wycieraczki przedniej szyby, zostało wynalezione przez cywilizację Zachodu.

W rankingu najmniej wynalazczych narodów świata, Japonia zajęłaby pierwsze miejsce *ex aequo* z Australią i Birmą.

Problem jednak w tym, że zanim jakiś brytyjski spec zdąży pokazać urzędowi patentowemu swój nowy wynalazek, jakiś koleś z Japonii na pewno już go skopiował. I podczas gdy tutaj kadra menedżerska wykręca się od jasnego stwierdzenia, kto będzie finansował produkcję tego czegoś, w Jokohamie tysiące egzemplarzy perfekcyjnych kopii zjeżdżają już z taśm produkcyjnych.

Honda NSX była bezwstydną kopią Ferrari 308. Mazda MX-5 to nowożytny MG. Datsun 240Z to Capri, a Toyota Supra to orientalna Corvetta.

Ale potem nadszedł Nissan Skyline, który nie wpisał się w ten prosty zestaw reguł. Dzięki zastosowaniu elektronicznych cudenek, których spodziewamy się raczej po japońskich projektantach magnetowidów, świat ujrzał samochód, który opuścił spodnie i pokazał swój goły tyłek wszystkim prawom fizyki.

Ten ziejący ogniem Datsun najwyraźniej zadziałał na cały japoński przemysł samochodowy jak rodzaj rózgi na bydło. Spójrzcie na Subaru Imprezę 22B. Nie ma mowy, by coś takiego mogło zostać zaprojektowane we Włoszech, a gdyby zrobili to Niemcy, ważyłoby osiem ton.

Mamy też najnowszą generację silników VTEC Hondy, które brzmią, wyglądają i sprawiają wrażenie stuprocentowo japońskich. A tylny spojler Evo VI? Czyżby został zaprojektowany w Longbridge? Jasne, a dorsze używają odświeżających oddech pastylek. Myślę, że wszystko to razem wzięte, to bardzo pożądana sytuacja. Pięć lat temu istniało zaledwie kilka japońskich samochodów, które chciałem mieć, a teraz są ich całe tuziny. A na szczycie tej wciąż powiększającej się listy znajduje się Mitsubishi Galant VR4.

Po pierwsze, podoba mi się już samo to, że jeżdżę samochodem który nazywa się Galant. Wydaje mi się, że taki wóz mógłby pomagać starszym paniom dźwigać torby z zakupami. Po drugie, mimo że nigdy nie jeździłem zwykłym Galantem, zawsze pociągało mnie w nim coś, co mogę określić po prostu kapitalną stylistyką. Z Galantem jest jak z kobietą, która w pierwszej chwili w ogóle nie wydaje ci się atrakcyjna, ale po kilku spędzonych z nią godzinach śliniąc się leżysz u jej stóp.

Wersja VR4 Galanta jest jeszcze lepsza, bo ma usta napompowane kolagenem. Mój pięciodrzwiowy sedan miał olbrzymi tylny spojler, ogromny wlot powietrza z przodu, szerokie koła i seksowne opony. A jeśli nie wierzycie, że opona może być seksowna, przyjrzyjcie się bieżnikowi opon Bridgestone S-02.

Ogólnie rzecz biorąc, gdy spojrzycie na ten samochód, od razu wiecie, że jest japoński. A to oznacza, że nigdy się nie zepsuje. Potem wybieracie się na przejażdżkę. No dobrze, wiemy, że to Chevrolet jako pierwszy zrobił samochód z turbosprężarką, a Jensen – z napędem na cztery koła. Wiemy też, że firma Audi jako pierwsza połączyła obydwie technologie w modelu Quattro. Można więc twierdzić, że Galant po prostu naśladuje swojego czteropierścieniowego przodka. No dobrze, ale co w takim razie powiecie na aktywny system kontroli znoszenia? Tylna oś samochodu wyposażona jest w różnicowy układ przekazywania momentu obrotowego z elektronicznie sterowanym sprzęgłem, które w zależności od warunków na drodze i stylu jazdy kierowcy dobiera siłę kompensującą uślizg. Szczerze mówiąc, nie widziałem podobnego rozwiązania na liście wyposażenia dodatkowego nowego Rovera 75.

Jeszcze nie skończyłem. Skrzynia biegów Galanta potrafi rozpoznać charakter kierowcy i przechowywać w swojej pamięci preferowany przez niego styl zmiany biegów.

Nawet bez wchodzenia w tajemnice związane z elektronicznym wtryskiem paliwa, wiemy już, że mamy do czynienia z samochodowym odpowiednikiem zaawansowanej cyfrówki Canona. Ten wóz to istna rewia technologii z najwyższej półki, zaprojektowany po to, by toczyć wojnę z księgą zasad motoryzacji. To właśnie czyni z Galanta fascynującego towarzysza. Producent twierdzi, że silnik VR4 rozwija moc zaledwie 280 koni, ale to podejrzanie okrągła liczba, zważywszy, że w Japonii obowiązuje ograniczenie mocy właśnie do 280 koni. Dajcie spokój, chłopaki, nawet nie żartujcie! To przecież 2,5-litrowa jednostka V6 z dwiema turbosprężarkami. Od zera do setki rozpędza samochód w 6 sekund, aż do prędkości maksymalnej 240 km/h. 280 koni? Akurat!

Całość psuje jednak paskudne wnętrze. Dlaczego paskudne? No cóż, próbując skopiować europejską stylistykę, Mitsubishi przykleiło do środkowej konsoli kawałek drewna, a z drugiego zrobiło połowę kierownicy – wygląda to jak wystawa sklepu Almi Decor. Skórzaną tapicerkę dostarczył chyba Wittchen, ale nie za bardzo mu wyszła.

Mitsubishi zdobyło się na odwagę i stworzyło samochód, który wygląda i prowadzi się jak rasowy Japończyk. I bardzo dobrze. Za każdym razem, gdy pokonuję zakręt o 15 km/h szybciej, niż mógłbym to robić w Jaguarze, zaspakajam swoje najdziksze żądze. Mitsubishi powinno jednak naprawdę poważnie pomyśleć o swoim własnym stylu wnętrza. Miejsca siedzące na podłodze? Rozkładane wachlarze? Nieważne – po prostu zróbcie japońskie wnętrze, a nie japońską wariację na temat długiego pokoju w Izbie Lordów.

Gdy to dojdzie do skutku, europejscy producenci samochodów będą mieli problem, ponieważ skończą się czasy, kiedy japoński samochód kupowało się dlatego, że był niezawodny, a europejski – ze względu na klasę. Niedługo japońskie wozy będą w stanie zapewnić obydwie te rzeczy naraz. I to za mniej niż trzydzieści kawałków.

■ Evo to prostacka dziewucha, ale kocham jej siostrzyczkę

W kręgach, w których mężczyźni mają kolczyki w ustach i noszą czapki tyłem do przodu, pojawił się nowy, tętniący basem superbohater. Mimo że jest to mały, dwulitrowy, czterodrzwiowy sedan, nazywa się Mitsubishi Lancer Evo VI, kosztuje 31 000 funtów i na skali coolometru plasuje się nawet wyżej niż kolczyk w sutku prezenterki Gail Porter. Podniósł morale naszej młodzieży po tym, jak opuścił ją Escort Cosworth i zabiera ją na obfitującą w adrenalinę podróż na planetę Zło. Tłumacząc to na angielski, mamy do czynienia z drogową wersją rajdowego samochodu Mitsubishi, która rozpędza się od zera do setki, a potem hamuje od setki do zera w 6,7 sekundy. Innymi słowy jest zdumiewająco, niewiarygodnie i przerażająco szybka.

W dodatku dzięki napędowi na cztery koła i czemuś, co zwie się aktywnym systemem kontroli znoszenia, Evo pokonuje zakręty przy prędkości, którą zalecają jedynie podręczniki organizacji wspierających eutanazję. Nigdy, przez całe 15 lat testowania samochodów, nie zetknąłem się z czymś tak upajająco żywiołowym.

Wciśnij pedał gazu w podłogę, a Evo bez jakiegokolwiek opóźnienia wyrwie się do przodu z taką gwałtownością, że aż jękniesz. I nie mam tu na myśli jakiegoś postorgazmicznego westchnienia manifestującego zaspokojenie. Mówię tu o okrzyku „rany boskie" wydanym przez przestraszonego prawie na śmierć mężczyznę.

Prowadzenie Evo przypomina jazdę na deskorolce po kamienistej plaży – czujesz, że przecinasz ciężką atmosferę jak grot strzały i że twój samochód wyrwie serce z każdego zakrętu, na który go napuścisz, po czym pomknie po prostej jakby zamiast paliwa spalił cały bak semtexu. To tak, jakby wybrać się na zakupy w rollercoasterze. A potem, gdy zatrzymasz się w mieście, zaczną dziać się rzeczy jeszcze bardziej niezwykłe. Chuligani przestaną na chwilę znęcać się nad budką telefoniczną i odstawią jabola, by złożyć ci hołd. Chcesz zaskarbić sobie szacunek naszej młodzieży, a nie chcesz dziurawić sobie brzucha pod kolczyk? Kup sobie Evo VI.

Tyle że w zwykłym korku na autostradzie reakcje są zgoła odmienne. Ludzie zauważają wielki jak wiadukt spojler, błękitne chlapacze i przód, który w całości jest jedną wielką osłoną chłodnicy. I mówiąc wprost, śmieją się z tego.

I mimo że cenię Evo za to, że podczas piruetów na lodzie generuje przeciążenia rzędu jednego g, niezbyt podoba mi się wizja wytykania mnie palcami i komentarzy w stylu:

– O, patrz! To ten facet z telewizji! Siedzi w najbardziej idiotycznym samochodzie jaki widziałem!

Magazyny motoryzacyjne określiły Evo mianem „porschożercy" i „drogowej rakiety", ale obawiam się, że w realnym świecie, w którym ludzie noszą półbuty, stanie się bezpowrotnie prostacka. Będziecie mogli ją kupić tylko pod warunkiem, że jesteście dilerem narkotyków albo piłkarzem. Szkoda.

Ale nie popadajcie w rozpacz: Evo ma siostrę, samochód, który łączy w sobie charakterystyczną dla napędu na cztery koła przyczepność, aktywny system kontroli znoszenia i turbodoładowaną moc, wyglądając przy tym mniej jak Geri Haliwell, a bardziej jak Kristin Scott Thomas. Ta siostra zwie się Galant, co z kolei przywodzi na myśl Sir Waltera Raleigha, człowieka, który z przyjemnością położyłby na ziemi swoją świeżo wyczyszczoną pelerynę, by królowa mogła suchą nogą przejść przez kałużę. A z drugiej strony – mężczyznę, który nie bez powodu nosi obszerne majtki.

I właśnie dokładnie taka jest siostra Evo. Owszem, ma spojlery i poszerzone łuki nadkoli, ale wszystko to jest niewielkie i dyskretne. Wewnątrz mamy drewnopodobną deskę rozdzielczą, automatyczną skrzynię biegów i wychłodzone klimatyzacją powietrze. Zaczynasz nawet podejrzewać, że gdy otworzysz schowek, zobaczysz Edwarda Foxa. Możesz wybrać się tym samochodem do miasta, a chuligani wciąż będą demolować budkę telefoniczną i nawet nie podniosą wzroku. Możesz stać tym samochodem w jednym z korków pana Prescotta, a ludzie nie przerwą nawet dłubania w nosie. To samochód jak każdy inny.

Zaglądnij mu jednak do majtek, a ujrzysz 2,5-litrowy silnik V6, który na dokładkę posiada nie jedną, a dwie turbosprężarki. Dzięki temu potrafi przyspieszyć od zera do setki w 5,7 sekundy i osiągnąć prędkość maksymalną 240 km/h. Nie jest taki szybki jak Evo – cóż może być tak szybkie, jak ona? – ale, co zdumiewające, biorąc pod uwagę fakt, że jest większy, bardziej wygodny i lepiej wyposażony, jest od niej tańszy. Droższa, pięciodrzwiowa wersja kombi Galanta kosztuje 29 995 funtów. Za tak niewygórowaną kwotę dostajemy naprawdę świetny samochód.

Chciałbym zakończyć ten tekst jakimś strzelistym peanem, narastającym *crescendo* entuzjazmu i sympatii, ale muszę być odrobinę bardziej ostrożny. Nie dalej jak miesiąc temu napisałem, że najlepszym samochodem na świecie jest Mercedes Klasy S. Zupełnie niedawno śliniąc się wklepywałem recenzję Holdena HSV. Wiem, że powinienem tych kilka nie zużytych jeszcze superlatyw zachować dla nadchodzącego BMW serii 5, ale – przykro mi – beemowcy muszą obejść się smakiem. Jeśli chodzi o Galanta – idę na całość. To olśniewająco wspaniały wóz, to rzadko spotykana, udana mieszanka japońskiego hi--techu z niepowtarzalną, piękną stylistyką.

Znajdzie się tu coś dla każdego. Członkowie fanklubu docenią aktywny system kontroli znoszenia, a w szczególności zieloną diodę, która informuje o tym, że właśnie wkroczył do akcji. Wam z kolei przypadnie do gustu trzyletnia gwarancja. Mnie podoba się to, że można mieć kombi, którego prędkość maksymalna to 240 km/h.

Najprawdopodobniej nie kupilibyście nigdy Evo VI, ale Galant da wam posmak prawdziwej sportowej jazdy i życia w luksusie bez objawów zgagi. Jednym słowem – Galant to wspaniały wóz!

■ Nareszcie samochód, w którym nawet ja nie mogę wylądować w rowie

Kandydatów do prawa jazdy uczy się, że gdy zaczną wpadać w poślizg, muszą podnieść stopy ze wszystkich możliwych pedałów i skręcić kierownicę w stronę, w którą przemieszcza się samochód. Jasne. A gdy chcesz nauczyć się jeździć na nartach, po prostu przytwierdzasz do butów dwie deski i puszczasz się z góry.

Uwierzcie mi. Gdy samochód zaczyna wpadać w poślizg, możesz robić wszystko, na co tylko masz ochotę. Możesz wyrwać kierownicę z kolumny, możesz deptać po wszystkich pedałach jakbyś grał na organach kościelnych, a wszystko to w tej sytuacji nie ma najmniejszego znaczenia. Równie dobrze możesz ugryźć się w nos, bo za kilka sekund znajdziesz się w rowie z samochodem przewróconym na dach.

Wiem, co mówię. Już od 15 lat testuję samochody, a to oznacza, że muszę nimi jeździć tak, by wiedzieć, co się dzieje, gdy tracą przyczepność. Zabieram je na skraj przepaści, a potem robię jeszcze jeden malutki krok i wpadam w wielką, tajemniczą otchłań, gdzie olbrzymia siła odrywa mnie od fotela i wkręca w młyn bezdusznych praw fizyki.

Znam teorię prowadzenia samochodu tak dobrze, jak wszyscy inni. Nieobce są mi pojęcia typu „przenoszenie nacisku" i „charakterystyka bieżnika". Dobrze wiem, co robić w każdym możliwym poślizgu, na każdej możliwej nawierzchni, ale gdy siedzę za kierownicą i muszę zastosować tę wiedzę w praktyce, zazwyczaj kończę jazdę do góry kołami w rowie.

Wiem, na przykład, że teoretycznie istnieje możliwość kierowania samochodem za pomocą pedału gazu. Dodajesz go trochę i wprowadzasz w ślizg tył samochodu. Trzymasz pedał gazu w tym samym położeniu, by pozostać w poślizgu, a potem, gdy wychodzisz z zakrętu na prostą, zdejmujesz nogę z gazu, a samochód ustawia się do jazdy na wprost. Od piętnastu lat dyskutuję w pubach o samochodach, którymi można kierować pedałem gazu i o tych, które takiej możliwości nie dają. Tyle że to wszystko to jeden wielki nonsens, bo daleko mi do Michaela Schumachera. Gdy usiłuję wykorzystać do kierowania samochodem pedał gazu, osiągam tylko tyle, że szybciej wpadam do rowu.

W tym tygodniu doznałem jednak olśnienia. Poraził mnie oślepiający blask światła i od tej chwili moja moc nie zna żadnych ograniczeń. Stałem się superkierowcą, człowiekiem, który nie pozostaje już w harmonii ze swoim samochodem. Nie, teraz jestem jego panem i władcą!

Jeździłem po lotnisku Kemble w Gloucestershire nowym BMW M5. Był ze mną fotograf, który do artykułu prasowego chciał pstryknąć parę fotek samochodu jadącego bokiem. Żaden problem, nawet dla mnie.

Każdy może wprowadzić samochód w ślizg bokiem. Tylko że gdy miniesz już fotografa, doświadczasz naprawdę niezbyt przyjemnych wrażeń.

Nie tym razem. Wprowadziłem samochód w poślizg i udało mi się go w nim utrzymać. A potem, gdy już miałem dość takiej jazdy, zdjąłem nogę z gazu, a on zaczął jechać na wprost. Czy byłem zadowolony? Nie, nie i jeszcze raz nie! Wyszczerzyłem zęby w takim uśmiechu, że kąciki moich ust rozbiły obydwie boczne szyby.

Jest jeszcze coś. M5 ma taki mały przycisk, który wyostrza reakcję samochodu zarówno na ruch kierownicą, jaki i pedałem gazu. Posadź za kierownicą tego wozu jakąś staruszkę i każ jej go wcisnąć, a stanie się Miss Ślizgu Bokiem, waleczną księżniczką w królestwie maniaków motoryzacji.

Mijała godzina za godziną, a ja rozkoszowałem się jazdą tym samochodem po bocznych drogach, i to tak, że jego tył nigdy nie znajdował się dokładnie za przodem i... o Jezu! Cóż to za dziwny dźwięk? O nie, właśnie rozleciały się tylne opony...

Nie żartuję. W ciągu tych kilku porannych godzin udało mi się zniszczyć dwie 18-calowe opony Dunlop w cenie 387 funtów jedna. Aha, w BMW nie ma koła zapasowego. Firma dorzuca za to puszkę uszczelniacza do opon i pompkę, ale jeśli starłeś opony aż do osnowy, użyteczność tego zestawu jest raczej ograniczona.

Zastanówmy się przez chwilę nad wnioskami, jakie z tego wszystkiego płyną. Bez cienia wątpliwości M5 jest najbardziej pochlebiającym swojemu kierowcy samochodem. Największego niezdarę za kierownicą zmieni w prawdziwego mistrza. Prowadzi się po prostu jak marzenie. Ale co z niego zostanie, gdy pozbawimy go tej jego sprawności w trzymaniu się drogi, tak jak jego sprawność w trzymaniu się drogi pozbawia opony bieżnika?

M5 będzie jak Sebastian Falkus bez talentu pisarskiego. Będzie jak George Clooney z twarzą jak koński zad. Będzie jak zwykle, kosztujące 60 000 funtów BMW serii 5, produkowane w zakładach w Dachau, w mieście, gdzie znajdował się kiedyś obóz koncentracyjny. Zgadzam się, że pod jego maską tętni życiem niesamowity lewiatan – rozwijający moc 400 koni silnik V8 – ale żeby oszczędzać opony, trzeba jeździć z włączoną nadopiekuńczą kontrolą trakcji. Wnętrze jest wprost bajeczne, ale identyczne będziecie mieli w tańszym o połowę BMW 528i.

Z pewnością M5 nie wywrze na sąsiadach jakiegoś ogromnego wrażenia, częściowo z powodu błyszczących, prostackich felg, a częściowo z powodu głębokiego, basowego dźwięku jaki z siebie wydaje, zabijając przy tym wszystkie okoliczne psy i tłukąc w serwantkach najlepsze czechosłowackie kryształy.

Jest w oczywisty sposób lepsze od BMW 540, ale jedynym miejscem, gdzie mógłbyś tę oczywistość zademonstrować, jest tor wyścigowy albo opuszczone lotnisko. A kiedy twoi kumple będą po tym wszystkim wracali do domu, ty będziesz siedział z telefonem przy uchu, usiłując znaleźć opony, których nie prowadzi żadna hurtownia.

Czyli w takim razie co – czy M5 to głupi samochód? Nie, niezupełnie. Ponieważ i tak nigdy nie zabierzecie tego samochodu na lotnisko, ani nie będziecie pokonywali nim zakrętów w kontrolowanym poślizgu i macie gdzieś los psa sąsiadów, muszę wam wyznać jedną rzecz. Ze względu na moją dotychczasową historię szczucia BMW, zaboli mnie to co teraz powiem: M5 jest po prostu wspacholernieniałe!

■ Modne samochody? To mnie nie bawi

No i proszę – jechałem taksówką z Rodneyem Bickerstaffem, sekretarzem generalnym takiego czy innego związku zawodowego, zmierzając na Bond Street po nową torebkę dla mojej żony. Dość surrealistyczne, co? No i zaczął się koszmar. Damska torebka musi spełniać dwa wzajemnie wykluczające się kryteria: ma być modna i ma być praktyczna.

Pewnego dnia, gdy jechałem samochodem z żoną, poprosiła mnie, bym podał jej okulary słoneczne. To oznaczało, że musiałem zanurkować w jej torebce. Wtedy odkryłem, że posiada zwykłe okulary, zapasowe okulary, okulary słoneczne i jeszcze jedną parę, którą przepisał jej lekarz. Jednak żadne z nich nie były tymi, o które chodziło, dlatego poszukiwania trwały dalej.

Po kolei natknąłem się na kosmetyczkę, telefon komórkowy, taką ilość kluczy, że nawet strażnik w więzieniu Brixton byłby pod wrażeniem, dwa portfele i składaną ramkę na zdjęcia. Jeszcze niżej, pod całą tą plazmą drobiazgów znajdowała się apteczka, kolejny telefon komórkowy, jeszcze więcej kluczy i wreszcie strefa sanitarna. W tym momencie poddałem się i powiedziałem:

– Kochanie, naprawdę nie mogę ich znaleźć. Może spróbuj zmrużyć oczy?

Najwyraźniej moja żona należy do osób, które potrzebują nie tyle torebki, co kontenera. Ale to wykluczone, bo widziałem w „Vogue'u", że nowoczesna kobieta powinna paradować z czymś nie większym, niż torebka herbaty ekspresowej. Tak przynajmniej jest dzisiaj. Znam się jednak na modzie wystarczająco, by wiedzieć, że w chwili, gdy dotrę do kasy z mikroskopijną niebieską torebeczką od Versace, będzie ona na czasie tak, jak wóz zaprzężony w woły. A kiedy będę szedł z powrotem do półki, by wymienić torebkę na szarą, nastąpi powrót mody punkowej i równie dobrze będę mógł nabyć kontener.

Zaczynam rozumieć, jak mógł się poczuć książę Karol, gdy dowiedział się, że podczas jednego z jego przyjęć w ogrodzie dwóch homoseksualnych księży grało w hokeja swoimi migdałkami. Pomyślał pewnie: „zadziwiające co się wyprawia na tym świecie".

Ostatecznie zdecydowałem się na torebkę z ćwiekami, a następnie oniemiałem z przerażenia widząc, jak moja żona przenosi zawartość swojej starej torebki do nowej. Wyglądała jak Królowa Matka przenosząca wszystkie swoje meble do szeregówki z dwiema sypialniami.

A i tak za miesiąc ta torebka będzie już niemodna. To jeszcze żaden dramat. Nadążanie za modą w dziedzinie torebek nie jest aż takie kosztowne. Prawdziwym problemem staje się to w dziedzinie samochodów. Nigdy nie były one domeną nieuleczalnie modnych, bo wszyscy jeździli Fordem Cortiną, a na nowy model samochodu trzeba było czekać jakieś sześć lat. W połączeniu z olbrzymim kosztem zakupu nowego wozu wykluczało to możliwość zmieniania ich jak rękawiczki. Obecnie jednak producenci samochodów odkryli Amerykę i wpadli na pomysł dopasowywania przeróżnych rodzajów karoserii do tego samego podwozia. W ten sposób można tanio wyprodukować całą furę nowych modeli i to w niewielkich ilościach. Nazywa się to marketingiem niszowym.

Kiedy w styczniu 1998 roku Volkswagen wypuścił nowego Garbusa na bazie Golfa, ubrane na czarno osoby z malutkimi torebkami natychmiast go zamówiły. Był to samochód na czasie, ale zapotrzebowanie w Stanach Zjednoczonych było tak duże, że brytyjskie dostawy rozpoczynają się dopiero teraz. Obawiam się, że to już za późno. Napisać artykuł o Garbusie jako o samochodzie byłoby tak bezcelowe, jak omawianie jakości szwów w najnowszych majtkach La Perla. Beetle został zaprojektowany wyłącznie jako manifestacja pewnej mody, platforma, na którą mogli wskoczyć fani lat 1960.

Dzięki temu zespołowi, który naśladuje ABBĘ, znajdujemy się obecnie w machinie czasu przenoszącej nas w lata 1970., co powinno być dobrą nowiną dla Rovera. Niestety, coś im się pomieszało i pomyśleli, że chodzi o lata 1470. Naprawdę dziwię się, że nie oferują nowego Rovera 75 z dachem krytym strzechą.

Dziś o wiele lepiej mieć Mercedesa Smarta, który zdecydowanie jest *de rigeur* w Saint-Tropez. Ale kiedy na rejestracjach pojawi się prefiks kolejnego rocznika, powinniście bardzo dokładnie przemyśleć zakup sześcioosobowego Fiata Multipli.

Zdecydowanie daleko mu do najlepiej wyglądającego wozu na świecie, ale ekstrawagancja rzadko ma coś wspólnego z pięknem. Na przykład w zeszłym tygodniu w dziale „Styl" tego magazynu widziałem dziewczynę ubraną w coś, co wyglądało jak kosz na papiery.

Nawet na wsi, gdzie chustka na głowę firmy Hermès jest prawdziwą królową od 2000 lat, do ludzi zaczyna docierać, że samochody też mogą być modne. Dlatego teraz do Cheshire jeździ się Range Roverem, a na dziedziniec wjeżdża Toyotą Land Cruiser.

Może i chodzenie w dzwonach do klubów techno jest już niemodne, ale wierzcie mi – na pastwisku wóz z poszerzanymi łukami nadkoli to ostatni krzyk mody. I nie przejmujcie się etykietką „Made in Japan" – to samo dotyczy przecież sushi.

Zdaję sobie sprawę, że to wszystko jest skomplikowane, ale mogłoby być jeszcze gorzej. Ponieważ kwestie mody zaczynają być istotne w każdej dziedzinie życia, począwszy od muzyki, poprzez samochody i ubrania, aż po jedzenie i kody pocztowe, wkrótce również i domy zaleje wielka fala stylu.

„Och, moja droga, styl georgiański jest już niemodny! Musisz zburzyć ten dom i koniecznie wybudować tu coś żółtego".

■ Dlaczego życie w drodze to śmierdząca sprawa

Czy jesteście w stanie wyobrazić sobie, jak wygląda życie przedstawiciela handlowego? Korki. Niezliczone opłaty za parkowanie, które pożerają twoją prowizję. A do tego wszystkiego pot lejący się po plecach, bo menedżer floty był zbyt skąpy, by zapłacić za klimatyzację w twoim beznadziejnym Vauxhallu Vectrze z silnikiem Diesla. W środę jechałeś aż do samego Carlisle tylko po to, by się dowiedzieć, że twój główny kontrahent wyszedł na lunch ze swoją sekretarką i – jak cię ze znaczącym uśmieszkiem poinformowali jego pracownicy – po południu już go nie będzie.

Znam gościa, który pracował dla firmy Pitney Bowes sprzedając maszyny stemplujące. Aby przypodobać się sekretarkom, kazał im wyciągać języki, krzywił się i stwierdzał, że liżą za dużo znaczków. Wyobrażacie sobie coś takiego? Wyobrażacie sobie, że musicie podrywać grubą stażystkę tylko po to, by opchnąć jej szefowi kiepską maszynę stemplującą?

Lubimy śnić amerykański sen o pełnym romantyzmu życiu w drodze, o podróży przez Montanę z ciepłym wiatrem we włosach, ale rzeczywistość jest nieco inna. To dlatego, że życie w drodze w Wielkiej Brytanii oznacza, że jesteś przedstawicielem handlowym, masz Vauxhalla i tkwisz w korku patrząc, jak pasem dla autobusów przemyka premier.

Kiedy ostatnio tankowałeś samochód, kupiłeś sobie batonik Lion, który pokruszył ci się na koszulę, nie udało ci się sfinalizować tej ostatniej transakcji a teraz, o 18:00, zaczynasz szukać miejsca, gdzie mógłbyś spędzić noc. Twój budżet wynosi 50 funtów i jesteś w Cardiff.

Doskonale wiem, jak to wszystko wygląda, bo sam to robiłem. Wleczesz się po jednopasmowej drodze i przez pracujące wycieraczki próbujesz dostrzec rozmazane neony, rozpaczliwie poszukując tego ulotnego Graala – dwugwiazdkowego hotelu, w którym pościel byłaby uszyta z naturalnych tkanin.

Do dziś tak właśnie wspominam życie na drodze. Nylonowa pościel, co rano pobudka z włosami na sztorc i zasypywanie każdego, z kim się spotkałem, setkami informacji. Do tego kpiny innych gości indyjskich restauracji, że jem sam: „Popatrz na tego kolesia z dziwnymi włosami. Nie ma żadnych kumpli".

Inni przedstawiciele handlowi jadali w hotelu, a kelnerki o imieniu Stacey kręciły się przy nich w swoich mikrospódniczkach. Ja jednak mam alergię na wzorzyste dywany, a kiedy po raz tysięczny słyszysz cover utworu *Stairway to Heaven* w jakimś wieśniackim wykonaniu, sączący się z głośników Muzaka, naprawdę musisz stamtąd wyjść.

Następnie, kiedy o drugiej w nocy nie możesz zasnąć, bo przez okno bez zasłon wpada światło lamp sodowych, zupełnie rozbudza cię pijany facet o imieniu Dave, który przez pomyłkę dostał klucz do twojego pokoju.

Leżałem tak całymi nocami, słuchając Doorsów na walkmanie i wyobrażając sobie z całych sił, że jestem zupełnie gdzie indziej. Koszmar. Po prostu koszmar.

Jednak w tym tygodniu tak się złożyło, że nocowałem w hotelu Travelodge i... och, czasy naprawdę się zmieniły. Tabliczka na zewnątrz obwieszczała, że to już „setny hotel Travelodge otwarty w Hickstead", a wstęgę przecięła prezenterka telewizyjna Judith Chalmers. Wszystkie hotele Travelodge otwierane są przez sławy. W Hemel Hempstead była nią tenisistka Annabel Croft, a w Nottingham – łyżwiarze figurowi Torvill i Dean. Jednak o ile się zorientowałem, wszystkie hotele tej sieci wyglądają tak samo. Za stałą stawkę dostajesz pokój, w którym, jak mi powiedziano, jest aż sześć miejsc do spania. Sprawdzenie tego zajęło mi trochę czasu, bo znalazłem łóżka tylko dla czterech osób. Po godzinie zrezygnowałem i włączyłem telewizor, mając nadzieję, że trafię na jakieś niemieckie porno. Niczego takiego jednak nie znalazłem i coraz bardziej łaknąłem jakiejś rozrywki.

Śmiertelnie znudzony zająłem się poszukiwaniami telefonu, ale nie udało mi się go znaleźć, więc wybrałem się na poszukiwanie baru, którego również nigdzie nie było. Zamiast tego w opustoszałej recepcji stał automat z zimnymi napojami. Właśnie tak – płacisz zaraz po przyjeździe, a około 22:00 z hotelu znika cały personel.

Nie było tam nawet restauracji, za to broszurka, którą znalazłem w pokoju, zachęcała do wędrówki przez parking i zjedzenia kolacji w Little Chef. Jeść. W Little Chef. Ciekawa sugestia.

Następnego ranka przyglądałem się, jak moi sąsiedzi wylegają ze swoich cel, wsiadają do przegrzanych Vectr i rozpoczynają kolejny dzień pełen potu i rozczarowań. Wyglądali na wypoczętych i rzeczywiście tak było. Przecież w ich pokojach z całą pewnością nie było niczego, co minionej nocy mogłoby oderwać ich od snu.

Nie wątpię, że Travelodge to dobry pomysł. Nie zapewniając gościom absolutnie niczego można maksymalnie obniżyć koszty, a to trafia do klienta: 49,95 funta to dobra cena za pokój z bawełnianą pościelą.

Ale co byłoby, gdybyś musiał spędzić w drodze każdą noc, w takim samym bezpłciowym pokoju hotelowym? Może nawet znalazłbyś w końcu te dwa brakujące łóżka, ale co z tego?

Wiesz, że wszystko, czego możesz się spodziewać nazajutrz, to kolejny dzień spędzony na sztucznej tapicerce w twojej Vectrze. Śmierdzę, więc jestem... przedstawicielem handlowym.

■ Wioski Cotswold i małe foczki

Obecnie mamy w domu ekipę budowlaną i na wszystko brakuje nam czasu. Właśnie kiedy myślisz sobie, że masz parę minut na kawę i papierosa, szef ekipy bezceremonialnie stwierdza, że nasze ściany są do niczego. Albo że ciśnienie wody w nowej łazience będzie niewystarczające i że musimy wykopać coś w rodzaju Kanału Sueskiego. „Przelecimy to szybciutko w 11 lat, za jakieś 4000 milionów funtów."

Niespecjalnie uśmiecha mi się bojler opalany torfem, który wybucha podczas każdego przymrozku. Wolę jednak mieszkać tutaj, bo tu przynajmniej choć trochę czuć historię, a nie w zupełnie nowym, idealnym domu, wybudowanym przez Barratt Homes. Moim zdaniem taki dom uosabia wszystko to, co jest nie tak w nowym BMW M5, samochodzie, o którym możecie przeczytać właściwie na każdej stronie bieżącego wydania. Jest po prostu zbyt doskonały, zbyt zrównoważony, zbyt zadowolony z siebie. Gdybyśmy razem chodzili do szkoły, grałby w najlepszej drużynie krykieta i byłby świetny z fizyki. A ja na przerwach podkradałbym mu mleko.

Z chęcią przyznaję, że BMW zwycięża z XJR na prawie każdym polu, podobnie jak nowy dom wygrywa ze starym. Może to właśnie dlatego nowe osiedla zapełniają się beemkami w 10 minut po tym, jak plac budowy opuści ostatnia koparka JCB. A przy wszystkich starych domach z cieknącymi kranami i glicyniami rosnącymi w ogródku stoją Jaguary.

Zauważyłem również pewien korzystny trend w Motostanie. Producenci wytwarzają samochody, które budzą w nas myśl: „och, muszę go mieć", zupełnie jak słodkie baśniowe chatki. Myślę tu przede wszystkim o Smarcie. Ten samochodzik obarczony jest szeregiem wad, które dyskwalifikują go w oczach właścicieli uniwersalnych zestawów mebli G-Plan. Wygląda jak idiotycznie wzorzysta sofa w świecie skórzanych kanap. Nie możesz nim wyjechać z miasta, bo przejeżdżająca furgonetka z pieczywem zdmuchnęłaby go prosto w żywopłot. Zmiana biegu w sześciobiegowej półautomatycznej skrzyni zajmuje całe wieki, a na zakrętach samochód trzyma się drogi nie lepiej niż jelonek Bambi.

Ma jednak i zalety – jest to chyba najlepszy miejski samochód, jaki widziałem. Można go zaparkować przodem do krawężnika, ceny zaczynają się już od 6000 funtów, deska rozdzielcza jest niezniszczalna, a spalanie to zaledwie 4 litry na 100 kilometrów. Fajne, ale mało istotne.

Ważne jest to, że Smart jest tak diabelnie uroczy. Gdybyś zamiast przejechać się Smartem, przespacerował się po jakiejś wiosce w Cotswold z małą foczką pod pachą, usłyszałbyś o połowę mniej zachwytów. Żeby osiągnąć porównywalny efekt, musiałbyś jeszcze dodać do tego pluszowego misia i dziecięcą grupę baletową.

Dalej mamy Fiata Multiplę Cinema.

Wiem z dobrze poinformowanego źródła, że nawet szef Fiata, Gianni Agnelli uważa, że ten zmyślny sześcioosobowy wóz jest „potwornie szkaradny". Ma rację, bo tak rzeczywiście jest. Ale szkaradny był też Człowiek Słoń, co nie przeszkadzało nam płakać ze wzruszenia, gdy odzywał się swoim chrypiącym głosem.

To nie wszystko. Nie byłem w stanie oglądać Michaela Elphicka – ani w *Boon*, ani w żadnym *talk-show*, ani w niczym innym – od czasu, kiedy zniszczył Człowiekowi Słoniowi jego katedrę z zapałek. Podobnie, nie zamierzam rozmawiać z nikim, kto krytykuje Fiata. Może i jest świeży i nowoczesny, a jak i tak chcę go mieć bardziej niż Blenheim Palace.

Pięć lat temu na konferencjach prasowych producentów samochodów wszyscy pytaliśmy jedynie o to, czy czterodrzwiowy sedan, którego właśnie obejrzeliśmy, będzie dostępny z silnikiem diesla, napędem na cztery koła albo w wersji kombi. Nic więcej nie chcieliśmy wiedzieć. Dziś możemy zapytać: „Czy będzie polakierowany na różowo, z silnikiem zamontowanym w jednym z kół?", a odpowiedź prawdopodobnie będzie brzmiała: „Tak".

Przypuszczam, że palma pierwszeństwa należy się Renault, które zapoczątkowało ten trend swoim Twingo. Dziś samochody z charakterem można już spotkać praktycznie na każdym rogu. Mercedes Benz Klasy A. Rover 75. Honda S2000. Jaguar S-Type. Kolejne wersje Evo Mitsubishi. I – owszem – nawet Daihatsu Move. Do gry wróciła również Alfa Romeo. Nawet Ford – najbardziej konserwatywny ze wszystkich producentów – ostatnio złapał bakcyla, tak więc teraz nie daje już swoim projektantom ołówków i kalki kreślarskiej, ale robi im o 17:00 przerwę na filiżankę herbaty i pigułkę ecstasy. A widzieliście już nowy wóz sportowy Vauxhalla? Niezły, prawda?

Wygląda na to, że ta tendencja ominęła jednak Monachium, gdzie Krzyżacy wciąż borykają się z końcówkami drążków poprzecznych i swoją technologią wałków rozrządu. BWM najwyraźniej tkwi w przekonaniu, że samochód jest po prostu urządzeniem służącym do przewożenia ludzi. Przyjrzyjcie się tym reklamom telewizyjnym, które w kółko trąbią o jednym drobnym szczególiku technicznym. Świetnie. Już wiemy, że BWM poświęca mnóstwo uwagi każdej śrubce i nakrętce, i że należy podziwiać układ chłodzenia w M5.

Podziwiać tak, ale kochać? Wydaje mi się, że nie.

To tak, jak z „Financial Timesem". Chodzi o dogłębne zrozumienie tematu. Ludzie pracujący w tej gazecie nie tylko rozumieją, jak działa City, ale również potrafią o tym pisać w przejrzysty i zwięzły sposób. Wypełniają swoje obowiązki naprawdę wyśmienicie... ale nic więcej.

W takim razie, gdy nadejdzie pora na kawę, jaką gazetę będziecie chcieli przerzucić? „Financial Timesa"? Czy „The Sun"? A jakim wozem chciałbym dziś wieczorem wrócić do domu? M5 czy Jaguarem? Nie mam żadnych wątpliwości.

■ Chcesz kupić samochód? Zapytaj o zdanie Roda Stewarta

Czas... Od wieków najtęższe umysły ludzkości bezskutecznie próbują wyjaśnić jego tajemnice. Jak na razie jedynie Rod Steward zbliżył się sedna. „Czas jak garść piasku przesypuje się przez palce" – śpiewał kiedyś.

Pink Floydzi uważali, że za każdym razem, gdy wstaje słońce, bardziej brakuje nam oddechu i mamy przed sobą o dzień życia mniej. Jednak dla ludzi nieobeznanych z tajnikami rocka z lat 1970. czas pozostaje tajemnicą bez konkretnego początku i bez wiadomego końca. I wszyscy wiemy, że mimo jego obfitości, nigdy nie ma go wystarczająco dużo, gdy akurat jest nam potrzebny.

Zakładając, że dożyjesz do siedemdziesiątki, masz do dyspozycji zaledwie 600 000 godzin i obawiam się, że to za mało, by tracić czas udając się na kontynent europejski w celu nabycia nowego, taniego wozu. Przykro mi, ale jedynym sposobem, w jaki możesz zaoszczędzić pieniądze kupując samochód, jest właśnie marnowanie czasu. A czas jest najcenniejszym dobrem, jakie kiedykolwiek będzie ci dane.

Eksperci twierdzą, że „wystarczy" obdzwonić paru dilerów, powiedzmy w Holandii, pytając o cenę. Następnie „po prostu" przelewasz pieniądze i po sześciu tygodniach lecisz tam, by odebrać swój nowiutki, błyszczący samochód z kierownicą po prawej stronie. Nieważne, że ktoś ukradł z niego odtwarzacz – zabierasz go do Wielkiej Brytanii, kontaktujesz się ze specjalistą od VAT-u, wypełniasz jakieś formularze, płacisz celnikom, ile sobie policzą, idziesz na pocztę, piszesz do Swansea, wypełniasz kolejne formularze, kupujesz tablice rejestracyjne i – proszę bardzo! – gotowe.

No cóż, większość z nas nie ma czasu, by porządnie myć zęby, a co dopiero by wziąć dwa dni urlopu, aby oszczędzić 4,5 funta na nędznym Roverze 216.

Ciągle natykam się w telewizji na programy, w których faceci o nieprawdopodobnych fryzurach udzielają wskazówek, jak oszczędzać pieniądze. Nie dzwoń do hydraulika z powodu tej pękniętej rury – „wyskocz" do lokalnego sklepu dla majsterkowiczów i kup spawarkę. Następnie „po prostu" rozkop podjazd przed domem przy użyciu kafara, napraw rurę, zalej swe dzieło betonem i już możesz wracać do innych zajęć.

W zeszłym tygodniu czytałem w gazecie raport, który stwierdzał, że mężczyźni spędzają zaledwie 15 minut dziennie na zabawie ze swoimi dziećmi. Oczywiście, że tak jest. To dlatego, że wszyscy siedzimy w szopach samodzielnie budując kuchenki mikrofalowe, by zaoszczędzić pieniądze.

A teraz uważajcie. Zegar tyka. Masz przed sobą już tylko 300 000 godzin, i z tego 100 000 spędzisz śpiąc, a kolejne 25 000 – oglądając w telewizji filmy kostiumowe. Dalej mamy korki spowodowane przez pas dla autobusów pana Prescotta i – o rany! – właśnie pękła ci tętnica. Koniec gry.

Nie miałbym nic przeciwko temu, ale wcale nie jestem pewien, czy kupując samochód za granicą oszczędza się pieniądze. To dlatego, że kiedy chcemy mieć nowy wóz, zwykle decydujemy, ile pieniędzy jesteśmy w stanie wydać, a nie jaki model chcemy kupić. Kogo to interesuje, że w Kopenhadze można kupić Rovera za 10 000 funtów? Nie chcesz mieć Rovera, i na pewno nie chcesz spędzić ani chwilki swojego krótkiego życia w Danii.

Powiedzmy, że twój budżet wynosi 12 000 funtów i – słusznie – decydujesz się na zakup Forda Focusa. Wtedy dowiadujesz się, że w Hadze można nabyć taki samochód za 8 000 funtów. Czy w takim razie kupisz Forda i zaoszczędzisz 4 tysiaki? Czy może pojedziesz tam i wybierzesz coś bardziej atrakcyjnego? Może Alfę 156 albo eleganckiego, ekskluzywnego Lexusa IS200?

A może – i tak właśnie robi 92 procent kupujących nowe samochody – poczytasz sobie o wielkich okazjach czekających na kontynencie, po czym kupisz samochód w Wielkiej Brytanii, bo masz lepsze rzeczy do roboty, niż targowanie się z naćpanym amatorem pornografii w kiepskiej marynarce?

Cóż, nie martw się, bo pomoc w takich przypadkach oferuje Kia – koreańskie przedsiębiorstwo samochodowe, które właśnie ogłosiło, że zamierza obniżyć ceny, by zbliżyły się do poziomu norm europejskich.

Oczywiście, zakup Kii w Wielkiej Brytanii jest obarczony pewnymi niedogodnościami – przede wszystkim, masz wtedy Kię – ale przecież są w życiu gorsze sytuacje. Z pewnością powinieneś unikać Kii Pride, bo wbrew nazwie nie będzie powodem do dumy. Nie jestem też pewien, czy Sportage z napędem na cztery koła to wybór najlepszy z możliwych. Z tego, co widziałem, nowa czterodrzwiowa Shuma dobrze sprawowałaby się jako taksówka na lotnisku w Nairobi, ale tu, w Wielkiej Brytanii, za bardzo kojarzy się z teleturniejem „Nie blefuj!", w którym Alan Coren próbował przekonać swoich przeciwników, że Kia Shuma to rodzaj kebaba.

Kia zawsze miała problem z nazwami – już od czasów pierwszego samochodu – Bongo. Ich samochody mają za to niskie ceny i dlatego dobrze się im wszystkim przyjrzałem, szukając najmniej paskudnego, i natknąłem się na coś zwanego Clarus 1.8LX. To czterodrzwiowy sedan z klimatyzacją, siedzeniami i dużą, brzydką osłoną chłodnicy.

Kiedy zaparkujesz go na podjeździe, z pewnością zjawią się twoi sąsiedzi, by trochę się pośmiać, ale zetrzesz uśmiech z ich twarzy mówiąc, że samochód kosztował zaledwie 10 995 funtów i że kupiłeś go w Wielkiej Brytanii. Wtedy będziesz mógł wejść do domu, trzasnąć drzwiami i zmarnować trochę cennego czasu, sprzeczając się z dziećmi o Doris Troy.

■ Makabryczna zemsta bestii, którą usiłowałem zabić

Chrysler Voyager jest jak kreatura z filmu *Halloween*. Dźgasz ją nożem, strzelasz do niej, wyrzucasz ją przez okno sypialni, a sześć miesięcy później powraca w sequelu pod tytułem *Szkolne Wrota II*.

W 1997 roku dowiedzieliście się, że pan Blair i jego szerokoustna żaba będą odwozić nim swoje dzieci do szkoły. I mimo że wiedzieliście, iż ten facet to zbrodniarz wojenny, wzięliście z niego przykład i kupiliście sobie taki wóz.

W 1998 roku poinformowano was, że w rankingu najbardziej przyjaznych środowisku samochodów sprzedawanych w Wielkiej Brytanii uplasował się na ostatniej pozycji. Na początku 1999 roku dokładnie w tym samym miejscu, na które teraz patrzycie, ogłosiłem, że Vauxhall Vectra został zdetronizowany. „Najgorszym samochodem, jaki możecie obecnie kupić – napisałem – jest Chrysler Voyager". Po prostu go znienawidziłem.

Mimo to przed salonami, w których był sprzedawany, wciąż ustawiały się kolejki tak długie, że sięgały aż do połowy obwodnic miast, urywając się mniej więcej na wysokości supermarketów Asda.

W zeszłym tygodniu pomyślałem jednak, że chyba nareszcie nadszedł jego sądny dzień. Wynik oficjalnych testów zderzeniowych Voyagera, opłaconych w części przez rząd, został określony mianem „przerażający". Przy zderzeniu czołowym z prędkością 65 km/h kolumna kierownicy przemieściła się w kierunku głowy kierowcy, a w miejscu na nogi powstała otwarta szczelina. Samochód uzyskał zero punktów.

No to wszystko jasne – pomyślałem. To by było na tyle. Koniec. Koniec ze zrywaniem się z wanny by zadźgać mordercę. Jest martwy. Już go nie ma. Możecie wyświetlać listę płac; nie żeby zasłużył, by się na niej pojawić, to chyba oczywiste.

Skądże znowu. Jeden z właścicieli Voyagera powiedział mi, że nie ma zamiaru się go pozbywać, bo w razie wypadku ginie tylko kierowca, a nie dzieci na tylnej kanapie.

Nigdy nie przypuszczałem, że stanę się świadkiem takiego zbiorowego obłędu. Wiadomo, że samochód zabija ciebie, twoją rodzinę i naszą planetę. Wiadomo, że jest niewygodny i niepraktyczny. Wiadomo, że wybrał go pan Blair, a wciąż jest drugim pod względem sprzedaży vanem w Wielkiej Brytanii.

Oczywiście, ci z was, którzy mają czworo dzieci, powiedzą, że nie mają alternatywy, że żaden van nie jest jakoś szczególnie bezpieczny, no, może poza Toyotą Picnic, ale przecież jeżdżenie czymś, co nazywa się Picnic, w ogóle nie wchodzi w grę. Zgadzam się z tym.

No cóż, ja właśnie kupiłem ośmiomiejscowy samochód, który mógłby wjechać z prędkością 65 km/h w dom, a wszystkie podróżujące nim osoby popatrzyłyby w sufit i udając lekkie zdziwienie zapytałyby: „Czy ktoś z was poczuł jakikolwiek wstrząs?". To Toyota Land Cruiser. Jest tak przepastna, że gdyby z tyłu zdechł przewożony tam pies, jego woń dotarłaby do siedzących z przodu dopiero po trzech miesiącach. Kiedyś widziałem film, który pokazywał zderzenie wielkiego samochodu terenowego ze zwykłym i było to niesamowite. Terenówka po prostu wyjeżdża po masce tego zwykłego i zrywa jego dach razem z głowami siedzących wewnątrz osób.

Komentator usiłował nam wcisnąć, że w takim razie powinniśmy wszyscy kupić sobie Golfy. A ja? Ja skakałem po sofie krzycząc:

– Muszę mieć coś takiego!

Muszę mieć największą terenówkę, jaką tylko można kupić. Możecie mieć swoje Land Rovery Uzi i Pajero AK47. Jazda po drogach to wojna, a ja chciałem przystąpić do niej w Toyocie Haubicy.

Nowy Land Cruiser kosztuje 44 000 funtów, ale ominąłem ten problem kupując dwulatka z przebiegiem 48 000 km. Kosztował mnie 22 000 funtów i nie, nie wykupiłem dodatkowej gwarancji. Ponieważ ten samochód obliczono z myślą o jeździe między Adelajdą a miastem Darwin, przy odwożeniu dzieci do szkoły nie powinny wysypywać się z niego zębatki i druty.

Tak więc, pomijając czołg, dysponujemy obecnie najbezpieczniejszym i najbardziej niezawodnym samochodem, w którym będziemy wozić nasze dzieci. Myśl o tym sprawia, że robi mi się ciepło pod sercem i staję się sentymentalnym, dbającym o rodzinę mężczyzną. Mogę nawet upiec dziś po południu ciasto i odkurzyć mieszkanie.

Są jednak i minusy, z których największym jest ogromny koszt utrzymywania Land Cruisera na chodzie. Szkoła oddalona jest od naszego domu o 29 km, co daje 116 km dziennie i 150 funtów na paliwo tygodniowo. Wczoraj obliczyłem, że gdy wybiorę się do odległego o 2 km miasta po gazety, zapłacę 50 pensów za gazety, 60 pensów za paliwo i 400 funtów za wizytę u dentysty.

Oczywiście, że do podróży przez nizinę Nullarbor potrzebne jest twarde zawieszenie, ale nie da się go znieść podczas jazdy drogą A44. Land Cruiser jest jak garnitur podszyty papierem ściernym: dzięki klimatyzacji i skórzanej tapicerce wygląda z pozoru łagodnie, ale jeden wybój i bez plastra się nie obejdzie.

Jest przez to tak niewygodny i ma taki apetyt na paliwo, że w rzeczywistości unikam jeżdżenia nim. Co gorsza to samo robi moja żona. Twierdzi, że samochód przypomina wielkie, szare pudło i w ogóle nie chce się do niego zbliżać. W zeszłym tygodniu dała mi to jasno do zrozumienia zabierając naszą czteroletnią córkę do szkoły w swoim BMW Z1, które zapewnia bezpieczeństwo na poziomie chusteczki higienicznej. Przecież nie ma nawet zwykłych drzwi, na miłość boską! Wczoraj, gdy przyszła do nas sąsiadka i zaproponowała, że może odwozić również i nasze dzieci do szkoły, zgodziliśmy się z takim entuzjazmem, jaki manifestują psy, którym rzucasz jakąś dobrą przekąskę.

Zgadnijcie, czym jeździ. Tak. Chryslerem Voyagerem.

■ Masakra na politycznej autostradzie

Wzeszłą niedzielę 150 helikopterów przytransportowało na brytyjskie Grand Prix 11 000 sprzedawców fotokopiarek, na jeden dzień zamieniając tor wyścigowy Silverstone w najbardziej ruchliwe lotnisko świata. Jednak gdy wyścig dobiegł już końca, starty i lądowania, które dotychczas następowały jedne po drugich, zostały niespodziewanie przerwane. Siedziałem w naszym helikopterze o wdzięcznej nazwie „Wiewiórka" i słuchałem radia, które nieustannie powtarzało naszemu pilotowi, że rządowy śmigłowiec „BrązoweMajtki-Jeden" ma już komplet pasażerów i jest gotowy do startu.

Nie mogliśmy się jednak doczekać zezwolenia na start, bo na lądowisku po naszej lewej stronie jakiś helikopter zachowywał się tak, jakby chciał zerwać się ze smyczy – gdy pilot chciał do pomocy zaprząc wiatr, maszyna nerwowo przechylała się na boki. Jej silniki wyły, a śmigła robiły wszystko, by się od niej oderwać. Helikopter był po prostu za ciężki. Na jego pokładzie znajdował się bowiem sam Jabba z rasy Huttów. Człowiek roku 1999 magazynu „People": jego otyłość John „Palant" Prescott.

Tak – najpierw narobił bałaganu na drogach, wprowadzając progi zwalniające przypominające odwrócone donice i pasy dla autobusów, a teraz ten jeżdżący dwoma Jaguarami palant z Walii robi co w jego mocy, by spieprzyć ruch w powietrzu.

Oczywiście, jego działania mogły zjednać mu nieprzebrane rzesze zwykłych fanów Grand Prix, którzy musieli przez cztery godziny czekać na wyjazd z parkingów. Ale po tym, jak przed wyścigiem wystąpił w telewizji i powiedział, że ma skrytą nadzieję na zwycięstwo „Damiena", raczej w to wątpię.

Podejrzewam za to, że większość ludzi oglądająca wyścigi na torze Silverstone, na miejscu Prescotta z chęcią zobaczyłaby złowrogiego pana Spocka, który w tym tygodniu zarysował propozycje Partii Konserwatywnej mające sprawić, że Wielka Brytania znów stanie się przejezdna.

Może to prawda, że konserwatyści są tak samo szarzy jak ich lider, ale tą samą szarością chcą pokryć całą autostradę M4. I to mi wystarczy. Nie obchodzi mnie, że ich przywódca, William Hague, najwyraźniej hoduje na głowie rzeżuchę. Zagłosuję na każdego, kto mi obieca, że znikną wreszcie te czerwone pasy dla autobusów. Konserwatyści mają też zamrozić ceny paliw, przerwać prace nad wprowadzaniem opłat za parkowanie na parkingach w miejscu pracy i karać lokalne samorządy za instalowanie wzorowanych na szczycie K2 progów zwalniających na każdej podmiejskiej uliczce.

To dobre wiadomości, ale dlaczego nie ma wśród nich planów pomalowania fotoradarów na żółto i przeniesienia ich z krzaków na jakimś pustkowiu w okolice szkół, gdzie nadmierna prędkość może faktycznie mieć znaczenie? No i całe to zamieszanie wokół autostrad – przecież to absurd! Chcą, by minimalna dopuszczalna prędkość wynosiła 80 km/h, co od razu stanie się martwym przepisem, bo każdy zatrzymany będzie twierdził, że jego wolna jazda wynikała z dużego natężenia ruchu. Maksymalną dopuszczalną prędkość chcą ustalić na 130 km/h, a to oznacza, że każdy będzie prul 150 km/h. A to odrobinę za szybko. Abstrahując już od różnicy prędkości między samochodami kempingowymi, które mają być zwolnione z przestrzegania dolnej granicy prędkości, a szybciej poruszającą się resztą uczestników ruchu, nie będziemy mieli wystarczająco dużo czasu, by zareagować na jadącego naszym pasem pod prąd emeryta.

Dojdzie do masakry i znów staniemy przed przerażającą wizją Prescotta wsiadającego na pokład swojego śmigłowca i przejmującego władzę przy wtórze piosenki Jima Morrisona *The End*. I rzeczywiście – to będzie koniec.

Prescott chce zastąpić światełka odblaskowe w jezdni doniczkami pełnymi fosforyzujących kwiatków, cenę paliwa ustalić na poziomie 7 funtów i używać śmigłowców bojowych Apache do nadzorowania pasa dla autobusów na prostym odcinku toru wyścigowego Silverstone. Gdzie w takim świecie znajdzie się miejsce dla BMW Z8?

Wiem, że ciągle mówię, że jakiś samochód jest najpiękniejszym wozem świata, ale ten nowy dwumiejscowy kabriolet to zupełnie co innego. Naprawdę, tym razem rzeczywiście nim jest.

Wygląda trochę jak Austin Healey, trochę jak BMW 507: jest całkowicie męski dzięki chromowanym bocznym lusterkom, agresywnym wlotom powietrza na przednich błotnikach i tyłowi przypominającemu napięte uda kota. Gdy widzisz Piersa Brosnana jeżdżącego Z8 w kolejnym filmie o agencie 007 pod tytułem *Świat to za mało by równać się z moją fryzurą*, zaczynasz tak rozpaczliwie pożądać tego samochodu, że aż czujesz, jak to boli. To uczucie trwa aż do momentu, w którym dowiadujesz się, że jego cena kształtuje się między 80 000 a 100 000 twoich funtów. A to czyni z BMW Z8 bezpośredniego konkurenta takich wozów jak Aston Martin DB7 Vantage i Ferrari 360, które zupełnie przypadkowo będę porównywał w przyszłym tygodniu.

Wiem, że znaczek BMW przyprawia o zawrót głowy masonów, a golfiści na jego widok wyrywają *tee*, czy jak im tam. Ale jeśli chodzi o resztę świata, BMW to druga liga, to samolot easyJet w eskadrze myśliwców F-15.

Można zdobyć się na wysiłek i myśleć o Z8 jako o rywalu Ferrari 360, ale pod jego maską znajduje się ten sam 400-konny silnik V8 jaki znajdziecie w BMW M5. I te same elektroniczne cudeńka, które trzymają w ryzach tylne koła.

Reasumując, Z8 jest tak szybki jak Ferrari. A wygląda nawet lepiej. Co oznacza, że trudno jest znaleźć powód, by nie mógł konkurować z samochodem z Włoch. No dobrze, kierownicę ma po niewłaściwej stronie, ale to problem o wiele mniejszy niż wam się wydaje. Co z tego, że jest Niemcem? Najwyżej nie będzie się śmiał z brytyjskich seriali komediowych.

Widzę tylko jeden powód, by się od tego wozu trzymać z daleka. Jeśli chcecie się nim naprawdę nacieszyć, musicie głosować na Partię Konserwatywną.

■ Podstarzała seksbomba wciąż górą nad otyłym chłoptasiem

Bądźmy szczerzy: Ferrari 355 nie jest zbyt komfortowe. Miejsca pod sufitem ma niewiele, a pozycja kierowcy nie należy do wygodnych. A ponieważ piorunujące wrażenie, jakie robi ten samochód, nie może obejść się bez grzmotów, wóz piszczy, skrzypi, ryczy i dudni. Radia w nim z pewnością nie posłuchasz.

Posiadam Ferrari 355 od trzech lat i przez cały ten czas przejechałem nim zaledwie 8000 km. Stanowi to dla firmy Ferrari pewien problem, bo jeśli ich samochód przez 355 dni w roku będzie pokrywała warstwa kurzu, na pewno się nie popsuje, rzadko będzie wymagał przeglądów i jest mało prawdopodobne, że rozbije się w jakimś wypadku.

Żeby wycisnąć trochę więcej grosza od swoich klientów, Ferrari stanęło przed koniecznością wyprodukowania bardziej praktycznego samochodu. Dilerzy nie przetrwają na rynku, jeśli samochody, które sprzedają, będą przyjeżdżały do nich raz na rok w celu zrobienia standardowego przeglądu. Dilerzy chcą, by samochody się psuły. Chcą, byśmy wjeżdżali nimi w mury. Chcą nam sprzedawać mnóstwo części zamiennych.

Tym właśnie sposobem zniknęło z rynku Ferrari 355, a jego miejsce zajął większy, mniej ostry i bardziej przyjazny dla kierowcy model o nazwie 360 Modena. Za przednimi fotelami ma nawet miejsce na kije golfowe. To samochód, którym można dojeżdżać do pracy, podróżować i jeździć na zakupy. Chwyta się palcami zwykłego życia... i ma pecha, bo przejedzie mu po nich nowy samochód Astona Martina: DB9 Vantage.

Vantage zawsze był przystojniakiem, ale jego 3,2-litrowy silnik Jaguara nigdy nie był wystarczająco dobry. Dlatego teraz wyposażono go w monstrualną 6-litrową V-dwunastkę, która bez wysiłku produkuje 420 koni. W wyścigu na prostej z Ferrari 360 Aston nie pokaże niczego zaskakującego. Prędkość maksymalna obu tych wozów jest taka sama i wynosi 290 km/h. Dopiero gdy wyłączymy jego nadopiekuńczy system kontroli trakcji i wjedziemy nim w zakręt, Aston wysunie się na prowadzenie. Może i wygląda na duży i miękki wóz, ale gdy pojedziesz nim na granicy przyczepności, stwierdzisz, że jest tak łatwy do opanowania, iż poradziłby sobie z tym nawet ktoś o anatomii bogini Kali.

Co prawda Ferrari zapewnia lepszą przyczepność – co do tego nie ma wątpliwości – a wraz z nią mniejszą skłonność do przechylania się na boki i bardziej precyzyjny układ kierowniczy, ale w przypadku ekstremalnej jazdy na granicy parametrów rozpętuje się piekło. Ferrari nie daje się kontrolować, a co gorsza, walcząc z kołem kierownicy trącasz przypadkowo manetki zmiany biegów.

Ludzie pokonują zakręty nie z taką prędkością, na jaką pozwala samochód, ale z taką, przy której czują się bezpiecznie. A Aston zapewnia poczucie bezpieczeństwa przy wyższych prędkościach. Prawda, jakie to proste?

Potem mamy kwestię ceny i znów – wygrywa Brytyjczyk. Vantage kosztuje 92 500 funtów, a 360 – 101 000. A jeśli chcesz mieć tę szarpiącą, idiotyczną półautomatyczną skrzynię biegów rodem z Formuły 1, musisz wysupłać jeszcze 6000.

A co z komfortem? Co dziwne, to nowe Ferrari jest bardziej przestronne, ale za to cholernie głośne i niezależnie od tego, jak ustawicie adaptacyjne zawieszenie, w porównaniu z Vantagem dziury będą się wam bardziej dawały we znaki. Gdybym miał wyruszyć w podróż do Bułgarii, za pomocą łyżki do butów wcisnąłbym się mimo wszystko do Astona.

Vantage to wyjątkowo dobry sportowy samochód turystyczny. Poruszasz się w nim na grzbiecie fali momentu obrotowego, czekasz by droga stanęła przed tobą otworem, redukujesz bieg dźwignią sześciobiegowej przekładni i pozwalasz, by fantastyczna moc czyniła swoją powinność. W tym samochodzie jadą jednocześnie dr Jekyll i pan Hyde. Jest jak picie wyjątkowo ostrej Krwawej Mary w ekskluzywnym angielskim klubie. Jest po prostu świetny.

A co z Ferrari 360? W roli samochodu na co dzień dostaje lanie aż do granic wytrzymałości nie tylko od Astona, ale również od Porsche 911 i sześciobiegowej Alfy GTV. A jeśli chodzi o dojeżdżanie do pracy, to lepiej kupcie sobie Nissana Micrę.

Jednak pomimo tych idiotycznych prób firmy Ferrari, by ze swoim wozem znaleźć się w gronie samochodów o wysokim komforcie jazdy, 360 wciąż będzie moim typem na słoneczny niedzielny wypad za miasto. Jego nowy silnik V8 o pojemności 3,6 litra nie brzmi może jak heavy metal, ale nie jest to też soft rock. Tak naprawdę, to gdy strzałka obrotomierza zacznie zasuwać ku położonej w górnych warstwach stratosfery czerwonej linii, będziesz się zastanawiał, jak u licha coś tak bardzo głośnego mogło zostać dopuszczone do ruchu w naszym delikatnym i wrażliwym Eurolandzie.

Gdy pociągasz za lewą manetkę by zredukować bieg, system zarządzania silnikiem w twoim imieniu podwójnie wysprzęgla napęd, a rury wydechowe wydają z siebie wielokrotnie wzmocnione warczenie sfory psów. Obracasz potem kierownicą, a Ferrari wykonuje dla ciebie swój popisowy numer. Może faktycznie układ kierowniczy pracuje nieco za lekko, ale jego ostra jak diament precyzja pozwala ci skierować samochód dokładnie tam, gdzie chcesz.

Jeśli potraktować ten wóz jako zabawkę na dni wolne od pracy i wakacje, lepszy od niego jest tylko jeden samochód: jego poprzednik – 355. Ten starszy model jest dokładnie taki, jakie powinno być Ferrari: twardsze, z bardziej agresywnym zacięciem. 355 nie merda tak beztrosko ogonem jak 360, a w sytuacjach ekstremalnych łatwiej nad nim zapanować. W dodatku wydaje mi się, że wygląda 1000 razy lepiej niż 360. Tak, wiem, że 360 ma 400 koni, a 355 – 380. Gdy jednak przyjrzymy się stosunkowi mocy do masy samochodu, nadwyżka mocy modelu 360 o niczym nie rozstrzyga. Obawiam się, że nowe dziecko Ferrari jest po prostu otyłe.

Wniosek jest więc prosty: jeśli chcesz mieć tylko jeden samochód, kup Vantage. Jeśli natomiast jesteś już posiadaczem zwykłego samochodu, a chcesz mieć coś, czym można się będzie rozerwać w weekend, to pamiętaj, że pod tym względem Ferrari 355 jest wciąż „najlepszym samochodem na świecie".

■ Co się u licha stało z beznadziejnymi samochodami?

Jeśli czegoś nie zrobimy, i to zaraz, dziennikarz motoryzacyjny trafi do podręczników historii, zajmując zaszczytne miejsce obok rzemieślnika kryjącego domy strzechą i budowniczego murów bez zaprawy. Staniemy się narodową atrakcją turystyczną: będą nas pokazywać w skansenach i zmuszać do zapewniania turystom rozrywki. Będziemy musieli eksponować nasze rumiane twarze i opowiadać przezabawne anegdotki o hamulcach bębnowych w samochodach MG.

W starych, dobrych czasach, praca dziennikarza motoryzacyjnego polegała na wypaleniu fajki, przywdzianiu połatanej tweedowej marynarki i wyprawieniu się w świat kolejnym nowym samochodem w celu ustalenia, czy jest dobry, czy zły.

Dawniej samochody różniły się nawet typem osi: były osie skrętne, osie sztywne, osie typu „huśtawkowego" i osie suwne. Podwozia samochodów przypominały osprężynowane place zabaw, które usiłowały, choć zazwyczaj nieskutecznie, odizolować pasażerów od nierówności na drodze.

Nawet drzwi nigdy nie były takie same. Mieliśmy zatem Rovera 90 z zawiasami nie po tej stronie, co trzeba, i Renault 14, które miało drzwi z tyłu! Tyle rzeczy, o których można było pisać! Tyle rzeczy, z których można było się pośmiać!

A teraz nadeszła era uwspólniania platform konstrukcyjnych. Po co rozbudzać entuzjazm do VW Lupo, skoro czytelnicy i tak wiedzą, że jest niczym innym, jak tylko idiotycznie wyglądającą wersją Seata Arosy?

Żaden z producentów samochodów nie podejmie ryzyka związanego z wcieleniem w życie jakiegokolwiek odważnego projektu, bo wynikające z niego straty finansowe mogą okazać się zbyt wielkie. Z tego właśnie powodu postęp zachodzi dziś wyłącznie w domenie systemów zarządzających silnikiem.

W miarę, jak bieżące tysiąclecie chyli się ku końcowi, ubywa samochodów, na których z chęcią nie postawiłbym ani jednej suchej nitki. Naprawdę. W zeszłym miesiącu jeździłem Fordem Mondeo ST200, który był świetny, Smartem, który był świetny, BMW M5, które było świetne, Mitsubishi Evo VI, które było świetne i Lexusem IS200, który był nudny (ale mimo to świetny). W rozpaczliwym poszukiwaniu czegoś, co mógłbym poddać druzgocącej krytyce, zapisałem się na jazdę próbną Vauxhallem Zafirą, który pojawił się pod budynkami BBC w gustownym brązowym lakierze. „Acha! – pomyślałem. – Brązowy minivan od Vauxhalla – lepiej już być nie mogło! Rozerwę go na strzępy, kawałek po kawałku!" I zrobiłbym to, gdyby nie fakt, że Zafira była świetna.

Poważnie, i to nawet jeśli nie weźmiemy pod uwagę opatentowanego systemu aranżacji wnętrza Flex-7, który jest wprost olśniewający. To samochód, którym po prostu aż miło się jeździ. Płynnie, szybko, oszczędnie i ze zwinnością, która skutecznie ukrywa aspiracje wozu do bycia typowym samochodem rodzinnym.

Kipiąc ze złości, zwróciłem swoją uwagę w kierunku Volvo, która to firma zrobiła chyba wszystko co było w jej mocy, bym znienawidził ich nowy kabriolet o nazwie C70. Kazali mi lecieć w samolocie dla niepalących aż do samego Rzymu, skąd przez godzinę jechaliśmy autobusem dla niepalących do jedynej w całych Włoszech restauracji dla niepalących. Tam z kolei, by zapalić marlboro, musiałem siedzieć na zewnątrz. By odpłacić moim gospodarzom pięknym za nadobne, powziąłem silne postanowienie, że – oczywiście w przenośni – wrzucę to ich C70 do niszczarki dokumentów. Jednak nie mogę tego zrobić. Jeśli myślicie o stonowanym, odrobinę luksusowym czteromiejscowym kabriolecie za rozsądną cenę, C70 jest naprawdę świetny.

Podejrzewam, że gdybym porównał go z analogicznym modelem ze stajni BMW i kabrioletem z miękkim dachem, Mercedesem CLK, mógłbym znaleźć jakieś mikroskopijne różnice, które sprawiłyby, że ogłosiłbym któryś wóz z tej trójki spektakularnym zwycięzcą, ale, tak szczerze – przypominałoby to porównywanie paluszków rybnych z fasolą w sosie pomidorowym. Obydwa dania są smaczne i obydwoma się najesz, więc zjedz to, na które bardziej masz ochotę. Chyba że zaraz potem wybierasz się na koktajl z królową – wtedy najlepiej pozostań przy paluszkach.

Wczoraj jechałem samochodem, który faktycznie wyglądał jak fasola w sosie pomidorowym. Produkowany jest w Korei, w kraju, gdzie jedzą psy, przez firmę zwaną Hyundai, która nazwała go Accent GLSi. Oczywiście, że wolałbym oderwać sobie uszy niż kupić coś takiego, ale po przejechaniu metra czy dwóch dotarło do mnie, że siedzę w odpowiedniku puszki z bejcą do drewna firmy Ronseal z pięcioletnim okresem gwarancji. Po prostu samochód robił dokładnie to, co „napisano na puszce". Czyli głównie pierdział.

Ale dla kogoś, kto chce, by każde danie trafiało do jego ust w ugniecionej, bezkształtnej postaci, Hyundai to idealny wybór. Prawie – nie sprawdzi się, gdy będziemy chcieli pojeździć nim naprawdę wyczynowo, ale to już zupełnie inna historia.

Zważywszy na to wszystko, mam jedną, bardzo łatwą do spełnienia prośbę. Dzięki uwspólnianiu platform, firmy samochodowe mogą obecnie z łatwością wypuszczać krótkie serie nowych modeli i to przy niewielkich nakładach finansowych. Nazywa się to „marketingiem niszowym", a najlepiej widać to po Golfie, który stał się źródłem wielu różnych elementów dla rozmaitych samochodów, od Audi TT począwszy, na nowym Garbusie skończywszy.

No dobrze, więc posłuchajcie: skoro VW jest w stanie wypuścić nowego Garbusa tylko po to, by przypodobać się garstce modnych mieszczuchów dobijających do czterdziestki, co byście powiedzieli na stworzenie naprawdę beznadziejnego samochodu, który uszczęśliwi dziennikarzy z magazynów motoryzacyjnych?

Ford zrobił już coś podobnego z Escortem w roku 1992, a Vauxhall wziął z niego przykład wypuszczając Vectrę. Ale na tym się skończyło. Mam więc następujący pomysł. Widać jak na dłoni, że BMW nie za bardzo ma pojęcie, co zrobić z Roverem, dlaczego więc nie wykorzystać tej marki do wyprodukowania takiego jajcarskiego samochodu w zawyżonej cenie? Myślę o czymś z dachem krytym strzechą i z drzwiami z kamieni bez zaprawy. Takie wozy można by ustawić w szeregu nad północnym brzegiem Tamizy i zagrać na ich rogach jakąś wesołą melodię. Naprawdę, pokochalibyśmy was za coś takiego.

■ Motocykliści biorą zakręt – wszyscy zwalniamy

Zajrzała do mnie ostatnio moja sąsiadka, starsza pani. Powiedziała, że gangi motocyklistów o wiele za szybko przejeżdżają w pobliżu naszych domów i że trzeba coś z tym zrobić.

Przełknąłem ślinę. Była to jedna z tych chwil, kiedy modlisz się o deszcz meteorów, o trzęsienie ziemi lub cokolwiek innego, co mogłoby zmienić temat rozmowy. Ponieważ jednak nie zapowiadał się żaden z tych kataklizmów, musiałem z kropelkami potu na karku przyznać jej rację.

Oto, z czego wynika mój problem. Jeżdżące na motocyklach mieszczuchy, którym już kilka lat temu stuknęła czterdziestka, odkryły, że drogi w północnej części hrabstwa Oxford są w dużej mierze pozbawione fotoradarów. Dlatego co niedziela zjawiają się tu na swoich motocyklach ze sportowymi układami wydechowymi i zaczynają szaleć po okolicy.

Jest to doprawdy przerażające, ale ponieważ ostatnie 15 lat spędziłem na kwestionowaniu stwierdzenia, że „prędkość zabija", wydawało się mało rozsądne, bym teraz, na własnym podwórku, angażował się w kampanię mającą na celu wprowadzanie jakichś ograniczeń.

By nie dopuścić do powstania otwartej petycji, zaczęliśmy praktykować coś, co można określić mianem „uchylania się od kontaktów z sąsiadami".

W skrócie polega to na kręceniu się po domu tylko wtedy, gdy zamknięte są wszystkie okiennice. Byłbym naprawdę niezmiernie szczęśliwy, gdyby moja sąsiadka rozpięła w poprzek drogi strunę do cięcia sera, albo gdyby światełka odblaskowe na drodze zastąpiła minami – cokolwiek, byle problem motocyklistów zniknął bez mojego publicznego angażowania się w jego rozwiązanie.

Zamiast tego napisała do rady gminy, której pracownicy zjawili się na miejscu i namalowali na drodze czerwone znaki. Efekt był tak samo wyraźny, jak i natychmiastowy. W zeszły weekend zauważyłem, że prędkość średnia z 290 km/h spadła w okolice 265.

Teraz nadeszła więc moja kolej, by coś z tym zrobić. Proszę bardzo. Po pierwsze, chciałbym wyjaśnić, że jako człowiek o orientacji heteroseksualnej i braku skłonności do ubierania się w gumowe kombinezony, nie za bardzo przepadam za motocyklami. Nie chcę też, by przepadały za nimi moje dzieci. Część rodziców twierdzi, że obecnie największym zagrożeniem dla młodzieży są narkotyki, ale ja się z tym nie zgadzam. Co weekend wszyscy poniżej 25 roku życia zażywają kokainę, heroinę i ecstasy, a tylko niewielki odsetek doznaje z tego powodu uszczerbku na zdrowiu. Motocykle są o wiele bardziej niebezpieczne. Tak więc by sprawić, żeby moje dzieci trzymały się od nich z daleka, będę je co niedziela zabierał do ogrodu i oglądał z nimi śmigających drogą motocyklistów.

– Widzicie tego pana, dzieci? – będę im mówił. – On lubi oglądać zdjęcia gołych tyłków innych panów. I zanim się ściemni, będzie już martwy.

I co, może być? Nie? No to pozwólcie, że spróbuję inaczej. Motocykle nie są wcale takie szybkie. Nie dalej jak w zeszłym miesiącu wybrałem się na tor wyścigowy Thruxton w Hampshire, by pojeździć na nim Porsche 911, które jest zdecydowanie najszybszym samochodem na świecie, i pościgać się z Yamahą R1, której prędkość maksymalna wynosi 320 km/h. Już po jednym okrążeniu okazało się, że samochód był szybszy o 75 setnych sekundy.

Gdy opadła flaga, motocykl ruszył z miejsca z prawdziwie zapierającym dech w piersiach przyspieszeniem, ale już przy wejściu w pierwszy zakręt ujawnił swą słabość i stał się godny pożałowania. By pokonać łuk z prędkością większą niż tempo energicznego spaceru, jego kierowca musiał pochylić się w prawo, praktycznie dotykając drogi kolanem. W wyniku tego o asfalt rysują się podnóżki, a ich zdarte końcówki motocykliści nazywają „bohaterskimi". Nie mam pojęcia, co w tym bohaterskiego, bo samochód, mimo że musiał trudzić się napędzaniem czterech kół, w połowie zakrętu z łatwością wyprzedził gościa na motocyklu.

Zgadzam się, że zmotoryzowany rower jest szybszy na prostych odcinkach, ale co to za frajda? Jeśli zależy ci na tym, by poruszać się szybko po prostej, kup bilet linii easyJet, i za jedyne 29 funtów będziesz śmigał niewiele wolniej niż dźwięk.

Bardzo często wyprzedzają mnie motocykliści i jestem przekonany, że czują się niezwykle męsko, gdy przelatują obok mojego samochodu. Tyle że na najbliższym zakręcie mogę podjechać takiemu delikwentowi pod sam tył i zamrugać światłami. Uwielbiam to robić. Gdy wszystko pójdzie dobrze – i nie chcę, by zabrzmiało to zbyt dosłownie – aż czuć zapach ich przerażenia.

Na pewno jest to przerażające: jeździć na czymś, co pod wpływem kichnięcia może poślizgiem wpaść w przydrożny żywopłot. Chłopaki, jeśli naprawdę tak bardzo pragniecie taniego dreszczyku emocji, dlaczego nie wypożyczycie sobie DVD z *Armageddonem*? W ten sposób zminimalizujecie do zera prawdopodobieństwo potrącenia mojego psa.

Mówię poważnie. Gdy potrącicie psa samochodem, możecie co najwyżej zostać honorowymi obywatelami Seulu. Gdy zrobicie to samo na motorze, dostaniecie bilet w jedną stronę aż pod same perłowe bramy.

Motocykliści przedstawią zapewne argument, że te ich rowery z silnikiem są szybsze w ruchu miejskim, ale to nieprawda. Gdy chcę pojechać w jakieś miejsce w Londynie, po prostu biorę kluczyki do samochodu i odjeżdżam.

Ty musisz udać się na piętro, gdzie spędzisz 45 minut ubierając się jak Freddie Mercury. A ja przez ten czas zdążę już dotrzeć do celu.

Będę już u dziewczyny, kiedy ty zdyszany wtargniesz do pokoju, a ona, widząc cię całego w łańcuchach i gumie, dojdzie do wniosku, że bardziej niż nią jesteś zainteresowany jej bratem.

Posłuchajcie, chłopaki. Może zamiast przyjeżdżać na motocyklach do Cotswolds, dziś po południu skosicie sobie trawnik przed domem albo pobawicie się w berka?

Jeśli nie, to chciałbym was bardzo uprzejmie prosić o korzystanie z takich wydechów, które są w stanie w jakiś sposób wytłumić dźwięk waszych silników. Na wypadek, gdybyście się do tego nie zastosowali, uprzedzam, że wkradnę się z kolumnami do waszych ogrodów i przez całą noc będziecie musieli słuchać grupy Barclay James Harvest rozkręconej na cały regulator.

■ Wolność to prawo, by żyć szybko i umrzeć młodo

To zadziwiające, że Nowa Partia Pracy na miejsce letniego wypoczynku wybrała Toskanię. Na miłość boską: przecież to Włochy – kompletne zaprzeczenie londyńskiego Islingtonu z jego hasłami „zrób swoje własne potpourri", gdzie jednak w ważnych kwestiach „państwo wie lepiej".

Mój znajomy, który wykłada socjologię na Uniwersytecie Rzymskim powiedział mi kiedyś, że rządzenie ludźmi we Włoszech nie jest trudne, ale po prostu niepotrzebne.

– Możesz wprowadzić tyle przepisów, ile tylko chcesz – wyjaśnił mi – ale wyłącznie pod warunkiem, że nie będą one egzekwowane.

Aby to zrozumieć, wystarczy przyjrzeć się historii Włoch. W jednym momencie obwieszczenia na wiejskiej tablicy ogłoszeń wywieszał Cezar, a już za chwilę nadciągał Hannibal z zupełnie innym zestawem instrukcji: „Zabij Florentczyka, wygraj słonia!".

Tak jest po dziś dzień: kolejne rządy nie istnieją dłużej niż rok, więc reguły, które zaczynają obowiązywać danego dnia, zupełnie zmieniają się dnia następnego. Najlepsze, co można zrobić, to po prostu robić swoje ignorując wszelkie edykty. W ten sposób osiągamy anarchię w znaczeniu sprzed reformy Oksfordzkiego Słownika Języka Angielskiego w 1929 roku, czyli: „państwo doskonałe, w którym rząd jest zbędny".

Zastanawiam się więc, co pomyślał pan Blair i jego szerokoustna żaba, gdy na lotnisku w Pizie, na którym obowiązuje zakaz palenia, zobaczyli ludzi zupełnie otwarcie palących papierosy. Co działo się w ich umysłach, gdy odkryli, że wbrew europejskiej normie numer 277/4b, toalety w restauracjach nie są oddzielone od kuchni dwiema parami drzwi? I jakim cudem dali sobie radę na drodze?

We Włoszech są pasy dla autobusów, jednak korzystają z nich również samochody, ponieważ, jak powszechnie wiadomo, policjanci są bardziej zainteresowani ściganiem przestępców. Bzdury. Policjanci interesują się wyłącznie swoimi mundurami, zaprojektowanymi przez Fendiego. Może gdyby brytyjscy policjanci nosili buty Reeboka i garnitury Paula Smitha, mniej przejmowaliby się naszymi brudnymi tablicami rejestracyjnymi i tym, czy nie zjedliśmy przypadkiem żelka o smaku wina. Jest to pewien pomysł.

Wbrew powszechnemu przekonaniu zdarza się jednak, że włoscy policjanci kogoś zatrzymują. Jeden z moich znajomych został złapany za przejechanie skrzyżowania na czerwonym, ale kiedy wyjaśnił, że w Wielkiej Brytanii jest to dozwolone po 23:00, oficer stwierdził: „To dobry pomysł" i zwolnił go. Bo to rzeczywiście jest dobry pomysł. Mój znajomy profesor twierdzi, że czekanie na czerwonym, jeśli nikt nie nadjeżdża, jest aktem „niewyobrażalnej głupoty". Nie jest też w stanie pojąć nowego włoskiego przepisu stwierdzającego, że trzeba zapinać pasy bezpieczeństwa.

– To jak zawieranie zakładu wbrew sobie – twierdzi. – Jeśli zapinasz pas to tak jakbyś myślał: „W najlepszym razie jestem średnim kierowcą. Być może będę miał wypadek".

Włosi mają wypadki, i to często. Każdy zakręt na drodze przybrany jest kwiatowymi dowodami pamięci o biednym

Giannim, któremu w kluczowym momencie powinęła się noga. Jednak we Włoszech zginąć przy prędkości 160 km/h to żyć wiecznie.

Jeśli biedni państwo Blairowie postanowili przestrzegać ograniczeń prędkości, to naprawdę im współczuję, bo w takim przypadku inni użytkownicy drogi wzięli ich za niespełna rozumu. Kiedy pewnego razu na Sycylii próbowałem zbadać, jak szybko można jechać Sierrą Cosworth, natknąłem się na radiowóz snujący się po wewnętrznym pasie. Oczywiście ostro przyhamowałem, ale nie o to chodziło, bo z okna radiowozu wysunęła się ręka, następnie głowa i wreszcie cały tors. Mężczyzna gorączkowo machał ręką żądając, bym znowu docisnął gaz do dechy. Jasne, był policjantem, ale przede wszystkim był Włochem i dlatego podobnie jak ja chciał wiedzieć, czy plotki o prędkości 240 km/h są prawdziwe.

Nie tylko policja we Włoszech zachęca do szybszej jazdy. Kiedyś, na zewnętrznym pasie, męczyłem się wlokąc za jakimś przeklętym Fiatem z silnikiem Diesla, a duża Alfa jadąca za mną łagodnie, ale zdecydowanie na mnie napierała. W środku siedziały dwie zakonnice.

Jeśli w okresie wakacji zatrzymasz się na stacji benzynowej przy włoskiej autostradzie, parking pełen będzie turystów – w większości amerykańskich – zalewających się łzami: „Boimy się wjechać z powrotem na drogę!".

Żeby nie mieć takich problemów, musisz po prostu jechać szybko. Naprawdę szybko. Jeśli z na wprost nadjeżdża rozpędzone Ferrari, ludzie nurkują w przydrożnym żywopłocie. Nie ma tu mowy o obłudnej małostkowości Terry'ego i June z Wielkiej Brytanii.

We Włoszech oczywiście obowiązuje zakaz jazdy po alkoholu, ale z tego, co wiem – ponieważ nie ma konkretnych limitów, nikt nie jest z tego powodu ścigany. Dalej mamy parkowanie: aby znaleźć jakieś wolne miejsce, po prostu przy użyciu zderzaków usuwasz samochód, który ci przeszkadza.

A czy ktoś z was widział we Włoszech podwójną ciągłą? Albo radar?

A oto *clou*: to działa. I choć jestem pewien, że na początku pan Blair był zszokowany swobodą, jaką dysponują obywatele kraju należącego do Unii Europejskiej, mam szczerą nadzieję, że leżąc w bezsenną noc, trawiąc bażanta i słuchając świerszczy zdał sobie sprawę, że swobodny ruch drogowy jest jak ocean: sam ustala swój naturalny poziom, który wzrasta podczas przypływu w godzinie korków, by później samoistnie opaść podczas odpływu.

Niestety, za drogi nadal odpowiada Kanut Prescott, a on, jak sądzę, spędza urlop w Mablethorpe, Lincolnshire.

■ Spadająca gwiazda zabierze cię do nieba

Pewna osoba ze ścisłego kierownictwa firmy Ford powiedziała mi kiedyś, że nowoczesny klient decyzję o zakupie konkretnego modelu samochodu podejmuje w pięć sekund. Pięć sekund? Na jakiej on mieszka planecie? Przecież pięć sekund to o wiele za długo! W programie *Big Breakfast* całe wiadomości trwają krócej niż pięć sekund. Ja też nie potrzebuję aż pięciu sekund by zdecydować, co myślę o nowym Nissanie Almerze GTi. Widziałem go już na zdjęciu i uważam, że jest okropny.

Tak, wiem, że z pewnością skrzynkę z bezpiecznikami montował w nim jakiś Hindus i że samochód na pewno jest bardzo szybki. Ale przyznać się komuś na przyjęciu, że jest się właścicielem Almery, to tak, jak powiedzieć, że jest się nosicielem wirusa ebola. I że właśnie zbiera się nam na kichnięcie.

Nissan w swoich reklamach prasowych twierdzi, że Almera jest lepsza od Golfa GTi, ale ja nie potrzebuję nawet pięciu sekund by temu zaprzeczyć. Przecież, na miłość boską, to jest Nissan! Przez cały okres 20-letniej historii podrasowanych hatchbacków, tylko jedna marka była w stanie podjąć wyzwanie rzucone przez Volkswagena. Był nią Peugeot.

Peugeot jest oczywiście francuski, ale odbieram to jako jego zaletę. Widząc błazenadę, jaką Amerykanie odstawiają na rynku, jęczymy i załamujemy ręce, tymczasem Francuzi ustalili cenę coca-coli na poziomie 50 funtów. Wspaniale.

Musimy też wziąć pod uwagę ostatnią kampanię reklamową Peugeota, w której można zobaczyć fotoradary z długimi obiektywami i samochody przeskakujące przez wygięte w łuk mostki. Te ujęcia powstały specjalnie po to, by zagrać na nosie lobby propagującemu hasło "prędkość zabija", i to Peugeotowi również się chwali.

No i wreszcie rzecz ostatnia: nowa kieszonkowa rakieta Peugeota, model 206 GTi, jest produkowany w Wielkiej Brytanii. Wystarczy jednak, że spędzicie pięć sekund w jego kokpicie, a napełni was nieodparta chęć wydostania się na zewnątrz. Jest obrzydliwy. Deską rozdzielczą wykonano z plastiku o bardzo głębokiej fakturze, przez co przypomina dupę słonia. Nie można znaleźć też wygodnej pozycji za kierownicą – chyba, że jest się małpą.

W dalszej kolejności zauważamy brak szyberdachu i mimo że wyświetlacz na desce rozdzielczej pokazuje napis GPS, samochodu nie wyposażono w nawigację satelitarną. Po pięciu sekundach nie tylko nie będzie cię już wewnątrz Peugeota, ale nie będzie cię już również w salonie, bo udasz się do tego miłego pana z Volkswagena, który sprzedaje trwałe jak skała Golfy.

A to błąd. Wielki błąd. Przekręć kluczyk, puść mimo uszu wycie silnika i rusz przed siebie. W końcu wyłączy się przedobrzone nieco ssanie, a wtedy znajdziesz się w czymś, do czego najlepiej pasuje określenie: drogowa asteroida. Wszystkie pozostałe samochody staną się przy niej wielkimi, ociężałymi planetami. A 206? On będzie zasuwał z prędkością 3000 km/h po bocznych drogach, a Prescott i Einstein będą mu mogli tylko naskoczyć.

Pamiętacie tę kulkę z filmu *Faceci w czerni*, którą Will Smith znalazł w laboratorium, a Tommy Lee Jones powiedział, że to ona spowodowała przerwę w dostawie prądu dla Nowego Jorku? Taki właśnie jest Peugeot 206 GTi. Nie tyle go prowadzisz, co się go trzymasz i starasz się być dobrej myśli.

Dla tych, którzy nie oglądali *Facetów w czerni*: jazda Peugeotem jest jak spacer z terierem.

To tak, jak zjeżdżanie na brzuchu w dół alpejskiego wąwozu. To sport ekstremalny na kółkach.

Samochód wyposażono w szaloną skrzynię biegów z krótkimi, sprinterskimi przełożeniami, tak więc na autostradzie silnik pracuje przy 4000 obrotów. Jest więc głośno, ale dzięki temu znajdujesz się w obszarze największej mocy. Jedno muśnięcie powietrza o pedał gazu zafunduje ci nową fryzurę.

I wcale nie jest tak, że 2-litrowy silnik Peugeota jest jakoś szczególnie mocny. Nie, ale Peugeot wykorzystał każdy możliwy sposób, by wycisnąć z niego wszystko, co się tylko dało. To samo dotyczy tylnego zawieszenia. Przednionapędowe samochody charakteryzuje podsterowność, prawda? Gdy za szybko wejdziecie w zakręt, przód samochodu będzie sunął wzdłuż wcześniejszego kierunku jazdy. Ale nie w tym Peugeocie. Jeśli podniesiecie nogę z gazu, wprowadzicie w poślizg tył i do dyspozycji pozostanie wam mnóstwo podsterowności, a przecież tego właśnie pragną entuzjaści sportowej jazdy.

Siedem lat temu wydawało się, że podrasowane hatchbacki niedługo wydadzą z siebie ostatnie tchnienie. Ich osiągi sprawiały, że stawały się ulubionymi samochodami piratów drogowych i to niekoniecznie takich, którzy mogli sobie na nie pozwolić. Poza tym stawały się coraz cięższe i coraz bardziej wypasione, co oznaczało, że pojemności ich silników, które i tak już zostały zdławione katalizatorami, wcale nie uzasadniają absurdalnie wysokich dopłat do ubezpieczenia.

A jednak inżynierom udało się pokonać tę katalityczną zmorę, a zmyślne systemy alarmowe pozwoliły obniżyć dopłaty ubezpieczeniowe do pierwotnego poziomu. Jestem tym zachwycony, bo uważam podrasowane hatchbacki za najbardziej pomysłowe osiągnięcie przemysłu samochodowego.

Peugeot kosztuje zaledwie 14 000 funtów i za tę kwotę otrzymujesz samochód, który jest w stanie wywołać tyle samo uśmiechów na twarzy w przeliczeniu na kilometr trasy co Ferrari za 140 000 funtów. W środku zmieści tyle samo osób co Jaguar, ale w przeciwieństwie do niego, gdy w 207 złożysz tylną kanapę, będziesz mógł nim przewieźć regał z książkami. Ten samochód jest mały, zrywny, łatwy do zaparkowania i ma wystarczająco dużo klasy, by przełamać pierwsze lody z odźwiernym w liberii. To taka mała czarna wśród samochodów, a najlepszą obecnie marką według mnie jest Peugeot.

Niedawno wróciłem z ostrego, 100-milowego wypadu w 206 GTi, i wciąż jestem cały rozpromieniony. Jestem jego zagorzałym, naprawdę zagorzałym wielbicielem.

■ Gratulacje dla Cliffa Richarda wśród samochodów

W szkole każdemu podejrzanemu o to, że może lubić Cliffa Richarda, wymierzana była bardzo mało wyrafinowana kara. Wtrącano go do głębokiego na 2,5 metra basenu z wodą o temperaturze 2,5 stopnia poniżej zera. Mógł z niego wyjść dopiero wtedy, gdy przyznał, że piosenka *Devil Woman* to kompletne dno.

Pamiętam, jak pewnego razu mój bliski przyjaciel przez nieuwagę puścił z szafy grającej w pubie kawałek *Carrie*. Został wyrzucony z lokalu i ukamienowany. Cliff – jak tłumaczyliśmy – to nie tylko aktywny członek zamieszkującej tereny Wzgórza św. Jerzego bandy dewotów, co sprawia, że jest tak porywający, jak hinduski samolot myśliwski, któremu właśnie przegrzał się silnik, ale także zbieranina muzycznych naleciałości.

Gdybym miał jedną kulkę i wydaną przez rząd zgodę na zabicie jednej osoby bez obawy o grożącą mi za to karę, wybrałbym Colina Wellanda. Gdybym jednak dysponował dwiema kulkami, zafundowałbym całkiem nowy krój obciachowej marynarce Cliffa.

A mimo to jest on artystą, któremu w każdym z pięciu tak różnych dziesięcioleci udało się wejść na listy bestsellerów z jakimś przebojem. Został pasowany na rycerza za to, że nie pali, a kiedy występuje w Royal Albert Hall, cały Kensington stoi w korkach. Jest w stanie porwać publiczność śpiewając dla niej *a cappella* podczas deszczowego dnia na kortach Wimbledonu i skłamałbym, gdybym powiedział, że nigdy nie nuciłem pod nosem piosenki *Living Doll*.

Od pierwszego hitu numer jeden Cliffa Richarda minęło już 40 lat, ale – jak wszyscy przyznają – Cliff wygląda co najwyżej na dwudziestopięciolatka. To prawda – ale tak jest tylko w telewizji, gdzie nie pozwala, by któraś z kamer zrobiła mu ujęcie poniżej poziomu nosa. Gdybyście zobaczyli jego szyję, doszlibyście do wniosku, że to legwan.

Podobnie ma się sprawa z Mini, które w tym tygodniu obchodzi swoje czterdziestolecie. Okolicznościowa impreza odbędzie się dziś na torze Silverstrone, a jej organizatorzy spodziewają się ponad 70 000 gości. Chwileczkę, zastanówmy się nad tym… Impreza… na cześć samochodu! I to samochodu, którego projekt narysowano na serwetce, samochodu, który był w produkcji przez zaledwie sześć dni, zanim nie przerwały jej strajki.

Mówiono, że jest to pierwszy samochód z poprzecznie montowanym silnikiem, ale co z tego? Samolot braci Wright też był pierwszym, który wzniósł się w powietrze, ale to wcale nie oznacza, że był lepszy niż F-15.

W szkole każdy, komu udowodniono posiadanie Mini, wrzucany był do basenu i zmuszany do śpiewania piosenek Cliffa Richarda, aż do chwili, kiedy zaczynał się topić. Mini było produktem British Leyland, a w dodatku gdy już byłem na tyle dorosły, by zwracać uwagę na takie szczegóły, uroczy przód Mini został zastąpiony przez osłonę chłodnicy prosto z Austina Maxi.

Tym, czego pragnęliśmy u schyłku lat 1970., był nowy Golf GTi, a nie jakiś relikt przeszłości, którym jeździła Twiggy. Mini było dobre dla generacji *Aniołków Charliego* i Johna Majora.

Mini przeżyło tylko dlatego, że British Leyland wciąż je produkował. A jedynym powodem tego, że wciąż je produkował, było to, że był za głupi, by z tym skończyć. Nawet gdy w 1980 roku na rynku pojawił się o wiele lepszy Austin Metro, nie odważyli się wyciągnąć wtyczki z kontaktu. Dziś o Metro nikt już nie pamięta, a Mini żyje sobie w najlepsze. Co dziwne, bardzo się z tego cieszę. Ogrania mnie przy tym taka sama nostalgia, jak przy oglądaniu zmiany warty.

By sprzedać ostatnie egzemplarze Mini, zaprezentowano nową reklamę, ale narodowi duszpasterze z pewnością nie pozwolą nam jej oglądać. Pokazuje ona grupę nagich mężczyzn, których w jakimś teleturnieju ocenia jakaś kobieta. Musi zgadnąć – na podstawie zawartości ich krocza – czym jeżdżą. Zgaduje więc: „ten jeździ Porsche", „ten jeździ Ferrari". Gdy spogląda między nogi ostatniego mężczyzny, mówi przejęta: „a, ten to na pewno jeździ Mini".

I właśnie o to chodzi. Mini rozpoczęło swoją karierę jako cholernie pomysłowa odpowiedź na kryzys sueski. Potem przerodziło się w głupi żart, a teraz, dzięki swej nieprzerwanej obecności, stało się kumplem, którego ciężko się pozbyć: Terry Woganem na kółkach, tak nieodłącznym składnikiem Wielkiej Brytanii jak sama królowa. Dziś Mini ma nawet Clint Eastwood, a połowa produkcji została sprzedana do Japonii, gdzie zajmuje miejsce na półkach z pamiątkami obok puszek z ciasteczkami z Harrodsa i plakatów Michaela Caine'a. Jest jak lampa lava z dachem w czarno-białą kratkę i w podkolanówkach założonych na te małe, śmieszne kółeczka.

Oczywiście, gdyby wypuszczono taki samochód dopiero teraz i kazano płacić sobie za niego 9300 funtów, wybuchlibyśmy śmiechem pytając, gdzie znajduje się jego druga połowa. Tymczasem wcale tak nie robimy.

Udajemy głuchych, by nie słyszeć wycia skrzyni biegów, staramy się również ignorować położenie pedałów względem kierownicy, które wymusza zajęcie pozycji odrobinę przypominającej siedzenie na klozecie.

W przyszłym roku skończą się te wszystkie koszmary, bo na rynek wejdzie nowe Mini, które – jak twierdzą niektórzy – będzie kosztowało 14 000 funtów.

Świetnie. Ale czy będzie lepsze niż oryginał? No cóż, wiele samochodów usiłowało się z nim zmierzyć, i wszystkie zwycięsko wychodziły z tej potyczki. Ale gdybym jeździł tylko po mieście, gdzie wyciszenie wnętrza i osiągi samochodu nie mają znaczenia, kupiłbym sobie Mini. Mężczyźni byliby dla mnie pełni podziwu, a kobiety myślałyby, że mam dużego.

Mam nadzieję, że nie będzie padało w dzień, który dla tego małego samochodziku jest ostatnimi urodzinami. A jeśli nawet, to nie mam żadnych wątpliwości, że 5000 zgromadzonych tam Mini uniesie swoje przednie koła i by rozweselić publiczność zaśpiewa na całe gardło kilka miłych dla ucha kawałków.

■ David Beckham? Chyba raczej David z Peckham

Przejeżdżając obok neogeorgiańskich, należących do kadry kierowniczej podmiejskich willi, zauważymy, że na każdym podjeździe stoi BMW serii 3. Podczas gdy Cheryl układa w domu workowate, przypominające koronkowe majtki zasłony, Dave jest na zewnątrz, gdzie na malowniczym tle latarenek przy wjeździe i prążkowanego trawnika poleruje swoje BMW 318i.

Firma BMW odniosła tak ogromy sukces rynkowy, że w przeciwieństwie do wszystkich pozostałych europejskich fabryk samochodów, które w sierpniu zatrzymują produkcję, ona będzie ją kontynuowała. I to aż na trzy zmiany. Wszystko po to, by zaspokoić potrzeby sprzedawców fotokopiarek na całym świecie.

BMW jest jak Manchester United – to działająca w spójny, zwarty sposób siła, to robot o perfekcyjnie zsynchronizowanych ruchach, który prze do przodu niszcząc wszystko, co napotka na swojej drodze. Co o tym myślę? No cóż, jeśli chodzi o BMW, to do tej firmy jestem trochę uprzedzony – to tak, jakbym kibicował Leeds, Chelsea albo jakiejkolwiek innej drużynie, która grałaby przeciw Manchesterowi, i sam to przyznaję. Ale nawet mimo to potrafię dostrzec, że wystawia naprawdę wyśmienitych zawodników.

Na przykład niezrównane 529i. Ten samochód jest po prostu ucieleśnieniem wszystkich aspektów misji firmy BMW – łączy w sobie krzyżacką precyzję i żywiołowość, jakiej nie spodziewamy się po samochodach tej klasy. To przebojowy wóz, David Beckham na kołach. Nawet nosi sukienkę.

Jest też M5 – samochód doskonały, i M coupé, które wygląda jak bochenek chleba, ale jeździ jak pizza pepperoni. I to wszystko. BMW produkuje trzy wspaniałe wozy. A co z resztą?

W tym tygodniu jeździłem nowym BMW coupé serii 3. Tylko, że to wcale nie jest coupé. Podobnie jak jego poprzednik, jest dwudrzwiowym sedanem droższym od czterodrzwiowej wersji. A skoro styl nie uzasadnia różnicy w cenach, to po co przepłacać?

Ten samochód wygląda jak BMW, co dla mieszkańców neogeorgiańskich enklaw jest z pewnością dobrą nowiną, ale w porównaniu z Peugeotem 406 coupé czy Alfą Romeo GTV prezentuje się raczej blado. Mimo to ma bezramkowe szyby, ale to z kolei jest przyczyną gigantycznej rany, która pokrywa całą prawą stronę mojej twarzy.

Oto jak do tego doszło: otworzyłem drzwi i zmęczony po całym dniu zacząłem zajmować miejsce na starannie wyprofilowanym fotelu kierowcy. Gdy byłem już w połowie, drzwi zaczęły się zamykać, a ja – z powodu braku ramki dookoła szyby – w ogóle tego nie spostrzegłem. Czy krzyczałem? Tak jak Jamie Lee Curtis w horrorze *Halloween*.

BMW musi znać ten problem, bo gdy na kluczyku ze zdalnym sterowaniem dwukrotnie naciśnie się przycisk, okna odsuwają się tak, że wsiadającym nie mogą już zrobić krzywdy. To się nazywa „projektowaniem wstecz" – polega ono na omijaniu trudności, które przede wszystkim w ogóle nie powinny były wystąpić.

Seria 3 była pomyślana jako samochody o sportowym zacięciu, a coupé serii 3 miało być jeszcze bardziej usportowione. Na szczycie tej piramidy sytuuje się model 323, którego nazwa ma nawiązywać do samochodu z 1984 roku, marzenia każdego pośrednika w handlu nieruchomościami mieszkającego w Londynie pod adresem z kodem pocztowym SW6. Po pełnym miłości lecie i obfitującej w niezadowolenie zimie, w lata 1980. wkroczyliśmy rześkim, wiosennym krokiem. Graliśmy w klasy skacząc po głowach bezdomnych, a atrybutem zamożności było BMW 323i.

Nowe coupé ma jednak silnik o pojemności 2,5 litra, więc powinno nazywać się raczej 325, no ale cóż… Dział marketingu BMW musi być przygotowany na wypadek, gdyby ceny nieruchomości znów stały się niebotyczne, i maksymalnie to wykorzystać. To nic, że efekt końcowy jest bez sensu.

I to w pełnym tego słowa znaczeniu. Stare BMW 323i było lekkie i zrywne, a to jest jak pudding z dodatkiem łoju. Zgadza się, ma silnik o wiele mocniejszy od poprzedniego modelu, ale gdy porównamy ze sobą tak istotny parametr jak stosunek mocy do masy, problem staje się bardzo wyraźny. Nowe coupé oferuje 120 koni mechanicznych na tonę, a jego odpowiednik z lat 1980. – 140.

Ten deficyt w sposób uderzający daje o sobie znać w drodze. Zrywność nowego BMW nie odbiega daleko od dynamiki głazu. Samochód nie jest ani trochę szybki. I na niewiele zda się wybór modelu 328i z mocniejszym silnikiem o pojemności 2,8 litra.

No dobrze, ale co z charakterem prowadzenia? Z ciężarem podzielonym pół na pół pomiędzy obie osie? Z napędem na tylne koła? Z całymi latami doświadczeń zdobywanymi na torach wyścigowych? Ze sportowym rodowodem, który po oswojeniu i doprowadzeniu do perfekcji znalazł zastosowanie w zwykłych samochodach szosowych? No cóż, myślę, że to wszystko gdzieś tam jest, ale nie mogłem się tego doszukać. Szukałem intensywnie przez godzinę, a może nawet dwie, a wszystko, co udało mi się znaleźć, to poduszki powietrzne we wszystkich możliwych zakamarkach i szczelinach. Pod wieloma względami ten samochód przypominał mi Volvo. No, może poza tym, że Volvo nigdy nie przecięło mi twarzy.

BMW 323 coupé to więcej niż rozczarowanie. To naprawdę kiepski samochód, wysiłek, który poszedł na marne, i to w przypadku firmy, która wabi nas swą wspaniałością, ale najczęściej dostajemy od niej talerz pełen podrobów.

To, co powinien mieć ten samochód, by sprostać wymaganiom jego zwolenników, to ozdoby z nadlewanego, wypukłego szkła i kosze kwiatów zwisające z bocznych lusterek. A jeśli chcecie mieć ostre jak cytryna coupé, kupcie Alfę Romeo GTV.

■ Brykający koń z podwójnym podbródkiem

Redaktor działu testów drogowych magazynu „Top Gear" przyjaźni się ze mną już od 20 lat. Razem spędzaliśmy każdy noworoczny wieczór. Razem jeździliśmy na wakacje. Naprawdę jesteśmy świetnymi kumplami. A jednak w tym tygodniu powiedziałem, żeby się p*******ł i z trzaskiem odłożyłem słuchawkę.

Cóż więc takiego się stało? Czy spał z moją dziewięciomiesięczną córką? A może przez nieuwagę nasikałem do baku jego motocykla?

Niestety nie. Obawiam się, że pokłóciliśmy się o samochód. O Ferrari 360 Modenę. Tom stwierdził, że to motoryzacyjna nirwana, a ja, że wcale nie. Tom stwierdził, że skrzynia ze zmianą biegów przy kierownicy rodem z Formuły 1 nie szarpie, a ja – że szarpie. Tom powiedział, że w takim razie nie umiem prowadzić. I w tym właśnie momencie rzuciłem słuchawką.

Tom uważa, że mam swoje priorytety i że jestem kontrowersyjny tylko i wyłącznie z tego powodu, by robić sobie markę. To nieprawda. Przeczytałem to, co dział testów drogowych miał do powiedzenia i mimo że szanuję jego opinię, moja się od niej różni. A teraz wyjaśnię dlaczego.

Po pierwsze, nowy, 3,6-litrowy silnik V8 Ferrari 360 rozwija moc 400 koni, co – sam to przyznaję – jest sporym osiągnięciem. Szczerze wątpię, by Cilla Black była w stanie zaprojektować jednostkę, która z jednego litra uzyskuje 111 koni. Wiem, że ja też nie byłbym w stanie tego zrobić. Tylko że jeśli popatrzymy na stosunek mocy do masy, okaże się, że nie jest wcale lepszy do Ferrari 355. Stąd zaś możemy wysnuć wniosek, że nowy chłopiec z firmy Ferrari jest odrobinę przy kości.

Z pewnością ma też podwójny podbródek i fałdy tłuszczu w okolicy tyłka – 355 nie miało takich przypadłości. Ośmielę się również zasugerować, że w nieustannym dążeniu do ukrywania swojego wieku Ferrari posunęło się za daleko w face liftingu i stworzyło coś na wzór Zsy Zsy Gabor w aluminium. No i o co chodzi z tym uśmiechem z przodu? Ferrari powinno sunąć z pyskiem przy samej drodze jak wściekły pies gończy, a nie wjeżdżać do miasta jak grany przez Jacka Nicholsona Joker.

Ludzie z Ferrari twierdzą, że podnieśli nieco przód samochodu, by jego właściciele nie niszczyli go o krawężniki i inne wystające z drogi rzeczy, ale nie chcę nawet słyszeć, by jakieś względy praktyczne mogły tu mieć znaczenie. Chcę, by każdy supersamochód z silnikiem V8 wciągał nosem białe linie na drodze.

To samo dotyczy wnętrza. Tak, 360 jest o wiele bardziej przestronna niż 355, dzięki czemu Tiff ma w końcu miejsce na swoje kije golfowe. To według mnie żaden argument. Jeśli tylko wewnątrz znajdzie się miejsce dla mnie i będzie tam stacja Radio 2, reszta mnie nie obchodzi.

Przejdźmy do kwestii związanych z komfortem. Ferrari usiłowało sprawić, by 360 stała się tak przyjazna kierowcy, jak Porsche 911. Z tego powodu jego właściciele będą jeździli tym samochodem, a nie wyłącznie przechowywali go w garażu obłożonym pancernymi płytami, nakrytego starannie gronostajową kapą zabezpieczającą go przed kurzem. To z kolei sprawi, że będą częściej odwiedzać serwisy i kupować więcej części zamiennych, co odbije się korzystnie na saldzie bankowym Ferrari. Ale musicie wziąć pod uwagę to, że taki używany na co dzień samochód przestanie być wyjątkowy. Przez trzy ostatnie lata przejechałem moim Ferrari zaledwie 8000 km. Każdy z tych kilometrów pokonywałem pod świecącym na czystym niebie słońcem jadąc w jakieś przyjemne i sympatyczne miejsce.

Pewnie czytaliście, że pomimo nowego podejścia do kwestii komfortu, przy obrotach, przy których wskazówka obrotomierza wspina się w kierunku stratosferycznie położonego czerwonego pola, 360 wydaje z siebie mrożący krew w żyłach dźwięk. Jasne, ale nie ma już niestety tego znanego z 355 wycia. Brakuje w nim ostrej jak brzytwa charakterystyki zawieszenia. Jazda 360 w pozycji „sport" jest taka sama jak 355 w pozycji „comfort". I po co, na litość boską, 360 wyposażono w kontrolę trakcji? Wydawało mi się, że cała istota Ferrari zasadza się w tym, że spędzasz swój czas walcząc nie tylko z drogą, ale i z samą maszyną. Rzucanie się do boju z krzemową nianią u boku niebezpiecznie przechyla szalę zwycięstwa na stronę kierowcy. To tak, jak wystawiać NATO przeciwko biednym Serbom. Nie mieli najmniejszych szans.

Nie muszę chyba dodawać, że sześć sekund po włączeniu silnika wyłączyłem kontrolę trakcji... i musiałem zmierzyć się z kolejnym problemem. W 355 nawet gdy przesadzi się z prędkością, i tak będzie łatwo odzyskać panowanie nad samochodem. W przeciwieństwie do 360. Będziesz musiał szybko machać rękami nad kierownicą i tylko kwestią czasu będzie przypadkowe trącenie manetki zmiany biegów, co pogorszy jeszcze sytuację. Przyznaję – skrzynia biegów z Formuły 1 działa znakomicie jeśli chodzi o redukcję, ale przy zmianie biegów na wyższy straszliwie szarpie. A gdy tył samochodu wpada w poślizg – staje się koszmarem.

Jest jak elektroniczny notatnik Psiona. By wpisać do niego jakąś ważną informację, potrzeba dobrej minuty, podczas gdy to samo zadanie, używając kartki papieru i ołówka, można wykonać... w pięć sekund. Dlaczego więc nie zaoszczędzić sześciu kawałków i nie pozostać przy dobrze działającej skrzyni biegów?

Tak naprawdę to można zaoszczędzić nawet i trzydzieści kawałków kupując używane 355 – jest bardziej agresywne niż 360, bardziej zrywne i bardziej soczyste. Zgadzam się – 360 jest bardziej przyjazne kierowcy, ale jeśli naprawdę potrzebujesz samochodu na co dzień, kup Porsche 911. Albo Alfę GTV V6.

Raz na miesiąc, w dni wolne od pracy i w święta, a to właśnie jest czas, kiedy posiadanie Ferrari ma sens, 355 wciąż pozostaje najlepszym samochodem na świecie. A jeśli się z tym nie zgadzacie, mam to gdzieś.

■ 54 000 funtów za jakąś Hondę? Przecież to cena nie z tej ziemi!

Gdyby do mojego pokoju wszedł teraz Marsjanin i chciałby się dowiedzieć czegoś o motoryzacyjnych zwyczajach Ziemian, nie mógłbym mu wyjaśnić – jak mniemam – dwóch kwestii. Ugięłyby mi się kolana, gdyby zapytał się mnie, po co autostrada M4 ma pas dla autobusów. No i potrzebowałbym godziny, by wyjaśnić mu dlaczego Nissan Skyline, dwudrzwiowy sedan, kosztuje 54 000 funtów.

Trudno przecież mówić, by Nissan stanowił wartość samą w sobie, tak jak na przykład mirra czy Mirrcedes. Wręcz przeciwnie. W rankingu precjozów jest na samym dole, *ex aequo* z produktami z sieci marketów Primark i z tymi tabliczkami z numerami domów przyczepianymi do pni drzew.

Pan Marsjanin zapytałby pewnie, czy może Skyline to wygodny samochód turystyczny, którym można z przyjemnością połykać kilometry szos z pogardliwym uśmieszkiem na twarzy, jaki mamy jadąc w podobnej sytuacji Jaguarem w takiej samej cenie? A ja musiałbym odpowiedzieć:

– No nie, skąd!

Bez cienia wątpliwości, Skyline to jeden z najbardziej niewygodnych samochodów, jakim kiedykolwiek jeździłem. Na miejskich drogach, których nawierzchnię popsuły kablówki, Skyline jest w stanie uszkodzić ci wszystkie odcinki kręgosłupa. Dość szybko uczysz się lawirować między dziurami i zjeżdżać na przeciwną stronę drogi jeśli tylko zajdzie taka potrzeba. A jeśli staniesz oko w oko z progiem zwalniającym (swoją drogą, po co on tam jest?), po prostu zawracasz do domu.

Problem jest trojaki. Po pierwsze, Nissan jeździ na oponach o tak niesamowicie niskim profilu, że wydaje się, iż ktoś pociągnął felgi cienką warstwą czarnej farby. Nie zapewniają absolutnie żadnej elastyczności. Potem mamy zawieszenie, które jest tak giętkie, jak dźwigary podtrzymujące most. No i na koniec fotele – wypchane gąbką w takim samym stopniu, jak Kate Moss tłuszczem. Jeżdżenie tym samochodem obfituje w doznania podobne do bycia ciągniętym przez konia poprzez całą Islandię.

Gdyby Marsjanin miał brwi, na pewno uniósłby je lekko – zastanawiałby się intensywnie nad powodem tak wysokiej ceny.

– Czy jest chociaż szybki? – zapytałby.

– Nie. Niespecjalnie – byłbym zmuszony odpowiedzieć.

Japońskie przepisy zabraniają wszystkim producentom wypuszczania na rynek samochodów o mocy przekraczającej 280 koni – nie mam bladego pojęcia, dlaczego. 280 koni jest więc wszystkim, czym może dysponować Skyline. No dobrze. Jest szybki. Ale nie jakoś przerażająco szybki, a na pewno nie aż tak, by wprawić w drgawki twoje uszy.

Suche dane pokazują, że od zera do 160 km/h rozpędza się w 10,5 sekundy, osiągając prędkość maksymalną 250 km/h. Brzmi to nieźle, ale w rzeczywistości 2,6-litrowy silnik cierpi na olbrzymią turbodziurę, a sześciobiegowa skrzynia wcale nie pomaga w zamaskowaniu jej istnienia. Wciśnijcie gaz do dechy przy prędkości 110 km/h, a Skyline zachowa się jak każdy inny Nissan: po piętnastu sekundach wciąż będzie się poruszał z prędkością 110 km/h.

I niezależnie od tego, o co nie zapytałby mnie nasz trzeźwo myślący, rozsądny kosmita, nie byłbym w stanie uzasadnić ceny Skyline'a. Jego ubezpieczenie kosztuje rocznie 1000 funtów. Wygląda jak z odpustu, co aż bije po oczach. Ma zbiornik paliwa o wielkości kubka z jogurtem, a ponieważ spala aż 13 litrów na 100 kilometrów, trzeba tankować go co każde 32 metry. Nie ma ani szyberdachu, ani nawigacji satelitarnej.

Byłbym w końcu zmuszony wyjaśnić, że jedynym powodem tak wysokiej ceny tego wozu jest fakt, że umie szybko pokonywać zakręty. To właśnie to. To numer popisowy Skyline'a. Jest dobry na rondach.

W tym tygodniu pożyczyłem kluczyki do Nissana Colinowi

McRae, który po pięciu okrążeniach na torze Silverstone wyszedł z samochodu i szeroko się uśmiechnął. Powiedział, że wóz „robi całkiem niezłe wrażenie". A to, w tłumaczeniu na język zwykłego człowieka, odpowiada stwierdzeniu „niesacholerniemowity!".

Pamiętam, jak dziesięć lat temu byłem pod niesamowitym wrażeniem, gdy Chevrolet ogłosił, że jego Corvette jest w stanie wygenerować na zakręcie przeciążenie 1 g. No cóż, Skyline też to potrafi, i to przy naprawdę lekkim popiskiwaniu opon. Wiem o tym, bo na środku deski rozdzielczej Nissana jest wyświetlacz, który na bieżąco informuje cię o występujących w kabinie przeciążeniach. Albo, gdy naciśniesz kilka guzików, o wielkości mocy przekazywanej osobno na przednie i na tylne koła. Wyświetla temperaturę wydechu i intercoolera, bieżący procent zakresu skoku pedału gazu, a nawet informacje o stanie wtryskiwaczy paliwa. Dopiero teraz widać istotę filozofii tego niesamowitego samochodu.

Ostatnio oglądałem w Londynie mieszkanie, które kosztowało 450 000 funtów. To dużo, zważywszy na fakt, że nie miało pokoi. Dokładnie to mam na myśli. Nie było w nim ścian, podłóg, ogrzewania, oświetlenia, niczego. Idea, jaka temu przyświecała, była taka, że miał je sobie urządzić jego nabywca zgodnie ze swoimi potrzebami. To samo dotyczy Skyline'a. Nissan sprzedaje ci samochód w stanie surowym, a ty, podłączając do niego komputer i zmieniając ustawienia jakiegoś chipa, dodajesz mu blasku. Znam gościa, który w takim wozie podkręcił silnik do 800 koni.

Możesz dowolnie zabawiać się z inteligentnym napędem na cztery koła, możesz też zmieniać jego aerodynamikę – to pewnie dlatego wybierają go kierowcy Formuły 1. Zapytajcie Johnny'ego Herberta, czym jeździ, a odpowie, jak na grzecznego chłopczyka z Forda przystało:

– Fordem.

Ale tak naprawdę, to jeździ Skyline'em. Oni wszyscy jeżdżą

Skyline'ami.

A jaka jest nowa wersja tego wozu? No cóż, przypomina starą, tylko że jest odrobinę twardsza, odrobinę bardziej agresywna, odrobinę bardziej wspaniała. Nie można jej porównać do żadnego innego samochodu, bo nie istnieje nic choć trochę zbliżonego do Skyline'a.

Tak więc gdy kosmita zapytałby, jak to możliwe, żeby Nissan kosztował aż 54 000 funtów, wręczyłbym mu kluczyki. I po przejechaniu mili lub dwóch chciałby zamienić się na niego

■ To Mika Häkkinen w garniturze od Marksa & Spencera

Pewnego dnia spotkałem osobę zajmującą się stylizacją żywności i zastanowiłem się przez chwilę, jak to się dzieje? Jak to się dzieje, że wchodzisz w dorosłe życie z marzeniami o byciu astronautą albo gwiazdą filmową, a kończysz z przytwierdzoną do czoła lampą Davy'ego i chirurgicznymi szczypcami w ręce, którymi układasz na bułce ziarenka sezamu?

A potem zacząłem zastanawiać się jeszcze głębiej. Co za oszustwo. Przecież to właśnie ta osoba rozbudza moje nadzieje w barach z hamburgerami. Widzę zdjęcie pękatej, dymiącej kanapki, która nie ma żadnego związku z tym wymęczonym krowim plackiem, jaki dostaję. No, może poza dymieniem.

Ten wstęp przywodzi mi na myśl Audi TT. Gdy po raz pierwszy pokazano mi fotografię tego akrobaty z Bauhausu, zacząłem się pocić z niecierpliwego wyczekiwania. Niedługo potem przejechałem się nim i w ciągu pierwszej pół godziny przybrałem minę, która zazwyczaj pojawia się na mojej twarzy wyłącznie podczas kolacji, gdy okaże się, że mężczyzna siedzący obok mnie jest serwisantem instalacji basenowych.

Audi TT wygląda jak wóz sportowy, ale nim nie jest. To motoryzacyjny odpowiednik Ginger Spice – na pierwszy rzut oka szybkiej i zwartej dziewczyny, ale pod warstwą ubrań oklapniętej i ledwo trzymającej się kupy. Audi TT jest jak rozmoknięty orzech włoski.

Dziwne zatem, że zakochałem się nieprzytomnie w nowym Audi S3, samochodzie, który ma ten sam co TT turbodoładowany silnik, ten sam układ przeniesienia napędu na cztery koła i tę samą sześciobiegową skrzynię.

To dlatego, że S3 nie próbuje udawać, że jest samochodem sportowym. Nie licząc większych kół, szerszych nadkoli i bardziej przyczajonej postawy, wygląda jak zwykłe A3, które z kolei jest całkowicie bezpretensjonalnym hatchbackiem. I ponieważ nie spodziewałem się, że podczas jazdy S3 będzie przyozdabiało szosę sosem tabasco, nie przejmowałem się tym, że skrzynia biegów była za mało precyzyjna i że pedał hamulca działał jak przełącznik.

No i co z tego, że samochód nie reaguje natychmiastowo na ruch kierownicą? Audi, niech ich Bóg błogosławi, nigdy nie umiało zrobić samochodu, który prawidłowo by się prowadził, ale dla tysięcy lekarzy i prawników, którzy kupują samochody tej marki, ten szczegół praktycznie wcale się nie liczy.

Jeśli chcesz mieć elegancko skrojony garnitur, wybierz się do Subaru i kup Armani Imprezę. Jeśli zależy ci na marce Boss, kup sobie BMW. Ale jeśli potrzebujesz czegoś na co dzień, do pracy, zawsze pozostanie ci stary dobry Audi & Spencer.

A potem nacisnąłem mocniej pedał gazu i pomyślałem sobie: chwila, moment! Może to prawda, że S3 nie jest rewelacyjne w pokonywaniu zakrętów, ale na prostej zaczyna być pozytywnie zakręcone. Nawet na szóstym biegu i przy prędkości 110 km/h skacze w kierunku horyzontu jak mały królik.

Po prostu nie spodziewałem się takich osiągów po czymś, co tak naprawdę jest 1,8-litrowym, trzydrzwiowym hatchbackiem. I to jest właśnie domena, w której S3 nabija sobie punkty. Przez to, że nie oczekujesz po nim zbyt wiele, przez cały czas wóz będzie cię zachwycał – a to deską rozdzielczą, która rozświetla się nocą jak Los Angeles, a to niebieską poświatą wiązek reflektorów. A przede wszystkim siedzeniami Recaro. Od czasu, gdy prowadziłem Renault Fuego, nie siedziałem wygodniej. W samochodzie, oczywiście.

Upłynęło też sporo czasu od chwili, gdy tak dobrze czułem się jadąc samochodem. Co prawda nikt się nie oglądał za S3, ale samochód jest autentycznie urodziwy. Chodzi mi o to, że nie jest ani Bradem Pittem, ani Davidem Beckhamem – to po prostu przystojny gość siedzący przy drugim końcu baru.

W dodatku znaczek z czterema pierścieniami nie wywołuje nieprzyjemnych skojarzeń. Gdy widzę jak naszym podjazdem jedzie Audi, podbiegam do drzwi, żeby sprawdzić kto nim przyjechał. Gdy widzę BMW, zamykam okiennice i udaję, że nie ma mnie w domu.

Kupujesz Audi, bo chcesz mieć praktyczne, solidnie wykonane narzędzie do przewożenia siebie i kilku swoich pasażerów, spokojnie i bez niepotrzebnego zamieszania, z twojego domu do, powiedzmy, restauracji Assaggi w Notting Hill. Właściciele beemek wybierają Quaglino, bo tam wolno krzyczeć.

W końcu dotarliśmy do ceny: 27 000 funtów. To dużo jak za coś, co – tak jak mówiłem – jest z grubsza rzecz biorąc hatchbackiem.

Nie jest to jednak wygórowana kwota za samochód, który bardzo dobrze radzi sobie z bardzo dużą liczbą wyzwań. Za te same pieniądze można co prawda mieć Mitsubishi Evo VI, ale gdziekolwiek byś nią nie pojechał, ludzie spodziewaliby się, że ze środka wysiądzie Gary Rhodes. Mógłbyś też mieć BMW 323 coupé. Tylko że wtedy wszędzie byś się spóźniał.

Przez cały zeszły rok wyśpiewywałem peany pod adresem Alfy Romeo GTV6, która kosztuje 28 000 funtów. Tak naprawdę, to mało brakowało, żebym zaczął wysiadać z mojego wozu i uświadamiać innych stojących w korku, że kupili niewłaściwy samochód:

– Aleś zawalił, chłopie. Jeździsz takim złomem, a mogłeś mieć Alfę… Idiota! Chronicznie cię nie znoszę!

No cóż, teraz mamy na rynku alternatywę usprawiedliwiającą rezygnację z zakupu Alfy. Jeśli naprawdę, naprawdę musisz mieć tylne siedzenia, a bagażnik musi koniecznie przewozić coś więcej niż tylko jedną krewetkę, możesz kupić Audi S3. To drugie najlepsze auto w swojej klasie, a to tak jakby być drugim w kolejności kierowcą wyścigowym, zaraz po Michaelu Schumacherze.

No właśnie. S3 jest jak Mika Häkkinen. Opanowane. Zdystansowane. Przystojne. I o wiele, wiele szybsze, niż moglibyście przypuszczać.

■ Zupełnie jak klasyka literatury – powolny i nudny

Nie przepadam za wzorzystymi dywanami, ale wiem, co skłania ludzi do ich kupna. Co prawda nie można spokojnie zawiesić na nich oka, ale za to taka sama feeria turkusu i złota występuje w tak eleganckich restauracjach, jak miejscowa filia sieci pubów Harvester. Dlatego wzorzyste dywany postrzegane są jako coś wytwornego. No i praktycznego. Nawet gdyby o twoją sofę rozbił się supertankowiec „Torrey Canyon", tylko gość o sokolim wzroku mógłby na takim dywanie wypatrzyć plamę oleju.

Wiem też, dlaczego ludzie kupują piecyki Aga. Te urządzenia nie potrafią gotować, nagrzewają za to kuchnię aż do tego stopnia, że zaczynają się topić sztućce. A gdy się psują, musisz wysłuchiwać opowiadań tępych konsultantek z działu serwisowego o tym, że wszyscy technicy mają właśnie jakieś problemy osobiste. Ale Agi wnoszą do kuchni wiejską, sielankową atmosferę, w dodatku ich właściciele otrzymują od firmy magazyn klubowy, na łamach którego pojawiają się inni wielbiciele Agi, na przykład tacy jak Felicity Kendal.

Wiem, dlaczego ludzie mieszkają w Wilmslow. Wiem, dlaczego ludzie stają się włamywaczami. Wiem, dlaczego na autostradzie M4 powstał pas dla autobusów. Ale nigdy nie potrafiłem rozgryźć przypadku Vauxhalla Vectry.

Teraz pojawiła się jego nowa wersja i mimo że wygląda tak jak poprzednia, Vauxhall twierdzi, że dokonał w niej 2500 zmian. Podkłada się tym samym dowcipnisiom z magazynu satyrycznego „Viz", zachęcając ich, by napisali, że w takim razie poprzedni model „musiał być naprawdę solidną kupą złomu".

I mieliby rację. Bo nią był. Gdy poproszono mnie o recenzję tego znienawidzonego przeze mnie samochodu dla *Top Gear*, przyjąłem filozofię, dzięki której Ronan Keating dotarł do pierwszych miejsc list przebojów: „Ujmujesz to najlepiej, gdy w ogóle o tym nie mówisz".

Vectra była żenująco nudna, a jedyną ciekawą w niej rzeczą był przyrząd do odkręcania nakrętek wentyli. I wiecie co? Nowa wersja wcale nie jest lepsza.

Tak, wiem, że nowe zwieszenie jest bardziej elastyczne niż stare i będzie jeszcze rzadziej się psuło, ale tak naprawdę akurat to nigdy nie sprawiało większych problemów. Problemem był za to kształt samochodu i panująca w nim wszechobecna nuda, poczucie, że wóz zaprojektowała jakaś przypadkowa osoba w zastępstwie projektanta, który właśnie poszukiwał przez telefon technika do naprawy swojej Agi.

Nie obchodzi mnie więc, że nowy model Vectry ma zintegrowane reflektory i nową osłonę chłodnicy. I tak jest nudny. Chcemy, by nasze samochody wyglądały jak książkowe bestsellery z księgarni na lotnisku. Chcemy, by ich okładki były przyozdobione swastyką, karabinem i dziewczyną. Zamiast tego Vauxhall prezentuje nam powieść Thomasa Hardy'ego. Vectra to samochodowy odpowiednik klasyki literatury wydawnictwa Penguin. Założę się, że gdyby zeskrobać z niego lakier, naszym oczom ukazałby się pomarańczowy grzbiet.

A ja testowałem naprawdę bogato wyposażoną wersję V6 GSi, która swoją sportową aurą miała emanować na wszystkie pozostałe wersje Vectry. W skrócie, jest to zwykła Vectra, którą ktoś namagnesował i wjechał nią do sklepu z akcesoriami motoryzacyjnymi po przecenie. Przyczepiło się do niej całe mnóstwo tanich gadżetów i w ten sposób powstał Thomas Hardy w kombinezonie wyścigowym.

Problem Vectry to pieniądze. Wersja GSi kosztuje 21 500 funtów i Vauxhall dobrze wie, że każdy, kto ma choć odrobinę zdrowego rozsądku, wybierze Alfę Romeo 156. Albo jakieś BMW. Albo taczki.

Aby więc uczynić Vectrę bardziej atrakcyjną, wyposażono ją w mnóstwo dodatków. W środku znajdziecie nawigację satelitarną z funkcją „kół ratunkowych". Ma nawet przycisk „telefon do przyjaciela". Jeśli go naciśniecie, zostaniecie połączeni z operatorem, który może wam udzielić informacji, czy męski osobnik konika morskiego przenosi ze sobą jaja swojej partnerki. I czy w pobliżu zepsuła się jakaś ciężarówka. To wszystko bardzo sprytnie, ale przez to cała przestrzeń przeznaczona na schowek wypełniona jest elektroniką.

Mamy jeszcze klimatyzację. W katalogu prezentuje się nieźle. W rzeczywistości nie działa. Zamiast równomiernie schładzać cały samochód, emituje wąskie strumienie lodowatego powietrza, przez co gdy twój nos rozgrzewa się do czerwoności, woskowina w twoim uchu zamienia się w bardzo niewygodny sopel lodu.

No i ta metalowa kierownica. W słoneczne dni prowadzenie Vectry przypomina jazdę z dłońmi w tosterze. Ten samochód ma wszystko, ale nic nie działa w nim tak, jak powinno. Nawet silnik. 2,5-litrowa jednostka w układzie V6 rozwija 170 koni, co przekłada się na przyspieszenie od zera do setki w 7,5 sekundy, aż do prędkości maksymalnej 230 km/h. Tyle teorii. Ja jednak miałem wrażenie, że w testowanym przeze mnie samochodzie paliwo dostarczane jest do silnika nie w postaci delikatnej mgiełki, ale w grudach. Przy intensywnym przyspieszaniu wydawało mi się, że samochód usiłuje pić zupę minestrone przez słomkę.

Ale nawet jeśli nie weźmiemy tego nieprzyjemnego aspektu pod uwagę, zostaniemy z samochodem, który pomimo spojlerów i chropowatej nuty w brzmieniu tłumika, wcale nie jest aż tak bardzo szybki. Jest pod tym względem co najwyżej zadowalający, podobnie jak co najwyżej zadowalająco się go prowadzi i nim hamuje. To samo dotyczy przestronności wnętrza, stylistyki, zużycia paliwa i komfortu jazdy. W Vectrze są jedynie dwie cechy, które można uznać za dobre: fotele Recaro i kształt bocznych lusterek. A to naprawdę za mało.

Chciałbym móc stwierdzić, że nowa Vectra, mimo 2500 zmian i mocy silnika V6, jest najgorszym możliwym samochodem, jaki można obecnie kupić. Ale gorszy od niej jest i Chrysler Voyager, i – jak podejrzewam – nowa Kia Clarus, i to o wiele.

Sami widzicie. Oto cały Vauxhall Vectra: nie jest dobry nawet w byciu złym.

■ Groteskowa fiksacja Prescotta na punkcie autobusów

Niedawno napisałem felieton do „Sunday Timesa", z którego być może wynikało, że motocykliści mogą być odrobinę homoseksualni. Na pewno stwierdziłem, że lubią oglądać zdjęcia pośladków innych mężczyzn.

No i zrobił się z tego wielki raban i zamieszanie, e-maile zaczęły krążyć w tę i z powrotem, gdy stałem w korku pokazywano mi palec, a w magazynie „Motorcycle News" pojawił się artykuł, który stwierdzał, że jestem „celowo kontrowersyjny". W przeciwieństwie do czego? – pomyślałem sobie. Do bycia „niechcący kontrowersyjnym"?

W artykule napisano również, że ten nieszczęsny felieton powstał tylko po to, by rozzłościć redaktora działu testów drogowych magazynu „Top Gear". Zasugerowano, że „dziecinnym marnotrawstwem" jest przeznaczanie całej kolumny na osobiste porachunki w magazynie urastającym do rangi oficjalnego organu państwa.

Doprawdy? Przecież właśnie teraz przeznaczyli cały felieton na moją osobę, a ja przeznaczę miejsce, które zostało mi w tym felietonie na Johna Prescotta, który ma nowy, świetny pomysł. Z grubsza rzecz biorąc, jeśli koleje nie doprowadzą do tego, by pociągi jeździły punktualnie według rozkładu, zostaną ukarane grzywną w wysokości 40 milionów funtów. To trochę więcej niż mandat za oddawanie moczu w miejscu publicznym. Zacząłem się zastanawiać, co dobrego może wyniknąć z takiej kary. Taka grzywna na pewno sprawi, że pieniądze, które mogłyby pójść na ulepszanie kolei, trafią do rządu, a ten wyda je na powołanie kilku nowych paneli dyskusyjnych. W dodatku kary tak wysokie jak ta odstraszą inwestorów, a w rezultacie jakość połączeń kolejowych ulegnie dalszemu pogorszeniu. A wtedy znowu przywalą kolei karę.

Nie obchodziłoby mnie to, ale wcale nie jest tak, że ludzie pracujący na kolei co ranka rozsiadają się wygodnie i obmyślają coraz to inne, bardziej ekscytujące metody, jak by tu spieprzyć funkcjonowanie sieci kolejowej. Jestem przekonany, że robią, co tylko w ich mocy, a ostatnią rzeczą jakiej pragną jest to, by Jabba z rasy Huttów wraz ze swoim rudowłosym, wyglądającym jak rabarbar pomagierem z Nadzoru Kolei dręczyli ich jak szkolni chuligani.

Wydaje mi się, że byłoby lepiej, gdyby ten walijski dwujaguarowiec powiedział:

– Posłuchajcie, jeśli możecie jeszcze zrobić cokolwiek, by poprawić jakość połączeń, to damy wam na to 40 milionów funtów – kupcie sobie nowe semafory albo mocniejszą kawę, albo co tam jeszcze chcecie…

Ale skąd. Palant Prescott postanowił wydać wszystkie dostępne mu środki na jeszcze jeden obiad. I na wakacje z nurkowaniem u wybrzeży Malediwów. I na helikopter, który zabrał go na brytyjskie Grand Prix, gdzie wznosił dzikie okrzyki pod adresem kogoś o imieniu „Damien". A tę małą cząstkę, jaka została po tych wszystkich wydatkach, przeznaczy na przekształcenie sieci dróg w jeden wielki, p*********y pas dla autobusów.

A teraz posłuchajcie. Pociągi to dobra rzecz. Dzięki nim spada natężenie ruchu na brytyjskich drogach. Dobrze się sprawdzają jako dopełnienie transportu osobowego i ciężarowego. A autobusy – nie. Autobusy to idiotyzm.

Patrząc z perspektywy czasu, chyba każdy przyzna, że Beeching zrobił źle likwidując w 1963 roku wiele połączeń kolejowych. Taka strategia w czasach, gdy coraz większą rolę odgrywał transport samochodowy, mogła wydawać się rozsądna, ale teraz wszyscy wiedzą, że był to idiotyczny pomysł. I mogę założyć się o wszystko, co posiadam, że za trzydzieści lat wszyscy będziemy siedzieć przy stołach i mówić:

– Prescott był idiotą... Jak można było wtedy do ruchu po drogach dopuścić wyłącznie autobusy?!

A ja mówię to już dziś. Można sobie wmawiać, że każdy autobus wypełniony jest po brzegi pięćdziesięcioma uśmiechniętymi kierowcami, którzy zostawili w domu swoje samochody, ale przecież wcale tak nie jest. Jeśli przyjrzycie się autobusom po godzinie, dajmy na to, dziesiątej wieczorem, stwierdzicie, że prawie wszystkie są puste. A jeśli znajdziecie kogoś na ich pokładzie, od razu będzie po nim widać, że nigdy w życiu nie posiadał samochodu. Powie wam to jego fryzura. I jego płaszcz.

Prescott najwyraźniej nie może zrozumieć, że nikt nie kupi samochodu, nie zapłaci za niego podatku, nie ubezpieczy go i nie wniesie opłaty za jego miejsce parkingowe tylko po to, by później jeździć do pracy autobusem. Musimy jednak pamiętać, że Prescott oblał egzamin zamykający podstawówkę, a jego matka sama powiedziała o nim, że „nie był zbyt rozgarnięty". Wydaje mi się jednak, że nawet on powinien wiedzieć, iż samochód jest o wiele bardziej komfortowy i o wiele wygodniejszy niż autobus. Samochód jeździ tam, gdzie chcecie i nie odjedzie, dopóki nie będziecie całkiem gotowi. Samochód oferuje wam spokój i program radiowy Terry'ego Wogana. A najbardziej ekscytującą rzeczą, jaką może zaoferować wam autobus, jest miejsce siedzące z wyplutą przez kogoś gumą do żucia.

Autobusy wcale nie są szybkie. Przewoźnicy, którzy korzystają z nowego pasa dla autobusów na autostradzie M4 nie odnotowali zauważalnej różnicy w rejestrowanych czasach przejazdów. Jeden z nich, z Reading, zrezygnował nawet z części kursów, bo jak twierdzi, „nie było wystarczająco dużego zapotrzebowania".

W ciągu godziny pomiędzy Heathrow a Londynem przejeżdża zaledwie 50 autobusów – to mniej niż jeden na minutę – a mimo to mają swój własny pas. A 16 000 pozostałych samochodów na tym samym odcinku jest zepchnięte na pozostałą część autostrady. To czysty idiotyzm. To po prostu chore. To wymysł jakiegoś uszkodzonego mózgu.

Mam jeszcze gorsze wieści. Pobieżny przegląd tych 50 autobusów ujawnił niemiłą niespodziankę. Większość z nich to autokary należące do linii lotniczych, którymi załogi samolotów zmierzają do centrum Londynu na mały, niezobowiązujący seks.

Z pasa korzysta też 350 taksówek. No cóż, to naprawdę budujące, jeśli chodzi o ruch drogowy i jego uginających się pod ciężarem podatków uczestników – patrzeć, jak obok ciebie z prędkością 80 km/h gna do miasta jakiś amerykański biznesmen, podczas gdy ty stoisz w korku i ociekasz potem.

Historia – zapewniam was – nie okaże się łaskawa dla pana Prescotta i proponuję, by historia zaczęła się już od teraz. Napiszcie więc do niego, że następnym razem będziecie głosować na... tak naprawdę, to na każdego, byle tylko nasz wicepremier wrócił do swojego poprzedniego zajęcia – do serwowania dżinu z tonikiem na pokładzie liniowca „Queen Elizabeth 2".

■ Brudne łapska precz od tej Alfy

Czy wiedzieliście może, że istnieje coś takiego jak „letnia trufla"? I że nie jest nawet w części tak dobra jak „trufla zimowa"? Nie? Nie przejmujcie się, ja też nie wiedziałem. Dopóki nie stanąłem przed koniecznością zamówienia kolacji w restauracji, gdzie takie właśnie rzeczy miały pierwszorzędne znaczenie.

Musiałem więc siedzieć i mądrze kiwać głową, podczas gdy kelner zapoznawał mnie z podstawami technologii trufli. Przerobiliśmy już zagadnienia związane z glebą, z wilgotnością i ze świniami, gdy znienacka przybrał taki wyraz twarzy, jakby ktoś pchnął go śrubokrętem w kark. Jego rozdziawione szeroko usta i wybałuszone oczy wskazywały na to, że był w głębokim szoku, a nieco dokładniejsza analiza wykazała również oznaki zdumienia. I nieco złości. A to wszystko dlatego, że tu, w rekomendowanej przez przewodnik Michelina restauracji, gość siedzący przy sąsiednim stoliku polewał sosem tabasco swoją rybę.

Zrozumiałem, co czuł ten kelner, bo coś podobnego spotkało mnie dwa dni wcześniej, gdy firma Alfa Romeo przyprowadziła pod moje drzwi sto pięćdziesiątkę szóstkę z silnikiem Diesla.

To tak, jakby do nowego garnituru założyć białe skarpetki. To tak, jakby longplay z muzyką Mozarta odtwarzać przy 45 obrotach na minutę. To tak – spróbujcie to sobie wyobrazić – jakby przygotowywać przez osiem godzin wykwintne danie z ryby tylko po to, by jakiś facet o azbestowym podniebieniu polał je całe nitrogliceryną.

Powiem wam coś o Alfie Romeo, co da wam pewne wyobrażenie o absurdzie tego pomysłu z dieslem. Wiemy, że dominującym dziś zawodnikiem Formuły 1 jest McLaren, ale w latach 1950. to Alfa miała nad innymi tak olbrzymią przewagę, że kiedyś, na przedostatnim okrążeniu, poleciła, by jej samochód zjechał do boksu i został wypucowany. Żeby dobrze się prezentował przy przekraczaniu linii mety.

W Alfie swoją karierę zaczynał sam Enzo Ferrari. To firma, która dała światu jedne z najbardziej wyjątkowych samochodów, jakie kiedykolwiek wyprodukowano. Widzieliście może kiedyś model 2900B? A słyszeliście, jak brzmi? Henry Ford słyszał go i widział, i kiedyś powiedział: „Gdy widzę przejeżdżającą ośmiocylindrową Alfę, ściągam z głowy kapelusz".

To trwa po dziś dzień. Jasne, osoby, które potrzebują czterech kółek i przymocowanego do nich fotela, kupują sobie BMW albo Vectrę, ale ci, którzy są świadomi, ci, którym zależy, ci którzy chcą, by układ kierowniczy mówił, a silnik zanosił się rykiem – ci kupują Alfy. Co więc strzeliło do głowy ludziom, którzy zamontowali diesla w swojej wspaniałej 156? Brudny, rakotwórczy, terkoczący diesel! W samym środku dzieła sztuki!

Tak, wiem, że we Włoszech olej napędowy kosztuje trzy pensy za tonę, i że oszczędności na paliwie pokryją katastrofalny spadek wartości samochodu, ale po co eksportować go do Wielkiej Brytanii? Po co? U nas samochodami z silnikiem Diesla jeżdżą obłudni i skąpi brodacze w sandałach i spodniach firmy Rohan. To ludzie, którzy zupełnie nie interesują się samochodami i motoryzacją. Wszystko podporządkowują jednej, jedynej potrzebie: by jeździć jak najtaniej.

Dieselman pragnie zostać członkiem rady gminy. Gdy jeździ po Francji, zakłada na reflektory żółte nakładki, a z tyłu przykleja naklejkę GB. Mapy przegląda przed wyjazdem, w domu, a nie jadąc autostradą. Tankuje, mimo że ma jeszcze ćwierć baku paliwa.

Na placu zabaw przed szkołą łatwo jest poznać syna Dieselmana. Podczas gdy wszyscy jego koledzy przechwalają się, jak szybko mogą jeździć samochody ich ojców, on zawodzi cienkim, nosowym głosem:

– A samochód mojego taty spala 4,7 litra na 100 kilometrów!

Potem kumple kradną jego szklankę mleka. I bardzo dobrze. Bo wbrew rozpaczliwym deklaracjom Dieselmana, spalanie samochodów z silnikiem Diesla rzadko schodzi poniżej 6,7 litra. Jeśli Dieselman twierdzi, że jest w stanie zejść do 5, a nawet czterech litrów, możecie mu ode mnie przekazać, że jest kłamcą. I strzelić mu pięścią w twarz.

Alfa Romeo zrobiła wszystko, co w jej mocy, by ożywić ideę napędzania samochodów dieslem,ględząc nieustannie o swoim pięciocylindrowym turbodoładowanym 2,4-litrowym silniku. Sprawa jest jednak prosta – przy 4000 obrotów, gdy normalna Alfa dopiero zakasywałaby rękawy, przymierzając się do przejmującego ataku na górne partie ścinającego krew w żyłach zakresu obrotów, jej odmiana z dieslem dostaje zadyszki i błaga o zmianę biegu na wyższy.

Zgadzam się, silnik Diesla rzeczywiście ma spory moment obrotowy, ale gdzie podziała się jego moc? Co stało się z wigorem i brzmieniem technologii Twin Spark? Albo z miłym dla ucha rykiem sześciu cylindrów? Co z frajdą?

Siedzisz w Alfie na fotelu Recaro, ściskasz kurczowo skórzaną kierownicę Momo, wpatrujesz się w deskę rozdzielczą z włókna węglowego, a przy tym słuchasz silnika, który powinien znaleźć się w jakimś cholernym traktorze. Mówią, że jest o osiem decybeli cichszy od zwykłego diesla, ale to tak, jakby mówić, że Concorde jest cichszy od Harriera. Ale nawet mimo to jest przecież tak głośny, że może wywołać krwotok z nosa.

W dodatku cena 20 300 funtów nie należy do niskich. Wersja z silnikiem Twin Spark o pojemności 2 litrów kosztuje o 100 funtów mniej, a w dodatku jest milion, miliard, bilion razy lepsza.

PS. Na koniec chciałbym jeszcze donieść, że A.A. Gill chce kupić Alfę, więc jeśli macie jakąś na sprzedaż, napiszcie do niego. Nieważne, jaki model. I tak ich nie rozróżnia.

■ Tak, możesz czuć się zażenowany podróżując wygodnie w Roverze 75

Właśnie przed chwilą skończyłem czytać najnowszy numer "GQ" – stylowego magazynu dla mężczyzn – i najwyraźniej kicz z lat 1970. znowu staje się modny. Powraca moda na grę w zośkę i na lampy lava. Przewracając kilka kolejnych stron oglądamy meble zrobione z czarnej skóry i szczotkowanego aluminium, wyglądające dokładnie tak, jak magnetofon z wieży firmy Akai. Albo z drewna, które jest tak upstrzone słojami, że w rzeczywistości wygląda jak drewnopodobna okleina.

Jeśli faktycznie modne są lata 1970., nowy Rover powinien być bardzo na czasie. Nazywa się nawet "75", co przypomina nam o zespole 10cc i ich przeboju *I'm not in love*. Jest przyozdobiony wszystkimi możliwymi eleganckimi detalami, a gdyby mógł wybrać sobie fryzurę, z pewnością zafundowałby sobie afro.

A tak naprawdę to bardzo ładny samochód i mimo że jest duży, wcale nie kojarzy się z czołgiem. A jednak jeżdżenie tym samochodem jest dość żenujące. Choć może to ze mną jest coś nie tak. Przecież to ja jako pierwszy oświadczyłem, że nie podobają mi się koszule od Bena Shermana, ani te nowe buty, które wyglądają jak łodzie ze ściętym dziobem. Kupuję modne rzeczy tylko wtedy, gdy jestem absolutnie pewien, że nigdy nie będą już modne.

Otrząsam się na myśl, że to ja mógłbym wyznaczać trendy w modzie, bo – kto wie? – mogłoby okazać się, że nikt nie poszedł moim śladem, a wtedy zostanę sam z halibutem na głowie i wielkimi, różowymi osłonami na kolanach. No i właśnie tak się czułem jadąc Roverem 75. Idiotycznie. Jakbym za czymś nie nadążał. Jakbym nie był do końca pewien, czy jestem doktorem Dolittle, czy doktorem Dre. Jakbym nie wiedział, czy napić się mleka, czy alkoholu.

Przyczyny takiego stanu rzeczy są proste.

Rover 75 jest już w sprzedaży od kilku ładnych miesięcy, a jeszcze nie widziałem żadnego na ulicy. Nowe Jaguary, o wiele droższe, są wszędzie, ale Rovera 75 nikt nie chce kupić. Wszyscy więc na mnie patrzą, a to działa mi na nerwy.

Myślę, że już rozumiem dlaczego Rover do kampanii reklamowej zaangażował księżną Sophię. Według Briana Sewella, krytyka sztuki, który pracował nad reklamami Rovera 75, taka osoba powinna przyciągnąć do tego samochodu wysoko postawionych, kształtujących opinie i trendy ludzi, w wyniku czego wydamy z siebie westchnienie ulgi i podążymy ich śladem.

Obawiam się jednak, że to nie zadziała. Sewell twierdzi, że pierwszym na celowniku księżnej Sophii jest A.A. Gill, ale ja dobrze wiem, że wolałby już zapłacić za Alfę niż dostać Rovera w prezencie. A gdy tak sobie patrzę na te wszystkie, uśmiechnięte twarze sfotografowane na przyjęciu wydawanym przez „GQ" z okazji przyznania tytułu człowieka roku, nie mogę się powstrzymać od pytania: ilu z was kupiłoby Rovera? Jamie Oliver? Johnny Vaughan? Tara Palmer-Tomkinson? Nie ma na to szans.

Przede wszystkim ten samochód to Rover, a Rover to chyba jedna z najmniej odlotowych marek na rynku. W najlepszym razie kojarzona jest z ubranymi w tweedowe marynarki lekarzami z Harrogate; w najgorszym przywołuje wizję przywódcy związków zawodowych, Derka „Red Robbo" Robinsona, tańczącego kozaka gdzieś na zadupiu. Rover jako marka to po prostu szmelc.

No dobrze, ale co można powiedzieć o samochodzie? Moja wersja wyposażona została w 2,5-litrowy silnik V6, co w kombinacji z automatyczną skrzynią biegów przypomina próbę ożenienia Harolda Pintera ze Scary Spice. Nawet jeśli na samym początku nie będziemy liczyli no to, że samochód będzie szybki, i tak poczujemy się rozczarowani. Jest przygnębiająco ospały, niechętnie reaguje na wciśnięcie pedału gazu, a jeśli już, to jak jakaś ociężała krypa.

Przejdźmy teraz do wnętrza, które niestety jest jeszcze gorsze. Przypadły mi do gustu lamówki na fotelach. Przypadły mi do gustu również i same fotele. Spodobały mi się kremowe tarcze zegarów. Dlaczego jednak obok ultranowoczesnych wyświetlaczy LCD umieszczono archaiczne wyświetlacze LED, po czym wszystko to skontrastowano z tłem z drewna i skóry?

Muszę jednak przyznać, że samochód wyposażony jest w każdy możliwy gadżet, który może wam przyjść do głowy. Doszedłem więc do wniosku, że jego cena musi oscylować w okolicy 35 000 funtów. W rzeczywistości można go jednak kupić za jedyne 25 000, co jest naprawdę rozsądną kwotą. Rozsądną, ale nie powalającą.

Jakość prowadzenia nie jest jednak ani rozsądna, ani powalająca. Podejrzewam, że BMW nakazało inżynierom Rovera trzymać się z daleka od sportowego zacięcia serii 3 i 5 i w rezultacie otrzymaliśmy jeżdżącą odmianę puddingu z dodatkiem łoju. Tyle że dzięki temu Rover ma w ręku jeden atut. Po ciężkim dniu w pracy, kiedy głowa pęka ci z bólu, a zatłoczenie dróg sięga zenitu, nie ma w tej klasie samochodu, który zawiózłby cię do domu w większym komforcie niż Rover. Jest tak komfortowy jak Rolls Royce – połyka zwalniające pasma górskie pana Prescotta tak, jakby ich tam w ogóle nie było. Wewnątrz panuje niesamowita cisza, a gdy wyjedziesz na autostradę i włączysz tempomat, wprost nie będziesz mógł uwierzyć, że znajdujesz się w samochodzie, który ma konkurować z BMW serii 3, o Fordzie Mondeo nawet nie wspominając.

Jeśli więc nosisz się z zamiarem kupna samochodu, którym jeździ się jak wanną przygotowaną do kąpieli przy świecach, Rover 75 powinien stać się twoim kandydatem numer jeden. Tyle że jeśli poszukujesz czegoś takiego, prawie na pewno jesteś już stary. Ponieważ Volvo w tym segmencie rynku przestało się liczyć, a Nissan skoncentrował się teraz na imporcie Skyline'a GTR, droga do serc i portfeli członków klubów seniora stoi przed Roverem otworem. Rover 75? Ta liczba w nazwie powinna wyznaczać dolną granicę wieku osób, którym wolno kupić ten samochód.

■ Czy nie wkurza was, gdy wszystko działa?

Niniejszy felieton piszę na moim nowym komputerze, który doszedł do wniosku, że wszystkie litery „i" powinny być duże i że fajnie jest od czasu do czasu napisać jakieś słowo grecką czcionką. Spędziłem więc cały dzień rozmawiając z jakimś gościem, który nieustannie wzdychając mówił mi, że to wszystko jest bardzo proste. Oczywiście, że tak, szczególnie jeśli przesiedziało się ostatnie czternaście lat na strychu.

A teraz w dodatku przestał działać internet. Na moim biurku stoi więc maszyna, która najwyraźniej jest kompletnie bezużyteczna. Nie mogę wysłać żadnego e-maila, a gdy chcę coś wydrukować, pojawia się komunikat o wykonaniu nieprawidłowej operacji, po czym komputer się wyłącza. To, co powinienem teraz zrobić, to oczywiście zabrać to cholerstwo do Seattle i wsadzić je w tyłek Billa Gatesa. Niestety, nie mam na to czasu, bo właśnie uczę się obsługiwać moją nową komórkę o rozmiarach włosa łonowego.

Może to zabawne, ale wszystko, czego wymagam od telefonu komórkowego, to możliwość rozmawiania z ludźmi, którzy znajdują się z dala ode mnie. Ale to malutkie cudo techniki potrafi o wiele więcej. Można za jego pomocą uczestniczyć w połączeniach konferencyjnych, przeglądać internet, a co najlepsze ze wszystkiego – ma głosowe wywoływanie numerów. Niestety, jeśli nagramy czyjeś nazwisko w domu, funkcja wywoływania nie zadziała ani na ulicy, ani w samochodzie. I to ma być praktyczne rozwiązanie?

Spróbujcie wyjaśnić mi coś takiego: moim poprzednim telefonem był Ericsson. Teraz też mam Ericssona. Dlaczego więc oba mają zupełnie inne złącza? Dlaczego muszę kupować nowy zestaw głośnomówiący za 40 funtów? Nie żebym chciał coś takiego mieć – uważam bowiem, że zestaw głośnomówiący to jeden z najbardziej niebezpiecznych wynalazków od czasów rekina. Nieważne jak starannie ułożysz przewód na siedzeniu pasażera i nieważne jak powoli będziesz prowadził. I tak – osobiście ci to gwarantuję – gdy ktoś do ciebie zadzwoni, słuchawka będzie znajdowała się już w okolicach zapięcia pasa, mikrofon zaklinuje się pod dźwignią ręcznego hamulca, a przewód zaplącze się w podwójny węzeł płaski dookoła drążka zmiany biegów.

Chciałem w tej sprawie wysłać do kogoś kilka ostrych słów faksem, ale nie mogę – faksy nie działają. Od początku roku mam już trzeci model i mimo że jest rozmiarów śmigłowca bojowego, z każdej kartki papieru, która znajdzie się w jego pobliżu, robi figurki zwierzątek orgiami. I nawet gdy staniesz obok niego z młotkiem w ręce, a z twojej twarzy łatwo będzie wyczytać mordercze zamiary, faks zacznie ładnie wciągać papier, tyle że po 84 arkusze na raz.

Bolesna prawda jest taka: żadne z zaawansowanych technologicznie urządzeń nie działa jak należy... oprócz samochodu. Naprawdę. Tylko pomyślcie, jak byście się męczyli, gdyby wasz silnik gasł tak samo często, jak często zanika zasięg waszej komórki. Albo gdyby nagrzewnica powietrza psuła się z taką częstotliwością jak wasza drukarka.

Dziś zajmujemy miejsce za kierownicą i nawet nie bierzemy pod uwagę jakiejś ewentualnej awarii. I rzeczywiście – samochody na ogół się nie psują.

No, chyba że mowa o Toyotach. Tego lata kupiłem trzyletnią Toyotę Land Cruiser, częściowo z myślą o bezpieczeństwie dzieci, częściowo z powodu ośmiu miejsc, częściowo dlatego, by nie musieć zwalniać przed górami spowalniającymi pana Prescotta, a częściowo dlatego, bo wiedziałem, że niezawodność Toyoty jest większa niż Land Rovera Discovery. Co pokazuje tylko, ile tak naprawdę wiem.

No dobrze. Zgadzam się, że tym samochodem mógł jeździć ktoś o grubych paluchach i niezdarnych łapskach. I że mógł przez całe swoje życie wywozić innych grubasów na sam szczyt Ben Nevis. Ale to przecież jest Toyota Land Cruiser, na miłość boską! Ten wóz został zaprojektowany tak, by mógł zmierzyć się z pustynią Kalahari, by siłować się na rękę z australijskim buszem. Ten wóz został zaprojektowany, by wyjechać na Saharę, nazwać ją bułką z masłem i wrócić do miasta z nietkniętym mechanizmem różnicowym.

Dlaczego więc mój Land Cruiser jest najbardziej zawodną kupą złomu, jaką miałem nieprzyjemność posiadać? Trzęsie się, skrzypi, szarpie przy każdym hamowaniu, popsuły się w nim elektrycznie opuszczane szyby, a w zeszłym tygodniu musiałem zmierzyć się z 400-funtowym rachunkiem za nowe klocki hamulcowe. Jeśli naprawdę przejechał tylko 48 tysięcy kilometrów, jest po prostu żałosny.

Oczywiście, że jestem na niego zły, a jednak, na swój perwersyjny sposób, bardzo się z tego wszystkiego cieszę. Podobnie jak wszyscy inni dziennikarze motoryzacyjni, z radością propagowałem mit, że japońskie samochody są niezawodne, bo... no bo po prostu są. Teraz jednak doświadczyłem tego na własnej skórze i dość przyjemnie było przekonać się, że nasi nieprzeniknieni, mali koledzy również popełniają błędy.

Muszę teraz pozbyć się tego samochodu, ale czym go zastąpić? Moją pierwszą myślą był Range Rover z Belgii, bo tam sprzedają je po 40 pensów, ale pewna część mnie skłania się ku Mercedesowi Klasy M. Znajomi z Ameryki powiedzieli mi jednak, że jego pierwsze egzemplarze były składane przez jakichś świrów z opaskami na oczach. I że lista występujących w nich usterek dostarczyłaby mi tony materiału do moich felietonów. Zdziwilibyście się, gdybym wam powiedział, jak bardzo jest to istotne.

Chodzi mi o to, że moim Jaguarem XJR zrobiłem już ponad 32 000 km i absolutnie nic się w nim jeszcze nie popsuło: 15 000 części wciąż działa w idealnej harmonii. Świetnie jest mieć taki samochód. Ale pisanie o nim nie jest już taką frajdą.

■ Ciśnienie, bez którego mogę się obejść

Uwielbiam tę porę roku. Gdy spada temperatura, mróz maluje na szybach wzory, a co rano wita nas widoczny dowód tego, że obudziliśmy się i oddychamy. Nawet krajobrazowi udaje się wyglądać ciekawie, z feerią barw w czubkach drzew i skrzącym się powietrzem.

Tak, uwielbiam jesień, ale najbardziej ze wszystkiego uwielbiam potok dobrych rad, którymi zalewają nas organizacje motoryzacyjne na temat kroków, jakie musimy poczynić, by przygotować nasze samochody na przeżycie zimy. Słyszymy, że przed każdą podróżą powinniśmy sprawdzić zderzaki, reflektory, wycieraczki i upewnić się, czy w bagażniku mamy termos z gorącą kawą, na wypadek gdyby wóz odmówił posłuszeństwa gdzieś na bagnach. Mówią nam nawet, że zanim wyruszymy w drogę powinniśmy dokładnie odmrozić wszystkie szyby, ale to jest najzwyczajniej głupie. Jak tylko uda mi się wyskrobać otwór wystarczająco duży, by cokolwiek było przez niego widać, już mnie nie ma. Jest stanowczo za zimno, by stać na zewnątrz i robić testy przed podróżą, jeśli i tak będę w stanie rozpędzić się co najwyżej do 6 km/h.

Nie dalej jak dziś rano Goodyear wysłał mi pismo informujące, że w wilgotnych i być może mroźnych warunkach mój samochód styka się z drogą jedynie za pośrednictwem czterech małych powierzchni, nie większych niż pocztówka. W takim razie... co konkretnie mamy z tym zrobić? Otóż wygląda na to, że musimy regularnie sprawdzać ciśnienie w oponach, bo spada ono wraz ze spadkiem temperatury powietrza. To zwiększa opory ruchu, przez co samochód więcej pali i dochodzi do różnych anomalii w zachowaniu się wozu na drodze.

A teraz uważajcie. Bardzo mi przykro, ale jestem zajętym człowiekiem i naprawdę nie mam czasu sprawdzać, ile powietrza jest w moich oponach. Jeśli układ kierowniczy złapie luzy i zacznie ściągać samochód z drogi, będę świadom problemu, ale do tego czasu dajcie mi święty spokój.

Wyprawa na stację benzynową to jedno z najbardziej nieprzyjemnych przeżyć, jakich może doświadczyć człowiek. Jest to tak okropne, że kiedy strzałka poziomu paliwa wskazuje już rezerwę, a ja właśnie minąłem znak mówiący „stacja benzynowa – 1 mila i 27 mil", zawsze, ale to zawsze podejmę ryzyko. A kiedy już tam dojadę, znów postanowię zaryzykować.

Zdarzyło mi się przejechać obok stacji ze strzałką poziomu paliwa zawiniętą o podpórkę. Czułem już pierwsze kaszlnięcia przeznaczenia i jechałem dalej, bo podjazd na stację wydawał mi się nieco brudny. Moją żonę doprowadza to do szaleństwa. Dostałem już ostatnie ostrzeżenie. Żona zagroziła mi, że jeśli jeszcze raz wsiądzie do mojego wozu i zobaczy, że w baku jest wyłącznie powietrze, zabije mnie. Żebyście mieli wyczucie sytuacji wyjaśnię, uda się jej jedynie połamać mi kolana.

Nienawidzę brać paliwa. Nic na świecie nie denerwuje mnie bardziej, niż niechlujny dystrybutor. Albo taki, który zacina się co 2 sekundy. Albo pracownik, który zresetuje licznik dopiero wtedy, gdy wejdziesz do budki i powiesz mu, że jest tłustym tępakiem marnującym zasoby natury.

Łatwo możecie więc wyobrazić sobie, że po wlaniu w bak 50 funtów pod postacią benzyny ostatnią rzeczą, na jaką mam ochotę, jest zakup żetonu do kompresora i czołganie się w morzu oparów z diesli połączone z brudzeniem sobie paznokci pyłem ze startych klocków hamulcowych. I dlaczego nakrętki na wentylek, które spadną na ziemię, po prostu wyparowują? Naprawdę. Znikają i już.

Nawet nie miałbym nic przeciwko temu wszystkiemu, gdyby nie fakt, że te starania są bezcelowe. Przeczytałem ostatnio, że wszystkie kompresory na stacjach mylą się we wskazaniach aż o 20%, co pozbawia nas szans, by żyć w zgodzie z przepisami. Nie wspominając już nawet o kompensacji mikroskopijnych fluktuacji ciśnienia atmosferycznego.

Swoją drogą w dzisiejszych czasach i tak ich nie ma. Goodyear maluje obraz zimy jako nadciągającej asteroidy, wydarzenia grożącego wyginięciem gatunku ludzkiego. Pod koniec listopada możemy przedsięwziąć pewne kroki, które mogą nieznacznie zmniejszyć jego wpływ.

Zastanówcie się tylko. Od czterech lat nie widziałem ani jednego płatka śniegu, a nawet gdyby w tym roku lekko poprószył śnieg, w radiu natychmiast pojawi się masa policyjnych ostrzeżeń, że wszyscy powinniśmy pozostać w domach. Dlaczego oni to robią? Płacimy rocznie 30 miliardów funtów panu Prescottowi na utrzymanie sieci dróg, i spodziewamy się, że w zamian za to zapewni nam odpowiednią liczbę piaskarek i pługów śnieżnych. Uważam, że jeśli ludzie są w stanie utrzymać przejezdne drogi na Alasce i w Laponii, to z pewnością odśnieżenie autostrady w hrabstwie Kent raz na pięć lat nie przekracza możliwości narodu, który dał światu inżyniera Brunela.

Faktem jest, że dzięki samochodom świat jest teraz przyjemnym, ciepłym i przytulnym miejscem, dzięki czemu z kolei drogi stały się bardziej bezpieczne. Jeśli jednak jakimś cudem natrafisz na gołoledź albo opady deszczu ze śniegiem, ześlizgując się do rowu nie myśl przypadkiem: „O nie! Dlaczego nie sprawdziłem ciśnienia w kołach?!". Nie zrobiłoby to najmniejszej różnicy. Jedziesz ważącym dwie tony pojazdem i odrobina ciśnienia tu i ówdzie ma się nijak do bezlitosnych praw fizyki.

■ Trzy punkty karne i pora największej oglądalności

A może lepiej zabralibyście się za włamywaczy? Przez 50 lat, a może i dłużej, takie zdanie wypowiadał w odruchu bezwarunkowym każdy zabłąkany kierowca, któremu sierżant

Chwiej nakazywał zjazd na pobocze. To pytanie stało się nawet dowcipem wykorzystywanym przez artystów estradowych i swego rodzaju rytuałem w serialach komediowych nadawanych po ósmej wieczorem. Ale to słuszna uwaga. A może lepiej zabraliby się za włamywaczy? Chodzi mi o to, że jedynym powodem, który sprawia, że jeździmy za szybko, jest chęć dotarcia do domu zanim jeden z nich zdeponuje swój stolec na naszym dywanie z Buchary.

Monitoring telewizyjny wyrugował nastolatków z centrów miast. Teraz ustawiają się w ogonku przed wiejskimi posiadłościami i czekają na swoją kolej by wypróżnić się na którąś z naszych rodzinnych pamiątek. Gdzie zatem jest policja?

No cóż, policjanci dobrze wiedzą, że by dostać odszkodowanie, potrzebujesz jedynie numeru akt sprawy, siedzą więc w odległości 60 km od miejsca zdarzenia i przycinają sobie wąsy, by dobrze wypaść w kolejnym ekscytującym odcinku programu *Stać! Policja!* Dziś policja przeznacza wszystkie swoje środki na helikoptery JetRanger i wyrafinowane kamery pracujące w podczerwieni tylko po to, by zebrać kipiący akcją, sensacyjny materiał filmowy z zatrzymania jakiegoś obłąkanego kierowcy. A co w takim razie robi prokuratura? Zajęta jest zarządzaniem prawami autorskimi.

Nic więc dziwnego, że ludzie zaczynają brać sprawy w swoje ręce. Ostatnio, we Francji, pewien właściciel często nawiedzanej przez włamywaczy posesji zostawił na stole w kuchni radio i karteczkę z napisem: „To nie jest radio. To jest bomba". Gdy wrócił później do domu, zastał włamywacza rozsmarowanego równomiernie po całej kuchni. Natychmiast został aresztowany. A teraz najwyraźniej to samo dzieje się tutaj, bo jak podały wiadomości, farmer z Norfolk został aresztowany po tym, jak w jego ogrodzie zginęło od kul dwóch młodocianych.

Jego przyjaciele mówili, że biedak został doprowadzony do rozpaczy niekończącą się serią włamań i tym, że policji w ogóle to nie obchodziło. No jasne, że ich to nie obchodziło.

Z marketingowego punktu widzenia, skrupulatne prowadzenie dochodzenia z wędrówkami od domu do domu jest mało ciekawe. W najlepszym razie nadaje się do emisji w późnych godzinach nocnych na kanale BBC2. Nie, dajmy sobie z tym spokój, lepiej nagrajmy materiał z kolejnym piratem drogowym.

Ja oczywiście zastrzeliłbym każdego, kto włamałby się do mojego domu, a potem zakopał jego ciało w ogrodzie i żył dalej, tak jakby nigdy nic się nie stało.

Nie żartuję. Kiedyś wspólnie z kumplem obserwowaliśmy z ukrycia naszą ulicę w Notting Hill i umówiliśmy się, że jeśli złapiemy jakiegoś młokosa, który będzie usiłował włamać się do naszych samochodów, zwiążemy go łańcuchem, wrzucimy do szopy i zawołamy pozostałe ofiary włamań do samochodów, by spędziły z nim trochę czasu. I faktycznie chcieliśmy tak zrobić. Oczywiście, że byłoby to niezgodne z prawem. W cywilizowanym społeczeństwie samozwańcza straż obywatelska nie może być akceptowana. Jeśli zezwolilibyśmy właścicielom posesji na beztroskie strzelanie do intruzów, włamywacze na pewno dozbroiliby się na taką ewentualność. A potem to samo zrobiłaby policja, która zaczęłaby zabijać za przekraczanie dopuszczalnej prędkości i wkrótce mielibyśmy tu drugą Amerykę. I całkiem możliwe, że jej prezydentem zostałaby nasza szerokoustna żaba.

Cóż więc począć? Policja sobie z tym nie poradzi. Wiem, że na radiowozach policjanci mają wymalowane hasło „Zwalczamy przestępczość. Dławimy strach. Filmujemy zamieszki", ale to tylko pusty slogan, by zainspirować policjantów do aktywności na miarę Bruce'a Willisa. W rzeczywistości na terenach pozamiejskich na 500 kilometrów kwadratowych przypada tylko jeden policjant. W takich warunkach skuteczne wypełnianie obowiązków staje się niemożliwe, a już na pewno nie wtedy, gdy przełożeni domagają się, by każdej nocy zatrzymać 35 kierowców, zgrać cały materiał na DVD i przygotować odpowiednie umowy licencyjne.

Nie możemy się też spodziewać zaostrzenia kar dla tych nielicznych przestępców, których uda się złapać, bo więzienia pękają w szwach od piratów drogowych i tych, którzy zastrzelili włamywaczy. A nasz Tony przez cały czas ulega lobbingowi radnych z Londynu, którzy apelują o pobłażliwość.

Tak więc ci z włamywaczy, którzy są już tak durni, że stroją miny przed kamerami monitoringu, zostają ukarani dziesięcioma minutami prac społecznych. To chyba niezbyt skuteczny środek odstraszający dla kogoś, kto pod wpływem niepohamowanego głodu narkotykowego postradał wszelkie zmysły.

I w tym właśnie tkwi sedno problemu. Osiemdziesiąt procent wszystkich przestępstw jest związane z narkotykami. Nikt nie włamuje się do twojego domu, bo właśnie potrzebuje pieniędzy na lekcje muzyki. Włamuje się, bo chce mieć na herę i kokę.

I bardzo mi przykro, ale musimy mu je dać. Zalegalizowanie narkotyków obniży ich cenę, a tańsze narkotyki oznaczają mniej przestępstw. To proste jak drut. A argument, że wtedy wszyscy zostaniemy ćpunami, to czysty nonsens. Przecież można kupować alkohol, a nie wszyscy jesteśmy alkoholikami.

Policja przegrywa wojnę z przestępczością, bo telewizyjna pokusa sławy i bogactwa odciągnęła ją od właściwych działań. A ponieważ nam nie wolno wysyłać podejrzanych kolesi na tamten świat, musimy zacząć sprzedawać bezpośrednią przyczynę przestępczości na czynnych całą dobę stacjach benzynowych. Obok papierosów.

Narkotyki można by nawet opodatkować. Na pewno pozwoliłoby to uzyskać środki wystarczające do wymiany policyjnych Volvo na coś bardziej nadającego się do pokazywania na dużym ekranie. Ale zanim to nastąpi, prędzej w swoim domu spotkasz włamywacza sikającego do zegara po twoim dziadku. I wszystko, co będziesz mógł zrobić, to poczęstować go drożdżówkami.

■ Każdy mały chłopiec marzy o wyjątkowym samochodzie

Możecie sobie marzyć, że pewnego dnia staniecie się posiadaczami helikoptera i Bentleya, ale smutne fakty są takie: prawie cztery na każde dziesięć samochodów sprzedanych w Wielkiej Brytanii pochodzi od Forda lub Vauxhalla. Ford jest liderem rynku i myśli pewnie, że swoją pozycję zawdzięcza kombinacji dobrych samochodów, salonów dilerskich na każdym rogu ulicy i szczypcie błyskotliwych reklam telewizyjnych. Myli się. Ford prowadzi na rynku dzięki czemuś, co rozpoczęło się trzydzieści lat temu... Był rok 1969. Pewnego pięknego, czerwcowego poranka, wybrałem się do szkoły, nie przywiązując zbyt wielkiej wagi do tego, że mój ojciec przyjedzie po mnie wieczorem w swoim nowym, niezbyt oryginalnym samochodzie – w Fordzie Cortinie 1600 Super w kolorze „perski brąz". Gdyby tak się stało, nigdy nie zainteresowałbym się samochodami. Mógłbym zostać astronautą. Albo gejem.

Jednak w ostatniej chwili ojciec się rozmyślił i ze świstem zajechał przed bramę szkoły w Cortinie 1600E, która miała felgi Rostyle, dodatkowe przednie światła przeciwmgielne i rząd zegarów wkomponowany w drewnianą deskę rozdzielczą. Zupełnie straciłem głowę. I od tego czasu zostałem wielbicielem Forda.

Moim pierwszym samochodem był Ford, a teraz mamy Mondeo. W innych zakątkach świata takie przywiązanie do marki może znaczyć o wiele więcej. Na przykład w Australii, podczas corocznego wyścigu w Bathurst, fani Forda i GM wdają się w jatki, przy których brytyjskie stadionowe chuligaństwo z początku lat 1980. wydaje się czymś bardzo powściągliwym. Pokój udaje się im osiągnąć tylko wtedy, gdy wygrywa Nissan, bo w takim przypadku jednoczą swoje siły i wspólnie wygwizdują jego kierowcę.

W Ameryce można kupić koszulkę z napisem: „Wolę pchać Forda, niż jechać Chevroletem". Z drugiej strony, znam gościa w Teksasie, który twierdzi, że zastrzeli każdego, kto na teren jego posiadłości wjedzie pojazdem noszącym owalny, granatowy znaczek. Nie znosi Fordów – mówi, że produkują je komuniści i długowłosi lewacy.

Myślę, iż fakt, że u nas nie dochodzi do takich sytuacji, zawdzięczamy Vauxhallowi, który przez ostatnie 30 lat był katastrofalnie nudny. W przeciwieństwie do Forda, który zawsze potrafił jakimś małym co nieco połaskotać brytyjskich dziewięciolatków, i to w najbardziej na to podatne miejsca.

Gdy Cortina 1600E przeniosła się na tamten świat, Ford wystartował z kopyta z modelem RS2000, podrasowanym Escortem, który w przeciwieństwie do tego, co głosiła legenda, nie był ani szybki, ani się jakoś rewelacyjnie nie prowadził. Dobrze się jednak prezentował, miał lekko kubełkowe fotele i kierownicę małą jak guzik koszuli. Ten samochód łagodził cierpki smak porażki: „No cóż, jestem tylko dyrektorem oddziału banku, nie będę mógł więc pozwolić sobie na helikopter Bell JetRanger. Nie mam zamiaru się tym przejmować, bo jeśli uda mi się sfinalizować tę umowę, będzie mnie stać na Forda RS2000. A to i tak nieźle." W latach 1980. mieliśmy Forda XR3, RS1600i, a później RS Turbo. Nawet Fiesta wykorzystała koniunkturę i by wpasować się w aurę usportowionych modeli, wyhodowała sobie zupełnie niepotrzebną turbosprężarkę.

Temu wszystkiemu usiłował dotrzymać kroku Vauxhall, prezentując podrasowane wersje Astry i Novy, ale jego beznadziejne wysiłki rozbiły się najpierw o Sierrę Cosworth, a potem o jej napędzaną na cztery koła siostrę na bazie Escorta. Moc, którą dysponowało do tej pory ścisłe kierownictwo, można było teraz kupić za pieniądze, jakie zarabiała średnia klasa kierownicza i to sprawiło, że Escort Cosworth stał się hitem. A tylny spojler o rozmiarach hrabstwa Devon spowodował, że jego plakat stał się obowiązkową ozdobą sypialni każdego dziewięciolatka.

Mówię wam. Każdy, kto w czasach, gdy firmy Ford i Cosworth zaczynały robić dzieci, miał mniej niż 12 lat, stawał się wielbicielem Forda i tak mu już zostawało.

Ale od chwili, gdy unijne normy hałasu usunęły Escorta Coswortha ze sceny, Ford stał się zaskakująco spokojny. Tak, wiem, że na święta ma się ukazać delikatnie podkręcona Puma, ale to tylko korma z kurczaka, a poza tym mają jej wyprodukować tylko tysiąc egzemplarzy.

Spojrzałem w przyszłość i w planach Forda nie dostrzegłem żadnego ryczącego, muskularnego brutala. Ford zaprezentował ostatnio modułowy, 6-litrowy silnik V12, który okazał się całkiem sympatyczny, ale zaraz oddał go Astonowi Martinowi. Kupił też jeden z zespołów Formuły 1, ale chwilę później wręczył go Jaguarowi.

Gdzie jest nowe GT40? Gdzie jest szalony Focus z turbodoładowaniem? Mój trzyletni syn wkracza w fazę, kiedy będzie kształtować się jego motoryzacyjna inklinacja, a nie mam pod ręką niczego, czym mógłbym w jego sercu odcisnąć granatowy, owalny znak. Jeśli już, to w swoim błądzeniu zmierza do Luton. Tam Vauxhall niedawno pokazał plany swojego nowego, dwumiejscowego samochodu sportowego, który się małemu bardzo spodobał. Szczególnie jego pomarańczowy kolor. Mnie bardziej interesuje to, czy będzie produkował go Lotus i ile części uwspólni z jego spektakularną Elise.

Ten samochód zwie się VX220 i ma dostarczać podobnej frajdy z jazdy jak Elise, tylko w nieco bardziej komfortowych warunkach. Przy cenie 23 000 funtów, czy coś koło tego, może okazać się pierwszym od 10 lat samochodem, który zbliży się nawet do Mazdy MX5.

Ford w tym miejscu pospieszyłby z wyjaśnieniem, że Mazda znajduje się obecnie w jego posiadaniu, co oczywiście jest prawdą. Ale jaki sens ma kupowanie innych firm produkujących samochody, podczas gdy statek-matka stoi opuszczony na wodach skutych lodem? Jeśli Ford nie zaoferuje wkrótce jakiegoś kurczaka jalfrezi z chili, i to jeszcze w jakimś bardzo ostrym sosie, mój syn skończy za kierownicą Vectry. A to naprawdę poważne zmartwienie.

■ Nie masz stóp ani zahamowań? Kup Fiata Punto

Jeśli kiedyś zostanę wygnany z Anglii, zamieszkam we Francji, częściowo dlatego, że domy są tam tanie, a głównie z tego powodu, że nigdy nie znajdujesz się dalej od popielniczki niż półtora metra. Włochy, niestety, odpadają. Po pierwsze, zostały już skolonizowane przez pana Blaira i jego kohorty. Po drugie, Włosi wyobrażają sobie, że hydraulik z pogotowia wodnokanalizacyjnego to ktoś, kto dociera na miejsce awarii w czasie nie dłuższym niż siedem tygodni.

Francja działa. A Włochy – nie. Na przykład: powiedzcie recepcjonistce we włoskim hotelu, że wszystkie żarówki w waszym pokoju są przepalone, a odpowie wam, że to nie szkodzi, bo w porze, gdy będziecie chcieli ich użyć, powinniście już dawno być w łóżku. Zarezerwujcie sobie samochód w wypożyczalni w Mediolanie, a gdy się w niej zjawicie, pracujący tam mężczyzna popatrzy na was tak, jakbyście postradali rozum:

– Samochód!? Wypożyczyć ode mnie?! Tu, w wypożyczalni?!

Dochodzi jeszcze kwestia hałasu. W wiejskich regionach Francji budzi was rano setka dzieci, które całą chmarą przejeżdżają pod oknem waszej sypialni na skuterach. Jest to denerwujące – vespa, jak wiecie, to po włosku „osa". Na szczęście nie trwa to zbyt długo. Natomiast we Włoszech bardzo wczesne głośne trele nie pochodzą od ptaków, lecz od włoskich psów, z których każdy myśli, że nazywa się Pavarotti. Potem, o szóstej nad ranem, dołącza do nich dwusuwowy, wyjący solista. We Włoszech nigdy nie znajdziesz się dalej niż półtora metra od tamtejszej zmory życia na wsi – spalinowej kosy do trawy.

Włochy to kraj ekstremów – ekstremalnego piękna, nastroju i mody, skażonych ekstremalnym hałasem i chaosem. I właśnie dlatego trzeba dwa razy pomyśleć, zanim zdecydujemy się kupić włoski samochód.

No dobrze, ja sam mam włoski samochód, ale po pierwsze – jestem szalony, a po drugie, nie mam tu na myśli takiego włoskiego samochodu. Mówię tu o miejskiej latającej bombie, o mule na kółkach, o stalowym ośle, o krytym wozie z deską rozdzielczą. Mówię tu o małym Fiacie.

Gdy sprawdzałem to po raz ostatni, Fiat miał we włoskim rynku 60-procentowy udział, co mówi nam tyle, że Włosi kochają jego samochody. A to z kolei oznacza, że przeznaczone są dla ludzi, którzy uczą swoje psy śpiewu i którzy urodzili się z naturalnym zacięciem do kos spalinowych. Czyli nie dla nas.

Przyjrzyjcie się nowemu Punto. Wygląda wspaniale, tak elegancko jak przymierzalnia w mediolańskim domu mody, a prowadzi się z wymaganą przez włoskich kierowców pewnością siebie.

Siedem tygodni, które zajmuje hydraulikowi dotarcie do pękniętej rury, rozkłada się następująco: przez sześć tygodni, sześć dni, dwadzieścia trzy godziny i pięćdziesiąt dziewięć minut siedzi pijąc kawę. A w ciągu ostatniej minuty swoją furgonetką przejeżdża 22 km jakie dzielą go od waszego domu. Włosi lubią szybko prowadzić, a Fiat całkiem nieźle poradził sobie z tym wyzwaniem.

Ten samochód sprawia, że siedząc w fotelu pochylasz się trochę bardziej niż zwykle do przodu. Przed zmianą biegu trochę dłużej trzymasz silnik na wysokich obrotach. Hamujesz później, skręcasz energiczniej. Twoje serce bije trochę żywiej. Jak przystało na kraj, z którego pochodzi, ten wóz rozpala cię od środka i mówi „wróć po jeszcze więcej".

Również i 13 000 funtów czy coś w tym stylu za 1,8-litrową wersję HGT, którą prowadziłem, stanowi rozsądna cenę, oczywiście w porównaniu z kwotą, jaką na podobny samochód trzeba wyłożyć w Wielkiej Brytanii. Jak można było przewidzieć, w Belgii Punto dostępne jest za 25 pensów.

Pewnie macie już ochotę się tam wybrać i go kupić. No cóż, w salonie rzeczywiście prezentuje się dobrze. Spodobają się wam jego światła, fotele, deska rozdzielcza i emanujący z samochodu tupet. I będzie się wam tak podobał, aż do momentu, gdy będziecie chcieli wjechać na drogę główną z ukośnej przecznicy – wtedy przypomnicie sobie o tylnych słupkach bocznych, które, dzięki swym żłobieniom, z zewnątrz prezentują się świetnie, ale w środku zasłaniają widok na nadjeżdżające samochody. Wydaje mi się, że Fiat powinien wyposażyć deskę rozdzielczą Punto w króliczą łapkę albo gałązkę wrzosu. Coś, co mógłbyś potrzeć, zanim zamkniesz oczy i ruszysz, by włączyć się do ruchu.

Są tam jeszcze pedały, zaprojektowane dla osób po amputacji stóp. Ten sam problem występuje w Alfie 166, w której podczas hamowania naciskasz jednocześnie gaz i sprzęgło.

A skrzynia biegów? Wystarczy, że przez chwilę zdekoncentruje cię pośpiech, a poczujesz się tak, jakbyś trzymał blender, do którego włożyłeś stalowy pręt i wsypałeś worek żwiru.

Zważywszy na to wszystko, naprawdę chciałbym kupić sobie Punto, jeździć nim po mieście i przyglądać się dziewczynom, ale te naprzykrzające się dzień w dzień wady wywoływałyby u mnie złość, że nie kupiłem Fiesty.

Pozwólcie, że ujmę to w taki sposób: jeśli porównać Punto do San Gimignano, to Fiesta jest jak miasto Bolton. To dom handlowy, a nie butik. To supermarket, a nie delikatesy. Fiesta wywiązuje się dobrze z każdego zadania, i jeśli przyjmiecie, że samochód to nie domek letniskowy, w którym spędza się co roku dwa tygodnie wakacji, tylko narzędzie do przemieszczania się, jest tym, czego ci trzeba. A jeśli to dla ciebie za mało, zwróć uwagę na Peugeota, bo nawet 206 jest lepszy w codziennej eksploatacji niż Punto. Gdy pada i po prostu chcesz jechać do pracy, jest jak Calais, ale może być też elegancki jak

Paryż i wystrzałowy jak Alpes-Maritimes. Ma też dużą popielniczkę i – kto wie – może nawet zamiast paliwa wystarczą ścieki?

Podsumujmy zatem. Jeśli potrzebujesz mały samochód – kup Fiestę. Jeśli potrzebujesz mały samochód, który ma styl – kup Peugeota. Jeśli nie masz stóp – kup Fiata.

■ Teraz już umiem wyprowadzać swoją karierę z poślizgu

Audi ma teraz mnóstwo powodów do zmartwień. Próbuje za wszelką cenę rozwiązać problem związany z trakcją w swoim sportowym coupé – TT. Dwie osoby nie żyją, a redakcje gazet zasypywane są listami od kierowców, których warte 30 000 funtów samochody zderzyły się czołowo z pniami buków.

Cóż takiego się dzieje? Śmigasz po prostej, gdy nagle ni stąd, ni zowąd zwęża się droga. Zaniepokojony tym faktem, podnosisz nogę z pedału gazu i przyhamowujesz. To zaś sprawia, że przód twojego samochodu pikuje w kierunku asfaltu. W konsekwencji podnosi się tył, tylne opony tracą przyczepność i zaczynasz poruszać się bokiem. To zjawisko nazywa się nadsterownością i jeśli chodzi o świat prawdziwych mężczyzn, entuzjaści motoryzacji kochają je nad życie.

W magazynach motoryzacyjnych każdy samochód fotografowany jest w poślizgu bokiem, a na zdjęciach widać, jak jego kierowca do oporu kontruje kierownicą, by z niego wyjść. Gdy starasz się o pracę w takim magazynie, nie będzie miało znaczenia, że pisząc sadzisz byki, ani nawet to, że masz problemy z higieną osobistą. Wystarczy, że umiesz sprawić, by tona metalu i towarzyszący jej hałas zatańczyli w twoich rękach. Jeśli potrafisz tego dokonać, jesteś mężczyzną. Jeśli nie – jesteś gejem.

Na początku mojej kariery stanowiło to dla mnie wielki problem. Po prostu nie umiałem tego robić jak należy. Nigdy nie starczało mi jaj, by wejść w zakręt z prędkością większą, niż nakazywał rozsądek. Często, gdy pokazywano mi moje żałosne wyczyny na filmie, kierownicy artystyczni szarpali mnie za włosy i wyzywali od Mandelsonów.

W końcu opanowałem sztukę wprowadzania samochodu w poślizg na jedną tysięczną sekundy, co wystarczało, by zrobić jedno zdjęcie, ale zaraz potem rozpinałem pas i przesiadałem się do tyłu, gdzie leżałem i szlochałem, czekając, aż w końcu samochód się gdzieś zatrzyma. Tylko że to nie sprawdzało się w telewizji. Gdy celował we mnie obiektyw kamery programu *Top Gear*, musiałem wprowadzić samochód w poślizg i przez cały czas go w nim utrzymywać. A tego po prostu nie potrafiłem.

Teraz mogę się do tego przyznać – robię to po raz pierwszy – że nocą zabierałem na lotnisko samochody, które miałem testować, i na nich ćwiczyłem. Jednak niezależnie od tego, czy były z napędem na przednie, czy na tylne, czy na cztery, czy nawet na boczne koła, zawsze wracałem do domu z niczym, nie licząc czterech łysych opon.

Rozczytywałem się w teorii, siedziałem z nosem w podręcznikach fizyki i rozmawiałem z kierowcami wyścigowymi. Nie pomagało. Kolejne lata rozpływały się w dymie zdzieranych opon, któremu towarzyszyły stalowe piruety. Do czasu, kiedy odszedłem z *Top Gear*, zdążyłem nabrać wystarczająco dużo odwagi, by wprowadzić samochód w poślizg, ale potem nie starczało mi już zdolności i na końcu wóz zawsze obracał się dookoła własnej osi. Za każdym razem wychodziłem z tych prób z tak poranionym ego, że musiałem transportować je na lawecie, całe w bandażach.

Ale później, gdy filmowaliśmy Astona Martina DB7 do mojego nowego DVD, zatytułowanego *Head to head* – jest już w sklepach – wszystko nagle zagrało. Wszedłem w zakręt z prędkością 180 km/h i podniosłem nogę z gazu. Tak jak zwykle, tylna oś zaczęła zataczać szeroki łuk i tak jak zwykle, zrobiłem kontrę kierownicą. Ale tym razem samochód nie zaczął się obracać i miałem naprawdę wystarczająco dużo czasu, by z powrotem umieścić stopę na pedale gazu i pozostać w poślizgu. W końcu dowiedziałem się, jak to jest „sterować samochodem za pomocą gazu". I przekonałem się, że to świetne uczucie.

W wieku 39 lat stałem się mężczyzną i by uczcić to wydarzenie, wysiadłem z Astona i obsypałem go czułymi, namiętnymi pocałunkami. Kupiłem mu kwiaty i rozważam, czy nie przeprowadzić się z nim do małej chatki na wsi, gdzie moglibyśmy wspólnie hodować gęsi.

Oczywiście, DB7 Vantage ma wszystkie potrzebne składniki, które umożliwiają takie kaskaderskie wyczyny – szybko reaguje na ruchy kierownicą, a kolosalny 6-litrowy silnik V12 napędza tylne koła – ale od tego cudownego momentu mam w sobie pewność, że teraz jestem w stanie wprowadzić w nadsterowność dosłownie wszystko. Golfy napędzane na przednie koła i Hyundaie Accenty nienapędzane na żadne z kół. Założę się, że mógłbym ślizgać się bokiem moim piecykiem Aga. Wszystko, czego mi trzeba, to 250-hektarowe lotnisko.

No i tu właśnie tkwi problem. Musiało upłynąć 15 lat i musiałem zniszczyć 15 000 zestawów opon zanim osiągnąłem poziom, dzięki któremu mogę pewnie prowadzić Audi TT. A wy? Wiecie przecież, co na ten temat mówi kodeks drogowy. Wiecie, że trzeba skręcić koła w kierunku, w którym przemieszcza się samochód. Ale czy bylibyście w stanie wykonać prawidłowo ten manewr jadąc 130 km/h w strugach ulewnego deszczu, i to w chwili, gdy z przeciwka nadjeżdżałby traktor? Prawdopodobnie nie.

Producenci samochodów powinni wziąć to pod uwagę zanim poddadzą zawieszenie swoich nowych modeli ostatecznym szlifom. To bardzo miło z ich strony, że zapewniają możliwość nadsterownej jazdy testerom z magazynów motoryzacyjnych, ale gdy zwykłym ludziom uda się wyrwać z korków pana Prescotta i wcisną gaz do dechy, muszą siedzieć w samochodzie o absolutnie bezpiecznej charakterystyce prowadzenia.

Niestety, niewiele samochodów ją posiada. Jednym z nich jest Golf GTi, kolejnym – Alfa GTV i… yyy… to chyba wszystko. Żeby zadośćuczynić równowadze interesów na rynku muszę stwierdzić, że Audi TT wcale nie jest najbardziej nadsterownym samochodem, jaki możecie kupić. Powinniście sprawdzić, jak się jeździ Peugeotem 306GTi. Jeśli uważacie, że jesteście wystarczająco męscy.

■ Najpiękniej zmarnowane 100 000 funtów

Gdybym to ja zaprojektował nowego Mercedesa Klasy S, wziąłbym ze sobą mnóstwo ręczników i udałbym się na plażę. Spędziłbym tam trochę czasu jeżdżąc na nartach wodnych i przepychając się w kolejkach, z błogą świadomością faktu, że miną lata, zanim wszyscy pozostali producenci samochodów dorównają mi kroku. Tylko że ja pochodzę z kraju, którego przemysł samochodowy obecnie sprowadza się do drewnianych samochodów sportowych produkowanych w Malvern i plastikowych produkowanych w Blackpool.

Niemcy myślą inaczej. Gdy skończyli prace nad Klasą S, przekazali ją natychmiast ludziom z AMG, ich wewnętrznego oddziału zajmującego się tuningiem, i rozkazali im, by jeszcze ją ulepszyli.

Od czego by tu zacząć? Jeździłem zwykłą Klasą S sześć miesięcy temu i w jednym z moich felietonów określiłem ją mianem najlepszego samochodu na świecie. Tak więc gdyby ktoś polecił mi ją ulepszyć, postawiłby mnie w roli chirurga plastycznego, który ma upiększyć Kristin Scott Thomas. Po pierwsze, zapytałbym się, jak mam to zrobić? A po drugie – po co?

Ale w AMG pracują Niemcy. Wyciągnęli więc silnik i zabrali się do pracy. Na początek powiększyli jego pojemność z 5 do 5,5 litra. Potem przeprojektowali wał korbowy i dodali tłoki z kutego aluminium z wtryskiem strumieni oleju w celu ich schładzania. Zamontowali jeszcze podwójny system doprowadzania powietrza z nowym rozgałęzionym przewodem wlotowym.

Pod maską zmienili każdą możliwą rzecz, a rezultaty mówią same za siebie. Nowy wóz jest w stanie wygenerować 360 koni mechanicznych mocy, co czyni go dokładnie o 0 km/h szybszym od standardowego modelu. Jednak w sprincie od zera do setki, przepaść oddzielająca te dwa samochody staje się wyraźnie widoczna dla każdego, kto dysponuje wiązką lasera i zegarem atomowym. Standardowy Mercedes rozpędza się do setki w 6,5 sekundy; jego pochodna o nazwie AMG robi to dokładnie w 6 sekund. O mój Boże. Tyle pracy, by urwać pół sekundy.

W tym miejscu poddałbym się i wybrał na narty, ale Hans zdjął swoją mało gustowną marynarkę, zakasał rękawy jeszcze wyżej i rozpoczął prace nad stylistyką. Zaprojektował całe mnóstwo plastikowych dodatków, spojlerów, osłon i nakładek, ale każda z tych części psuła czystość oryginału.

Dlatego samochód, który mi wypożyczył, nie miał żadnej z tych dekoracji, poza czterema wielkimi kołami, które w sumie można było zaakceptować, i dwiema chromowanymi końcówkami rur wydechowych, które wyglądały po prostu głupio.

A co zrobiło AMG jeśli chodzi o zawieszenie? Jakie cuda techniki wpletli w mechanikę podwozia? Jakie nowinki? No cóż, bardzo długo drapali się po głowach i doszli do wniosku, że oryginalne zawieszenie nie może już być lepsze, no więc... yyy... tak naprawdę to nie zrobili z nim zupełnie nic. Zainstalowali tylko lepsze hamulce, co drogę hamowania skróciło prawdopodobnie o cal.

No więc właśnie. Nowy Mercedes Benz Klasy S AMG: jest droższy od standardowej wersji o 25 000 funtów, i za tą dopłatą otrzymujesz... absolutnie nic. Nawet gwarancji, że rankiem wciąż będzie stał pod twoim domem.

Nie żartuję. Mercedes wyposażony jest w system bezkluczykowy. W portfelu trzymasz nadajnik o rozmiarach karty kredytowej, dzięki czemu samochód wykrywa, że się do niego zbliżasz. Sam otwiera drzwi i wpuszcza cię do środka, gdzie odpalasz silnik dotykając dźwigni skrzyni biegów. Ale gdy wysiądziesz i gdzieś sobie pójdziesz, jaką będziesz miał pewność, że drzwi się zamknęły? Za każdym razem, gdy wracałem, by to sprawdzić, były otwarte. Oczywiście ze względu na nadajnik w moim portfelu. Ale i tak nie mam pewności, czy system faktycznie działa.

Nie mam też bladego pojęcia, ile ten samochód będzie wart za rok. Standardowa Klasa S zawsze znajduje odbiorców pośród niezliczonych firm taksówkarskich, aspirujących do wyższej klasy. Postrzegają ją jako drogę na skróty do intratnych kursów i wysokich napiwków. Ale nie widzę powodu, dla którego pan Rishabh miałby kupować wóz ze strumieniowym wtryskiem oleju do tłoków.

Ogólnie rzecz biorąc, ten samochód jest po prostu głupi. Dziś płacisz za niego 100 000 funtów, a po roku dostajesz za niego funta. I to jeśli masz szczęście.

Ale przecież cały świat to jedno wielkie głupie miejsce. Nawet gdybyś zafundował Michaelowi Winnerowi służących gotowych na każde jego wezwanie, i tak by narzekał, że słońce świeci mu w oczy. Znam całe mnóstwo osób, które robią interes wart 30 milionów funtów i myślą: „No dobrze, ale skąd wziąć kolejne 30 milionów?".

Dla niektórych, wystarczające nigdy nie jest wystarczające. Mógłbyś umieścić ich w pierwszej klasie Boeinga 747, a i tak przez całą podróż wierciliby się by pokazać, że nie siedzą wystarczająco blisko przodu. Nie zadowoliłoby ich nawet przyspawanie leżaka do dziobu samolotu. No, chyba że leżak byłby zamocowany na 12-metrowym wysięgniku. Wtedy mogliby nareszcie stwierdzić, że w końcu faktycznie lecą przed samolotem.

To właśnie takie osoby stanowią grupę docelową dla Klasy S AMG i to one ją kupią. Ten wóz wcale nie jest lepszy od standardowego modelu, ale nie jest też od niego gorszy. Jest za to dużo droższy i właśnie to liczy się najbardziej.

Gdybyś wpłacił do banku wyimaginowany miliard funtów, mógłbyś sobie pozwolić na taki samochód. Ja bym go kupił. A gdyby za rok AMG wypuściło jego specjalną wersję o nazwie Mirra, z tapicerką z uszu pandy, z pedałami ze złota i z jacuzzi, też bym ją kupił.

W rzeczywistym świecie zwykła Klasa S jest wciąż najlepszym samochodem jaki wyprodukowano, ale na planecie Plutokracja wersja AMG jest jeszcze lepsza.

■ Wzornictwo: Morphy Richards

Znowu do tego doszło. Zaledwie kilka miesięcy po tym, jak Mercedes został zmuszony, by wezwać do serwisu wszystkie egzemplarze Klasy A z powodu ich niepokojącej tendencji do przewracania się, Audi musiało zrobić to samo z modelem TT. Podobno jest tak, że jeśli podczas bardzo szybkiego pokonywania zakrętu podniesiemy nogę z gazu, tył samochodu wpada w nagły, nadsterowny poślizg, w rezultacie czego rozbijamy się o barierki. W Niemczech z tego powodu zginęły już dwie osoby i Audi musi działać szybko.

Pamiętajcie, że 10 lat temu Audi praktycznie zostało zmiecione z powierzchni Stanów Zjednoczonych przez pogłoskę, że produkowane przez nie samochody cierpią na tzw. „niezamierzone przyspieszanie". Głupi jak but jankesi twierdzili, że gdy wciskają pedał hamulca, ich samochód wciąż przyspiesza aż do chwili, kiedy wjedzie w dziecko/emeryta/psa.

Muszę przyznać, że bardzo współczułem Audi z tego powodu. Za to, co się działo – postawmy sprawę jasno – ponosi odpowiedzialność amerykański system edukacji i szybki wzrost liczby prawników, a nie jakieś inżynierskie przeoczenie w Ingolstadt. Samochód nie może tak po prostu przyspieszyć, chyba że jego kierowca wciśnie niewłaściwy pedał. W kraju, którego samonaprowadzające pociski nie mogą nawet trafić we właściwe państwo, naprawdę bardzo łatwo sobie coś takiego wyobrazić.

A teraz znowu współczuję Audi. Abstrahując już nawet od tego, że musi gruntownie przeprojektować swój samochód, wyda małą fortunę na wyposażenie sprzedanych już dotąd 40 000 egzemplarzy TT w rozmaite stabilizatory, ulepszone amortyzatory, zmodyfikowane drążki i nowy tylny spojler. Firma ma na sumieniu dwie śmierci i ze strachem spogląda na wycelowaną w siebie, złowróżbną lufę opinii publicznej.

Problem polega na tym, że TT nigdy nie wiedziało, czym tak naprawdę jest. Jeśli przyjęlibyśmy, że stanowi samochodowy odpowiednik marynarki ze szpanerskimi kieszeniami i że nie ma złudzeń co do swoich wyścigowych możliwości, mogłoby zostać wyposażone nawet w zawieszenie z drewna, i wszystko byłoby cacy. Ale nie – TT miało zamiar nosić znaczek Quattro i mieć silnik o mocy 225 koni, musiało więc prezentować sportowy charakter. A to oznaczało, że musi ukrywać w zanadrzu choć szczyptę nadsterowności.

W krainie magazynów motoryzacyjnych, samochody z napędem na przednią i na obie osie tolerujemy tylko wtedy, gdy są w stanie zaoferować olbrzymie pokłady takiego właśnie zachowania. Nadsterowność znaczy dla nas więcej niż klienci. Jeśli nie potrafimy zmusić samochodu, by przejechał przed fotografem w poślizgu bokiem, odprawiamy go z opinią kompletnego niewypału. Bo podsterowność jest dla frajerów. To domena rodzinnych sedanów. To jedno wielkie g…

Producenci samochodów dobrze o tym wiedzą, dlatego – by nas zadowolić – projektują swoje sportowe modele tak, by były nadsterowne. Oczywiście wiedzą też i to, że w nieodpowiednich rękach i przy nieodpowiedniej pogodzie, taka nadsterowność może okazać się fatalna w skutkach, ale przecież przede wszystkim zależy im na dobrych recenzjach…

Sęk w tym, że Audi TT wcale nie jest pod tym względem najgorsze. Jeśli po zdjęciu nogi z pedału gazu pragniesz zaznać prawdziwej nadsterowności, spróbuj przejechać się Peugeotem 306. To coś zachowuje się jak głodny szczeniak, który wymachuje ogonem z byle powodu. I podczas gdy takie zachowanie daje mnóstwo frajdy na lotnisku, na mokrej drodze staje się naprawdę przerażające.

Tylko pomyślcie. Śmigacie przed siebie zmieniając śmiało biegi, czujecie jak opony szukają przyczepności, kiedy nagle, przy pokonywaniu zakrętu, zauważacie nadjeżdżający z naprzeciwka traktor. Wystraszeni, odruchowo podnosicie nogę z gazu. No i super – teraz musicie minąć traktor kontrolując jednocześnie olbrzymi uślizg tylnej osi.

Zupełnie niedawno ktoś nazwał mnie starym grubasem za to, że powiedziałem, iż od Peugeota 306 wolałbym raczej Golfa GTi – ten ostatni zawsze jedzie na wprost jak pług. Na torze wyścigowym 306 może skopać Golfowi tyłek, ale w realnym świecie – wierzcie mi – jest zupełnie na odwrót.

Gratuluję Volkswagenowi, że zignorował kaprysy nas, dziennikarzy motoryzacyjnych. I Alfie Romeo też. Latem wybrałem się na lotnisko w Alfie GTV i próbowałem wszystkiego co mam w swoim ograniczonym repertuarze, by zmusić ją do złego zachowania. Nie udało mi się. Jeśli znajdziesz się zatem w niebezpiecznej sytuacji, jedną z rzeczy, którymi mógłbyś się martwić, masz z głowy.

A co z Focusem? Samochód roku. Bestseller w Wielkiej Brytanii. Ulubieniec dziennikarzy motoryzacyjnych. A dlaczego? Bo jeśli na zakręcie podniesiesz nogę z gazu, jego tył wpada w poślizg.

Audi próbowało zdobyć sobie podobne uznanie jeśli chodzi o TT, i prawdopodobnie dlatego było złe na Tiffa i na mnie, gdy wróciliśmy z obiadu i stwierdziliśmy, że TT jest do niczego. Że nie ma w nim atmosfery i że nadsterowność, jeśli już wystąpi, jest dość cyniczna: to po prostu polewa czekoladowa, która jest tylko po to, by ukryć fakt, że samo ciastko jest trochę niestrawne. Magazyn „Autocar" oczywiście aż kwiczał z zachwytu, głosząc wszem i wobec, że charakterystyka prowadzenia TT jest świetna. Tak samo napisał zresztą o Mercedesie Klasy A.

Ludzie z Audi pokazali tę recenzję dwóm chłopcom z *Top Gear*, którzy nie chcieli podporządkować się opiniom większości. Wszystkim innym się podoba – powiedzieli. Mamy entuzjastyczne recenzje w Niemczech – dodali. A teraz przyznają, że charakterystyka prowadzenia samochodu została „w pewnych okolicznościach" skrytykowana. Nawet nie potrafię wam wyjaśnić, jak dobrze się czuję po czymś takim.

Ale i tak jest mi żal Audi, i właśnie dlatego tych kilka ostatnich minut spędziłem obmyślając rozwiązanie tego problemu. Samochody, które są nadsterowne muszą być brzydkie. Wtedy tych, którzy potrzebują wozu do szpanowania pod nadbrzeżnym barem, nie zaskoczy walc, jakiego przy 150 km/h to cholerstwo będzie chciało zatańczyć. Entuzjaści zawsze zaś powtarzają, że nie obchodzi ich wygląd samochodu, i dobrze. Zatrudnijcie kogoś z firmy Morphy Richards – niech zaprojektuje coś, co będzie odpychało szpanerów. Wtedy wszyscy będą zadowoleni.

■ Jazda dinozaurem to przerażający dreszcz emocji

W tym tygodniu chciałem opowiedzieć wam o nowym Roverze 25, ale po tym, jak niedawno napisałem trochę mniej niż pochlebną recenzję jego starszego brata, Rover powiedział, że wszystkie egzemplarze samochodów testowych są zarezerwowane aż do lutego, i że nie przyjmują już więcej próśb o rezerwację. Oznacza to z grubsza: „Spadaj, złotko!". Niezrażony tą odmową zapytałem, czy może mógłbym pożyczyć nowego Land Rovera Defendera. W kolorze morskiej zieleni i z tymi odlotowymi alufelgami – widziałem parę takich w południowo-zachodnim Londynie i muszę szczerze przyznać, że prezentują się całkiem dobrze. I wiecie co? Rover ma tylko jeden taki samochód testowy, który w dodatku obłożony jest rezerwacjami aż do końca świata.

Już to kiedyś przerabiałem. Kiedyś swoimi samochodami zabroniła mi jeździć Toyota, a Vauxhall utrudniał mi życie po epizodzie z Vectrą. Ale są inne metody, dzięki którym można pozyskać samochody testowe, a ja – w odpowiednim czasie – nie omieszkam z nich skorzystać. Masz się więc czego obawiać, Rover. I to bardzo.

Porozmawiajmy więc teraz o Lamborghini Diablo, które magazyn „Autocar" opisuje jako „ostatni prawdziwy supersamochód dostępny w sprzedaży". To stwierdzenie prowokuje do przemyśleń – zacząłem więc zastanawiać się nad definicją supersamochodu. Zawsze wydawało mi się, że tym mianem określamy samochód, w którym aspekty praktyczne i kwestia kosztów utrzymania zostały zrównane z ziemią przez chęć zapewnienia jak najlepszych osiągów i wyszukanego stylu. Te kryteria spełnia wiele samochodów, ale wydaje mi się, że wiem, co mieli na myśli ludzie z „Autocara" pisząc w ten sposób o Diablo. Nie można prowadzić tego brutala wagi ciężkiej z głęboko wyrzeźbionymi mięśniami brzucha, gdy ma się wklęsłą klatę i okulary na nosie. Naprawdę, mówię poważnie. Jeśli twoje kończyny przypominają rurki od odkurzacza, nie będziesz miał wystarczająco dużo siły, by wcisnąć pedał sprzęgła, a nawet jeśli ci się to uda, to za każdym razem, gdy będziesz chciał zmienić bieg, dojdziesz do wniosku, że skrzynia się zacięła.

Ale to nie wszystko. Trzeba w tym miejscu wyraźnie stwierdzić, że nawet jeśli masz szyję jak tort urodzinowy, a twoje ręce są jak tłoki silnika na statku, też nie będziesz mógł prowadzić Diablo. Oczywiście, że będziesz wystarczająco silny, by to robić, ale nie zmieścisz się do środka.

Znam tylko dwie osoby, które kupiły Diablo, przy czym jedną z nich jest Rod Stewart, więc naprawdę wydaje mi się, że nie ma sensu kontynuować opowiadania o nowym modelu

Lamborghini. Ale ponieważ nie mam pod ręką Rovera, bez względu na okoliczności wracam do Diablo.

Nowe Diablo nazywa się GT i jest w stanie rozpędzić małych, silnych osobników od zera do 160 km/h w niecałe 9 sekund. Naukowcy takie przyspieszenie w samochodzie określają mianem „cholernie przerażającego". Żeby je osiągnąć, inżynierowie Lamborghini – a jest to banda najbardziej szalonych ludzi jakich spotkałem – buchnęła kilka funciaków swoim nowym właścicielom z Volkswagena i wyrzuciła do kosza starą karoserię. Zastąpili ją wyglądającą tak samo, tyle że zrobioną z ultralekkiego włókna węglowego. Co prawda koszty produkcji wzrosły o jakieś 100 milionów funtów, ale przynajmniej udało im się zaoszczędzić 70 kilogramów.

Następnie przystąpiono do prac nad silnikiem V12, którego pojemność zwiększono z 5,7 do 6 litrów i wyposażono w rozmaite tytanowe cudeńka, dzięki którym przy prędkościach miejskich jest absolutnie cichy, a z rury wydechowej wylatują mu pelargonie. Za to w górnym zakresie obrotów, gdzie generuje 570 koni mocy, jego ryk przypomina kolosalny, rozdzierający uszy i rozłupujący drzewa grzmot.

Chciałbym móc podać wam prędkość maksymalną tego wozu, ale nie wiem, gdzie się znajduje i nie mam ochoty jej szukać. Znam natomiast dane producenta dotyczące spalania, które sugerują, że w jeździe miejskiej Diablo GT potrzebuje ponad 33 litry paliwa na 100 kilometrów.

Potrzebuje więcej. Samochody zawsze spalają więcej niż podają ich producenci. Tak więc w zatłoczony, piątkowy wieczór, przy ciągłym ruszaniu i zatrzymywaniu się, Diablo spali pewnie i z 60 litrów na setkę. To tak przykre, że aż śmieszne.

I na tym zasadza się cała istota Lambo. Cały samochód jest tak zły, że aż histerycznie zabawny. Klimatyzacja działa w nim tak, jakby jakiś astmatyk dmuchał na was przez słomkę. Widoczność do tyłu jest po prostu żadna, i chociaż widzę, że najnowsza wersja ma kamerę skierowaną wstecz i wyświetlacz na desce rozdzielczej, wciąż będziesz musiał odmówić kilka zdrowasiek zanim włączysz się do ruchu z ukośnie wypadającej na drogę główną przecznicy. Wewnątrz nie ma gadżetów i innych ustrojstw. Tylko wściekły warkot i spuchnięta prawa pięść.

A mimo to, gdy mocno wciśniesz pedał gazu, a silnik zbierze się w sobie i przystąpi do bezpardonowego ataku na linię horyzontu, doświadczysz takiego uniesienia, jakiego nie zapewni ci żaden inny samochód.

Kiedyś prowadziłem Diablo z prędkością 300 km/h i to nie dlatego, że chciałem, ale dlatego, że po prostu nie mogłem ruszyć stopą. Takiego surowego, przerażającego zacięcia Ferrari nie ma już od kilku lat, a Porsche tak naprawdę nigdy go nie miało. Jedynym znanym mi samochodem, który jest w stanie zadziałać przeczyszczająco i zaoferować podobny naddźwiękowy baryton silnika jest Aston Vantage, ale on jest u schyłku swojego życia.

Wydaje się więc, że „Autocar" ma rację. Wygląda na to, że zimny powiew ekologii doprowadził do epoki lodowcowej, w której takim dinozaurom jak Diablo trudno jest przeżyć. Do Wielkiej Brytanii trafiło jedynie 6 nowych modeli GT, a ja sugeruję, że jeśli chcecie skorzystać z ostatniej okazji, by ostro sobie pojeździć, powinniście przejechać się jednym z nich.

■ Idealny kamuflaż w Birmingham nocą

Próba zjedzenia czegoś w Birmingham zawsze była jednym z najbardziej rozczarowujących doświadczeń życiowych. Po pierwsze, musiałeś odszukać Birmingham, które położone jest nad szeregiem różnych tuneli, a potem znaleźć jeszcze jakieś jedzenie. Zazwyczaj sprowadzało się to do zaparkowania na wielopoziomowym parkingu i do bycia spranym na kwaśne jabłko. Gdy już w końcu zabrali ci portfel, mogłeś – krwawiąc i skręcając się z głodu – wrócić na parking, gdzie okazywało się, że również i twój samochód padł łupem złodziei.

Po sześciu tygodniach od chwili, gdy karetka przywiozła cię do domu, mogłeś znaleźć wreszcie czas, by zastanowić się głębiej nad tym, co spotkało cię tamtego wieczoru. Większość ludzi dochodzi wtedy do wniosku, że wieczorny wypad do centrum Birmingham to był po prostu „zły pomysł" i że nie zdecydowaliby się na to po raz drugi.

By jednak skłonić ich do powrotu, w centrum miasta otwiera się teraz wiele restauracji. Wciąż musisz poruszać się zygzakiem, by z samochodu dojść do którejś z nich, i zasłaniać się czymkolwiek, co tylko uda ci się znaleźć po drodze, i – tak jak dawniej – po wyjściu z restauracji na parkingu nie będzie już twojego samochodu, ale przynajmniej nie wrócisz do domu głodny.

Ostatnio w Birmingham otworzyli Le Petit Blanc, a za kilka miesięcy można będzie zjeść w Bank and Fish. Moją uwagę przykuło jednak otwarcie nowej „niezależnej" restauracji Directory, która jest ponoć utrzymana w eklektycznym, nowoczesnym brytyjskim stylu. To oznacza, że przy barze zaserwują wam klubowego sandwicza, kurczaka cajun i pieczoną na węglu kanapkę z warzywami, która mogłaby być nowoczesno-brytyjska, gdyby nie zielony sos pesto i *crème fraîche*.

I o tym właśnie chcę napisać: nowoczesna brytyjska kuchnia jest całkowicie eklektyczna, a jej składniki są tylko w tym sensie brytyjskie, że zanim zostały podane do stołu, połączono je w jedną całość w Wielkiej Brytanii. W tym tygodniu dowiedziałem się, że nawet frytkę wynaleziono w Belgii, a rybę w cieście zawdzięczamy Włochom.

Podobnie eklektyczny jest brytyjski Nissan Primera. By ominąć unijne restrykcje importowe, składany jest w Tyne and Wear, ale części pochodzą z Japonii. Tak, oczywiście, Nissan upiera się, że spory procent wartości auta jest brytyjski, ale chodzi mu głównie o papier toaletowy w ubikacjach dla mężczyzn i kwiaty wręczane klientom przy odbiorze nowego samochodu. Skrzynia biegów i silnik są tak japońskie jak sushi.

Nie znosiłem tego – faktu, że wystarczyło zatrudnić pół tuzina byłych robotników portowych do montowania wycieraczek, by nagle samochód stał się bardziej brytyjski od samego Johna Bulla. Chodziłem z podniesioną głową i gdy widziałem BMW wykrzykiwałem:

– Dwie wojny światowe i jeden puchar świata!

Zauważyłem jednak, że nowa Primera nie tylko jest składana w Wielkiej Brytanii. Została tu również zaprojektowana i nawet nie jest sprzedawana w Japonii. Nissan nagle zdał sobie sprawę, że Ford i Vauxhall są uważane za samochody europejskie, ponieważ są projektowane w Europie i, z grubsza rzecz biorąc, nie są sprzedawane w Ameryce.

No dobrze, ale jaki jest ten nowy Nissan Primera? No cóż, właśnie spędziłem tydzień jeżdżąc tym wozem i mówiąc szczerze, jest jak japoński sedan. To nie krytyka. Nie ma nic złego w japońskich sedanach, pod warunkiem, że nie udają, iż są marokańskie czy portugalskie. Nowy Nissan jest niby europejski. Ale nie można tego poczuć, a to nie to samo.

Podobnie jak starszy model, jest koszmarnie nudny. Niby dali mu nowy przód, ale za bardzo przypomina język, a z tyłu samochód wygląda jak... no, przypomnijcie sobie, bo ja jakoś nie mogę. Nie mogę też opisać jego profilu – pamiętam tylko ten język z przodu.

W środku Nissan jest szary. Pewnie był czarny albo brązowy, ale zapamiętałem go jako szarego. Jeśli chodzi o przestronność wnętrza, to jest w porządku. Mogę siedzieć za sobą, jeśli wiecie, co mam na myśli. Jest też sporo schowków, w których przedstawiciele handlowi mogą przewozić swoje golarki i gumy do żucia.

No cóż, stojąc tak sobie w salonie, nowa Primera jest jak stara Primera. Po prostu jeszcze jeden samochód. Po prostu jeszcze jeden sposób wydania 15 000 funtów na czworo drzwi i fotel w środku. By przekonać się, czy samochód jest dobry, trzeba go zabrać na drogę.

No dobra, wiem, że prowadziłem 2-litrowego, supersportowego osiłka, więc oczywiście, że był dobry. Ale zawieszenie w tym nowym samochodzie niewiele zmieniło się w porównaniu ze starym, więc nawet w gorszych odmianach silnikowych precyzja prowadzenia jest o wiele lepsza niż w innych przedstawicielach tej klasy. Jest to prawdopodobnie jeden z nielicznych służbowochodów, którym rzeczywiście fajnie się jeździ.

Muszę w tym miejscu powiedzieć, że pięciobiegowa skrzynia była odrobinę za mało precyzyjna, ale zawsze możesz wybrać wersję Hypertronic z sześciobiegowym automatem i możliwością sekwencyjnej zmiany biegów. Nie wiem, co to wszystko oznacza, ale brzmi wprost bajecznie. Zupełnie jak silnik. Na wysokich obrotach generuje agresywny, groźny dźwięk, który zachęca cię do sprawdzenia niezłych możliwości trakcyjnych tego samochodu.

W rzeczy samej, ten wóz jest dokładnie tym, z czego powinieneś skorzystać, jeśli chcesz zjeść w którejś z nowych restauracji w Birmingham. Jest wystarczająco duży, by zabrać wszystkich twoich znajomych i w dodatku zapewnić podróżującym przyjemne wrażenia w podróży. Ale najlepsze z wszystkiego jest to, że przez jego przeraźliwie nudny wygląd nikt nie będzie chciał go ukraść.

■ Kolejny dobry powód, by trzymać się z dala od Londynu

Gdy po raz pierwszy prowadziłem Porsche Boxstera, wszystko w nim grało. Zdążałem wtedy do Scarborough, gdzie miałem filmować go razem z jego dziewięcioma najgroźniejszymi konkurentami. Przejeżdżałem przez wyżyny hrabstwa York, gdzie znajdują się najlepsze – jeśli chodzi o ostre prowadzenie – drogi w Wielkiej Brytanii. O rany, naprawdę miałem niezłą frajdę – ślizgałem się pokonując zakręty, rozkoszowałem się metalicznym dźwiękiem 2,5-litrowego silnika wkręcającego się powyżej 5000 obrotów i ogólnie rzecz biorąc – świetnie się bawiłem jadąc o wiele szybciej niż było mi wolno.

A potem we wstecznym lusterku zobaczyłem dwa reflektory, najpierw daleko, ale z każdą sekundą coraz bliżej. W końcu praktycznie usiadły na moim ogonie i, co było naturalne, pomyślałem sobie, że to jeden z tych pozostałych samochodów, które jadą ze mną do Scarborough. Może BMW Z3, a może budzący postrach TVR Chimaera.

A jednak nie. Gdy w końcu samochód mnie wyprzedził, zobaczyłem, że jest nim Vauxhall Nova, czyli po niemiecku Opel Corsa. W tym samym momencie znienawidziłem prowadzony przeze mnie samochód, którym firma Porsche chciała zaistnieć na rynku wozów sportowych dla mas.

Podejrzewam, że gdy w Stuttgarcie pojawił się po raz pierwszy pomysł na stworzenie małego, dwumiejscowego kabrioletu, chłopcy z marketingu, ubrani w marynarki w szkocką kratę, dobrze zdawali sobie sprawę z tego, że taki samochód może zaszkodzić sprzedaży modelu 911. Tak więc aby wytworzyć przepaść pomiędzy 911 a Boxsterem, nalegali by ten drugi został „zdetuningowany" do poziomu, na którym jego silnik miałby problemy nawet z zamieszaniem cementu.

Pomijam już fakt, że samochód nie jest nawet w stanie wyciągnąć pokrytego tłuszczem kijka ze świńskiego zadka, bo nawet gdyby to potrafił, i tak byłby o wiele za drogi. Po co płacić ponad 30 000 funtów za dwumiejscowy wóz, podczas gdy za połowę tej kwoty można kupić Mazdę MX5, której jakoś udało się mieć tył i przód wyraźnie różniące się od siebie. Tymczasem w Boxsterze mógłbyś jechać do tyłu, a i tak nikt by się nie zorientował, że cofasz.

Gdybym miał wybierać spośród dwumiejscowych samochodów, za każdym razem umieszczałbym Boxstera w okolicy dziewiątego miejsca, zaraz przed trzykołowym Morganem, ale za prawie wszystkimi innymi samochodami. Nawet za tym okropnym BMW Z3.

Inżynierzy firmy Porsche musieli być jednak świadomi faktu, że ich dziecko może zostać pobite na kwaśne jabłko przez Vauxhalla Novę, bo wybrali się do działu marketingu, przykleili wszystkich do krzeseł za pomocą taśmy i udali się, by naprawić kilka błędów. Dzięki temu mamy teraz silnik o pojemności 2,7 litra, który zastąpił poprzednią 2,5-litrową jednostkę, i Boxstera w wersji S, który kosztuje 42 000 funtów. I lepiej by dla niego było, gdyby przy tej cenie rzeczywiście był niewiarycholerniegodnie dobry.

Zacznijmy więc od miejsca w środku. Jest go całe mnóstwo, pod warunkiem, że jesteś walizką. Tak naprawdę, jeśli faktycznie jesteś walizką, masz wybór. Możesz jechać z tyłu, za silnikiem, albo z przodu, w towarzystwie koła zapasowego. Jeśli jednak jesteś kierowcą, sprawy nie przedstawiają się już tak różowo. Jasne, nad głową masz dużo miejsca, przy czym dach musi być wtedy złożony, ale jeśli jakimś trafem posiadasz na swoje nieszczęście parę nóg, obawiam się, że to koniec zabawy. Po prostu nie zmieścisz ich pod kierownicą, która jest prawie jak London Eye. Tylko trochę większa.

Gdy wsiadłem do Boxstera, moim pierwszym odruchem było od razu wysiąść i wsiąść do Jaguara, ale dla dobra nauki pozostałem na miejscu. A teraz, tydzień później, cieszę się z tamtej decyzji, bo samochód rzeczywiście się zmienił.

Jasne, wciąż wygląda jakby się urwał z *Doktora Dolittle*, a jego silnik wciąż brzmi jak odkurzacz, ale można się w nim dobrze bawić. Jest tym, czym nie mógł być stary Boxster. To samochód sportowy, który w końcu jest w stanie pokonać hatchbacka Vauxhalla. To bardzo ważne.

Podczas gdy poprzedni Boxster dobrze sprawdzał się na uroczystych kolacjach, gdzie mogłeś wejść do pokoju wymachując breloczkiem Porsche, nowy świetnie radzi sobie również i na drodze. Tu, na górze, w Cotswolds, albo tu, na dole, jeśli mieszkacie w Szkocji, samochód wykazywał się bardzo mięsistym przekazywaniem mocy do kół i niezwykłą precyzją w odpowiedzi na ruchy kierownicą. A mimo to wydaje się, że w porównaniu ze starą wersją nie stracił nic ani ze sztywności, ani z komfortu jazdy po złych nawierzchniach. A to oznacza, że gdy jedziesz po autostradzie, samochód nie przeszkadza ci w pracy, polegającej głównie na wymyślaniu nowych przezwisk dla pana Prescotta. Ponieważ teraz zajmuje się drugimi domami i buduje sobie coś na południowym wschodzie, będziemy musieli mówić na niego „dwudomowiec".

Ale zanim przyjdzie wam to do głowy, będziecie już na M25, gotowi, by zmierzyć się z ruchem ulicznym Londynu. Tyle że tam ten samochód staje się do niczego. Ponieważ wygląda identycznie jak poprzedni model, nikt nie pozna się na waszej nowo zakupionej, poważnej latającej machinie, i wszyscy będą na was spluwać.

Naprawdę. Jeśli jeździcie BMW, ludzie nie przepuszczają was, gdy chcecie włączyć się do ruchu – i słusznie. Ale jeśli jesteście w Porsche, będą umyślnie zajeżdżać wam drogę. Gdy uprzejmym tonem zapytacie, czy moglibyście przejechać, większość z nich najpierw ulży sobie wyjątkowo finezyjnym splunięciem, a potem wyemituje flegmę o rozmiarach kapusty. Jeśli coś takiego uważacie za wysoce niepożądane, nie kupujcie Porsche.

A jeśli już musicie, postarajcie, się, żeby to była wersja S i zostańcie z nią na wsi. Tu będziecie mogli jeździć tak szybko, że nikt nie zorientuje się, jaki samochód prowadzicie. A jeśli nawet, wszelkie nieprzyjemności z tym związane wynagrodzi wam radość z jazdy.

Moje ulubione samochody

Może za wyjątkiem Vauxhalla Vectry, każdy nowy samochód na rynku jest lepszy, szybszy, bardziej bezpieczny i bardziej niezawodny od modelu, który zastępuje. Wniosek z tego jest taki, że najlepszy samochód, jaki kiedykolwiek powstał, musi być obecnie w produkcji.

Z pewnością musi to być coś kompaktowego i oszczędnego, coś w stylu Volkswagena Lupo. Tyle że Lupo mija się z istotą rzeczy. Jest narzędziem, urządzeniem, sprzętem AGD, który tym się odróżnia od pralki czy lodówki, że może być niebieski albo żółty. Kupuje się go z rozsądku, a nie pod wpływem nieprzemyślanego impulsu chwili, w której zamarłeś w bezruchu i stwierdziłeś:

– Po prostu muszę go mieć!

Gdyby samochody były jak narzędzia Black and Decker, ludzie nie rozmawialiby o nich w pubach, nie śliniliby się na ich widok na targach motoryzacyjnych i nie pragnęli ich aż do fizycznego bólu. I właśnie z tego powodu Lupo, niezależnie od tego, jak wspaniale by się nie prezentował na parkingu przed supermarketem, spada prawie na sam dół listy, którą przytaczam, gdy proszą mnie o wymienienie trzech najlepszych samochodów jakie kiedykolwiek wyprodukowano.

Numer jeden na tej liście to Ferrari 355 i naprawdę nie sądzę, bym miał jakiekolwiek problemy z wyjaśnieniem dlaczego. Robiłem to już wielokrotnie. Pozwólcie, że tym razem ujmę to tak: jeszcze do niedawna nie posiadałem własnego samochodu. Wydawało mi się, że mija się to z celem, skoro w każdy poniedziałek przed drzwiami czeka na mnie cała fura nowych modeli, zatankowanych pod korek, ubezpieczonych i gotowych do jazdy. Jeżdżenie nimi sprawiało mi oczywiście przyjemność, ale nigdy nie myślałem, żeby któryś z nich sobie kupić. Niektóre z tych wozów były naprawdę niezłe, ale żaden nie był wystarczająco dobry.

Trwało to aż do dnia, kiedy zająłem miejsce za kierownicą Ferrari 355. Po około godzinie wiedziałem już, że mój standard życia za chwilę drastycznie się pogorszy. Kupiłem 355 miesiąc później i myślę, że ten fakt mówi sam za siebie. Czyny, jak sami wiecie, znaczą więcej niż słowa.

Teraz przejdę do mojego kolejnego faworyta, Astona Martina Vantage.

Wiem, że na rynku jest już nowy DB7 Vantage, i wiem, że w kategoriach dynamiki zjada starego, wielkiego mocarza, i to z kośćmi, na śniadanie. Jest ładniejszy, łatwiej się go prowadzi, przyjemniej się nim jeździ, zapewnia większą niezawodność i ma wszystkie inne cechy, które tak naprawdę w ogóle się nie liczą.

Chciałbym mieć DB7, ale obawiam się, że resztę życia spędziłbym waląc skrycie w jego kierownicę z wściekłości, że nie kupiłem prawdziwego samochodu. Najmocniejszego samochodu na rynku. Starego Astona V8.

Aston Martin głosi wszem i wobec, że DB7 Vantage jest produkowany ręcznie, ale w rzeczywistości jego 6-litrowa jednostka V12 przychodzi w paczce od Forda, Coswortha, precyzyjnie rzecz biorąc, ale nie dzielmy włosa na czworo. Chodzi mi o to, że kształt 5,4-litrowemu silnikowi, który siedzi w starym samochodzie, nadali mężczyźni w brązowych fartuchach.

Co więcej, stary silnik generuje 600 koni, co może brzmieć jak strzelanie z armaty do wróbla, ale pamiętajcie, że jest zamontowany w czymś, co waży ponad dwie tony. I to dlatego ten Aston tak bardzo mi się podoba: jest przesadzony w każdym calu, jest większy niż powinien, cięższy, szybszy i bardziej brutalny. Po prostu wiesz, że gdyby ten wóz był człowiekiem, miałby podagrę.

Wybór trzeciego samochodu był już trudniejszy. Każde włókienko mojego ciała podpowiadało mi, że powinno nim zostać BMW M5, ale nie mogłem się zdecydować. Po prostu nie mogłem. Odwołałem się do kilku encyklopedycznych źródeł, trąciłem nogą kilka gałązek w ogrodzie i postanowiłem, że będę sobie łamał głowę nad czymś mniej... mniej niemieckim.

Na myśl przyszedł mi Datsun. No dobrze, tak naprawdę to Nissan, marka tak samo zła jak ta poprzednia, ale jeśli Nissan nazywa się Skyline GT-R, natychmiast przestaje być zły. To co tak bardzo podoba mi się w tym samochodzie, to fakt, że jest stuprocentowo japoński. Wygląda tak, jakby jego projektanci po prostu się poddali i powiedzieli: „Koniec. Przez 50 lat próbowaliśmy kopiować europejski styl i nic nam z tego nie wyszło". Dzięki temu dach Skyline'a jest tylko po to, by osłaniać od deszczu, rola drzwi sprowadza się do ułatwiania wsiadania, a maska stanowi urządzenie pozwalające na dostęp do silnika. Ten samochód nie ma absolutnie żadnego stylu. A w jego wnętrzu jest jeszcze gorzej – tam natykasz się na rozległe płaszczyzny szarości poprzeplatane mnóstwem czarnych, błyszczących plastików. Ohyda to zbyt słabe słowo.

Tyle że Japończycy są dobrzy w technologiczne klocki. Dzięki temu Skyline rzuca się w wir walki wyposażony w każde możliwe ustrojstwo znane cywilizacji człowieka. Ma skrętne wszystkie cztery koła, dołączany napęd na obie osie, miernik przeciążeń, ceramiczne turbosprężarki i całą masę innych gadżetów.

I wszystko to działa. Rozmawiałem ostatnio z kolesiem, któremu ostatni Skyline wybuchł dopiero po przejechaniu 260 000 km. I to tylko dlatego, że całą drogę z Londynu do Val d'Isère przebył bez oleju w silniku.

W rzeczywistości Skyline jest szybszy niż Aston Vantage, a jeśli chodzi o Ferrari 355, to jest dla niego godnym przeciwnikiem. Głównie z powodu całego arsenału systemów wspomagających kierowcę, dzięki którym możesz rozpędzić Nissana do diabolicznych wręcz prędkości i wyjść z nich obronna ręką.

Naprawdę.

Możesz wejść tym samochodem w zakręt z makabryczną prędkością, a potem śmiertelnie wystraszyć pasażerów rozpinając pasy i przesiadając się do tyłu z błogą świadomością, że niewidoczne krzemowe chipy wybawią cię z opresji.

Niektórzy twierdzą, że Subaru Impreza i Mitsubishi Evo VI mogą dorównać Skyline'owi, a są od niego o połowę tańsze, ale to ci sami, którzy mówią, że marcepan to produkt spożywczy, a anchois to świetne przybranie pizzy. Nie mają racji. Jako samochód dedykowany kierowcy, Nissan nie ma sobie równych.

Czy kupiłbym go sobie? Oczywiście, że nie.

■ Chcesz odpocząć od zimowego słońca? Kup Borę!

Nie wszystko złoto co się świeci. W bieżącym numerze miesięcznika wydawanego przez lotnisko w Genewie piszą o mieście, którego mieszkańcy „przyozdabiają przyjacielską nutą całą litanię prześlicznych dolin, zamków, katedr, opactw i – oczywiście – starych, tradycyjnych pubów". „To region o splendorze, o którym trudno ci będzie zapomnieć" – dodają.

Zgadniecie, o co im chodzi? Nie, nie, to zła odpowiedź. W ten właśnie sposób genewska gazetka opisuje Birmingham, które z tego, co wiem, nie ma ani prześlicznych dolin, ani zamków, ani opactw, ani niezapomnianego splendoru. Tylko mnóstwo stojących na cegłach samochodów.

To przywodzi mi na myśl reklamę telewizyjną Volkswagena Bory. „Każdy pretekst jest dobry" – głosi jej przesłanie. By trwale odcisnęło się w naszej pamięci, w reklamie widzimy holenderskiego architekta, który wraca do odległego instytutu badawczego w Alpach, bo zapomniał zabrać stamtąd długopis.

Również i ja, gdy w zeszły weekend stanąłem przed koniecznością wyjazdu do Blackpool, spośród wielu samochodów poniewierających się na moim podjeździe wybrałem Borę. Dlaczego? Z powodu jej nowego silnika V5? A może to przez podświetlaną na niebiesko deskę rozdzielczą i stonowaną stylistykę? Czy raczej skusiła mnie jej granitowa niezawodność i dobrze wyciszone wnętrze? Nie, to nie to. Wziąłem Borę, bo jako jedyna miała pełny bak.

Potem musiałem zdecydować, czym wrócić do domu. Miałem do wyboru: pojechać samochodem albo skorzystać z propozycji podrzucenia mnie helikopterem. O, to naprawdę trudne pytanie. Chyba poproszę publiczność o pomoc.

Oczywiście, że powinienem był odpowiedzieć:
– Posłuchaj… Zdaję sobie sprawę, że przez cały dzień taszczyłem na plecach strzelbę, a w każdej kieszeni tonę ołowiu, i że jestem z tego powodu potwornie zmęczony, ale teraz wszystko, czego mi trzeba, to cztery godziny na autostradzie M4. Nie chce mi się latać nad prześlicznymi dolinami Birmingham i nad splendorem, o którym trudno zapomnieć. Chcę zobaczyć to wszystko z poziomu drogi. Wracam do domu Borą.

Mimo to – sam się sobie dziwię – bardziej kusząca wydała mi się możliwość pojawienia się w domu po 50 minutach. Wskoczyłem więc do „Wiewiórki", tak jakbym właśnie przebywał w Sajgonie w roku 1975, a bramy ambasady szturmował cały oddział Vietcongu. Myślałem nawet o zalaniu klamry pasa tubką kleju Superglue na wypadek, gdyby komuś przyszło do głowy wyciągać mnie z helikoptera.

Wystartowaliśmy więc i z prędkością 180 km/h zaczęliśmy podążać po linii prostej z Clitheroe do mojego ogrodu, gdzie miałem wylądować w szalonej wichurze wzbudzonej łopatami wirnika i w feerii migających świateł. Moje dzieci na pewno będą tym zachwycone. Pewnie prawie tak samo jak ja.

Gdy mieliśmy przed sobą ostatnie 13 minut lotu, zaczął padać śnieg i pilot obniżył lot w poszukiwaniu jakiegoś lądowiska. Zostawił mnie wśród jakichś zabudowań przemysłowych w Banbury. To chyba oczywiste, że znam na pamięć numery wszystkich firm taksówkarskich w Banbury. I wierzcie mi na słowo: nikt, ale to nikt nie parsknie na wasz widok śmiechem, gdy w sobotni wieczór będziecie włóczyć się po prowincjonalnym miasteczku w tweedowych, myśliwskich pumpach.

Jest jeszcze sprawa dzieci. Możecie być pewni, że nie będą ani trochę zawiedzione, gdy tatuś, zamiast wysiąść z helikoptera na środku ogrodu, zajedzie pod dom w Fordzie Mondeo z anteną podobną do tych, z których korzysta radio taxi.

Obawiam się, iż mimo że helikopter zalicza się do największych wynalazków ludzkości, ma jedną, wielką wadę. Gdy popsuje się pogoda, zakończysz swoją podróż wiele mil od domu, na środku jakiegoś fabrycznego placu, gdzie będziesz usiłował udobruchać stróżujące tam psy bażantami, które wcześniej upolowałeś.

Z kolei Bora daje sobie radę z każdym rodzajem warunków pogodowych, na jakie ją wystawisz. Nawet z brytyjskim, zimowym słońcem, na które naprawdę można się wściec – wisi nad horyzontem nie wyżej niż 15 centymetrów. Chyba już wiecie, co mam na myśli. Nieważne, czy wasze samochody wyposażone są w osłony przeciwsłoneczne o rozmiarach stodoły, czy mogą się obracać i czy mają po drugiej stronie podświetlane lusterka – światło słońca zawsze będzie wpadało do kabiny przez tę małą szczelinę powyżej wstecznego lusterka.

Myślę, że to właśnie ono dopadło Q. Przez całe lata wymyślał katapultowane fotele i karabiny maszynowe wysuwające się zza reflektorów, ale założę się, że zginął tak tragicznie dlatego, bo nie pomyślał o wyposażeniu swojego samochodu w środkową osłonę przeciwsłoneczną.

Bora ma coś takiego: kawałek plastiku o wymiarach 15 na 2,5 cm. Już samo to usprawiedliwia cenę na poziomie 19 000 funtów za samochód, w którym będziesz widział, dokąd jedziesz, ale gdzie jesteś – to już niekoniecznie...

Żeby uruchomić nawigację satelitarną, do odtwarzacza płyt trzeba wsunąć CD-ROM, ale gdy chcesz posłuchać płyty *The Best of the Pretenders*, musisz go niestety wyciągnąć. A to oznacza, że podróż możesz zakończyć na jakimś placu fabrycznym, albo, co gorsza, w jednej z prześlicznych dolin Birmingham.

A jaki jest sam samochód? No cóż, pamiętając, że z okazji nadchodzącego Nowego Roku muszę być dla wszystkich uprzejmy, mam tu tylko tyle miejsca, by napisać, że nie wszystko złoto, co się świeci. To nie jest samochód – jak usiłowano nam wcisnąć – dla trzydziestoparoletniego architekta, który gubi długopisy. To po prostu Golf z bagażnikiem i w przeciwieństwie do tego, jak się nazywa, jest zaledwie mierzącym 4,6 metra podmuchem ciepłego, umiarkowanego wiatru.

■ Dni szybkiej jazdy są policzone

Nawigacja satelitarna stanie się wkrótce standardowym wyposażeniem wszystkich nowych samochodów, i niektórzy z was mogą być z tego powodu bardzo zadowoleni. A ja? No cóż, nie byłbym tego taki pewny.

A oto powód. Wasz samochód będzie otrzymywał informacje z satelity, ale jak długo potrwa, zanim zacznie dostawać również wytyczne? Ile czasu minie, zanim jego prędkość zostanie ograniczona do 110 km/h na autostradzie i do 65 km/h na przedmieściach?

Może myślicie, że to, o czym piszę, to jakieś mrzonki, które staną się realne ewentualnie dopiero kiedyś tam, w przyszłym tysiącleciu. Ale wcale nie zdziwiłbym się, gdyby okazało się to prawdą jeszcze przed upływem 13 miesięcy, jakie pozostały do końca obecnego tysiąclecia.

Skutki czegoś takiego byłyby kolosalne. Tylko pomyślcie. Gdybyście nagle przestali mieć możliwość przekraczania prędkości, kupowanie samochodu z dużym silnikiem nie miałoby absolutnie żadnego sensu.

I proszę mi tu nie opowiadać o jeździe po torach wyścigowych albo o tym, że duży moment obrotowy pozwala na wygodną jazdę, bo to bzdury. Jeśli nigdzie nie będziesz mógł pojechać szybciej, niż 110 km/h, nawet nie pomyślisz o silniku

1.6, a co dopiero o superdoładowanej V12. Zamiast tego kupisz sobie cholernego Yarisa.

Nie, nawet gorzej: kupisz jakąś obsceniczną hybrydę, w połowie napędzaną paliwem, a w połowie – akumulatorem. Będzie miała łagodnie ukształtowane nadkola i elektronicznego Prescotta pod półką z tyłu, który będzie kasował 4000 funtów za każdy przejazd i 4000 funtów za każdy postój.

To też wkrótce nastąpi. Nie ma znaczenia, ile razy Royal Automobile Club ogłosi, że kierowcy są oburzeni, i nie ma znaczenia, ile stron uda mi się zapełnić wiadomościami pro-samochodowymi – Tony-Oszust ma 170-osobową większość, więc może zrobić wszystko, czego tylko dusza zapragnie. A pragnie mieć cię w nosie i puścić cię z torbami.

Chce, żeby jego nowo narodzone dziecko mogło się bawić na pustych ulicach, i żeby to osiągnąć wprowadzi w życie przepisy, przy których dzisiejszy podatek drogowy wyda się wam tani jak barszcz. Odpowiednia technologia już istnieje. Każdy samochód zostanie wyposażony w czarną skrzynkę i za każdym razem, gdy wjedziesz na autostradę albo do centrum miasta, twoja karta kredytowa zostanie obciążona stosowną opłatą.

Opłaty będą też automatycznie ściągane za przekroczenie przepisów drogowych. Oczywiście, przekraczanie prędkości będzie niewykonalne, ale każdemu, kto przejedzie na czerwonym świetle, odliczą od pensji 50 funtów. Taki system działa już przecież w przypadku ojców, którzy porzucili rodzinę. Możecie zapomnieć o idei głoszącej, że ten, komu nie udowodniono winy, jest niewinny. Jesteś kierowcą, a to sprawia, że jesteś winny jak cholera.

Kilku klasycznym magazynom samochodowym uda się przetrwać, ale „Top Gear" szybko padnie ofiarą tych zmian. Podobnie jak magazyny dla panów. Promują one styl życia, którego nie popiera nauczanie instytucji o nazwie Blair Witch Project, dlatego krok po kroku ich wydawcy będą zmuszeni zrozumieć swój błąd.

Widać już tego początki. Zespół doradców rządowych, złożony z nieudacznych kur domowych ubranych w źle dopasowane spodniumy zdecydował w tym miesiącu, że nadeszła pora, by programy motoryzacyjne promujące dużą prędkość dostały nauczkę. Już niedługo James Bond będzie mogła pić tylko gazowaną wodę mineralną. Nie będzie też mogła jeździć samochodem.

Zapewne wyobrażacie sobie, że gdyby coś takiego rzeczywiście miało nastąpić, na ulicach zaczęłyby się zamieszki połączone z paleniem kukieł Prescotta pod rozgwieżdżonym niebem. Ale zobaczcie do czego już doszło. Na każdej bocznej uliczce w całym kraju zamontowano progi zwalniające i nikt na to nie zareagował. I za każdym razem, gdy z zatłoczonej już uprzednio ulicy wydziela się pas dla autobusów, wszyscy milczą jak jeden mąż.

Rząd nie robi nic, by obniżyć ceny samochodów i jak na razie jedynie Związek Konsumentów jest z tego powodu niezadowolony, a ta instytucja ma niestety tyle prawdziwych zębów, co Klub Seniorów w Koluszkach. Nadciąga zagłada wyczynowej jazdy samochodem, a my wszyscy milczymy.

To dlatego, iż nie mamy żadnych argumentów. Wystarczy, że przeciwnicy przytoczą przykład pogrążonych w żałobie rodziców czterolatki, którą zabił kierowca jadący 80 km/h przy ograniczeniu do pięćdziesięciu, i nie jesteś w stanie absolutnie nic na to odpowiedzieć.

Możemy obiecać, że będziemy odpowiednio zachowywać się w obszarze zabudowanym, jeśli dadzą nam święty spokój na zwykłych drogach bez ograniczeń prędkości, jednak wtedy powołają się na przypadek dzieci osieroconych przez mężczyznę, który zginął, gdy dwóm wariatom w Porsche 911 w krytycznym momencie powinęła się noga. I znowu – nic nie możesz z siebie wykrztusić.

Nawet teraz mają swoje sposoby, by sobie z nami poradzić. Kiedy pojawiamy się w GTR ze spojlerem albo w Evo VI, przywołują na twarz moralizatorski uśmiech kogoś, kto pewnego dnia zatryumfuje.

To obietnica. Za piętnaście lat nie będziesz w stanie kupić w Wielkiej Brytanii wyczynowego samochodu. Ferrari będzie w stanie przetrwać, projektując artystyczne garaże, ale dni plujących ogniem Subaru i gorących Peugeotów są policzone. Pan Blair wygra następne wybory i czy to z pomocą europejską, czy bez niej, sprawi, że szybka jazda będzie mniej więcej tak samo nieakceptowana jak gwałt.

Co gorsza, ani ja, ani wy, nie jesteśmy w stanie niczego zrobić, by temu zapobiec. Dlatego sugeruję, byście jutro wczesnym rankiem wybrali się na górską drogę Buttertubs w Yorkshire. Pojedźcie z pełną koncentracją, szybko i ostro, aż z pleców i spod pach będą wam tryskać wodospady Niagara. Bądźcie przerażeni, bo te emocje, to uczucie balansowania na krawędzi, ta chwila, kiedy jak nigdy czujecie, że żyjecie – wszystko to już niedługo zniknie w mrokach przeszłości.

Witajcie w świecie taksówek kierowanych przez automaty. Nie musicie zapinać pasów. I tak nie będziemy jechać wystarczająco szybko, by mogły się przydać.

■ Ujrzałem przyszłość – wygląda dziwacznie

Pozwólcie, że zgadnę: dziś rano nie założyliście garnituru z folii aluminiowej, nie zjedliście śniadania w formie pigułki i nie wysłaliście po gazety psa robota z antenkami wystającymi z uszu. Na pewno na Boże Narodzenie dostaliście jakiś gadżet, ale przyznajcie sami, że była to lampa lava, a ta jest tak na czasie, jak zespół glamrockowy Slade.

Myślę, że nie mijając się z prawdą można stwierdzić, że praktycznie żadne przewidywania dotyczące życia w roku 2000 nie sprawdziły się. W Sylwestra 1999 nie oberwaliśmy olbrzymim meteorytem. Nie było ponownych narodzin w Betlejem, a jedyna pluskwa milenijna, z którą mamy do czynienia, uprzykrza życie waszego psa.

Jednak jedna rzecz naprawdę się zmieniła. W czasie ferii świątecznych na rynek wtoczył się samochód nowego typu, który natychmiast i raz na zawsze zmienił sytuację. Jasne, nadal do przemieszczania się wykorzystuje serię małych eksplozji, a nie kryształy dilitium, ale wyglądem nie przypomina niczego, co kiedykolwiek wcześniej widzieliśmy.

Rzadko zdarza mi się lamentować z tego powodu, że ten felieton nie może być ilustrowany, jednak dziś naprawdę byłbym zadowolony mogąc zamieścić zdjęcie, ponieważ używanie staroświeckich słów, by opisać nowego Fiata Multipla wydaje się wręcz filisterskie. Powinniśmy porozumiewać się telepatycznie.

Cały tył wozu jest kwadratowy i zapada się do środka, jak tylna szyba w Fordzie Anglia. Dach posiada dwa szyberdachy i ma na środku wgłębienie, więc po każdej ulewie będziecie mieć nad głową jezioro.

Dalej mamy przód, a całość prezentuje się jak ktoś niedorozwinięty. Wygląda na to, że Fiat zatrudnił dwóch projektantów. Pierwszy z nich stworzył autobus, którego górna połowa spoczęła na dolnej połowie sportowego wozu o niskim zawieszeniu, obmyślonego przez drugiego projektanta. Z estetycznego punktu widzenia jest to zupełny miszmasz, zbieranina kształtów i kątów, na które nie ma miejsca w jednym kraju, a co dopiero w jednym samochodzie. To rostbef z musem agrestowym, serwowany w naczyniu zrobionym w połowie z kieliszka do sherry, a w połowie z ryby.

Mógłbym wam powiedzieć, że Multipla jest obecnie najmodniejszym samochodem w Saint-Tropez, ale nic by to nie dało. Kiedy go po raz pierwszy zobaczycie, wasze mięśnie żuchwy wpadną w niekontrolowane drgawki. „Dlaczego – zapytacie – ten wóz ma oczy na czole? I dlaczego ma staw dla kaczek na dachu?"

Nie będziecie mogli się powstrzymać, by mu się dokładniej nie przyjrzeć, a wtedy zmienicie zdanie, bo w środku mieści się sześć siedzeń: trzy z przodu i trzy z tyłu, a każde z nich po naciśnięciu guzika albo pociągnięciu dźwigni wykonuje potrójnego salchowa.

Mamy więc do czynienia z samochodem nieco krótszym od hatchbacka, ale ponieważ jest szerszy, może zabrać sześć osób, a wciąż jeszcze zostaje miejsce na bagaż. W takim razie co z tego, że wygląda dziwnie?

A jeszcze nie omówiliśmy deski rozdzielczej. Oczywiście pokryta jest wykładziną, ale, co mniej oczywiste, wszystkie urządzenia umieszczone są centralnie. Nie licząc ekranu nawigacji satelitarnej, który wysuwa się ze schowka tuż przy kierownicy. To logiczne. Co nas obchodzi, ile mamy obrotów na minutę, albo którą ścieżkę odtwarza teraz CD? Wszystko, czego nam trzeba w zasięgu wzroku, to mówiąca mapa drogowa – bo jesteśmy w Birmingham i chcemy się stąd wydostać.

Vany są zwykle drogie i dlatego są domeną najbogatszych premierów. Na przykład Ford Galaxy niskiej klasy kosztuje 18 000 funtów, a Renault Espace nawet więcej. A ten nowy Fiat będzie wasz za jedyne 13 000.

To oznacza, że wygrywa we wszelkich kategoriach. Z jednej strony to niedrogi, praktyczny samochód, który będzie odpowiedni dla ojca rodziny w rozpinanym sweterku. Z drugiej strony jest bardzo w stylu Nowej Partii Pracy. Bardzo à la Guggenheim. Jego naprawdę innowacyjna stylistyka będzie doskonale pasowała do Groucho Club w Londynie. Multipla jest także idealna dla kogoś, kto pragnie wyróżnić się z tłumu, a nie chce już dłużej paradować w wydzierganym na drutach cytrynowożółtym garniturze. Spisuje się nawet jako taksówka.

Równie dobrze można by jej użyć do jazdy po Księżycu, jak i wybierając się po gazetę. Ośmielę się stwierdzić, że można by ją nawet zjeść jako pewnego rodzaju substytut żywności XXI wieku.

Sądzę, że w najbliższych latach zobaczymy więcej wozów tego typu. Dni kiedy samochody się psuły i łapały gumy już minęły, dlatego teraz korporacje samochodowe bardziej niż o niezawodność i bezpieczeństwo zaczynają dbać o sprytne pomysły. Otóż Multipla dostępna jest z silnikiem na benzynę albo, jeśli zapłacisz więcej, jako diezzzel. W obu przypadkach rozpędza się od zera do 100 km/h, a na autostradzie jest w stanie jechać szybciej. W obu przypadkach potrzebuje paliwa, robi trochę hałasu i potrafi brać zakręty.

Jednak naprawdę nie mam pojęcia, jak się nią jeździ, bo kiedy siedziałem na miejscu kierowcy, naciskając pedały i inne rzeczy, tak naprawdę wcale nie prowadziłem samochodu. Nie było tam zmagań z kierownicą, skórzanego hełmu ani potrzeby naddźwiękowej brawury.

Niby był to samochód jak każdy inny, a jednak wcale nie. I właśnie dlatego to najlepszy wóz, jaki dane nam było widzieć od naprawdę długiego czasu. Pojawił się w ostatnich chwilach XX wieku, ale to obecnie jedyny samochód, który naprawdę jest rodem z następnego stulecia.

■ Niezły silnik – szkoda, że nie potrafi brać zakrętów

Gdy nowy samochód jest po raz pierwszy pokazywany dziennikarzom motoryzacyjnym, towarzyszy temu wystawna otoczka. Producent zagania setki pismaków w spodniach z firmy Rohan i w bożonarodzeniowych swetrach przed drzwi samolotu i wywozi ich do jakiegoś egzotycznego hotelu, gdzie spędzają wieczór jedząc karczochy nożami do masła i mocując się z tymi podobnymi do ślimaków zwierzątkami, które nie mają nazwy. Nazajutrz wsiadają za kierownicę nowego samochodu i jadą nim z powrotem na lotnisko po z góry ustalonej trasie. To proste, ale to kompletna strata czasu.

Powiem wam coś: żeby przekonać się, jaki jest nowy samochód, wszystko, co musicie zrobić, to poprosić producenta o przesłanie faksem kopii tej „z góry ustalonej trasy". Firmy samochodowe dobierają ją specjalnie do samochodu, który właśnie wypuszczają na rynek. I tak na przykład, gdy przebiega ona wyłącznie po krętych, górskich drogach, samochód jest z pewnością zbyt głośny w jeździe po autostradzie. Gdy jest zaś krótka, istnieje dość duże prawdopodobieństwo, że wóz przy dłuższych dystansach staje się mało komfortowy.

Gdy Saab wypuścił na rynek model 9-5 Aero, wywiózł dziennikarzy do południowych Niemiec i poprosił o przejechanie 150 kilometrów po autostradzie w jedną i 150 kilometrów w drugą stronę. Jakie można wyciągnąć z tego wnioski? To proste. Saab 9-5 Aero nie przepada za zakrętami. Więcej: on ich po prostu nie znosi. Spędziłem przerwę świąteczną jeżdżąc sedanem i kombi, i czuję się w obowiązku, by wam coś powiedzieć: tak jak nie powiedzielibyście w twarz rosyjskiemu mafioso, że wygląda jak napakowany mięczak, podobnie nie mówcie sprzedawcy w salonie Saaba „dobrze, wezmę go". W jednym i w drugim przypadku efekt będzie podobny: głęboki dyskomfort, a po nim sporo krwi.

I nie chodzi tu ani o kierujący moment obrotowy, który objawia się wyrywaniem kierownicy z rąk przy ostrym przyspieszaniu, ani o zdumiewający wręcz brak przyczepności. Nie. To złożenie dwóch tych rzeczy naraz i dodatkowo pogarszającej to wszystko kontroli trakcji, która reaguje w iście geologicznym tempie. Dopiero gdy zjedziesz z drogi, staranujesz żywopłot i będziesz w połowie drogi do szpitala, ten mały krzemowy móżdżek pomyśli „o-o, chyba coś tu nie gra…" i będzie się starał zmniejszyć moc silnika znajdującego się trzy miedze dalej.

Saab to oczywiście własność General Motors, a 9-5 to wikińska odmiana Vauxhalla Vectry, który sam z siebie jest jednym z najgorzej trzymających się drogi samochodów naszych czasów. Tylko że Vectry nikt nigdy nie prosił o radzenie sobie z mocą większą niż 200 koni, podczas gdy w Aero pracuje 2,3-litrowy turbodoładowany silnik, który generuje aż 240 koni mocy. To tak, jakby do konia Ben Hura przytwierdzić rakietę Saturn V. To wielka, naprawdę wielka szkoda, bo sam silnik jest wspaniały. Po 23 latach Saabowi – liderowi w technologii turbodoładowania – udało się wyeliminować turbodziurę i zaprezentować światu olśniewającą, silną, dysponującą niesamowitym momentem obrotowym jednostkę, która aż się prosi o lepsze miejsce pracy.

Nie czepiałbym się, gdyby nie to, że nie kto inny jak pewien inżynier Saaba powiedział mi kiedyś, że najprawdopodobniej nie da się przenieść więcej niż 220 koni na przednie koła.

– Byłoby to niebezpieczne – powiedział.

No właśnie, chłopie. No właśnie.

Wydaje się, że dalsze opisywanie tego samochodu mija się z celem. Czuję się jak matka mordercy, która mówi reporterom, że pomijając fascynację nazistowskimi pamiątkami i toporami, Shane był wspaniałym chłopcem. Pomijając alergię na zakręty, Saab to wspaniały samochód, w szczególności w wersji sedan. Po pierwsze, mimo że maczał w nim palce GM, udaje mu się wyglądać jak prawdziwy Saab. Tak naprawdę, to ze swoimi stylistycznymi dodatkami wersja Aero prezentuje się wprost fantastycznie.

Wnętrze też jest na wskroś saabowskie – deska rozdzielcza wygląda tak, jakby przenieśli ją wprost z któregoś ze swoich odrzutowców. Jest tam nawet autopilot pod postacią tempomatu i przycisk „night panel", który wyłącza podświetlenie wszystkich elementów oprócz prędkościomierza. Stacyjka znajduje się w środkowej konsoli obok dźwigni zmiany biegów. Reasumując – wszystko jest przeciętne. Po prostu – saabowskie.

To właśnie jest istotą uroku Saaba; to i fakt, że od momentu, gdy po raz ostatni w Humber pojawili się Wikingowie czyniąc nieco rabunku i gwałtu, upłynęło już sporo czasu. Gdy dziś myślimy o Szwecji, do głowy przychodzą nam sosnowe meble i telefony komórkowe. Wydaje się nam, że Saaby wytwarzane są przez załogi smukłych blond piękności topless, które w przerwach na herbatę delikatnie smagają się nawzajem gałązkami. To nam się podoba.

Osoby, które jeżdżą Saabami, uważają BMW za odrobinę arogancie, a Mercedesa mają za zbyt szpanerskiego. Saaby znajdują nabywców wśród uprzejmych, życzliwych innym zwolenników Nowej Partii Pracy, którzy nie uderzą cię w twarz, gdy zdarzy ci się ruszyć spod świateł o 0,0001 sekundę za późno. Gdy przytrafi ci się jakiś kłopot na drodze, po pomoc udasz się do kierowcy Saaba, bo dobrze wiesz, że jeśli zwrócisz się o nią do kierowcy Merca, ten zaciągnie zasłony i będzie udawał, że nie ma go w środku. A kierowca BMW wyleje na ciebie wrzący olej.

Mógłbyś wydać kolację dla kierowców jeżdżących Saabami i na pewno byłaby frapująca. Na każdy temat mieliby swoje zdanie, ciekawie by się wypowiadali i byliby wyjątkowo oczytani. No, chyba że wydaliby 28 000 funtów na Saaba Aero, bo wtedy stanowiliby raczej kiepskie towarzystwo. Byliby po prostu martwi.

■ Stop! Cały ten hałas rozsadza mi głowę

Zmęczenie może zabić – tak głoszą znaki ostrzegawcze na autostradzie. Tak, wiem, na pewno może, ale szczerze mówiąc wolałbym już zginąć jako pędząca 160 km/h ognista kula, niż zrobić sobie postój na drzemkę. I rzeczywiście – nic nie jest w stanie rozmontować mi dnia tak efektywnie, jak jakiś nieplanowany zjazd do pit stopu.

Czasami przyglądam się ludziom, którzy wałęsają się po stacjach benzynowych przy autostradzie i przepełnia mnie wtedy nieodparta chęć zapytania ich nie tyle o to, po co to robią, ale jak… jak można zorganizować swoje życie na tyle efektywnie, by mieć czas na obiad w którymś z tych przydrożnych barów? Przecież autostrada to jedynie środek prowadzący do celu, i to całkiem dosłownie. Ale sądząc po panujących na niej cenach, jej celem jest również oskubanie cię z ostatniego grosza.

Gdy się gdzieś wybieram, nie zatrzymam się dopóki wskazówka poziomu paliwa nie odłamie podpórki na początku skali i samochodu nie dopadnie atak silnego kaszlu. Jeśli będę potrzebował się wysiusiać, pedał gazu zacznę naciskać lewą stopą, a sprzęgło – prawą. Nie skuszą mnie też te brązowe znaki z napisem: „Przygoda po amerykańsku – park tematyczny", i nawet gdy poczuję, że moje oczy są jak papier ścierny, wciąż będę jechał przed siebie.

Możecie sobie zatem wyobrazić moje rozczarowanie, gdy po przejechaniu niecałych stu kilometrów nową Racing Pumą Forda zatrzymałem się na stacji benzynowej, i to z wskazówką poziomu paliwa w pozycji „full".

Problem zaczął się już po kilku kilometrach jazdy autostradą M40, kiedy to moja żona z wściekłością wyłączyła radio, twierdząc, że słyszy tylko wysokie uderzenia talerzy i że staje się to denerwujące. A potem, po kolejnych kilku kilometrach, poprosiła bym zwolnił, bo „naprawdę, ten hałas staje się już nie do wytrzymania".

I rzeczywiście tak było. Zwolniłem więc do 130, potem do 110, a potem, w geście rozpaczy, do 80 km/h. I mimo to balon, który rozdymał się pod moim czołem, nie przestawał rosnąć, aż w końcu eksplodował przy samym High Wycombe. To nie był zwykły ból głowy. To było stopienie się rdzenia reaktora nuklearnego w mojej czaszce.

Złamałem więc moją kardynalną zasadę i zjechałem z autostrady po opakowanie Nurofenu. Ta nowa Puma jest jak Ibiza o trzeciej nad ranem. Jak grill na Hawajach połączony z hukiem rozbijającego się samolotu, a wszystko to wciśnięto w 360-centymetrowe pudełko i tysiąckrotnie wzmocniono sprzętem nagłaśniającym koncerty grupy Grateful Dead.

Szkoda, że ten hałas nie jest chociaż przyjemny. To nie jest ani Supertramp, ani Genesis, ani dziki pomruk dżungli, jaki dobywa się z silników TVR. To jest po prostu zwykły hałas.

Przejdźmy do jazdy. Na wyboistej drodze nie da się w ogóle rozmawiać, bo nieustanne wstrząsy sprawiają, że twój głos staje się wibrującym kwileniem. Wyobraźcie sobie sopranistkę Lesley Garrett śpiewającą po tym, jak nawdychała się helu, a zrozumiecie, o co mi chodzi.

Co to więc do cholery za samochód? Z grubsza rzecz biorąc to zwykła Puma, która została pod każdym względem podrasowana. Podrasowano jej 1,7-litrowy silnik, który rozwija teraz 153 konie mocy. Podrasowano jej skrzynię biegów, która od czasu do czasu potrafi pokazać, na co ją stać. Podrasowano fotele, dzięki czemu można teraz wygodnie wsiadać i wysiadać. Podrasowano też karoserię, co sprawiło, że Puma wygląda teraz prawie tak samo dobrze, jak każdy inny samochód na drodze.

Nie, naprawdę. Racing Puma ma poszerzone błotniki, których łuki wypełniają olbrzymie 17-calowe felgi z ultranisko profilowanymi oponami czterdziestkami. Na wypadek, gdybyście nie wiedzieli, co oznacza „czterdziestka", wyjaśnię, że w takim przypadku na feldze nie ma nic oprócz cieniutkiej warstwy gumy. Naciągnijcie sobie kiedyś prezerwatywę na twarz, a zrozumiecie o co mi chodzi.

Wyprodukowano zaledwie 1000 egzemplarzy Racing Pumy i wszystkie zostaną sprzedane w Wielkiej Brytanii, za dość wysoką cenę – 22 000 funtów sztuka. Szczerze mówiąc, wolałbym już mieć Alfę GTV, albo Subaru Imprezę.

Do diaska, za taką kupę szmalu wolałbym już mieć nową parę piersi!

Ale z drugiej strony – mam już prawie 40 lat. Nie rajcuje mnie spędzanie wieczoru po imprezie na jednym z tych rozkładanych, drewnianych krzesełek. Nie wiem, co myśleć o nadawanych późną nocą programach telewizyjnych. A gdybyście pozostawili mnie w którymś z tych nocnych klubów, gdzie przez

8-megawatowe głośniki emitowany jest biały szum, wróciłbym do domu i znalazłbym ukojenie w albumie *Yes*.

Wy pewnie jesteście inni. Jeśli potraficie odróżnić zespół Westlife od 5ive, z pewnością nie zauważycie wad Pumy. Jeżdżąc po mieście będziecie upajać się jej zrywnością, a poza miastem nie będziecie się mogli nadziwić jej natychmiastowymi reakcjami na ruchy kierownicą. Jeśli chodzi o precyzję prowadzenia, zwykła Puma dostaje 10 punktów. Ta zaś otrzymuje ich całe 12.

Nie będziecie przejmować się tym, że tylne siedzenia nadają się jedynie do przewożenia osób z amputowanymi kończynami i spodoba się wam, że samochód nie aspiruje do miana współczesnego Escorta Coswortha. Zaledwie 153 koni na pokładzie sprawia, że od zera do setki rozpędza się w 8 sekund, co oznacza tańsze ubezpieczenie.

Oczywiście podczas jazdy nie będziecie w stanie z nikim rozmawiać, ale pewnie i tak nie mieliście zamiaru. No bo niby jak? Przy tych komputerowo generowanych hałasach dobiegających z głośników?

Zmierzam do tego, że Racing Puma jest samochodem przeznaczonym wyłącznie dla ludzi poniżej 25. roku życia. Podobnie jak odlotowa, nocna impreza, jest okropnie niewygodna i ogłuszająco głośna. Gdybym jednak po takim szalonym wieczorze wracał Pumą do domu, a nikt by nie patrzył, zasuwałbym jak kopnięty zając.

■ Wygląd nie ma znaczenia – liczy się tylko zwycięstwo

Mija właśnie 20 lat od chwili, w której nazwę firmy Jaguar zmieniono na „British Leyland – Dział Dużych Samochodów", co przez jej pracowników zostało uczczone kolejnym strajkiem.

W tamtych czasach Jaguar nie miał siły roboczej jako takiej. Miał za to grupkę mężczyzn w kufajkach, którzy stali dookoła koksiaka za fabryczną bramą i rzucali w policjantów różnymi rzeczami.

Od czasu do czasu wchodzili do środka i robili jakiś samochód, tak jak od czasu do czasu pies wchodzi do pojemnika na chleb, by zrobić sobie kanapkę. W dodatku to, co robili, nie było samochodem w pełnym tego słowa znaczeniu. Zgadzam się, to coś przypominało samochód, i miało nawet koła, ale gdy ktoś próbował gdzieś się tym wybrać, wracał nieco później niż przewidywał, i to na lawecie. Jaguar, podobnie jak zwierzę noszące tę nazwę, znajdował się na skraju wymarcia.

Miło jest więc poinformować, że po starannym dokarmianiu przez amerykańskich konserwatystów z Forda, dane sprzedaży Jaguara zaczęły iść w górę. W rzeczy samej, rok 1999 był jego najlepszym jak dotąd okresem – 80 procent produkcji zostało przeznaczone na eksport.

Tym, którzy pracowali w niepełnym wymiarze godzin, powiedziano, że nie mogą jeszcze iść do domu, i podczas gdy w zakładach w Halewood powstawały nowe linie produkcyjne, personel wcale nie udał się na przymusowy urlop wypoczynkowy. Skierowano go, by odmalowywał w Liverpoolu szkoły i przeprowadzał starsze panie na drugą stronę ulicy.

Koniec końców, powstał model koncepcyjny samochodu sportowego – Jaguar F-Type. Został zaprojektowany po to, by zadziwić zwiedzających targi motoryzacyjne w Detroit, ale na tym się nie skończyło – dostał się do każdej możliwej gazety, magazynu motoryzacyjnego i wiadomości telewizyjnych. Dobrze poinformowane, związane z Jaguarem osoby twierdzą, że F-Type to model koncepcyjny, który mógłby – pod warunkiem, że spodoba się publiczności – trafić do produkcji. Na co ja odpowiadam:

– Na miłość boską! Zabierajcie się do roboty!

Jestem oczywiście świadom piętrzących się trudności. Audi TT, na przykład, rozpoczęło swój żywot jako samochód koncepcyjny, a zakończyło go owinięte wokół drzewa. Peugeot stworzył kiedyś model koncepcyjny, który świetnie się prezentował, tyle że zabrakło w nim miejsca na silnik. Tak więc jeśli Jaguar kiedykolwiek zacznie produkować F-Type'a, nie będzie wyglądał jak samochód, który widzieliście w zeszłym tygodniu. Ale jeśli będzie przynajmniej do niego podobny, to i tak będzie dobrze. No bo przecież chcielibyście się przespać z kobietą, która jest przynajmniej podobna do Liz Hurley, czyż nie? Co więcej, jeśli to prawda, że Jaguar mógłby wypuścić go na rynek w cenie 35 000 funtów, moglibyśmy się pożegnać z Porsche Boxsterem. I z TT. No i z pożałowania godnym Z3.

Ludzie już zapomnieli, że największym atutem E-Type'a była jego cena. Pamiętamy tylko jego długą, bardzo długą maskę i fakt, że w czasach, kiedy większość samochodów nie mogła dobić do 6 km/h, jego prędkość maksymalna wynosiła 240. Ale to jego cena – zaledwie 2000 funtów – liczyła się najbardziej.

Podobny zabieg może sprawić, że sprzeda się również i F-Type. To cena jest tym, co przyciąga klientów. Wygląd i zapewnienie, że superdoładowany silnik jest w stanie rozwinąć 300 koni mocy posłużą tylko do tego, by delikwent opuścił spodnie.

Nie chcę wdawać się w szczegóły tego fantastycznego samochodu, bo zrobił to w zeszłym tygodniu Ray Hutton, chciałbym jednak zwrócić uwagę, że w tym wspaniałym koktajlu pływa jedna mucha.

12 marca Jaguar wystawi do wyścigu Grand Prix Australii dwa samochody. Będzie to przypominało ten słynny karny Davida Batty'ego w meczu z Argentyną. Nigdy tego wcześniej nie robił, a może spudłować na oczach naprawdę szerokiej widowni...

Cieszę się, i to bardzo, że Jaguar wchodzi w wyścigi Formuły 1. Podoba mi się wizja załogi pit stopu ubranej w tweedowe kaski i pumpy. I mam nadzieję, że zabiorą Eddiemu Irvinowi tę idiotyczną butelkę z wężykiem i zastąpią ją fajką.

Tyle że jako kierowca Jaguara byłbym nieco rozczarowany, gdyby w środku nocy budził mnie koszmar, w którym widziałbym napędzany silnikiem Mercedesa bolid McLarena na *pole position*, za nim napędzane silnikiem BMW Williamsa, a Jaguary na jedenastym i dwunastym miejscu.

Wyścigi Formuły 1 były świetne, gdy występowały w nich samozwańcze zespoły. Nie mogłeś kupić samochodu Minardi, więc nie miało tak naprawdę znaczenia, że ich samochody wlokły się po torze na szarym końcu. Członkowie poszczególnych zespołów umieli przyznać się do porażki, stwierdzali, że i tak ścigali się tylko po to, by poczuć dreszcz emocji, po czym udawali się do domu. Teraz jednak tę dyscyplinę sportu przejęli producenci samochodów, więc przegrana stała się o wiele bardziej poważna.

To zabawne, że dziwimy się awarii Mercedesa czy BMW, ale większość osób zdumiewa fakt, gdy to samo nie przytrafi się Jaguarowi. Spora część widowni wyścigów Formuły 1 przypomni sobie, jak kiedyś na utwardzonym poboczu wybuchł Jaguar XJ6 i będzie mądrze kiwała głowami, gdy samochody na torze będą zachowywały się podobnie jak on.

Jaguar musi wygrać. Dobrze wiemy, że obecnie ma dostęp do bankowego konta Forda z 22 miliardami dolarów. Wiemy też, że silnik Forda jest praktycznie najsilniejszą jednostką w wyścigu. Nie pozostało mu więc żadne usprawiedliwienie. Jeśli na torze Jaguar ulegnie Mercedesowi czy BMW, to samo powtórzy na zwykłych drogach – to proste.

Wyścigi Formuły 1 przestały już być sportem. Przez to, że zespoły są w rękach firm samochodowych, impreza stała się obwoźną gablotą wystawową. Poza tym mija się z celem wydawanie milionów tylko po to, by pokazać jakim się jest wspaniałym, podczas gdy zgromadzeni przed telewizorami na całym świecie widzowie zobaczą jak na dłoni, że wcale tak nie jest.

■ Wybór jest prosty: albo życie, albo diesel

Wiem, dlaczego ludzie zamieszkujący przedmieścia kupują wielkie, nieporęczne samochody terenowe. Nie winię ich za to. Sam posiadam wielki, nieporęczny samochód terenowy. Podobnie jak wielu z moich przyjaciół.

To dlatego, że podoba się nam, gdy siedzimy za kierownicą jak w wieży normandzkiej twierdzy. Z tej wysokości, sięgającej ponad warstwę ozonową, możemy łatwo dostrzec zbliżającego się wroga. Nie dalej jak w zeszłym tygodniu już któryś z rzędu emeryt jechał pod prąd autostradą M40 i zginął na miejscu w zderzeniu czołowym z BMW. Gdyby kierowca BMW jechał wtedy Range Roverem, nie doszłoby do tego. Mógłby w porę zauważyć samochód nadjeżdżający z naprzeciwka.

Podoba się nam również bezpieczeństwo, jakie zapewniają terenówki. Oczywiście, że są bardziej podatne na dachowanie, a nad barierką na autostradzie mogą przejechać z całkiem sporym zapasem, ale na przedmieściach, gdzie ruch drogowy rzadko porusza się szybciej niż 65 km/h, wóz z napędem na cztery koła wyjdzie cało z najbardziej makabrycznego wypadku, jaki można sobie wyobrazić, a podróżujące nim osoby doznają co najwyżej bardzo lekkich obrażeń.

Reasumując, jeśli chodzi o odwożenie dzieci do szkoły, fakty są następujące: wasze pociechy są bezpieczniejsze w samochodzie terenowym wagi ciężkiej niż w zwykłej osobówce.

Niestety, słowa „duży", „ciężki" i „wysoki" oznaczają, że terenówki są tak opływowe, jak dwudrzwiowe szafy. To z kolei sprawia, że wtryskiwacze paliwa w ich olbrzymich silnikach muszą pracować z taką furią, jak słynna fontanna w Genewie.

Pozwólcie, że wyjaśnię to na przykładzie: moja córka musi dojeżdżać do szkoły oddalonej o 29 km, a potem z niej wracać... przy spalaniu ponad 19 litrów na 100 km. Wychodzi, że płacę za to 93 funty tygodniowo, czyli prawie 5000 funtów rocznie. Za samo paliwo. Podwożąc dzieci do szkoły. To sprawiło, że po raz pierwszy w życiu zacząłem się zastanawiać, czy nie byłoby może rozsądniej przerzucić się na satanizm. I właśnie dlatego cały zeszły tydzień spędziłem za kierownicą napędzanego silnikiem Diesla Jeepa Grand Cherokee, wartego 31 000 funtów i dymiącego kancerogenną sadzą rodem z piekielnych czeluści.

Pewnie myślicie, że zacząłem od złego samochodu, bo Amerykanie nie znają się na dieslach, ale Cherokee konstruowany jest w Austrii i ma 3,1-litrową, turbodoładowaną jednostkę zaprojektowaną we Włoszech. Wszystko powinno więc grać. Ale nie ujechałem jeszcze pięciu metrów od domu, a już wiedziałem, że wcale tak nie jest. Moja stopa przyspawała pedał gazu do podłogi, wywołując hałas, który mógłby spowodować trzęsienie ziemi, ale wskazówka prędkościomierza wspinała się w tempie wędrówki kontynentów. Rozpędzenie tego wozu od zera do setki zajmuje 14 sekund.

Świadom tego ograniczenia, manewry wyprzedzania planowałem z należytą starannością. Ale raz za razem gdy wyjeżdżałem na przeciwny pas ruchu, pozostawałem na nim aż do momentu, w którym migające długie światła nadjeżdżających z naprzeciwka samochodów zmuszały mnie do odwrotu.

Może to i nieźle, że moją podróż na polowanie z hrabstwa Oxford do hrabstwa York i z powrotem przejechałem na jednym, 64-litrowym baku paliwa, ale gdy musisz snuć się za starszymi panami i paniami w Roverach z prędkością 65 km/h, nic dziwnego, że nie spalasz więcej niż 14 litrów na setkę.

Jasne, na autostradzie nieco przyspieszyłem, ale gdy o 7 wieczorem Johnnie Walker przekazał mikrofon Bobowi Harrisowi, radio nagle zamilkło. Naprawdę. W rozpędzonym do 110 km/h Jeepie z silnikiem Diesla, „Szepczący Bob" staje się kompletnie niesłyszalny. Ponieważ nie miałem z kim uciąć pogawędki by zabić czas, sięgnąłem do tyłu, gdzie znalazłem parę słuchawek. Wiem, że nie powinno się prowadzić w słuchawkach, ale w samochodach tego typu nie ma to najmniejszego znaczenia. I tak nic w nim nie słyszysz, a poza tym nawet jeśli zginiesz, to co za różnica? To cholerstwo jest tak wolne, że nigdy nie dojedziesz nim tam, gdzie planowałeś, więc równie dobrze możesz być martwy.

Jeśli kupisz Jeepa z silnikiem Diesla zamiast jego wersji benzynowej, wyposażonej w 4,7-litrową jednostkę V8, na paliwie zaoszczędzisz jakieś 1500 funtów rocznie, ale każda twoja podróż będzie za to trwała o pół godziny dłużej. A pół godziny dwa razy dziennie w każdy dzień roboczy oznacza pięć godzin tygodniowo. W przełożeniu na średnią długość życia daje to 9000 godzin, czyli 375 zmarnowanych dni. I to tylko dlatego, że chciałeś przyoszczędzić kilka funciaków. To tak, jakbyś obciął sobie dłonie, chcąc zaoszczędzić na rękawiczkach.

Co mnie irytuje najbardziej, to fakt, że diesel zepsuł całkiem niezły – jak mi się wydaje – samochód. Zgadza się, dla zwykłego leśniczego jest zbyt drogi i niepotrzebnie luksusowy, a do odwożenia dzieci do szkoły – trochę za mały. Co więcej, jego trzeszczące wnętrze i plastikowe przełączniki w połączeniu z naprawdę odrażającymi fotelami rodem ze „Świata skóry" sprawiają, że nie stanowi żadnej konkurencji dla Range Rovera. Z drugiej jednak strony, nie kosztuje aż 50 000 funtów, a w wyposażeniu standardowym znajduje się wiele fajnych zabawek: od atrakcji dla prawdziwych twardzieli począwszy (stały napęd na cztery koła), na gadżetach dla rozlenistwionych wygodnickich skończywszy (odtwarzacz CD). Cherokee dobrze się prezentuje, a wersja z silnikiem V8 rozpędza się do setki w 8 sekund.

W przeciwieństwie do swoich japońskich konkurentów, nie jest po prostu zwykłym użytkowym pudełkiem na kółkach. Radzi sobie w terenie, na którym poluje się na bażanty, ale będzie też dobrze wyglądał w łazience menedżera.

Stałem się takim jego fanem, że postanowiłem pozostawić w bagażniku upolowane przeze mnie bażanty jako coś w rodzaju prezentu dla człowieka z *public relations*, który mi go wypożyczył. Szkoda, że był to diesel, podobnie jak szkoda, że ten gość jest wegetarianinem.

■ Niezabezpieczony serwer?

Gdy zaczynałem pisać, by zarobić na życie, korzystałem z ręcznej maszyny do pisania, która miała bardzo ubogi repertuar funkcji rozpraszająco-urozmaicających. Mogłeś pisać na czarno, a jeśli stawało się to nużące, mogłeś zmienić kolor na czerwony. I to by było na tyle.

A teraz jestem wprost zdumiony tym, że siedzę tu i w ogóle coś piszę, bo mój komputer potrafi przecież o wiele więcej. Gdy włączam go rano, to nawet będąc świadomym faktu, że jeśli nie napiszę czegoś do obiadu, zostanę zabity i zjedzony, nie mogę odpuścić sobie małej partyjki pasjansa, by wprowadzić się w miły nastrój.

A to co znowu? O mój Boże, okazuje się, że przez cały dzień mogę oglądać na moim komputerze filmy DVD z jakością dźwięku płyty CD. Stoję więc teraz przed wyborem: pisać, czy spędzić jakieś pół godzinki na pokładzie *Das Boot*.

Zwyciężył *Das Boot*, ale już wróciłem, tyle że ostateczny termin zbliża się teraz w iście zabójczym tempie. Nie odpuszczę sobie jednak pogrzebania w internecie w poszukiwaniu zdjęć nagich panienek. Zajmie mi to naprawdę moment, przeproszę was więc na chwileczkę...

No dobrze. Jestem już z powrotem i zabieram się do roboty. Słyszałem w radiu, jak jakiś gość mówił, że kupił samochód przez internet. Znalazł dilera, wynegocjował korzystną cenę, wybrał kolor i sfinalizował całą transakcję w ciągu siedmiu dni. Kumple muszą mieć niezły ubaw z tego gościa, gdy wychodzą z nim wieczorem do miasta. Przecież nie da się kupić samochodu przez internet, ty idioto!

W ten sposób nie dowiesz się, czy na niewygodnym fotelu nie nabawisz się bólu pleców, czy sprzedawca nie jest przypadkiem jakimś dupkiem, albo czy nie rozmawiasz z jakimś krzemowym naciągaczem, który pozna numer twojej karty kredytowej i rozpłynie się z nim we mgle.

A samochody używane? Nawet jeśli uda ci się znaleźć jakiś samochód, i nie będzie sprzedawał go ktoś z Minnesoty, to jak bez jakiejkolwiek jazdy próbnej chcesz przekonać się, ile jest wart?

Wiem, że Ford skonstruował hologram samochodu na potrzeby Kopuły Millenium Tony'ego, ale również i to nie odda w pełni rzeczywistości. Tak naprawdę jest to jeden z najbardziej bezużytecznych wynalazków, o których kiedykolwiek słyszałem. Po co zawracać sobie głowę samochodem, którego nie ma? Jasne, można sprawić, by z wystawy wyjechał do miasta, ale po co, skoro i tak nie można w nim siedzieć?

No dobrze, ale na czym to ja skończyłem? Co się stanie, gdy postanowisz wszystkie swoje sprawunki załatwiać za pomocą komputera? Tylko pomyśl. Możesz pracować w domu, oglądać filmy w domu, a wszystko, czego potrzebujesz, dostarczą ci pod drzwi. Nigdy nie odczujesz potrzeby, by gdziekolwiek wyjść. Stracisz zdolność kontaktu towarzyskiego, twoje ciało pokryje się pryszczami, aż w końcu umrzesz. Nikt nie będzie o tym wiedział, aż do chwili, kiedy twoja breja zacznie przesączać się do mieszkania poniżej i gdy w twoim holograficznym samochodzie zaczną gasnąć piksele.

W moim przekonaniu największym zagrożeniem związanym z siecią jest oszustwo. Wiele razy byłem proszony o podanie numeru karty kredytowej i od czasu do czasu odczuwałem pokusę, by go wstukać. Nigdy jednak tego nie zrobię, bo z tego co wiem, każdy internetowy sprzedawca to kolumbijski król handlarzy narkotykami, który nie będzie specjalnie zainteresowany dotrzymaniem gwarancji zwrotu pieniędzy.

Dlaczego więc, skoro nie zamierzam robić zakupów w sieci, każda działająca w internecie firma ma wartość 2000 miliardów funtów? Przecież jeśli nie może niczego sprzedać, powinna od razu splajtować. To tak, jakby otworzyć restaurację i zamknąć jej drzwi wejściowe na klucz. A jeszcze trafniej – założyć restaurację, a do pobierania opłat z kart kredytowych gości zatrudnić Ronniego Biggsa.

Według mnie internet służy do dwóch celów. Przede wszystkim jest olbrzymią biblioteką, w której można znaleźć wszystko na każdy temat i to o dowolnej porze dnia lub nocy. Tylko że żadna z informacji udostępnianych przez ten krzemowy układ nerwowy wcale nie musi być prawdziwa. Jak zdążyłem się już zorientować, nikt nie może powstrzymać mnie przed założeniem strony o Tarze Palmer-Tomkinson, na której podam, że ma 47 lat i ukończone studia robotyki na Uniwersytecie Cambridge.

Sami spróbujcie. Wejdźcie do internetu i poszukajcie szczegółów z biografii – dajmy na to – Jamesa Garnera. Przekonacie się, że każda kolejna strona pozostaje w sprzeczności z poprzednią. Gdy poszukacie tego samego w książce, będziecie mieli pewność, że każdy z podanych tam faktów był wielokrotnie sprawdzany. Poza tym książek nie piszą 14-latki z pryszczami o wielkości jabłek.

W takim razie pozostaje nam tylko drugi cel istnienia internetu: pornografia. Jeśli będziecie chcieli sprawdzić, co kto komu może gdzie włożyć, znajdziecie w sieci oszałamiające zasoby pornograficznej dokumentacji. By zrobić wam przyjemność, rozebrano tam każdą gwiazdę, a każdy akt, i to niezależnie od tego, jak zboczony by nie był, odtworzono tam z makabryczną wręcz dokładnością.

To kieruje moje myśli z powrotem do meritum sprawy. Jak to jest, że każda spółka internetowa warta jest 2000 miliardów funtów?

I dlaczego każdy inwestor z kapitałem wysokiego ryzyka odda mi w posiadanie swój dom z całym jego wyposażeniem jeśli wdepnę do niego z połowicznie zarysowanym pomysłem na biznes w internecie?

Podejrzewam, że mamy tu do czynienia z nowymi szatami cesarza. Nikt jeszcze nie wyszedł przed tłum i nie powiedział: Chwila, moment, przecież to wszystko to pierdoły! Plus piersi, tyłki i włosy łonowe.

Vauxhall zaoferował ostatnio tysiącfuntowe upusty dla wszystkich, którzy kupią jeden z jego samochodów przez internet, a ja umieram już z ciekawości, ilu ludzi skuszą tą propozycją. A ilu ludzi będzie faktycznie chciało to zrobić, ale „po drodze" rozproszą ich gorące azjatyckie panienki? Nie wspominam już nawet o partyjce pasjansa.

Im szybciej zdamy sobie sprawę z tego, że komputer to takie samo narzędzie jak młotek, wiertarka, czy miska do mycia naczyń, tym lepiej dla nas. A im szybciej dotrze do nas fakt, że przed zakupem samochodu trzeba się nim przejechać, tym większym spokojem ducha będziemy się mogli napawać.

■ Ahoj, na horyzoncie widzę tani samochód!

Nigdy nie trzeba było nas specjalnie namawiać do wyjazdu do Francji. Jedzenie, wino, i – przynajmniej jeśli chodzi o południową część kraju – wspaniały klimat, stanowiły wystarczającą zachętę. Teraz pokusa jest jeszcze silniejsza, ponieważ pomiędzy kolejnymi kęsami *foie gras* możemy wymachiwać plikami funciaków przed nosami francuskiej bezrobotnej młodzieży. A potem, po obiedzie, możemy udać się do któregoś z tamtejszych biur pośrednictwa pracy, stanąć na środku sali i buchnąć śmiechem.

Nie wybierajcie się tam jednak Eurotunelem, bo Francuzi pomyślą, że jecie mięso wołowe i że jesteście idiotami. Jeżeli zależy wam na czasie, lepiej zrobicie wybierając samolot, a jeśli nie, spróbujcie dostać się tam promem. No, chyba że jesteście cielęciem przeznaczonym na rzeź – wtedy na mocy zakazu świrniętych ekologów nie zostaniecie do niego wpuszczeni.

Tylko że – i tu aż jęknięcie z rozczarowania – jakość podróży promem ostatnimi czasy bardzo się pogorszyła. Promy pełne są francuskich dzieci w wieku szkolnym, wysyłanych do An-

glii by okradać bogaczy, oraz pochodzących z południowo-
-wschodniego Londynu drużyn darta, których zawodnicy kupują 30 000 puszek najmocniejszego piwa i wypijają to wszystko podczas rejsu powrotnego.

To jednak nie potrwa zbyt długo. Zakupy w sklepach bezcłowych skończą się w czerwcu, dzięki czemu promy staną się małymi wysepkami wiktoriańskiego spokoju pomiędzy wrzaskliwą Wielką Brytanią a borykającą się z ubóstwem, pogrążoną w rozpaczy Francją.

Na promie twój parasol przestaje cię chronić przed deszczem, a zaczyna osłaniać przed słońcem, i wypełnia cię przemożna chęć zostania pszczelarzem. Parkujesz swój samochód i wychodzisz na pokład, by pomachać na pożegnanie białym klifom Dover, a w twym sercu zaczyna się budzić duch dunkierskiej przygody. Podczas gdy na słonej bryzie unoszą się mewy, ty udajesz się najpierw jeszcze raz do samochodu, by sprawdzić, czy aby na pewno zamknąłeś drzwi, a potem wchodzisz do jednej restauracji Langana.

Niestety, obawiam się, że ten sielski obrazek rodem z powieści Jane Austen może okazać się krótkotrwały, bo w tym tygodniu P&O postanowiła zmienić profil na dilera samochodów. Będzie kupowała samochody na kontynencie i sprzedawała je w Wielkiej Brytanii po kontynentalnych cenach. Wystarczy tylko do nich zadzwonić, wybrać model samochodu, jego kolor i wyposażenie, i 12 tygodni później zamówiony wóz zostanie dostarczony pod drzwi twojego domu. Możesz nawet oddać im swój stary samochód w rozliczeniu.

Niektóre ze zniżek naprawdę zapierają dech w piersiach. Mercedesa CL500, który w Wielkiej Brytanii kosztowałby 83 000 funtów, P&O sprzedaje za jedyne 69 000. Na Range Roverze można zaoszczędzić 7300 funtów, na Jaguarze XK8 – 6500, a na Golfie – 2000. I pamiętajcie – wszystkie samochody mają kierownicę po prawej stronie i gwarancję, którą muszą respektować brytyjscy dilerzy.

Myślicie pewnie, że to w sumie nic nowego, że odkąd w Wielkiej Brytanii zaczęło panoszyć się zdzierstwo, setki innych firm robiły to samo. Niby tak, ale przecież wszyscy oglądaliśmy serial dokumentalny *Watchdog*, wiemy zatem, że niektórzy z tych gości realizowali nasze czeki, którymi wnosiliśmy przedpłaty, i fundowali sobie wieczór w Rio w towarzystwie Ronniego Biggsa. Oczywiście, że można było udać się na kontynent i załatwić sobie samochód we własnym zakresie, ale bądźmy szczerzy: tak z ręką na sercu, kto z was mówi po flamandzku?

Rozmawiałem z setkami osób o kupowaniu samochodów na kontynencie. Mówiłem im o oszczędnościach i o tym, z jaką łatwością można to wszystko załatwić. Tłumaczyłem im, że brytyjski oddział Forda udostępni im nawet listę adresów, by ułatwić im zakup samochodu w Belgii. Znajdą się na niej nie tylko dane dilerów, ale również namiary na mówiące po angielsku osoby kontaktowe. Ale odpowiedź była zawsze taka sama:

– A, nie za bardzo mnie to wszystko obchodzi...

Wciskają nam, że indywidualnie sprowadzane samochody drastycznie wpłynęły na poziom sprzedaży w kraju i że wkrótce ich producenci zostaną zmuszeni do obniżenia cen. Ale nie zrobią tego, bo to wszystko nieprawda. Sprzedaż nowych samochodów w kraju wcale nie jest niska, bo łatwiej i bezpieczniej kupić samochód na miejscu.

No cóż, skończy się to wraz z pojawieniem się oferty P&O. P&O to wiodące, cieszące się zaufaniem inwestorów przedsiębiorstwo, o renomie takiej jak Marks & Spencer czy Tommy Cooper (tak, wiem, że to komik – no i co z tego?). P&O nie ucieknie z twoimi pieniędzmi do RPA, ale dostarczy ci pod same drzwi nowiuteńki samochód, dokładnie taki, jaki sobie wybierzesz, i to z bardzo dużym rabatem. P&O twierdzi, że w ciągu roku sprowadzi 10 000 samochodów, ale ja w to wątpię. Moim zdaniem sprzeda ich tu 1,9 miliona, bo każdy, kto kupuje swój wóz w głównej sieci dystrybucji producenta nie jest po prostu głupi. Jest certyfikowanym szaleńcem. Jest niespełna rozumu. Jest bardziej obłąkany niż owoc miłości Zająca bez Piątej Klepki i Świra Wariata, który, jak wszyscy wiemy, zwyciężył rok temu w konkursie Świra na najlepszego Wariata.

Rzeczniczka P&O poinformowała mnie, że finanse firmy ucierpiały z powodu zakazu handlu bezcłowego i że musieli przedsięwziąć pewne kroki, by zapełnić tę lukę. No i zapełniliście ją z nawiązką, moje złotko. Bo ten wasz cały samochodowy interes jest ociupinkę bardziej intratny niż drużyna darta kupująca gorzałę na świąteczne przyjęcie.

Problem w tym, że teraz wszystkie promy płynące do Dover będą wypchane po brzegi nowymi samochodami, więc zwykli ludzie będą musieli wziąć przykład z kretów i skorzystać z Eurotunelu. No cóż, szkoda, ale to i tak niska cena za możliwość ponabijania się z naszych cierpiących niedostatek najbliższych sąsiadów. *Les rosbifs*. Wcale nie jesteśmy aż tak obłąkani, *vieux haricot*.

■ Tak nowoczesne, że już zostało w tyle

Gdy myślimy o Francuzach, do głowy przychodzą nam bretońskie swetry, naszyjniki z cebuli i rowery z dziwacznie ukształtowaną kierownicą i koszykiem. A kiedy Francuzi myślą o nas, widzą nas w *le pub*. Witaj, John.

Pub. Łagodny szmer niedzielnego poranka, ubrana w sztruks życzliwość. Nieustanne migotanie automatu do gry stojącego w kącie i tacka pożółkłych kostek domina, pozostawiona jeszcze wczoraj wieczorem. Ciemne piwo, panierowana flądra z kawałkiem cytryny. Mosiężne ozdoby z końskich uprzęży. To co zwykle, John.

Nie tak wygląda Brytania, którą znam. Brytania którą znam, to ściany w glazurze i Macy Gray w głośnikach. To lniane obrusy, niskonapięciowe oświetlenie i lampka Chablis. Żadnej nikotynowej żółci. Tylko biel jak lód urozmaicona poręczami ze szczotkowanego aluminium. Ani śladu rzeżuchy.

W zeszłym tygodniu odwiedziłem miejsce, które Francuzi nazwaliby tradycyjnym angielskim pubem i nie mogłem wprost uwierzyć, jak dalece poczułem się uwsteczniony. Był tam wzorzysty dywan. Ser i chipsy cebulowe. I ten piekielny, migający automat.

Gdybym to ja zarządzał Roverem, ludziom z działu projektów zakazałbym wstępu do pubów. Skierowałbym ich do restauracji Gary'ego Rhodesa w londyńskim City i poleciłbym zamówić jego specjalne jagnięce kiełbaski. A potem zabrałbym ich do apteki w Notting Hill i rzekłbym:

– Tylko spójrzcie, frajerzy. Tak właśnie wygląda dziś Brytania. Przestańcie więc projektować nasze samochody jakby były cholernymi karetami z zaprzęgiem.

W Renault nie ma uchwytów na cebulę, dlaczego zatem brytyjskim projektantom samochodów wydaje się, że wnętrze samochodów zawsze musi być wykończone skórą i drewnem orzecha? Nigdy nie myślałem w ten sposób, ale nigdy wcześniej nie jeździłem Audi S6 Quattro. A teraz już mam to za sobą. I mówię wam, to najbardziej „współczesny" samochód, jaki można dziś kupić.

Zabrali się za zwykłe Audi A6 i poszerzyli mu nadkola, nie subtelnie, ale tak, że wyglądają jak olbrzymie brwi Denisa Healeya. Osłaniają masywne aluminiowe obręcze kół, które wspaniale współgrają z powiększoną osłoną chłodnicy, chromowanymi lusterkami bocznymi i parą supergrubych rur wydechowych.

Oczywiście, nie robi się takich rzeczy z samochodem, jeśli pod maską nie znajduje się coś naprawdę godnego uwagi. I rzeczywiście tak jest. Audi wyjęło z modelu A8 300-konny, 4,2-litrowy silnik V8, wyposażyło go w dopalacze i wsadziło do A6. Rozwija teraz 340 koni, co wystarcza, by od zera do setki rozpędzić was w sześć sekund.

Tak nowoczesne, że już zostało w tyle 579

Prędkość maksymalną, by uszczęśliwić niemieckich zielonych, ograniczono do 250 km/h.

Czyli co, to dobry samochód? O, i to jak! A wewnątrz staje się jeszcze lepszy. Fotele wykończone są imitacją zamszu, a deska rozdzielcza pokryta jest wykładziną. Brzmi to potwornie, w szczególności, jeśli dodam, że wykładzinę, o której mowa, pokrywa polietylen. Ale to się sprawdza. Gdy zapadnie noc, będziesz musiał włączyć światła. Wtedy na pewno będziesz chciał zjechać na bok i zaprosić do środka zupełnie przypadkowych przechodniów, by tylko na to spojrzeli. Deska rozdzielcza rozbłyskuje milionem czerwonych światełek i wygląda jak oglądane z hollywoodzkich wzgórz Los Angeles nocą. Tylko że znajduje się w Audi, którym mkniesz 120 km/h i dopiero wrzucasz trójkę.

Gdy wysiadłem z S6 i znalazłem się z powrotem za kierownicą mojego Jaguara, poczułem, jakbym się cofnął o dwa stulecia. Z czasów stylisty Conrana do czasów architekta Christophera Wrena. Z czasów Nowej Partii Pracy Tony'ego Blaira do czasów premiera Harolda Wilsona i nadużywanego przez niego sosu HP.

Teraz jednak nadszedł ten moment, kiedy muszę powiedzieć swoje „a jednak". Gotowi? No to zaczynam:

A jednak jeśli Audi przyrównamy – całkiem zasłużenie – do zupy dnia, to odkryjemy, że pływa w niej mucha.

Ten samochód kosztuje 52 250 funtów, co sprawia, że staje się bezpośrednim konkurentem BMW M5 i podkręconego ostatnio przez Jaguara superdoładowanego XJR-a. Wiem, że jeśli chodzi o atmosferę, to Jaguar jest pubem, a BMW restauracją Harvester, i że gdybym miał stać w korku, wolałbym siedzieć w Audi. Wiem też, że S6 dostępny jest również w wersji kombi. To czyni go bardzo użytecznym na zawodach hippicznych. A jeśli chodzi o narty wodne, silnik tego wozu jest klasą samą w sobie. No dobrze, ale załóżmy, że albo nie jesteśmy w Nowej Zelandii, albo że nasza łódź, na której chcieliśmy zamontować silnik Audi ma dziurę. Co wtedy?

Przykro mi, ale na zwykłych drogach konkurenci S6 przewyższają go siłą ognia. 340 koni to całkiem sporo, ale Jaguar serwuje 370, a BMW porażające 400.

Raz za razem, gdy wyjeżdżałem na przeciwny pas ruchu, by wyprzedzić ciężarówkę, i pozostawałem tam, żałowałem, że (a) nie pozostałem tam, gdzie byłem wcześniej lub (b) nie siedzę za kierownicą XJR-a. Mówiąc wprost, S6 jest szybki, ale nie wystarczająco.

I mimo że jego napęd na cztery koła dobrze sprawdza się na rondach, we wszystkich innych sytuacjach samochodowi brakuje polotu konkurencji. Od czasu do czasu można odczuć, że jest zbyt wolny, rzekłbym nawet – ociężały. Podczas gdy M5 i XJR rozprasowują wszelkie nierówności na drogach, Audi bardzo wiernie przenosi je do środka. Bardzo to przykre. To tak, jakbyś wybrał się do wykwintnej restauracji tylko po to, by przekonać się, że mają tam niewygodne krzesła i jedzenie gorsze od tego, które serwuje twoja lokalna knajpka.

Najzabawniejsze w tym wszystkim jest to, że i tak bym tam wrócił. Jedzenie to tylko jeden z elementów decydujących o charakterze restauracji, podobnie jak prędkość w przypadku samochodu. A Audi, jeśli chodzi o wszystkie pozostałe kwestie, jest po prostu bezbłędne.

■ Coś, o czym chce się krzyczeć

Nowe wiadomości od Rovera dotyczące modelu 75: 8000 egzemplarzy tego wozu, jakie nabyli klienci w Wielkiej Brytanii, stawia go w rankingach sprzedaży wyżej od Alfy 156. We Włoszech okrzyknięto go mianem „najpiękniejszego samochodu świata". Co więcej, w plebiscycie bliskowschodnich komentatorów motoryzacyjnych został „samochodem roku". No i proszę. Rover 75 jest cudowny.

Przykro mi, że znów będę tym, który nasika do ogniska, ale to wszystko wcale mnie nie przekonuje. Nie obchodzi mnie, ile wyświetlaczy LCD Rover umieścił na desce rozdzielczej, ani to, że silnik K-series to arcydzieło inżynierii – Rover wciąż będzie mi się kojarzył z tanią, powojenną brytyjską odzieżą. W rezultacie Rover 75 jest dla mnie rodzajem cukierka Werther's Original na kółkach.

A do tego dochodzi jeszcze ta reklama, gdzie nowy Rover 25 jeździ dokoła olbrzymiego koła ruletki. O co tu chodzi? Za kierownicę tego samochodu powinni byli wsadzić jakąś postać literacką z początków dwudziestego wieku, a nie nowoczesną panienkę w jedwabnej koszuli nocnej.

I wcale nie widzę, żeby sytuacja miała kiedykolwiek zacząć zmierzać ku lepszemu. Nie dopóki u steru jest BMW. To trochę tak, jakby Manchester United kupił Liverpool F.C. i powiedział jego zawodnikom:

– Bądźcie dobrzy... Tylko nie tak dobrzy jak my.

Najlepsze, czego może się spodziewać Rover, to najwyżej drugie miejsce, i właśnie dlatego już niedługo ogłosi swoje straty opiewające na około 600 milionów funtów. To suma, którą ludzie z kręgów związanych z City określają mianem „sporej".

Mamy jeszcze Marksa & Spencera, który, podobnie jak Rover, budzi skojarzenia z produktami przeznaczonymi dla klasy średniej w średnim wieku, i który również niebawem ogłosi swoje katastrofalne wyniki finansowe. Na domiar złego wydaliśmy 758 milionów funtów na Kopułę Millenium, której nikt nie chce odwiedzać, zorganizowaliśmy „Rzekę ogni", które nie wypaliły, i napaliliśmy się na płomień nadziei, który miał rozświetlać mroki Birmingham przez cały rok, a zgasł już po pięciu dniach.

W Brazylii niektórzy nasi piłkarze doprowadzili do przegranej w jakimś ważnym meczu, a z tego, co udało mi się zrozumieć, również nasi krykieciści dali plamę w Republice Południowej Afryki. Koniec końców, początek nowego tysiąclecia nie był zbyt pomyślny dla panów Smithów i panów Robinsonów na całym świecie.

Niektórzy oczywiście stwierdzą, że to wszystko było do przewidzenia, że powinniśmy pogodzić się z faktem, iż współczesna Anglia to tylko numer kierunkowy 44, domena .uk w internecie, pięćdziesiąty pierwszy stan Ameryki Północnej i trzynaste państwo członkowskie Unii Europejskiej. Ci ludzie powiedzą, że imperium już dawno przepadło, podobnie jak Szkocja, Walia i Północna Irlandia, i że obecnie jesteśmy marną nacją wyspiarzy, jedną z wielu w globalnej wiosce.

Ja jestem jednak dumny z bycia Anglikiem, tylko moja duma jest pasywna i nie lubię się nią afiszować. Podoba mi się, że przez cały rok mamy tu 13 stopni Celsjusza i mżawkę, bo to oznacza, że spędzamy więcej czasu w pracy niż na plaży. A to z kolei sprawia, że jesteśmy bogatsi.

Spójrzcie tylko na Francję. Zgadza się, wygrali Puchar Świata, i owszem, byli bardzo blisko mistrzostwa w rugby, ale co z tego? Ich wyobrażeniem o luksusowym samochodzie jest Peugeot 406, a ich studenci muszą szukać pracy w Londynie, bo nie ma jej dla nich w Paryżu.

A Niemcy? Pomyślcie jak musieli się cieszyć, gdy kupili Rovera i „zrobili w konia Brytoli". A teraz okazuje się, że ich kanclerz z najdłuższym stażem jest skorumpowany, a ten ich nowy, mały nabytek kosztuje ich 600 milionów rocznie.

Oczywiście, że nie zaliczam się do fanów Tony'ego Pozera, ale on przecież jest Szkotem. Podobnie jak jego minister skarbu, lord kanclerz, minister finansów, minister spraw zagranicznych i ten nowy gość w ministerstwie transportu. Mamy jeszcze Prescotta, który jest Walijczykiem, a cała reszta to w większości homoseksualiści. Jedynym brytyjskim wkładem do rządu jest Mo Mowlam, i faktycznie to właśnie ona jest najlepsza z całej rządzącej ekipy.

Jeśli chodzi o Anglików, mamy jeszcze aktora Richarda Curtisa, restauratora Marca Pierre'a White'a i Tarę Palmer-Tomkinson. Mamy filmy *Notting Hill* i *Goło i wesoło*. Ostatnio piłem nawet jakieś brytyjskie wino i było cholernie dobre.

Ale najlepszy z tego wszystkiego jest Jaguar. Mój stary XJR przejechał w ciągu ostatnich dwóch lat 32 000 absolutnie bezawaryjnych kilometrów. Naprawdę, w tym czasie nie zepsuła się w nim ani jedna rzecz, w przeciwieństwie do Toyoty Land Cruiser, z którą przez cały czas jeżdżę do serwisu.

Przyglądałem się alternatywom. Pod moim domem stoi obecnie Jeep Grand Cherokee, ale wszystko za bardzo się w nim trzęsie. Mitsubishi Shogun jest zbyt krzykliwy, a Mercedes Klasy M bardziej pasuje do mieszkańców Guildford w hrabstwie Surrey. A to oznacza, że w tym roku musimy z żoną kupić albo Land Rovera Discovery, albo Range Rovera, bo jak do tej pory są to najlepsze auta terenowe.

A co z samochodami sportowymi? Wiem, że nowy Boxster to maszyna o świetnych własnościach jezdnych, a w dodatku nareszcie może rozwijać prędkość, do której zobowiązuje go cena. Mam też świadomość, że lada moment na rynku pojawi się sześciocylindrowy SLK. Ale przecież żaden z tych dwóch samochodów nie może się równać z brutalnością, jakiej doznajemy za kierownicą TVR-a. TVR-y są tak agresywne, że mało brakuje, a zostałyby Szkotami.

Jeśli te modele są i tak poza twoim zasięgiem, przejdźmy do Mazdy MX-5, samochodu, który nie jest nawet w połowie tak dobry jak Lotus Elan.

No i na koniec – wciąż mamy nasze imperium. Jest nim mała wysepka na Pacyfiku i gdy ostatnio sprawdzałem jej populację, wynosiła ona 8000 osób. I jakimś dziwnym trafem wszyscy jej mieszkańcy posiadają Rovery 75.

■ Dodatek

Oto próbka tego, co od lat listonosz Pat wrzuca do skrzynki pocztowej Clarksona.

Drogi Jeremy...

„Jeśli według Clarksona hrabstwo Norfolk jest nijakie i bez wyrazu, to znajduje się on w mniejszości. W Norwich jest centrum handlowe, które jest tak samo dobre jak inne centra handlowe w kraju..."

P.G.

„Myślę, że większość mieszkańców hrabstwa Norfolk chciałaby, żeby Clarkson wrócił do swojego poprzedniego zajęcia sprzedawcy Misiów Paddingtonów. Mam gdzieś jego opinie o testowanych samochodach, a jeszcze głębiej jego protekcjonalne i ironizujące osądy dotyczące Norfolk."

C.M.

„Byłem zszokowany, gdy dowiedziałem się, że żandarmeria francuska wykorzystuje na szkoleniach Pana zdjęcie do demonstrowania, jak wygląda zalany w trupa brytyjski chuligan. Powinien Pan wnieść zażalenie."

T.V.

„Clarkson, wygląda Pan jak dziwoląg. Dzieci boją się Pana oglądać w telewizji. A jak otworzy Pan jeszcze usta... Coś niesamowitego."

T.V.

„Jestem rekrutem stacjonującym na wzgórzu blisko granicy z Kosowem i ostatnio wpadł mi w ręce artykuł, w którym twierdzą, że dziwnie się Pan ubiera. Nie zgadzam się z tym.

Poza tym wydaje mi się, że mieszkańcy Norfolk rzeczywiście wciąż pokazują samochody palcami. Przejdę jednak do sedna: myślę, że jest Pan najfajniejszym gościem, jaki stąpa po planecie Ziemia... Tak trzymać!"

M.S.

„Mam 83 lata i jeżdżeniem zarabiam na życie od 1930 roku. Jeśli chodzi o te nowoczesne samochody, o których Pan pisze, to nie chciałbym ich nawet jeśli miałbym dostać je w prezencie. To badziewie. Poza tym, kto chciałby jeździć szybciej niż 80 km/h?"

J.J.

„Jeremy, świetnie się Pan rozprawił z tymi denerwującymi cudzoziemcami i pedziami, a przy okazji jeszcze z Niemcami. Pańscy fani radzą, by wybrał się Pan do lekarza, a Pańscy wrogowie mają nadzieję, że Pan tego nie zrobi."

T.V.

„Po prostu wypełnijcie cały magazyn zdjęciami Jeremy'ego i napisanymi przez niego artykułami. Jest tak przystojny, że chciałabym oblać go czekoladą i całą ją zlizać."

S.H.

„Na zadanie z języka angielskiego mamy napisać o naszej ulubionej gwieździe. Wybrałem Pana, bo uważam, że jest Pan zabawny, a poza tym jeździ Pan fajnymi samochodami. Mój kolega, Max, pisze list do Tiffa Nodela, który pomaga Panu prowadzić *Top Gear*. A ja myślę, że Pan jest lepszy."

G.F.

„Gratuluję nowego *talk-show* na antenie BBC. To absolutny przełom. Po raz pierwszy na świecie pawian będzie miał swój własny *talk-show*."

T.V.

„Posiadam całkiem sporą kolekcję samochodzików i ciężarówek-zabawek. Pańskie stwierdzenie, że kolekcjonerzy samochodzików molestują dzieci, uważam nie tylko za wysoce obraźliwe w stosunku do tysięcy zwykłych ludzi, ale za dowód na to, że powinien się Pan udać do psychoanalityka i sprawdzić, co z Panem jest nie tak… Życzę Panu, by na całą wieczność utknął Pan w konwoju ciężarówek i przyczep kempingowych za kierownicą starego samochodu."

J.F.

„Gdyby przyznawano Krzyż Wiktorii za głupotę i ignorancję, na pewno byłby Pan jedną z pierwszych odznaczonych nim osób. Natura najwyraźniej nie poskąpiła Panu wielkiego ciała, czego nie można niestety powiedzieć o mózgu…"

B.C.

„Ludzie, którzy popełniają przestępstwa, są upośledzeni. Składa się na to ich wyobcowanie, zgorzkniałość i urazy w stosunku do innych. Wyładowują więc swoje frustracje na symbolach sukcesu, takich jak Cosworth Jeremy'ego Clarksona. On z kolei domaga się dla nich chłosty aż do upadłego, co jeszcze bardziej pogłębia ich urazy. Jeremy Clarkson jest inteligentny, uzdolniony, a do tego osiągnął sukces. Nie powinien obrażać naszej inteligencji zniżając się do poziomu tych ludzi!"

A.D.

„Jeremy Clarkson jest bez wątpienia najbardziej odrażającym seksistą jakiego wydała nasza planeta, ale ma słuszny, nawet jeśli nieco zbyt liberalny pogląd, jeśli chodzi o przestępstwa samochodowe… Miałam to nieszczęście stać się ofiarą okradających samochody, do tej pory aż cztery razy. Ci łajdacy powinni zostać nabici na pal na samym środku pustyni… *etc.*"

G.M.

„Wygląda na to, że tak jak Pan, jestem fanem Supertrampów. Mam ich wszystkie utwory i jeśli chciałby Pan, bym coś Panu odegrał, proszę tylko napisać.
P.S. Widział ich Pan w Albert Hall w 1997 roku?"

M.O.

"Szanowny Panie Clarkson,
kutas z Pana."

ŚWIAT WEDŁUG CLARKSONA

To pierwsza opublikowana w Polsce książka Jeremy'ego Clarksona, a zarazem kolejny dowód na to, że Polacy przepadają za brytyjskim poczuciem humoru i nie znoszą poprawności politycznej. *Świat według Clarksona* odniósł spektakularny sukces, okupując przez wiele tygodni pierwsze miejsce list bestsellerów księgarni Empik i Merlin. Został uhonorowany prestiżowym **Asem Empiku 2006** w kategorii „literatura zagraniczna". Od brytyjskiej premiery tej książki w maju 2004 roku sprzedano na świecie 2 miliony jej egzemplarzy.

W *Świecie według Clarksona* jak zwykle niepoprawny Autor dzieli się z nami swoim spojrzeniem na pełen absurdów świat. Z charakterystyczną dla siebie ironią bezlitośnie obnaża bezsens wielu aspektów życia we współczesnej cywilizacji. Z książki dowiadujemy się, jak funkcjonuje psychika mężczyzny, dlaczego nie warto być milionerem i jak polować na lisy używając radzieckiego noktowizora. Clarkson wyjaśnia, dlaczego powinno nam być żal Concorde'a i zniechęca nas do posiadania prywatnego basenu. Zdradza, czy lubi Niemców i Unię Europejską oraz opowiada, jak pod nieobecność żony opiekował się trójką swoich dzieci.

Wydanie specjalne zawiera dodatkowo zdjęcia, biografię i pozdrowienia Autora napisane specjalnie dla polskich Czytelników.

Przed lekturą *Świata według Clarksona* uprzedźcie przebywające w pobliżu osoby, że często będziecie parskać śmiechem!

I jeszcze jedno...
ŚWIAT WEDŁUG CLARKSONA 2

Krytyk filmowy, wędkarz, doradca rządowy, pilot myśliwca F-15, darczyńca, oddany miłośnik rock and rolla – to ledwie kilka z ról, w jakie wciela się w swojej nowej książce Jeremy Clarkson. W drugiej części bestsellerowego *Świata według Clarksona* (As Empiku 2006) ten przewrotny brytyjski dziennikarz i wnikliwy obserwator rzeczywistości po raz kolejny przeciwstawia zdrowy rozsądek absurdom życia w nowoczesnym, poprawnym politycznie społeczeństwie.

Clarkson opowiada o swoich problemach z telefonami komórkowymi oraz o nieustannej walce z inspektorami BHP i ekologami, zajmuje stanowisko w sprawie wymyślnych imion i tatuaży, i wyjaśnia, jak to się stało, że zrzucił bombę na Północną Karolinę.

Co wyniknęło ze spotkania Clarksona z Davidem Beckhamem? Który naród wydał na świat najwięcej wynalazców? Dlaczego nie warto być posiadaczem ekskluzywnej karty kredytowej?

O tym wszystkim przeczytacie w absolutnie niepoprawnym, obrazoburczym i prześmiewczym *Świecie według Clarksona 2*.

Rzadko zdarza się, by sequel był lepszy od pierwszej części. Tym razem tak właśnie się stało. *Świat według Clarksona 2* wyszedł spod pióra felietonisty, który w swej ciętej ironii, trafności osądów i błyskotliwym humorze osiąga mistrzostwo, a dla naśladowców pozostaje niedoścignionym wzorem.

WIEM, ŻE MASZ DUSZĘ

Czy maszyna może mieć duszę? Według Jeremy'ego Clarksona – tak. Ten zafascynowany techniką brytyjski dziennikarz zaprasza nas w podróż w czasie i przestrzeni, by ukazać sylwetki 21 wybranych przez siebie maszyn, które są czymś więcej niż tylko zlepkiem blachy, plastiku, przekładni i przewodów. Z humorem wyjaśnia, co sprawia, że każda z opisywanych maszyn ma w sobie „to coś".

A są to relacje z pierwszej ręki. Clarkson przez kilka dni mieszkał na lotniskowcu USS „Eisenhower", był pasażerem naddźwiękowego odrzutowca Concorde, pływał wyścigową łodzią Riva, prowadził Rolls-Royce'a Phantoma, dotykał poszycia samolotu szpiegowskiego Blackbird, strzelał z karabinu maszynowego AK47 i na własne oczy widział, jak Amerykanie niszczą jeden z reliktów zimnej wojny, bombowiec B-52.

Czy pięciokrotny udział w koncercie grupy The Who uodpornia na hałas wytwarzany przez silniki wahadłowca? Z czym kojarzy się Clarksonowi wygląd samochodu Alfa Romeo 166? Co przesądziło, że Brytyjczycy wygrali wojnę z Niemcami? O tym wszystkim przeczytacie w książce *Wiem, że masz duszę*.

Nie interesujecie się motoryzacją? Nie fascynuje was technika? Myślicie, że to książka nie dla was? Mylicie się! Bez reszty pochłonie was historia Zapory Hoovera, dowiecie się, co niezwykłego ma w sobie samolot Boeing 747 i dlaczego „Yamato" – najpotężniejszy pancernik drugiej wojny światowej – okazał się zupełnie bezużyteczny.

Zapraszamy do świata niezwykłych maszyn Jeremy'ego Clarksona. Przeczytajcie o nich i o ich twórcach, którym zawdzięczają swoje dusze.

MOTOŚWIAT

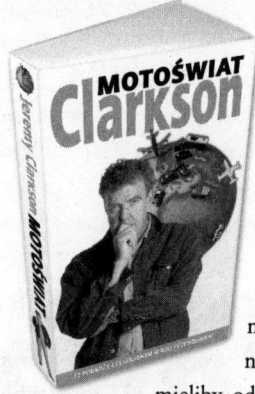

Jedenaście krajów, dwanaście niesamowitych reportaży, niezliczona ilość wyjątkowych przygód, spotkań i obserwacji – to obfite żniwo podróży Jeremy'ego Clarksona, podczas których sławny brytyjski dziennikarz gromadził materiały do programu *Motoświat*.

Dwa lata wypraw do najbardziej egzotycznych, z punktu widzenia motoryzacji, miejsc na świecie i wtykanie nosa tam, gdzie inni nie mieliby odwagi, zaowocowało doświadczeniami, których próżno szukać w innych książkach podróżniczych.

Islandia, Kuba, Wietnam, Dubaj – to tylko niektóre z miejsc opisywanych przez Clarksona. Z jego wypełnionych po brzegi ciekawostkami i okraszonych niecodzienną dawką humoru reportaży dowiemy się, między innymi, z kim prowadzi wojnę neutralna skądinąd Szwajcaria, w jakim samochodzie mieszczą się cztery sypialnie, salon i łazienka, i co może skłócić każdą włoską rodzinę.

W którym mieście ludzie chlubią się tym, że nigdy nie byli w jego centrum? Jak pracuje się na australijskiej farmie o powierzchni województwa świętokrzyskiego? W jakim kraju samoloty tankują bezpośrednio na stacjach benzynowych?

Świat jest w nieustannym ruchu.
Motoświat Jeremy'ego Clarksona tym bardziej.

Już wkrótce kolejne książki Clarksona

insignis media

www.insignis.pl